EL COMPLEJO DE ATLAS

EL
COMPLEJO
DE
ATLAS

OLIVIE BLAKE

Traducción de Natalia Navarro Díaz

⚉ UMBRIEL

Argentina · Chile · Colombia · España
Estados Unidos · México · Perú · Uruguay

Título original: *The Atlas Six (Book 3)*
Editor original: Tor Books, Tom Doherty Associates
Traducción: Natalia Navarro Díaz

1.ª edición: mayo 2024

© 2023 *by* Alexene Farol Follmuth
Ilustraciones de interior por Little Chmura
Publicado en virtud de un acuerdo con Tom Doherty Associates junto a International Editors' Co. Barcelona.
All Rights Reserved
© de la traducción 2024 *by* Natalia Navarro Díaz
© 2024 *by* Urano World Spain, S.A.U.
Plaza de los Reyes Magos, 8, piso 1.º C y D – 28007 Madrid
www.umbrieleditores.com

ISBN: 978-84-19030-89-4
E-ISBN: 978-84-19936-74-5
Depósito legal: M-5.593-2024

Fotocomposición: Urano World Spain, S.A.U.
Impreso por: Romanyà Valls, S.A. – Verdaguer, 1 – 08786 Capellades (Barcelona)

Impreso en España – *Printed in Spain*

Para Garrett, mi musa.
Sin ti, nada de esto.

Contenido

LOS SEIS

CAINE, TRISTAN

Tristan Caine es hijo de Adrian Caine, jefe de un sindicato criminal mágico. En su presentación, Tristan estaba resentido con su padre, pero una pequeña parte de él no. Nació en Londres y estudió en la Escuela de Magia de la misma ciudad; trabajaba en el sector del capital de riesgo en la Corporación Wessex; era el protegido del multimillonario James Wessex y estaba comprometido con Eden Wessex. Se formó en la escuela de ilusión, pero su verdadera especialidad es la física; además de ver más allá de las ilusiones, Tristan es un físico del *quantum*, lo que significa que puede alterar los componentes físicos a un nivel cuántico. (Ver también: teoría cuántica; tiempo; ilusiones: ver más allá de las ilusiones; componentes: componentes mágicos). Según los términos de eliminación de la Sociedad Alejandrina, Tristan tenía que matar a Callum Nova. Por razones aparentemente relacionadas con su conciencia, no lo logró. Aún queda por ver si esta decisión lo atormentará.

FERRER DE VARONA, NICOLÁS (también referido como DE VARONA, NICOLÁS o DE VARONA, NICO).

Nicolás Ferrer de Varona, comúnmente llamado Nico, nació en La Habana, Cuba, y sus padres ricos lo enviaron a una edad temprana a Estados Unidos, donde se graduó en la prestigiosa Universidad de Nueva York de Artes Mágicas. Nico tiene un talento poco común como físico y posee muchas habilidades ajenas a su especialidad. (Ver también: proclividad litosférica; sismología: tectónica; cambio: humano a animal; alquimia; corrientes:

alquímicas). Nico mantiene una amistad estrecha con sus compañeros graduados de la UNYAM Gideon Drake y Maximilian Wolfe, y a pesar de que comparten una larga enemistad, tiene una alianza con Elizabeth «Libby» Rhodes. Nico tiene una gran destreza en el combate cuerpo a cuerpo y se sabe que ha muerto al menos una vez. (Ver también: archivos alejandrinos: seguimiento). Su cuerpo, aunque no del todo invulnerable, está habituado a las altas exigencias de su supervivencia física.

KAMALI, PARISA

Aunque gran parte de la infancia de Parisa Kamali o de su verdadera identidad sigue siendo alimento de especulaciones, sí se sabe que nació en Teherán, Irán, que fue la menor de tres hermanos y que asistió a la École Magique de París tras separarse de su esposo, un matrimonio que tuvo lugar bajo ciertas presiones en su adolescencia. Es una telépata muy competente con varias asociaciones conocidas (ver también: Tristan Caine; Libby Rhodes) y experimentos (tiempo: cronometría mental; subconsciente: sueños; Dalton Ellery). Durante una simulación en la que se enfrentó en un plano astral a otro miembro de su grupo, Parisa saltó del tejado de la casa señorial de la Sociedad, una decisión que pudo ser una estratagema táctica o algo más siniestro. (Ver también: belleza, maldición de; Callum Nova).

MORI, REINA

Nació en Tokio, Japón, y posee unas habilidades asombrosas en el naturalismo. Reina Mori es la hija ilegítima de un hombre desconocido y una mujer mortal rica. Su madre, que nunca reconoció a Reina como su hija, estaba casada, antes de su muerte prematura, con un hombre (al que Reina solo se refiere como el Empresario) que amasó una gran fortuna en el sector de la tecnología de armas medellanas. (Ver también: Corporación Wessex: patente de fusión perfecta, #31/298-396-mayo de 1990). A Reina la crio en secreto su abuela y asistió al Instituto de Magia de Osaka, donde decidió estudiar literatura clásica y se especializó en la mitología en lugar de cursar estudios de naturalismo. Únicamente a Reina, la tierra le ofrece fruta, y solo a Reina, la naturaleza le habla. Sin embargo, hay que mencionar que, según su propia opinión, tiene otros talentos (ver también: mitología: generacional; Antropoceno: divinidad).

NOVA, CALLUM

Callum Nova, de la empresa de medios de comunicación Nova, con sede en Sudáfrica, es un manipulador multimillonario cuyos poderes abarcan lo metafísico. Es, en términos de la calle, un émpata. Nacido en Ciudad del Cabo, Sudáfrica, Callum cursó tranquilamente sus estudios en la Universidad Helenística de Artes Mágicas antes de unirse al negocio familiar de la venta rentable de productos de belleza medellanos e ilusiones. Solo una persona en la tierra sabe con seguridad cuál es el aspecto real de Callum. Por desgracia para Callum, esa persona lo quería muerto. Por desgracia para Tristan, no lo quería lo suficiente. (Ver también: traición, no hay destino tan definitivo). Atlas Blakely condenó la falta de inspiración de Callum y criticó el gran poder del que Callum no hacía uso, pero este se ha visto últimamente muy inspirado (ver también: Reina Mori).

RHODES, ELIZABETH (también referida como RHODES, LIBBY)

Elizabeth «Libby» Rhodes es una física con talento. Nació en Pittsburgh, Pensilvania, Estados Unidos. Su infancia estuvo marcada por la prolongada enfermedad y posterior muerte de su hermana mayor, Katherine. Libby estudió en la Universidad de Nueva York de Artes Mágicas, donde conoció a su rival, posteriormente aliado, Nicolás «Nico» de Varona, y a su exnovio, Ezra Fowler. Como recluta de la Sociedad, Libby llevó a cabo numerosos experimentos. (Ver también: tiempo: cuarta dimensión; teoría cuántica: tiempo; Tristan Caine) y dilemas morales (Parisa Kamali; Tristan Caine) antes de desaparecer; al principio, el resto de su grupo la creyó muerta (Ezra Fowler). Tras descubrir que se encontraba en el año 1989, Libby decidió aprovechar la energía de un arma nuclear para crear un agujero de gusano en el tiempo (ver también: Corporación Wessex: patente de fusión perfecta, #31/298-396, mayo de 1990) para regresar junto a su grupo de la Sociedad Alejandrina con una advertencia profética.

MÁS INFORMACIÓN

SOCIEDAD ALEJANDRINA

Archivos: conocimiento perdido.

Biblioteca: (ver también: Alejandría; Babilón; Cartago; bibliotecas antiguas: islámicas; bibliotecas antiguas: asiáticas).

Rituales: iniciación. (Ver también: magia: sacrificio; magia: muerte).

BLAKELY, ATLAS

Sociedad Alejandrina. (Ver también: Sociedad Alejandrina: iniciados; Sociedad Alejandrina: cuidadores).

Infancia: Londres, Inglaterra.

Telepatía.

DRAKE, GIDEON

Habilidades: desconocidas. (Ver también: mente humana: subconsciente).

Criatura: subespecies. (Ver también: taxonomía: criatura; especies: desconocida).

Afiliaciones criminales: (ver también: Eilif).

Infancia: Isla del Cabo Bretón, Nueva Escocia, Canadá.

Educación: Universidad de Nueva York de Artes Mágicas.

Especialidad: viajero. (Ver también: reinos del sueño: navegación).

EILIF

Alianzas: desconocidas.

Hijos: (ver también: Gideon Drake).

Criatura: sirena. (Ver también: taxonomía: criatura; cambiaformas: sirena).

ELLERY, DALTON

Sociedad Alejandrina. (Ver también: Sociedad Alejandrina: iniciados; Sociedad Alejandrina: investigadores).

Animación.

Afiliaciones conocidas: (ver también: Parisa Kamali).

FOWLER, EZRA

Habilidades: (ver también: viajar: cuarta dimensión; físico: *quantum*).

Sociedad Alejandrina. (Ver también: Sociedad Alejandrina: no iniciado; Sociedad Alejandrina: eliminación).

Infancia: Los Ángeles, California.

Educación: Universidad de Nueva York de Artes Mágicas.

Alianzas conocidas: (ver también: Atlas Blakely).

Empleo anterior: (ver también: UNYAM: consejeros residentes).

Relaciones personales: (ver también: Libby Rhodes).

Especialidad: viajero (Ver también: tiempo).

HASSAN, SEF

Alianzas conocidas: (ver también: Foro, el; Ezra Fowler).

Especialidad: naturalista (mineral).

JIMÉNEZ, BELEN (también referida como ARAÑA, DOCTORA J. BELEN)

Infancia: Manila, Filipinas.

Educación: Escuela Regional de Artes Medellanas de Los Ángeles.

Alianzas conocidas: (ver también: Foro, el; Nothazai; Ezra Fowler).

Relaciones personales: (ver también: Libby Rhodes).

LI

Identidad: (ver también: identidad: desconocida).

Alianzas conocidas: (ver también: Foro, el; Ezra Fowler).

NOTHAZAI

Alianzas conocidas: (ver también: Foro, el).

PÉREZ, JULIAN RIVERA

Alianzas conocidas: (ver también: Foro, el; Ezra Fowler).
Especialidad: tecnomante.

PRÍNCIPE, EL

Animación: general.
Identidad: (ver también: identidad: desconocida).
Afiliaciones conocidas: (ver también: Ezra Fowler, Eilif).

WESSEX, EDEN

Relaciones personales: (ver también: Tristan Caine).
Alianzas conocidas: (ver también: Corporación Wessex).

WESSEX, JAMES

Alianzas conocidas: (ver también: Foro, el; Ezra Fowler).

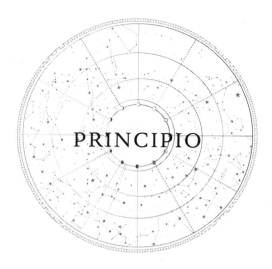

PRINCIPIO

Atlas Blakely nació cuando la tierra estaba muriendo. Es un hecho. También esto: la primera cosa que Atlas Blakely comprendió de verdad fue el dolor.

Y esto también: Atlas Blakely es un hombre que creaba armas. Un hombre que guardaba secretos.

Y esto: Atlas Blakely es un hombre dispuesto a poner en riesgo las vidas de los que están a su cuidado y de traicionar a aquellos lo bastante ingenuos o desesperados como para tener la mala fortuna de confiar en él.

Atlas Blakely es un compendio de cicatrices y defectos, un mentiroso de oficio y de nacimiento. Es un hombre con madera de villano.

Pero, por encima de todo, Atlas Blakely es solo un hombre.

★ ★ ★

Su historia comenzó donde la vuestra. Un poco diferente, sin un lisonjero traje de *tweed* muy bien planchado, sino con una invitación. A fin de cuentas, esta es la Sociedad Alejandrina y todo el mundo ha de recibir una invitación. Incluso Atlas.

Incluso tú.

A la invitación dirigida a Atlas Blakely le había salido una delgada capa pegajosa de alguna desafortunada sustancia que tuviera al lado, pues se encontraba extraviada sin contemplaciones junto al contenedor de la basura del destartalado piso de su madre. El monumento a las felonías de un jueves

cualquiera (el contenedor y la basura que este contenía) yacía de forma des-
favorable sobre un panel de linóleo chamuscado de un metro cuadrado y
bajo una abrumadora torre de Nietzsche, Beauvoir y Descartes. Como de
costumbre, la basura había proliferado más allá de las limitaciones del contenedor y había periódicos viejos, envases de comida para llevar y cabezas
de nabos mohosas en comunión con montones de revistas intactas, poesías
sin terminar y un jarrón de porcelana con servilletas de papel dobladas con
forma de cisnes, por lo que, al lado de esto, un cuadrado pegajoso de elegante cartulina de color marfil pasaba casi desapercibido.

Casi, por supuesto, pero no del todo.

Atlas Blakely, que entonces tenía veintitrés años, recogió la tarjeta del
suelo entre turnos angustiosos en el pub local, un empleo por el que había
tenido que arrastrarse, a pesar de poseer un título, dos y la posibilidad de
obtener un tercero. Miró su nombre escrito con caligrafía elegante y determinó que probablemente hubiera llegado ahí en una botella. Su madre seguiría dormida varias horas más, así que se la guardó y se levantó, miró la
imagen de su padre, o fuera la que fuese la palabra para referirse al hombre
cuyo retrato seguía en la estantería, acumulando polvo. No tenía intención
de preguntar nada sobre esto ni sobre lo otro.

Al principio, la sensación que experimentó Atlas a la recepción de la
llamada alejandrina podría definirse como repulsión. No era ajeno a los
medellanos ni a los académicos, él mismo era uno de ellos y descendiente
de los otros, y era ya consciente de que tenía que desconfiar de ambos.
Quería tirarla, la tarjeta, pero la ginebra y lo que con toda probabilidad se
trataba de tamarindo que había pedido su madre por teléfono a una tienda
asiática cercana («huele como la comida tailandesa», solía decir su madre
cuando estaba lúcida) y que estaban adheridos a ella se quedaron pegados
al forro del bolsillo de Atlas.

Su cuidador alejandrino, William Astor Huntington, era lo que Atlas
llamaría un obseso de los puzles, en grave detrimento de cosas como la cordura y el tiempo. Fue más tarde, ese mismo día, mientras jugueteaba distraído con la tarjeta en el bolsillo, tras haber echado a un hombre por el
habitual delito de llevar encima más *whisky* que sentido común, cuando

Atlas determinó que el hechizo que había en su contenido era un código, algo para lo que tampoco habría tenido tiempo ni cordura de no haber sido brutalmente herido por el amor (o lo que fuera que hubiera afectado principalmente a su pene) unas veinticuatro horas antes. En opinión de Atlas Blakely, los métodos de revolver en la basura de Huntington eran una falacia narcisista. En lo que respectaba a la Sociedad, la mayoría de las personas solo necesitaban cinco minutos para acabar convencidas.

Pero esa fue la opinión posterior de Atlas. En ese momento estaba con el corazón roto y se sentía sobrecualificado. Sobre todo, estaba aburrido. Con el tiempo entendería que la mayoría de las personas estaban aburridas, en especial a las que se las consideraba para ocupar una plaza en la Sociedad. Era una crueldad menor y amable de la vida que la mayoría de la gente con un propósito real careciera de talento para lograrlo. Las personas con talento probablemente sintieran que no tenían un rumbo, una curiosa ironía, aunque inevitable. (Según la experiencia de Atlas, el mejor método para dirigir la vida de otra persona era ofrecerle exactamente lo que quería para, posteriormente, apartarlo educadamente de su camino).

El código lo llevó hasta el baño de una capilla del siglo XVI, que lo trasladó al tejado de un rascacielos terminado recientemente, que lo condujo a un prado lleno de ovejas. Llegó al fin a la oficina de la Sociedad Alejandrina, una versión más antigua de la sala en la que más adelante se reuniría con seis reclutas propios; Atlas no supo hasta más tarde que dicha renovación del lugar estaba financiada por alguien que ni siquiera pertenecía a la Sociedad, que no se había iniciado nunca, que probablemente no había matado a nadie en su vida, lo que era bastante amable por parte del donante en cuestión. Al parecer, dormía muy bien por las noches, aunque esa no era la cuestión importante, claro.

¿Cuál era entonces la cuestión? Que un hombre, un genio llamado doctor Blakely, tuvo una aventura con una de sus estudiantes de primer año a finales de la década de los setenta que dio como fruto un hijo. La cuestión es que existen recursos deficientes para tratar la salud mental. La cuestión es que la esquizofrenia permanece latente hasta que deja de estarlo, hasta que madura y florece, hasta que miras al niño que te ha destrozado la vida y comprendes que estarías dispuesto a morir por él y que probablemente, esté o no la decisión en tus manos, mueras por él. La cuestión es que nadie lo llamará abuso porque es consentido. La cuestión es que no se puede hacer nada excepto preguntarse si las cosas hubieran sido diferentes si ella no hubiera llevado puesta aquella falda o no hubiese mirado de aquel modo a su profesor. La cuestión es que está en juego la carrera de un hombre, su sustento, ¡su familia! La cuestión es que Atlas Blakely tendrá tres años cuando oiga por primera vez las voces en la cabeza de su propia madre, la dualidad del ser de la mujer, cómo se fragmenta su inteligencia en algún lugar y forma algo más oscuro de lo que ninguno de ellos comprende. La cuestión es que se rompió el preservativo, o tal vez ni siquiera lo hubo.

La cuestión es que no hay villanos en esta historia, o quizá no haya héroes.

La cuestión es: alguien ofrece poder a Atlas Blakely y Atlas Blakely responde, sin duda, que sí.

★ ★ ★

Descubre más tarde que otro miembro de su grupo de reclutamiento, Ezra Fowler, encontró su código metido en el fondo de su zapato. Ni idea de cómo llegó ahí. Estuvo a punto de tirarlo a la basura, no le importaba en absoluto, pero no tenía ningún otro plan, así que aquí estamos.

Ivy Breton, graduada en la UNYAM que estudió un año en Madrid, encuentra el suyo dentro de una casa de muñecas antigua, posada sobre la réplica del trono de la reina Ana de Gran Bretaña que su tía abuela había barnizado a mano por afición.

Folade Ilori, una nigeriana que estudió en la Universidad Medellana, halla el suyo en el ala de un colibrí, en las viñas de su tío.

Alexis Lai, de Hong Kong y graduada en la Universidad Nacional de Magia de Singapur, descubre su código colocado con cuidado en los huesos excavados de lo que su grupo opinaba que se trataba de un esqueleto del Neolítico en Portugal. (No lo era, pero esa era otra penumbra para otro momento).

Neel Mishra, el otro británico que es, en realidad, indio, encuentra su mensaje en su telescopio, literalmente escrito en las estrellas.

Y luego está Atlas con la basura y Ezra con su zapato. Estaban destinados a mirarse a los ojos, reconocer la inmensidad de esta revelación y seguirla con un poco de hierba.

Cuando muere Alexis y Atlas cree que una versión más sombría del… bueno, en fin, mejor continuar, Blakely se entera de cómo fueron seleccionados. (Esto sucede después de que descubra la existencia de Dalton Ellery, pero antes de que su cuidador, Huntington, tome la decisión «espontánea» de jubilarse). Al parecer, la Sociedad puede rastrear la magia producida por cualquier persona en el mundo. Así es. Esa es su principal consideración y es… sobrecogedor. Casi frustrantemente sencillo. Buscan a alguien que esté generando una tonelada de magia y determinan si esa magia tiene un precio que otro haya pagado ya; si no es así, dicen ¡eh!, esto promete. Es un poco más refinado, pero esa es básicamente la esencia.

(Esta no es la versión larga de la historia, porque no te interesa la versión larga. Ya sabes quién es Atlas, o tienes cierta idea de lo que le pasa. Sabes que esta historia no termina bien. Está escrito en la pared y, para ser justos, eso significa que también Atlas lo ve. No es idiota, solo está jodido, lo mires por donde lo mires).

La cuestión es que Ezra Fowler es muy, muy mágico. Lo es cualquiera que cruce esa puerta, pero en cuestión de resultados puros, Ezra encabeza la lista.

—Puedo abrir agujeros de gusano —explica Ezra una noche, hablando como si nada. (Tarda mucho más en hablar del momento que despertó su particular especialidad mágica, es decir, el asesinato de su madre que más tarde sería referido como crimen de odio, como si tratar un virus como una coalición de síntomas separados, no relacionados entre sí, pudiera derivar en una cura)—. Pequeños, pero bueno.

—¿Cómo de pequeños? —pregunta Atlas.

—De mi tamaño.

—Ah, creía que estábamos hablando de reducir el tamaño. —Atlas exhala un suspiro—. Como en *Alicia en el País de las Maravillas*.

—No —repone Ezra—, son de un tamaño bastante normal. Como si los agujeros de gusano fueran normales.

—¿Cómo sabes que son agujeros de gusano?

—No sé qué otra cosa podría ser.

—Vale, vale.

La conversación era sencilla gracias a las drogas. Las drogas facilitaban todas las conversaciones de Atlas. Es imposible explicarle esto a nadie, pero poder escuchar los pensamientos de los demás complica mucho las relaciones. Atlas piensa demasiado. Fue un niño cuidadoso, se cuidaba de ocultar sus orígenes, sus heridas, su piso, su desnutrición, su falsificación de la firma de su madre; cuidadoso, muy cuidadoso, callado y discreto, pero... ¿es demasiado callado?, ¿habría que preocuparse?, ¿tendríamos que hablar con sus padres? No, no, es un placer tenerlo en clase, es muy servicial, puede que solo sea tímido, ¿es demasiado encantador?, ¿es normal que sea tan encantador con cinco años, seis, sieteochonueve? Solo se porta muy bien para su edad, es muy maduro, muy mundano, nunca se porta mal, ¿Habría que...? ¿Tendríamos que ver si...? Ah, empezó a hablar muy pronto, una racha rebelde en el momento justo, un defecto, gracias a dios.

Gracias a dios. Es un niño normal.

—¿Qué? —pregunta Atlas al darse cuenta de que Ezra sigue hablando.

—Nunca le he contado esto a nadie. Lo de las puertas. —Está mirando una estantería en la sala pintada, un escenario que el Atlas del futuro no modificará.

—¿Puertas? —repite Atlas con voz monótona.

—Las llamo puertas —contesta Ezra.

En general, Atlas sabe de puertas. Sabe que no ha de abrirlas. Algunas puertas permanecen cerradas por un motivo.

—¿Adónde conducen tus puertas?

—Al pasado. Al futuro. —Ezra tira de la piel seca de una cutícula—. Adonde sea.

—¿Puedes llevar a alguien contigo? —se interesa Atlas, pensando: *Quiero verlo. Quiero ver lo que sucede.* (¿Recibirá él su merecido algún día? ¿Mejorará ella algún día?). *Solo quiero saberlo.* Pero sabe que desea con demasiada fuerza como para preguntarlo en voz alta, porque el cerebro de Ezra muestra una señal de la que solo Atlas está al tanto—. Es solo curiosidad —aclara y suelta un aro de humo—. Jamás he oído de nadie que pueda crear sus propios agujeros de gusano.

Silencio.

—Puedes leer mentes —comenta Ezra un momento después, y se trata de una observación y una advertencia al mismo tiempo.

Atlas no se molesta en confirmarlo, pues técnicamente no es verdad. Leer es muy elemental y las mentes son, por lo general, ilegibles. Él hace otra cosa con las mentes, algo más complejo que no puede entender la gente, más invasivo, con lo que el resto de las personas no puede empatizar. Por una cuestión de supervivencia, Atlas no menciona los detalles. No obstante, hay un motivo por el que, si quiere agradar a alguien, por lo general lo logra, porque conocer a Atlas Blakely se parece un poco a depurar tu código personal. O puede serlo si se lo permites.

(Un día, años más tarde, después de que Neel muriera varias veces y Folade solo dos, cuando están decidiendo si dejar a Ivy en su tumba —si, tal vez, eso satisfaría por un tiempo a los archivos—, Alexis le cuenta a Atlas que le gusta lo de leer mentes. No solo no le importa, le parece ideal. Pueden pasar días sin hablarse, y es perfecto. A ella no le gusta hablar. Dicho con sus palabras, a los niños que ven muertos no les gusta hablar. Es así, le asegura. Atlas pregunta si tienen un grupo de apoyo, ya sabes, para los niños que ven muertos y que ahora son adultos muy, muy callados, y ella se ríe, y le lanza unas burbujas desde la bañera. Deja de hablar, le dice, y le tiende una mano. Él dice que vale y entra).

—¿Cómo es? —pregunta Ezra.

Atlas exhala otro anillo pequeño de humo y esboza la sonrisa estúpida de los que están muy mimados. En otro lugar, por primera vez en su vida, su madre está haciendo algo de lo que él no tiene ni idea. No lo ha comprobado. No piensa hacerlo. Si embargo, lo hará inevitablemente, porque así son las cosas. La marea siempre regresa.

—¿El qué? ¿Leer las mentes?

—Saber qué decir —lo corrige Ezra.

—Jodido —responde Atlas.

De forma intuitiva, los dos comprenden. Leer la mente de una persona que no puedes cambiar es tan inútil como viajar en el tiempo a un final que no puedes reescribir.

★ ★ ★

La moraleja de la historia es esta: cuidado con el hombre que se enfrenta a ti desarmado. Pero la moraleja de la historia es también esta: cuidado con los momentos de vulnerabilidad compartidos entre dos hombres adultos cuyas madres están perdidas. Lo que se ha forjado entre Ezra y Atlas son los cimientos para todas las cosas horribles que siguen. Es el escenario para cada catástrofe que se sucede. Digamos que es el origen, un principio de superposición. Una segunda oportunidad para algo como la vida, que, por supuesto, es el comienzo del final, porque la existencia es en esencia fútil.

Lo cual no quiere decir que el resto de su grupo en la Sociedad sean desagradables. Folade, Ade cuando se muestra insolente, es la mayor y no le importa ninguno de ellos una mierda; y está bien, la verdad. Se considera una poeta, es muy supersticiosa y la única de ellos un tanto religiosa, lo cual no resulta extraño, más bien sorprendente, porque eso significa que cuenta con momentos de paz que el resto no disfruta. Es física, atomista, la mejor que ha conocido Atlas hasta que conoce a Nico de Varona y a Libby Rhodes. Ivy es una chica rica y alegre que resulta ser una biomante viral capaz de recrear la extinción en masa en unos cinco o seis días. (Más adelante, Atlas pensará: oh, es a ella a quien deberíamos de haber matado. Y lo hace, en cierto modo, pero no como debería de haberlo hecho, o de un modo que hubiera supuesto un cambio significativo).

Neel es el más joven, animado y hablador con veintiún años. Iba a la universidad de Londres con Atlas, aunque nunca hablaron porque Neel estaba ocupado con las estrellas y Atlas estaba ocupado limpiándole vómitos a su madre o desmantelando sus pensamientos de manera encubierta. (Hay mucha basura física también en la vida de su madre, no solo los residuos de su psique. Al principio, Atlas intenta reordenar las cosas en su cabeza, reasignar sus ansiedades por lo desconocido, porque una mente bien organizada parece moderadamente más útil para un hogar saneado, o puede que Atlas sea solo un ingenuo. En uno de sus intentos limpia con éxito el cajón de verduras de elementos podridos no identificables durante una semana, pero después empeora, agudiza la paranoia, como si su madre entendiera que ha estado allí un ladrón, que alguien ha entrado. Durante medio segundo, las cosas se ponen tan feas que Atlas cree que el final está más cerca. Pero no es así. Y se alegra. Pero también está completamente jodido). Neel es un adivino y siempre está diciendo cosas como no toques hoy las fresas, Blakely, están mal. Es molesto, pero Atlas sabe, lo puede ver con claridad, que Neel lo dice de verdad y que nunca en su vida ha tenido un pensamiento impuro, excepto uno o dos por Ivy. Que es muy guapa. Aunque es una heralda de la muerte.

Luego está Alexis. Tiene veintiocho años y está harta de los vivos.

—Me da miedo —admite Ezra mientras toma un pastel a medianoche.

—Sí —coincide Atlas, y lo dice en serio.

(Más adelante, Alexis le tomará la mano justo antes de irse y le dirá que no es culpa de él, aunque sí lo es, y Atlas lo sabrá porque, en su cabeza, ella está pensando tú, completo idiota, malnacido estúpido. No importa, porque Alexis no es de las que piensan demasiado las cosas, y en voz alta solo dirá no la desaproveches, Blakely, ¿de acuerdo? Lo has hecho, sí, ya está, por dios no la desaproveches. Pero sí lo hará, por supuesto. Claro que lo hará).

—¿Es solo el tema de la necromancia? ¿Los huesos? —Ezra está mirando al vacío—. ¿Son los huesos desagradables? Dime la verdad.

—Las almas son más desagradables que los huesos —le confía Atlas—. Los fantasmas. —Se estremece.

—¿Piensan los fantasmas? —Ezra chapurrea con esfuerzo.

—Sí —confirma Atlas.

No son tan comunes, los fantasmas. La mayoría de las cosas mueren y se quedan muertas.

(Por ejemplo, Alexis).

—¿En qué piensan? —insiste Ezra.

—Normalmente en una cosa. Una y otra vez. —Trastorno obsesivo-compulsivo, ese es uno de los primeros diagnósticos que recibe Atlas cuando acude a alguien para ver si puede arreglarlo. Está completamente equivocado, piensa. Sabe que tiene algún trastorno, todo el mundo lo tiene (así son los trastornos), pero ¿compulsión? No suena bien—. Los que se quedan en este mundo suelen hacerlo por algún motivo específico.

—¿Sí? ¿Como cuál?

Atlas se muerde la esquina del pulgar. Su madre tiene diecisiete frascos de la misma crema de manos y, de pronto, desea con desesperación tener él alguno. Durante medio segundo piensa que debería de volver a casa.

Pasa. Exhala un suspiro.

—¿A quién le importa lo que quieren los muertos? —exclama.

No es estúpido. Si él muriera, sabe que se quedaría muerto.

* * *

La Sociedad no suele elegir a su cuidador desde dentro. Aún no sabes esto porque no has llegado a este punto, pero, en realidad, la Sociedad no está gestionada por sus propios iniciados. Los miembros iniciados son demasiado valiosos, están ocupados, y, en cualquier caso, imagina la inmensa crueldad de haber matado a una persona y vivir con ello mientras aceptas un trabajo de oficina y atiendes el teléfono. No, la Sociedad está gestionada casi por completo por personas del todo normales que se someten a entrevistas de trabajo del todo normales y tienen currículos del todo normales. No tienen acceso a prácticamente nada de importancia, así que no importa en realidad lo que sepan.

William Astor Huntington era profesor de literatura clásica en la UN-YAM antes de que lo nombraran cuidador. Cuando el consejo de la Sociedad, que sí está compuesto por iniciados, investigó a la poco convencional y algo preocupante propuesta de sucesor por parte de Huntington, todos notaron un zumbido suave e insistente en los oídos. Era tan molesto (y la sonrisa de Atlas Blakely era tan deslumbrante y su historial tan inmaculado) que votaron por unanimidad para que la reunión terminara pronto y pudieran volver a casa.

Todo lo cual para decir que la presencia de Atlas aquí, en este despacho, en este puesto, no fue un desafío fácil. Tampoco has de admirarlo por ello, pero si quisieras, podrías hacerlo. El de cuidador es un puesto político y a él se le daba bien la política, se le daba de maravilla, pues había tenido toda su vida para practicar. ¿Podrías decir que de los labios de Atlas Blakely no ha salido nunca una palabra honesta? Podrías. Nadie iba a impedírtelo y mucho menos él.

De su grupo, Atlas es el primero en comprender los requerimientos de iniciación de la Sociedad. Su investigador es un iniciado de la Sociedad que no puede parar de pensar en ello. Una pistola antigua, distancia corta, el gatillo que se dispara antes de que esté listo, oh mierda, mierda las manos temblorosas, esta vez es un tiro feo, pero no letal, mierdamierdamierda idiota, que alguien me ayude…

Al final tuvieron que colaborar cuatro para hacerlo. Atlas, testigo de segunda mano de los recuerdos, piensa joder, gracias, pero no.

—Los libros —replica Ezra.

Atlas ya estaba guardando sus cosas cuando Ezra entró en su habitación, molestándolo, o tal vez solo recordándoselo. Atlas tenía la piel de las manos seca y no había tenido noticias del propietario del pub de abajo que supuestamente lo llamaría si algo salía mal, pero cabía la posibilidad de que las protecciones no dejaran pasar las llamadas de los vecinos. La casa quería que matara a alguien, así que, honestamente, quién sabía si funcionaban los teléfonos o no.

—Los malditos libros. —Ezra soltó un suspiro hondo.

Aún no hemos mencionado lo mucho que le gustan los libros a Atlas. Cómo estos le salvaron la vida. No en este momento de su vida, porque se encaminaba a la ruina. Antes. Los libros lo salvaron.

(Lo que no sabía era que fue una persona quien lo había salvado, porque las personas han escrito los libros, los libros eran solo las ataduras, las cuerdas que lo retenían. Pero en ese momento estaba trabajando en un pub horrible y creía odiar a las personas. Las odiaba. Todos lo hacen de vez en cuando. Por lo que esto era un error pequeño, pero crítico).

Cuando Atlas estaba madurando y descubriendo lo difícil que iba a ser la vida (clínicamente hablando, estos fueron los periodos de tiempo de inutilidad y vacío, la rabia sorda y la ausencia de concentración confusa e indiscriminada, los picos pronunciados de actividad antisocial, el aislamiento y el autosabotaje), Atlas se sentía afortunado, al menos, de encontrarse atrapado en un palacio de abundancia intelectual, rodeado de montones y montones de libros que en el pasado formaron la mente destrozada de su madre. La había conocido de verdad tan solo allí, en las líneas y párrafos que ella había subrayado y en las esquinas que había doblado. Los libros eran su único medio de conocerla como una persona poseedora de anhelos amargos y prodigiosos, una mujer que esperaba que el amor la comiera viva, que deseaba con desesperación, más que cualquier otra cosa, que la vieran. Los libros donde todavía guardaba una carta, una nota que demostraba que nunca estuvo solo en su mente (el lugar laberíntico en el que se convertiría su mente), la excusa idónea para que un hombre decidiera un día que su aventura no había sido nada más que un delirio solitario de ella. Los libros que la habían confortado, antes o después de que su vida se viera escindida en dos por el nacimiento de un hijo no deseado.

—No tendrías que haberte molestado —le murmuró Atlas a su madre una vez al pensar en la trampa que era esto. Todo esto. Accionar un temporizador invisible para un final que no alcanzabas a ver. Tú no sabes cómo termina, así que te limitas a... hacer e intentar, e inevitablemente fracasas, invariablemente sufres, y ¿para qué? Más le valdría haberse quedado allí, en la escuela, donde su genio podría haber tenido un lugar para crecer, un contenedor que llenar, algo en lo que convertirse. Mejor eso que esto, él limpiándole la baba de la mejilla, los ojos de ella indiferentes y oscuros cuando conectan con los de él.

—Cuando muere un ecosistema, la naturaleza crea uno nuevo —le dijo ella, y tal vez no significaba nada. Absolutamente nada, quizá.

Atlas no la oyó al principio. Le preguntó qué, así que ella lo repitió:

—Cuando muere un ecosistema, la naturaleza crea uno nuevo.

Y Atlas pensó de qué diablos estás hablando, pero entonces, más adelante, regresó a él en aquel momento crítico, el momento en el que no era capaz de recordar de quién fue la idea. De Ezra, tal vez, o puede que Atlas la depositara. Quizá fue de los dos.

Cuando muere un ecosistema, la naturaleza crea uno nuevo. ¿No lo entiendes? El mundo no termina. Solo nosotros.

Pero tal vez… podríamos ser más que eso. Puede que su madre se refiriese a eso. Igual estamos destinados a ser más que eso.

(Atlas está cada vez más seguro. Sí, tuvo que ser eso lo que quiso decirle).

No importa dónde comenzó. No importa dónde termine. Formamos parte del ciclo, nos guste o no, así que no seamos el páramo árido.

Seamos las langostas. Seamos la plaga.

—Seamos dioses —dice Atlas en voz alta y es importante recordar que está drogado, que echa de menos a su madre, que se odia a sí mismo. Es crítico subrayar que, en este preciso instante, Atlas es un pequeño ser asustado, triste y solitario, una peca en el trasero de la última fatalidad inminente de la humanidad. A Atlas Blakely no le importa si llegará vivo hasta mañana, o mañana, o mañana. No le importa que lo pueda alcanzar un rayo y muera esta noche. Atlas Blakely es un neurótico de veintitantos años (veinticinco por entonces) desesperado por encontrar el sentido, bajo la influencia de al menos tres sustancias que alteran la mente y en la presencia de posiblemente su primer amigo de verdad. Al principio, cuando lo dice, no piensa en las consecuencias. ¡No entiende aún las consecuencias! Es un crío, un idiota, ha visto una mínima parte de la experiencia humana y no comprende aún que es polvo, que es un grano de arena, un jodido gusano. No lo entenderá hasta que Alexis Lai llame a su puerta y diga hola, siento molestarte, pero Neel está muerto, ha muerto, y dentro de su telescopio había una nota en la que ponía que lo has matado tú.

Y es entonces, más adelante, cuando Atlas Blakely sabe que está jodido. Tarda al menos dos muertes más de Neel en decirlo en voz alta, pero lo sabe justo entonces, en ese momento, a pesar de que no le cuenta a nadie qué está pensando, que es esto: *No tendría que haber pedido poder cuando lo que de verdad quería era significado.*

Pero ahora tiene ambos. Así que ahora entiendes que estamos en un punto muerto.

* * *

—¿Qué significa? —pregunta Libby Rhodes, a quien le arden todavía las manos. Le recorren las mejillas unas marcas pálidas, la sal se mezcla con la mugre en las sienes. Tiene el pelo lleno de ceniza y Ezra Fowler está tirado a sus pies. Ezra ha exhalado su último aliento hace no más de diez, quince minutos, ha pronunciado sus últimas palabras unos segundos antes y esta parte, también, quedará sobreentendida: que aunque Atlas está enfadado, aunque no sabe lo que esperaba sentir por la pérdida de un hombre al que un día quiso y a quien ahora odia, aún siente. Siente con intensidad.

Pero él eligió hace mucho, porque en algún lugar hay un universo donde no tuvo que hacerlo. En algún lugar hay al menos un mundo en el que Atlas Blakely cometió un asesinato que salvó otras cuatro vidas y ahora el único camino es encontrarlo. O crearlo.

En cualquier caso, esta historia solo puede terminar de un modo.

—Significado —responde Atlas y levanta la mirada del suelo—. ¿Qué más estás dispuesta a romper y a quién vas a traicionar para conseguirlo, señorita Rhodes?

EL COMPLEJO

como

anécdota sobre la humanidad

En una cara de la moneda hay una historia que ya has escuchado antes. Genocidio. Esclavitud. Colonialismo. Guerra. Desigualdad. Pobreza. Despotismo. Asesinato, adulterio, robo. Cruel, salvaje, escaso. Si se los deja a su suerte, los humanos recurrirán inevitablemente a sus impulsos más básicos, a la violencia autodestructiva. Dentro de cada ser humano está el poder de ver el mundo tal y como es y, aun así, sentir el impulso de destruirlo.

En la otra cara de la moneda está Romito 2. Hace diez mil años, cuando el resto de su especie sobrevivía únicamente gracias a su destreza como cazadores, un hombre con un caso severo de enanismo recibió cuidados desde la infancia hasta la edad adulta sin ofrecer ningún tipo de beneficio (por decirlo así) al resto de su especie. A pesar de la amenaza de la escasez, le ofrecían cierta dignidad: tenía permiso para vivir porque era uno de ellos, porque estaba vivo. Si se los deja a su suerte, los humanos se preocuparán los unos por los otros en detrimento de sus propias necesidades. Dentro de cada ser humano está el poder de ver el mundo tal y como es y, aun así, sentir la necesidad de salvarlo.

No se trata de una cara o de la otra. Las dos son reales.

Lanza la moneda y veamos cómo cae.

I

EXISTENCIALISMO

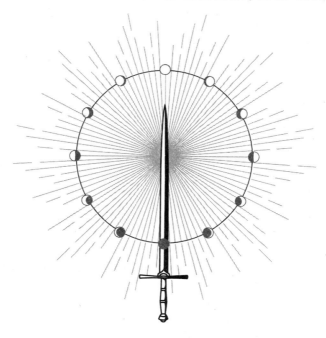

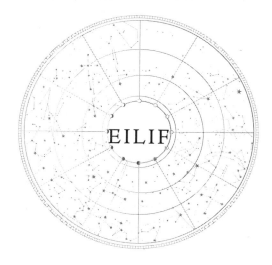

EILIF

El hombre rubio que salió del medio de transporte medellano en la estación Grand Central llevaba unas llamativas gafas de sol. También varias capas de encantamientos de ilusión. Algunos los había aplicado recientemente, pero la mayoría llevaban ahí años, tal vez incluso décadas. No era pues un disfraz apresurado, sino más bien una reconstrucción cosmética permanente. Las gafas de sol eran de estilo aviador con un efecto prismático en las lentes, un tono dorado que iba transformándose en plateado hacia las patillas. A Eilif le recordaban a una perla encerrada en su iridiscencia, un tesoro escondido en un océano insensible. Pudieron ser las gafas de sol las que atrajeron su atención, o tal vez la sensación extraña de que el hombre la había mirado a los ojos.

No era Nico de Varona, lo cual era preocupante, quizás desastroso. Pero Eilif fue lo bastante lista como para aprovechar la que probablemente sería su última oportunidad.

—Ahí —le dijo con urgencia a la foca que había a su lado, que no era de esas que gruñen de forma encantadora, ni siquiera una servicial *selkie*.

Como respuesta, esta puso una cara como si algo le hubiera hecho daño en los oídos. Eilif no tenía ni idea de qué podía ser.

—Esa. Tiene sangre por todo el cuerpo. —La neblina persistente de las protecciones procedentes del lugar de donde venía estaban, inconfundiblemente, presentes y manaban de la piel del hombre rubio en oleadas. Como un aura de humos tóxicos o de una colonia mala. Aunque Eilif dudaba de que la colonia de este hombre no fuera cara.

—¿Ese es Ferrer de Varona? ¿Está usando un hechizo de ilusión o algo así? —preguntó la foca, no a Eilif, sino a la pequeña máquina que llevaba en la oreja. No era azul, mucho menos azul marino. A Eilif le preocupó haberse asociado con aficionados—. El informe dice que el objetivo debería ser más bajo, latino, con el pelo oscuro.

Eilif presenció a la multitud de personas separarse para dejar paso al hombre rubio. No. Eso no sucedía en Nueva York. Tiró de la manga de la foca que tenía al lado, una del grupo de tres, pero la más cercana.

—Él. Ve.

Él tiró del brazo para soltarse.

—Creo que el rastreador se ha debido de estropear.

De nuevo, no hablaba con ella, una pena. Ella le habría dicho que la magia le había obligado a decir eso, que este rastreador suyo nunca iba a funcionar bien porque era un ser humano normal y corriente, y que ese era el precio de la normalidad. Sí, la foca tenía mucho músculo, probablemente una velocidad adecuada y, en conjunto, eso le concedía mérito, aunque de una variedad muy corriente. Una máquina de matar muy buena, pero Eilif ya había conocido a muchos de esos y ninguno la había impresionado hasta el momento.

No esperó a que el dispositivo medellano de la foca le informara de lo obvio. Salió por el espacio que dejó la salida ostentosa del hombre rubio, provocando una sacudida de movimiento de las otras dos focas que tenía cerca. Bien, iban a seguirla, encontraría al hombre rubio y enseguida quedaría claro que esto no iba bien, que Nicolás Ferrer de Varona los había engañado una vez más, y que en su lugar estaba esto: un hombre rubio que no era nada usual, que con toda seguridad venía de la misma casa. La que tenía sangre en las protecciones.

Oyó un siseo detrás de ella, por encima del hombro. Eilif siguió a la cabeza dorada por los arcos bajos y salió a la calle tras él.

—¡Está corriendo!

—Dijo que podía suceder esto, síguela…

Eilif no les hizo caso y salió en busca de su salvación o de su condena.

—Para —dijo desde las puertas de la estación, y su voz la enfureció. Le sentaba bien volver a usarla, esa cosa que nacía en su pecho, que algunos consideraban su magia, pero que Eilif consideraba ella misma. Sobrevivir conllevaba ocultarlo, su ser, su sí, lo que le hacía sentir que habría un mañana. No como los tratos, que la hacían sentir que había un ahora, un algún día, un hoy.

La multitud de cazadores de fortunas, las bicicletas y la sensación constante de ira empapaban la calle. Un hombre con unos protectores de oreja no la oyó y siguió caminando. Eilif se sorprendió ante la eficiencia de la cera moderna de los marineros. Lo importante, sin embargo, es que el hombre rubio se detuvo, sus hombros se detuvieron dentro de una camisa blanca de lino. Al principio, no pareció afectado por la amenaza pantanosa de la mañana del inminente verano, pero Eilif notó que la magia lo abandonaba. Cuando se dio la vuelta, vio una diminuta gota de sudor en su frente justo antes de que esta desapareciera tras sus gafas de metal.

—Hola —saludó. Tenía la voz acaramelada—. Mis disculpas.

—¿Por qué? —preguntó Eilif, que le había ordenado que se detuviera, pero no estaba muerto. Aún.

—Me temo que vas a lamentar conocerme. Le pasa a casi todo el mundo. —La boca alterada con magia del hombre rubio se torció en un gesto que no mostraba lamento justo cuando las dos focas se libraron del efecto de la orden de Eilif y la flanquearon de un modo que esperaba que sirviera de algo.

—Él —dijo con un codazo. Alzaron la barbilla hacia el hombre rubio y movieron las manos al mismo tiempo para sacar unas armas que no fallarían.

Las instrucciones fueron «retened». La orden, según los términos del trato de Eilif, fue «someted», como si se tratara de un animal sin contención. Comprendió que, en la vida real, alejadas de los diseños de estrategas y teóricos, muchas palabras adoptaban significados diferentes. Las de ella también. Su promesa fue esta: una llave de la casa con sangre en las protecciones. Vivo o muerto, su objetivo óptimo o no, el hombre rubio era ahora su única salvación. Capturarlo y cortarlo en pedacitos, meter su cuerpo roto en un pestillo, no importaba. Su promesa de entrega no dependía del estado en el que entregaba el sujeto. Tras muchos años y muchos tratos, había aprendido a mostrarse atenta a la naturaleza de la letra pequeña.

El destripamiento no requería magia y Eilif lo sabía. Pero en algunas ocasiones no dolía, así que hizo lo que pudo para retenerlo allí. No conocía a este hombre rubio y no podía odiarlo. Sin embargo, sí podía escoger su vida antes que la de él.

Por desgracia, las cosas salieron mal casi de inmediato. Eilif estaba en sintonía con las cosas silenciosas, los movimientos sutiles, como la diferencia entre una necesidad y un deseo, la delicada fractura en la duda de un hombre armado. La foca de su izquierda sufrió un pensamiento, o algo muy parecido. Más bien un pulso de anhelo o una punzada de lamentación.

Reparó en que alguien se estaba resistiendo.

Otra gota de sudor apareció y desapareció de la frente del hombre rubio, oculta tras las gafas cromáticas. La foca de la derecha de Eilif tituló, el movimiento de la llama de una vela. Rabia, tal vez, o deseo. Eilif lo conocía bien, la sacudida de inspiración de la que dependía gran parte de su destreza. El truco de la luz que, bajo ciertas circunstancias, podía considerarse un cambio de opinión. Detrás de ella, el movimiento se había ralentizado, no quedaban más focas. Lo que fuera que había provocado el cambio en la atmósfera que había dejado a los dos que había a su lado en una peligrosa suspensión estaba fusionándose ahora, uniéndose a una llamada más ligera, superior. Como las nubes cirro que pasan a formar un cúmulo o como un acorde menor que cambia a mayor.

—El problema es que estás desesperada —señaló el hombre rubio. Solo después de los tiros que ya debían de haberse oído, Eilif reparó en que le hablaba directamente a ella. Alrededor de ellos había un silencio extraño, performativo, que se había extendido desde las focas hasta la gente y había provocado una quietud similar al susurro previo a una ovación de pie, la expectación de un aplauso unánime—. Has de entender que no es personal —añadió el hombre rubio, que observaba su procesamiento tardío.

Todo un barrio de la ciudad reducido a una parálisis silenciosa. Las focas diseñadas para reducir a Nico de Varona no iban a resultar de utilidad al final, por lo que tal vez aquí estaba. El final.

No. Hoy no, ahora no.

—Esto tampoco —respondió valerosa Eilif y trató de pensar solo en una cosa: *Eres mío.*

Y, sin embargo, otro elemento escapó peligrosamente entre la intensidad de sus pensamientos; no era vacilación, era peor. Como la gota de sudor del hombre rubio: un atisbo de dolor nacido de una sensación fugaz y desaconsejada. La emoción de la caza. El subidón de una victoria. El movimiento rápido de su cola. Las delgadas muescas en la pantorrilla; los tratos que había hecho para rehacer su vida, para reorganizar su destino. Y entonces, al final, como el romper de una ola. El destello particular de su hijo Gideon.

Era imprudente dejar que manara tanto de ella en su esfuerzo de someter la voluntad del hombre rubio; unas grietas que sin duda llegarían a él, impurezas, como pedazos de corrosión, lugares desde los que podría irrumpir un pensamiento opuesto y extraviado de forma imprudente. Así y todo, notó que la boca del hombre rubio se llenaba de un viejo anhelo familiar, del sabor amargo del deseo. Normalmente, eso bastaba para darle una oportunidad en caso de que la necesitara. En esta ocasión, bastó para que pudiera alcanzar el rifle de la mano de la foca que tenía más cerca.

Bastó para que pudiera escoger cazar en lugar de ser cazada, aunque solo fuera por esta vez.

Apuntó al hombre rubio, con el dedo en el gatillo, y en su mente resonaron maldiciones antiguas.

—Ven conmigo —dijo con la dulzura de una canción de sirena, la entonación de una promesa en su voz. Sentía lo suficiente de él para saber que poseía los deseos mortales más usuales; los esperados dolores de los anhelos no correspondidos y no satisfechos. Lo único que él tenía que hacer era lo que hacía todo el mundo: ceder.

El hombre rubio se bajó las gafas de sol lo suficiente para que Eilif lo mirara a los ojos. Eran azules como el cielo celeste. Como las olas de un mar acogedor. En la periferia de Eilif, una foca sollozaba, las lágrimas caían de sus ojos con una extraña y dominante sensación de arrobo. La otra había caído de rodillas. El conductor de un taxi cantaba algo, posiblemente un himno. Varios peatones se habían agachado para besar el suelo. El hombre rubio se resistía a ella y los incapacitaba con una simultaneidad imposible, como si juntara dos mitades del universo o cosiera una ola a la arena.

Solo después de que tal epifanía se volviera imperativa, comprendió Eilif que la efusividad de la magia del hombre rubio no era un desperdicio. Muchos humanos desperdiciaban su magia por la ignorancia relativa de sus limitaciones, abusaban de un recurso que pensaban que nunca les robarían. El hombre rubio, sin embargo, estaba acostumbrado a estar vacío. Sabía exactamente de cuánto de sí mismo podía o no podía prescindir.

—¿Qué les estás haciendo? —preguntó Eilif, que no pudo contener la curiosidad. De un artífice a otro, no podía evitar sentirse maravillada.

—Ah, es algo increíble que he aprendido últimamente —señaló el hombre rubio, al parecer encantado con su atención—. Incapacitación por medio de la ausencia de dolor. Está bien, ¿eh? Lo leí en un libro el mes pasado. En fin, no te ofendas, pero tengo que irme. Tengo una biblioteca vengativa que considerar, me gustaría ocuparme de cierta justicia retributiva. Seguro que te puedes sentir identificada.

Se adelantó hacia ella en la calle con un ligero contoneo arrogante. Al fijarse mejor, notó que tenía los ojos inesperadamente inyectados en sangre, con un iris tan dilatado que parecía interminable, casi negro. Al parecer, no había sido tan fácil su supervivencia. Eilif extendió el brazo hacia él y con la punta de los dedos le tocó la opacidad húmeda de la mejilla. Entre sirenas, conocía la llamada de un naufragio próximo. Sabía que el final sería un choque, un remolino de oscuridad.

—Esa persona a la que intentas proteger —lo oyó murmurar para sus adentros—, ¿por qué me resulta tan familiar?

Y Eilif supo que el arma estaba en el suelo, que había perdido su última oportunidad, que muy pronto terminaría la oración, que el hombre rubio la había dejado en las manos de su destino, aunque lo hubiera hecho de forma inconsciente. Que sabía quién, pero no qué, era Gideon.

A su lado, las focas estaban sentadas y el hombre rubio apartó la mirada, aunque durante medio segundo. Eilif consiguió atraer su atención. Comprendió que iba a marcharse antes de que desaparecieran por completo los efectos de su magia, pero había en él algo que necesitaba ver, entender.

—Mírame —le pidió. Tenía los ojos azules, proféticos, arrepentidos. Oscuros por la ira, por el propósito, por la rabia, como la sangre salpicada de forma ingenua sobre unas protecciones antiguas.

El pulso de un reloj que avanzaba; su final, como el de ella, se materializó.

—¿Cuánto tiempo tienes? —consiguió preguntarle.

Él soltó una risotada.

—Seis meses si me creo la historia que me han contado. Y, por desgracia, me la creo.

El destello de un cuchillo, sus dientes en la oscuridad.

—Me encanta la destrucción —añadió el hombre rubio y sus ojos se oscurecieron del todo—. ¿No te parece romántica?

—Sí —susurró ella.

Muesca a muesca, esta vida, un ancla, la libertad intercambiada por la supervivencia.

Los ojos de él,

La oscuridad,

Los ojos de él.

★ ★ ★

—Eilif —dijo una voz nueva. Familiar y más vieja. Menos cansada; menos aterciopelada—. Se te ha acabado el tiempo.

El mismo destello rojo apareció en la inmensidad de la profundidad oceánica. El mismo libro rojo brilló dentro de las grietas del tiempo y los sueños.

Había intentado escapar, pero sin éxito. El Contable la había encontrado de nuevo.

Por primera vez, la sirena se había quedado sin apuestas. No le quedaba nada que ofrecer, ni promesas con las que negociar, ni mentiras con las que entonar su canto de sirena. Las muescas en su pantorrilla que marcaban sus deudas brillaban en la oscuridad como escamas, la anclaban a su destino inevitable. Al menos iba a conocer su final.

El Príncipe, el animador, estaba suelto. Su hijo estaba desaparecido. El hombre rubio, su último intento de limpiar el libro de su vida, había salido muy mal. Ese lugar con los libros, con la sangre en las protecciones, el que había prometido al Contable, formaba a monstruos. De entre todas las criaturas, Eilif sabía eso.

No importaba. Todo había acabado ya, así que decidió disfrutar de lo poco que le quedaba. Tenía tiempo suficiente para una o dos maldiciones, o posiblemente solo una advertencia.

Me encanta la destrucción, ¿no te parece romántica?, pensó Eilif.

—Puedes quedarte con mi deuda —ofreció con generosidad al Contable, sacándole una sonrisa—. Disfrútala, tiene un precio. Ahora tienes tu propia deuda. Un día sabrás tu final y no contarás con el beneficio de la ignorancia. Lo verás venir y no podrás detenerlo.

Tal vez porque había renunciado de verdad al miedo, por primera vez detectó un destello diferente en la sombra, normalmente sin forma, del Contable: un brillo dorado, una chispa. Una pequeña runa o un símbolo en lo que parecían unas gafas, con forma de un pájaro que regresa a casa.

Ah, no, no era un símbolo. Era una letra. «W».

Eilif torció los labios para esbozar una sonrisa cuando la oscuridad comenzó a arremolinarse alrededor de sus hombros, a envolverla como una ola, y le llenó los pulmones pesadamente antes de que se zambullera en silencio en la nada.

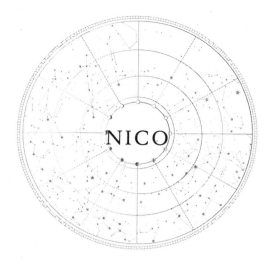

NICO

La citación debió de haber llegado durante la noche, la habrían deslizado por debajo de la puerta de su apartamento de Nueva York cuando Nico se despertó (o más bien se levantó, pues no había dormido nada) en las primeras horas de la mañana. Muy organizada, la citación. El sobre blanco tenía un halo distintivo de pulcritud e iba dirigido a Nicolás Ferrer de VARONA. No había lacre, ni un ostentoso escudo de armas, ninguna pretensión obvia que mencionar. Al parecer, esas pompas estaban reservadas para la mansión que Nico abandonó el día anterior, y lo único que quedaba era un escudo de armas vagamente institucional.

(¿Qué esperaba exactamente de la Sociedad Alejandrina? No lo sabía. Lo había reclutado en secreto, le había pedido que matara a una persona y le había ofrecido las respuestas a algunos de los misterios más grandes del universo, todo ello en servicio de algo omnisciente, antiguo y arcano. Pero también le había servido la cena tras la llamada de un gong, por lo que, en general, la estética era un poco confusa, más fiel a un punto medio entre la pureza ideológica y una prueba de fuego).

Más curiosa, sin embargo, era la presencia de una segunda notificación, dirigida, inquietantemente, a Gideon, sin su segundo nombre Drake.

—Bien. —La mujer de la mesa, cuarentona, muy británica, hizo clic con el ratón del ordenador de mesa y se volvió, expectante, hacia Nico, quien se removió, incómodo, en la silla a la que tenía adheridos los muslos—. Tenemos una gran variedad de trabajos rutinarios que comentar, señor de Varona, como seguramente le ha comentado su cuidador. Aunque me temo que hemos tenido que avisarle con un carácter más... exigente —remarcó, echando un vistazo a Gideon, a su lado—. Considerando las circunstancias, supongo que lo entiende.

Debajo de ellos, el suelo vibró. Por suerte, era Gideon quien estaba sentado al lado de Nico y no otros que pudieran reprenderlo por estas pequeñas indiscreciones mágicas. Tan solo hubo una breve mirada al flexo de la mesa, a la izquierda de Nico.

—Ya sabe lo que dicen de las suposiciones —respondió Nico.

A su lado, Gideon movió la cabeza solo lo suficiente para que Nico reparara en que estaba siendo agraciado con una mirada de reojo poco común (aunque nunca del todo imposible) drakiana.

—Perdón —dijo Nico—. Vamos.

—Bien, señor de Varona, creo que puedo decir con seguridad que esto es un informe —señaló Sharon, pues ese era su nombre.

La placa de identificación que había pulcramente colocada sobre la mesa (con la misma fuente con la que habían tipografiado también las palabras ATLAS BLAKELY, CUIDADOR) decía SHARON WARD, AGENTE DE LOGÍSTICA, aunque la agente de logística en cuestión no se había molestado en presentarse formalmente. En realidad, había dicho muy poco desde la entrada de Nico a la sala y ahora.

—No es la primera vez que tenemos algún problema legal con un iniciado —aclaró Sharon—. Pero es la primera vez que ocurre en las veinticuatro horas tras abandonar los archivos, así que...

—Un momento, disculpe —la interrumpió Nico y Gideon frunció el ceño de forma inquisitiva en señal de advertencia preventiva—. ¿Problema legal?

Sharon hizo clic en su ordenador y examinó la pantalla antes de lanzar una mirada indiferente a Nico.

—¿No ha destruido propiedad gubernamental valorada en varios millones de euros a plena vista?

—Yo... —Objetivamente, era cierto, pero a un nivel espiritual, Nico sentía que había un punto de inexactitud—. Bueno, yo...

—¿No ha causado la muerte de tres medellanos? —insistió Sharon—. ¿Dos de los cuales pertenecían a la CIA?

—De acuerdo —aceptó Nico—, hipotéticamente, lo permití, pero ¿fui yo la causa directa? Porque ellos vinieron primero a por mí —indicó—, así que, si lo piensa, todo comienza por una cuestión de...

—Mis disculpas. —Sharon se volvió con un sentimiento de altivez hacia Gideon—. Creo que fue usted responsable de uno de ellos.

—¿Qué? —El aire de la habitación se volvió de pronto rancio para Nico, que sentía ahora una preocupación que no tenía cinco minutos antes, pero que probablemente debería—. Gideon no ha...

—Sí —confirmó Gideon—. Uno lo fue.

—Es usted Gideon Drake —dijo Sharon, la agente de logística por quien Nico no sentía en absoluto afecto ahora mismo tan solo debido a su tono de voz. Tenía intención de hacerle un cumplido sobre su jersey inmaculado, lo que le parecía que podría haber sido un final afable a la conversación, probablemente mientras tomaban el té, pero ahora lo estaba reconsiderando—. Y no es un iniciado alejandrino —añadió Sharon.

—Ni usted tampoco —comentó Gideon.

—Sí, bueno. —Sharon apretó los labios—. Considero que una de las afirmaciones es relevante y la otra no.

—Un momento, ¿no es iniciada? —preguntó Nico, que se volvió confundido hacia Gideon—. ¿Cómo lo sabías? ¿Cómo lo sabía? —le preguntó con tono firme a Sharon al ver que Gideon estaba haciendo una de las cosas que solía hacer siempre y había escogido el silencio como táctica—. Claro que es una iniciada... Son los agentes de la Sociedad, ¿no es así?

Hubo un momento, ajeno al conocimiento de Nico, en el que Sharon pareció considerar una amplia variedad de maldades como respuesta a la mirada de calma ligeramente hostil de Gideon. Normalmente, Gideon era la personificación de la cortesía, lo que volvía este momento aún más desconcertante.

—La Sociedad Alejandrina no está interesada en las complicaciones legales que pueden derivar de un acontecimiento de esta naturaleza. —Sharon se dirigía exclusivamente a Gideon ahora, no a Nico, algo inusual y un tanto alarmante—. Sus iniciados están protegidos. Los de fuera no.

—Vaya, un momento —dijo Nico y se adelantó en la silla. Debajo de él, la piel del mueble chirrió, por el poco uso o porque sería nueva, o tal vez no era piel de verdad. Pero esa no era la cuestión, aunque sí que contribuía en algo: todo esto era feo y falso—. Es consciente de que me atacaron, ¿no? —señaló—. Yo era el objetivo y Gideon me salvó la vida, y creía que eso contaría para algo...

—Por supuesto. Somos conscientes. De no ser así, él no estaría aquí sentado —contestó Sharon.

—¿Y dónde iba a estar sentado si no? Da igual, no responda —añadió Nico cuando Sharon y Gideon se volvieron hacia él con una expresión que indicaba que debería de saberlo—. Creía que nos había citado aquí para ayudar.

Los ojos verdes de Sharon lo miraron sin comprender. Casi eran incoloros y no era poco halagüeño que Nico pensara eso, pues ella no le agradaba. (Probablemente).

—Señor de Varona, ¿está por casualidad ahora mismo en una prisión parisina?

—Eh... no, pero...

—¿Ha recibido una citación de la policía?

—No, pero yo...

—¿Se siente en riesgo de una persecución legal o en un peligro inminente?

—No es justo —respondió Nico, que notaba que el encuentro había tomado un rumbo pasivo agresivo—. Estoy en constante peligro, ¡pregunte a quien quiera!

—Entonces es eso —señaló Gideon sin esperar la respuesta de Sharon. Se cruzó de brazos—. Nico se libra con una advertencia y yo... no me arrestan, lo que supongo que debería de considerar una victoria —observó. No estaba siendo maleducado, solo estaba aquí de negocios. Sabía que se dirigía a una negociación mientras que Nico pensaba que se trataría de una oferta o, al menos, una noticia amable.

Con razón el resto del mundo no dejaba de decirle a Nico que era un crío.

—Supongo que se llevará a cabo algún tipo de disfunción en la memoria —dijo Gideon.

Antes de que Sharon pudiera abrir la boca, intervino Nico.

—No va joderle el cerebro a mi amigo. Lo siento, pero no.

Sharon parecía atónita por su lenguaje.

—Señor de Varona, discúlpeme...

—Mire, si no es usted iniciada y conoce los asuntos de la Sociedad, entonces seguramente Gideon pueda tener algún tipo de pase. —Nico no tuvo que girar la cabeza para ver la mirada de extrema incertidumbre de Gideon, que estaba muy seguro de que le estaba lanzando con la intención de que cerrara la boca. Pero nunca había funcionado y no lo iba a hacer hoy—. De acuerdo, un pase no, pero... sí una alternativa. ¿Qué tal un empleo? —sugirió. Se enderezó con tanta firmeza que la base del flexo de la mesa trastabilló hasta el borde de la madera—. En los archivos. Un archivista. O algo así. Deje que hable con Atlas —añadió—. O con Tristan. —Probablemente fuera inútil, pero a lo mejor Tristan Caine los sorprendía a ambos y aceptaba. (Además, Tristan se lo debía)—. Seguro que a alguno se le ocurre algo. Además, Gideon tiene buenas referencias de la UNYAM, si se ponen en contacto con el decano de...

—Señor de Varona. —Sharon desvió la mirada al flexo, que se balanceaba en el precipicio de dejar de ser un flexo y convertirse en una pila de fragmentos de cristal y ruina—. Si no le importa...

—Alguien ha intentado matarme —le recordó Nico, y se puso en pie—. Y no sé si se ha dado cuenta, Sharon —(inintencionadamente burlón)—, pero la Sociedad no ha hecho nada para protegerme. ¡Creí que estaba aquí por eso!

Las luces que tenían encima titilaron mientras el suelo ondulaba una, dos veces, y volcaba la fastidiosa colección de libros de un estante que se encontraba cerca.

—Me prometió riqueza —protestó Nico—. Me prometió poder. Me pidió que lo abandonara todo por ella —(los ejemplares cayeron del estante uno a uno seguidos por un movimiento peligroso de la lámpara del techo)—, y me refiero a todo, y al final ha sido Gideon el único que ha aparecido para salvarme la vida hasta ahora. —(DEP el cuadro que colgaba de la pared)—. ¡Creo que tengo todo el derecho del mundo a pedir una o dos cosas!

El flexo se cayó al suelo, la bombilla se rompió en tres grandes pedazos en medio de una fina capa de partículas. Aún resonaron una o dos réplicas del estallido del temperamento de Nico en la estructura que quedaba en la mesa.

Por un momento, después de que el suelo se estabilizara, hubo un silencio inquietante e indescriptible. Entonces Sharon inspiró con impaciencia y tecleó algo en el ordenador.

—Bien —dijo y lanzó una mirada a Gideon—. Ubicación temporal. No tendrá privilegios en el archivo aparte de los que solicite el cuidador, que bien puede ser ninguno.

Gideon no dijo nada por unos segundos. Nico tampoco, anonadado. Estaba acostumbrado a salirse con la suya hasta cierto punto, pero incluso él lo creía improbable en esta ocasión.

—¿Y bien? —insistió Sharon, cuya melena peinada con pulcritud estaba ligeramente salpicada de lo que había caído del techo.

—Le aseguro que no espero privilegios —señaló Gideon con tono divertido y los ojos fijos en la pintura blanca.

—Tendrá monitorización. —Sharon lo miraba imperturbable. Lo asesinaba con la mirada, supuso Nico, pero de un modo muy burocrático que sugería que estaba cansada y quería volver a casa más de lo que quería que él sufriera—. Cada ápice de magia que use. Cada pensamiento de su cabeza.

—Oh, pare —dijo Nico, que se volvió hacia Gideon con el ceño fruncido—. Nadie va a monitorearte. Y si lo hacen, a Atlas no le interesa, te lo aseguro.

—El cuidador no es su amigo —replicó Sharon. O más bien le advirtió. Estaba todavía hablando con Gideon, hasta que se volvió con una frialdad inimaginable hacia Nico—. Y en cuanto a usted —comenzó.

—¿Sí?

Nico no podía creerse lo bien que había ido todo. Bueno, no era verdad. Creía que venía a recibir un montón de palabras serviciales... de parte de ellos, no suyas. Promesas de que la Sociedad lo iba a ayudar, palabras sobre lo bien que había hablado Atlas Blakely de él, lo brillante que era su futuro; todo tipo de cosas que acostumbraba a escuchar y que, en parte, ya esperaba. Pero por un momento, la situación se había tornado un tanto impredecible, por lo que después de varios segundos de tensión, Nico estaba ahora convencido de que las cosas habían ido de forma brillante. Mejor incluso de lo que esperaba, que ya era decir mucho.

¿Estás loco, Varona?, lo amonestó una voz insufrible en su cabeza. *No van a dejar que Gideon entre en la maldita Sociedad como si fuera una condenada fiesta de pijamas. ¿Has oído acaso lo que acabo de decir?*

—Intente mantenerse alejado de los problemas al menos lo que resta de semana, señor de Varona. —Sharon desvió la mirada al suelo y de nuevo a él—. Y por favor, arregle mi flexo.

Bueno, bueno, bueno, pensó Nico, engreído.

Resultaba que era afortunado al final.

★ ★ ★

Ayer. ¿Fue solo ayer? Notó un olor a humo antes de verla, pero no estaba acostumbrado a existir en un mundo en el que también vivía ella y no se había permitido a sí mismo predecir lo que podría venir a continuación. Había pasado un año buscándola, cuestionándose su ausencia, sufriendo un vacío interno al pensar que tal vez, si tenía mucha mala suerte y, tal y como ella sospechaba, no había atravesado nunca una dificultad que no pudiera solventar quitándose los pantalones; podía no regresar, y si no regresaba, entonces tal vez, una parte de él también se habría ido, una parte que no sabía aún si podría recuperar.

El posible asesino, uno de los tres posibles asesinos que lo habían atacado al salir del medio de transporte de la Sociedad en París, yacía muerto a sus pies. Nico notaba todavía el sabor a sudor y sangre, y la sensación de besar a su mejor amigo. Tenía aún el pulso acelerado, la sangre bombeaba al son de «Gideon, Gideon, Gideon», y entonces olió el humo y todo regresó. El miedo. La esperanza. El último año de su vida como un péndulo.

«Varona, tenemos que hablar».

Fue Gideon quien la agarró cuando cayó; Gideon quien saltó una vez más para interponerse entre Nico y el peligro; Gideon quien había pronunciado sin dificultad una de las cinco mejores frases que había escuchado Nico jamás (y las otras cuatro eran de Nico, pronunciadas a otras personas) después de darle un beso digno de la lista de los cinco mejores. Posiblemente ocupara el puesto número uno, y esto lo afirmaba un hombre que había besado a Parisa Kamali. Gideon sabía, literalmente, a vitaminas de gominola y a sudor frío de pánico, y aún le parecía un sueño feliz, rapsódico, con el canto de los pájaros de fondo, una neblina que lo tenía sobrecogido. En lo concerniente a la capacidad para el pensamiento crítico, Nico estaba absolutamente jodido.

—Está respirando —dijo Gideon, siempre pragmático, y continuó—: Esto es un cárdigan de hombre.

Todo se ralentizó en la cabeza de Nico, se entremezcló y se convirtió en algo con la viscosidad del fango. La voz de Gideon se fue desvaneciendo y pasó a ser un sonido débil pero inconfundiblemente resonante cuando Nico volvió a pensar en los rasgos de la Peor Persona del Mundo: pelo castaño, uñas mordisqueadas, ropa demasiado grande, claramente prestada, que también olía suavemente a sarcasmo y a problemas en la infancia. Y una casa señorial inglesa.

—¿Deberíamos preocuparnos por... la policía? —preguntó Gideon.

—Ah, ¡a la mierda! —fue la respuesta de Nico. El tiempo se deformó a su alrededor y parpadeó para ubicarse. El puente elevado para los peatones de París se había derrumbado parcialmente, los adoquines caían a las aguas del Sena como migas de galletas de la barbilla de un monstruo gigante.

—Deberíamos irnos, ¿no crees? Deberíamos irnos.

La energía para una conciencia aceptable había quedado en otro lugar. No era muy prometedor en cuanto a rendimiento inminente.

—Me parece correcto —coincidió Gideon—, pero ¿y la chica inconsciente y los cadáveres...?

—Es un problema, sí, buena observación. —Nico estaba en posesión de no más de dos neuronas en funcionamiento y una de ellas estaba gritando por Libby mientras que la otra, como un adolescente, chillaba por el estupendo beso de Gideon—. Posiblemente tendríamos que... ¿correr sin más?

—Sí, de acuerdo, me parece bien —afirmó Gideon, vacilando muy poco. En sus mejillas florecieron dos puntos rosados al mirar de nuevo a Nico. Dios, ¿cuándo había empezado Nico a sentirse así? No se acordaba, no recordaba que nada hubiera cambiado nunca, no podía identificar ninguna fuente cronológica que explicara la avalancha de euforia en su pecho, tan solo comparable a la sensación en la cabeza al ver la muñeca de Libby colgando del hombro de Gideon, donde se la había echado; comenzó a andar con cuidado, pero con premura.

¿Andar? No eran mortales. El medio de transporte desde la casa de la Sociedad era de ida, sí, pero eso no significaba que tuviera que hacer algo tan peatonal como andar.

—Espera —murmuró Nico. Agarró a Gideon por el hombro y viró con brusquedad hacia la izquierda. En retrospectiva, decía mucho del estado mental de Gideon que se hubiera dejado caer en picado sin previo aviso por un puente. Tenía el juicio alterado, había besado a Nico, eran idiotas. Nico, tras ajustar la gravedad debajo de ellos para proporcionar la huida más inteligente que podía conjurar en ese momento, miró a Gideon y, que dios lo asistiera, sonrió.

Libby se despertó a los pocos minutos, justo cuando se acercaban al transporte público de París. Dramatismo puro, leve, breve. Nico se lo dijo en el momento en el que volvió en sí, sin siquiera esperar a que Gideon la ayudara a levantarse del todo. Literalmente, sus primeras palabras fueron:

—¿Sabes? Podrías haber logrado todo esto con un cincuenta por ciento menos de dramatismo.

A lo que ella respondió entrecerrando los ojos de color pizarra, un momento de pausa, y entonces, justo cuando debía de tener una respuesta ingeniosamente ingeniosa, la asaltó una arcada que acabó en un charco de vómito a los pies de Nico.

—Hace tiempo que te mereces eso —comentó Gideon con tono alegre y se ganó un revés en el vientre cuando Nico retrocedió hacia una farola.

—¿Estás bien? —preguntó Nico a Libby sin saber qué decir exactamente a la mujer cuyo inesperado resurgimiento en su vida lo golpeó como el repentino despertar de un tercer ojo o una octava adicional en su entonación. Estaba doblada sobre sí misma y agarraba el brazo izquierdo de Gideon para mantener el equilibrio. (Los dos mejores brazos de Gideon, sin duda).

—Sí, sí, estoy bien. —No parecía en absoluto bien, aunque Nico consiguió quedarse para sí esas palabras—. Tenemos que hablar.

—Eso has dicho. ¿Puede esperar o tenemos que hacerlo ahora? Hablar —repitió Nico. La incomodidad que reinaba era inmensa. Tenía unas ocho mil preguntas, pero lo primero que le vino a la mente fue—: ¿Eso es de Tristan?

—¿Qué? —Libby, que se limpiaba la boca con la manga de lo que Gideon ya había observado que se trataba de la prenda de un hombre, lo miró.

—Nada. Vienes de... de la Sociedad. De la casa. —Sí, claro que venía de allí, muy bien, excelente deducción por parte de Nico. Lento, pero estaba cansado. Un mínimo de lógica. Brillante. Ella le lanzó una mirada extraña, la desvió hacia Gideon y de nuevo a él—. Ah, lo sabe —le aclaró Nico y ella respondió con una mueca—. ¿Qué? Vamos, Rhodes, alguien acaba de intentar matarme, así que supongo que puedo...

—¿Quién? —Entornó los ojos en un gesto de concentración.

Nico se encogió de hombros.

—Imposible de adivinar a estas alturas. —No importaba—. La casa —le recordó—. ¿Deberíamos volver allí o...?

—No. Aún no. —Libby sacudió la cabeza, tragó con dificultad e hizo una mueca—. Joder —murmuró a la palma de su mano y Nico estuvo seguro de que iba a volver a vomitar—. Necesito café.

Nico lanzó un brazo al pecho de Gideon y lo empujó a una callejuela estrecha justo cuando un vehículo policial giró la esquina.

—Rhodes. —La agarró por el codo y tiró de ella—. Creo que no hay tiempo para un café.

—Cállate y vámonos. A algún lugar seguro. —Libby se puso en marcha y echó a correr, o a lo que fuera correr para alguien con los músculos severamente agarrotados y unas tres décadas de viaje en el tiempo a sus espaldas—. Nueva York, tu apartamento.

—¿Has pagado el alquiler? —le preguntó Nico a Gideon cuando empezaron a seguirla.

—Claro, vivo allí.

—Eres un príncipe entre los hombres —respondió Nico mientras se escabullían por París, un extraño trío que flotaba en una nube de humo—. Rhodes —se dirigió a ella cuando, sin aliento, consiguieron camuflarse entre los turistas que se movían por el medio de transporte que había cercano al Louvre—. ¿Seguro que estás bien?

Esa era una pregunta que repitió muchas veces a lo largo del trayecto a Nueva York (algo estaba sucediendo en Grand Central, su salida habitual estaba bloqueada debido a una brecha de seguridad que Nico recordó después que podría tener algo que ver con Callum, y pasaron por un control policial, lo que requirió un trabajo menor de ilusión y prácticamente toda la habilidad de conversación de Gideon), aunque estaba claro que no iba a obtener una respuesta útil hasta estar seguros de que nadie iba a reconocerlos.

En realidad, Libby no respondió hasta que entraron en el antiguo apartamento de Nico (este inhaló profundamente el vigorizante aroma a *aloo bhaja* frito del piso de abajo y experimentó una abrumadora sensación de calidez, como si el mundo no pudiera volver a hacerle daño a pesar de las agencias gubernamentales que parecían buscar su sangre). O hizo amago de responder.

Después de preguntar dos veces si estaba Max en casa (no estaba) y de mirar de malas formas un plato de hummus que Nico insistió en que se comiera, Libby empezó al fin a parecer interesada en hablar.

—¿Hay alguna protección instalada aquí?

Nico había estado a punto de morir varias veces poniéndolas, pero ni ella ni Gideon tenían por qué escuchar esa historia.

—Sí.

—¿Estás seguro de que funcionan? —Arqueó la ceja y oyeron una sirena de policía aullando en la calle, pero estaban en Manhattan, aquí pasaban estas cosas.

—Me ofendes, Rhodes, pero sí.

—Tenemos un problema —anunció ella al fin y lanzó una mirada a Gideon con el ceño fruncido antes de bajar la voz—. Con la Sociedad. Con... las bases y condiciones que no satisficimos —especificó con tono misterioso.

—Primero, Gideon puede escucharlo —dijo Nico mientras Gideon fingía no escucharlos—, y segundo, ¿a qué te refieres? ¿Te dijo Atlas algo?

—Olvídate de Atlas. —Se mordió la uña del pulgar—. No deberíamos haber confiado en él. —Volvió a mirar a Gideon, que se dirigía a la cocina, silbando fuerte.

Nico se acercó más a ella para complacer su desconfianza.

—No deberíamos haber confiado en él porque...

—Por una parte, porque intenta acabar con el mundo —replicó Libby—. Y al parecer nos reclutó por eso. Porque nos necesita para hacer algo que va a destruirlo todo. Pero no es eso de lo que necesito hablar contigo. —Se mordisqueó de nuevo el pulgar y se lo miró de repente con repulsión. Volvió a mirar a Nico—. Tenemos dos opciones. Podemos matar a uno de los otros antes de que los archivos nos maten a nosotros, lo que podría suceder en cualquier momento, o podemos regresar a la casa de la Sociedad y quedarnos allí. De nuevo, hasta que los archivos decidan matarnos. A menos que Atlas destruya el mundo primero —murmuró.

—Eh... —No eran opciones muy favorables. Nico miró a Gideon, que canturreaba ahora de forma exagerada—. ¿Estás segura? Con lo de matar a uno de los otros. —Se había permitido pensar que habían escapado hasta... bueno, hasta ahora. Mientras consideraba las alternativas que había planteado Libby, empezó a parecerle cada vez más un problema que los seis estuvieran vivos y existieran de forma simultánea en un universo. La tregua previa con los archivos (un miembro del grupo había sido eliminado, aunque por circunstancias ajenas a ellos) resultaba inquietantemente vaga en retrospectiva.

Lo admitieran o no, Nico había empezado a sentir que algo lo drenaba durante su año de estudio independiente. Ya fuera el trato habitual de la biblioteca con sus habitantes o el resultado de una promesa incumplida. ¿Exactamente de cuánta libertad esperaba disponer? En teoría, comprendía que nada similar a lo que habían creado podía lograrse sin que algo, o muchos algos resultaran destruidos.

Había un precio para todo lo que habían conseguido gracias a su reclutamiento por parte de la Sociedad y a Nico no se le pasaba por alto que alguien tendría que pagar al final.

—Puede que no sea verdad —dijo Libby con el tono de estar repitiendo una historia para dormir o una mentira especialmente flagrante—. Me lo dijo Atlas y parece que no se puede confiar mucho en él. —Miró a Nico de frente—. Pero a estas alturas, no sé si estoy dispuesta a correr el riesgo. ¿Y tú?

Nico estaba perdido en sus pensamientos, su mente vagaba a la discusión sin sentido que creía haber mantenido con Reina lo que ahora le parecía meses atrás. Seguro que ella ya sospechaba esto, decidió y sintió un golpe en el pecho, como el petardeo de un motor que fallaba. Cuando lo acusó de no mostrarse dispuesto a matar a uno de los demás para mantenerla con vida a ella, o a él mismo, debía de saberlo ya.

—Supongo que no, pero...

—Y hablando de Atlas, no pareces muy preocupado. —Ahora Libby lo miraba con exasperación palpable—. Sabes que nos ha usado, ¿verdad? ¿Me has oído decir que planeaba que lleváramos a cabo un experimento que, literalmente, iba a destruir el universo?

—Sí, Rhodes, te he oído... —(Si le hubiera dejado terminar la frase, podría haber añadido una nota o dos sobre su característico tono dulce).

—¿Y no te preocupa ni siquiera un poco la cuestión trivial del fin del mundo? —Parecía furiosa con él y le pareció pronto para que lo estuviera dado su reciente regreso. Unas horas y ya parecía que lo prefería muerto.

—¿Qué quieres que te diga, Rhodes? Desde luego, no es lo ideal. —Nico se lo pensó mejor y contempló qué era exactamente lo que ella quería oír—. No obstante —comenzó, tan imprudente que en la cocina el tarareo de Gideon tomó un giro frenético en señal de advertencia—, no sé si técnicamente cuenta como usarnos. Habría tenido que reclutar a gente para la Sociedad con independencia de que tuviera una motivación personal, ¿no crees?

—¿En serio? —siseó Libby. Nico sintió nostalgia, casi cariño.

—Bueno… —Libby no había enumerado aún los términos de destrucción, si es que sabía cuáles eran, lo cual no era probable. De todas las personas, Libby Rhodes parecía la más propensa a implementar un plan de evacuación completo ante la vaga posibilidad de un cataclismo, pero Nico tenía la sensación de saber qué era exactamente lo que estaba en juego en este fin del mundo. A menos que el último año de su vida fuera una improbable serie de coincidencias, estaba muy seguro de que sabía en qué se centraba la investigación de Atlas: el multiverso. La posibilidad de la existencia de los muchos mundos, a lo que él mismo había contribuido en secreto durante todo el año anterior.

¿Acaso la existencia del multiverso, o alguna prueba de él, significaba necesariamente el fin del mundo? Nico se atormentó por su código alterado de moralidad y se sintió vacío, sufriendo un deseo poco razonable de hablar del tema con Tristan, o con Parisa, o Reina. Incluso consultarlo con Callum tendría su encanto.

—Creo que sé a qué experimento te refieres. Tiene que ver con los muchos mundos —explicó al fin y contempló a Libby, que fruncía el ceño en un gesto de molestia más que de confusión—. Pero Atlas solo quiere saber si puede hacerlo, ¿no? Se trata de un experimento, no de una misión sanguinaria de dominación cósmica.

Por un momento, tan fugaz que pudo haber existido puramente en su imaginación, Nico comprendió, por la mirada de Libby, que ella sí conocía los detalles del experimento de Atlas; que tal vez incluso tenía las mismas preguntas que Atlas y que sentía el mismo interés esencial. Nico la conocía muy bien, la conocía igual que conocía las leyes de Newton, y en el fondo era una académica, sumamente curiosa, decidida a tener respuestas para todas sus preguntas. Era una cualidad que Nico conocía muy bien porque él también la poseía. Porque él, al igual que ella, estaba definido por todas las cosas que deseaba comprender, un hambre que procedía de un lugar ya construido, profundamente arraigado.

En un momento que Nico nunca podría demostrar que había existido de verdad, comprendió una cosa con absoluta y certera seguridad: que Libby

Rhodes sabía exactamente qué era lo que Atlas Blakely estaba tan siniestramente desesperado por conseguir, y que también ella quería esas respuestas.

Pero entonces ella lo fulminó con la mirada y apartó sus sospechas.

—Obviamente, es más que un experimento si tiene algo que ver con los muchos mundos, Varona. Nadie abre por casualidad el multiverso.

—¿Estás segura? —replicó él—. Porque, si no recuerdo mal, creamos un agujero de gusano de casualidad, y un agujero negro, y pasé el año pasado cometiendo homicidio con Tristan...

—Homicidio imprudente —dijo Gideon desde la cocina.

—No, fue premeditado —respondió Nico y volvió a centrarse en Libby—. Muy bien, ¿has venido entonces hasta aquí para decirme que crees que Atlas es el malo?

—No lo creo, Varona, lo sé —siseó ella—. Y sí, ahora que lo mencionas, he venido hasta aquí para decirte eso. Por eso he pasado este último año de mi vida centrada en volver aquí a riesgo de matarme y es la razón absoluta por la que he... —Tensó la boca y desvió la mirada a otro lugar, impaciente. Nico la vio pensar en algo más oscuro, más vulnerable, antes de desecharlo rápidamente—. Da igual.

No, era inaceptable. No había llegado tan lejos para dar marcha atrás ahora en la conversación. (Ese era un movimiento típico de él, pensó con aire pedante).

—Es la razón por la que ¿qué? —insistió—. ¿Por eso te secuestró Ezra? Libby lo miró de pronto.

—¿Quién te ha dicho eso?

Nico se fijó, en la distancia, en que Gideon había dejado de moverse.

—Eh... ¿Rhodes? Odio tener que informarte de esto justo ahora, pero no soy estúpido —contestó con irritación, primero porque ella había preguntado y segundo porque ahora él tenía que responder—. ¿O es que has olvidado que te he ayudado a regresar?

Tenía aún muchas preguntas sobre el tema. Ninguna de ellas tenía que ver con el fin del mundo en particular, sino más bien con la naturaleza del mundo de Libby y, por consiguiente, de él, pero las preguntas aumentaban por minutos, en especial con la tendencia de ella a no querer responderlas.

Parecía nerviosa, un poco febril e incuestionablemente necesitada de varias semanas a base de líquidos y sueño. Pero su madre le había enseñado a no interrogar a una dama, y más teniendo en cuenta lo maltrecha que parecía tras el secuestro y el viaje en el tiempo, y por ello no insistió, a pesar de que su voz interior de pelo dorado y mejor juicio le sugirió que sí lo hiciera.

—Rhodes —probó, pues le parecía importante mencionarlo, aunque le diera vergüenza—. Te he echado de menos.

Solo entonces le dedicó un momento de atención real. Sus ojos se encontraron, el agotamiento se tornó, despacio, en algo muy similar a la calidez, y fue un instante amistoso, honesto. Real.

En ese momento de expresión de vulnerabilidad, Nico se preguntó quién recularía primero. En la tercera planta del edificio, el condenado chihuahua de la señora Santana soltó un ladrido existencial.

—Creo... —dijo Libby y tragó saliva con dificultad. Tal vez por el anhelo, puede que por temor—. Creo que tendríamos que centrarnos en la opción dos. Si te parece bien.

—¿La opción dos? —No había prestado atención, o tal vez sí, pero ya se le había olvidado.

—Sí. Que sigamos trabajando para los archivos en lugar de matar a uno de los otros. —De pronto parecía cansada y un poco perdida. Nico reparó en que no había mencionado la posibilidad de matarlo a él, o de que él la matara a ella. Puede que, al fin, su alianza fuera segura.

—¿Funcionará? —preguntó Nico, pues no conocía la respuesta.

—Atlas ha sobrevivido todo este tiempo permaneciendo cerca de los archivos, así que... ¿sí? —Se encogió de hombros—. Al menos nos dará algo de tiempo. No tendremos que preocuparnos de que alguien domine el mundo mientras somos nosotros quienes usamos la biblioteca. Y supongo que allí estaremos seguros. —Volvió a mirar la ventana, las señales de vida e inevitable ruina que acechaban abajo, en la calle—. Es más seguro que tratar de resolverlo aquí.

Había algo inquietante entre medias y Nico podía sentirlo, fuera lo que fuese. Había muchas cosas que Libby Rhodes había preferido no mencionar y dudaba mucho que estuvieran todas centradas en la misión, como parecía estarlo ella al principio.

¿Cuál sería el plan real de Libby? ¿Importaba? Nico no deseaba regresar a una casa que intentaba matarlo, pero tampoco sabía adónde ir, qué otra cosa hacer. Había pasado el último año desesperado por abandonar su jaula aristocrática, pero fuera de ella no sabía qué era lo que quería. Tal vez este era el truco, la razón por la que no podía odiar del todo a Atlas Blakely; el motivo por el que seguía sintiendo curiosidad en vez de temor. Puede que Atlas siempre supiera que Nico estaba incompleto sin un proyecto, sin una misión. Sin un paso que tuviera que dar a continuación ni una teoría que demostrar, Nico nunca había sabido qué quería de la vida, o del trabajo, o del destino. Tenía mucho poder, sí, pero ¿para qué? En un sentido más amplio, siempre había ido sin rumbo, había estado un poco perdido.

Menos en una cosa.

El sol se estaba poniendo al fin. Parecía imposible que hubiera cambiado tanto en tan poco tiempo. Había sido esa misma mañana cuando Nico había recogido sus cosas y se había despedido de Atlas Blakely, el mentor en quien tanto deseaba confiar, aunque nunca lo hubiera reconocido. Pero ahora que Libby había regresado, una parte fundamental de Nico se había reparado y pronto sería otro día mayor. Otro día más inteligente, otro día más próximo al final.

El sol se estaba poniendo. Por el rabillo del ojo, Nico vio un destello.

Bien, pensó, dirigiéndose al universo; a los muchos otros mundos.

Bien, mensaje recibido.

—Sin Gideon no —declaró.

★ ★ ★

Las oficinas administrativas de la Sociedad donde diligentemente se habían presentado Nico y Gideon más tarde, aquella mañana (sin Libby, que después de mucha insistencia y alboroto se había quedado por fin dormida en el sofá de su apartamento, un dilema ético sobre el cual habían discutido Nico y Gideon en completo silencio antes de que ganaran las protestas firmes de Nico sobre la seguridad de sus hábiles protecciones), estaban localizadas en el mismo edificio en el que había entrado Nico, sin ninguna sospecha, dos años antes a instancias de Atlas Blakely, unas pocas horas después de graduarse en la UNYAM. Solo ahora, al regresar, recordaba el brillo pulcro del mármol y la sensación de grandeza institucional, que era diferente a la que le había suscitado la casa y los archivos. Esto, las oficinas, o lo que fuera, parecía un lugar frío en comparación, con la esterilidad de una sala de espera o del recibidor de un banco.

Nico había olvidado por completo la sensación, el sentimiento inidentificable de que alguien te mintiera, hasta ahora, tras el fatídico encuentro con la todopoderosa agente de logística Sharon, que no era en absoluto lo que Nico esperaba encontrar tras la máscara omnisciente de la Sociedad. Ciertamente, Sharon había generado en él la sensación de que lo llamaran niño malcriado y lo mandara a la cama sin postre, igual que le había pasado siempre con el decano Breckenridge, de la UNYAM, pero ver cómo era el funcionamiento administrativo de la Sociedad era como observar cómo se hacía una salchicha distópica.

Esto era lo que le esperaba después de lograr (presuntamente) lo inalcanzable; esto era lo que había conducido a Gideon a preguntarle en una ocasión quién pagaba las facturas que sustentaban su estilo de vida infernal. Para concluir la reunión, Sharon le preguntó a Nico qué camino pensaba tomar, como, por ejemplo, el de consejero profesional para personas con éxito crónico.

—¿Tengo elección? —replicó él, exasperado. Esperaba que le dijera adónde ir y quién ser.

—Sí —respondió Sharon con una mirada de desdén que no supo ocultar—. Sí, señor de Varona, justo eso es lo que se logra cuando devienes un alejandrino. Que, durante el resto de su vida, tendrá esta y muchas otras elecciones.

Era obvio que quería una respuesta, que lo que resultaba de ser un alejandrino no era simplemente la libertad de conseguir logros, sino la necesidad de hacer que el tiempo de los demás valiera la pena. Y eso significaba que la respuesta de Sharon era… esclarecedora, cuando menos. A ella no le importaba si Nico creaba un mundo nuevo y destruía este. Al parecer, solo le importaba que él y su magia prodigiosa (el conocimiento irremplazable e inigualable por el que había tenido que hacer lo inimaginable) no emergiera de un balcón en una rendición dulce hacia el abismo acogedor, ya que supondría una respuesta pobre a la inversión de la Sociedad. Supondría una gran cantidad de papeleo y un desperdicio imperdonable y nada rentable.

La reunión era, pues, tanto una promesa cumplida como una expectativa alcanzada, que hizo a Nico pensar en cómo brillaban los vestíbulos de mármol de la Sociedad. Al verlo todo a través de los ojos más incisivos de Gideon, Nico se preguntó si tendría que haber formulado más preguntas desde el principio. Si tendría que haber adivinado que la Sociedad, sus archivos y Atlas Blakely resultarían ser tres entidades separadas con tres intenciones completamente individuales. Una institución, una biblioteca consciente y un hombre; todos compartían una gran cantidad de recursos con el deseo de lograr algo que era, intrínsecamente, de Nico.

Dos años antes, Nico había errado al no llevarse a Atlas Blakely a un lado para decirle *sé honesto, cuéntame la verdad, ¿qué es lo que quieres de verdad de mí?*

¿De nosotros?

Con un suspiro, Nico presionó el botón con el codo para llamar al medio de transporte que lo devolvería a Nueva York, pensando, una vez más, en si era posible que un hombre destruyera el mundo. No parecía muy realista. Francamente, por lo que él sabía, muchos lo habían intentado ya y habían fracasado. (Mujeres también, puede. Igualdad y todo eso). Tal y como lo entendía él, el mundo era en realidad muy fácil de destruir, al menos en un sentido metafórico. Con cada elección, daba la sensación de que el destino de la humanidad estaba de nuevo en riesgo. Presentía que aún existía en algún lugar una ley marcial, que muchas personas seguían librándose de asesinatos o algo peor. Acaban de reparar la capa de ozono, pero no del todo. ¿No estaba todos los días acabando el mundo?

Así no. Nosotros somos diferentes, tú y yo, y Atlas lo sabe. Seguro que tú también lo sabes, dijo Libby, agotadora, en su cerebro.

Hubo un estruendo de arrogancia bajo sus pies que contradijo su respuesta. *Si somos diferentes de verdad, Rhodes, entonces tal vez podamos ser diferentes. Todavía tenemos el derecho a elegir.*

—¿No se te ha pasado por la cabeza que a lo mejor yo no quiero acompañarte? —le preguntó Gideon en silencio e interrumpió su monólogo interior, más grandioso a cada segundo.

Nico parpadeó, todavía en su ensoñación temporal, y lo miró. ¿Tenía que alarmarse por la pregunta?

—¿Sinceramente? No.

Gideon se rio a su pesar.

—Claro, cómo no.

—Además, así estarás más seguro —señaló Nico, y era verdad—. Yo mismo creé las protecciones contra criaturas de la mansión. No tendrás que preocuparte por tu madre.

Gideon se encogió de hombros. No tenía muy claro qué tipo de gesto era.

—¿Y Max qué?

—Es verdad —bromeó Nico—, ¿podrá permitirse el alquiler? —Según Gideon, a Max lo habían llamado para que fuera a la finca veraniega de sus padres, y no era una llamada que pudiera desestimar. Nico y Gideon intentaban no mencionarlo a menudo, pero los tres sabían que había ciertas condiciones para ser tan vividor. (Incluían grandes cantidades de dinero institucional)—. Bueno, no tardaremos mucho.

—Tú —lo corrigió Gideon con una sacudida de la cabeza—. Tú no tardarás mucho. Porque, contractualmente hablando, todavía puedes ir y venir si quieres. Yo soy quien tiene que permanecer bajo arresto domiciliario según los términos de tu Sociedad.

Nico pensó en discutir. En comentar que, en realidad, él mismo podría morir si permanecía mucho tiempo fuera de la mansión, o al menos eso era lo que pensaba Libby, así que ¿cómo se aplicaba eso a los contratos hechos bajo coacción? Pero cuando las puertas del medio de transporte se abrieron, Nico escrutó a Gideon con dureza. Buscaba resentimiento o enfado, pero no lo vio, y tampoco encontró nada que lo tranquilizase.

—Tienes que dejar de seguirme en mis travesuras —determinó y entró en el ascensor.

Gideon miró la tarjeta que tenía en la mano, que seguía acunando en la palma como si fuera un diminuto pájaro herido. Esa tarjeta le resultaba muy familiar.

ATLAS BLAKELY, CUIDADOR.

—¿Tendría que haber dejado que te laven el cerebro? —preguntó entonces Nico al presionar de nuevo el botón hacia la Estación Grand Central, Nueva York, Nueva York. Gideon contaba con veinticuatro horas para recoger sus pertenencias antes de presentarse en la casa señorial al día siguiente; eran las mismas instrucciones que recibió en el pasado Nico. Para ser justos, lo que esperaba a Nico, como alejandrino, era conocimiento, poder y gloria. Lo que esperaba ahora a Gideon se parecía más a una protección de testigos con tareas de archivo, o ser el asistente sin remunerar de Atlas Blakely.

—No sé qué tendrías que haber hecho —respondió Gideon con aparente honestidad—, pero parece que Libby te necesita, sea lo que sea lo que está sucediendo ahora.

—Nos necesita —corrigió Nico.

La puerta volvió a tintinear con su llegada.

—Te necesita —repitió Gideon. Una avalancha de pasajeros desdibujaba la entrada de un restaurante.

A pesar de que el sol se había puesto y había salido de nuevo en el inesperado cambio de sus circunstancias, Nico y Gideon no habían hablado todavía de lo que había sucedido entre ellos el día anterior. Al principio fue por Libby, pero después de que la joven se quedara dormida, fue porque ninguno de los dos parecía creer necesaria una conversación al respecto. Desde un punto de vista optimista, se respiraba una satisfacción nebulosa, parecida a pedir una pizza cuando sabías muy bien que querías pizza. La pregunta que ninguno de los dos se había molestado en formular era más irracional, algo así como «muy bien, pero ¿quieres comer pizza todos los días?», y era, por supuesto, imposible de responder.

Para una persona normal.

—Mira —comenzó Nico cuando salieron por las puertas de la estación. El riesgo de seguridad del día anterior estaba solventado, olvidado—, la última vez, desapareciste porque no te incluí en mis planes, así que esta vez te incluyo en contra de tu voluntad porque no tienes permiso para desaparecer, ¿lo entiendes?

—Creo que debería de haber más matices —señaló Gideon, que desvió la atención un momento a las cámaras de seguridad de encima de ellos antes de llevarse a Nico por un camino menos visible—. Como, por ejemplo, ¿piensas preguntarme por mi opinión al respecto? ¿O vas a tomar decisiones sobre qué hago y adónde voy en lo que resta de mi incierta vida?

—Nunca he dicho que no sea una persona egoísta. —Nico lanzó una mirada a Gideon mientras caminaban. Tamborileaba con los dedos en el muslo con una mezcla de aprehensión y convicción personal—. Y que conste que fuiste tú quien decidió que era sí y si me cuesta entender lo que significa, sinceramente, es por tu culpa.

Pensó si estaría presionándolo. Si estaba haciendo justo lo que Libby le acusaba de hacer: decidir un curso de acción imprudente sin preocuparse por el resto de personas involucradas. Definitivamente, estaba haciendo eso, sí, seguro, no le faltaban recursos para reconocer los fallos y problemas de su personalidad. Era posible que su curso de acción (y su motivación real) hubiera sido especialmente cruel porque giraba en torno a las peculiaridades de sus deseos personales. Cuando insistió la primera vez a Libby en la inclusión de Gideon en su plan para eludir la muerte relacionada con el archivo, le dijo que posiblemente lo necesitaran desde una perspectiva mágica, algo que era en parte verdad. El regreso de su compañera era prueba suficiente para él de que Gideon era extremadamente inteligente y también muy útil. Pero el resto, la verdad más oscura, era que, durante un año, Nico había sufrido de un corazón roto y ahora prefería encerrar a Gideon en contra de su voluntad dentro de una mansión inglesa antes que repetir la experiencia.

Permanecieron en silencio hasta que llegaron a su barrio.

—Mi último día de libertad —observó Gideon—, ¿qué hacemos?

—Insistir para que la encantadora Elizabeth nos cuente qué demonios pasó con Fowler —respondió Nico—. Y si tenemos tiempo, jugar un poco al Go Fish.

Esperaba que su tono bromista fuera aceptado como una moneda valiosa. Sin embargo, ya no conocía las reglas y no estaba seguro. La reorganización de sus sentimientos era probablemente similar a una inflación económica severa.

—De acuerdo —dijo Gideon.

Nico se detuvo cuando llegaron a la puerta del edificio. Evitó al habitual grupo de jóvenes que había a las puertas de la bodega y lanzó una mirada acusadora a Gideon.

—¿Me odias?

—No —respondió él.

—Tienes que experimentar algún sentimiento de negatividad.

—Uno o dos —aceptó Gideon—. Aquí y allá.

—Pues dilo. Te odio tanto. *Je te déteste tellement.* —Inesperadamente, Nico tragó saliva con dificultad—. Dilo.

Gideon lo miró con gesto divertido.

—Dilo, Gideon. Quiero que…

—Está bien —comentó Gideon—. Puedes decírmelo, no me importa.

Nico notó presión en el pecho.

—¿Qué no te importa?

Gideon lo miró fijamente, el insufrible lector de mentes que no era ni había sido nunca un telépata, lo que significaba que dicha capacidad provenía de un motivo que Nico no entendía, pero Gideon, obviamente, sí.

—Quieres volver allí —señaló Gideon—, a un lugar que mil veces me has dicho que odias.

—¿Yo he dicho eso? No diría que lo odio…

—Y no es solo la casa —una rápida mirada diligente—. Sé que quieres hacerlo, Nico. El experimento que ninguno de los dos queréis mencionar en voz alta. Sé que ya has empezado a elaborarlo en tu mente, lo sé por cómo hablas del tema, y sé que tú no haces las cosas por hacer. Las haces con todo tu ser o no las haces.

En la cabeza de Nico resonaba una leve sirena, una sensación estridente de precaución que ignoró al igual que todas las señales de advertencia y banderas rojas que tenía por costumbre seguir. Parpadeó para apartar las luces de neón, el inminente desastre, como navegar a ciegas hacia una tormenta basándose en algo que, egoístamente, sabía que se trataba de fe.

—¿Estás...? —Nico carraspeó—. ¿Crees que es un error que quiera probar?

Gideon guardó silencio otros tantos segundos mientras Nico repasaba en su mente las proyecciones. Las innumerables formas en las que esto podría salir mal. Cálculos infinitos que simplificó por pura claridad estadística. Noventa y ocho de cien, tal vez incluso noventa y nueve, terminaban mal.

Para una persona normal.

—No, claro que no —respondió Gideon—. Y aunque lo pensara, si me quisieras a tu lado, Nicolás... —Se encogió de hombros—. *Je suis à toi.* Yo y mi reloj.

Tú y tu reloj sois míos, Gideon.

—¿Estás seguro?

—Sé que tú lo estás. Sé cómo es tu forma de amar. Las casas solariegas, las ideas. A la gente. No importa. —De nuevo se encogió de hombros—. Lo que tengas para mí, sea lo que sea, es suficiente.

Nico notó que se le tensaba la garganta.

—Pero no es eso. No es... no es poco. No es una pieza que sobre, ¿sabes a qué me refiero? Es... es más que eso, más profundo, por ti soy...

—Lo sé, te lo he dicho. Lo sé. —Gideon se rio—. ¿Es que piensas que puedo pasar tanto tiempo contigo y no entenderlo?

—No lo sé —protestó Nico—, pero no es... con cualquier otra persona, no es... —Se estaba aturullando y se sentía vulnerable—. Gideon, tú... tú eres mi razón —trató de explicar y, casi de inmediato, reculó—. Tú eres mi... mi talismán, no lo sé...

Nico la notó entonces, la presencia de la magia de otra persona. La amenaza de que Gideon viviera su vida sin saberlo, sin que ninguno de los dos pronunciara las palabras que habían anulado la última constancia de peligro mortal, y Nico llevaba demasiado tiempo sin mirar atrás. Calló con un gruñido para controlar la fuerza que de pronto lo rodeaba y detuvo un movimiento casi invisible. Tras una inspección más detallada, identificó un leve destello, el del dedo de otro asesino en otro gatillo, este, al parecer, de un centinela apostado fuera de su edificio. La última amenaza para la vida de Nico, cortesía del Foro o de cualquier otra persona filantrópica que quisiera matarlo, estaba disfrazada de trabajador y cargaba y descargaba cajas de fideos y patatas fritas calientes en la animada bodega que había bajo su piso.

Nico contuvo un aullido de furia y desmontó con la mente el arma antes de que disparara. (En teoría, claro. En la práctica, la convirtió en un cono de helado antes de mover una mano para trasladarlos a Gideon y a él arriba, al apartamento, en el lado seguro de la puerta protegida con pericia).

Conque así sería la vida si ignoraba las advertencias de Libby y elegía quedarse aquí, o lo intentaba, pensó con tristeza. Lo persiguieran o no los archivos, sería así casi con seguridad. Saltar a su propia sombra, mirar por encima del hombro para comprobar si lo seguía alguien. ¿Qué elección era esa? Sería como vivir la vida como Gideon, como la vida de él con su madre, lo que le recordó que la amenaza de Eilif no debía de olvidarse entre todo esto, y ella sabía dónde encontrarlos. Si no podía confiar en el chico de la bodega de abajo, ¿qué sentido tenía hacer nada?

Se volvió para decir todo esto a Gideon; había perdido el hilo de lo que estaban hablando antes.

—¿Qué?

La sonrisa de Gideon era radiante, plena de cariño.

—Eh... Nada.

—¿Nada?

—Nada.

Nico recordó rápidamente que estaba en mitad de una confesión y decidió que esta era la forma de Gideon de evitar la reciprocidad. En serio, no había persona peor.

Ni mejor.

—Idiota —dijo Nico, desesperado, y tomó la mandíbula de Gideon con una mano para castigarlo con algo. Un beso, o lo que fuera. Cualquier cosa—. Imbécil.

Gideon exhaló un suspiro que Nico ansió por su magnificencia y, cuando por fin abrió los ojos, sintió una euforia tan espantosa que a punto estuvo de vomitar.

Lo que le recordó algo. Se apartó de la puerta y buscó a la princesa idiota.

—Rhodes, como alguno de nosotros predijimos acertadamente, una vez más regreso como un héroe —anunció, asomando la cabeza en el salón—. Y tú dijiste que no podía...

No había nadie en el sofá donde antes se encontraba Libby, solo quedaba una nota.

—... ser —terminó Nico. Se apresuró hacia la manta doblada con esmero y, con un gruñido, tomó la nota que la chica había dejado en su ausencia.

Ya te he contado qué es lo que está pasando. Ven o no vengas, no me importa.

—Me cago en todo —protestó Nico. Se dio la vuelta y vio que Gideon sacudía la cabeza—. ¿Y bien? Haz la maleta, Sandman. Me va a fastidiar mucho que nos perdamos el jodido gong.

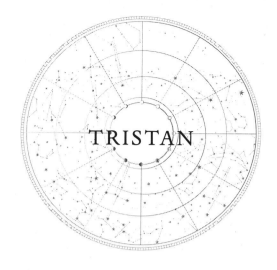

TRISTAN

No podía creer que no se hubiera fijado nunca en que dentro del despacho de Atlas Blakely, cuidador de archivos de conocimiento perdido de la Sociedad Alejandrina por el que miles de personas habían estado dispuestas a matar, hubiera un jodido teléfono fijo. Pero ahí estaba, sonando; un hecho tan terriblemente absurdo que casi parecía una epifanía. *¿Recuerdas cuando pensabas que eras capaz de la grandeza? ¿Te acuerdas de cuando aceptaste abrir un portal a otro mundo a instancias de alguien que hizo poco más que reparar en que eras un poco triste y patético para tratarse de un hombre adulto? ¿No fuiste un ingenuo? Bendito tu corazoncito. Siéntate, por favor, toma una galleta.*

Tristan se llevó el teléfono a la oreja con un sentimiento de autoridad que trató, con mucha dificultad, de reprimir.

—¿Sí?

—Doctor Blakely —contestó una voz masculina al otro lado de la línea—, soy Ford, de Recursos Humanos. Siento molestarle, pero no ha respondido aún a nuestra reciente correspondencia. ¿Es consciente de que...?

Tristan lo interrumpió, irritado por algo. Tal vez por la idea de aceptar una llamada de Recursos Humanos. Quizá la idea de una llamada. Había pasado un año, dos años sin tener mucho contacto con el mundo exterior y la gente con la que había hablado había estado dispuesta en gran medida a matarlo.

—No soy el doctor Blakely.

(Además, ¿doctor? ¿Desde cuándo? A menos que fueran ahora todos doctores y nadie se hubiera molestado en contárselo, lo cual era del todo posible).

Tristan carraspeó y se explicó:

—Soy Tristan Caine, el nuevo investigador.

Hubo una larga pausa.

—¿Debo entender entonces que el señor Ellery ya no trabaja para el doctor Blakely?

—No, el señor Ellery... —Está misteriosamente fugado—. Ha completado sus obligaciones con los archivos.

—Ah. —Un breve sonido de irritación con el que Tristan podía identificarse fácilmente—. Tendremos que apuntar eso en el expediente. Deberíamos de haber sido informados de forma inmediata, pero supongo que el cuidador tiene muchas cosas en mente. —¡Sarcasmo! Qué reconfortante que, a diferencia de Tristan, no todo el mundo estuviera tan centrado en lo cerebral, como si hubieran cometido un terrible error al sucumbir a la última versión de la búsqueda de significado por parte del hombre—. ¿Le han entregado la documentación adecuada entonces?

—Disculpe, ¿ha dicho que es de Recursos Humanos? —preguntó Tristan, confundido. Se acordaba vagamente, como si fuera un sueño distante o una vida anterior, de todo esto, la burocracia relacionada con el empleo y la logística general de los impuestos. Aún no había considerado siquiera que la Sociedad pudiera tener un departamento que se ocupara de los contratos de trabajo, o que él mismo fuera un empleado.

—Sí —contestó Ford, como si deseara que Tristan les hiciera a ambos un favor y expirara en el acto. (También se identificaba con esto)—. ¿Se encuentra ahí el doctor Blakely?

—En este momento no. —Obviamente—. ¿Quiere...? —Tristan apretó los dientes por semejante indignidad— ¿dejarle un mensaje?

Con suerte, esto no era lo que hacía Dalton para Altas Blakely de forma habitual, aunque Tristan pensó que tendría que haber preguntado antes de aceptar ocupar el empleo de investigador para un hombre que tenía tendencia a no dejar una nota.

—Es confidencial. —Al otro lado de la línea, Ford sonó molesto y luego distraído—. ¿Está seguro de que no se encuentra disponible?

—En este momento no. No sé cuándo volverá. —El cuidador era un ser voluble y Tristan lo sospechaba desde hacía tiempo. Pero en lo que respectaba a cualidades humanas, se había topado con cosas peores.

El teléfono móvil vibró en su bolsillo. Se lo puso en la palma de la mano y echó un vistazo al mensaje con los dientes apretados. Volvió a meterlo en el bolsillo del pantalón.

—Puede decírmelo a mí. De todos modos, voy a enterarme.

Hubo un breve instante en el que el representante de Recursos Humanos batalló con el protocolo británico.

—Hay una nueva contratación —comentó Ford. Victoria, Tristan había triunfado—. Un archivista.

—¿Archivista? ¿Aquí? En… —suspiro interior por la redundancia— ¿los archivos?

—Contará con el mismo acceso a los archivos que cualquier miembro no iniciado. Señor… Disculpe, ¿cómo me ha dicho que se llama?

—Caine. Tristan Caine. ¿No está iniciado entonces?

—Dejaré que hable sobre esto con el doctor Blakely. Por favor, que se ponga en contacto con la oficina si tiene más preguntas.

—Pero…

—Que tenga una buena tarde, señor Caine. —Y entonces, como un fruncimiento de labios en señal de desaprobación, Ford, de Recursos Humanos, colgó.

Tristan bajó el teléfono con una mueca cuando oyó unos pasos suaves en la puerta del despacho de Atlas.

—¿Quién era?

Tristan se volvió y vio allí a Libby con una taza de té en las manos, unos calcetines gordos de lana con la tela amontonada en los tobillos de las piernas desnudas. Llevaba el jersey y unos bóxeres de él. Tristan no se acordaba de qué les había pasado a las pertenencias de la joven o si seguían en su habitación. Ella aún no había entrado allí, daba la sensación de que no quería hacerlo. Al parecer, sentía que había encerrado una versión pasada de ella dentro del cuarto y no quería dejarla salir.

—Recursos Humanos —respondió Tristan y ella puso los ojos en blanco.

—Muy gracioso. En serio, ¿quién era?

—No bromeo, era de Recursos Humanos. Parece que la Sociedad Alejandrina no está exenta de las mundanidades de una corporación normal. —Se giró y apoyó en la mesa de Atlas a la espera de que ella se acercara más. No lo hizo. Estaba algo asustadiza, o puede que fuera algo más oscuro. Tristan tenía la sensación de que, fuera lo que fuese, ella no quería que lo adivinara.

—No me sorprende. —Espiró con fuerza, molesta. Una nueva textura. Acarreaba una agitación que Tristan se atribuía a sí mismo—. ¿Le has hablado de Atlas?

—He pensado que no querrías.

Libby permaneció un poco más en la puerta antes de dar un paso hacia él. Bajó la mirada al espacio vacío del suelo y volvió a levantarla.

—¿Sabes dónde están los demás?

—Solo sé dónde fueron cuando se marcharon ayer. —Tristan notaba el teléfono pesado en el bolsillo—. Si son listos, habrán desaparecido ya de allí.

—¿Y Dalton?

—Supongo que se fue con Parisa.

Libby apartó de pronto la atención del suelo.

—¿Le has dicho que he vuelto?

Podría. En teoría, cualquiera de ellos podía hablar con los demás en cualquier momento, incluida Reina, quien se había mostrado reacia a que la incluyeran, pero no había rechazado que se pudieran poner en contacto con ella. Tristan no sabía siquiera que la chica tuviera un teléfono hasta que le dio en silencio su número.

Fue Nico quien insistió en que crearan un plan de respaldo entre los cinco.

—Ya sabemos que nos están persiguiendo y si también nos están rastreando, necesitamos un método seguro para comunicarnos —explicó Nico antes de hablar largo y tendido sobre la tecnomancia que había estudiado la noche anterior a las 02:00 a.m.—. ¿Sabíais que prácticamente todas las comunicaciones tienen lugar ahora en la misma señal medellana? —(Parisa intervino entonces, al parecer para irritar a Reina, quien había comentado en su mente que la energía electromagnética era tecnomancia para principiantes)—. Algunos canales de comunicación medellanos son propiedad del gobierno y eso es un problema, por supuesto. La mayoría de los privados son propiedad de la Corporación Wessex o de los Nova. —Lanzó una mirada a Callum, quien le hizo una señal de brindis con un pico de pan—. Así que ya veis, por razones obvias, he creado el nuestro.

No obstante, la posibilidad de comunicación con una persona no era una opción para él.

—Parisa y yo no estamos... en situación de hablar. —Tristan se masajeó la parte posterior del cuello y pensó en cómo explicarle a Libby las circunstancias de su ruptura o si merecía la pena explicar algo sobre cómo tendían, inevitablemente, a separarse dos personas que solo compartían sexo—. Han cambiado mucho las cosas desde que desapareciste.

Algo tituló en los ojos de Libby al escucharlo.

—Ya. —Se volvió y retrocedió en silencio hacia el pasillo, como si de pronto hubiera recordado que no quería estar allí.

Tristan se quedó mirándola, sin saber si insistir en el tema. Nico probablemente lo hubiera hecho, pero él no era Nico. Era una de las cosas que más le gustaban de él, en realidad, no ser Nico, o al menos eso es lo que se había estado diciendo últimamente. En ocasiones como estas, le molestaba sentir el impulso de pensar en qué habría hecho Nico.

Volvió a sacar el teléfono del bolsillo y miró el último mensaje. Otra imagen en la pantalla, esta de una rosquilla de gran tamaño delante de un fondo adoquinado. Tristan subió hasta el primer mensaje de esta serie sádica del microblog que había recibido el día anterior.

Un mechón de cabello dorado contra un cielo gris y nublado, una sonrisa cegadora en la esquina de una boca demasiado perfecta. Había una señal a la izquierda del sujeto que decía «Gallows Hill» con un tono bronce desgastado y, al lado, una sudadera negra borrosa, como si alguien estuviera pasando justo cuando se tomó la fotografía, rápida y sin esfuerzo.

Callum Nova de pie delante del pub del padre de Tristan.

Tristan miró fijamente la foto (una jodida foto, nada más y nada menos) con el pulgar sobre la opción de responder. Se quedó allí sentado, en silencio, contemplando el mejor procedimiento. Borrar y perdonar, no olvidar nunca. Definitivamente, era una opción sólida. Todas sus posibles respuestas palidecerían en comparación, aunque tenía muchas preparadas.

¿Así que ese es el aspecto de tu nariz para los demás? Interesante.

Enhorabuena, sigues claramente obsesionado conmigo.

Voy a abrir un mundo donde tú nunca has nacido y después voy a volver a este para matarte.

Tristan espiró con fuerza y volvió a meter el teléfono en el bolsillo antes de salir rápido del despacho. Cerró con cuidado la puerta y se encaminó escaleras arriba, acelerando el paso conforme subía.

—¿Rhodes?

Como imaginaba, encontró la puerta de su habitación medio abierta y, desde el vano, vio a Libby dentro. No se trataba de su antigua habitación en el ala oeste, ya no vivía allí. En ocho años, esa ala la ocuparía la siguiente ronda de posibles iniciados de la Sociedad, las personas que ocuparían el lugar que había ocupado Tristan y a quienes dirían, como le habían dicho a Tristan, que eran brillantes.

Esta era la antigua habitación de Dalton, en el ala este de la casa. Era un poco más grande, con un salón que estaba, en su mayor parte, vacío, pero que estuvo (o eso le había dicho Atlas) lleno de libros, la investigación de toda una década. Ahora tenía un aspecto esquelético y Tristan se detuvo a contemplar el vacío.

—No esperaba que se quedase —le dijo Atlas a Tristan el día anterior—. Pero si los libros no están, tampoco está Dalton.

Había algo en la voz del cuidador. Agotamiento, tal vez. Daba la impresión de ser muchas cosas, decepción o posiblemente tristeza (a fin de cuentas, había coexistido con Dalton en esta casa durante más de una década), pero Tristan tuvo la sensación de que no estaba tan afectado como fingía. A veces el dolor era sencillo, fácil. La traición era lo peor. El momento para comer helado y abandonarte a la derrota, la melancolía interesada. Seguramente, incluso el gran Atlas Blakely sabía lo que se sentía al perder.

—Creía que lo necesitabas —dijo Tristan y lanzó una mirada de soslayo a Atlas. No estaba acostumbrado a la idea de confiar en Atlas Blakely. No sabía si algún día podría hacerlo de verdad, pero esto, la afinidad o lo que fuera, se parecía mucho. Si no era confianza, sí que era una especie de alianza crítica e inevitable.

Había dejado su destino en manos de Atlas. Era su deber no dejar que Atlas lo echara a perder.

El cuidador parecía saberlo también.

—Lo necesito, sí. Pero tengo su investigación, que es parte de lo que necesito —aclaró, cansado—. Suficiente para saber que la respuesta a mi pregunta es sí, y es posible que Dalton regrese, si mis sospechas sobre su naturaleza son acertadas. Supongo que es optimista por mi parte, pero aún no me he equivocado con él.

—¿No crees que Parisa puede tener sus propias intenciones para la investigación de Dalton? —Le costaba creer que se hubiera marchado al ocaso con Dalton en busca de algo menos interesante que la dominación global. Ella no era una romántica, como tantas veces le había dejado claro. Si Parisa Kamali tenía un fin en mente, no era para Dalton, el hombre. Tal vez Dalton, el académico, le ofrecía algo más de su estilo.

—Supongo que no puedo envidiar su oportunidad —respondió Atlas con ironía—. Ella es mucho más lista que yo, aunque, por desgracia, yo sé una o dos cosas más.

—¿Vas a ir tras ella? —preguntó Tristan.

La mirada que le dirigió Atlas destacó por su vacuidad.

—Lo lamento —murmuró el cuidador, que empezó a darle vueltas a algo que no habían dicho. Puede que eso que sabían los dos era que al final sería Parisa la que cometiera la traición—. Si no has sacado nada más del tiempo que has estado aquí, que así sea, Tristan. Yo no quería que sucediera esto, que acabarais todos destruidos. Hice todo lo que estaba a mi alcance para evitarlo.

—¿Qué esperabas que sucediera? —preguntó Tristan con tono serio—. Parisa es quien es. Eso no se puede cambiar. Y Callum es… —Se quedó callado al considerar que era mejor dejar esa frase sin terminar—. Supongo que Reina era la única legítimamente impredecible, si es que toda esa previsibilidad vale para algo.

Al escuchar sus palabras, Atlas inclinó la cabeza; una muestra cortés de afecto en lugar de una carcajada amarga.

—Supongo que deseaba que todo esto os fuera de utilidad un día. La investigación, los debates, la inmensidad de vuestro potencial, convivir con el conocimiento entre estas paredes. La magia que os creía capaces de crear. Pensé que las cosas que podríais lograr entre los seis serían significativas. Que podrían... cambiar las cosas al final. —Sacudió la cabeza—. Es culpa mía —terminó con cierta gravedad—. Ha sido un terrible error.

—¿Qué parte? —Tristan lo dijo bromeando, pero Atlas no bromeaba. Tardó un momento, un largo momento en fijar con claridad los ojos en los de Tristan.

—No estoy seguro. —No parecía afligido por los remordimientos, aunque era difícil descartarlo—. No dejo de revivirlo todo, una y otra vez. Dije que sí a muchas cosas a las que no debería. Pero ¿cuándo parar?

Tristan no supo qué decir y Atlas se rio.

—No te cargues con mis errores, Tristan. Es fallo mío, pero tengo intención de arreglarlo. —Abrió la boca, se detuvo y sacudió la cabeza, como para descartar el comentario.

Le ofreció luego a Tristan una sonrisa distraída, vacía, y salió de la habitación para regresar a su despacho. Se marchó como si no hubiera más que decir.

Pero debía de haber más. Mucho más en lo que vino después, en el transcurso de tiempo entre que Atlas estaba allí y se marchó, en la diferencia entre Atlas siendo honesto y Atlas yéndose. Porque Tristan entró en el despacho de Atlas tan solo unas horas, unos minutos después y lo encontró todo distinto, una ligera inclinación en el eje de su mundo. Pero apartó el recuerdo y se adentró más en la habitación, miró expectante a Libby, que seguía sentada en su cama, de espaldas a él.

La chica se quedó mirando el vacío unos segundos más, sin mirarlo a él.

—Creo que he matado a gente —señaló con voz monótona—. Puede que no aquel día. Puede que no en la explosión. Pero ha muerto gente, o está muriendo ahora, o morirá. Y al menos algo de eso es por mi culpa.

La explosión que la había llevado a casa, quería decir. El arma de fusión pura, la explosión nuclear que había abierto un agujero de gusano en el tiempo y que solo Libby Rhodes podría haber creado sola. La que llevaba intentando recrear desde 1990 la Corporación Wessex, el mismo año en el que acabó atrapada Elizabeth Rhodes, secuestrada. Era información que Tristan (gracias a Parisa y, al parecer, a Reina) había recabado específicamente con el fin de convencer a Libby Rhodes para que hiciera lo que una versión anterior de ella nunca habría hecho. La explosión que Tristan sabía que había originado dolencias médicas en una generación o más, radiación en el suelo, anomalías genéticas, esperanza de vida acortada e incremento de la mortalidad en una región en la que la sanidad privada dictaba que tan solo el dinero decidía quién tenía derecho a vivir. La gente murió y fue por culpa de ella, por algo que le había contado Tristan. Pero las consecuencias, la posibilidad de la muerte... eso era solamente una idea. Un concepto sin pruebas.

Las pecas junto a sus ojos. El sonido de su voz. Eso era real. Era muy real para Tristan incluso entonces, que pensó que cualquier decisión que ella tomara sería lo correcto. Lo correcto, lo bueno, poseía cierta ambigüedad.

O al menos era así antes.

—¿Crees que era una asesina antes incluso de entrar en ese despacho? —preguntó Libby en voz baja.

Tristan se apoyó en el marco de la puerta y valoró la opción de consolarla. Por desgracia, ninguno de ellos era lo bastante estúpido para esa clase de ejercicio. Le hubiera gustado que fuesen un poco más ignorantes, un pelín más ingenuos. Tan estúpidos como lo era él un mes atrás, cuando la encontró, antes de viajar en el tiempo para verla. Quizá el mensaje que le había transmitido a ella debería de haber sido otro.

—¿Me culpas a mí? —preguntó Tristan.

Ella lo miró y apartó tan rápido la mirada que casi pareció un gesto de rechazo, como si él hubiera hecho lo impensable al incluirse en la ecuación, aunque fuera remotamente.

—Yo fui quien te dio el motivo para hacerlo —explicó a la defensiva—. Si no te hubiera puesto en esa situación, esa conclusión inevitable...

Libby se rascó el cuello y se volvió al fin para mirarlo.

—Lo habría hecho de todos modos. Habría terminado quedándome sin alternativas. —Sacudió la cabeza—. Tú tan solo me planteaste la opción de ignorar las consecuencias.

—Quería que regresaras —le recordó Tristan y se acercó para sentarse a su lado en la cama. Al principio, ella se tensó, después se movió y le hizo sitio para que se acomodara a su lado—. Y no te mentí —dijo en voz baja.

Tristan observó el movimiento de su garganta cuando tragó saliva y separó los labios. Se preguntó por qué lo haría, si pronunciaría una disculpa o una confesión de culpa. Si estaría arrepentida, o triste, o si, egoístamente, lo que había en la punta de su lengua era algo que se asemejaba a la llama que seguía ardiendo en el pecho de él.

Había acudido a él, a fin de cuentas. Él había sido quien le había murmurado «Todo está bien, Rhodes, ahora estás a salvo. Estás bien, estás en casa».

Tristan también se había deshecho del cuerpo por ella.

Cosas como esas eran ahora sencillas gracias a Nico de Varona. Gracias al último año, que había pasado probando y estirando cada instinto de Tristan, todo y todos los que alguna vez habían respirado, reído, mentido o traicionado no eran ahora nada más que *quantum* sin sentido, una amalgama de movimiento de partículas ante la libertad de Tristan para moverse. Y después de que Libby se fuera corriendo a por lo que estaba buscando, regresó aquí, con él. Apareció esa mañana en la puerta de la habitación de Tristan, donde se encontraba él acostado, despierto y solo, y no exigió nada a Libby, no le ofreció promesas. Sencillamente le sirvió una taza de té. Le dijo que durmiera un poco, que se diera una ducha. Toda la mugre que tenía ella encima era ahora también de él por asociación, por la cercanía para la cual había dado su total e inequívoco consentimiento.

Tendría que haber sido sencillo. Franco. ¿No es así? La había echado de menos y ahora estaba aquí. ¿Qué había en la vida más simple? Puede que su error hubiera sido no presionarla como lo habría hecho Nico, o puede que el error lo hubiera cometido mucho antes, pero ya no era importante. Atlas tenía razón: Tristan había cometido también un error terrible, uno que tenía que arreglar él, con el que tenía que vivir. Conflicto, duda, era demasiado tarde para el cinismo evasivo, marca personal de Tristan. El impulso mezquino de tener razón cuando los demás estaban equivocados ya no era su privilegio. Había entregado su manual de instrucciones a Libby, le había escrito el final, había encendido la mecha y se había ido. Por mucho que hubiera entrelazado su futuro con Atlas, su fe tendría que ser igual a la de Libby. Aun así, la duda ya no era un lujo que pudiera permitirse.

Se acercó, le apartó el pelo detrás de la oreja y vio cómo ascendía el calor a las mejillas de la chica. Una reacción antigua. Le acarició el hueso de la mandíbula y ella giró la cabeza de modo que sus labios le tocaron la punta de los dedos.

Sintió el pulso de la habitación como el tictac de un reloj, la cuenta atrás hacia algo que se aproximaba. Algo que acechaba. Le acarició la mejilla y ella le tomó rápido la mano, con una seguridad repentina. Sus miradas conectaron y lo supo, comprendió qué estaba pasando entre ellos, lo que ella deseaba.

Libby no tuvo que preguntar.

Esta vez, detener el tiempo fue sencillo, como señalar dónde se encontraban sus pulmones en el pecho, dónde estaba el latido estable de su corazón. Ella no podía ver la forma nueva que adoptaba la habitación, no podía ver cómo la cambiaba él, o los dos; la energía entre ambos era ahora la única realidad que quedaba. Eran como estrellas en el cielo infinito, como granos de arena distantes, galaxias que ardían en un espejo que deformaba la realidad. No eran más grandes que un destello que se atisbaba por el rabillo del ojo y, sin embargo, eran lo único que tenía sentido.

Lo único.

Ella no podía ver todo lo que él sí podía. El destello de la posibilidad como la aurora bajo la cual la vio un día. Libby podía sentir cómo se disolvía el tiempo bajo sus lenguas, como el azúcar, como las mentiras por omisión que ocultaban, pero, para ella, el poder era todavía insondable. Magia imaginable tan solo como una sensación, o posiblemente un sueño.

Tal vez por eso, Tristan no sabía cómo decírselo. Cómo convencerla, igual que Casandra contempló la caída de Troya, de que Atlas tenía razón, de que juntos todavía eran algo. Que la magia que creaban era importante y que lo que no habían hecho aún seguía importando. Era una verdad fundamental que, al unirse a la Sociedad (tan solo con entrar en esta casa), todos confesaron en silencio, en colectivo.

Finales, principio, ahí radicaba toda la nada insustancial; piezas insignificantes, inexistentes de una respuesta eterna, del propio eternalismo. ¿Qué era el tiempo sin un punto donde comenzar? ¿Sin un punto donde acabar? No era nada. O tal vez lo era todo, lo cual también era nada. Era una pregunta que solo Tristan podría responder. Una pregunta que Tristan no podía evitar formular.

Permanecer allí era como permanecer en una pose, el movimiento fluido de un saludo al sol. Al final, el tiempo volvió a acelerarse; deceleró. Volvía a existir, lo llamaba para que regresara al mundo, a la versión de la realidad creada por el sonido de la respiración de Libby, dentro, fuera, imposible... imposible de resistir. Por su cercanía. Por cómo habían estado a punto de arrebatársela, pero aún no, en realidad no. Del todo no.

—¿Te preocupa mucho el alma, Caine? —La voz de Libby sonaba densa. Miró debajo de las palmas, el corazón que latía en el pecho de él, como si pudiera verlo. Como si supiera lo que se sentía con él, como si pudiera trazar sus movimientos.

El momento se alargó demasiado. Se suponía que tenía que decir algo, hacer algo, pero lo que podría parecer una broma lo golpeó de lleno en el pecho.

—No tanto como debería.

Lo saboreó de nuevo, los viejos taninos del deseo, lo seca que le dejaba la boca. Le acunó la cabeza entre las manos, le alzó la barbilla y exhaló el aliento por la columna de la garganta. Ella suspiró y redondeó los labios para dar forma a algo que Tristan sabía que podía ser su nombre.

«Tristan». Sus ojos detenidos. Su respiración agitada. La calma que había encontrado en el despacho de Atlas Blakely, la sospechosa ausencia de movimiento del cuerpo en el suelo. El hombre al que conocía. La explicación que no había pedido. Las cosas que había ignorado porque ella no estaba preparada aún, pero que tendría que contarle al final. Libby tendría que contárselo a alguien y ese alguien tendría que ser él. ¿Era una asesina antes incluso de entrar en la habitación?

«Tristan, ayúdame, por favor».

Debajo de los labios, sintió la duda de la joven, el temblor de su necesidad batallando con la presencia de sus miedos. *Puedes confiar en mí*, transmitió con su caricia, y notó cómo se relajaba. Podía notar la capitulación, un poco más con cada exhalación. *Era tuyo antes. Soy tuyo ahora.*

Puedes confiar en mí.

Libby giró la cabeza y sus bocas se rozaron.

—Tristan —dijo en mitad de la tensión. Él notó las posibilidades vibrando como estática, la disonancia de un acorde menor.

—Rhodes —musitó—. Necesito que me cuentes por qué has vuelto conmigo.

No se molestó en preguntar por qué había salido corriendo. Eso lo entendía, no necesitaba que se lo aclarara. Había sangre en las manos de Libby y ahora en las de él; las heridas estaban aún demasiado frescas, demasiado encarnadas. No podían haber pasado la noche juntos, habría habido demasiada culpabilidad en la cama.

Pero ahora...

Libby tragó saliva con los ojos fijos en sus labios.

—Ya sabes por qué.

Las palabras eran dulces, amables. Poco sólidas.

Insuficientes.

—Dímelo.

—Tristan. —Un suspiro—. Quiero...

—Ya sé qué quieres. No te he preguntado eso. —Pero el tormento que había entre ellos era exquisito. Eso a lo que se habían resistido inútilmente, lo que tan desesperadamente habían negado—. Rhodes —murmuró, tan cerca que podía saborearla. La tentación ardía en su lengua—. Dilo.

—Te quería a ti —musitó.

La espera era insoportable.

—¿Por?

—Porque tú me conoces. Porque tú me ves. —Las palabras fueron duras, difíciles; el suspiro que les siguió estaba cargado de significado, de promesas sin cumplir—. Y porque...

Él le alzó la barbilla y enredó los dedos en su pelo.

—¿Sí?

Los ojos de Libby buscaron los de él, empañados.

—Porque... —Se quedó callada, hechizada, perdida—. Mierda, Tristan, yo...

Él la oyó entonces, la confesión sin pronunciar. La saboreó en una parte de la lengua. Desestabilizadora, mareante. Lo que fuera que había en su pecho cobró vida, se deshizo. Fue rápido y contundente. Si alguno decidía ceder, sabía que sería un éxtasis. Si alguno respiraba, sería una agonía, una euforia en sí misma.

Solo cuando la situación se volvió tensa como un arco, ambos doloridos, Tristan se rindió.

Sin aliento, le tocó la cara.

—Rhodes...

Volvió a verla, encendida esta vez de rabia; partículas de ceniza flotaban en el aire ardiente para coronarla. Su brillante resplandor se tornó oscuro.

La cara de Atlas, borrosa. Su partida silenciosa, el peso de su repentina ausencia.

Es mi error y yo tengo que arreglarlo...

—Rhodes...

Dímelo. Confía en mí.

La pregunta que no podía formular aún Tristan.

¿Qué pasó en realidad en esa habitación ayer?

Su beso, su roce. Fundido, metamórfico. Peligroso y expectante. Contó las exhalaciones entre ellos; el pulso de un reloj.

Tic...

Tac...

Tic...

—Tristan. —No era un susurro. Esta vez no. Imposible adivinar qué podía venir después—. Tristan, yo...

—¡EH! —se oyó de pronto abajo—, ¡idiota! Papá ha llegado a casa —fue la desagradable proclamación, seguida por un absurdo—: de nada.

La intimidad, si es que en algún momento había existido, desapareció. Murió. Erupcionó. Libby se volvió a cerrar en banda, se alejó lo suficiente para que ningún recodo de tiempo ni espacio pudiera alcanzarla, y Tristan, maldiciendo entre dientes, se apartó de golpe.

—Tiene que ser una broma. ¿Eso ha sido...?

—Sí. —Libby se cruzó de brazos, perdida ya toda la cercanía—. Parece que ha llegado Varona.

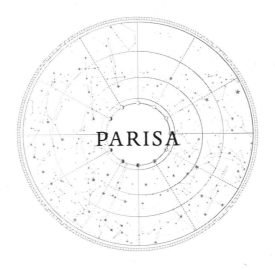

PARISA

Parisa Kamali entró en el cálido vestíbulo de tonos bronces de su elegante hotel de Manhattan en medio de una nube de optimismo y cantos de pájaro, y también había cerdos revoloteando por la Quinta Avenida y en algún otro lugar (seguramente Atlas Blakely supiera dónde) el infierno era un precioso sesenta y ocho. A saber: Parisa estaba de mal humor, flotaba con tedio en el ámbito del descontento, más estrechamente ligado con el hambre o los hombres que llegaban donde querían llegar. En este caso, un poco de ambos.

Había pasado un mes desde que Parisa había salido de los muros de la casa de la Sociedad Alejandrina. Sin embargo, a pesar de este periodo de tiempo tan razonable, no le habían pedido disculpas aún, ni se habían humillado ante ella, ni había recibido de ningún modo lo que merecía, aunque fuera remotamente. Razón por la cual, al sentir la presencia de cuatro o cinco asesinos con grandes aspiraciones replegados en el hotel que había elegido en base a su estilo exquisito, sintió una agitación en las venas comparable a la excitación.

A fin de cuentas, se había comportado. Muy buena, muy tranquila, acechando educadamente en las sombras y apenas sin hacer llorar a nadie por diversión, que era la clase de sutileza por la que la habían acusado recientemente.

—Te vas a aburrir, ¿lo sabes? —fueron las palabras de despedida de Atlas en un intento de pugilismo psicológico unos días antes de que Parisa abandonara las protecciones del transporte de la Sociedad (destino: Osaka, según los términos de Reina Mori para garantizar la defensa estratégica de su compañera). Atlas la detuvo cuando se dirigía de la biblioteca al jardín, mientras aguardaba a que el periodo de estudio independiente pactado siguiera su curso. Dos días antes de su marcha, ya llevaba aproximadamente una semana con la maleta hecha.

—Por si no te has enterado, fuera de esta casa hay más de lo mismo —le recordó Atlas con tono cortés—. El mundo sigue siendo la misma serie de decepciones de antes de traerte aquí.

Seguro que el orden en el que pronunciaba las palabras era significativo; la implicación de que Parisa era una de sus elegidas y no una persona con libertad y/o un valor institucional importante.

—Soy muy capaz de entretenerme sola —contestó ella—. ¿O acaso crees que voy a regresar al mundo sin una agenda muy interesante?

Atlas calló un momento y Parisa se preguntó si sabría ya cuál de sus tesoros pensaba robarle, como si fuera a ponerse a rebuscar entre la plata de su casa. ¿Adivinaría que Dalton planeaba acompañarla a pesar de la insistencia de ella en lo contrario?

Tal vez.

—Ya sabes que puedo encontrarte —murmuró Atlas.

—Fascinante —contestó ella y añadió, con tono sardónico—: yo, por mi parte, tendría claras dificultades para encontrarte a ti. —Hizo un gesto que abarcaba las paredes de la casa que ambos comprendieron que él era incapaz de abandonar. Si no por razones vocacionales, sí por motivos personales.

—No es una amenaza —aclaró Atlas. (Solo Altas hacía que una mentira obvia sonara tan suave como una comanda de desayuno).

—Claro que no —afirmó Parisa y Atlas arqueó una ceja—. No has podido encontrar a Rhodes —aclaró—. Ni la razón de tu problema. Ezra creo que se llama, ¿no? —Atlas muy inteligente, no se inmutó—. Discúlpame entonces si no me pongo a temblar.

—Me has entendido mal. No es una amenaza, señorita Kamali. Es una invitación. —Atlas agachó la cabeza en un gesto taimado, como nunca antes había visto en él, ocultando algo tan mezquino que no pudo reconocerlo al principio—. A fin de cuentas, ¿qué vas a hacer sin tenerme para despotricar contra mí? —(Gracia, decidió Parisa. Tenía gracia)—. Te doy seis meses antes de que vuelvas a llamar a mi puerta.

Vio un destello de imágenes tras los párpados, como un torbellino de *déjà vu*. Los dulces de alguien en los armarios; joyas que ni le gustaban; dos juegos de tazas en el fregadero de la cocina. El tedio de una discusión pasada, una historia repetida ya demasiadas veces, unas disculpas superficiales para mantener la calma. No podría demostrar nunca si provenían de su cabeza o de la de Atlas.

—Eso ha sido una burla —dijo y notó que el corazón le daba un vuelco.

—O una promesa —repuso Atlas. Torció los labios para formar una sonrisa que a Parisa nunca le pareció atractiva, porque el atractivo, como la mayoría de las cosas, no era nada—. Te veo muy pronto, señorita Kamali. Hasta entonces, te deseo mucha satisfacción—. Una bendición por parte de despedida de Atlas Blakely que parecía un reto—. Por desgracia, creo que no tienes ni idea de cómo es la satisfacción.

—¿Estás sugiriendo que no sé divertirme? —fue la respuesta falsa de Parisa—. Eso ya me parece un insulto.

Y así era. Aunque la diversión era algo de lo que Parisa andaba corta en las últimas semanas.

Ahora, en el vestíbulo del hotel con Sam Cooke cantando conmovedoramente, Parisa, que se estaba comportando de una manera sublime y no se aburría en absoluto, sintió una repentina necesidad apremiante de darle un giro a su día.

Darling, you send me, cantaba Sam mientras Parisa se concedía un momento de escrutinio y repasaba el escenario con la vista puesta en... ¿cómo lo había llamado Atlas?

Ah, sí. Satisfacción.

Examinó la habitación, reconsideró el paisaje del vestíbulo como si fuera un campo de batalla. Oh, Parisa no era física, no era una luchadora. No había recibido mucho entrenamiento en lo que se refería al combate, aunque no le faltaba talento para el teatro. ¡Y menudo escenario! El hotel era una preciosa conversión de su vida anterior como central de poder premedellana, innecesariamente grande, con un brutalismo expresado en opulencia. La Edad de Oro en su esplendor, si no en devoción arquitectónica. El techo alto quedaba expuesto, las vigas desnudas enmarcaban la joya de la corona: una barra elaborada con gusto a partir de una sola pieza de madera y rematada con latón brillante. Una verdadera atracción, atendida por un camarero tan descaradamente moderno que parecía creado para ese lugar. Había unos estantes de madera de caoba alineados en la pared trasera con espejos, junto a las cortinas negras; la loable selección de bebidas espirituosas tenía un brillo tenue, como el de una joya. La lámpara del techo era majestuosa sin resultar anticuada, una espiral con bombillas visibles que colgaban como si fueran lágrimas suspendidas. Las paredes eran cavernosas, hormigón bruto envuelto en terciopelo. Confería al espacio la sensación de estar bajo tierra, como si los clientes descendieran por la calle durante horas en lugar de segundos.

Una bonita tumba para alguien con menos *joie de vivre* que Parisa.

Sintió peligro a su espalda, ladeó la cabeza con un aire un tanto seductor y atisbó a su atacante. El primero de sus asesinos llevaba un uniforme de botones de hotel anticuado y sacaba una pistola del forro interior de la chaqueta. Dos personas le estaban mirando los pechos. No, tres. Fascinante. Valoró cuánto tiempo esperar, si tendría que arruinar el vestido que llevaba puesto, de seda. Solo se podía lavar en seco y ¿quién tenía tiempo para eso?

Sam cantaba con ternura y su voz emergía de los altavoces del vestíbulo. La distrajo un momento. Parisa miró a su izquierda y cruzó la mirada con el empleado que había en recepción (él le estaba mirando las piernas, qué dulce).

—Sé un buen chico —pidió con elegancia y extendió una mano para detener al botones asesino justo cuando notó que este centraba su atención en la nuca de ella—. Acelera esto, ¿de acuerdo? —comentó, haciendo referencia a la música que sonaba—. Oh —añadió entonces al notar la intensidad del momento cuando el dedo del botones acarició suavemente el gatillo— y apaga las luces.

Darling, you s...

Send...

Darling, you send...

El vestíbulo se quedó a oscuras cuando se oyó el disparo.

Y entonces el bajo cesó.

Para alegría de Parisa, la voz de Sam se encontró con un ritmo pesado y sintético de hip-hop, una apropiada combinación de soul y funk. El cambio en la atmósfera compensó los repentinos gritos de pánico y se convirtió, para gran satisfacción de Parisa, en algo que podía bailar.

Las luces volvieron a encenderse cuando Parisa movió los hombros hacia la izquierda e hizo un gesto al botones con la cabeza para que bailase. Él, que no cooperaba, se quedó aturdido a su espalda, mirando con gran desconcierto el disparo descabellado que había realizado, cortesía de algún subterfugio telepático. Detrás de la barra, el champán fluía con libertad de la botella en el estante superior y formaba un charco reflectante encima de la encimera de latón.

—Ah, venga —musitó Parisa al tiempo que lo llamaba con un dedo desde lejos—. No dejes a una dama bailando sola.

El botones entrecerró los ojos cuando empezó a bambolear las caderas contra su voluntad. Empezó a mover el cuerpo al ritmo mientras Parisa se movía a la derecha, disfrutando de la canción que palpitaba en su pecho.

Solo tres personas no se movían tras el disparo del botones, demasiado profesionales para parpadear al oír el sonido de la bala. Los otros asesinos revelaron entonces su posición exacta en la habitación, aunque inintencionadamente. (Era evidente que la mujer muy joven que se había refugiado debajo de su taburete y el empresario que casi se había orinado bajo el chorro de champán no eran más que un par de espectadores desafortunados. Un castigo cósmico, pensó Parisa, por conducir un asunto sórdido bajo el techo de una obra maestra tan impresionante).

Apenas había comenzado a sentir de verdad el bajo cuando el segundo de sus asesinos, el camarero, cuyo bigote se curvaba por las puntas y ofrecía un efecto un tanto caricaturesco, saltó sobre la barra y blandió la pistola en su dirección. Parisa, cansada de las limitaciones de su actual compañero de baile (por alguna razón, este parecía no sentir atracción por ella), efectuó una elegante pirueta hacia la izquierda y la bala rozó el lugar donde habría estado su mejilla si no hubiera saltado con tanta elegancia. Con una orden calmada (*suéltala, muy bien, buen chico*), la pistola cayó al suelo y se deslizó, convenientemente, en su dirección. Parisa la tomó con una sorprendente flexión hacia atrás un segundo antes de que el botones saliera de su trance cuando estaba en medio de un movimiento. Parisa se apartó y dejó que este cayera a sus pies.

—Alguien debería de disfrutar de estas vistas —le informó Parisa y levantó el pie derecho para clavarle la mejilla en el suelo de hormigón. Movió entonces el cuerpo al ritmo constante del hip-hop, se meció rítmicamente bajo el arco del cuchillo del camarero.

Clavó más el tacón en la mejilla del botones cuando se agarró a la corbata del camarero e hizo una seña al conserje, que acababa de recopilar las distintas partes del rifle que guardaba detrás de la mesa.

—*Darling, you thrill me* —cantó Parisa, un poco desafinada, y luego le dio un tirón rápido a la corbata del camarero, tirando de sus caderas contra las de ella justo cuando una rápida ráfaga de balas estallaba como una banda en un desfile. Su tango se interrumpió. Parisa se deslizó bajo el brazo agitado del camarero y retorció el tacón hasta sentir la rendición del pómulo del botones, que cedió bajo el zapato. El pecho del camarero vibraba por el impacto de las balas destinadas a ella y la barra de tono bronce brillante se manchó con la sangre derramada.

La mujer ya no gritaba, al parecer había sumado dos más dos y se había marchado. La persona que había en recepción trataba frenéticamente de evacuar a los clientes y trabajadores que quedaban. Cinco estrellas, pensó Parisa, impresionada. Podía resultar muy difícil encontrar una hospitalidad mejor.

Estalló otra ronda de disparos, las cortinas de terciopelo cayeron peligrosamente y Parisa pasó detrás de uno de los pilares de hormigón y suspiró por semejante desperdicio. Era una vergüenza estropear unas piezas tan selectas y de tan buen gusto. Mientras el estrépito de la guerra continuaba aumentando, cortesía del rifle del conserje, dentro del vestíbulo, Parisa determinó que un caso menor de confusión telepática tal vez no rompía ninguna de las reglas ceremoniales del combate. A fin de cuentas, ¿qué era un arma automática contra una persona menuda y desarmada? Era injusto. Así pues, le ofreció al conserje algo más útil en lo que pensar, como la naturaleza de la fusión perfecta y, como bonus extra, la tarea de resolver el problema de las personas sin hogar en el que la ciudad trabajaba últimamente preparando un presupuesto de servicios sociales.

Con la mente del conserje centrada ahora en otro asunto, quedaban aún otros obstáculos. El botones, que se había alejado a cuatro patas de la lluvia de metralla, estaba ahora a salvo. Parisa meció con suavidad las caderas cuando el botones se puso en pie y se apresuró hacia ella al mismo tiempo que el cuarto asesino (un hombre de mantenimiento que se había preocupado por evitar los disparos más letales de sus cómplices) sacaba una llave inglesa de la caja de herramientas y la lanzaba a lo loco, sin pensar. Parisa, menos enfadada que, digamos, decepcionada, se detuvo para tomar el cuchillo que se había caído de la mano del camarero (este estaba ocupado sufriendo una muerte horrible) y se volvió con la intención de que la hoja hallara un hogar entre los ojos del hombre de mantenimiento. Él, sin embargo, fue más rápido que los demás. Esquivó el cuchillo y le agarró la muñeca; la saliva salió volando de su boca cuando la derribó hacia atrás, contra el pilar de hormigón.

Parisa siseó, sorprendida y enfadada, y la espalda desnuda se encontró con la piedra fría. El cuchillo se le cayó de la mano por la fuerza del impacto del hombre, la hoja repiqueteó en el suelo, fuera de su alcance. Afirmar que el asesino tenía unos cuantos kilos fuerza sobre ella era quedarse corto. Forcejeó para moverse, para respirar; el repentino tirón que el asesino le dio al brazo hizo que apremiara en ella la necesidad de mantener la cabeza fría. El estilo de lucha de Parisa era teatrero, pero no estúpido. Mejor no saber qué podría hacer a continuación un hombre en la posición de este.

Parisa escupió en la cara al hombre de mantenimiento y llamó al botones con un pequeño tirón en la mente. La postura de este se tornó rígida; al principio se opuso, pero entonces se mostró sumiso a la fuerza de la llamada de Parisa. Con una mueca, el botones se adelantó con paso tenso y levantó una bota pesada para asestar un pisotón fuerte en el centro de los músculos isquiotibiales del hombre, que se derrumbó alrededor de las piernas de Parisa.

Parisa le golpeó la mandíbula con la rodilla y del impacto se le fue el cuello hacia atrás. El repentino torrente de sangre en los oídos se unió al bajo que seguía sonando por los altavoces del hotel. Cuando el hombre de mantenimiento se derrumbó de rodillas, como en una ejecución, el cuchillo se alzó del suelo a las manos de Parisa, no con menos renuencia que el botones. Parisa hizo una mueca, aliviada, por un momento, de que Nico no estuviera allí para presenciar los límites de su magia física. Comprendió, con sincero desagrado, que no le gustaría que perdiera ni un atisbo del brillo de sus ojos.

Hundió con repulsión el cuchillo bajo la clavícula del hombre de mantenimiento. Este se desplomó de lado sobre la alfombra *art deco* que tanto le había gustado. Se convulsionó una vez antes de quedarse inmóvil junto a la preciosa barra salpicada de sangre.

El vestido también estaba hecho un desastre. Qué decepción.

Dos menos, faltaban otros dos. Detrás del mostrador del conserje, el más hábil de sus asesinos seguía sudando sobre los presupuestos municipales. Aferraba desesperadamente con una mano el rifle, como un niño con un juguete. El botones, sin embargo, se deshacía de los efectos de su petición telepática, con un ojo oculto por la hinchazón de la mejilla. Le había partido la cara.

—¿Por qué debería dejarte sanar? —preguntó al botones. (Que no se dijera que era una matona).

—Vete a la mierda —espetó él, o eso pensó Parisa, porque no habló en inglés. No reconoció la lengua, pero no importaba. Se podía comprar a cualquier persona. Sin embargo, el «zorra» que vino a continuación fue tan obvio por su entonación que no precisó de traducción, mucho menos de nada que mereciera debate.

—Bien, fue divertido mientras duró —se lamentó con un suspiro y se agachó para sacar el cuchillo del cuello que gorgoteaba del hombre de mantenimiento. Sam Cooke se iba acallando lentamente hasta llegar a un silencio incierto. A Parisa le pitaban los oídos, sentía nauseas. El principio de una migraña. Notó la presencia del botones a su espalda cuando se agachó para recuperar el cuchillo y, joder, menudas cosas se le estaban pasando por la cabeza al tipo. Como si cambiara algo que ella tuviera los condenados glúteos de Afrodita. Para él, ella no era nada, tan solo un objeto, algo para usar, follar o destruir.

Así era el mundo, se recordó a sí misma. Atlas tenía razón.

De pronto, todo le pareció sustancialmente menos festivo.

Se puso en pie y le rajó la garganta al botones con la hoja del cuchillo, un corte efectivo en la carótida. Él se tambaleó y cayó al suelo con un golpe sordo. Parisa pasó por encima de él, resollando, y se apartó un mechón de pelo de la frente con el dorso de la mano. Pasó entonces por al lado del camarero inmóvil y se detuvo delante del conserje.

Este seguía perdido en sus pensamientos, o, mejor dicho, atrapado en ellos. Pareció afligirse cuando le quitó con cuidado de las manos el rifle automático, casi con cautela. Daba la sensación de que el acertijo en el que se hallaba inmerso le parecía muy complicado.

—Voy a liberarte de tu miseria —sugirió Parisa y se lamió la sangre de la comisura de los labios.

El culatazo de rifle al descargar fue impresionante. El hombre debería de haber sabido que no era un arma para distancias cortas.

★ ★ ★

Unos minutos más tarde, sonó el pitido del ascensor al llegar a su planta. Se detuvo para pasar el escáner de retina de la habitación (ahora que lo pensaba, probablemente esa era el motivo de que sus visitantes de la tarde se encontraran en el vestíbulo) y notó que la cerradura cedía bajo su mano. La puerta se abrió y la invitó a pasar a la tranquilidad de su dormitorio.

—Vuelves pronto —dijo una voz en el baño—. ¿Han ido bien las cosas en el consulado?

La puerta se cerró detrás de Parisa mientras ella respiraba pausadamente para calmarse. Las habitaciones, igual que el vestíbulo de abajo, eran obra de alguien con un gusto excelente, aunque la tumbona turquesa diestramente elegida para los paneles de caoba del fondo se hallaba devorada por la ropa de dos días. Podía ver en el espejo dorado hecho a mano de la pared que la humedad no había sido amable con su pelo. Ni la sangre de los cuatro hombres a los que acababa de despachar.

—Define bien. —Le rugió el estómago cuando vio los restos de las pastas de esa mañana. Una napolitana de chocolate aguardaba intacta sobre la mesa, al lado de unas notas. La alcanzó y le dio un buen bocado justo cuando Dalton salió del baño rodeado de una tentadora ola de vapor.

Tenía una toalla alrededor de la cintura y nada más. Le perlaban el pecho gotas de agua y llevaba el pelo oscuro apartado de la frente, lo que resaltaba la elegancia de sus mejillas principescas.

Seguía pareciéndole extraño que Dalton fuera dos personas al mismo tiempo: la fusión de su animación interior, la facción de su ambición que se había visto forzada a regresar a su forma corpórea, junto a la versión noble a la que había perseguido Parisa en un principio. Sus pensamientos eran los mismos de siempre, pues el año pasado Parisa había interferido en su consciencia: una mezcla de cosas incompletas, ininteligibles y, a veces, confusas, como la estática de la radio. El resto de él seguía siendo un placer para la vista, como siempre, aunque había comenzado a sufrir pequeños cambios. No se afeitaba de forma tan pulcra. Había menos devoción en general a su apariencia. Las notas de la mesa empezaban a ser más ilegibles, desordenadas.

Sin decir nada, paseó la mirada por su vestido manchado de sangre.

—¿Lo has matado? —preguntó al fin con cierto tono de diversión.

Ojalá. Pero no, la tarde que tenía en mente no había transcurrido como esperaba.

—No estaba. Me he encontrado con compañía indeseada —respondió y se lamió el chocolate del pulgar.

Dalton emitió un sonido como «mmm», parecido a una reprimenda.

—Creo que te comenté que podías llevarme como escolta —señaló.

—Y, como creo que te comenté, soy una negociadora muy buena —replicó ella. Echó otra mirada a las notas de su compañero—. ¿Has descubierto algo sobre el universo en mi ausencia?

Le llegó una maraña de pensamientos. Analizó los que pudo y bloqueó el resto. Acechaban nuevos niveles de dolor de cabeza.

—Nada que no pueda esperar a después —contestó Dalton y se acercó un paso para meter el dedo por la trabilla de su vestido; la insinuación era evidente—. ¿Será un problema? —preguntó, refiriéndose a los cuerpos que había abajo.

—Pondré un cartel en la puerta —dijo Parisa—. En general, me parece que el personal de aquí es bastante razonable.

Tendrían que cambiar por un tiempo de ubicación, pero a Dalton no le pareció importante mencionarlo.

—¿Quieres que hablemos de ello?

—¿Qué más podemos decir? Nothazai no estaba en el consulado y otro grupo de hombres ha intentado matarme. —Las manos de Dalton le tomaron las caderas en señal de apoyo y deslizó las palmas con suavidad por la seda al tiempo que se inclinaba para darle un beso en la garganta—. Pero al menos no me aburro —añadió con tono indulgente—. Un golpe para la profecía de Atlas Blakely.

Dalton se rio en su cuello y Parisa se llevó el dulce a los labios para darle otro bocado.

—Ah, me acabo de acordar de que te ha llegado otra citación mientras estabas fuera —le informó Dalton, que se apartó un momento para tomar una tarjeta blanca que Parisa no había visto en el borde de la cama sin hacer.

Había ropa interior tirada al lado de la manta, una camiseta arrugada y un par de calcetines desparejados que parecían sombras vigilantes. A Parisa le entraron unas repentinas ganas de ponerse a ordenar, lo cual le molestó profundamente. Ignoró la sensación y le dio otro bocado al dulce, cuyas migas cayeron al suelo.

La tarjeta que se deslizó ante su rostro entre las puntas de dos dedos académicos era la tercera de una serie de cartas, por lo que no necesitaba conocer los detalles del mensaje que contenía.

—Dijo que podría encontrarme —murmuró para sus adentros sin tomar la tarjeta.

Dalton captó la indirecta y la retiró, aunque seguía con expresión divertida.

—Te aseguro que esto no es obra de Atlas —dijo—. Y doy por sentado que no tienes intención de responder, ¿no?

—¿Acaso requiere respuesta? —Parisa enarcó una ceja—. Me has hecho creer que no merece la pena preocuparse por la logística del funcionamiento institucional de la Sociedad.

—Lo que te dije fue que la Sociedad era tan tediosa como cualquier otro cuerpo gubernamental —aclaró él—. Pero eso no significa que piense que debas ignorarles por completo visto que vas a necesitar tener de nuevo acceso a los archivos.

Parisa volvió a mirar la página abierta de sus notas, que estaba llena hasta los márgenes con apuntes sobre la creación de mundos.

—¿Crees que tienen idea de lo que estamos tramando?

—No. —Hasta entonces, había sonado, relativamente, como sonaba él, pero entonces soltó una risa áspera, que era tan nueva en su reciente transformación como esa expresión facial en particular—. Te aseguro que estas citaciones son simplemente por protocolo. La Sociedad no posee la imaginación necesaria para adivinar que podrías escoger cualquier otra cosa que no fuera a ellos.

—Pero podría tratarse de una trampa de Atlas —señaló ella—. Una forma de atraerme.

Dalton se encogió de hombros.

—La Sociedad rastrea tu huella mágica cuando lo desea —comentó sin más, confirmando así dos años de sospechas de Parisa al tiempo que agitaba la citación que llevaba en la mano—. Pero dudo mucho que Atlas use un canal oficial de la Sociedad para dar contigo. Eso requeriría un rastro documental, informes, aprobación administrativa —señaló Dalton—. Lo cual contrarrestaría décadas de subterfugios para conservar su puesto sin traicionar la naturaleza de su investigación. Y te aseguro que no está desesperado aún.

—Aún —repitió Parisa, que alzó la barbilla para mirarlo a los ojos. Ahí estaba otra vez, ese caos indescifrable de sus pensamientos.

Pero se calmaron y Dalton curvó los labios en una sonrisa.

—Puede que en algún momento Atlas considere otros medios para interferir. O puede que simplemente intente deshacerse de ti. Como bien sabe, tú eres una oponente excepcionalmente hábil.

—Una oponente no —lo corrigió Parisa, pensativa—. Más bien una né-
mesis. Yo no diría que estemos jugando al mismo juego. —El experimento
era la fuerza inspiradora de Atlas, su propósito. Vivía y respiraba por la posibilidad de abrir un multiverso. Parisa era notablemente más creativa.

—Creo que ha llegado a pensar otra cosa con el tiempo. —Dalton le
acarició el hombro, deslizó la punta del dedo por debajo del tirante del
vestido—. No está equivocado. Parisa, hasta que uno de vosotros no se
deshaga de otro, ninguno podréis tener éxito. Y tú podrías reemplazarlo
como cuidadora —sugirió no por vez primera—. La junta directiva se reúne de forma periódica. Lo que ha hecho Atlas para ganarse su confianza
puedes replicarlo tú con un efecto mayor. Entonces los archivos y su contenido podrán ser tuyos, podremos avisar al resto y el experimento podrá
comenzar al fin.

Dalton se inclinó hacia delante, le acarició la mejilla con los labios y
después la oreja.

—Puedo crear un mundo nuevo para ti —le dijo en la mandíbula—.
Todo cuanto has de hacer es decir la palabra y todo puede ser tuyo, Parisa.

Todo. Los hombres que le miraban los pechos y le disparaban al
corazón.

Todo.

Y el único coste que tendría sería el cuidador que había preferido usarla
en su beneficio.

Parisa se estremeció cuando Dalton le acarició las motas de sangre seca
de los brazos. Olía a champú de hotel y a loción de gardenias. El vapor del
café recién preparado se adaptó perfectamente en el quicio de su beso. Notó
un aleteo en el corazón, como una ronda de disparos de un rifle AK, que
latía cargado de adrenalina y hambre.

—Tentador. —Tenía la boca seca. Necesitaba una ducha, un vaso de
agua. El dolor de cabeza iba a empeorar. Dalton le quitó el vestido del cuerpo y ella se dejó hacer; la napolitana cayó al suelo cuando la besó. Bajó al
pecho, el abdomen, las caderas.

Le separó con suavidad las piernas, alzó los ojos a los suyos con los labios presionados en el muslo. Misteriosamente, la toalla había desaparecido.

—Estás decidido a ser un villano entonces, ¿no? —Quería sonar despreocupada, pero había cierto tono menos productivo, más urgente.

—Sí —respondió él con su sonrisa principesca—. Me gustas con un poco de muerte.

Sus pensamientos rugieron con incongruencia, poder y suavidad, capitulación y control. El calor era desalentador, cada vez más peligroso.

Parisa estaba dolorida por el sobresfuerzo, deshidratada, atormentada, le rugía el estómago aún. Todas las señales usuales para que saliera huyendo estaban presentes. ¿Por qué sentía que Dalton era una constante necesaria después de una década de soledad lograda con tanto esfuerzo? Podía atribuirlo a una mezcla de cosas: defensa. Venganza. Deseo. Él era el juguete preferido de Atlas Blakely; la única oportunidad de Atlas de conseguir poder real, significativo. Un creador y destructor de mundos. La mera magnitud del asunto era suficiente para reorientar su aptitud para tolerar la compañía.

Basándose únicamente en el poder, Parisa podría elogiar el argumento de Dalton para abandonar sus intentos mundanos de sobrevivir en favor de un control total para dominar el mundo y, con ello, tal vez, por fin, la libertad. La libertad real que tanto se parecía a una vida.

Dos problemas. Uno: Parisa no tenía las piezas necesarias para completar el experimento como lo había planteado Dalton. Dalton era necesario para invocar lo que había que invocar; Tristan era necesario para ver lo que había que ver. Por razones que cualquier estudiante de psicología podría adivinar, Tristan pertenecía a Atlas tanto como Dalton pertenecía a Parisa, lo que, en el presente, dejaba a los jugadores en un punto muerto sobre el tablero. Libby, la mitad de su fuente de poder, era un interrogante. Nico, por otra parte, era maleable, pero seguía siendo solo una mitad. Reina, la jodida Reina, era un obstáculo en el mejor de los casos; un generador que lamentaba ser lo que era y cuya enemistad personal era demasiado irracional como para predecirla. Ganar la carrera armamentista hacia el multiverso contra Atlas Blakely iba a suponer, entonces, un panorama táctico de guerra altamente política y profundamente personal para el cual, por supuesto, Parisa tenía un desafío único y era particularmente hábil.

El segundo problema era más apremiante y también poseía más matices, ya que técnicamente no era un problema. En pocas palabras: si Parisa ganaba y Atlas perdía, entonces el juego habría terminado. La perspectiva de victoria, por segura que fuera, conllevaba un vacío que a Parisa no le gustaba cuestionar por temor a que la respuesta fuera freudiana. O aburrida.

Ella iba a ganar. No había duda. Pero había muchas cosas en las que ocupar su tiempo hasta entonces; una lista que no podía considerarse irresponsable. Los problemas abundaban, tanto en forma de organizaciones que atacaban a su grupo como de asesinos que le manchaban de sangre su vestido de seda. Y, por supuesto, estaba la propia Sociedad, que le había prometido gloria y hasta ahora se había mostrado tímida.

Negocios antes que placer, recordó con un ruido sordo en la cabeza. Agarró las raíces del espeso cabello de Dalton y le dio un tirón suave.

—¿Qué pasa si no contesto? —preguntó, señalando la tarjeta que había quedado olvidada en el suelo.

—¿Qué te hará la Sociedad, quieres decir? —Dalton rozó la curva de su muslo con los labios y, a pesar del dolor de cabeza, Parisa se sintió hoy más cómoda con él. En ese momento le resultaba familiar. No podía decir lo mismo todos los días. (Pero no estaba aburrida, pensó)—. Seguirán el protocolo, imagino. Espero recibir una citación también yo muy pronto —le recordó—. Recibí una hace diez años. En cuanto se den cuenta de que ya no soy un investigador en los archivos, es probable que me envíen otra.

Parisa lo pensó. Le dio vueltas desde diferentes ángulos.

—¿Qué quieren de nosotros?

—Exactamente lo que te prometieron. Riqueza. Poder. Prestigio. ¿Pensabas de verdad que esas cosas tan solo te beneficiarían a ti? —La miró, con la boca todavía sobre la tela de sus bragas mientras deslizaba las manos por el arco de los gemelos—. Te preguntarán por tus objetivos, te pondrán en contacto con otros miembros de la Sociedad. Te ofrecerán un privilegio que no pueden robar ni comprar. Y si no estás segura de qué quieres hacer como alejandrina, te enviarán a otro departamento.

—¿Cuál?

Dalton se encogió de hombros. Le bajó las bragas por las piernas mientras ella le acariciaba con los dedos la nuca y trazaba el recorrido de sus vértebras.

—Nunca he llegado tan lejos. Cuando recibí mi citación, ya sabía lo que quería.

Eso o Atlas ya había decidido por él tras secuestrar suficiente parte de Dalton para asegurar su colaboración. Un juego muy diferente, en realidad.

—Mm. —Parisa le permitió que la empujara hacia la cama y la tirara sobre la manta. Alcanzó el calcetín errante que había bajo sus caderas y lo tiró al suelo, donde se arrodilló él—. ¿Entonces sí que importa si respondo?

—Sí. —Dalton se rio de pronto, aunque no alzó la cabeza de la curva de su muslo—. La Sociedad es solo la Sociedad si sus miembros continúan su legado de prestigio. No tienes la opción de ser del montón—le recordó. Se humedeció los labios con un movimiento cuidadoso de la lengua.

—Con esa mentalidad, cualquiera pensaría que son más proactivos a la hora de proteger su inversión —murmuró Parisa. Le costaba sentir todo el alcance de su ira, claro, con el uso tan productivo de la lengua de Dalton, pero lo acontecido en el vestíbulo del hotel esa tarde no había sido el primero de sus problemas.

Cuando Parisa y Dalton llegaron a Osaka desde la casa de la Sociedad un mes antes, había medellanos estacionados en todos los medios de transportes y policía secreta patrullando en los trenes; todos estaban tan concentrados en el nombre de Reina Mori que Parisa se sintió insultada. Ahora, por supuesto, alguien (Nothazai, el jefe del Foro, según suponía Parisa) había llegado a la conclusión de que Reina no se habría separado demasiado de sus preciados libros y, desde luego, no podría haber regresado a Osaka, un lugar con el que no sentía ninguna conexión. Cuando los ataques empezaron a aumentar, quedó claro que la caza había comenzado de verdad.

En este punto, parecía justo afirmar que Parisa esperaba más que una tarjeta o ¿para qué habían servido entonces los dos últimos años?

—No es diferente a lo que Atlas contó a tu grupo en la casa —comentó Dalton, que detuvo sus afectos para mirarla a los ojos—. En lo que respecta a la Sociedad, puede haber gente intentando matarte, pero tu vida no corre peligro. Siempre vas a ser la persona más peligrosa de la habitación. Ellos lo saben y no van a protegerte. Lo mejor que pueden hacer es usarte y esperar que estés lo bastante satisfecha con el estupor que te ofrecen como para resistirte a la tentación de convertirte en un peligro para ellos.

Parisa se estremeció sin querer y gruñó cuando Dalton le ofreció una sonrisa cómplice.

—Ya he huido contigo, Dalton. Deja de flirtear conmigo y lámeme el clítoris.

Dalton se rio y la complació, y Parisa se corrió rápido, casi de forma vertiginosa. Bamboleó las caderas por la fuerza del orgasmo y Dalton soltó otra risotada grave y la miró divertido.

—¿Quieres...?

—Después. —Era muy consciente ahora del dolor de cabeza, la fatiga muscular comenzaba a echar raíces como si fuera veneno—. Dalton, estoy cubierta de sangre.

—La luces muy bien.

—Claro que sí, pero eso no significa que me guste. —Su teléfono vibró en la cómoda, donde lo había dejado; una distracción muy oportuna. Parisa lo miró con un suspiro. Se puso en pie con dificultad y lo alcanzó justo cuando dejó de sonar.

—¿Alguien importante? —preguntó Dalton por encima del hombro. Se había puesto en pie y caminaba desnudo hacia el armario en busca de una camiseta limpia. Admirable, pensó Parisa, mirando el contorno de sus glúteos, la forma de los cuádriceps, la hendidura de los isquiotibiales. Hablando en términos ópticos, debió de hacer algo más que leer durante su tiempo sabático como investigador. Ni siquiera su pasatiempo habitual daría cuenta de su forma atlética.

—¿A quién podrías considerar importante? —preguntó Parisa con un resoplido. No había tenido contacto con nadie en dos años. En pocas ocasiones sentía necesidad de llevar el teléfono encima. Por motivos logísticos, sin embargo, le dio al icono de llamadas perdidas.

Número desconocido.

Se le erizó la piel. No cualquiera tenía este número.

—Atlas —dijo inmediatamente Dalton—. O la naturalista. Dijiste que podías hablar con ella.

Apareció una notificación del buzón de voz en la pantalla. El dolor de cabeza había empeorado ahora que estaba de pie. Se esforzó por no lanzarse a sacar conclusiones mientras escuchaba a Dalton solo a medias.

—Mmm.

—El físico envió un mensaje cuando no estabas —señaló Dalton—. Más especulaciones sobre que los archivos están intentando mataros, algo que, probablemente, no deberías de ignorar. Sugiero al émpata.

Consideró la opción de pulsar la notificación del buzón de voz, pero volvió a pensárselo. Si era quien creía que era, mejor escucharlo en privado. Buscó su ropa, de pronto sobrepasada por el desorden que había a su alrededor. La toalla de Dalton seguía en el suelo. *Darling, you thrill me.*

La cabeza había empezado a palpitarle con intensidad y se acercó al mini frigorífico, le quitó el tapón a una botella de agua y bebió directamente de ahí.

—De acuerdo —dijo. Probablemente no fuera quien ella creía.

Pero Nico había asegurado que la red tecnomántica que había construido para asegurar sus dispositivos estaba protegida y, aunque Parisa odiaba admitirlo, confiaba en él cuando hacía algo estúpido, aunque impresionante.

—¿Vas a matar al émpata entonces? —preguntó Dalton, que volvía a sonar divertido—. Según mis cálculos, eso resolvería un montón de tus problemas. Parece el compañero que ha escogido la naturalista tan solo por su conformidad y no por su aptitud con la magia. Tú eres la mejor medellana, así que es posible que puedas hacer algún intercambio para asegurarla a ella para el experimento. Aunque sé que no te gustan mucho los compromisos.

—Yo… —Parisa levantó la mirada de la pantalla, todavía perdida en sus pensamientos. El corazón le latía con fuerza, como si hubiera llegado corriendo. Como si no hubiera hecho otra cosa más que correr durante toda su vida—. ¿Qué?

Dalton se había acercado a ella y notaba su aliento cálido en el hombro. Intentó recordarse que él no podía ver, oír ni sentir cómo se le había acelerado el pulso, ni el rumbo que había tomado su mente mientras el mensaje de voz seguía sin abrir. Esa clase de infiltración telepática era su especialidad, no la de él, y se calmó al recordar que nunca había conocido a nadie tan bueno como ella.

Sin contar a Atlas Blakely. Ni a Callum Nova. Pero ninguno de ellos estaba ahora en esta habitación y, por lo tanto, no podían trastear en sus pensamientos.

—Al final sí que hay alguien importante para ti —señaló Dalton.

Parisa decidió de pronto que quería estar a solas.

—Voy a la ducha.

Dalton se detuvo un instante, como si fuera a discutir o, peor, a burlarse de ella.

Entonces se encogió de hombros.

—De acuerdo.

Parisa entró en el baño y abrió el grifo. Dejó que cayera el agua mientras ella escuchaba dos segundos del mensaje de voz. Luego hizo una llamada.

Sonó un tono, dos.

—¿Sí?

—Nasser. —Carraspeó—. Hola.

—Hola, cielo. Dame un segundo, hay mucho ruido.

—Sí, está bien. —Parisa abrió un poco la puerta del baño y miró en la habitación. Dalton estaba ahora tumbado en la cama, cambiando los canales de la televisión. Pasó dibujos animados y programas de humor, aguardó un momento en uno de los nuevos canales de veinticuatro horas de noticias. Parisa reconoció La Haya en la pantalla y se fijó en los subtítulos en busca de un significado. Un juicio por los derechos humanos. Dalton no iba a entender el farsi en el que estaban hablando, pero sí sabría lo que significaba que estuvieran hablando en ese idioma.

—Parisa —dijo Nasser y su voz suave le alcanzó el oído—. Perdona, no esperaba que me devolvieras la llamada tan rápido. Ha sido una tontería por mi parte llamarte —añadió un momento después.

No contestó a eso.

—¿Qué hora es allí? —Aún no se había adaptado a la hora en el este. Normalmente, no solía estar a más de dos husos horarios de Teherán.

—Tarde, casi medianoche. Me estoy poniendo al día con alguno de los socios antes de la reunión de la junta por la mañana.

—Ya veo. ¿Va bien el negocio entonces? —preguntó mientras examinaba el suelo del baño en busca de algo que hiciera esto menos... lo que fuera. Tenía unas baldosas bonitas, de un tono magenta intenso. Inusual y vibrante. De color sangre, como las motas que seguían salpicándole la piel desnuda.

—Ya me conoces, el negocio siempre va bien. —Su voz era despreocupada, cuidadosamente contenida. Parisa pensó que la suya probablemente sonara igual—. Pero sabes que no te llamaría solo para hablar de dinero.

No dijo nada. Se fijó en que la sangre le había manchado las cutículas. Se pegó el teléfono a la oreja y abrió el grifo para lavarse la uña del pulgar.

Nasser carraspeó con fuerza.

—No he tenido noticias tuyas últimamente.

—Nunca tienes noticias mías, Nas. Así funcionamos. —Trató de sonar indiferente y le alarmó lo fácil que le resultó, como si esta fuera de verdad una llamada telefónica como cualquier otra. Una tarde normal limpiándose la sangre de las uñas, admirando las baldosas caras—. Podrías ir al grano.

—Sí. —Una pausa breve—. ¿Estás metida en líos? —preguntó al fin.

Parisa miró su reflejo y vio sangre en el pelo, en el cuero cabelludo. Le dieron ganas de reír. ¿Cómo podía saberlo él? En su cerebro aparecieron respuestas deductivas, pero no le gustaron y las ignoró. Consideró darle una respuesta falsa, no responder, la verdad. *¿Por qué preguntas? ¿Te ha encontrado alguien? ¿Quién?*

¿Llevaba una cantidad ingente de tweed?

—Nas, ya me conoces —respondió sin más—. Nunca me meto en más líos de los que puedo manejar.

Miró de nuevo por la rendija abierta de la puerta y vio movimiento en los hombros de Dalton, que se cruzó de brazos. El juicio de la televisión era por los actos de un dictador, probablemente una mezcla de la verdad con el oportunismo occidental más una dosis de racismo e hipocresía para endulzar el trato. De pronto tuvo un antojo de gofres; de un mundo diferente.

También tuvo la sensación de que sabía dónde había ido esa tarde Nothazai, autoproclamado defensor de los derechos humanos, en lugar de a la reunión en el consulado checo.

—¿Seguro que todo va bien? —insistió Nasser, aunque no esperó una respuesta antes de añadir—: Me gustaría verte, si es posible.

Parisa devolvió la atención al reflejo del espejo y se preguntó qué sucedería si las manchas de sangre se quedaban siempre ahí. ¿La seguirían considerando hermosa? Probablemente sí.

—¿Vas a estar en París? —preguntó, dubitativa. Prefirió que diera por hecho que no se había movido de donde él la había dejado.

—Puedo estar donde estés tú —respondió Nasser.

Parisa se mordió el interior de la mejilla y lo consideró mientras echaba un nuevo vistazo por la puerta. Tenía un nuevo destino en mente después de lo que acababa de descubrir gracias a las noticias, pero eso no quería decir que no pudiera hacer una escapada a otro lugar en caso necesario. Ya estaba harta del cautiverio, académico o de otra clase. Era libre para hacer lo que quisiera, para ser quien deseara, para ir donde gustase. Una libertad ganada con esfuerzo que, aparte de este momento en particular, hizo todo lo que estaba en su poder para dar por sentado y olvidar.

—Supongo que podría ir donde estás. Ya sabes, aunque parezca extraño. —Adoptó un tono coqueto con alarmante facilidad—. Llevo ganas de comer bamieh desde...

—No —la interrumpió Nasser con tono firme antes de añadir, con más delicadeza—: Aquí no. Lo siento, cielo.

Parisa debió de inspirar con fuerza tras la respuesta inesperada, porque Dalton apartó la mirada de las noticias (ahora había un idiota norteamericano hablando de unas elecciones) y la miró a ella. Parisa se retiró y reprimió el instinto de bajar la voz y cerrar la puerta del baño. Volvió a mirar su reflejo.

—Nas, ¿estás preocupado por mí o por ti?

—Por mí nunca, siempre por ti. —Su tono seguía siendo alegre, inalterable—. ¿Sigues entonces en París? Podemos encontrarnos en el hotel, si quieres. Ese elegante.

Parisa apartó la mirada del logo de una bata, una prenda de algodón turco.

—No, allí no.

—¿La cafetería entonces? ¿La misma en la que solíamos encontrarnos?

—De eso hace años, Nas. Ni siquiera sé si sigue allí.

—Me acuerdo. La encontraré.

No, pensó en decir. Por un momento le pareció fácil.

—¿A qué hora?

—¿A las ocho de la mañana? ¿Te viene bien?

—Creía que tenías una reunión.

—Sí, bueno, ahora tengo una contigo. —Cambió el farsi para acallar a alguien al otro lado de la línea y lo despachó en un árabe rápido antes de volver a centrarse en Parisa—. *¿Eshgh?*

Parisa tragó saliva al escuchar el apelativo cariñoso.

—¿Sí?

—Tengo que irme. Te veo por la mañana, ¿de acuerdo?

—Nas. —Parisa sintió un frío repentino y se cruzó de brazos. Pensó en hacerle una pregunta, dos, y luego decidió no hacerlo—. ¿Podemos vernos más tarde? Las once, tal vez.

Se quedó callado un momento.

—Bien, las once. Pero prométeme que estarás allí.

Ella parpadeó. Una vez, dos.

—De acuerdo.

—Prométemelo.

—Sí, Nasser, te lo prometo.

—Te quiero. No me lo digas tú, sabré que estás mintiendo. —Se rio y colgó. Parisa se quedó en silencio en medio del baño sin darse cuenta de que estaba mirando su reflejo hasta que se abrió la puerta.

Dejó el teléfono en el lavabo cuando los brazos de Dalton la rodearon por detrás.

—No sabía que seguías en contacto con tu marido. —La voz de Dalton en su oído era comedida, paciente, propia de la versión de él que Parisa ya sabía que era capaz de guardar un secreto.

—Solo de vez en cuando. —Miró el agua que seguía cayendo en la ducha—. Voy a ducharme y después iremos a París.

Como respuesta, el rostro de Dalton se tornó de nuevo juvenil. Divertido, como si estuviera riéndose de ella por algo.

—Pensaba que íbamos tras Nothazai —murmuró—. A pesar de mis protestas, debo añadir.

Parisa notó cierto desagrado.

—Entonces no pierdes nada, ¿no? Si es que crees que es una pérdida de mi tiempo.

Dalton se encogió de hombros.

—Yo no he dicho que sea una pérdida de tiempo. Solo que Nothazai probablemente no sirva más a tus intereses que a los de otro enemigo. El Foro no tiene lo que necesitas, que son los archivos.

Parisa entró en la ducha y el agua le empapó el cuero cabelludo. De pronto estaba irritada consigo misma. El desorden en la habitación, la sangre en sus manos, la cantidad de tiempo que tardaría en recoger sus cosas. ¿Por qué había sido tan descuidada? Habían pasado dos años y ya había olvidado que no era la clase de persona que podía permitirse el desorden.

—Parisa. —Dalton seguía esperando una respuesta. Ella alcanzó el champú con un suspiro.

—No tengo que encontrar al Foro hoy, Dalton. Puedo encontrarlos en cualquier parte, en otro momento. —Nothazai estaría pronto haciendo proselitismo en los Países Bajos. Si no, acabaría regresando a la sede del Foro, momento en el cual se dirigirían a Londres—. Y no tiene sentido hacerse cargo de los archivos hasta que no tengamos el resto de piezas que necesitamos.

La fragancia del champú fue un alivio momentáneo, hasta que Dalton volvió a hablar.

—Lo abandonaste.

—¿Qué? —preguntó, distraída.

—Lo abandonaste —repitió Dalton—. ¿Y estás ahora a su entera disposición?

—¿De quién? ¿Nothazai?

—No, tu marido. —Parecía querer molestarla con la repetición de la frase, así que Parisa lo ignoró un momento y se enjuagó el champú del pelo. Tenía náuseas y estaba un poco mareada. La cabeza volvía a latirle. Otra vez.

Se echó acondicionador y lo restregó por las puntas.

—Nasser y yo no hablamos —dijo con una implicación clara para ella, aunque no para Dalton. Significado: él no me pediría esto a menos que fuera muy, muy importante.

Se limpió la sangre de sus aspirantes a asesinos con una pastilla de jabón francés y se frotó los brazos hasta que el agua salía a sus pies de un tono rosado, femenino.

—Te hizo daño —observó Dalton y Parisa fue consciente de la tensión en su mandíbula, la posición de sus dientes.

—Yo nunca he dicho que…

Pero las palabras se quedaron atascadas en su garganta. Oyó la voz de Callum.

«¿Quién te ha hecho daño?».

«Todo el mundo».

Y la de Reina.

«No puedes querer a nadie, ¿verdad?».

Y la de Dalton.

«No me importa a quién o qué quieras».

—Es complicado —murmuró ella y cerró el grifo. Se quedó allí parada, en medio del vapor, en silencio, otro minuto más. Otro. La puerta del baño se abrió y se cerró.

Cuando salió de la ducha, Dalton ya no estaba. Exhaló algo que se dijo a sí misma que no era alivio y luego encendió las luces brillantes que había encima del tocador.

El teléfono no estaba en el lavabo, donde lo había dejado. Pero decidió no pensar en ello en ese momento.

Se secó con la toalla mientras miraba pedazos de sí misma en el espejo empañado. ¿Era ella de verdad? Volvió a preguntárselo. Ya sabía lo que veía otra gente. Lo que veía Dalton, lo que veían sus asesinos. Una especie de proporción hermosa, matemáticas exquisitas, estadísticas afortunadas, indulgencias que no se tomaba (excepto hoy: sangre y dulces).

¿Qué había visto Atlas?

No importaba. Se sacudió el pelo, lo echó hacia delante y luego hacia atrás. Las mejillas se le sonrosaron por el esfuerzo mientras pasaba los dedos por las ondas mojadas para peinarlas, dejando que cayeran donde lo hacían de forma natural, formando una perfección delicada e inintencionada.

¿Por qué la había elegido Atlas?

Y entonces, como un castigo cósmico por un pensamiento irracional, insignificante, la voz de su cabeza era de pronto suya.

«Nas, ¿cómo he podido ser feliz aquí? Nunca quise ser esposa, no quiero ser madre, tú quieres que viva encadenada solo porque me sentía agradecida contigo por una cosa, por un motivo...».

Se atusó el cabello y cambió la raya a un lado y al otro. No tenía un perfil malo.

«... pero estoy harta de estar agradecida. Estoy harta de intentar ser aceptable para esta familia, para este Dios, para esta vida. Estoy harta de ser pequeña, he dejado atrás a la persona que necesitaba que la salvaras, no sé siquiera dónde está...».

Hizo un puchero delante del espejo y volvió a empezar. Se pellizcó las mejillas para ver cómo aparecía y desaparecía el color.

«... y quiero más, mucho más...».

Bálsamo en los labios. Máscara de pestañas. Unos labios más suaves, unos ojos más grandes, alguien diferente, otra persona.

«... ¡solo quiero vivir, Nas! ¡Déjame vivir!».

¿Qué sentido tenía revivir el pasado? Estaba persiguiendo a sus enemigos invisibles, luchando por poder, encontrando nuevos métodos de control. Debería de estar ocupada, demasiado ocupada siendo la persona más peligrosa de este o cualquier otro mundo como para pensar en por qué había sido un objetivo tan fácil para Atlas Blakely, un hombre que necesitaba armas para crear un universo que pudiera soportar. Pero ahora...

Ahora estaba pensando en Nasser, como si importara la clase de persona que fue más de una década antes.

«Solo una hora de tu tiempo. Eso es lo que pido. Lo sé, sé que te estoy pidiendo mucho más dentro de mi cabeza, pero no es justo, ¿acaso no importa lo que decido presentarte? Tal vez un día entiendas que hay una diferencia entre lo que una persona piensa y lo que elige ser...».

Un destello captó su atención en su reflejo. Un brillo breve, antinatural en el plácido lago de su apariencia, la consistencia de su belleza, la gracia fácil que siempre poseía. Se inclinó hacia delante, olvidando su monólogo interior, dejando que colapsara.

«Un día la imagen será diferente, *eshgh*, y espero que me veas con una luz más suave...».

—¿Parisa?

Dalton se apoyó en el marco de la puerta del baño. Llevaba en la mano izquierda uno de sus vestidos y en la derecha estaba su teléfono.

—No me importa que quieras ver a tu marido. Lo siento... Nasser. Si quieres que lo llame así. Supongo que tienes razón y necesitas verlo porque si la Sociedad ha podido encontrar pruebas de él en tu pasado, entonces seguramente el Foro también pueda, y también Atlas. Y todo aquel que te quiera muerta. —Otra pausa en la que dejó el teléfono en el lavabo—. También he contestado por ti al físico. Creo que necesitas saber lo que planea hacer con los archivos, o al menos mantener un seguimiento de lo que está haciendo Atlas en la casa. Atlas conseguirá a ambos físicos a menos que puedas convencer a uno de ellos de lo contrario.

»¿Qué pasa? —preguntó con el ceño fruncido por su silencio. Desvió la mirada al lugar donde estaban sus dedos, que analizaban el espesor de su cabello.

—Yo... —Parisa estaba en un punto entre la risa y el llanto—. He visto una cana.

—¿Y?

La risa, definitivamente la risa. Se le escapó en la forma de una especie de rebuzno. Poco atractiva, como una mujer egoísta. Fea, como una ambiciosa. Como una que elegía castigar a un buen hombre por no ser el hombre adecuado, que se marchaba porque quedarse era demasiado aburrido, demasiado doloroso, demasiado duro. Como una mujer que tenía que ser un arma porque no podía ser otra cosa.

—Nada.

Solo la pérdida futura de su atractivo, el derrumbamiento de su personalidad. El primer vistazo de un imperio cayendo hasta formar una ruina invisible. El destino que ya sabía que llegaría, el castigo que siempre supo que merecía. ¡Menudo momento!

—Lo siento —dijo—. Nada, no es nada. ¿Qué estabas diciendo?

«… si la Sociedad ha podido encontrar pruebas de él en tu pasado, entonces seguramente el Foro también pueda, y también Atlas…».

Confirmación del pensamiento que no quería plantear. Que si Nasser sabía que estaba metida en líos, solo podía significar que también él lo estaba.

Egoísta. Siempre había sido una egoísta.

«Nunca quise ser esposa, no quiero ser madre».

De nuevo Reina, de escasa ayuda, como siempre.

«No puedes querer a nadie, ¿verdad?».

Una Parisa más joven, una sin signos de deterioro inminente, gritó: «¡Merezco el derecho de elegir a quien quiero!» mientras que esta Parisa, que entraba en la era de la vejez, susurró: «Puede que no, puede que tengas razón».

«Puede que no pueda hacerlo, que no sepa cómo».

(«El mundo es exactamente la misma serie de decepciones que antes de traerte aquí», dijo la oportuna reaparición de Atlas Blakely en sus pensamientos).

—Atlas —repitió Dalton con impaciencia—. Y la otra física…

—¿Te refieres a Rhodes? —Parisa alcanzó el vestido que le había traído Dalton, de un tejido de punto sencillo. Se lo colocó fácilmente por los hombros y se volvió para mirarlo. Se dijo a sí misma que no había cambiado nada.

Sí, tenía una cana, menudo problema. También tenía asesinos y un marido, un juego aún en proceso de desarrollo, una multitud de mundos y pecados. Un día moriría, con lamentaciones o sin ellas. Sucedería, sin importar el color de su pelo o si era follable. Pudiera o no explicar por qué o dónde le dolía. Había nacido con un final pactado, como todo el mundo. Siempre supo que el deseo era temporal, que la vida era fugaz, que el amor era una trampa.

Que su belleza era una maldición.

—Sí, ha vuelto, lo que significa que Atlas hará que lleve a cabo el experimento pronto. Probablemente. —Dalton seguía mirándola con el ceño fruncido—. Estás rara.

Parisa sacudió la cabeza.

—Estoy bien. Es solo... vanidad. —Solo mortalidad—. Nada dura para siempre. Lo importante es...

La cabeza le retumbaba como un tambor. Algo le susurraba como un fantasma.

(*Eshgh*. Mi vida. Huye si tienes que huir).

(¡Yo solo quiero vivir, Nas! ¡Déjame vivir!).

Era una vocecilla suave, pero inevitable. Hizo una pregunta que no podía responder.

(¿Era esta la vida que buscaba o tan solo otra forma de huir?).

Pero no, algunas voces tenían que silenciarse. Algunas voces nunca se callarían a menos que fuera ella quien las acallara. Porque si Parisa era una persona que había aprendido a luchar por sí misma, que había escogido la satisfacción por encima del compromiso y el poder por encima de la moralidad, si era una persona con sangre en las manos, era porque había tenido que serlo. Porque este mundo lo había exigido. Porque había necesitado protección y nadie más que ella misma había estado dispuesta a proporcionarla. Porque este era un mundo que le miraba los pechos y la consideraba menos valiosa si ella así lo permitía; un mundo que le decía para qué valía y para qué no.

¿Qué era lo que importaba entonces de este mundo? Solo que ella siguiera siendo lo más peligroso que había en él.

—Lo importante —repitió más fuerte— es que lleguemos a Rhodes antes que Atlas. —Sí, así era. El juego tenía aún que jugarse—. Puedo trabajar con Rhodes. Ella entenderá la lógica, que aunque Atlas pudiera convencer a Reina, aún te necesita a ti. —Eso era. Parisa tenía a la pieza ganadora y siempre la tendría—. Tú eres el único que puede crear vida de forma espontánea, así que...

—No hay pruebas que demuestren esa espontaneidad.

—¿Qué? —Los pensamientos de Dalton volvían a revolverse y distraían la mente ya fracturada de Parisa. Oyó el interior de su cabeza a ráfagas, como noticieros y titulares, la mezcla de sus pensamientos inconexos. Las elecciones en Norteamérica, La Haya, al parecer podía leer el árabe lo bastante bien para adivinar una o dos cosas de las que le había escuchado, aunque no lo suficiente para entender el farsi. Y ni por asomo para entenderla a ella.

—Pero si de verdad quieres ir…

—Sí. —Parpadeó—. Sí, vamos.

El transporte en Grand Central estaba concurrido, lo bastante atestado para que Parisa pudiera evitar las trampas si se concentraba bien. Una pequeña molestia en la parte baja de la espalda, un mechón gris en el cabello impecable, todo para recordarle que ni siquiera la perfección, ni siquiera el deseo de mil empresarios bastaría para salvarla de la muerte. Llegó a la cafetería de París treinta minutos antes, una hora de llegada poco elegante que iba a juego con su vestido arrugado y poco elegante y los rastros de sangre que seguían en la punta de sus dedos.

Nada de eso importó.

Nasser no apareció.

LOS SEIS DE EZRA

UNO

Julian

Julian Rivera Pérez también nació cuando la tierra estaba muriendo porque era así en el caso de todos, ¡a la mierda! Atlas Blakley no era especial y, francamente, tampoco tú. Tampoco Julian. Este era un sentimiento, ligeramente parafraseado, que usaba la abuela de Julian muy a menudo. Una gran trabajadora, la abuela de Julian, y profundamente religiosa a nivel de fe y no de miedo. «Todo es duro, mijo, vivir es un reto. Cómete el mofongo, se está enfriando».

El padre de Julian era un ciudadano norteamericano, lo cual era bueno, porque aunque nunca nadie lo dijo, con toda probabilidad su madre salvadoreña no lo era. Tenía cierto nerviosismo, cierta inquietud por su existencia metafísica que nunca abandonó del todo a Julian, a pesar de que él ejecutó esta paranoia interna de tal forma que impulsó a los miembros blancos de su grupo de delincuentes a tratarlo, de forma burlona (e incorrecta, pero ellos siempre lo confundían con otro, normalmente con Bryan Hernández, que creció para jugar en las grandes ligas), como el bandido más malo del vecindario. Julian era el mayor de tres hermanos, un imbécil integral, o eso pensaba él hasta que conoció a una chica con un padre aterrador que consiguió convencer a Julian de que no era gran cosa.

—Cualquiera puede asestar un puñetazo —dijo el padre de Jenny Novak a Julian, quien por entonces tenía un brazo roto (pero tendrías que haber visto al otro). Big Nicky Novak le dio una calada a un cigarrillo, algo que más tarde resultaría ridículo, pues eran los ochenta y no los cincuenta. (Julian no supo nunca si la existencia de Big Nicky implicaba a un Nick más pequeño en algún otro lugar).

—¿Sabes qué es lo importante, muchacho? —le preguntó Big Nicky—. Que callen cuando entras en la habitación.

—¿Cómo? —preguntó él, que quería mostrarse demasiado interesante para hacer esa pregunta pero, en realidad, en el fondo, no lo era.

Como respuesta, Big Nicky le lanzó un billete de veinte.

—Descarga esa caja. —Señaló la caja de refrescos que había en la esquina del almacén—. Y no hagas preguntas.

Supuestamente, el dinero era la lección, y tal vez si Julian hubiera tenido menos fanatismo religioso en la sangre, podría haberlo entendido de ese modo. En cambio, lo que sacó de ahí Julian fue los gustos en cuanto a vestimenta de un gánster excéntrico y la importancia de trabajar.

Debido a la educación de Julian y a la naturaleza de su vecindario, tardó un tiempo en descubrir su especialidad mágica, y sobre todo que tenía magia. No había estado rodeado de nada relacionado con la criptografía, nació joven para cualquier clase de codificación de la máquina Enigma, e Internet no fue algo que le interesara hasta que los Novak tuvieron un ordenador, momento en el que se preocupaba más por lo que tenía Jenny debajo de la camiseta. Pero le hizo un favor o dos al patriarca Novak, lo que condujo a la observación de que las cosas funcionaban de forma diferente alrededor de Julian y no era solamente porque era joven. Alguien, probablemente el padre de Jenny, pagó para que un investigador de medellanos descubriera a Julian, desviando así su futuro justo cuando el mundo se tambaleaba al borde de la era de la tecnomancia. (Al parecer, esto tenía como objetivo algún tipo de deuda perenne por parte de Julian, hasta que Big Nicky Novak quedó atrapado en medio del fuego cruzado de algún otro mundo mientras permanecía parado en la calle 163).

Que Julian encontrara su camino hasta la cima de la CIA fue, como la mayoría de las cosas, una idea que comenzó como una semilla diminuta e insignificante. Su familia estaba encantada de saber que el trabajo gubernamental desconocido al que se dedicaba Julian probablemente le proporcionaría atención médica y una pensión. Él les dijo que era criptógrafo y le creyeron, porque ¿qué iban a creer? Obtuvo ascenso tras ascenso, pasó de puestos de director de proyectos a jefe de departamento, a director, a presidente de la empresa Pérez, el lugar que debía ocupar el hombre de la familia. A los miembros mayores del clan les parecía algo natural, la herencia que todos habían estado esperando desde que se marcharon de San Juan. A fin de cuentas, la generación de la abuela todavía creía en el sueño americano, aunque no los hermanos de Julian. Ellos no se mostraban maravillados por sus trajes gubernamentales, su corte de pelo pulcro, cómo pronunciaba su apellido con su boca norteamericanizada con tono duro y entrecortado, como Jones o Smith. Lo habían visto, dijeron sus hermanos, habían visto lo que Julian estaba dispuesto a hacer por un «buen trabajo», sabían qué botas estaba dispuesto a lamer.

Como era de esperar, los hermanos de Julian no llegaron a nada. Y ellos no sabían nada del aborto de Jenny, el último clavo en un ataúd desventurado, ni sabían lo que Julian había hecho en nombre de la libertad, aquello en lo que la abuela y él creían tan fervientemente. (Si no, ¿para qué habían venido aquí?).

Pero alguien lo sabía, por supuesto. Ezra Fowler lo sabía, por lo que Julian aceptó asistir a la reunión a petición suya. Pero Julian habría ido de todos modos, porque ¿quién deja pasar la oportunidad de irrumpir en los archivos de la Sociedad Alejandrina? Puede que Julian fuera ahora un tipo trajeado, pero antes de eso fue un tecnomante para el gobierno de Estados Unidos el tiempo suficiente para saber que todo se podía robar. Que algunos secretos estaban destinados a que se accediera a ellos de forma ilegal.

En cuanto a la oportuna desaparición de Ezra Fowler durante las pasadas tres o cuatro semanas, ¿qué más daba? Mejor que no estuviera por allí. Él ya sabía demasiado de Julian y, de todos modos, podían hacer el resto de esto sin él. Con todo desmoronándose desde la captura fallida de los iniciados a su regreso al mundo, Ezra Fowler ya les había fallado una vez.

—Ese. —Julian dio un golpecito en la pantalla, deteniéndola en la aparición de una cabeza rubia entre la gente, en La Haya, con la silueta encorvada de una mujer asiática a su lado—. Está alterando la retransmisión. Se puede ver aquí. —Señaló el programa que él mismo había desarrollado tiempo atrás, un modo de medir la producción de magia en ondas medellanas, que eran más claras y más caras, como lo que podía lograrse con la alta definición.

Nothazai se inclinó hacia delante, como si eso sirviera de algo. Como si pudiera entender el trabajo de toda una vida de Julian, un intento que Julian ignoraba por ahora porque él comprendía la importancia de la jerarquía. Comprendía el concepto del trabajo.

—¿Por qué no lo detuvieron en su momento? —preguntó Nothazai con la vista fija en el hombre que tan solo podía ser Callum Nova. (Que, de hecho, se suponía que estaba muerto, lo que marcaba otro punto negativo para Ezra Fowler. No tolerarían un tercero, si es que Fowler tenía la decencia de reaparecer)—. Es evidente que está usando una gran cantidad de magia. ¿Por qué no lo arrestan de inmediato?

—Por dos motivos. Uno, es un condenado émpata. Provocó un desastre en Grand Central y estaban los Equipos de Tierra, Mar y Aire, y también una maldita sirena. Dos, los Nova son mucho más que un imperio de la belleza.

La Corporación Nova original, que surgió con un oportuno lanzamiento de ilusiones favorables para el consumidor en la segunda mitad del siglo xx, se había expandido con el tiempo para dominar la industria del bienestar en el comercio electrónico de la moda, la retransmisión digital y los medios de comunicación convencionales. Acabaron con sus propios canales de comunicación.

—Es legal si actúa en representación de una corporación —explicó Julian. Lanzó una mirada a la hija de Wessex, sentada al lado de Nothazai, quien sabía un par de cosas sobre los privilegios corporativos—. El juicio tuvo mucha repercusión, los Nova no fueron los únicos en verlo como una oportunidad para conseguir muchos ojos y oídos. Con un permiso, no es muy diferente de pagar por contenido patrocinado en Internet o alterar el algoritmo de un servicio de noticias de propiedad corporativa. Este material u otro similar ha aparecido en una gran variedad de retransmisiones, incluida una que pertenece y es operada por el conglomerado Nova. —Julian encontró un artículo que comparaba el perfil del rubio con el retrato serio del único hijo de Dimis Nova—. El émpata podría estar vendiendo labiales ahora mismo, por lo que sabemos.

—Pero sí lo sabes. —Nothazai tenía un aspecto tranquilo. No parecía entender la importancia de formular la siguiente pregunta obvia, así que Julian la respondió por él.

—¿Quieres aparecer cuestionando a un Nova a plena vista en veinte redes internacionales de las grandes? No, tenemos que estar seguros antes de efectuar un movimiento como ese en público. Solo sabemos que está ejerciendo influencia en la gente, en los medios de seguridad, en todo el mundo. Pero no hay forma de saber cuál es su intención, solo que está usando magia para lograr lo que sea que busca. Y...

Julian miró el teléfono cuando sonó.

—Disculpadme. —Les hizo un gesto de disculpa a los demás. Eden Wessex frunció los labios, como si tuviera una cita para hacerse la manicura a la que debía de asistir. Entonces Julian salió para responder a la llamada—. ¿Sí?

—Se muestra hostil. —La voz de su agente tenía un tono sombrío—. Ha empezado a hacer amenazas.

No. Hoy no. A Julian ya le llegaba la mierda hasta los tobillos.

—No me digas que...

—No he tenido elección —lo interrumpió Smith con lo que obviamente era una excusa, aunque funcionalmente también se trataba de una respuesta—. Con todos mis respetos, señor, había cuatro hombres buenos en esa habitación. Y esa mujer no es un ángel.

Julian reprimió un gruñido. La ira no iba a servir de nada, aunque esta situación era del todo desafortunada. Peor que desafortunada. Esto asustaría a la telépata o la llevaría a vengarse y, hasta ahora, no había mostrado la suficiente temeridad para trabajar en su favor. Tal vez su marido y ella estaban distanciados y ella lo veía como algo bueno, aunque a Julian le costaba creérselo. Los registros telefónicos entre Parisa y su marido se remontaban a años atrás; Nasser Aslati era el único contacto que tenía que excediera un mes o dos de longevidad. Al menos hasta que ella desapareció en la red de la Sociedad, cuando guardó silencio durante dos años.

—Envíame la cinta —pidió Julian tras un segundo para ordenar sus pensamientos—. Puede que haya una forma de arreglar esto, lograr que funcione a nuestro favor en lugar de en nuestra contra. —Tal vez el marido había dicho su nombre con un tono despectivo. Quizá parecía a punto de ceder y revelar su paradero. Tal vez algo, algo.

Silencio al otro lado de la línea. Y entonces, demasiado tarde:

—Señor, no hubo tiempo para...

No.

—Maldita sea, Smith. —Increíble—. ¿No hay cinta? ¿Qué crees que va a parecer esto cuando salga a la luz? —Tensó la mandíbula, tratando de pensar, pero sin poder hacerlo sin al menos una reprimenda muy poco productiva—. No es un civil cualquiera —siseó al teléfono—. Es el jodido Nasser Aslani, es el vicepresidente de la empresa energética medellana más importante de Oriente Medio...

—Lo solucionaremos, señor.

—No lo solucionaréis. Lo solucionaré yo. —Julian colgó el teléfono e inspiró profundamente varias veces. Su esposa era una profunda defensora del yoga y el poder de la afirmación positiva. Intentó pensar que esas cosas podían ser igual de sencillas para él como lo eran para una mujer que compartía su apellido de soltera con dos presidentes muertos y un senador activo. A veces, de forma muy ocasional, funcionaba.

Respira. El vídeo podía alterarse. *Respira.* Había códigos que funcionaban mal todo el tiempo. Julian no era quien estaba ejerciendo influencia en civiles a través de ondas medellanas, así que él no era el delincuente de la habitación. Esto era todo obra de la Sociedad y, una vez que pudiera demostrarse, también probaría su destrucción. Nadie quería vivir dentro de una simulación distópica y, de todos modos, podría haber sido mucho peor. El apellido de Nasser Aslani podría haber sido Nova o Wessex, una realidad que era tan atroz como la maldita verdad. Si algún involucrado en esto fuera descubierto, el puertorriqueño de segunda generación que tan meticulosamente había falsificado los papeles de su mami asumiría la caída mientras que su subordinado, Paul Smith, nacido en Idaho, aceptaría su ascenso.

Julian nació en un mundo de mierda, al igual que todos los demás, ¿y qué habían hecho al respecto? Él estaba ocupado tratando de mejorarlo de la única forma que sabía, así que volvió a entrar en la sala y dio otro golpecito en la pantalla para poner en movimiento de nuevo el vídeo de vigilancia.

Vieron a Callum Nova hacer contacto visual con la cámara, las comisuras de sus labios alzándose en una sonrisita, como la llama descuidada de un mechero al encenderse.

—Ahí está la prueba que necesitamos de que los seis candidatos de la Sociedad están manipulando la política internacional. ¿Qué será lo siguiente? ¿Libertad y elecciones justas? —habló Julian con una gran certeza—. Y si este lo está haciendo a plena vista, ¿cómo podemos asegurar que el resto no lo hace tras las cámaras? Podríamos estar hablando aquí de un ataque directo a las libertades civiles. ¿No va a interesar esto al Servicio de Inteligencia Secreto, o incluso al Li? —Se olvidó en el último segundo de que la iniciada alejandrina asiática que estaba al lado de Nova era japonesa, no china.

Julian se dio cuenta de que Nothazai lo miraba con atención. Demasiada atención. Se acordó de que tenía que codificar las frecuencias de la sala, bloquear cualquier posible dispositivo de grabación. Solo por si fracasaban de nuevo; en tal caso Smith sería recompensado con el puesto de Julian, con el despacho de Julian. En tal caso, Julian pasaría a ser un aleccionador sobre las contrataciones basadas en la diversidad. Un incidente de piel oscura.

Si Nothazai diagnosticó como maligno el silencio de Julian, no dijo nada. Simplemente se encogió de hombros e intercambió una mirada amable con la hija de Wessex, sentada a su lado.

—Podemos dejar que lo sepan. Como la situación en París —dijo Nothazai, forzando un cambio de tema—. ¿Tenemos ya el nombre del civil?

Sí, eso. Julian clicó en el archivo de FERRER DE VARONA.

—El otro medellano es Gideon Drake —dijo como respuesta y puso una imagen de un periódico estudiantil de la UNYAM, una de las pocas fotografías que podían encontrarse de Gideon Drake—. Tiene antecedentes en Canadá y mis agentes están intentando averiguarlos, pero tuve una corazonada, así que distribuí esa foto a algunos de nuestros informantes.

Al parecer —prosiguió, apartándose de la pantalla del ordenador—, Gideon Drake es una especie de ladrón telepático. Hace trabajillos en los planos astrales o, al menos, solía hacerlos. Con suerte habrá algo en su expediente de la UNYAM, pero el decano no coopera. —Se encogió de hombros—. Aún.

Nothazai arrugó el ceño.

—¿Estás seguro de que es un telépata y no un viajero?

Julian notó que Eden Wessex se enderezaba con un interés cuidadosamente disimulado cuando volvió a sonar el teléfono de Julian; esta vez el nombre que apareció fue el de su subdirector. Mierda.

—¿Qué diferencia hay? —Y con ello quería decir: ¿qué coño me importa?, aunque no iba a obtener una respuesta importante. Tenía que solucionar un problema y no era una tarea insignificante.

(¿Quieres saber qué se siente al tener poder? Julian no lo sabía, nunca lo supo de veras, pero imaginaba que era la despreocupación de «olvidar» una grabación de vídeo. O tal vez era Atlas Blakely saludándolo en la puerta de una casa señorial, astuto como un zorro, escurridizo como un fantasma. Si las sospechas de Julian eran acertadas, la conciencia de los archivos tenía que funcionar como un algoritmo, lo que significaba que alguien que hablaba la lengua correcta podía desentrañar las respuestas a cualquier pregunta imaginable. ¿Hay un cielo? ¿Sobre cuántas armas nucleares no les estaban hablando Wessex y su hija? Si Julian hubiera llevado a Jenny a la clínica como ella le había pedido en lugar de dejar que fuera sola, ¿tendrían sus hijos ahora la sonrisa de su mujer?

—No importa —le dijo Julian a la habitación—. Vamos a hacer un descanso.

GIDEON

Hubo un tiempo en el que era apropiado dar voz a las preocupaciones, pero después de eso tan solo empezó a ser cada vez más improductivo. Molesto, en cierto sentido. Para Gideon, ese momento en particular pasó hacía un mes, lo suficiente para que estas preocupaciones perdieran intensidad.

En teoría, claro.

—… y estos son los archivos, blablablá —dijo en ese momento Nico para concluir su recorrido por la casa, cerrando la puerta de la sala de lectura—. Ya sé que dijeron que no tienes acceso a ellos —añadió—, pero yo puedo sacar lo que quieras. O puedes pedírselo a Tristan, que es, sin duda, lo Peor —puso los ojos en blanco y resaltó el apelativo como si estuviera en mayúsculas—, pero te debe un favor por traer de vuelta a Rhodes y es excepcionalmente transaccional en ese sentido, así que sí. Y seguro que te gusta Atlas. Puede. Creo. —Una mueca—. Creo que no hay ningún motivo para que no te guste… a menos que, igual que Rhodes, creas que es un tirano, en tal caso… Bueno, no tienes que casarte con él ni trabajar para él. A ver, obviamente estás trabajando para él, pero eso es culpa mía, no suya. A menos que Rhodes también tenga razón sobre su plan siniestro para reclutarnos, pero no sé, no está precisamente en su mejor momento. Tal vez puedas hablar con ella. Cada vez que intento sacar a colación a —aquí bajó el volumen— Fowler, pone esa mirada, como si hubiera activado una alarma, y, además, tú le pareces mucho más aceptable en general, así que…

Nico hizo al fin una pausa para respirar y miró a Gideon con preocupación.

—¿Qué piensas? —preguntó. Se rodeó el cuerpo con los brazos.

¿En qué pensaba Gideon? Excelente pregunta.

En ese momento, estos eran sus pensamientos, en orden:

Algo le pasaba a Libby Rhodes. No es que Gideon esperase que no le pasara nada, pues conocía su experiencia del último año, pero tenía la sensación de que Nico tampoco sabía exactamente qué era o, sencillamente, no quería saberlo. Nico hablaba con ella como siempre y contestaba a sus pullas con otras, como siempre había hecho, al parecer impávido al elemento de... algo. Gideon tenía que descubrir qué era. Libby estaba más callada de lo que recordaba, pero ¿quién no estaría callado en semejante situación? Sin embargo, algo andaba mal; algo familiar pero difícil de ubicar. Gideon había estado devanándose los sesos en busca de una respuesta, pero esta seguía estancada en la punta de su lengua. Como un sueño que recordara solo a medias.

Tristan Caine, el investigador, aquel con quien Nico tenía una historia obviamente intensa y una rivalidad medio exigua, era otra extraña pieza del gran rompecabezas aristocrático. Era educado, o simplemente británico. No tenía muy claro qué se le acercaba más. Nada en él era muy diferente a la forma en que lo había descrito Nico. Nada de lo que decía era reveladoramente anormal. Había tensión entre él y Libby, tensión sexual no resuelta (ambos parecían demasiado conscientes del grado exacto de distancia entre ellos en todo momento), pero Nico ya se había dado cuenta y había advertido a Gideon de que eso estaba sucediendo, por lo que el problema no era necesariamente ese. Tristan no parecía tener ningún problema con Gideon, tal vez porque Libby no tenía ningún problema con Gideon, y la gente en general no tenía problemas con Gideon, excepto...

Ah, eso era. El elemento desconcertante de la nueva personalidad abierta de Libby: le recordaba a su madre. Lo cual no era exactamente así, porque Eilif era una criminal, una sirena, y no poseía ninguna de las cualidades que Gideon solía aplicar a sus amigos. Siempre había desconfiado de su madre, pero no... no se había sentido del todo amenazado por ella. Era a

Nico a quien le parecía peligrosa, no a Gideon. Él era consciente de los defectos de Eilif (era narcisista, olvidadiza y, en general, un poco psicópata), pero para él eso era más un patrón con escamas que un arma. Esas características eran las que la definían y él no podía odiarla por eso más de lo que podría odiar a un espejo. Hacía lo mejor que podía con lo que tenía, que era... bueno, una adicción. Eilif era una jugadora compulsiva y, lo que era peor, estaba dotada de una cierta vena egoísta que implicaba que cada apuesta era buena si existía la más mínima posibilidad de que ganase. La última vez que Gideon la había visto, ella se había mostrado más compulsiva que de costumbre, más segura, lo que también significaba más desesperada. Cuanto más cerca de la ruina estaba Eilif, más inspirada podía sentirse.

Y Gideon no habría llamado nunca jugadora a Libby, pero podía ver algo similar en sus ojos. No había oscuridad en ellos, no había pérdida; no estaba visiblemente atormentada por el trauma más que una persona promedio. Era la chispa lo que lo ponía nervioso. La sensación de que ella había venido por algo y que iba a conseguirlo, costara lo que costase.

Y eso le recordaba que la ausencia reciente de su madre era... palpable. No tener noticias eran buenas noticias, a veces, pero a veces no tener noticias eran malas noticias, muy malas. Era imposible ver la diferencia en su lugar. Imposible saber con certeza qué podía considerarse bueno, dadas las circunstancias habituales de Gideon. Suponía que pronto sabría de ella, si es que Nico tenía razón con lo que afirmaba sobre las protecciones para las criaturas, pero, al contrario que Nico, Gideon tenía la sensación de que los ataques orquestados en contra del grupo de Nico de la Sociedad acabarían atrayendo a Eilif, si es que no habían surgido con ella, oportunista como era. Esperaba que no fuera el caso; ella no lo pondría en peligro a él o a Nico puramente por interés propio, pero ¿y si no podía elegir? Se había metido en problemas, más que de costumbre, mascullando sobre sueños, tokens no fungibles y deudas. Pero Gideon la conocía. Aunque no la odiaba por lo que era, estaba siendo optimista, no completamente ingenuo.

Hablando de optimismo. Gideon pensó en qué hacer con Atlas Blakely, en quien Nico confiaba imprudentemente y a quien Tristan parecía respetar con gran dignidad. Libby era menos abierta al respecto, aparte de señalar repetidamente que Atlas podía destruir el mundo. A Gideon le parecía retórica la idea de que pudiera destruirse el mundo. ¿Qué significaba eso en realidad?

Pero esa no era la pregunta que había en la mente de Gideon. Su pregunta era mucho más sencilla. No tanto como dónde estaba Atlas Blakely, aunque ese era, definitivamente, un asunto de gran importancia. A Nico le parecía normal que Atlas estuviera ausente de la casa (sí, puede que no fuera lo bastante sospechoso y sí, de acuerdo, Gideon no sabía qué hacía o debía de hacer un cuidador), pero evidentemente los altos cargos de la Sociedad tampoco sabían cuándo lo habían enviado allí a él, un descuido institucional que Gideon dudaba mucho de que fuera normal. Esto no era un municipio con fondos insuficientes. Le habían dicho claramente en su cara que lo estaban monitoreando a él y también al resto. Si huía, lo encontrarían. Si Atlas Blakely había huido, lo detendrían pronto. Pero Gideon no pensaba que alguien de la talla de Atlas Blakely fuera de los que huían, así que probablemente no se tratara de eso. Y, más importante aún, Tristan y Libby parecían saber algo que Nico desconocía.

¿Otras ideas? Si lo necesario para abandonar las protecciones de la Sociedad por medio de los reinos del sueño se parecía en algo al proceso de acceder, los casos periódicos de narcolepsia de Gideon estaban a punto de volverse enormemente limitados y muy, muy aburridos. ¿Estaría confinado en la misma celda en la que había hablado con Nico cada vez que perdía el conocimiento? Se preguntó también si la casa se preocupaba mucho por las restricciones en la dieta. Tenía una ligera intolerancia a la lactosa, no lo bastante fuerte para descartar por completo el queso, pero sí lo suficiente para crear un diagrama. Había estado en casas como esta, de similar grandeza y tamaño. Max vivía en una casa como esta. Algo que Nico no sabía (o tal vez sí sabía, pero había preferido no demostrarlo) era que Max había estado a punto de no recibir el estatus de medellano porque su creación de magia como cambiaformas era mínima, en el límite entre la cualificación como medellano y la mera brujería. Esta revelación había formado parte de un discurso ebrio de «no te sientas mal» por parte de Max a Gideon en algún momento de su segundo año de estudiantes en el que Max le había revelado que, en realidad, la familia Wolfe había realizado una importante donación al cargo político del registro medellano municipal porque una cosa era tener un hijo sin ambiciones corporativas y otra muy diferente era tener uno promedio en términos mágicos.

Dinero, esa era otra cosa que preocupaba a Gideon (¿quién controlaba el dinero de la Sociedad? Porque fuera quien fuera, controlaba a la Sociedad y, por ello —derrumbándose de forma gradual pero segura, la última pieza de dominó en caer—, controlaba al propio Nico), pero Nico no pensaba en ello porque lo tenía, estaba acostumbrado a tener dinero. Él no comprendía la forma en la que el dinero tomaba decisiones, cómo en una escala inevitable, el dinero determinaba qué estaba bien o mal de un modo más sustancial que la catequesis o la preponderancia filosófica del pensamiento. El dinero era un regalo, una carga, una versión de un coste. Gideon había soñado recientemente con un hombre de ojos rojos con un bolígrafo rojo. Un contable que hacía preguntas sobre un príncipe. No había forma de escapar de las amenazas, la avaricia. Un contable, porque el dinero era un arma. Un contable, porque tener a alguien en deuda contigo era tener a ese alguien, punto. Su propia madre no había sido nunca libre. Nico no tenía que preocuparse por esas cosas porque tenía a Gideon, que se preocupaba por él, pero tal vez existía una razón por la que ambas cosas estaban tan conectadas en la mente de Gideon.

Nico no entendía la pobreza de la misma forma que la entendía Gideon, o el hambre tal y como lo comprendía Gideon, o el miedo como lo conocía Gideon. No había temido por su vida, Nico no entendía eso (simplemente lo ignoraba). Miedo por su estilo de vida amenazado. Miedo de que el cambio destruyera el mundo que conocían, por ejemplo, que era en todos los sentidos destruir el mundo en sí mismo. Nico lo sabía, pero no sabía lo simple (no fácil, sino simple) que podía resultar comprar el alma de alguien, venderla o comprometerla, y aunque no fuera necesariamente algo de lo que tener que preocuparse hoy, lo sería algún día.

Lo sería algún día y bien podría tener lugar dentro de esta casa. Atlas, y por lo tanto Tristan o Libby, podían saber ya algo de esto.

Algo le había sucedido a Atlas Blakely, eso estaba claro. Gideon oyó el ruido de unos cascos y trató de no pensar en cebras, sino en caballos. Después de todo, estaban persiguiendo a los iniciados de Atlas Blakely. A uno ya lo habían secuestrado y el silencio espeso de Libby en lo que respectaba al asunto de Ezra Fowler era ensordecedor, con implicaciones muy implícitas. Atlas Blakely había cometido algún tipo de error terrible que no quería que la Sociedad supiera y, fuera lo que fuese lo que estuviera haciendo ahora, seguramente las dos únicas personas que había en el último lugar donde había estado Atlas tenían motivos para encubrirlo. Dondequiera que estuviera, era relevante e imposible de ignorar, y era evidente que algo andaba muy mal.

Pero la respuesta final de Gideon a la pregunta de Nico sobre qué pensaba él de la Sociedad y los archivos a los que ahora estaba vinculado por contrato fue simplemente que había estado dentro de prisiones peores durante mucho más tiempo. Prisiones que no tenían a Nico deteniéndose para presionarlo contra el papel pintado eduardiano de una cámara privada con mala ventilación, y si no había nada de eso, entonces no había ninguna razón real para existir.

Así que sí, era muy posible que la Sociedad estuviera jodida, y de que Libby tuviera razón, que las apuestas por el fin del mundo que la curiosidad de Nico (o su arrogancia, o ambición) parecía dispuesta a pasar por alto estaban definitivamente en juego. Pero si la vida fuera de esta casa era una mera cuestión de muerte e incansable capitulación a las normas sociales, entonces ¿qué diferencia suponía para Gideon que Atlas Blakely tratara de romper el mundo desde dentro o no?

Por eso, la respuesta final de Gideon fue:

—Es agradable. Muy pintoresco. Tal vez necesite una limpieza a fondo.

En ese momento, la sonrisa de Nico se ensanchó. Qué fácil era hacerlo feliz, antes y ahora. Merecía la pena el esfuerzo. ¿Nico quería intentar un experimento loco con el multiverso que tan solo podía terminar con un desastre personal, si no con una aniquilación total? Muy bien, podía convencer a Gideon. Ya era un milagro que llevara tanto tiempo despierto, un milagro que alguien a quien quería pudiera quererlo a él con aunque solo fuera un ápice de la intensidad que sentía él, así que si aquí era donde moría, si la línea en su vida estaba de color rojo, entonces este era un lugar tan bueno como cualquier otro para conocer a la parca.

Además, el agujero de gusano de la cocina era divertido.

Por supuesto, cuantos más días pasaban, más pensaba en si habría sido negligente no mencionar el verdadero bufet de problemas potenciales. Si una versión futura suya estaba gritando, la profecía parecía insignificante comparada con el singular placer de su destino personal.

—¿Qué probabilidades hay de que hagamos aparecer por arte de magia un pastel? —le preguntó a Nico en voz alta. Había decidido no preocuparse por el resto de cosas por las que podía preocuparse. Porque el fin del mundo sería mucho mejor con pastel. No era delicado. Un pastel de fruta. Un pastel salado. Un pastel de crema le daría dolor de estómago, pero merecería la pena.

—Oh, *avec plaisir* —respondió contento Nico—. Tengo que volver a escribir a Reina, y probablemente acabe en lágrimas. Mías, por supuesto. Pero ¿me das cinco minutos?

Cinco minutos, una vida entera. Qué diferencia había.

—Con mucho gusto, Nicolás —respondió Gideon, buscando el mejor lugar para una siesta—. Tómate tu tiempo.

II

HEDONISMO

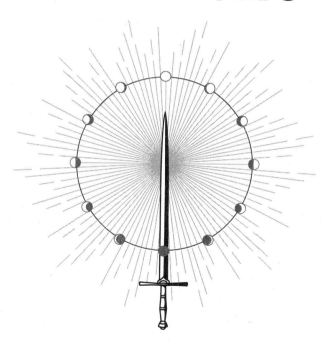

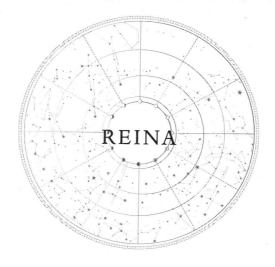

REINA

Se despertó de una siesta inintencionada con el olor distante del humo en las fosas nasales, la imagen vaga de un vestido negro desapareciendo por la periferia de la visión mental. Se ahogó con su lengua y se enderezó rápido al darse cuenta de que lo que la había despertado era su teléfono.

Silenció la llamada de Nico.

¡Reina! Soy yo otra vez, Te toca a ti, eh, nunca te he preguntado: ¿has jugado alguna vez al juego de te toca? Al de verdad, quiero decir, no por teléfono, perdona por divagar, es que me quedo sin formas de pedirte que me devuelvas la llamada, si te soy sincero pensaba que todo este asunto de «Atlas Blakely probablemente vaya a destruir el mundo» o lo de «los archivos están intentando matarnos» iba a captar tu interés, pero bueno, de nuevo perdona por lo que sea que haya hecho, que Parisa se niega a explicarme... de forma vehemente, claro, pero hablando de Parisa, ella también ha dejado de contestar al teléfono, así que, genial... Genial, genial, genial, lo intentaré mañana de nuevo, te quiero, adiós.

Y miró el reloj.

Eran casi las tres de la tarde. Se levantó para dirigirse al baño.

Se echó agua en la cara y se la secó con una toalla. Colocó bien el aro de la nariz. Se puso los zapatos. Después, al ver que su compatriota no había efectuado ningún movimiento, dio golpecitos impacientes con el pie desde la puerta.

—Te estoy oyendo, Mori —fue la única respuesta que obtuvo del lugar donde Callum estaba tapado en la cama del hotel. (Había dos camas, por supuesto, porque Reina preferiría morir antes que compartir una con Callum, cuya sexualidad no comprendía. No le quedaba claro si él prefería a los hombres, a las mujeres, a ambos, o la hipotética ira de Tristan Caine, lo que resultaba más llamativo)—. ¿Cuál prefieres de todos? —preguntó él, con la barbilla alzada en su dirección.

Reina, agotadísima por el trigésimo primer día consecutivo con Callum Nova, volvió a mirar el techo y suspiró.

—No hay nadie ahí —le recordó Callum—. Según tú.

En serio.

—Por última vez, yo no soy dios, solo…

Callum le sonrió desde la cama y Reina volvió a preguntarse si no podría hacer esto ella sola. Pero él había demostrado ser efectivo hasta la fecha, así que…

—Bien. —Se acercó a él y le quitó el teléfono de la mano—. ¿Qué es esto? ¿Una foto con la hermana de Tristan?

—Medio hermana —aclaró sin necesidad Callum. Tocó la pantalla para pasar de una foto a la siguiente—. ¿Y tengo mejor el pelo en esta o en esta? Estoy buscando algo clásico y descuidado.

Reina pasó las dos fotos.

—¿Te ha respondido a algo de lo que le has enviado hasta ahora?

—No. De ahí la necesidad de hacerlo bien. Ya sabes, con el grado preciso de espontaneidad.

—Ya sabes que Rhodes ha vuelto. —Se lo había dicho Nico en una de sus divagaciones en el buzón de voz y también en al menos sietes de sus mensajes de texto diarios. (También había intentado crear un grupo de chat titulado «De enemigos a amantes» hasta que Tristan, sabiamente, le sugirió que, por favor, por el amor de dios, parase)—. No creo que Tristan piense en ti.

—Dime lo que sabes —respondió y se llevó las manos bajo la cabeza—. Estás leyendo los mensajes de Varona, ¿verdad?

—Cállate. —Por algún motivo, Reina se estaba tomando esta tarea absurdamente en serio. Notó cómo se le derretía el cerebro porque no debería de haberle importado menos el plan de venganza de Callum, o lo que fuera, pero estaba segura de que una de las imágenes era mejor y no quería equivocarse.

—¿Es buena idea enemistarse con Adrian Caine?

No, pensó Reina en silencio. La respuesta era no. Aparte de apuntarles con una pistola la primera vez que se vieron, Adrian Caine había demostrado en distintas ocasiones ser la clase de hombre que se cobraba los pagos con sangre. Reina estaba segura de que su trabajo principal era el tráfico de armas, un constante intercambio de violencia, y no creía que hubiera mucha gente que se enfrentara a él y viviera para contarlo, incluidos los de su equipo. A Callum le parecía que parte de esta afirmación era una paranoia por parte de ella (era cierto que no podía demostrar que lo que transportaban los matones de Adrian era un cadáver en un congelador, aunque una bruja elegante llevaba semanas desaparecida), pero ella había visto con sus propios ojos lo que sucedía cuando alguien disgustaba al líder del aquelarre. Estaba girando la esquina del pub Gallows Hill a mediodía cuando vio a Adrian acercarse a una bruja para, según parecía, saludarla de forma amistosa. Antes de comprender lo que estaba sucediendo, Adrian clavó un cuchillo delgado del tamaño de la palma de su mano en la garganta de la bruja. Esta cayó al suelo y una haya joven gritó. Reina se quedó inmóvil, se detuvo de forma tan inesperada que el sonido de sus botas en el suelo fue inconfundible. Adrian levantó la mirada y la vio, impávido. Entonces limpió la hoja del cuchillo en las solapas de la chaqueta de la bruja antes de regresar al pub sin decir una palabra, como si lo hubiera descubierto en mitad de un paseo.

Callum, por supuesto, parecía incapaz de captar el peligro como una posible consecuencia, o incluso un cambio atmosférico convincente. Para Reina, su voluntaria aceptación del caos no era ninguna sorpresa, pero sí era ridícula. Era posible que la sensación de seguridad de Callum viviera, como él solía afirmar, en la comodidad de su inteligencia superior. O tal vez siempre había sido lo bastante rico, blanco y hombre para que la idea del peligro se volviera ridículamente fingida. Quizá era peor que tuviera razón en eso.

En cualquier caso, Reina no pensaba que hoy fuera el día en que pudiera convencerlo, pero le parecía irresponsable no sacar el tema.

—Es que a Adrian parecen importarle de verdad sus hijas. —Las únicas veces que había visto a Adrian sin un arma (el equivalente a sonreír), era con sus hijas y su perro, uno de caza de tamaño medio que le parecía una definición teórica en el diccionario para la palabra «perro»—. Y tú... —Lo miró con el ceño fruncido—. No eres exactamente inofensivo.

—Lo sé —respondió Callum.

—Me refiero a que eres demasiado mayor para ellas. —Bella Caine tenía diecisiete años. La hija de la foto, Alys, tan solo tenía diecinueve. Callum era al menos una década mayor, probablemente más, y aunque no estaba haciendo nada en la foto (preparaban juntos una ensalada, y no era un eufemismo, era solo... una ensalada de verdad), Alys lo miraba riéndose, por lo que, para Reina, había un elemento obvio de admiración. Por no mencionar que si Reina consideraba inaceptable el comportamiento general de Callum, los hombres de Adrian Caine (el más grande era un hombre llamado Wyn Cockburn, a quien Callum parecía decidido a matar) lo consideraría una ofensa punible.

—Eres demasiado... —intentó explicar Reina—. Ya sabes. Tú.

—¿Libertino quieres decir? —sugirió él—. ¿Narcisista? ¿Manipulador? ¿Sociópata?

—Sí —confirmó Reina—. Y, sinceramente, una persona horrible en general.

—Tomo nota —contestó él sin aparente pérdida de entusiasmo—. Y si te sirve de consuelo, Mori, no tengo planes de relacionarme con ninguna de esas chicas. Son unas niñas, y no como Varona. Unas niñas de verdad.

—Me alegra sinceramente que lo entiendas —murmuró Reina y le devolvió el teléfono. Dudaba de que ningún descendiente de Adrian Caine fuera totalmente inocente, pero Callum era la prueba viviente de que no se podía contar con al menos uno de los miembros de la prole Caine por su crueldad, ni siquiera aunque fuera el mejor procedimiento—. Prefiero la primera. Pareces menos retorcido.

—Ah. —Callum frunció el ceño y Reina exhaló un suspiro hondo.

—Mantenlo en vilo —le aconsejó—. Y levántate. Vamos. La conferencia de prensa comienza en diez minutos.

—Ah, de acuerdo. —Envió la foto (sin mensaje, observó ella, tan solo una foto, que era ahora un hilo de mensajes sin palabras y con fotos al que Tristan no había respondido) y metió el teléfono en el bolsillo de la americana que había al lado de la cama antes de echársela al hombro y lanzarle una mirada rápida y desaprobadora—. ¿Eso crees que lleva un miembro de la prensa británica para cubrir una noticia de Downing Street?

—Da igual lo que me ponga. Nadie me estará mirando a mí. —Unos vaqueros negros comunes y corrientes. Tampoco es que se hubiera puesto un kimono para la ocasión—. Y, por cierto, no me puedes culpar por pensar si tienes algún plan repugnante para seducir a las hermanas de Tristan por venganza.

—Mori, me siento insultado, de verdad. Puede que no tenga moral ninguna, pero sí tengo uno o dos escrúpulos. —Callum refrescó uno de los encantamientos de ilusión que llevaba, el equivalente a llevar el pelo engominado, y Reina hizo una mueca. Las ilusiones Nova poseían todas una cualidad característica, como un olor, pero más parecida a la efervescencia de la purpurina. Un perlado, a falta de una palabra mejor—. No tengo ningún interés en la seducción de ninguna clase.

—Pensaba que decías que estar aquí fuera, en el mundo, conllevaba que retomarías uno de tus otros vicios. Ya sabes, pagar impuestos, tener sexo, flirtear con el alcoholismo y morir —resumió los planes post Sociedad de Callum, omitiendo la parte sobre comprar otro yate, que, por alguna razón, le resultaba insoportable decir en voz alta.

—Umm, Mori —murmuró él. Se puso unas gafas de sol de aviador en la cara que lo volvían horrorosamente más atractivo para alguien interesado en ese tipo de cosas—. Primero, hasta donde yo sé, la Corporación Nova no tiene planes de pagar impuestos y me sorprende que no lo hayas sospechado ya. Segundo —añadió al tiempo que abría la puerta y le hacía un gesto para que pasara—, pensaba que precisamente tú comprenderías mi postura sobre los asuntos carnales.

—¿Yo? —preguntó Reina mientras caminaban por los pasillos sinuosos del hotel. (Era un hotel bonito, pero no demasiado bonito, no bonito para Callum, para él era obsceno. Un compromiso).

—Sí, tú —confirmó y le abrió la puerta del pasillo al quedar claro, una vez más, que la caballerosidad formaba parte de su juego de poder sádico—. Has dejado muy claro que otros seres humanos te resultan desagradables.

—No desagradables. —Reina se adelantó para llamar al ascensor, un pequeño «jódete» en nombre de las activistas femeninas de todo el mundo. Pero lo lamentó cuando él entró primero, aprovechando el espacio reducido para colocarse de cara a ella—. Solo... no tan interesantes. —Se quedó mirando fijamente la etiqueta de la empresa que había en la puerta del ascensor mientras este descendía a trompicones.

Aun así, fue inevitable que él sonriera.

—Claro, sí.

—Pero tú... —Lo miró con el ceño fruncido y se arrepintió enseguida. Callum disfrutaba mucho con su malestar—. Tú tienes sexo.

—¿Sí? —Reina hizo una mueca y entonces vio el atisbo de una risa en la comisura de sus labios—. De acuerdo, sí. En teoría. Pero ni siquiera en teoría lo hago de forma casual.

De vez en cuando, Callum la sorprendía y era entonces cuando lo consideraba una persona menos horrible.

—¿No?

El ascensor llegó a la planta baja.

—Soy un émpata —dijo con el mismo tono con el que podría haber comentado «es una señal de stop».

—¿Y? —Reina no veía la relevancia.

—Y los vampiros quieren carne.

—¿Te refieres a sangre?

—Me encantan nuestras charlas, Reina. —Le dio una palmada en el hombro y ella le apartó la mano y lo miró con frialdad—. Pero ahora estamos en el mundo, así que vamos a intentar concentrarnos, ¿vale? A menos que necesites de nuevo mi habilidad en combate.

Como si Callum se hubiera ensuciado alguna vez las manos, mucho menos despeinarse. (Una enredadera que había cerca soltó una risita).

—Por favor, una vez necesité tu ayuda...

—Según esa lógica, solo maté a Parisa una vez —murmuró él—, y tú siempre desconfías de mí. ¿Cuándo contarán para algo mis buenas acciones?

Reina decidió ignorar esa pregunta y sacó el móvil para echar un vistazo a las redes sociales, algo que había empezado a hacer porque era la forma más rápida de identificar y debilitar al villano del día. No tenía una respuesta para Callum, tanto porque era consciente de que él la molestaba para divertirse (o posiblemente como deporte) y porque no quería pensar en Parisa, quien casi con certeza había preparado a Reina para el asesinato al repartir las ubicaciones a las que irían tras salir de la casa de la Sociedad y olvidarse de mencionar al grupo de brujos que iban detrás de Tristan. Sí, Reina podría haberlo adivinado sola si hubiera prestado atención a la misión de búsqueda de Libby por parte de Tristan y Nico, pero Parisa ya sabría que no sería así. Elegir Londres como el lugar de llegada de Reina fue, posiblemente, un bonito mensaje para transmitirle que la había molestado y que ella estaba dispuesta a jugar, lo que Reina no tenía duda de que se trataba de su versión de un cumplido. A fin de cuentas, Parisa solo era tres cosas: guapa, imbécil e inestable hasta resultar sádica.

Tras un momento de calma, Reina se metió el teléfono en el bolsillo. Callum no estaba equivocado, tenía que prestar atención, porque desde que se habían instalado en Londres, la probabilidad de que alguien los detuviera (aunque ahora no se trataba del grupo de brujos del padre de Tristan, por suerte) no estaba completamente descartada.

Reina y Callum habían recibido citaciones por parte de la Sociedad y las habían ignorado. Bueno, Reina la había ignorado. Callum asistió a la reunión, tal y como le solicitaban, al parecer para hacer honor a su habitual impulso de que sería divertido, o puede que en un esfuerzo de arruinarle el día a alguien. Al regresar, sin embargo, se encogió de hombros y continuó con su vida tras añadir que a Reina no le interesaría lo que había averiguado de la Sociedad al saltar cuando le habían puesto el aro.

—La pregunta real no es qué es en realidad la Sociedad, porque ya sabemos todo lo que necesitamos saber de ellos —le comentó Callum y paró a Reina antes de que pudiera señalar que, en realidad, ella no lo sabía y que dejara de ser tan engreído siempre—. Mira, es muy sencillo —explicó con sus formas habituales y exasperantes—. Sabemos que la Sociedad nos rastrea de algún modo, puede que usando los archivos, puede que no. Podemos suponer que probablemente nos reclutó basándose en algo que nuestros asesinos están usando ahora para seguirnos, por lo que imagino que ha de ser nuestro uso de la magia. —Se detuvo y esperó para ver si Reina decía algo, no lo hizo solo para fastidiar—. Ellos producen gente importante al elegir a personas que ya están predispuestas a ser importantes. Es un ciclo de autoafirmación. Así que la única pregunta que queda es quién de nosotros va a matar a quién de los otros —concluyó.

—¿Qué? —se le escapó a Reina. Se le había dado muy bien no reaccionar a sus mofas, pero esta le resultó particularmente inesperada.

—Ya te lo he dicho. —Callum parecía exasperado de verdad con ella, no lo fingía—. Estoy el noventa y nueve por ciento seguro de que Atlas Blakely no mató al iniciado que se suponía que tenía que matar y entonces el resto de su grupo murió. ¿No te lo ha contado Varona?

Sí, pero Reina se había estado esforzando mucho por no pensar en Nico, ni en Atlas. Se había mostrado especialmente desesperada por ignorar la decepción porque Atlas no hubiera hecho nada para evitar que se marchara; nada por insinuar siquiera que conocía sus planes.

Además, si estaban tan condenados, ¿por qué no había regresado Parisa a la casa? Si los indicios se debían solo a la ansiedad de Libby Rhodes o la gran imaginación de Callum Nova, ¿cuánto podía tener de real la amenaza?

—¿Y?

—Que Rhodes ha vuelto… o aunque no hubiera regresado, lo que es un ejercicio de pensamiento divertido, pero inútil…

—¿Creías que había alguna posibilidad de que eso ocurriera? —preguntó Reina, quien, a pesar de su buen juicio, tendía a alimentar el ejercicio de pensamiento, incluso aunque fuera una obra retorcida de Callum.

—¿El qué? ¿Que Rhodes se quedara en el pasado? Era una opción viable —respondió Callum, encogido de hombros—. Ya sabes cuál fue el precio. Ella también.

—Yo no me habría quedado. —Reina se estremeció por la inmoralidad de su afirmación. Una trampa que pasó a ser una elección y, por lo tanto, una trampa peor y más punible—. Yo habría regresado a casa, sin importar el precio.

—Ah ¿sí? —Callum parecía disfrutar con la posibilidad de juzgar su respuesta y también su personalidad—. No puedo decir que me hubiera molestado, a decir verdad. Pero, claro, yo puedo adaptarme a casi cualquier situación. —Se retorció un bigote imaginario.

—¿De verdad? ¿Incluida una en la que Tristan no esté? —replicó Reina.

Callum hizo un gesto vago para señalar el aquí y el ahora.

—Aquí tienes mi adaptación —anunció, y antes de que Reina pudiera señalar la cantidad de lagunas que tenía su afirmación, añadió—: Además, los hombres blancos están siempre a la moda. Me iría tan bien como en cualquier otra situación.

Su tono era optimista, el sabotaje hacia su persona estaba disfrazado de autoconocimiento. Reina dejó que se fustigara si quería.

—¿Qué pasa con las mujeres blancas? —le preguntó. En sus pensamientos apareció un destello de Libby en uno de sus numerosos cardiganes.

—Dímelo tú —respondió Callum—. Ponte el flequillo hortera de Rhodes y cuéntame lo amenazada que te sientes ahora. ¿Mejor? ¿Peor?

Le pareció que esto era manipulación. Reina frunció el ceño.

—La cuestión es que aún tenemos que matar a alguien —continuó Callum, aparentemente demasiado alegre—. Todavía debemos a los archivos el sacrificio. O regresamos todos allí para vivir enclaustrados y paranoicos como siempre o alguien tiene que morir —concluyó con la melodía de una canción alegre, como la entonación de un marinero trastornado—. Y no voy a ser yo ni tú, así que...

—¿Quién dice que no vas a ser tú? —murmuró Reina—. La última vez te elegimos a ti.

—Yo, yo soy quien digo que no seré yo —respondió. No se molestó en hacer ningún comentario acerca de la disposición de ella para considerar la inevitabilidad de su deceso—. Ya la cagasteis una vez. Es hora de que pruebe otro.

Reina recordó la importancia de la insistencia de Callum en tener un plan de venganza privado.

—Me estás diciendo que todo esto —y por esto se refería a los mensajes elusivos, el trato con Adrian Caine y esta cercanía aparentemente improductiva con la extraña familia de Tristan— ¿forma parte de tu plan para matar a Tristan?

—No tengo que ser yo quien lo haga, pero claro, si lo pienso bien, no me importaría que ese fuera el final. —Callum le dedicó una sonrisa llena de dientes, lo que hizo que un roble cercano hiciera un gesto como de poner los ojos en blanco—. Vale, vale, no tiene que ser Tristan. Estoy dispuesto a considerar a Rhodes —añadió con aire solemne.

—Qué generoso por tu parte.

—Lo sé, y pensar que todos vosotros lo pasáis por alto constantemente...

—¿Y Parisa? —lo interrumpió Reina con el ceño fruncido y Callum la miró.

—¿Qué pasa con ella?

—Varona dice que está con Dalton.

Por suerte, Callum no dijo nada de su mención de Nico, algo que en raras ocasiones hacía.

—Sí, ¿y?

—Y Dalton tiene las mismas piezas que Atlas. Y es el único que puede, ya sabes... —Movió la mano—. Invocar el vacío. —O lo que fuera que hacía Dalton y que Reina había deducido al observar (interferir en) su investigación durante su año de estudio independiente. Sabía que el objetivo de la investigación de Dalton era crear o despertar un portal de alguna clase desde el vacío de la materia oscura, una tarea que sospechaba que no podía hacer sin Tristan. O sin Libby Rhodes. Ambos habían sido anteriormente armas empuñadas por Parisa y probablemente volverían a serlo, lo que convertía a Parisa en el objetivo natural, si es que el asesinato como cuestión ética era digno de una consideración meritoria.

—No puedo fingir ningún interés en el vacío o en cualquiera de los cómplices que necesita —le informó Callum en ese momento, una afirmación casi deprimente, porque Reina sabía que Nico lo haría. Que Nico lo hacía. Lo oía en sus mensajes de voz, oía lo mucho que deseaba realizar el experimento, eso a lo que se refería continuamente como el Plan Siniestro de Atlas Blakely. Que pudiera hacer una broma al respecto no era algo inusual en sí mismo, pero Reina lo conocía lo suficiente para saber que sentía curiosidad, incluso emoción por completarlo, y ahora que había regresado Libby, sus limitaciones se habían disuelto lo suficiente para que se considerara a salvo de la ira de Reina. Quería su misericordia, al menos en parte, porque necesitaba sus poderes.

Pero estaba ocupada con ellos.

Se había pasado las últimas semanas orquestando un plan, algo muy sencillo. Quería efectuar cambios y estaba buscando lugares para hacerlo. El otro día, ella (con, suspiro hondo, Callum) consiguió localizar a un destacado fabricante con sede en Londres y cambiar los planes de construcción que habrían alterado un ecosistema de una selva amazónica. Justo antes de eso, acudieron a una manifestación por los derechos humanos y persuadieron a una empresa importante para que permitiera a sus empleados sindicalizarse. Fue bastante sencillo descubrir la respuesta correcta a cualquier situación, excepto por el hecho de que (como no dejaba de puntualizar Callum) cambiar una decisión no resolvía por completo el problema más acuciante. Reina no tenía todo el tiempo del mundo y además había muchos problemas importantes. Necesitaba empezar a idear un buen plan.

La situación en La Haya había sido sencilla, posiblemente ni siquiera valía la pena, pero había sido la prueba perfecta para descubrir que el poder de Callum no se limitaba a personas que estuvieran en presencia inmediata de él. Con la ayuda de ella, su influencia podía extenderse a cualquier cosa que usara una red mágica de ondas para su retransmisión. Fue la investigación en tecnomancia de Nico aplicada a su comunicación privada la que le había dado la idea de intentar manipular a otra persona, y una vez que parecía prometedoramente efectivo, Reina decidió que era hora de pensar a lo grande, de intentar algo interno. Desintoxicar el sistema desde dentro hacia fuera.

—Eso no va a funcionar —le dijo Callum cuando le contó su idea para los próximos meses. A ella, sin embargo, le parecía sencillo. Sí, había unos cuantos obstáculos, como convencer a un multimillonario como James

Wessex para solucionar el tema del hambre en el mundo, un pequeño rasguño a la superficie de sus ingresos anuales, pero lo que ella necesitaba era algo grande, algo que no pudiera deshacerse. Necesitaba cambiar activamente la mente de las personas, asegurarse de que cuando terminase de hacer ajustes, el mundo podría hacer el resto del trabajo solo.

A lo que Callum replicó:

—No seas idiota. No me importa cómo decides perder los meses que te quedan de vida hasta que los archivos vengan a por nosotros —añadió con indiferencia, pero ella lo ignoró—, pero dejando de lado el despotismo de tu pequeño complejo de dios...

—Progresismo ideológicamente beneficioso —lo corrigió.

—Complejo de dios —repitió él—, pero dejando eso de lado, tu plan es una estupidez y no va a funcionar.

Reina no necesitaba su aprobación, pero su rechazo no le sentó bien.

—¿Por qué no? Si la gente entendiera que...

—Deja que te interrumpa un segundo. No estás hablando de la reparación de una sola generación, ¿vale? No existe un número mágico de personas a las que convencer ni ningún otro valor cuantitativo que puedas derivar y que dé un significado modelable o incluso duradero a tus esfuerzos. Haz todos los planes que quieras, pero no van a funcionar. Yo solo soy una influencia, ¿lo entiendes? Una de muchas. —No era propio de Callum admitir debilidad y Reina estuvo a punto de expresarlo cuando él volvió a hablar—: Mori, el mundo funciona así porque hay muchas personas influyentes ahí fuera, aunque cueste subestimar mi influencia porque te estoy usando a ti para intensificarla. La potencia no importa, porque lo que hago no es permanente. No puede serlo. Por definición, la gente cambia. —La miró con dureza, como si le decepcionara que no hubiera llegado ella sola a esa conclusión—. Una cosa es valerse de lo que la gente quiere ya. No puedo diseñar una especie a esta escala. Si quieres aferrarte a una idea, necesitas a un telépata, no a mí. E incluso así, no podrías garantizar la naturaleza exacta del resultado.

Reina renunció a la conversación en el momento en que dio a entender que Parisa era la persona para el trabajo porque, entre otras cosas,

Reina no quería ver, ni hablar, ni oír nada de Parisa Kamali nunca más. No era por ningún motivo en particular, solo la razón habitual de que no le gustaba, nunca le había gustado. Si Nico se había propuesto estar al tanto de lo que estaba haciendo Parisa, ese era su problema. Reina tenía otros planes mejores.

Quería marcharse pronto de Londres, lo que significaba arrastrar a Callum, algo que sabía que él no quería hacer porque estaba ocupado persiguiendo a Tristan. Pero la influencia del Reino Unido era antigua, estaba en declive, estaban demasiado enamorados de su historia de subyugación para comprender que su tiempo bajo el sol global había llegado ya a su fin. Si el problema era estructural, Reina tendría que romper los cimientos.

Si estaba jugando a ser dios, que así fuera. Era la hora de jugar a ser dios.

MadreMadre, susurró un abedul distante. No había mucha cosa cerca de Downing Street, pero, como siempre, la naturaleza se abría paso. *Madre benevolente, ¡Ser glorioso!*

—¿Qué pretendes lograr hoy? —preguntó Callum con su acento más exasperante. Miraba a Reina por encima de sus gafas de sol—. Un poquito de paz mundial, imagino.

Hoy no. Hoy tocaba autonomía reproductiva: el derecho a la privacidad que resaltaba en silencio todo lo demás. La paz mundial no se quedaba fuera del menú, pero tenían que empezar por alguna parte. Además, Reina estaba empezando a entrar en calor.

—Cállate —le espetó y posó una mano en el hombro de Callum. En ese momento (gafas de sol aparte), parecía un aspirante a parlamentario y eso le dio una idea. Sabía exactamente a qué clase de persona buscar la próxima vez que tuviera su teléfono: un héroe esta vez y no un villano.

Después de todo, había últimamente muchos de los últimos. Vibró el teléfono en el bolsillo y luego pensó si el momento pudo ser significativo a nivel cósmico. Si el universo lo sabía.

Pero eso era un asunto para más tarde.

—¿Cuál es la forma más sencilla de entrar? —preguntó Reina entonces, mientras observaba al primer ministro con los ojos entrecerrados.

—El miedo —respondió Callum—. A veces la avaricia, a veces la vergüenza y en muy raras, aunque notables ocasiones, el amor. Pero siempre el miedo.

Reina sintió que se vinculaba con Callum, que su poder fluía hacia él.

—Bien. —Perfecto—. Entonces ve.

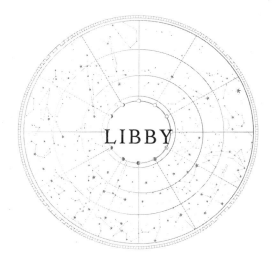

LIBBY

Estaba sentada a solas en la sala de lectura cuando llegó Nico dando saltitos; la silla que había al lado de la de ella repiqueteó cuando el chico se sentó.

—He estado pensando —dijo.

—No te vayas a hacer daño —murmuró ella.

—Ponte seria, Rhodes, ese no es tu mejor comentario —replicó Nico sin inmutarse—. Mira... un momento. —Se interrumpió de inmediato para echar un vistazo a la habitación, como si pudiera salir alguien inesperadamente—. Atlas no está aquí, ¿no?

Libby releyó la frase que llevaba diez minutos intentando leer.

—Tristan me ha dicho que estuvo aquí ayer por la tarde. Podrías haber mirado el horario.

—¿Tenemos un horario? Bueno, da igual. Ayer tenía que ir a ver a Max, así que, ya sabes, qué sorpresa. En cuanto al plan siniestro...

—Deja de llamarlo así. —Libby mantuvo la cabeza gacha, tratando sin éxito de leer, pero Nico le dio un golpe en el hombro.

—¿Vas a escucharme? Ya sé que estás convencida de que va a acabar el mundo o lo que sea...

—No estoy convencida, Varona. Estoy segura.

—De acuerdo, por motivos que no vas a explicarme —asintió alegremente, con intención de obviar por completo esos motivos de los que Libby no había dicho nada—. Sé que estás muy reservada con todo esto, y está bien, aunque no es tu parte más agradable...

Libby pasó la página del libro de la forma más disruptiva que pudo tratándose de un manuscrito de mil años que había predescubierto la constante de Planck.

—… pero solo para que lo sepas, creo que estoy consiguiendo comunicarme con Reina.

Libby levantó una mano para ocultar un bostezo.

—¿De qué manera?

—Vi tres puntos el otro día.

—¿Qué significa?

—Que obviamente estaba pensando en responder.

—O solo fue un accidente —señaló Libby sabiamente.

Nico efectuó un movimiento alarmante, como si considerarse chocarse esos cinco con él mismo, antes de decidir, como una alternativa del último minuto, golpear la mesa con la palma abierta.

—¡Abrió el mensaje, Rhodes! —gritó—. Eso ya significa algo. La conozco lo bastante bien para saber que está pensando en ello. En mí. En esto —aclaró cuando Libby le lanzó una sufrida mirada de impaciencia—. Lo único que necesitamos es unos cuantos puntos más y estoy seguro al noventa y nueve por ciento de que podré convencerla para llevar a cabo el experimento.

—¿Qué pasó exactamente entre vosotros dos el año pasado? —preguntó ella con tono irritado tras abandonar toda pretensión de lectura—. Lo de Tristan y Callum lo entiendo, claro. Incluso lo de Tristan y Parisa en parte. Pero ¿Reina y tú?

Nico se encogió de hombros.

—Contiene multitudes. Respeto profundamente su mente laberíntica.

—Lo que tú digas. —Libby se llevó una mano al pulso palpitante que notaba detrás de los ojos—. Ya te lo he dicho, aunque Reina acabase dispuesta a poner fin al mundo contigo, daría igual si solo te quedan unos meses de vida. Debería de preocuparte más terminar el ritual.

—¿Te refieres al asunto del asesinato? —señaló Nico, haciendo una distinción ostensible entre la otra trama siniestra más mundana.

—Sí, el asunto del asesinato. —Qué maravilloso que pudiera bromear con el tema. Qué loable, en realidad, que demostrara ser mejor que ellos una vez más al seguir siendo el intrépido, el intocable, como si no hubiera cambiado nada.

Pero las cosas eran distintas ahora, aunque Nico no lo fuera. Era notable la distinción que parecía ahora rasgar el tejido de la realidad entre ellos, algo que Nico podía estar dispuesto a pasar por alto, pero Libby no podía permitirse el lujo de hacer la vista gorda. Habían hallado la sincronicidad una vez, los lados reflectantes de un juego cósmico de espejos, hasta que ella había matado a una persona. Ahora, todo lo que había hecho debía de tener un motivo. Había alterado las reglas de su ética, se había reorganizado hasta la médula, había cambiado la base de su código. Todo lo que hiciera ahora tendría que ser en servicio de algo importante. Tendría que tener un sentido. Tendría que servir a un fin.

Unos ojos sin vida y nublados aparecieron en su visión, la quietud de unas manos familiares, la profecía incorpórea la seguía todavía como un fantasma. *Va a destruir el mundo.*

«(¿Qué más estás dispuesta a romper y a quién vas a traicionar para conseguirlo, señorita Rhodes?)».

Abruptamente, Libby cerró el libro y se retrepó en la silla.

—Mira —se dirigió a Nico—, a mí tampoco me gusta, pero es muy probable que al final tengamos que completar el ritual. Eso o estaremos aquí atrapados hasta que muramos todos. —De todas las cosas que había descubierto a su regreso, esta parecía la más apremiante e ineludible. Eso y que la cagaron el día que aceptaron la tarjeta de Atlas Blakely. Por supuesto, ya era demasiado tarde y tan solo tenían una cantidad limitada de recursos; una estrecha ranura de aceptabilidad entre el sacrificio del asesinato y el apocalipsis al alterar el mundo al que Libby quería guiar a los demás e intentar vivir.

—Pero creía que habíamos acordado la opción dos. Ya sabes, la de quedarnos aquí y seguir contribuyendo a los archivos —comentó Nico—. Eso es lo que estás haciendo aquí, ¿no? —dijo con un tono de voz que Libby reconoció, lo más taimado que había conseguido adoptar nunca, lo que significaba que estaba en el improbable límite de la prudencia.

—Sí. —Y lo decía de verdad, pero eso había sido antes de comprender que posiblemente los archivos no le ofrecerían los materiales que necesitaba para salvarse a sí misma.

O igual quería decir «no, pero lárgate».

Nico hizo caso omiso del subtexto.

—Muy bien, entonces odio tener que desviar tu atención hacia este desagradable detalle, pero no creo que solo vivir aquí sea suficiente. —Libby le dedicó una iota de su atención al escuchar esto—. Atlas ha vivido aquí todo el tiempo, sí, pero estoy seguro de que los otros miembros de su grupo se lo pensarían, ¿no crees? Y él es capaz de entrar y salir en caso necesario, así que tiene que ser algo más que una cuestión de ubicación física. Vamos, Rhodes, piénsalo, es una simple conservación de energía. Lo que obtenemos de los archivos depende de cómo contribuimos a ellos e incluso viviendo aquí, tienes que seguir haciéndolo —le recordó.

Ah, sí, cómo le gustaba que le recordara su año sabático que había pasado por elección propia y no en contra de su voluntad.

—Estoy investigando, Varona. —Levantó el manuscrito y el libro que había debajo, que era un tratado sobre naturalismo—. ¿Lo ves? Recordarás que así es como se hace, seguro.

—Sí, ya, pero Rhodes, ¿naturalismo? ¿Elementos de mecánica cuántica que ya hemos demostrado y definido? Estás investigando cosas que ya se han hecho —indicó Nico con cierto tono de fatalidad—, y probablemente no sea razón suficiente para que la biblioteca te mantenga con vida. Según tu lógica, claro.

No había por qué mencionar la posibilidad de que Nico estuviera en lo cierto, o que Libby hubiera llegado sola a esa conclusión. Tampoco el hecho de que era todo cuanto le ofrecían los archivos, que se negaban incluso a la más mínima muestra de ambición académica con su mensaje familiar y amistoso de PETICIÓN DENEGADA. Un proverbial «vamos a ser amigos» para el corazón más sentido de Libby.

Una imagen repentina de Nico acariciando los muros del archivo, murmurando sensualmente a la biblioteca para que fuera buena chica y produjese algún fenómeno nuevo para él, hizo que Libby parpadeara para apartar la locura temporal que estaba experimentando.

—¿Ahora eres tú quien pone las reglas, Varona?

—Técnicamente no, ya que no estoy totalmente seguro de creer tus razones para evitar el experimento por el que nos eligió Atlas en un principio.

Libby notaba cómo ascendía por los escalafones de la furia que solo eran accesibles cuando hablaba Nico.

—Entonces cuando te dije que detoné una bomba nuclear solo para advertiros de que Atlas podía destruir el mundo, te lo tomaste como… ¿qué? ¿Un pasatiempo? —Le ardían las mejillas con una nueva rabia.

—¿Eso fue? —preguntó Nico, lo cual la desestabilizó por un momento.

—Eh… ¿qué? —balbuceó.

—¿De verdad detonaste una bomba solo para entregar un mensaje de advertencia?

Libby se quedó tan anonadada por la pregunta que no pudo contestar siquiera.

—¿Ves? No estoy seguro de que tú te lo creas —dijo sin más Nico—. Y no pienso que creas de verdad en unas predicciones apocalípticas tan oscuras. Por mucho que me guste mi actual servidumbre a un puñado de libros que pueden o no estar rastreándome, usándome o tramando para matarme… y me gusta, Rhodes, de verdad —ofreció con gusto—, no sé qué es lo que quieres que haga. Ya he matado a Tristan un montón de veces. —Se encogió de hombros—. Estoy seguro de que los archivos están de acuerdo.

—Estás retrocediendo —murmuró Libby para sus adentros y cerró los ojos.

Debería gustarle que Nico estuviera al fin logrando la capacidad de ser algo más que un rival irrespetuoso. En la práctica, sin embargo, su cambio de temperamento desde que ella regresó era como verse atrapada en el extremo pesado de un balancín. Sin un tira y afloja equilibrado, simplemente estaba sentada en el suelo.

—La cuestión es —continuó él— que o bien tienes razón y tenemos que matar a alguien o los archivos vendrán a por nosotros individualmente para representar nuestra brutal desaparición colectiva —resumió Nico, una dramatización obvia de la información actual que ella le había entregado—. En ese caso, necesitas hacer algo grande… como, por ejemplo, abrir un portal a otro plano del multiverso.

—Algo que no voy a hacer —lo interrumpió ella.

—De acuerdo. Entonces vas a quedarte aquí a vivir y no hacer nada en absoluto para salvarte porque estás triste y odias el mundo. O...

Libby decidió no mirarlo.

—O tal vez, como un subconjunto de misantropía —musitó Nico—, quieres esto, todo de lo que somos capaces aquí. Puede que, aunque esté mal, sea inmoral o carezca de ética, o simplemente resulte egoísta... puede que sigas queriendo todo lo que podemos hacer al haber venido aquí. Puede que el motivo real por el que has regresado aquí sea esto... nosotros. Todo lo que nos quedaba por hacer, todo lo que nos quedaba por crear. Puede que hayas vuelto en busca del poder que nos prometieron. El poder que, para bien o para mal, nosotros escogimos. —Su voz sonaba inusitadamente sincera—. ¿Y no crees que eso puedo entenderlo, Rhodes?

Ella no dijo nada.

—Mira, comprendo que creas que está mal. Lo entiendo, sé que siempre te han preocupado las consecuencias. Sé que parte de esto, la parte del año pasado que no me estás contando y lo que sea que pasó con Fowler...

Se quedó callado un momento.

—Sé que crees que la sangre que tienes en las manos es imperdonable. —Su mirada era cálida, empática, como si lo entendiera—. Pero tal vez puedas aceptar lo que te sucedió, la situación imposible en la que te viste inmersa... no fue culpa tuya. Tú hiciste lo que tenías que hacer para salvarte, así que podrías seguir adelante. Y tal vez puedas—añadió, como si estuviera a punto de recitar el final gracioso de una broma divertidísima—, ya sabes, confiar en mí.

Confiar en él. Una voz tranquila, rodillas en posición de oración. *Tus secretos están a salvo conmigo, Libby Rhodes.*

Libby sintió un escalofrío de reconocimiento y se apartó de él. Se levantó entonces, nerviosa por algo. Tal vez fuera porque Nico estaba siendo amable en lugar de odioso, y esa era una textura de su personalidad con la que no sabía qué hacer. A lo mejor era porque le estaba ofreciendo el beneficio de la duda; aceptando, por una vez, que lo que no se decía en voz alta era lo mejor de ella.

O puede que fuera porque estaba equivocado.

—¿Podemos hablar de esto más tarde? —Alcanzó los libros y se volvió justo cuando Nico la agarró del codo. Le envolvió el brazo con fuerza y a Libby le dio un escalofrío.

—No, Rhodes. Estamos hablando ahora.

El impacto de su magia al alcanzarla fue explosivo, pasó de cero a sesenta en un latido. Fue para ella como una trampa, el latigazo de una soga; se quedó sin aliento tan rápido que se atragantó.

Intentó apartarse, pero era demasiado tarde. Los bloques de construcción de aquello se estaban fusionando ya, como una partida de Jenga imposible de perder, piezas que se apilaban sobre la base compartida de poder. Recordó de nuevo, con tristeza, la sensación de que, en el transcurso de un año sin él había conocido, con una seguridad vaga, la necesidad de Nico, la seguridad de que no habría acabado atrapada ni por un instante si Nico hubiera estado allí. El hecho de que, en cualquier otra circunstancia, si se hubiera perdido con Nico, no habría estado perdida.

Experimentó una sensación vertiginosa cuando sus poderes se unieron, una hiperactividad que ella ya había asociado al propio Nico. Una energía que no tenía pulso, como la de Tristan, sino que estallaba con furia, como fuegos artificiales; una combustión que se producía de forma natural, como las estrellas que colisionaban en el aire. El espacio entre ellos era al mismo tiempo necesario e insustancial, como si hubieran colisionado de verdad sin que ninguno de los dos se hubiera dado cuenta. Era, como siempre había sido, las piezas de ella en las piezas de él, una red enmarañada de poder, y de ellos. Ambos lo añoraban y habían tratado de negarlo.

Vamos, hazlo. Libby notó la magia de Nico saltando sobre la suya con una insistencia febril. Infantil. *Venga, cede.*

Insoportable. Pero podía sentir cómo se estiraba de nuevo, cómo llenaba la casa, preparada para crecer más allá de la mansión, como si superara en tamaño los barrotes que la retenían.

Que estupidez. *Bien.*

La temperatura ya era alta, ya sentía la presión, había despejado un sistema de circuitos. Lo necesario ahora era fuerza; Nico podía tomar el timón y proporcionarla, pero estaba esperando que lo hiciera ella porque... a saber, porque estaba aburrido, o porque intentaba decir algo, o solo se comportaba como era él, un incordio. Necesitaban algo que convirtiera la inestabilidad de su irresponsable estallido de magia en una energía cinética que pudieran usar los dos.

¿Qué quería que hiciera ella? ¿Encender un fuego? ¿Crear otra jodida bomba? No, pero había cambiado algo entre ellos, porque ahora no se trataba de lo que él quería que hiciera ella.

Se trataba de lo que ella quería.

(Ah, y este era el secreto: ella sí que quería. Ese era el problema, el peligro de haber regresado aquí. De todo lo que había sacrificado para estar aquí, porque ahora no importaba lo que había aprendido o quién había sido. La Libby Rhodes que Nico afirmaba conocer era justamente el problema. Su existencia y la de la propia Libby eran fundamentalmente opuestas. Compartían un cuerpo, un potencial y poderes, pero no un estado mental.

La vieja Libby era la que decía que no. Otra paradoja: que Nico pudiera mirarla y seguir viéndola tal y como era, que siguiera creyendo que ella necesitaba un empujón, cuando era indescriptible e irreversiblemente distinta. Ahora era la Libby que había atravesado el tiempo y el espacio, que cada vez estaba menos preocupada por el final por el que Ezra había estado dispuesto a morir, a matar, solo para evitarlo, y ese era justamente el problema. Porque ella confiaba en Ezra. Creía en él, incluso aunque lo odiara. Porque ¿quién podría seguir como siempre después de que le advirtieran de la caída del imperio?

Solo alguien que había pagado el precio más elevado solo para estar aquí. Alguien que había pasado un infierno solo para pertenecer a este lugar.

Y ahora, cuando todo lo que deseaba se encontraba tentadoramente a su alcance…).

Fue casi instantáneo, como el encendido de una cerilla, y cuando a Libby se le aclaró la visión, cuando los dos se desenredaron y la mano de Nico cayó de su brazo con la exultación de una oración, Libby olió la inconfundible presencia de rosas. Notó el roce de un cornejo encima de ella, como una caricia de felicitación. Sentía todavía calor en la boca, como la goma que quema sobre el asfalto. Cayó una gota de sudor de la frente de Nico y se encontró con las briznas de hierba del suelo con un siseo delicado, susurrado. Fuera, el sol estaba alto, el calor de julio era una repentina incandescencia. La magia ondulaba en la hierba formando anillos que se extendían hacia afuera.

Habían logrado transportarse de la sala de lectura al jardín. No estaba mal. Más distancia que desde la sala pintada a la cocina, lo que necesitaron que hiciera Reina dos años antes.

Interesante.

Nico la observaba. Irradiaba un triunfo tan intenso que Libby temió por las fallas geológicas que tenían bajo los pies. (Londres no era conocida por los terremotos, pero con esta magia incomprensible expulsada por un loco, ¿quién sabía?).

—Piénsalo —dijo Nico y la cara que tenía era merecedora de un buen puñetazo. Libby se esforzó mucho en odiarlo y le resultó fácil, como respirar. Como convencerse a sí misma de que había una diferencia sustancial entre la coincidencia y el destino.

—Sí, Varona, estoy pensando. —Soltó un gruñido y se apartó. Se marchó entre la fila de cornejos y giró bruscamente hacia la casa.

La mitad de la verdad era que Nico tenía razón. La otra mitad era que, siendo más crítica, Nico estaba equivocado. Estaba preocupada, sí, y era cauta, tanto como lo había sido siempre, pero no era el miedo al error lo que la retenía, no era la ansiedad, no era su paranoia habitual por las consecuencias, como solía ser. Era Ezra, que le había contado que iba a acabar el mundo, pero Erzra era un mentiroso y lo que decía no importaba ya. Ezra ya no existía, su influencia en las acciones de ella había terminado. Ella misma lo había visto. Lo que quedaba ahora era su profecía, su advertencia, y la sensación de que Libby había llegado ya muy lejos, que había descubierto lo que se sentía al estar ella al mando, y no le gustaba. Por supuesto que no le gustaba.

Era otra sensación, algo más parecido a la convicción. Sentía que se acercaba a alcanzar algo, algo que estaba buscando. Y no podría descansar hasta que no lo encontrara.

Estuvo a punto de chocar con Gideon, quien se cruzó con ella de camino a la sala de lectura. Al verlo, algo dentro de su pecho se aceleró con aprehensión, pero era ridículo porque Gideon no le daba miedo. Era tan apacible como siempre, divertido, un buen compañero de piso. Era limpio y amable, no era un extraño, ni una amenaza, y aun así...

—¿Te pasa algo? —le preguntó él, que la miraba raro. Como si hubiera atisbado el contenido de sus sueños y viera más allá de su apariencia exterior, hasta la mismísima fusión de su núcleo.

Unos ojos sin vida. La quietud de una mano tendida.

(«¿Qué más estás dispuesta a romper, señorita Rhodes?)».

—No. —Sacudió la cabeza—. Es solo... Varona. Pero no en el mal sentido —añadió rápido—. Solo...

—Ah. —La sonrisa de Gideon era agradable, comprensiva—. Últimamente se está comportando muy bien, estamos todos un poco desconcertados.

—Eso es. —Se apartó un mechón de pelo detrás de la oreja—. ¿Qué es eso? —Señaló los papeles que llevaba en la mano.

—Eh... —Gideon bajó la mirada, como si hubiera olvidado lo que llevaba—. Ah, vaya, no vas a creerlo, pero el acceso a los archivos se registra con un sistema de archivos de papel. —Le lanzó una mirada de impotencia—. Sé que solo me han dejado aquí para mantenerme alejado del camino de vuestra Sociedad un tiempo —musitó—, pero el trabajo real es impresionantemente mundano.

—No es... —*No es mi Sociedad*, estuvo a punto de decir, pero entendía lo que quería decir. Se sentía posesiva y, como resultado, la presencia de Gideon le resultaba un tanto invasiva, una flora bonita, pero foránea.

Como las jacarandas en Los Ángeles. Libby se estremeció.

—Suena irritante —dijo—. ¿Has tenido algún tipo de entrenamiento?

Gideon sacudió la cabeza.

—No, todo esto surgió de una nota interna. Estoy empezando a pensar que tal vez he sobrestimado la naturaleza insidiosa de los Illuminati.

—¿Eh?

—Nada, es una broma. —Le ofreció otra sonrisa alentadora y vaciló antes de decir—: Por cierto, no sé si sabías esto, pero... Tu teléfono, eh...

Alguien lo usaba para comunicarse con tus padres. Yo... —Se detuvo un momento. A Libby se le quedó la boca seca de pronto—. Llevo un tiempo queriendo contártelo, pero nunca me parecía el momento adecuado, y me parece que lo he dejado demasiado...

Se quedó callado y Libby entendió que era su turno para hablar.

—No, eh... gracias. Gracias, Gideon, es... es bueno saberlo. ¿Tienes idea de dónde está ahora?

Ojos sin vida. Unos pies sorprendentemente quietos en el suelo del despacho. Libby Rhodes, la antigua y la nueva, se dividía alrededor de la rigidez de un cuerpo. Gideon la miró como si ambos supieran la respuesta.

—Eh, aquí estás, Sandman —oyeron la voz de Nico en el otro extremo del pasillo. Libby se volvió para continuar en la dirección opuesta y subió apresurada las escaleras.

Giró a la derecha, como estaba acostumbrada. Tenía el corazón acelerado cuando llegó al salón y cerró despacio la puerta.

—Rhodes, ¿eres tú?

Exhaló lentamente y se detuvo un instante. Un latido o dos.

—Sí, soy yo.

—Dame un minuto —le pidió Tristan y ella asintió, pero no contestó.

Desde donde estaba, en la salita de él, captó la sombra de Tristan moviéndose en su habitación, caminando por encima de las pilas de libros que habían comenzado a habitar bajo el alféizar de la ventana. El sol goteaba en el dormitorio, la ventana estaba abierta y el olor a rosas del jardín ascendía con la brisa de media mañana como una llamada soñolienta, embriagadora.

Entró en silencio en la habitación. Tristan rebuscaba en el armario una camiseta limpia y cuando vio a Libby arrugó la frente por la inquietud, pero entonces ella se adelantó sin decir nada y el sentimiento se transformó en otra cosa. Tristan se giró para mirarla de frente y ella siguió caminando hasta alcanzarlo; el corazón le latía fuerte y claro, como si estuviera preguntando, o posiblemente cantando, «esto-esto-esto». Levantó los brazos para deslizar las puntas de los dedos por su pecho, resiguió la cicatriz que ya sabía que allí existía. Como desandando sus pasos por un terreno muy conocido.

Sintió las manos de él agarrándole los codos, el olor de su loción para después del afeitado, intenso, limpio, como si nada hubiera cambiado. Como si para él todos los días comenzaran de la misma manera, incluso con la distancia que había aparecido y desaparecido entre ellos.

Lo que al parecer no entendía Nico era que ella no era la misma. No era justo esperar que la conociera o la comprendiera, y posiblemente fuera injusto acusarlo de cosas dentro de su cabeza cuando él no podía responder por sus crímenes. Pero Libby Rhodes estaba cansada de la justicia, estaba harta de ella, de sopesar constantemente las consecuencias, lo bueno y lo malo. Cada decisión que había tomado había acarreado dudas devastadoras, pero sabía que habían sido las decisiones acertadas. Nico no comprendía que Libby sabía ahora algo que antes no, y era que no había respuesta correcta ni decisiones fáciles. Ser buena o saber siquiera lo que era la bondad… Era una versión pasada de ella la que creía que esas cosas eran posibles y la nueva versión era la que comprendía la verdad: que, al final, daba igual lo sencilla que pudiera parecer una decisión, todo era complicado.

Hacer lo correcto, lo necesario, siempre acarrearía dolor.

Nico aún no entendía eso, pero Tristan sí. Lo notó en cómo se inclinó hacia su beso, en cómo se contuvo hasta el último momento, hasta que al fin pudo ceder. Capitulación. Era algo que Libby entendía ahora; la disonancia que se tornaba una claridad ineludible justo en el momento adecuado. Hundió las uñas en el pecho de Tristan y este respondió enseguida, reflexivo, y se movió con ella hasta que ambos cayeron en la cama; el libro que tenía Libby en la mano hacía tiempo que había caído en el suelo. Tristan enganchó los dedos en los bóxers que llevaba ella todavía, los que le había tomado prestados y no le había devuelto, y probablemente no lo haría. Libby espiró bruscamente cuando él se los bajó por las piernas y solo se detuvo para deslizar un dedo por la humedad entre sus muslos.

Él sabía qué era ella. Libby lo sentía entre los dos: conocimiento. Cada vez era más difícil de ignorar cómo la veía, tal y como era, y seguía permitiendo que se transformara, lenta, pero segura, como una serpiente que mudaba la piel. A la persona que fue en el pasado, él la había deseado. A la persona en la que se había visto forzada a convertirse, él la había protegido.

La persona que era ahora, desconocida para los dos, tenía permiso para florecer, para desplegarse más y más cada día hasta que ninguno de los dos pudiera soportar negarlo. Tristan la acarició y ella floreció bajo su roce.

Alzó la barbilla para recibir su beso; jadeó y murmuró, impaciente por la pérdida de su presencia mientras se quitaba los pantalones y regresaba para completar la secuencia para la cual habían estado ejecutando movimientos en silencio, posponiendo lo inevitable hasta que ya no podía seguir negándose. Dios, sí, deseaba esto, deseaba esta medida de satisfacción, de exactitud. De absolución, de absoluta convicción. Deseaba esto, lo deseaba todo, deseaba.

Esto, todo esto. Esta casa y todo lo que había dentro de ella. Las posibilidades. Las carnalidades, el trágico final que sabía que había reservado para todos ellos. Sacrificio, lo contendría; nada en este mundo existía sin su igual y su opuesto. Lo que fuera que había puesto esto en movimiento, Atlas Blakely o la naturaleza humana, o la autoría de Libby de su destino, ya había comenzado y lo que entraba en movimiento no se detenía. Los orígenes de la vida. La posibilidad del multiverso. La potencia del poder, de su poder. Cómo se paró el tiempo porque ella lo dijo cuando Tristan la sostenía, cuando le alzaba las manos por encima de la cabeza.

Fue rápido y duro, rítmico como un pulso, el ascenso abrupto y la angustia exquisita. Una capa de sudor les cubría a los dos el vientre cuando Tristan cayó a su lado en la cama. La subida y bajada del pecho de él, el resonar en sus oídos, otra vez. Otra vez. Otra vez.

Pero antes…

—Hipotéticamente hablando, ¿de verdad crees que se puede acabar el mundo?

«No podrías culparme si lo hubieras visto». Le dijo Ezra cuando ella estaba grogui, medio despierta; le confesó sus pecados desde un lugar de compulsión. «No sé cómo explicarte cómo es el aspecto de la muerte. Cómo huele la devastación. Esa clase de oscuridad… y los cuerpos, cómo estaban… No tengo fármaco para esa clase de fallo. Lo que se siente al estar en un lugar desprovisto de vida… te aseguro que buscarías una forma de evitarlo. Si vieras lo que vi yo, tú también escogerías la traición».

Tristan soltó una risita con la respiración entrecortada y sacudió la cabeza.

—¿No he conseguido captar tu atención, Rhodes?

—Solo quiero saberlo —soltó, como una muñeca de trapo, flácida por la satisfacción.

—No... —Tristan espiró—. No lo sé. De verdad que no.

—Tú también lo has pensado —observó ella en silencio. No supo si sentirse traicionada.

No se sentía así.

A Tristan no pareció importarle.

—Atlas dijo que Dalton sería quien invocaría el vacío. Yo lo vería y Varona y tú seríais la llave de la puerta que yo podría abrir. —Una pausa cauta—. Pero para convencer a Dalton necesitamos a Parisa. —Eso también lo dijo como si ya lo hubiera considerado. Como si hubiera ya dejado que sus pensamientos vagaran en torno al nombre de Parisa—. Y a Reina también, para ocuparse de la producción de semejante cantidad de magia. Sin Reina, es posible que fallen muchos de los demás aspectos.

Libby sacudió la cabeza.

—Reina es solo una batería. Es un soporte. —Cerró los ojos y los abrió de nuevo—. Si tengo a Varona, podría hacerlo yo sola. —Giró la cabeza—. Y a ti.

Tristan se pasó la lengua por los labios, todavía sin aliento.

—Por definición, eso no es hacerlo sola, Rhodes.

—Solo digo que cuantas menos cosas puedan salir mal, mejor. Involucrar a Reina podría conllevar también a Callum. Y suponiendo que Atlas no haya plantado ya alguna clase de bomba telepática dentro de nuestras cabezas, la causa más probable de apocalipsis es que Callum decida interferir.

Tristan emitió un sonido suave de conformidad.

—Eso o que Dalton sea un megalómano que sigue dentro del armario. Supongo que sería un giro divertido de los acontecimientos que el objeto de los afectos de Parisa esté seriamente perturbado.

Los cuellos de camisa planchados y las conferencias académicas rígidas parecían pertenecer a un pasado distante, inimaginable, como un cuento para antes de dormir.

—Callum siempre ha sido un problema —continuó Libby con un murmullo. La diferencia entre lo teóricamente periférico y lo activamente peligroso parecía más marcada desde este lado de la cláusula de eliminación—. Y no está influyendo de forma favorable a Reina. Siempre podríamos...

Se quedó callada antes de decirlo en voz alta.

«¿Crees que era una asesina antes incluso de entrar en ese despacho?».

Tal vez lo era desde el mismo instante en el que aceptó que Callum muriera.

Tristan se movió a su lado.

—¿Has cambiado de idea, Rhodes? Pensaba que el confinamiento en una mansión era tu recurso provisional para el tema de la mortalidad.

—Claro que no. No me refería... —Calló—. Da igual. Es solo una hipótesis. Además, la cuestión es que no podemos llevar a cabo el experimento sabiendo que está destinado a fracasar. —Se puso de lado para mirarlo—. ¿Correcto?

Él la miró durante unos segundos con expresión ilegible.

—Solo es una puerta —dijo entonces y Libby resopló.

—Eso es como decir que la caja de Pandora es solo una caja.

—Es que es solo una caja. ¿Quién te dice que Ezra sabe siquiera qué vio o qué es lo que sucede para originarlo?

(«El mundo puede acabar de dos formas —le dijo Ezra—. Fuego o hielo. O el sol explota o se extingue. —Tenía las rodillas pegadas al pecho. Libby sabía que había sido un mal día porque lo conocía. Conocía a Ezra—. He visto las dos»).

—El tiempo es fluido —prosiguió Tristan—. La realidad está abierta a la interpretación. Si no, ¿para qué sirvo yo? Tiene que haber muchos pasos entre descubrir la presencia de otros mundos y borrarlo todo de la existencia. —Tristan se puso a musitar para sus adentros, pensativo—. El experimento es solo una caja —repitió—. El problema es lo que hay dentro de la caja.

Dentro de la caja o dentro de la persona desesperada por abrirla.

Libby se movió de nuevo con un suspiro y Tristan extendió un brazo para acomodarla a su lado. Libby se acurrucó y apoyó la cabeza en su vientre.

Contó las inhalaciones entre los dos. Alzó entonces la mirada y apoyó la barbilla en las costillas de Tristan.

Él tenía los ojos cerrados, un brazo bajo la cabeza, apoyada en el cabecero. Libby deslizó de nuevo el dedo por su cicatriz, pensativa.

Permanecieron allí tumbados en silencio tanto tiempo que el ritmo de la respiración de Tristan se apaciguó y profundizó. Se volvió apacible, casi soñadora.

—Tristan. —Libby tragó saliva—. ¿Confías en mí?

Notó que él se tensaba, la vena junto al bíceps se movía ligeramente en el brazo que tenía bajo la cabeza.

—Ya sabes la respuesta.

—Lo sé, solo pregunto.

—No deberías tener que preguntar.

—Ya lo sé, pero...

—Está hecho —dijo él—. Ya no tienes que sentirte culpable. Puedes dejarlo atrás. A menos que seas tú quien no confía en mí....

—Yo no he dicho eso. No lo digo por eso, es que...

La apretó más con el brazo que la rodeaba y se dio cuenta de que estaba pegada a él. Apartándose o juntándose. No estaba segura, pero sí sabía que él la estaba sujetando por una razón. Como si entendiera las cosas que la mantenían despierta por las noches y no la rechazara por las decisiones que ya sabía que tendría que tomar. La bondad que comprometería en pos de la grandeza si se diera el caso, porque la versión sin mácula de sí misma había desaparecido ya.

Sintió que Tristan la estaba mirando y tomó aliento antes de devolverle la mirada.

Tenía unos ojos preciosos. Enternecedores. La expresión de su rostro estaba cuidadosamente contenida y volvió a pensar en lo que le había dicho. «Puedes dejarlo atrás».

Lo que no había dicho. «Te perdono».

—Lo siento. —Lo dijo tan bajo que sangró de ella. Tristan la envolvió con los brazos con cuidado y dijo eso que la había conducido a su habitación, a su cama.

Lo que Belen Jiménez ya sabía, lo que Nico de Varona no comprendería jamás.

—No, no lo sientes —respondió Tristan y Libby cerró los ojos.

No. Espiró en silencio.

No lo sentía.

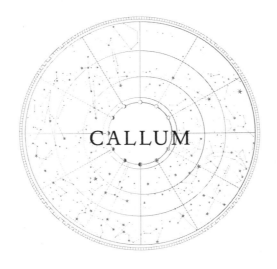

CALLUM

Martes, 19 de julio, 2:16 p. m.

Aléjate de mis hermanas.

¡Vaya! ¡Mira quién habla!

¿Tengo que entender un «o ya verás»?

No tengo que decirlo. Ya sabes a qué me refiero.

Hazme el favor y dímelo igualmente.

Muy bien. Aléjate de ellas o te mato.

¿En serio? ¿Por las medio hermanas con las que llevas años sin hablar?

Teniendo en cuenta tu historial, me parece poco probable.

No necesito un motivo, Nova. Lo esperas desde hace tiempo.

Callum levantó la mirada de la pantalla del teléfono, se topó con el olor a sudor rancio y comida de pub y le dio un sorbo a la cerveza clara inglesa con cierto aire de revelación.

—Bonito día, ¿eh? —le dijo a uno de los pequeños secuaces de Adrian Caine, que estaba detrás de la barra mirándole. («Pequeño» era un nombre claramente inapropiado, pues Adrian Caine prefería que sus asociados poseyeran más masa muscular que sentido común. Este, que se aseguraba de mostrar su pistola ilegal cada vez que Callum pasaba por el pub Gallows Hill, se llamaba Wyn Cockburn. Un brujo terriblemente pagado de sí mismo para alguien que tenía *cock*, pene en inglés, en el nombre, sentado allí, flácido y desenvuelto).

—Ah, Callum. —Alys Caine salió de la cocina y lo vio justo cuando sucedía algo en el partido de rugby que emitían en la televisión y una mesa cercana de brujos rugía—. No sabía que habías vuelto ya. ¿Estás buscando a mi padre? —Se acercó a la mesa de la esquina, donde se encontraba Callum.

—Solo me estoy tomando una pinta, señorita Caine, nada de lo que preocuparse. —Callum dejó el teléfono en la mesa y le dedicó una sonrisa, especialmente entusiasmado por su reciente éxito conversacional—. ¿Qué tal con la chica del vecino? —Bajó la voz a propósito. (Su amigo pene Wyn lo miró con un aire de propiedad, como si Callum se hubiera atrevido a jugar de forma descarada con uno de sus juguetitos).

—A pesar de tu revolucionario consejo de que, cito textualmente, sea yo misma, sigue sin saber que existo. Así que ya sabes, como siempre. —Alys se sentó al lado de Callum con un ruido sordo, con el aplomo de una adolescente.

Hablaba con el mismo acento que tanto se esforzaba Tristan por ocultar. (Qué curioso, pues era una pura delicia).

—No deberías de estar aquí —añadió Alys y señaló a Wyn antes de darle un sorbo a la cerveza de Callum. Este soltó una risita, apartó el teléfono a un lado y empujó el vaso hacia ella. Allys era mayor de edad, por supuesto, pero su padre (o, más acertadamente, los matones de su padre) tenía unas expectativas puritanas en cuanto a su comportamiento; con algunas de las cuales, también ella había sido demasiado explícita.

La franqueza de Alys con lo que respectaba a su vida sugería a Callum que la educación de la joven era muy diferente de la de su medio hermano mayor. Al contrario que Tristan, Alys tenía aspecto de alguien que no sufría amenaza alguna, que no necesitaba guardar bajo llave sus cosas. (Callum sospechaba que también tenía muchos menos moratones).

—Wyn no es exactamente fan tuyo —le advirtió y se llevó el vaso a los labios mientras Callum se deleitaba con los traumas del único hijo varón de Caine—. Y no creo que mi padre sea tan paciente contigo como afirma.

Ah, Callum era consciente de ello. Era imposible no ser consciente de los sentimientos de Adrian Caine al respecto, pues se parecía mucho a otra persona que conocía Callum y era incapaz de ocultar la naturaleza perenne de su desconfianza. Por desgracia, había muy pocos puntos que usar para aterrorizar a los hijos adultos de Adrian Caine. Si Tristan se hubiera mostrado más apasionado con sus antiguos amigos o con su prometida, Callum habría adoptado un estilo de vida distinto, pero había querido la suerte que los sentimientos más complejos de Tristan fueran sobre su pasado familiar y no podía decirse que Callum fuera incapaz de realizar una meticulosa investigación.

—De verdad que no me puedo imaginar por qué mi amigo Cockburn siente tanta oposición por mi presencia. —Callum guiñó un ojo a Wyn y se mordió el labio con lascivia. Una burla irresponsable, pero últimamente Callum reservaba muy poco tiempo al juego—. A fin de cuentas, estoy haciéndole un favor a tu padre al atraer al hijo al que ha estado siguiendo con tanta insistencia.

—Sí. —Alys hizo caso omiso de la mirada cargada de furia asesina y le dio otro sorbo, sin inmutarse, al vaso de Callum—. Pero mi padre tiene una forma de compartimentar entre las personas que no le agradan y las que le hacen favores… hasta que ya no siente la necesidad de hacer más distinción. —Se lamió la cerveza de los labios y le devolvió el vaso a Callum—. No crees que quiera matar de verdad a Tris cuando lo encuentre, ¿no?

Los intereses de las personas eran sumamente variables, en absoluto diferentes al líquido de color bronce de su vaso. Si Tristan vivía o moría a manos de su padre dependía de quién demostraba ser Tristan cuando Adrian lo encontrara. Callum, que tenía sus propias sospechas razonablemente bien infundadas al respecto, se encogió de hombros.

—Dímelo tú. Es tu padre.

Ella hizo una mueca.

—No tiene mucho sentido del humor, así que probablemente no sea una broma. Sin embargo —añadió con un toque de oportunismo—, no quiere decir nunca qué es lo que ha hecho Tris para enfadarlo. ¿Le ha robado o algo así? —preguntó, como si tal cosa pudiera ser interesante y, por lo tanto, acorde con el misterioso distanciamiento de su hermano.

Había estado preguntando variantes de esa misma cuestión a intervalos cada vez mayores en las últimas semanas.

—Eso es entre tu padre y Tristan —dijo Callum—. Yo no tengo libertad para desvelarlo.

—Eh... —Alys pareció procesarlo durante un segundo, y entonces le dio una patada en el tobillo a Callum—. Muy bien, fuera. —Al otro lado de la sala, Wyn se había acercado a uno de los otros sin apartar la mirada de los diferentes lugares donde podía recibir Callum una bala—. Y te lo digo como amiga.

Había un toque de canela y clavo tras su tono de voz, las especias subyacían en la calidez de la frase, como si le gustara que Callum pensara que lo decía en serio. A su edad, las chicas tendían a sentirse muy seguras en calidad de su hipocresía, a menudo por razones indebidas.

Así y todo, le siguió el juego.

—No le digas a tu padre que somos amigos —le aconsejó—. Tengo la sensación de que eso influiría de forma negativa en ti.

—Ya, a Bella tampoco le gusta —respondió Alys—. Opina que eres demasiado guapo.

—Tiene toda la razón —confirmó Callum.

—Sí, vale. Adiós. —Alys se levantó, le lanzó una mirada anárquica de sufrimiento y regresó al pasillo que daba a la cocina, por donde Callum imaginó que pasaría al despacho de operaciones de Adrian Caine y cumpliría su obligación como hija querida de Adrian.

Eso o se lamentaría en silencio por la chica del vecino, quien Callum sabía con certeza que no conocía la existencia de Alys, pero le parecía que decírselo era arruinar la mitad de la diversión de ser adolescente.

Ah, la juventud.

—Aquí estás. —Muy oportuna, Reina había entrado en el pub y miraba a su alrededor con furia—. En serio, ¿otra vez aquí? ¿Acaso deseas morir? —Señaló a Wyn con lo que le parecía a ella un inofensivo gesto con el ceño fruncido.

—Eso parece —coincidió Callum. Reina ocupó el lugar vacío junto a él, donde antes estaba Alys. Había sucedido algo negativo en el partido de rugby y por un momento interrumpió el telégrafo de amenazas de Wyn desde el lado opuesto de la sala—. ¿Qué pasa?

—Nada —contestó Reina con el ceño fruncido de nuevo.

—Claro que no, estás de un humor terrible. —Callum se terminó lo que le quedaba de la pinta, tomó el teléfono de la mesa y se lo metió en el bolsillo. Tenía que llegarle la inspiración para responder—. ¿Qué es? ¿Alguien ha intentado matarte de nuevo?

—Sí, otro trajeado. Lo he perdido a unas manzanas de distancia. —Miró alrededor con evidente desdén—. Tenemos que salir de Londres.

Callum negó con la cabeza.

—Pero no podemos, ¿no? Tenemos una obligación contractual con Adrian Caine hasta que cumpla mi parte del trato.

—Algo que ni siquiera estás intentando. —Lo fulminó con la mirada—. Le prometiste a Tristan, lo cual es, en esencia, como ofrecerte a venderle algo que ya no tienes. Estoy segura de que también es la esencia de lo que hacen ellos aquí —añadió con una mirada de desaprobación, casi como si se opusiera a ello a un nivel moral. Una escuela de pensamiento muy rhodesiana.

—Lo sé —afirmó Callum—. Soy un genio. —Se levantó y dejó un puñado de billetes en la mesa. Nunca había entendido la moneda británica y no pretendía aprender ahora—. Bien, ¿qué tenemos hoy en la lista de tareas pendientes? ¿Algún otro tumulto que haya que solucionar?

Reina no estaba escuchando, pues se había fijado en la renovada atención incansable de Wyn. Desafortunadamente, sus miradas no mataban, aunque Callum lo invitaba a intentarlo.

—¿Te ha contestado siquiera Tristan? —murmuró y lanzó una mirada al bolsillo donde Callum se había metido el teléfono—. Supongo que una vez que lo hayas hostigado lo suficiente, volverás a encontrar la energía para una hostilidad más productiva.

—Claro que no —la reprendió Callum—. Como bien sabes, la hostilidad no puede conocer su fin hasta que nuestros juramentos a la biblioteca homicida se hayan cumplido de forma adecuada.

—Vale, repasemos el plan entonces: ¿vas a enfadarlo lo suficiente para que acabe viniendo a por ti para matarte?

—No —le recordó él—, esta vez voy a ser un tanto menos piadoso y voy a matarlo yo primero. —Y la respuesta a su pregunta real era no, Tristan no le había contestado. En serio no, en cualquier caso. Aún no. Mientras tanto, Callum seguía reflexionando sobre su respuesta—. Por cierto, ¿le has contestado tú a tu misterioso benefactor?

Reina había sido receptora de un mensaje de un remitente desconocido unos días antes. No había informado a Callum del mensaje, pero él estaba íntimamente al tanto de sus emociones (y, además, ella tenía tendencia a dejar su teléfono en cualquier sitio). Callum había permitido que guardara el secreto un tiempo para mantener la paz, pero necesitaba entretenimiento mientras esperaba a que Tristan cediera a la tentación y entrara en el juego.

—Eh… —Reina lo fulminó con la mirada de nuevo, se sentía violada—. ¿Cómo sabías eso?

—No puedo creerme que tenga que ser yo quien te lo cuente, Mori, pero… —Se acercó más a ella y ladeó el cuerpo hacia la puerta—. En realidad, soy un miembro elitista de una sociedad secreta.

Reina lo empujó y tomó la iniciativa.

—No sé si te odio más cuando estás deprimido o cuando estás de buen humor —murmuró mientras salían del pub.

—Me encanta eso de nosotros. —Callum se despidió con la mano de Wyn al salir y le lanzó un beso antes de ponerse las gafas de sol y mirar otra vez a Reina. Al parecer, de nuevo se sentía obstinada—. ¿Has pensado entonces en una respuesta?

Reina tensó la boca.

—No tiene sentido. Al principio pensé que era… —Se quedó callada y apartó la mirada. Una mezcla de cosas con olor paternalista flotaba alrededor de su aura; libros viejos de piel, ofrecimientos misteriosos, la inalcanzable naturaleza de la validación personal. La huella patológica característica de Atlas Blakely—. Pero no.

Claro que no. Callum ya lo sabía, pues había guardado el número de teléfono de Parisa en la lista de contactos por si se ponía en contacto con él, pero como estaba de muy buen humor, decidió pasar por alto los protocolos básicos de comunicación personal.

—¿No deberías de estar contenta? —le preguntó con verdadera curiosidad—. Querías que Varona te valorara y ahora lo hace. Querías que Parisa te reconociera y ahora lo hace. Me da la sensación de que todo llega, Reina.

—Yo no he dicho que... —Le lanzó una mirada rencorosa que era una confirmación perfecta—. Mira, no me interesa retroceder —gruñó—. No voy a volver a la casa. Y en cuanto a Parisa... —Callum se estaba dado cuenta de que Reina tenía una mirada que parecía específicamente reservada para hincar los dientes alrededor del nombre de Parisa Kamali—. Ni siquiera dijo qué quería. Solo espera que yo cumpla sus órdenes sin hacer preguntas.

Algo evidentemente tolerable, observó Callum, cuando Reina pensaba que el remitente podía ser Atlas. Pero, de nuevo, se cuidó de no comentarlo.

—No parece propio de ella —musitó.

—¿Qué? Es exactamente lo que ella...

—No —la corrigió—. Me refiero a que no me parece propio de ella intentar algo que ya sabe que nunca funcionará, como pretender que hagas lo que ella quiere. ¿Qué decía? —Más allá de observar la existencia de los mensajes que había recibido Reina, había trazado la línea antes de leerlos. (Además, aún no había dado con su contraseña).

Como era de esperar, Reina empezó a murmurar una mentira.

—Soy perfectamente capaz de leer entre líneas...

—No lo eres. —Callum alzó la mano—. Dame el teléfono.

—Ya te lo he dicho. —Reina se volvió para mirarlo—. Da igual lo que quiera.

—Considéralo una cuestión de curiosidad profesional entonces. —Le hizo una señal con la mano tendida—. Dame.

Justo al decirlo, notó la presencia de un inconveniente, una distracción momentánea. Un cambio en el escenario que estaba previamente ocupado por la usual mezcla insípida de debilidad humana hasta que se vio dominado por una cosa en particular. Un tenue sabor parecido al regusto de la sangre.

—¿Por qué? —gruñó Reina—. ¿Para que puedas demostrar que estoy...?

Ahí estaba, de uniforme. De nuevo un agente de la policía. Un lugar muy adecuado para producir un complejo de inferioridad y demostrar la debilidad por seguir las reglas. Callum acercó la mano a la boca de Reina y ella se la mordió.

—Au, joder, Mori...

Incluso con el ardor en la palma de la mano, logró reunir cierto entusiasmo. Era suficiente para enviar al poli a cualquier otra parte, claro, incluso para convencerlo de que acudiera a Jesús o a quien quisiera Callum asignar su salvación ese día, pero últimamente había estado disfrutando de la capacidad de anular la naturaleza fundamental que tan a menudo tenía que usar como herramienta o como un mero punto de partida. Con Reina, en el mismo tiempo y sin un esfuerzo sustancial, podía reescribir el código de una persona desde cero. De pronto, este policía en concreto se quedó sin propósito y fue fácil de manipular. Callum hizo una o dos sugerencias: interésate por una tarea manual, vete a fregar baños o a plantar un pino, para variar. Además, ya por diversión, deja de votar al partido conservador, olvídate de las redes sociales y llama a tu madre.

Callum había sido siempre honesto con Reina en lo que respectaba a las limitaciones de sus poderes. Los había visto en acción, cualquier cosa que pusiera en movimiento no pararía necesariamente, pero casi seguro se deformaría. Las personas estaban fundamentalmente en un estado constante de autocorrección o autoafirmación, cambiaban o se tornaban más maleables dependiendo de lo flexibles que fueran en un principio. Lo que Reina quería era forzar a todos a una única nota armoniosa de sincronía; quería hacer que todos se preocuparan y, para crédito de ambos, Callum podía lograrlo. Él podía hacerlo a una escala enorme. Podía anular la naturaleza humana durante un tiempo... hasta cierto punto. Podía salvar vidas o acabar con ellas; podía mover los hilos a voluntad y hacer bailar a las marionetas.

Él podía hacerlo.

Pero también sabía algo sobre la falsedad de las ilusiones, el delgado revestimiento del camuflaje aparentemente compasivo que podía hacer que una persona pareciera preocuparse. No era lo mismo que tener la habilidad de hacerlo de verdad. Podía conferir a alguien una sensación, pero cómo actuaba con ella escapaba a su control a menos que permaneciera allí, monitoreando cada uno de sus movimientos.

Por ejemplo, su madre. Pudo hacer que deseara vivir en ese momento. No pudo hacer que lo deseara en todos los momentos que precedieran a su muerte natural. Así no funcionaban las emociones, ni así vivía la gente. La vida no era una cuestión de decir que sí en una ocasión importante, pero solitaria. La vida era una serie de levantamientos complicados que seguían a golpes imposibles. Vivir era experimentar un amplio espectro de cosas terribles, destructivas, pero con la frecuencia justa para que el deseo de tomar decisiones beneficiosas pudiera prevalecer.

Tal vez Reina no entendía la diferencia entre estas dos cosas, pero Callum sí, igual que comprendía que cambiar las afiliaciones políticas de un hombre que usaba una insignia para ocultar su naturaleza homicida era, en última instancia, tratar un síntoma de una infección incurable. No importaba cuánto jugase Callum a este juego, siempre perdería. Si no era este policía, habría otro. Siempre alguien lo querría muerto por su magia o por su personalidad, y esta segunda razón al menos era bastante defendible. Había muchas personas a las que otras matarían encantadas solo por su punto de vista. Solo para modelar el mundo de cierta forma. Esto no quería decir que Callum sintiera nada más que ambivalencia al respecto; se había beneficiado de esa actitud durante toda su vida y no le correspondía a él cuestionarlo, mucho menos cambiarlo.

No podías elegir quién te odiaba, quién te amaba. Nadie sabía mejor que Callum lo poco que podía controlar una persona en realidad.

—Dame el teléfono —dijo una vez que se había ido el policía por su persuasión. Reina se lo pasó, tan mohína como estaba Alys unos minutos antes a pesar de ser casi una década mayor que ella.

Callum abrió los mensajes, que eran pocos y apenas llenaban la pantalla. Arriba del todo había una conversación con un contacto sin nombre que claramente era Nico de Varona. Luego otro contacto desconocido, a quien reconoció por el prefijo del país como Parisa. Seleccionó esa conversación.

Te he visto en las noticias.

Tengo una idea mejor.

Después otros dos, de unas horas antes.

Es probable que Atlas vaya pronto a por ti. Confía en mí.
La Sociedad puede irse a tomar por culo, y todo el mundo.

Nos quedan cinco meses en el mejor de los casos. Úsalos o
piérdelos, Mori. Búscame cuando estés preparada para
hablar.

—Parisa ha llegado al límite de su paciencia —juzgó Callum. Le devolvió el teléfono a Reina—. Es una ofrenda de paz. Ya sabes que nunca ondearía una bandera blanca a menos que la situación fuera realmente grave.

Como esperaba, aunque resultara decepcionante, Reina no transigió.

—Puede arrastrarse hasta mí de rodillas, me da igual. No necesito que me diga lo que ella cree que estoy haciendo mal. —Se metió el móvil de nuevo en el bolsillo y miró a su alrededor, el grupo escaso de gente—. ¿Estaba solo el policía?

—Estamos bien por ahora. —El buen humor de Callum se había evaporado. ¿Había sido por el mensaje de Parisa? Normalmente, necesitaba la presencia física de una persona para poder evaluar de forma adecuada sus sentimientos, pero, no sabía por qué, lo sentía: la inmensidad de la pérdida que subyacía en su mensaje. «La Sociedad puede irse a tomar por culo, y todo el mundo».

Algo había cambiado para Parisa Kamali.

«¿Tienes en mente algo específico para mí?», le había preguntado Callum a la funcionaria de la Sociedad, Sharon Noséqué, la mujer que lo había citado en las oficinas alejandrinas para hablar sobre su futuro. No distaba mucho de las solicitudes de donación que seguía recibiendo de la Universidad Helenística, que llamaba constantemente a sus alumnos para que les informaran de su trayectoria y recoger así elogios para sus estanterías proverbiales. En este caso, la Sociedad quería saber: ¿tenía interés en la política o el liderazgo? ¿Quería expandir el imperio de su familia? Con todo lo que había aprendido, el privilegio del conocimiento que le habían proveído, ¿qué haría a continuación?

«Con sus habilidades, le recomendamos un cargo público, señor Nova», le dijo ella.

Fascinante. Preocupante. «¿Qué cargo?».

Sharon no respondió.

«Podemos agilizar el visado si prefiere quedarse en el Reino Unido».

«Ya sabe lo que puedo hacer. ¿Expondría a la población a ello? ¿A su propio país?», respondió él.

Callum sintió muchas cosas en su respuesta. Responsabilidad. Rencor. Todo el mundo era, principalmente, una cosa importante y la cosa importante de Sharon estaba tan alejada de él, tan distante, que ella era una de las pocas personas que lo miraría y de verdad no podría importarle menos.

«Señor Nova, seré muy clara con una cosa. Tengo un trabajo. Y su opinión sobre mi ejecución no es relevante para mi empleo».

Un hijo enfermo fue la suposición de Callum. Lo más importante en el mundo para Sharon, quienquiera que fuese. Comprendió que era malo. Lo bastante malo para sobornar su derecho a mirar el expediente de Callum y descartar las consecuencias. Probablemente, este empleo era lucrativo por las habilidades requeridas. Comparado con puestos similares, era posible que tuviera excelentes beneficios y una pensión muy buena. Posiblemente Sharon hubiera firmado un acuerdo de confidencialidad y con toda probabilidad portaría un encantamiento permanente de silencio. Callum se concentró un instante y entonces lo vio, había una diminuta marca cerca del borde de su camisa, un pequeño tatuaje. No le disgustaba guardar los secretos de la Sociedad. Eso era lo que le permitía llegar a casa con su… ¿hija? Sí, una hija que seguía con vida. Por ahora.

«La Sociedad puede irse a tomar por culo, y todo el mundo».

—¿Estás listo? —preguntó Reina con impaciencia.

Unas elecciones parlamentarias especiales. Sus mayores intentos hasta ahora de amañar los resultados y ofrecer a la humanidad una oportunidad de hacer algo humano. Reina probablemente quisiera conceder la victoria al partido que quería a los niños enfermos para beneficiar a Sharon. *De nada*, pensó Callum.

—Un segundo. —Sacó el teléfono móvil y pasó los mensajes de Tristan.

No necesito un motivo, Nova. Lo esperas desde hace tiempo.

Era de unos días antes. Callum había hecho varias fotos después, incluida una de él en el pub, pero no las había enviado. No lo hizo ahora. Escribió muy rápido y le dio a enviar, aunque no recibió respuesta en varias horas. Tal vez se estaba volviendo más poderoso en la distancia porque estaba seguro de que podía sentir la tensión. Las veces que sabía que Tristan abría sus mensajes solo para mirar el nombre de Callum hasta que, tras por lo menos una docena de ataques sapiosexuales, acababa rindiéndose.

Me alegro de que al fin lo estés entendiendo.

3:43 a. m.

¿El qué?

Que el destino siempre quiso que acabara con uno de nosotros.

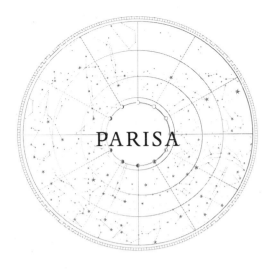

PARISA

Notaba un ligero zumbido en los oídos y se dio cuenta de que procedía de las luces blancas brillantes que tenía encima. Los pensamientos aquí no eran nada fuera de lo común tratándose de un lugar de trabajo. Alguien se había comido la ensalada de Denise y con toda probabilidad había sido Frank. Evelyn estaba de un humor de perros y Terrence necesitaba desesperadamente echar un polvo. ¿Podía creerse Stephen que la suegra de Maria no había muerto aún? Ven a ver este anuncio escandalosamente específico. (La tecnomancia medellana era tal maravilla que bien podría tratarse de telepatía).

—¿Señorita Kamali?

Parisa, sentada en la sala de espera, había oído a la mujer llegar, pero levantó la mirada con educación tan solo cuando ella le hizo partícipe de su presencia. Porque sí, era capaz de ser educada.

—¿Sí?

—Por aquí, por favor. —La mujer estaba muy distraída y sufría la tercera migraña de la semana. (Parisa la percibía). Su favorita era su hija mayor, Maggie, y su hija problemática la había tenido toda la semana sin dormir. Rosie era propensa a sufrir infecciones de oído, Georgie se había estado comportando mal en la escuela, a Georgie le gustaba morder. Sin embargo, no tenía sentido tener más deseos, pues todo cuanto deseaba la mujer era la salud de Maggie, solo la salud de Maggie—. Siento haberla hecho esperar. Me alegro de que haya tenido tiempo para venir.

Parisa tomó asiento a la mesa de la mujer. Se llamaba Sharon. La atención de Sharon pasó de Parisa al flexo que había en el borde de la mesa y Parisa calculó que Nico había estado allí unas semanas antes, tal vez meses.

—Bien —dijo Sharon y abrió una versión en papel del expediente de Parisa—. Como ya le he mencionado, la intención es que este sea un proceso colaborativo. —No era la primera reunión que tenía Sharon con un miembro del grupo de Parisa. Callum había estado aquí. Reina y Tristan no—. Comprendemos que es posible que tenga algunos objetivos laborales o personales que atender, y la cuestión es cómo podemos ayudarle a elevar su...

—No quiero asesoramiento laboral —la interrumpió Parisa—. Le duele la cabeza, no malgaste su tiempo. Solo estoy aquí porque quiero saber qué le ha pasado a Nasser Aslani.

Sharon le dirigió una mirada opaca.

—¿A quién?

Parisa notó cómo tensaba la boca y trató de no mostrarlo. Enemistarse con Sharon no haría que esto fuera más fácil.

—Nasser Aslani. Mi... —Carraspeó—. Mi marido.

El murmullo inicial de desinterés de Sharon se vio arrasado de pronto por un océano de pensamientos irritantes, incluida, aunque no únicamente, una visión de Parisa apuñalada por sus propios tacones. Era justo.

—Esta oficina no se ocupa de disputas domésticas, señorita Kamali. Si tiene algún problema con su marido...

—Hace dos semanas, Nasser me pidió que me reuniera con él. Le preocupaba que me hubiera metido en problemas. Sabía que había gente persiguiéndome, algo que supongo que también sabe usted. Pero no apareció. —Cruzó una pierna sobre la otra—. Nas no es de los que no aparecen. Le pasó algo y sé que tiene que ver con el ataque que ha perpetrado el Foro hacia mí. —O peor, aunque no iba a mencionar a Atlas. Aún no, mientras todavía necesitara que él perdiera. O ganara.

Sentía el dolor punzante de la migraña de Sharon como si la estuviera sufriendo ella misma.

—Señorita Kamali...

—Le duele la cabeza —repitió con voz entrecortada—. Su hija se está muriendo. No desperdiciemos el tiempo que no tiene.

Sharon se quedó mirándola.

—Sé que nos están siguiendo —continuó Parisa sin preámbulos—. Estoy muy segura de que el seguimiento se extiende más allá de los iniciados. Nasser es un medellano, estudió en la universidad mágica de Ammán. Sé que saben cómo encontrarlo. —Podía sentir las frágiles oleadas de despecho de Sharon, su desdén por los derechos que poseía Parisa, por la perfección de su piel, pero también había un poco de respeto, un ápice. No era suficiente para calificarlo de empatía, pero sí para constatar que las dos eran víctimas de un reloj que hacía tictac.

Esto era lo máximo que había hablado Parisa de Nasser en años, y posiblemente no hacía falta un lector de mentes para saberlo.

—Solo dígame dónde está —pidió—, y yo le daré la respuesta que necesita escuchar para cerrar el caso. Trabajo hecho.

Sharon estaba mal pagada, era obvio. Era una profesional consumada. No suspiró, ni siquiera parpadeó antes de volverse hacia la pantalla del ordenador que ni siquiera tenía en la línea de visión. Hizo clic en un par de cosas, frunció el ceño (de primeras tuvo un acceso denegado, Parisa no necesitaba leerle la mente, vio el destello rojo reflejado en las gafas de Sharon) y entonces lanzó una mirada a Parisa antes de teclear la contraseña (el cumpleaños de Maggie) y hacer clic en otra cosa.

Parisa la vio, su respuesta, antes de que Sharon hablara.

—Mierda —exclamó al mismo tiempo que Sharon dijo:

—Lo lamento.

Parisa se levantó; deseaba ser Nico de Varona. Deseaba poder romper algo y reírse y marcharse.

—Ha sabido dónde mirar —señaló un momento después, tras reorganizar sus pensamientos. El remordimiento se instaló con pesadez en su pecho, pero tendría que esperar—. Ha sabido dónde mirar cuando la base de datos le ha denegado el acceso.

—Tenemos constancia de las amenazas contra sus vidas —respondió Sharon a la acusación tácita de Parisa. Sharon estaba pensando ahora en otra cosa, en empatía tal vez, en compasión. No le desagradaba Parisa. Qué maravilloso para las dos—. Tenemos archivos de los miembros de su familia y asociados conocidos.

Parisa pensó en la familia de Libby, en su madre y su padre y el fantasma de una hermana. La madre de Nico, que le había enseñado a bailar, su tío, que le había enseñado a pelear. La familia de Callum podía arreglárselas sola, merecía una investigación, y cualquiera que supiera algo era consciente de que ir tras la familia de Tristan era una pérdida de tiempo. Reina probablemente apuñalaría a sus padres si es que no lo había hecho ya.

—¿Alguien más ha...?

Otro clic con el ratón de Sharon.

—Ha habido una posible brecha que concierne a una criatura, pero no somos capaces de rastrearla. El padre y las hermanas de Tristan están bien protegidos. La familia Ferrer de Varona es amiga de su gobierno y privada por naturaleza. Los Nova...

La voz de Sharon se apagó, se disolvió en el rugir de la sangre en los oídos de Parisa. No sabía qué hacer con semejante cantidad de tristeza en su vientre, este globo de ira en el pecho. Normalmente no se permitía sentir nada de esto, esta amargura, esta rabia enfermiza. No tenía ninguna finalidad, era infructuosa, inútil. Parisa no era la clase de persona que podía permitirse mostrarse ineficiente. Cada pensamiento en su cabeza era poderoso, cada momento de su tiempo era algo por lo que otros matarían por tener. ¿Qué era la rabia sino prender fuego a la posibilidad de claridad? ¿Qué hacía la furia aparte de nublar el juicio?

Pero ahora... Ahora Parisa Kamali estaba sumamente enfadada.

—¿Cómo lo sabían? Lo mío. Lo de Nas. —*No importa. No importa cómo*, dijo el cerebro de Parisa con voz calmada, inútil—. ¿Ha sido el Foro?

—Sí, eso creemos. Un cuerpo especial, probablemente, algo que se ha formado en privado, pero con el Foro al mando. —Atlas, pensó entonces Parisa. Esta era la cagada de Atlas. Era culpa de él, él mismo lo había admitido. Ese hijo de puta. Aunque no viniera a por Dalton... aunque no viniera a por Parisa, pensaba matarlo ella—. Parece un movimiento táctico —continuó Sharon—, posiblemente una operación de la inteligencia. He de entender que su marido eligió no cooperar.

Ah, por supuesto. Algo se disipó de la mente de Parisa, o apareció. Daba igual. No podía haber sido Atlas, él la conocía demasiado bien, él habría sabido que hacer daño a Nasser no conllevaría ni el más remoto beneficio para él. Por supuesto, era alguien infinitamente más estúpido por un motivo ridículo, sin sentido. Absurdo. Porque, por supuesto, se trataba de una persona americana o británica que había decidido, por sí sola, que Nasser era peligroso... eso era, por supuesto.

Irónicamente, la rabia era demasiado intensa para soportarla en ese momento, demasiado cerebral. Se le quedaron las puntas de los dedos dormidas.

—Siempre pensé que habría tiempo —comentó y le dieron ganas de reírse—. Pensaba que llegaría un día en el que por fin encontraría la forma de contarle lo que él me había hecho. De explicárselo de un modo que pudiera comprender. Era muy joven, él no tenía derecho a...

Apartó la mirada al darse cuenta de que seguía en medio de la oficina.

Siguió hablando de todos modos, porque una vez que había empezado, ya no podía parar.

—Necesitaba ayuda y sabía que él iba a ayudarme, lo necesitaba y sabía que me diría que sí. Pero no estuvo bien, lo que él quería de mí, que me hiciera sentir que le debía algo. Sé que era bueno, sé que era amable, pero no era justo, no era lo correcto. No era... amor, no podía serlo. —Respiraba con dificultad, como si hubiera estado corriendo. O llorando.

Sharon se quitó las gafas y se quedó mirándolas antes de ponerse a limpiar una lente. Parisa quería darle las gracias por la indignidad de su acto. El recuerdo necesario de que el mundo no giraba en torno a su dolor.

—Bueno. —Parisa volvió con cuidado a la silla y se alisó el vestido—. Lo que es justo es justo. Me ha dado lo que necesitaba, ¿qué necesita de mí?

Sharon observó el par de lentes en su mano otro momento antes de llevarse las yemas de los dedos a los párpados y presionarlos. Ah, sí, el dolor de cabeza.

—Lo siento —dijo Parisa y se inclinó hacia delante—. Deje que...

Extendió el brazo. Sharon se resistió, pero Parisa hizo caso omiso. Presionó una mano húmeda en la frente de la mujer y la giró como si fuera una cerradura. Los receptores del dolor eran fáciles de engañar. El dolor regresaría si Sharon no dormía suficiente, algo que no iba a hacer, pero era mejor que no lo hiciera. Sería un desperdicio debido al poco tiempo que le quedaba a su hija.

—¿No hay esperanza? —preguntó Parisa en voz baja—. Para Maggie.

Si Sharon estaba molesta por la invasión de sus pensamientos, no lo mostró. Se limitó a negar con la cabeza.

—Hay un ensayo clínico mágico nuevo —respondió con los ojos cerrados—. Es en Estados Unidos. Pero la han rechazado.

—Seguramente sea muy difícil elegir a qué pacientes pueden ayudar. —Parisa no había retirado aún la mano. Le sentaba bien resultar de utilidad. Por un tiempo, probablemente sin ningún fruto, y, sin embargo, extrañamente calmante. Era como tener un lugar donde soltar la rabia y descansar—. El cáncer es impredecible. La biomancia no es tanto una ciencia, más bien un arte. Mutaciones como esas son...

—Nothazai es biomante —dijo Sharon y tomó a Parisa por sorpresa. Suponía que no estaba prestando atención, pues estaba usando un órgano desentrenado de su pecho en lugar de su magia o de sus pensamientos—. Él es el presidente de la junta directiva del Foro —añadió, aunque Parisa sabía quién era Nothazai y no vio en un primer momento la relevancia—. Fue considerado para reclutamiento alejandrino, pero lo rechazaron. Eligieron a alguien que podía difundir la enfermedad de forma vírica en su lugar. —Sharon abrió los ojos.

¿Era eso... rencor? ¿Contra el Foro o la Sociedad? Parisa comprendió la precariedad de su posición, la expectación plausible por este momento de vulnerabilidad compartido. Era muy consciente de las transacciones sociales, de la expectación de dar que seguía a cada recepción. Esto era lo que surgía de los sentimientos, que siempre habían sido un desperdicio.

—Si cree que hay una cura en los archivos, en alguna parte... —Parisa hizo una pausa—. El problema es institucional. Es codicia. La incapacidad de separar la existencia humana de la necesidad de provecho. Aunque existiera una cura para Maggie en la biblioteca...

—¿Cree que culpo a la Sociedad? ¿O a usted? No es el caso. —Sharon se apartó y lanzó a Parisa una mirada dura de odio repentino—. ¿Cree que estoy enfadada con el capitalismo? —preguntó con un tono de condescendencia que Parisa no supo analizar, lo que provocó en ella un breve cortocircuito—. ¿Cree que no me iría voluntariamente a la bancarrota, vendería mis propios órganos si con ello mi hija pudiera tener aunque solo fuera un día más de vida en esta tierra? No se trata de lo que la magia no puede hacer por mí, ni de lo que no hará Nothazai. La cuestión ni siquiera es qué haría yo que no hicieran ellos. No es la injusticia, señorita Kamali, o Aslani, o quien narices sea en realidad... es la absurdez. —Era todo nítido, como un hechizo bien articulado—. Es el privilegio que tuve de poder conocerla siquiera, algo que usted nunca tendrá. El hecho de que seré una de las pocas, muy pocas que oigan el sonido de su risa... Es criminal. Y lo siento por todos ustedes —concluyó con una honestidad tan inquebrantable, tan ausente de fines ocultos que Parisa no sabía cómo sentirse excepto menuda—. De un modo que nunca conocerán.

Parisa no entendía los pensamientos de la mente de Sharon. Los podía ver, sentir, saborear las lágrimas calientes que formaban un agujero en la garganta de Sharon, pero no les encontraba el sentido. Era demasiado, era todo de golpe.

La persona más peligrosa de la habitación. Estuvo a punto de echarse a reír.

—Voy a añadir a su expediente que va a considerar un emprendimiento empresarial —indicó Sharon de forma abrupta, el ruido de sus pensamientos aumentó hasta convertirse en una tremenda lucidez enfocada a llevar a cabo su tarea. Tecleó rápido en el teclado y devolvió entonces la atención a Parisa tras cerrar el archivo con su nombre—. Le haremos un seguimiento en un año más o menos. Le deseo toda la suerte hasta entonces.

Parisa salió de la oficina poco después. Entró en una cafetería y se sentó a solas, con el teléfono todavía en la mano. Marcó un número y escuchó en silencio mientras daba tono tras tono.

—¿A quién llamas? —Dalton se sentó frente a ella.

—A nadie. —Apartó el teléfono—. Nas está muerto. El Foro lo ha matado. —Pensó en cuán pública sería esa noticia, cómo la difundirían. Si lo considerarían un criminal por su asociación con ella.

—¿No era un naturalista? —Dalton había pedido bebidas para los dos, un capuchino para ella y un té para él. Formaban una imagen muy pintoresca. Una pareja de amantes clandestinos sentados en una cafetería tan cerca que los tobillos de ella rozaban la pernera de los pantalones de él—. Menuda pérdida.

Menuda pérdida.

—Sí.

Alguien que había cerca le estaba mirando las piernas a Parisa. Esta le dio un sorbo al capuchino y miró después a Dalton. Se le veía repuesto, había dormido y se había duchado. Se enfrentaba al mundo con un propósito. Envidiaba eso, lo necesitaba.

—¿Qué haría Atlas? —preguntó.

Si Dalton se sorprendió, no dio muestra de ello. Se encogió de hombros.

—Ya sabes qué haría.

Destruir el mundo.

No, no era eso, ¿no? No era así. El mundo era el que estaba muriendo, o tal vez ya estaba muerto. Tal vez era como Maggie... las palabras en la pared, el dolor y la pérdida inevitables. Lo que había hecho Atlas era mucho más proactivo.

Reunir todas las piezas. Decidir un plan. La respuesta no era destruir el mundo.

Era crear uno nuevo.

—¿Qué necesitas? —preguntó Parisa.

—Ya te lo he dicho. A los dos físicos y a la batería. Y al otro para que navegue.

—Es muy incómodo que no los llames por sus nombres. —Exhaló un suspiro.

—Vale, perdona. —Dalton soltó una risotada—. Tristan Caine —dijo con tono claro— es ineludible. Él es el único que puede capitanear el barco, por así decirlo.

Parisa asintió, no le sorprendía.

—¿Estás seguro de que no necesitas a Atlas?

—Atlas te necesita a ti. No confía en sí mismo.

Dalton había esquivado la misma cuestión antes, pero, como de costumbre, Parisa no vio nada alarmante ni críptico en su vorágine de pensamientos. Lo notaba tan clínico como todo lo que solía hacer o decir, más que otras cosas que habían hablado recientemente.

—¿No confía en sí mismo para qué?

—Para... evaluar la situación. Para leerla, para entenderla.

—¿Qué hay que entender? No soy física.

—No es eso. No te necesita por la magia. Te necesita por... por claridad, por... —Dalton frunció de pronto el ceño, frustrado. Parisa reconoció una versión antigua de él en ese movimiento; un Dalton más joven que aporreaba el muro de un castillo—. Atlas Blakely ha diseñado el código —buscó con esfuerzo el vocabulario adecuado—. Ha encontrado las piezas y ha construido el ordenador. Pero no puede hacerlo más, ha perdido la objetividad. Teme que el algoritmo esté equivocado.

Los pensamientos de Dalton se nublaron. Era una metáfora, claro, pero Parisa no captaba del todo el propósito. No era un buen día para ella, intelectualmente hablando. Nada parecía tener sentido.

—¿Qué?

—Está ejecutando demasiados programas al mismo tiempo. Necesita a alguien que pueda probar y depurar. Alguien que sea el humano.

Puede que fuera la pérdida de su esposo o la conversación con Sharon o la inútil sensación de envidia a siete mesas de distancia por los zapatos ridículamente caros de Parisa, que le hacían daño en los pies. Tal vez siempre había estado tan enfadada; quizá ahora que era consciente de ello, nunca volvería a no ser consciente. Era posible que ahora fuera tan estúpida siempre, algo que se merecía, francamente.

Sintió una fuerte molestia que la hizo descartar su incapacidad de comprender el argumento de Dalton.

—Entonces estás diciendo que no necesitamos a Atlas —dijo con brusquedad—. ¿Es eso?

—No, no lo necesitamos. —Dalton parecía aliviado por dejar de lado sus esfuerzos anteriores—. En todo caso, Atlas es la debilidad de todo el diseño.

—De acuerdo. —Parisa se detuvo y escribió un mensaje en el teléfono, después un segundo y un tercero. Intentó decidir cuál sería el proyecto más largo. (Nico estaba encantado de saber de ella, por supuesto, estaba de vacaciones junto al mar por el momento, pero la llamaría después, besos. No esperaba una respuesta de Reina y cuatro días más tarde seguía sin recibir ninguna. Pero no pasaba nada por ahora, tenía tiempo; fue Dalton quien vio a Callum en el fondo de dos conferencias de prensa junto a la imagen de las mismas botas negras y una sudadera, por lo que no había que ser un genio para entender que Reina había estado practicando durante el último año. Si Parisa sabía una cosa de la gente, era que decepcionaba y Reina pronto se decepcionaría. Cuando sucediera, sabría cómo encontrarla).

La respuesta de Tristan, sin embargo, fue instantánea y sorprendente.

Tristan está en la ducha, soy Libby. ¿Dónde quieres quedar?

INTERLUDIO

DEUDAS

Para ser del todo claro, Atlas Blakely no quiere destruir el universo. Simplemente no quiere existir en este.

★ ★ ★

La cuestión no es si el mundo puede acabar. No hay duda de que puede, de que lo hace todos los días, en una gran multitud de formas sumamente individualizadas que van desde las ordinarias hasta las bíblicas. La cuestión tampoco es si un hombre es capaz de acabar con el mundo, sino si este hombre y si esta destrucción es tan inevitable como puede parecer. ¿Cuál es el problema? La constancia del destino. La liquidez de la profecía. El problema es la teoría de la relatividad de Einstein. El problema es el viaje en el tiempo en un circuito cerrado. El problema es Atlas Blakely. El problema es Ezra Fowler. El problema es la invariabilidad del hilo particular del multiverso en el que Ezra y Atlas se encuentran.

El problema es que Ezra Fowler era goloso y tenía un problema con los refrigerios. La costumbre de tararear las mismas canciones pop insufribles mientras pensaba. El problema es que dejaba una fina capa de crema de cacahuete en todas las páginas de las notas incomprensibles de Atlas. El problema es Ezra, que tenía una mente inusual porque no se sometía al tiempo lineal y a menudo no sabía qué día era. El problema es que mordisqueaba los bolígrafos de Atlas y de vez en cuando se quedaba dormido en el filo de la cama de Atlas, como un sabueso fiel, y no entendía la idea de llamar a la puerta. El problema es que Ezra Fowler tenía terrores nocturnos y alergia al polen. El problema es que leía todos los libros de las estanterías de Atlas y dejaba sus propias notas en los márgenes. El problema es que a Ezra se le daba bien el backgammon; podría haber jugado al tenis de mesa de forma profesional en otra vida menos atípica. Era adicto al café de filtro y solía enfriársele el té. El problema es que era imposible razonar con Ezra antes del mediodía y, en ocasiones, después de la cena. Que no se preocupaba por cosas como la sutileza al hablar. Que era un torpe social y a menudo estaba brillante y mordazmente enfadado. Que era brillante y miserable y de fácil asombro, y semejante curiosidad era infecciosa y encendió una cerilla en las partes más ligeras del alma de Atlas Blakely.

El problema es la tendencia humana latente a crear un avatar de una persona en nuestras mentes, formarlo a partir de los sesgos de nuestros recuerdos hasta que el fragmento de ellos en nuestras cabezas se vuelve más simplificado y más inadecuado con el tiempo.

El problema es que a veces, cuando Atlas miraba a Ezra Fowler, se veía a sí mismo, como si mirara un espejo que le mostrara sus mejores cualidades y nada feo. El problema es que no era romántico, ni platónico, ni fraternal.

El problema es que parecía más alquímico, la sensación de haber conocido a la persona con la que quieres hacer magia durante el resto de tu vida.

El problema es que a veces, cuando Atlas miraba a Ezra, solo veía un final; alguien al que acabaría perdiendo de forma inevitable.

Porque es imposible quitar de la ecuación del problema el núcleo fundamental de la verdad, que es que Atlas Blakely quería a Ezra Fowler y era querido por él, y que convertirse en enemigos mortales es, desafortunadamente, una de las consecuencias plausibles de querer y ser querido de este modo.

* * *

Fue primero idea de Ivy. A partir de ahí, Atlas no supo si estaba ocurriendo de forma simultánea en las mentes de los demás o si se había expandido víricamente, como solía hacer Ivy. Era muy pragmática, algo comprensible, pues era en esencia el equivalente a un genocidio andante y parlante. Su deducción tomó lugar en silencio, de forma nada memorable, como si algo así pudiera olvidarse. Atlas no sabía quién le había dado la pista de que uno de su grupo tendría que morir, o cómo lo había sabido ella (su teoría era que había sido Neel, quien poseía una habilidad especial para ver una parte esclarecedora, si no la más comprensible, de la imagen) o si el ímpetu del pensamiento había sido derivado interna o externamente. La propiedad de las ideas era difícil de cuantificar en circunstancias normales. La materialización repentina de «tal vez debería de morir el rarito y no yo» podría haber provenido de muchos lugares. Mas llegara como llegase, lo importante es que llegó.

La instalación, para la que avisaron a los enemigos de la Sociedad de la fecha de la llegada de los nuevos iniciados, no fue una práctica personal de Atlas. Él y su grupo de reclutas de la Sociedad tuvieron también su propia instalación, que en aquel momento consistió en un ataque crudo y temprano de James Wessex, varias operaciones militares especiales y un predecible puñado de matones del Foro. El grupo de Atlas, que carecía de la capitanía de dos físicos lo bastante amigables en su rivalidad para actuar en conjunto como estrategas, se separó y actuaron todos solos. Fue Atlas, que estaba solo en el salón, quien sintió que la presencia de Ezra Fowler desaparecía.

Con el tiempo, no habría nada que Atlas disfrutase más que elaborar estrategias con Ezra Fowler, quien era inteligente y culto, y estaba bien entrenado en múltiples especialidades como no lo estaban la mayoría de los medellanos. Ezra se llamaba físico a sí mismo, y lo era, probablemente, aunque también podía elaborar ilusiones bien y tenía una mente aguda para lo teórico y lo arcano. Era muy discreto, pero no hasta el punto amenazador. Más bien privado y profundamente introvertido. Su don en la vida era parecer insignificante, lo que en una casa llena de excepcionalidad era más bien una sentencia de muerte. Algo que, por entonces, ni Atlas ni él podían saber.

Así pues, en la noche de su instalación, Atlas descubrió dos cosas: que Ezra se oponía a la pérdida de una vida, que haría cualquier cosa para evitarlo; y que si él, Atlas, no hubiera adivinado o intuido que Ezra se había movido en el tiempo y en el espacio, Ezra no se lo habría contado. Ezra se asustaba con facilidad, siempre nervioso de una forma sobrenatural. No le gustaba perturbar las cosas: el silencio, la paz, la paradoja del espacio-tiempo, ninguna situación en la que se permitiera sentirse cómodo, lo cual hacía con un consciente sentimiento de fatalidad.

—Por como lo veo yo —le dijo una vez a Atlas, o al menos eso recordaba Atlas—, la vida tiene la capacidad de ser muy larga y las peores cosas son inevitables. Así que, ya sabes, bien podríamos robar el banco.

Poco después, Atlas y Ezra experimentaron con alucinógenos y empezaron a modelar el mecanismo de física de partículas para la inflación cósmica que más adelante conocerían como el Plan Siniestro de Atlas Blakely. No se lo contaron a nadie, es lo que les pareció bien en ese momento. Hasta que Atlas se dio cuenta de que Ivy sospechaba que Ezra no poseía magia suficiente para atarse los cordones.

(Para ser claros, esto no era culpa de ella. Ivy Breton, como se ha mencionado con anterioridad, corría mayor riesgo de resultar eliminada por el grupo desde un punto de vista filantrópico y humanitario, que es por el que Atlas sentía predilección como persona de creencia generalmente utilitaria que era. La línea particular de biomancia de Ivy —enfermedad vírica— era una producción de magia explosiva e incomparable que no era tan útil como poderosa. Una interesante conversión de los dones de Reina Mori, pero obviamente esta no es una cuestión que requiera una contemplación actual. Solo una especie de cosquilleo silencioso).

Después de Ivy, Folade fue la siguiente. A ella no le gustaba Ivy, pero tampoco le gustaba Atlas y Ezra le disgustaba todavía más. Neel, el idiota de Neel, sudaba por ello, pero tenía tendencia a dejar las cosas a lo divino, lo que, en este caso, era a los otros cinco. Atlas no descubriría hasta muchos años más tarde lo que pensaba Alexis sobre todo esto y por entonces sería ya demasiado tarde para que importara. Pero Atlas era un buen amigo y un mejor mentiroso para ocultar la naturaleza de la verdad, que era que Ezra había sido elegido por los demás para una de entre dos opciones malas: la muerte o, más bien, el asesinato.

O había para este joven atrevido, inteligente y cobarde, una oportunidad adicional, la de engañar a las autoridades, engatusarlas y derrocarlas poco a poco en favor de dos casi hombres un tanto drogados que opinaban que el asesinato estaba mal.

Así, entre la espada y la pared, surgió la posible tercera opción, la de viajar en el tiempo.

(El problema, por supuesto, es Atlas Blakely. El problema es su tendencia a creer que él es más inteligente que los demás, mejor, más rápido, más preparado, cuando en realidad lo que es él es la hoja de respuestas sin escuchar de verdad las preguntas. El problema es su necesidad de ser así, de confundir la telepatía con la sabiduría, o peor, con el entendimiento. El problema es también el dinero, más concretamente el capitalismo. ¡El problema es el conocimiento robado! ¡El problema es el colonialismo! ¡El problema es la religión institucional! ¡El problema es la codicia empresarial! ¡El problema es que poblaciones enteras renuncian a un trabajo equitativo por el auge fugaz de los bienes de consumo baratos! ¡El problema es generacional! ¡El problema es histórico! ¡El problema es el inglés! El problema es...).

—Bien —dijo Ezra.

(—¿Lo has matado de verdad? —preguntó más tarde Alexis, en privado, después de que los otros hubieran aceptado ya que la explicación que había dado Atlas era verdadera. Algo fácil, pues no había razón para cuestionar algo que todos deseaban creer con desesperación. No más asesinatos, solo libros. Un alivio colectivo embriagador, excepto por los escrúpulos ambivalentes de una necromante—. ¿No era tu mejor amigo?

—No hemos venido aquí a hacer amigos —fue la respuesta de Atlas—. ¿Y qué otra cosa podría haber hecho si no matarlo? ¿Esconderlo en los armarios?

—Ajá... —murmuró Alexis, quien, a pesar de la evidencia telepática, afirmaría más adelante que lo sabía, o que al menos lo sospechaba. Estaba moribunda en ese momento, así que Atlas le concedió el beneficio de la duda.

—¿Qué te ha hecho pensar que es una mentira? —preguntó Atlas.

—Que no me has pedido que lo resucite —respondió ella).

Así pues, en esencia, lo que comenzó con Ivy tuvo consecuencias irreversibles, una con la que Atlas volvería a encontrarse una década después y de la que aprendería tras usarla para su beneficio. Era inevitable, esa chispa inicial, nacida de un lugar de defensión y ambición, y una codicia noble, si algo así era posible. Matar al débil, matar al peligroso, no importa tu particular escuela de pensamiento. Siempre puedes encontrar un motivo. Una vez que la idea de la muerte se vuelve necesaria, agradable incluso, siempre existe alguien que el resto del grupo puede soportar perder.

★ ★ ★

La primera vez que Ezra se reúne en secreto con Atlas, cinco minutos después de su huida, que también es pasados cinco años de su muerte impostada, Neel ha muerto ya tres veces, Folade dos y, como método de experimentación, Atlas y Alexis están dejando muerta a Ivy, solo por si eso place durante un tiempo a los archivos. Lo que Erza lee de manera incorrecta en la postura de Atlas como una continuación de su anterior arrogancia es un nuevo y al mismo tiempo viejo mecanismo de superación nacido del pánico, la arrogancia y los últimos vestigios de la juventud. En ese momento, a unos minutos de distancia de la decisión que ambos han tomado de hacer que la Sociedad se postre ante ellos, Ezra sigue queriendo a Atlas, y Atlas quiere lo bastante a Ezra para ocultárselo. La tormenta se avecina y acabará convirtiéndose en un error crítico y en una verdad que lo abarca todo.

Sabe que quieres preguntarle. Adelante, hazlo. Al saber lo que sabe, lo que tú sabes, seguramente ahora Atlas comprenda la historia que ha estado contando. Te habrás dado cuenta de que aún no ha hecho el anuncio de que lo que Ezra Fowler predijo no puede salir a la luz. Por lo tanto, si Atlas sabe ya lo que está intentando parar, si él mismo no hace nada para negarlo, entonces seguramente Atlas entienda que es un villano.

Bien, Atlas es entonces el villano. ¿Ya estás contento? Claro que no. Porque en la vida no hay villanos de verdad. Ni héroes de verdad. Solo queda Atlas Blakely para ajustar cuentas.

★ ★ ★

Cuando Atlas Blakely conoce a Dalton Ellery, ya sabe que todo en el universo tiene un precio. Él mismo te ha contado esto al justificar el precio que les ha pedido a otros que paguen, que él mismo no ha pagado. Porque entiende el significado del sacrificio y, por consiguiente, comprende lo que es gratis y lo que se puede crear de forma espontánea.

Que es lo mismo que decir: nada.

Que es una forma de decir que Atlas Blakely sabe lo peligroso que es Dalton Ellery, pero cuando se le ocurre esa idea, la deuda de su vida ya ha sido adquirida y ya es demasiado tarde.

DALTON

Estáis entrando en el ciclo de vuestra propia destrucción, la rueda
De vuestra propia fortuna. Roma cae, todo

Se derrumba. Límites, propósito, jaulas, respaldos, muros,

Algo que entra en movimiento no

—¿Parisa? —Parece más pequeña cuando duerme

Vuestras cenizas serán los escombros de la caída Somos esas cosas / Los
sueños están hechos de / el pasado es el prólogo, Detente. Es mi culpa

Dalton, ¿me estás escuchando? Tienes que ser quien viva, Algo que entra en movimiento no

Viviana Absalon, cuarenta y cinco años, mujer clasificada de forma
errónea como mortal

Para ya el pasado es

Prólogo: algo que aprendí hace mucho, no todo lo que traigo a la vida
permanece vivo

Un portal de esta magnitud, una producción de esta potencia, no puede
venir de la nada,

—Parisa, necesito contarte algo…

No siempre es capaz de recordar, viene y va, lo tiene en la punta de la
lengua, ah, sísí, ahí está.

No puede prometer que no haya muerte dentro del vacío, casi de inmediato otro pensamiento: cuál es la cuestión

¿La gente bendecida con la longevidad suele atraer a las fatalidades? (¿La
magia solo da cuando puede quitar?). Es esto una ley tácita de la naturaleza
o es prueba de

La otra mitad de su destino, una imagen reflejada de su alma, no es romántico

¿Si no lo intentamos? Un fin para el hambre, la finalización de un ciclo, Roma cae, todo

Entra en movimiento no

Detenme, alguien tendrá que hacerlo, tendrá que

No lo entiendes, quiero mucho esto, cuéntame la verdad Dalton la verdad es

¡¡¡¡¡DestruirDestruirDestruir!!!!!

«Mira, Atlas, cuando todos los archivos decidan darme un libro universitario de física de 1975 creo que podremos decir con seguridad que hay un problema con los cálculos».

... ¿algo así es demasiado poder? Sí ah Dalton sí pero es demasiado

Tarde, se estira en sueños pero no se despierta —¿Parisa?

Abre los ojos. Ella suele estar de mal humor por las mañanas, él está cachondo, ¿qué estaba diciendo? Todo está fragmentado, últimamente es imposible aferrarse a

Un único pensamiento: *Quiero construir mundos contigo.* No es amor exactamente, es algo muy similar, simetría, como encontrar un reflejo de su alma, la otra mitad de su destino. Ella parece preocupada, un poco, pero distraída, demasiado distraída para notar que él no puede

Díselo, díselo ahora, nada es creado ni destruido, piensa lo que significa eso...

Halla un uso para su boca, una reina merece un trono, sísísí ahí es piensa o posiblemente recuerda,

La energía no se puede crear ni destruir; por ningún proceso espontáneo, la entropía del universo aumenta; escucha a tu maldita cabeza no digo cosas como estas por mi salud

¿Cómo arruinar la vida de un hombre? Fácil, dale cualquier cosa que

Quiere contarlo algo, la advertencia sobre esto, hay que recordar algo, algo,

Hay que recordar, Dalton, que algo que entra en movimiento no

(El suspiro de ella en su oído) Dalton por favor no

Para.

III

ESTOICISMO

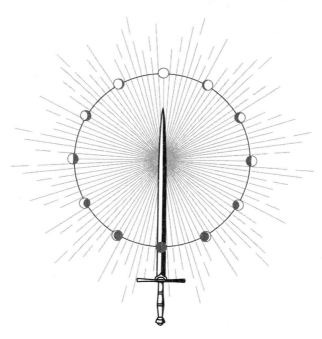

LOS SEIS DE EZRA

DOS

Li

L i era uno de los nombres chinos más comunes según una base de datos inglesa y por eso estos Li en cuestión (pronombre: ellos) habían elegido usarlo tras aceptar los términos de inclusión para el plan de Ezra Fowler.

Ezra conocía una o dos cosas sobre la persona llamada Li, incluido el apellido real, que técnicamente no era tan condenatorio como el expediente de pecados proclives al chantaje que tenía Ezra de otros miembros a los que había recurrido para esta misión de la Sociedad antiAlejandrina en pos de la salvación global. Li tenían muy pocos pecados en realidad, una escasez casi vergonzosa de pecados aparte de los defectos habituales de naturaleza humana, ya que los había adoptado el estado cuando nacieron, al parecer debido a la naturaleza de su especialidad o a la pobreza de sus padres, a quienes nunca habían conocido. En el caso de Li, Ezra Fowler les había ofrecido más una zanahoria que un palo, y Li habían aceptado a pesar de saber que probablemente su superior los apartaría de la operación al primer atisbo posible de error. Li se preguntaban de vez en cuando por qué Ezra Fowler los había escogido (pertenecían a una clase social media-alta, pero no eran exactamente libres para hacer lo que querían) y determinaron que debió de ser resultado de sus talentos particulares. Ezra Fowler probablemente hubiera observado a Li durante un periodo sustancial de tiempo para descubrir dichas habilidades, y lo que Li no sabían...

No distaba mucho del modo en el que habían observado a Li desde su nacimiento, en teoría.

A todos los efectos, Li eran anónimos, sin huella dactilar, invisibles. Ser al mismo tiempo una sombra y objeto perpetuo de observación de los demás era paradójico en sí mismo, y si Li tuvieran el tipo de predisposición propensa a la cavilación, podrían haber preguntado cosas como ¿por qué? ¿Cuál era el motivo de esta existencia tan delgada que no se podía escindir por la mitad, mucho menos compartir con otros? ¿Qué significado podrían tener al ser tan débiles que morirían y desaparecerían de inmediato, algo de lo que sus superiores se asegurarían? Tal vez por eso Ezra Fowler los eligió. Porque Li habían vigilado a Ezra durante varias semanas y habían descubierto también una plétora de cosas sobre él. Habían observado principalmente que Ezra, al igual que Li, era una sombra que se esforzaba mucho por ser un hombre.

—Estos dos son los más activos —decía el director estadounidense de la CIA; el sudor le perlaba la frente cuando señaló la colección creciente de casos en los que la naturalista y el émpata parecían estar ejerciendo influencia en eventos de naturaleza política. Resultaba interesante que Pérez no hubiera reparado en que el brazo del émpata estaba casi siempre alargado hacia la naturalista, un movimiento que, para alguien que prestara atención, podía parecer una palmada en el hombro o el roce para quitarle motas invisibles de polvo—. Han esquivado repetidamente el M156 y parecen congraciados al menos en parte con algunos matones de bajo nivel de Londres, probablemente los Caine —aclaró en respuesta al ceño fruncido de aparente reconocimiento por parte de la hija de Wessex—. En este punto informaría a un superior de su comportamiento. Es una clara burla.

Lo que para Pérez estaba claro parecía conveniente. También estaba claro para Li, aunque de una forma diferente.

—Traed a los Nova por cargos de espionaje corporativo —sugirió Nothazai, quien parecía haber reparado en la importancia de la naturalista, pero también parecía haber compartimentado la observación para guardarla para más adelante. Tal vez un momento más relevante, cuando lo que para Nothazai estaba claro (una tercera forma subjetiva de claridad) estuviera más cerca de concretarse—. A estas alturas, cualquier violación del estatuto medellano servirá, ¿no?

Pérez negó con la cabeza mientras ojeaba las diapositivas con resentimiento.

—Hemos probado, pero el émpata es demasiado poderoso para que los cuerpos policiales lo detengan. Lo que lancemos contra él ha de ser lo bastante importante para ganarse la investigación pública. Y tiene que ser específico también o la familia lo protegerá.

Li, que ya habían pasado un tiempo observando a la familia Nova, estaban a punto de disentir cuando Eden Wessex se adelantó.

—Conozco a Arista Nova y he coincidido con Selene —nombró a la hija menor de los Nova primero y luego a la mayor, que era una década mayor que el émpata—. La familia no va a cubrirlo a menos que les convenga, confiad en mí. Si renunciar a él resulta ser la opción más beneficiosa, no lo hará.

—¿Estás segura? —Pérez alzó la mirada con impaciencia y Nothazai esbozó una de sus sonrisas astutas con las que pretendía calmar a la gente y que no valió para confortar a Li. (Se trataba de una sonrisa solo de boca, no le llegaba a los ojos).

—Confiad en mí —repitió Eden—. Someted a toda la Corporación Nova a una investigación formal. Lanzadle un problema mayor y se volverán contra él en un instante.

Era algo que Eden Wessex sabía porque creía que era así en su propia familia. Li dudaban de que estuviera equivocada en este caso particular, pero Li también comprendían la vacilación de Pérez. Pérez no tomaba en serio a la hija de Wessex porque la atención del patriarca Wessex se encontraba en otro lugar desde que Ezra Fowler había desaparecido, y eso era un problema. En la ausencia de cualquier detalle motivador que Ezra hubiera procurado en contra de él, y en ausencia del propio Ezra, su único vínculo con la realidad de los archivos en lugar de la mitología en la que todos creían profunda e ilusoriamente, James Wessex había escogido perseguir otros rumbos de interés. Dentro de la capacidad limitada que Pérez consideraba útil, Eden Wessex tenía sus limitaciones como herramienta.

Pero lo que para James Wessex había sido siempre un estricto negocio era claramente algo personal para su hija, y una causa personal suponía devoción y resolución inquebrantables. En opinión de Li, la ausencia repentina y prolongada de Ezra significaba que ahora solo Eden podía impulsar al grupo fracturado. Ya habían divergido los intereses de Nothazai de los del resto. Aún no estaba claro cómo, pero Li estaban seguros de que Nothazai tomaría decisiones diferentes y cerraría tratos distintos si le convenía. En este caso, sin embargo, Nothazai asintió para mostrar su aprobación de las tácticas de Eden.

Aún faltaba un voto, sin contar el de Li. Desde su sitio ventajoso al lado de Nothazai, para Li estaba claro que Sef Hassan, el conservacionista egipcio que parecía dividido en el asunto de la familia Nova, ya sabía que no debía meterse más en la cama con Pérez y el gobierno estadounidense. Siempre era un riesgo indebido, incluso cuando la alternativa era una familia ladrona de ilusionistas. (El menor de dos males era en pocas ocasiones un inglés o un estadounidense. Eso lo podía confirmar cualquier libro de texto). Hassan no dijo nada y Li se limitaron a encogerse de hombros, por lo que Pérez llegó a su propia conclusión.

—Bien. —A pesar de la tensión, Pérez accedió sabiamente—. Pero los Nova no están bajo nuestra jurisdicción.

—El Foro se encargará —se ofreció voluntario Nothazai. La mirada de Hassan seguía fija en la proyección, sus preocupaciones visibles, pero silenciosas—. Una cruzada ideológica impulsada por los medios de comunicación puede presionar una investigación institucional.

Sí, pensaron Li. El poder de la mafia virtuosa pondría el pie sobre la garganta gubernamental lo suficiente como para hacer que la familia sufriera una hemorragia de tarifas legales para un mes, tal vez suficiente para debilitar a todo un distrito financiero. Eso bastaba para hacerlos actuar con rapidez, si no con compasión. En público, pero sin agravios significativos por cómo habían hecho fortuna.

Sí, la familia Nova actuaría para preservar su fortuna y con toda probabilidad se libraría del émpata para salvarse ellos, un plan de respaldo, un paso adelante infalible. Obligar al émpata a actuar amenazando a su familia habría sido un avance táctico si no fuera por la improbabilidad de que cualquier miembro de la familia Nova pudiera presionar al hijo para que se entregara por ellos. La madre era una borracha, el padre era un abusón, las hermanas eran despiadadas y las dos mayores tenían ahora su familia a la que proteger. ¿Qué amor podía tener el émpata por ellos?

Además, Callum Nova estaba muerto según la información que les había transmitido Ezra Fowler. Que no lo estuviera, y que ni un solo miembro de su familia pareciera saberlo ni se planteara la amenaza contra su vida sugería que este era un intento poco productivo.

Li no dijeron nada al respecto, por supuesto, porque los superiores de Li habían dejado claro que tenían que encontrar el camino hasta los archivos alejandrinos, no debía hacer nada más, encargarse de nada, ni información ni acción innecesaria. Li tenían sus propias inclinaciones personales, que en este caso eran, en especial, pensar en qué otra cosa podía haberles ocultado Ezra Fowler. Qué otra cosa podía haber hecho mal Ezra Fowler.

Subrepticiamente, Li habían llevado a cabo su propia investigación sobre el único miembro de los seis alejandrinos para el cual Ezra Fowler no había reunido pruebas de forma meticulosa: Elizabeth Rhodes, graduada e la Universidad de Nueva York de Artes Mágicas, de quien Ezra les había dicho con absoluta certeza que no se trataba de un método de ayuda a sus objetivos. Una cuestión obvia de importancia personal. «Me he ocupado» fueron las palabras exactas que eligió.

Li, la sombra que perseguía a la sombra de Ezra Fowler, diferían con vehemencia.

Li le habían visto la cara a la joven una vez, durante el proceso meticuloso de recopilación de su expediente privado (secreto). Entonces usaba un seudónimo, uno muy malo, pero no había duda de que la foto descolorida de 1990 de la empleada de la Corporación Wessex, Libby Blakely, era, en realidad, la física alejandrina Elizabeth Rhodes.

No se habían ocupado de ella. Ni siquiera la tenía Ezra Fowler bajo su control, ni supervisión, y si la circunstancia de la repentina ausencia de Ezra (que Nothazai, tal vez con el fin de generar miedo, creía que era resultado de un reciente enfrentamiento con el indomable Atlas Blakely) era como Li sospechaban, entonces Elizabeth Rhodes era su principal amenaza.

Ella había elegido su seudónimo por una razón. En el pasado un arma, siempre un arma.

Li no se removieron en el asiento. No llamaron la atención por su impaciencia como solían hacer los otros. Que fueran los otros quienes cazaran la fortuna de la Corporación Nova, los que impulsaran la influencia del Foro. La llave para la Sociedad no era el dinero ni la influencia; de ser así, esas cosas ya habrían abierto la puerta. No sorprendía a Li que la avaricia estuviera tan intrínsecamente enredada con los objetivos de su coalición fragmentada, de su monstruo de muchas partes, pero Li sabían que, si algo podía abrir los archivos alejandrinos, no era la codicia.

Era la joven furiosa que aguardaba, impotente, junto a la puerta.

NICO

Sus interacciones iniciales con Tristan después de regresar a la casa de la Sociedad fueron extrañas, en el sentido en el que eran del todo superficiales y en absoluto como si hubieran pasado el año anterior sin nadie más que el uno con el otro como compañía. Nico no consideraba que Tristan y él fueran íntimos amigos, pero había algo muy íntimo en el asesinato, por temporal que fuera el resultado. No era algo que pudiera ir seguido de un cordial hola rutinario, como barcos en la noche agitando sándwiches de berro al pasar.

En opinión de Nico, a Tristan le pasaba algo. Era correcto con él, a veces incluso agradable. Tal vez tener a Libby de vuelta había puesto de mejor humor a Tristan, pero eso no era una explicación. Nico se fijó en que había algo entre Tristan y Libby, no era un algo muy complicado teniendo en consideración que Libby llevaba siempre la ropa de Tristan y olía a productos de aseo personal. Nico sabía bien que Tristan los usaba porque había pasado un año atacándolo con ellos, pero no creía que fuera ese el problema.

La tensión entre ellos, cómo parecía siempre que Tristan lo odiaba, al menos un poco; eso era lo que se le escapaba, Nico no podía imaginar el motivo. Últimamente, cuando Tristan hablaba con él, Nico tenía la sensación de que estaba haciendo un gran esfuerzo por no hacerle daño.

—¿Sabes que no me importa que te acuestes con Rhodes? —decidió anunciar Nico tras varias semanas de contemplación. Tristan, que estaba sentado a solas en la sala pintada, leyendo, se sobresaltó—. No quería que regresara por una cuestión de... seducción. Ya sé que probablemente cueste creerlo teniendo en consideración que todos pensáis que soy un crío, pero mis relaciones pueden resultar sorprendentemente complejas. Además, tengo a... —Hizo una pausa para considerar la terminología apropiada para algo que era lo mismo que había sido siempre, solo que ligeramente muy distinto—. A Gideon —determinó un instante después.

—No me gustaría en absoluto presenciar tu versión de seducción —respondió Tristan, quien alzó la mirada de un modo casi nostálgico, un gesto antiguo y ardiente de urgencia por que Nico se marchara, lo que era una constante de la época de frágil alianza que habían compartido hasta el momento.

Puede que fuera al final el tema de Rhodes, y ahora ya podían dejarlo de lado y seguir considerándose el uno al otro como los compañeros de trabajo forzados a vivir juntos que siempre habían sido. Nico acercó la silla a la de Tristan y se sentó en ella, aliviado.

—No tengo en realidad ningún juego. Creo que no. Principalmente pregunté con amabilidad.

—¿Ha funcionado alguna vez?

—Te sorprendería. —Echó un vistazo por encima de la mano de Tristan para mirar el libro que estaba leyendo, pero entonces Tristan le lanzó una mirada molesta—. ¿Ha hablado ya contigo?

—¿Sobre qué? —No había negado nada, lo que le era muy útil. No podía ni imaginarse las dificultades de hacerse el remilgado con alguien a quien ya había estrangulado.

Se encogió de hombros.

—¿De Fowler? ¿Del último año de su vida? Elige tú.

Tristan se removió y entonces volvió la incomodidad. Nico no supo cómo cuantificarla. Simplemente tenía un sexto sentido para ello, como un cerdo trufero. Podía tratarse de algo físico, lenguaje corporal o algo así. Tristan se había apartado como si estuviera ocultando una parte de su pecho.

—No tiene que explicarme nada.

Nico dejó escapar un suspiro hondo.

—Mira, ya sé que eres el rey de la represión emocional, pero no creo que estés haciéndole ningún favor al no dejar que procese todo lo que ha salido mal. La han traicionado, es un problemón.

—¿Crees que yo no tengo experiencia con la traición? —Esta vez, el reflejo físico de Tristan fue afilado, como el aguijón de un escorpión.

—No me refiero a eso, solo creo...

—Si quieres jugar a los psiquiatras, hazlo tú solo. —Cerró el libro y Nico se acercó y miró la cubierta con deleite.

—¿De quién son estas notas? —preguntó, porque él también podía ser un hijo de puta cuando tocaba.

Tristan lo fulminó con la mirada.

—Tuyas, idiota. Ya lo sabes.

—Entonces estás pensando en hacerlo, ¿no? —Bien, al menos tenía eso—. Por cierto, ¿dónde está Atlas?

—Es julio. Esto es Inglaterra. Está de vacaciones.

También lo estaba la familia de Max, lo que explicaba las idas y venidas personales de Nico, a intervalos muy breves, por si Libby tenía razón sobre la proximidad física. Atlas, sin embargo, no era conocido por sus tranquilas vacaciones de verano. El Atlas de la época de su confraternidad era un elemento habitual, si no constante. Esa versión parecía vagamente odiseana, aunque Nico supuso que tenía derecho a hacerlo. No aparecerían nuevos iniciados en ocho años, así que tal vez ahora era el momento apropiado para misiones recreativas.

—Aun así, creo que podría pasarse para saludar al menos...

—Esta... esta teoría tuya. —Tristan giró hacia Nico el libro, abierto por una página en la que aparecía un diagrama. Nico se fijó en que había anotaciones de Tristan—. Explícamela.

Nico se volvió para mirar la letra ordenada de Tristan.

—¿Por qué? ¿Crees que está mal?

—Creo que es una mierda incomprensible, Varona. ¿Qué diablos es esto?

—Es... —De acuerdo, la bidimensionalidad no era el fuerte de Nico—. Espera. —Arrancó una página del libro que contenía sus notas. Tristan contuvo un grito de oposición—. Has pasado demasiado tiempo con Rhodes.

Solo es un libro, Tristan. Además, es más fácil de explicarlo así. —Dobló la página por la mitad, después dobló hacia atrás la mitad superior, formando un acordeón. Desapareció aproximadamente un centímetro y medio de la hoja—. Míralo así —le indicó y puso la hoja de papel doblada en la mesa; la alisó—. ¿Ves? Está plana.

—En teoría. —Tristan tiró del lado de la hoja que estaba ya alzándose como la letra «Z» de lado.

—Sí, bueno, esto es muy teórico, ¿no te parece? Mira. —Nico empujó con magia la hoja de notas para que la distancia entre los pliegues desapareciera—. El centímetro y medio que faltaba ya no está. Cuando miras la hoja, está lisa.

—Bien.

—Pero no está lisa. —Nico liberó la fuerza de gravedad y permitió que la parte doblada de la hoja volviera a alzarse—. Hay un foco y es donde la materia ordinaria puede colapsar. Y si hicieras esto varias veces en una única hoja, habría múltiples focos, múltiples colapsos, universos reflectantes multiplicándose con cada punto donde se alterase la densidad de una galaxia particular. Pero si vivieras en la parte superior de la hoja, nunca los verías. Básicamente, los atravesarías y todo el paisaje se vería y sentiría del todo plano.

La expresión natural de concentración de Tristan tenía una particular forma de imitar el desdén.

—¿Crees que el multiverso existe en algún lugar entre los pliegues?

—Sí y no. —Nico se encogió de hombros—. No estoy sugiriendo nada sobre el multiverso, esa es una parte muy avanzada en mi experimento y estoy empezado con una hipótesis de lo que podría ser de verdad la materia oscura, lo que podría ser el vacío. Es decir, la presencia de algo que es en realidad la ausencia de ello. —Era algo que le había mencionado Reina sobre las habilidades de Dalton el año anterior, cuando, por accidente, se olvidó de odiarlo un momento—. Es algo que podrías ver tú —añadió—, en teoría, si yo... o tú, ya que tú eres quien tiene más medios de persuasión, pudieras convencer a Rhodes de que le dé una oportunidad al plan siniestro de Atlas.

—Deja de llamarlo así —espetó Tristan, quien estaba demasiado ocupado intentando procesar el modelo de universo de Nico para pensar en una respuesta más cortante—. ¿Entonces estás de acuerdo con Atlas? —preguntó con el ceño fruncido, un gesto muy de Tristan—. ¿Crees que hay una forma de abrir una entrada a otros mundos a partir de... materia oscura? ¿Un pliegue cósmico?

—Suena erótico, y sí —confirmó Nico—. No sé si Atlas coincide, porque él no ha dicho nada sobre mis notas, pero sí, en teoría sí. Al final se trata de una cuestión de producir energía suficiente para colapsar un rincón de esta galaxia en su mismo reflejo y el opuesto, algo que tendremos que hacer Rhodes y yo. Pero después de eso, en teoría, tú podrías ver la forma y ser quien...

—¿Caiga? —Tristan enarcó una ceja.

—Abra la puerta —lo corrigió Nico—. Es posible que también seas la única persona que pueda estar en mitad, pero ese es un interrogante del futuro. Por ahora, solo necesito que Rhodes haga el trabajo conmigo, y a Reina para que genere lo que sea que puede generar Reina. Y para que sostenga lo que Rhodes y yo no podamos sostener.

—Y a Dalton —murmuró Tristan—. A quien no tendremos a menos que Parisa se sienta inusitadamente benevolente.

—Sí, pero eso es hipotético. —Nico lo pensó—. Y supongo que también necesitaremos a Parisa, ¿no crees? —añadió—. Aunque sea solo para asegurarnos de que no muera por la venganza de los archivos. Y para asegurarnos de que Callum no huya a cualquier otro mundo e inicie una guerra.

—No es necesario. Está ocupado intentando matarme para preocuparse por el resto del mundo —musitó Tristan sin apartar la mirada del modelo de universo de Nico.

—Podría ser peor. En cierto modo, es halagador. ¿Quieres que le dé algún consejo?

—Eres idiota, Varona. —Tristan lo miró entonces, lo contempló un momento—. ¿Harías el experimento por Atlas? Hipotéticamente. —Nico sospechó que la última parte la había añadido por una cuestión táctica.

—¿Hipotéticamente? Claro.

Tristan volvió a escrutarlo.

—¿Lo harías por Parisa?

—Ella ya me lo ha pedido. Le he dicho lo mismo.

—¿El qué?

—Que, hipotéticamente, me inquieta mucho que pueda caer en una grieta si ella me lo pidiera. Por suerte, aún no lo ha hecho.

Tristan puso los ojos en blanco.

—¿Te parece entonces una buena idea?

—Es una idea —lo corrigió Nico y se encogió de hombros—. No es buena o mala por naturaleza. —No añadió que era lo que había estado intentando transmitir a Libby—. No hay en juego una toma de decisión. Ni ética, solo una zona muerta moral. Lo que hagas tú si puedes cruzar esa puerta es decisión de un filósofo. O uno de dos telépatas muy persuasivos. —De nuevo, se encogió de hombros—. Solo soy el físico que puede ayudar a que aparezca la puerta.

—Solo un físico dice. —Tristan se mostraba excéntrico al hablar de nada. Miró a Nico y sacudió la cabeza—. ¿De veras crees que eso es verdad? ¿Que hay decisiones libres de ética?

Como un proverbial estado de la naturaleza, una estasis que nunca habría existido sin la presión de la agenda de alguien.

—Técnicamente no, supongo —admitió Nico—. Pero la ética es extraña, es engañosa. Es decir, yo no puedo ser ético. No puedo comprar una camiseta o comerme un mango sin hacer daño a miles de personas en el proceso, ¿no? Está claro que esto es un debate para Rhodes —añadió—. Ella es la que tiene experiencia en el terreno de la moralidad. Yo solo estoy aquí por mi apariencia.

—Ya, sí, por supuesto. —Tristan espiró cansado y se masajeó las sienes.

—Además, ¿quién dice que el destino recae en Atlas? —señaló en un impulso.

—Rhodes —respondió Tristan.

—Bueno, sí, es verdad, pero el problema podríamos ser uno de nosotros. Quién sabe lo que podría despertar en mí la perspectiva de dominar el mundo. Piensa en lo contenta que se pondría Rhodes al descubrir que todo este tiempo he sido yo el villano de la casa.

Tristan no parecía captar el tono frívolo de Nico y escogió en cambio fruncir el ceño, malhumorado, antes de cambiar de tema.

—Para que conste, no me he molestado en pensar si te importa que me acueste con Rhodes. Tu opinión al respecto no me importa.

—Ahí está el Tristan Caine que conocemos y queremos —declaró Nico con tono alegre—. Me alegro de que hayamos superado eso.

—No, estoy diciendo... —Tristan puso los ojos en blanco—. No pasa nada raro entre nosotros —aclaró e hizo un gesto que los abarcaba a ambos—. Estamos bien. He dedicado cero pensamientos al asunto de tus sentimientos porque sí, como has dicho, tienes a Gideon...

—A quien, al parecer, le gustas de verdad, por lo que me parece que tiene muy mal ojo para juzgar a la gente. —Nico calló y miró a su alrededor; no se había acostumbrado a la disminución de ocupación de la casa. Aún esperaba que apareciese Parisa, o que entrara Callum, o que Reina se acercara y le lanzara una mirada de desprecio.

Nico entraba y salía de vez en cuando por deseo de Max, cada vez que la situación se volvía demasiado... claustrofóbica. Demasiado dura. Si pasaba demasiado tiempo en la casa, con Gideon o sin él, sentía que empezaba a volverse loco. La inquietud persistía, la sensación de que se estaba perdiendo a sí mismo ahí dentro, que se aprovechaban de él como de un arce por todo lo que contenía. Ahora, sin embargo, era peor.

Ahora, cuanto más tiempo permanecía en esta casa, más deseaba hacer algo para resultar de utilidad. Libby había vuelto y, aunque eso traía consigo sus propios problemas, también significaba que para Nico había algo inevitable, como si le dieran un nuevo juego de llaves. Era una oportunidad para abrir algo nuevo, algo que llevaba un año buscando.

Una oportunidad para ver si el universo podía revelarle sus secretos si lo seducía bien. Si preguntaba con amabilidad.

—Espero de veras que seáis... felices —le dijo a Tristan al darse cuenta de que se había quedado absorto en sus pensamientos—. Se os ve bien juntos, ¿sabes? A Rhodes y a ti. Ya no parece tan nerviosa.

Tristan emitió un sonido evasivo.

—No me refiero solo a eso —añadió Nico—. Es... no lo sé. Los dos sois...

Se quedó callado.

—Simplemente tiene sentido —admitió—. Y está claro que confía en ti. —No sabía si estaba incomodando a Tristan o si estaba diciendo algo incorrecto—. Me refiero a que sois...

Otra pausa.

—A riesgo de parecer torpe con el vocabulario, no me importa estar atrapado en esta casa con vosotros. Preferiría salir, claro —añadió—, pero si tengo que soportar una compañía forzada, sois muy tolerables. Resulta bastante cómodo estar cerca de vosotros. Que Rhodes sienta lo mismo es...

—No sé dónde está, Varona —lo interrumpió de forma abrupta Tristan. De primeras, Nico pensó que lo decía para mostrarse desagradable, pero tras pensarlo más detenidamente le quedó claro que no era así. Le estaba diciendo la verdad.

—Ah. —Nico se dio la vuelta y lo procesó como la habitual forma de cortar una conversación de Tristan, pero entonces se dio cuenta de que no había terminado.

Estaba empezando otra.

—¿Sabes...?

Se giró despacio y miró a Tristan como si ambos entendieran que la siguiente pregunta tenía la misma importancia, si no más.

—¿Sabes dónde está Atlas? —preguntó Nico con cautela.

Vio que el músculo de la mandíbula de Tristan se abultaba.

—Varona, no creo...

—Aquí estáis los dos. —Se oyó un ruido en la puerta, detrás de ellos: los pasos de Libby seguidos por los de Gideon, quien llevaba una caja con algo que parecían libros encuadernados en piel—. ¿Qué es eso? —Libby señaló la hoja de papel con forma de acordeón que Nico había dejado en el lado de la mesa de Tristan.

—Un dilema ético —respondió Tristan al tiempo que Nico decía:

—Un avión de papel.

—No es un avión muy bueno, Nicky —comentó Gideon. Dejó la caja de libros en la mesa, junto a las notas de Tristan. Había cuatro o cinco libros dentro, todos enormes, de un tamaño capaz de provocar un traumatismo en un hombre o cortarle el rollo de un plumazo.

—¿Qué es eso, Sandman? ¿Has conseguido engañar a los archivos para que te dejen un poco de lectura ligera? —Nico echó un vistazo en la caja y Gideon se encogió de hombros.

—No puedo abrir los libros, solo tengo que enviarlos para que los encuadernen de nuevo. ¡Yuju! —añadió con tono suave a Libby, quien llevaba algo que no era una prenda de ropa de Tristan.

—¿Has salido de la casa? —le preguntó Nico, aunque, a menos que hubiera logrado que las protecciones de los preciados archivos de la Sociedad hicieran concesiones para la entrega online, obviamente había abandonado las instalaciones en algún momento del día, algo que Nico llevaba semanas intentando que hiciera, con él o sin él, pero al parecer Libby se había inclinado hacia sus antiguas tradiciones y costumbres de hacer todo lo que estaba en su poder para no estar en el mismo lugar al mismo tiempo. Nico creía que era por Tristan, pero al parecer había ido a buscar algo más de la Rhodes clásica (bueno, Rhodes si hubiera conocido primero a Parisa, ya que se trataba de un vestido y no del típico jersey a juego que parecía su atuendo para «un placer tenerte en clase») sin siquiera contárselo a Tristan.

—He ido a cortarme en pelo —indicó y Nico se fijó, tarde, en que era verdad.

Afortunadamente, no tenía flequillo. Le había crecido el pelo desde que llegaron la primera vez, lo suficiente para considerarlo pelo largo, algo que Nico nunca había relacionado con Libby antes de esto. Se lo había vuelto a cortar por los hombros. Era todo muy razonable y, así y todo, Nico se sintió acusador y culpable al mismo tiempo.

—¿Qué estabais haciendo? —preguntó Libby con la mirada puesta en Nico.

Nico miró a Tristan, quien no le devolvió la mirada.

—Nada siniestro, te lo aseguro —comentó.

—Bien hecho. —Tristan suspiró. Miraba ahora a Nico, peor no Libby—. Muy discreto.

Gideon, por su parte, parecía muy concentrado en la caja de libros. La situación era muy incómoda, decidió Nico. Y no se trataba de incomodidad clandestina entre personas que se acostaban de forma regular.

En realidad, la energía había cambiado de forma significativa en el instante en que Libby había entrado en la habitación y Nico no supo cómo tomárselo. Estaba orgulloso de ella, supuso, por desarrollar un sentido de dominio sano (él le había dicho que hiciera el equivalente a poseer dignidad, suponía que viajar en el tiempo había sido suficiente), pero en la habitación había un aura de algo más grande. Algo tácito y preocupante.

—Puedes contarme la verdad —le dijo Libby a Tristan y posiblemente dio en el clavo, algo que no habría hecho la antigua Libby, así que, de nuevo, Nico sintió una extraña oleada de orgullo por ella—. No tienes que mentir sobre el experimento, sé muy bien qué se supone que representa eso. —Bajó la mirada al papel de la mesa—. He leído las notas de Varona.

—Vaya, me alegro de que alguien les haya encontrado sentido —respondió Nico al mismo tiempo que Gideon dijo:

—¿Notas de qué?

—Un hipotético fin del mundo. —Libby lanzó a Tristan una mirada con un significado claro; los dos tuvieron una rápida conversación en un completo silencio, como hacía la gente que se había visto desnuda.

Tristan vaciló un momento y entonces asintió. Libby se volvió y miró a Nico por encima del hombro antes de posar su atención de nuevo en Tristan, quien salió de la habitación con ella.

Nico notó la presencia de Gideon por la visión periférica, como si entrara en un pequeño espacio soleado.

—¿Te vas a enfadar mucho si te digo que creo que a Libby le pasa algo? —preguntó Gideon con tono neutro.

—Siempre he sabido que le pasa algo, idiota —lo insultó en español—. Te lo llevo diciendo desde el primer día. —Extendió los brazos por encima de la cabeza y ocupó la silla de Tristan. Apartó la silla que tenía en frente para que se sentara Gideon—. Qué extraño. —Notó un momento de sincronicidad, como un *déjà vu*. Uñas de los pies rosas y telepatía, una crisis de consciencia y el Profesor X; «dilo, Nicolás»—. Que estés aquí, es extraño. No en el mal sentido, pero sí extraño.

—Acabo de recordar algo que se me había olvidado. —«Busca un talismán. Entonces nunca tendrás que preguntarte qué es real». Unos pies con las uñas rosas en el regazo de Nico.

¿Qué estaría haciendo ahora Parisa? No lo ignoraba exactamente. Hablaban de vez en cuando, se enviaban mensajes breves sobre lo mono que era él y lo incompetente; si seguiría él preguntando desde qué altura si ella le pedía que saltara. (Sí). En realidad, Nico deseaba preguntar más, o decir más, pero no sabía de qué hablar con aire informal con alguien cuyos besos podía saborear aún. Tenía la sensación de que ella no aprobaría esa clase de dependencia, y era irónico ya que, aparte de Gideon, Parisa era la única persona de esta casa a la que parecía importarle él de verdad. («Estamos en mi cabeza, no en la tuya»).

Nico se rio para sus adentros y se volvió hacia Gideon.

—¿Recuerdas cuando dije que teníamos que buscarnos talismanes?

—Más o menos. —La sonrisa de Gideon era irreverente.

—¿Lo hiciste?

—¿Buscar un talismán? No. ¿Y tú?

—No. ¿Para qué? —Se encogió de hombros—. Siempre te he tenido a ti.

—Es verdad —dijo Gideon. Nico bien podría calentarse las manos en la calidez del cariño de su amigo—. Además, no hay pruebas de que posea suficiente mortalidad para perderme en un plano astral, así que, ya sabes, es solo otro caso hipotético de fin del mundo.

Gideon cerró los ojos. Un momento. Nico creyó que estaba dormido, pero entonces le dio una patada en la silla y Nico se echó a reír.

—Sigo despierto —le aseguró—. Por ahora.

—¿Tan malo es? *Sois honnête.*

—¿Te mentiría yo?

—Sí. —Nico le dio un golpe en la rodilla con la suya—. Por supuesto que sí. Pero no lo hagas.

—De acuerdo, es... —Gideon apartó la mirada—. No puedo decir que no esté pasando.

Se refería a los episodios que otra gente llamaba narcolepsia, pero que Gideon había llamado vida hasta que Nico interfirió. Durante los dos últimos años, mientras Nico estaba fuera, Gideon había existido, casi de forma exclusiva, dentro de los reinos del sueño. Nico comprendió, tarde, que no le había elaborado un vial a Gideon en todo el tiempo que llevaba fuera.

—Puedo preparar más si quieres...

—No cuentas con los recursos. —Gideon hizo un gesto con la mano para descartar el ofrecimiento—. Esto no es la UNYAM, donde puedes engatusar al profesor Breckenridge para conseguir su tesoro privado. Aquí nadie ha tenido siquiera un tesoro privado.

—Es una casa mágica —insistió Nico—. Estoy seguro de que puedo hacer aparecer algunos de los ingredientes.

Gideon lo miró fijamente, inseguro.

—Nicky, ¿no has aprendido nada? Esta casa no hace aparecer nada.

—¿Qué estás diciendo? Es sensible, todos sabemos que...

—Es sensible, no un mayordomo. ¿Eres consciente de que casi no hay comida en la cocina?

—¿Qué?

—Casi no hay comida, Nicky. Recibí un email de la empresa de cáterin hace dos días. Tristan me dijo que se encargaría, pero...

—¿Empresa de cáterin? —Nico se detuvo un momento para evaluar si Gideon estaba bromeando. Era muy posible. Gideon era encantador en ese sentido, o tendía a serlo, pero no parecía estar de broma—. ¿Qué?

—La casa no cocina, Nicolás. —Puso los ojos en blanco—. Ya sé que eres un privilegiado, pero sí. —Sonreía aún al añadir—: No vayas a decirme que a Libby no se le ha ocurrido mencionarlo. Estoy seguro de que ella es la única de vosotros que no se ha criado con un plato de comida preparado para ella.

—En realidad, Tristan... Un momento. —Nico frunció el ceño—. ¿Quién cocina entonces?

—Hay un chef. O varios, creo, y todos trabajan para la misma empresa. El cuidador o uno de sus subordinados se encarga de que se entregue la comida en la casa, pero según alguien llamado Ford, de Recursos Humanos, a quien yo le doy igual (por cierto, tenéis recursos humanos), los pedidos llevan sin actualizarse un mes.

—¿Qué?

—Tampoco habéis tenido visitas, tal y como Ford ha decidido informarme. Parece que vuestro cuidador no ha dejado que venga gente y Ford está molesto por ello. Ha mencionado algo sobre un voto de censura si esto continúa, no sé lo que significa.

—¿Desde cuándo tenemos chefs? —Nico reparó en que tenía el ceño fruncido cuando Gideon lo miró y se echó a reír.

—Ah, Nicky, ¿de veras te sorprende? Te dije que pensaras dónde estaba el dinero.

—¿Qué dinero? Y estábamos hablando de ti —recordó de forma abrupta. ¿Estaba Gideon picándolo solo para evitar hablar de la probabilidad de que estuviera empeorando su salud? Como un potente gong, resonó en Nico que su razón para unirse a la Sociedad no había sido hipotética en absoluto y, sin embargo, lo había logrado olvidar en estos dos años de peligro mortal.

—El dinero que hace que funcione todo. —Gideon hizo un gesto ambiguo para referirse a la casa y todo lo que había dentro—. Solo digo que si la cocina se queda sin los productos básicos, no creo que vayamos a hacer ninguna alquimia pronto.

—¿Eso era trabajo de Dalton? —preguntó Nico.

Gideon negó con la cabeza.

—No lo creo. En teoría, tampoco es mi trabajo, y Dalton solo era un investigador. ¿No es Atlas el administrador de la casa?

—El cuidador —lo corrigió Nico.

—¿Qué diferencia hay?

—Eh… —No lo sabía, claro; nunca había sabido cuál era el trabajo de Atlas. ¿La planificación? Suponía que era Atlas quien hacía las cosas, como planear la gala que tuvieron el año anterior. ¿Era posible que el hombre cuya aprobación había empezado a anhelar de forma imprudente fuera algún tipo de... funcionario administrativo? No sabía cómo gestionar la imagen de Atlas haciendo inventario de la despensa al lado del agujero de gusano, cuyo material para crearlo se lo había dado él.

Pero todo esto parecía parte de una revelación diseñada con inteligencia por Gideon, así que Nico decidió que prefería apartar estos pensamientos hasta más tarde. Gideon ya desconfiaba de la Sociedad y, por muy maravilloso que fuera, no había conocido a Atlas. Era muy posible que tuviera razón en sus sospechas, pero también era un recordatorio que Nico necesitaba con urgencia. Porque cualquiera que fuera el mayor misterio que había entre los muros de la Sociedad, nada de eso era más importante que lo que había llevado a Nico a aceptar la oferta de la Sociedad en un principio.

Si Gideon no podía repetir el sentido de lealtad de Nico hacia lo que había hecho Atlas al elegirlo era porque Gideon era un extraño consumado obligado a contemplar la objetividad porque la idea de pertenencia nunca había sido una opción.

Además, seguía siendo él quien necesitaba ayuda.

—No sé cómo nos hemos desviado tanto del tema —dijo Nico con calma—, que es que si tienes problemas, deberías contármelos. Siempre puedo traerte cosas de fuera de la casa.

Gideon esbozó una sonrisa leve.

—¿Qué es un pequeño colapso de los reinos por aquí y por allí?

Nico valoró si insistir en el tema antes de decidir con gran inseguridad.

—¿Vas a contarme quién es el Contable?

Gideon parpadeó y entonces impostó una mirada de inocencia pura.

—¿Otra vez hablo en sueños?

—Sí. —Una pausa—. ¿Has sabido de Eilif?

Gideon se puso a dar golpecitos con los dedos en la mesa.

—No es nada —respondió al fin.

—Gideon. —Nico sacudió la cabeza—. ¿Vamos a superar esto algún día?

No era su intención sonar tan profundo, tan adulto. Ni siquiera sabía que su voz podía adoptar ese tono. Un tanto triste, como si fuera el último día del campamento de verano. Como si toda esta diversión tuviera que terminar.

Pero ¿era algo malo? No tenía experiencia, pero aun así. Estaba seguro de que a veces la diversión se convertía en algo más grande, algo más profundo.

—No tienes que mentir para protegerme —dijo Nico—. Y no tienes que guardar ningún secreto para conservarme.

A riesgo de estropearlo todo, su innegable recompensa:

—Sí, tienes razón. —Gideon le lanzó una mirada de renuencia—. Alguien me está buscando —confesó—. Alguien debe haber consolidado las deudas de mi madre. Creo que están buscándome para que pague lo que falta. No pueden cruzar las protecciones telepáticas aquí, pero no he sabido nada de mi madre, así que ya sea porque estoy aquí o porque le ha pasado algo a ella...

Nico no había entendido nunca la relación de Gideon con Eilif y no sabía si esto era culpa, preocupación o algo mucho más extraño que ambas juntas.

—Está bien —indicó con tono urgente—. Y sea quien sea el Contable, no le debes nada.

—Ya lo sé, pero... —Gideon calló. Sacudió la cabeza y luego se encogió de hombros—. La cuestión es que todo está bien. Estoy aquí para mantenerme apartado del camino de tu Sociedad...

—Para estar seguro —protestó Nico.

—Seguramente fuera de su camino —repitió—. Por lo que, si me quedo dormido de forma inesperada, no creo que les importe. Incluso si me cayera entre las balaustradas, estoy seguro de que tienen seguro.

Nico tuvo la repentina e inevitable necesidad de castigar a Gideon por su habitual frivolidad en lo que respectaba a su propia muerte, así que eligió la violencia. Se inclinó sobre la mesa y lo besó en la boca.

—Cállate —murmuró con los ojos cerrados, inmóvil, porque todo entre Nico y Gideon estaba exactamente igual que siempre.

Con una mínima diferencia, que en este caso era que podía sentir la sonrisa de Gideon como si la hubiera hecho aparecer él mismo.

—Nicolás. Te estás desviando. Esta casa te está castigando por algo. Tu cuidador no está. Tu investigador miente. Tu teoría de los muchos mundos te tiene agarrado por el cuello como una especie de canto de sirena académico. Y he estado en suficientes pesadillas de Libby para saber que sus problemas son peores de los que cualquiera de vosotros sabéis cómo resolver, e ignoras todo esto porque tienes el don infernal de la escucha selectiva. —Una pausa seguida por un murmullo—. Que me hagas feliz no significa que no me vuelvas completamente loco.

Por supuesto, Nico solo escuchó una cosa.

—¿Lo eres, Sandman? Feliz.

—Ah, dios mío —protestó Gideon.

Pero el resto tenía solución, pensó Nico. Estaba seguro de que Libby sabía qué estaba haciendo Atlas, o Tristan, y si había una cosa en la que podía confiar Nico, aparte de en Gideon, era en la moralidad de Libby. Sí, Tristan ocultaba algo, eso estaba claro, pero Nico le hizo una vez una promesa a Libby y ella se la había devuelto: si necesitaba algo, acudiría a él. Nico sabría cuándo era el momento y, hasta entonces, tenía unas manos nerviosas que necesitaban distracción.

Mejor darles un buen uso.

INTERLUDIO

ADQUISICIONES

L a parte anterior era una historia de amor.
Esta es una advertencia.

★ ★ ★

La primera vez que Atlas Blakely vuelve a ver a su madre es horas después de completar su beca de investigación. Convierte entonces en un hábito ir a verla. Un ritual llevado a cabo, normalmente, de forma mensual, siempre y cuando no se aleje nunca demasiado de la carga filosófica que le han confiado los archivos. A veces, estos momentos tienen poco significado para ninguno de los dos, pues ella es incapaz de mantener una conversación y él no está seguro de cuáles son sus obligaciones más allá de las filiales.

Al final, las visitas empiezan a espaciarse.

—Se llama Dalton —dice Atlas— y si estoy en lo cierto, puede hacer algo extraordinario. Si estoy equivocado... —contempla en voz alta—. Si estoy equivocado, no es menos extraordinario, solo un poco más peligroso además.

Su madre no dice nada, mastica en silencio el pudin caliente que le da Atlas con una cuchara de silicona, como si fuera una niña pequeña.

—¿Te acuerdas de Clamence? Camus. *La caída.* —No hubo respuesta—. Él no salva a la niña de ahogarse, ¿te acuerdas? Para no arriesgarse él y todo lo que le sigue es la caída. «Vuelve a lanzarte otra vez al agua, para que yo tenga una segunda oportunidad de salvarnos los dos» —Nada—. Da igual, supongo que es una estimación exagerada por mi parte. Nadie me ha llamado para que lo salve.

Aun así —continúa—, ¿qué es la magia si no la oportunidad de reemplazar las leyes de la naturaleza? Las leyes del universo no tienen que contenernos a nosotros. Que no esté aún imaginado no significa que sea menos real.

—Estás igual —dice su madre. (No habla con Atlas. Más adelante, una versión mayor y algo más sabia de Atlas deseará haber compartido esta parte de sí mismo con Parisa, aunque solo sea porque hacerlo podría salvarla de que repitiera los defectos de él, sus errores. Ella es el único miembro de su grupo cuya inclusión no puede defender; no está marcada para que la eliminen y posiblemente tampoco sea necesaria para la enormidad de la deuda de él. Es, sin embargo, el único miembro de su grupo que podría tener aunque solo fuera una ínfima oportunidad de comprender lo que significa reconocerte como nada más que un símbolo de algo en la mente de otra persona. Entender que solo eres la carga de los fantasmas de otro).

Atlas asiente, distraído, y le da un golpe suave en la boca a su madre.

—La cosa es que supongo que no puedo evitar pensar que todo esto tiene que haber sido por algo —continúa para sí mismo, aunque, en apariencia, habla con ella—. ¿De verdad es una coincidencia que toda esta capacidad mágica caiga en mis manos? ¿O significa algo y solo yo puedo ver qué se hace con ello? —(Atlas se hará la misma pregunta cuando Ezra descubra la existencia de Nico y Libby, cuando, más adelante, tenga la misma corazonada con Reina)—. Tiene que haber sido por algo, que las piezas encajen de este modo. Si no, ¿para qué es todo esto entonces?

Su madre no responde y Atlas suspira.

—Solo intentaba hacer lo correcto. —En ese momento siente lástima de sí mismo—. Pensaba de veras que era lo correcto.

Su madre alza los ojos cansados y lo mira. Por un momento, casi parece lúcida, sus pensamientos son un borrón rosado de cosas pasadas y presentes, y Atlas cree que a lo mejor va a tocarle la cara. Algo que no ha hecho en años, décadas tal vez.

Pero entonces, sin esperarlo, le da una bofetada. Tomado por sorpresa, se le resbalan las manos y el pudin cae al suelo. El cuenco se rompe a los pies de su madre, los fragmentos irregulares de porcelana le rodean los gruesos calcetines de lana. Tiene un agujero en los dedos y Atlas se pregunta cuánto tiempo hará que se duchó por última vez.

—Me has convertido en una mentirosa —le espeta ella—. ¿Qué voy a contarle a Atlas?

Extinguido el momento, la atención de la mujer se dirige a otra parte, a la televisión de la esquina. Atlas se levanta en silencio y piensa que un baño con una esponja será suficiente. Contrató a una enfermera, pero está de vacaciones. Habrá que hacer otros arreglos, otras medidas de seguridad. Le gustaría ir a algunos lugares, viajar por el mundo, que le extrajeran quirúrgicamente sus pensamientos. Le gustaría contarle a Ezra que, si alguna vez se sale de su camino, lo más seguro es que morirá. Pero ¿no dejaría el dilema en manos de Ezra si se lo contara? ¿Robarle la libertad a Ezra no sería su propia sentencia de muerte?

(—No eres ese tipo francés del libro de tu madre, ¿no? —le dice Alexis a Atlas—. Tiendes a mitificarte demasiado. No es tu cualidad más sexy.

—¿Cuál es mi cualidad más sexy? —pregunta él.

—Tu bajeza moral —responde).

Atlas toca los lomos de los estantes rotos de su madre. Uno de ellos está descolocado, probablemente por culpa de la enfermera. Se detiene para acariciar la filigrana dorada en las páginas de su Biblia del rey Jacobo y mira la fotografía familiar de un joven en la estantería. Un hombre que se parece asombrosamente a él; era como mirar un espejo casi, incluido todo el dolor juvenil posible.

—Mamá —dice sin apartar la mirada—. Si hago lo que me ha pedido Dalton y encierro las partes de él que no quiere que vean los archivos, tal vez entonces tenga razón. Puede que los archivos le den lo que desea y luego, un día, con los medellanos adecuados, puedo usar sus poderes para encontrar una forma de salvarlos. —Hace una pausa—. O tal vez habré ignorado unas advertencias muy legítimas y lo habré destruido absolutamente todo para salvar la vida de cinco personas.

—El dilema del tranvía —musita ella, o al menos está seguro de que lo hace.

A pesar de todo, Atlas sonríe y se aparta de la estantería; deja allí la fotografía. Conforme avancen los rituales, anotará esto como una victoria. Contará a Ezra que su plan está funcionando y que su madre está bien. Encontrará a otra persona para que le eche un ojo, solo por si acaso. Y de pronto, cree que conoce a la persona idónea para el trabajo.

—Sí, algo así. —Se detiene de nuevo y lo contempla todo—. Tú eres quien tiene experiencia en filosofía, mamá. ¿Crees que existe el exceso de poder?

Ella no responde.

No tiene que hacerlo.

Atlas Blakely ya lo sabe.

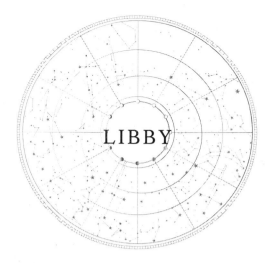

LIBBY

—Al final encontraste el camino para regresar —dijo Parisa al tomar el asiento vacío frente a Libby en la cafetería de Shoreditch donde habían aceptado verse.

Libby se había embadurnado de ilusiones para la ocasión y tan solo era reconocible por el ejemplar de *Jane Eyre* que había dejado sobre la mesa para que lo viera Parisa. Sin embargo, Parisa tenía el mismo aspecto que recordaba Libby, inalterada como un retrato. Llevaba un vestido de punto de un azul cobalto que hacía que el vestido lencero nuevo de Libby pareciera pasado de moda.

Libby le dio un sorbo a la taza de café y miró a su alrededor para comprobar si tenían público. Se trataba de un lugar popular, en el ambiente desenfadado reinaba un murmullo superficial que camuflaba la naturaleza de su conversación. Parisa no había venido a esconderse, era obvio, y, sin embargo, Libby prefería intentar mezclarse entre la gente.

—¿Dudabas que vendría? —preguntó Libby.

Como respuesta, Parisa miró por encima del hombro y alzó un dedo en el aire, un movimiento tan leve que podría no haber contado en absoluto, como el delicado ulular de un pañuelo, pero el camarero salió de inmediato de detrás de la barra para detenerse junto a su mesa.

—¿Tomamos algo? —le preguntó a Libby, que jugueteaba con la taza de café.

—Yo ya tengo.

—Vamos, estamos de celebración. —La voz de Parisa tenía su tono característico de burla, como si todo lo que hiciera o dijera tuviera al menos un sesenta por ciento de ironía.

Libby se encogió de hombros. No le importaba lo que bebieran o fingieran beber.

—Lo que te apetezca entonces.

—¿Qué te parece una botella de...? —Se detuvo para observar un momento a Libby mientras un camarero empujaba al que las atendía y otro cliente del restaurante se chocaba con su mesa, en busca del baño—. ¿Moscato?

Libby esbozó una sonrisa débil.

—Te estás burlando de mí, ¿eh?

—Bobadas, me gusta un poco dulce. —Eso fue un «sí» definitivo a la broma, pero Parisa se volvió hacia el camarero para confirmarlo y lo despachó con un asentimiento de la cabeza.

Este desapareció, sacó una botella de un pequeño frigorífico que había detrás de la barra, se tomó su tiempo para colocar dos copas y regresó como un amigo fiel al lado de Parisa.

—¿No te parece que es un poco temprano para beber vino? —señaló Libby cuando el camarero sirvió un poco en la copa de Parisa.

—Es probable. —Parisa se inclinó hacia delante y agitó la copa con movimientos circulares. Se la llevó a la nariz, la expuso a la luz. Le dio un sorbo tan sensual que Libby pensó si el camarero estaría ocultando una erección—. Muy bueno, gracias —determinó.

Él sirvió más cantidad en su copa y después en la de Libby, como si no acabara de mencionar que apenas era media tarde.

—Si necesitáis algo —comenzó el camarero.

—Te avisaremos —le aseguró Parisa y le lanzó una sonrisa que Libby solo podía calificar como formal.

El hombre se retiró con un aura resplandeciente, como si Parisa acabara de besarlo en la boca.

—Bien —dijo con tono cortante y alcanzó su copa—. Ya veo que no has cambiado mucho.

—Oh, mira más de cerca, Rhodes. —No era una invitación de verdad, reparó Libby, solo una reprimenda. Parisa se llevó la copa a los labios y dio un sorbo; aguardó a que el líquido marinara en la lengua y posó la copa en la mesa con un renovado propósito.

—Así que has detonado una bomba nuclear.

Libby dejó la copa en la mesa.

—Gracias por no andarte con rodeos —murmuró, o posiblemente balbuceó. Tenía la sensación de que poseía niveles adecuados de calma hasta que había puesto un pie a menos de un metro cuadrado de Parisa.

—No te enfades, Rhodes. —Soltó una risotada—. Tú y yo sabemos que no me conocen por mi tacto. Y me parece algo admirable por tu parte, en serio.

—¿Sí?

—Ajá. —La estaba mirando de forma desconcertante y Libby se sintió entre desnuda y despellejada. Una diferencia sutil, pero importante—. Y respondiendo a tu pregunta, sabía que volverías, sí.

Libby enarcó una ceja.

—¿Después de saber lo que supondría?

—Especialmente después de saberlo. —Parisa cruzó una pierna sobre la otra y se reclinó en el asiento. El restaurante, en lugar de parecer más estrecho, dio la impresión de que le hacía más espacio—. Me pregunto si te ha reescrito o no. —Volvió a tomar la copa de vino.

Libby se quedó mirando su copa intacta con la sensación de que seguía intentando sacar buena nota en la conversación, algo imposible y exasperante al mismo tiempo.

—Tú eres quien puede leerme. ¿Parezco reescrita?

—Cuesta saberlo, has pasado mucho. —Lo dijo con un tono más tajante que empático—. Mira, supongo que has descubierto lo que quiere Atlas de ti. —Volvió a inclinarse hacia adelante y decidió dejar de lado la pretensión.

—Podríamos decir que sí. —El moscato parecía miel pura, un suero dorado.

—El plan siniestro —expuso Parisa con una risita encantadora, como si Nico estuviera allí sentado, a su lado, con los ojos fijos en ella—. ¿Crees que se puede llevar a cabo?

Libby se lamió los labios.

—Es posible.

—¿Crees que se debe llevar a cabo?

Incluso ella supo que esa era la respuesta que esperaba Parisa.

—No necesariamente. Puede. —La miró de frente. ¿Cuándo sentiría que había ganado el aprecio de Parisa? Probablemente nunca.

—Has detonado una bomba nuclear, Rhodes. —Parisa apartó la mirada, distraída o desinteresada—. Yo dejaría de preocuparme por cosas como esa.

Era curioso cómo lograba que un milagro de la física pudiera compararse a una tarea rutinaria. «Has detonado una bomba nuclear» al son de «Enhorabuena, ¡es una niña!».

—¿Te estoy aburriendo?

Parisa la miró con dureza.

—Yo te he pedido que vengas, ¿no?

—Sí, porque quieres algo de mí. Pero puedo aburrirte, aunque estés intentando conseguir lo que deseas. —Trató de sonar directa, igual que Parisa, pero a ella le salió como una queja infantil. Se aburría a sí misma, tal vez ese era el problema.

»He conocido a alguien mientras estaba fuera —añadió con la vista fija en la copa del color de la miel—. Me recordaba mucho a ti. —El resplandor de una pantalla blanca en la oscuridad la noche pasó al primer plano de su mente mientras un teclado tecleaba un antiguo nombre. La visión fugaz de un hombre desnudo sobre sábanas de franela, la yema de un dedo trazando la forma de una araña de líneas finas.

—Lo sé. Es guapa —comentó Parisa—. O eso piensas tú.

—Sí. —Libby tragó saliva y carraspeó—. Bueno, ¿qué es lo que quieres?

—Te he pedido que vengas porque quiero que hagas el experimento. Pero no por Atlas. —Le devolvió la mirada comedida con una férrea—. Estoy harta de Atlas. Solo quiero ver qué sucede cuando abras el multiverso y aparezca todo un mundo nuevo, Libby Rhodes —dijo con la boca en el borde de la copa.

Libby emitió un sonido similar a un resoplido.

—No creo que funcione así.

—Ya, bueno, la ciencia me importa una mierda. —Le ofreció una sonrisa ladeada a lo Mona Lisa como respuesta y le dio otro sorbo al vino, que mantuvo en la lengua—. Pero tienes que admitir que sería impresionante. Casi merecería la pena detonar una bomba nuclear por ello.

Libby, que estaba preparada para contrargumentar lo que dijese Parisa, notó que se le formaba un nudo en la garganta por la exactitud de su afirmación.

—¿No crees que merecería hacerlo si quisiera? —fue la pregunta que formuló.

Libby tomó su copa y la giró entre los dedos. Consideró varias respuestas. «No voy a hacerlo», le había dicho a Nico tantas veces que hasta él se lo había creído. «Hipotéticamente hablando», le había mencionado a menudo a Tristan. Dudaba que Parisa le permitiera tomar esa dirección.

—Si te soy sincera, lo he considerado varias veces.

Parisa la miró.

—¿Y?

—Y nada, solo lo he considerado. —Dejó de nuevo la copa en la mesa, sin beber. Esta negociación le pertenecía a ella, no a Parisa, pensó de pronto.

Libby no tenía nada que perder, era Parisa quien la necesitaba y no al revés. Si alguien iba a responder por algo, no era Libby, quien ya había pagado el precio más alto solo por estar aquí. Viva. Intacta. Y más poderosa que nunca.

(«¿Crees que era una asesina antes incluso de entrar en ese despacho?»).

(«¿Qué más estás dispuesta a romper, señorita Rhodes?»).

—¿Por qué debería de hacerlo por ti, si es que fuera a hacerlo? —preguntó—. No es tu experimento. Ni tu investigación. —Tampoco de Libby, pero si una de las dos merecía la autoría, esa no era Parisa. No era ella quien había sufrido el simple hecho de su existencia. Por lo que sabía Libby, Parisa no había cambiado en absoluto en todo el año que ella había estado ausente.

Tal vez Parisa y Tristan no se dirigían la palabra, pero Libby podía sentirla a ella entre los dos, presente. Como si la ausencia de Parisa siguiera controlándolos a ambos tanto como si estuviera tumbada entre ellos en la cama, con una mano en cada uno de sus cuellos.

—Necesitas a Reina —indicó Parisa con voz monótona. Al parecer, sabía que habían entrado en los detalles de negocios de la reunión. La energía en torno a ellos mutó, se tensó como un ciclón—. Ella no lo va a hacer por Atlas, pero lo hará por mí.

—Lo dudo —repuso Libby.

—Ah, por supuesto, Rhodes, duda de mí —la invitó Parisa con una carcajada desenfadada—. Inténtalo y a ver qué pasa.

—No importa. —Libby apartó la copa de vino con un ligero escalofrío y tomó, en cambio, la taza de café que había pedido—. No necesito a Reina. Digámoslo a tu manera: he detonado una bomba nuclear —le recordó y Parisa se detuvo por primera vez con la copa a medio camino de los labios—. No necesito una batería. Ni una muleta.

Parisa entrecerró los ojos oscuros.

—Reina no es eso.

Algo había cambiado, Libby lo notó con un escalofrío. Al mencionar a Reina, la expresión de Parisa había mutado a otra cosa, algo nuevo, algo… frustrado.

—Creía que la ciencia no te importaba.

—No estoy hablando de ciencia. —Parisa soltó la copa, indiferente. Libby hizo lo mismo y echó a un lado la taza de café para que nada se interpusiera entre las dos—. ¿Crees que puedes hacer esto sin Reina? —preguntó con un tono que Libby no fue capaz de identificar.

¿Era miedo?

—Sé que puedo hacerlo sin Reina. —Ahí estaba, pensó Libby. Parisa lo estaba viendo ya—. ¿Querías que conociera mi propio poder, Parisa? Enhorabuena, ahora lo conozco.

La miró a los ojos sin pestañear.

No sabía qué esperaba que sucediera. No creía que de repente Parisa fuera a ponerse de rodillas, pero cuando torció los labios, lo que salió de ellos fue como una bofetada en la cara.

—Ah, ya veo. Te has tirado a tu novia y has matado a tu ex, y ahora crees que sabes ser la chica mala. Adorable.

Libby tuvo que hacer acopio de todo su poder para no sentirse menospreciada, pero lo logró.

—Creía que estábamos de acuerdo en que el tema de la bomba nuclear no era insignificante.

—No lo es —confirmó Parisa—. Pero no vayas a decirme que te has olvidado del resto.

El resto. Que Nico usara a Libby como significado de la debilidad; que Tristan la rechazara con una mirada; que Reina le dijera que no tenían motivos para ser amables; que Callum se burlara de ella en su cara. Al frente de los pensamientos de Libby se alzó la culpa, una ansiedad siempre presente. En contra de su voluntad, regresó a la versión pasada de ella misma de la que no podía desprenderse por completo, el eterno susurro en el fondo de su mente, la sensación de verse eclipsada por un modelo mejor y con mayor potencial. Las luces de una habitación de hospital.

Por un momento, se quedó muda ante su peligrosa pequeñez, hasta que su nueva voz regresó. La voz furiosa.

Libby Rhodes, la chica buena. ¿No era así como se había reído Parisa siempre de ella?

¿Por su virtud? ¿Su bondad?

—¿No es eso lo que te define a ti? Que no te importe una mierda la gente —dijo con el tono más frío que pudo reproducir, y fue sorprendentemente frío. Incluso ella se quedó casi desconcertada por cómo, de pronto, Parisa parecía un pisapapeles de adorno con un vestido bonito.

Notó que su mente se reorganizaba, como si Parisa estuviera buscando algo en el fondo de ella. Libby se cerró con fuerza, como una guillotina al caer.

—No te necesito —le dijo—. No necesito tu aprobación ni, desde luego, tu magia. Haga esto o no lo haga, no soy yo la prescindible. La única diferencia entre tú y Atlas es que tú eres más egoísta y tienes menos que perder.

—¿Crees que tienes el equipo vencedor con Tristan? —Parisa enarcó una ceja—. Él es la cerilla que encendí para salvarte. ¿Ahora crees que él es tu respuesta?

—No necesito una respuesta. Yo soy la respuesta. —Libby pensó en marcharse de allí, pero no le apetecía. Estaba bien donde estaba, se estaba tomando la taza de café que había elegido y no pensaba huir de una discusión—. He vuelto, Parisa, y ya sabes qué es lo que me ha traído hasta aquí, o tal vez es el momento de recordar que ya no soy un juguete para ti.

Sintió algo suelto en algún lugar de sus pensamientos, unas imágenes borrosas que flotaban en la superficie. Unos ojos sin vida. Una mano abierta. Unos pies inmóviles.

Un detalle que aparecía a la luz. «¿Qué más estás dispuesta a romper, señorita Rhodes?»...

Lo apartó. La expresión de Parisa permanecía inmutable.

—Tú eres el virus —murmuró Parisa, más para sí misma que para Libby.

La encontró con la guardia baja.

—¿Qué?

Tardó un momento, pero entonces Parisa sacudió la cabeza, alcanzó la copa de vino y se la terminó. Tras una pausa mínima, habló.

—Estás comprometida. No hagas esto.

¿Comprometida? ¿Así había decidido describir el secuestro de Libby o era tan solo el año que la habían perseguido como si fuera una presa?

—¿Qué significa eso? —replicó Libby.

—Crees que tienes el control —observó Parisa, estoica—. Pero veo la culpa, Rhodes. No es claridad. Lo único que has aprendido a hacer es a justificar un precio muy alto.

Con telepatía o sin ella, dolió.

—¿Crees que tienes derecho a hablarme sobre precios? —siseó entre dientes Libby—. No tienes ni idea de lo que he hecho para llegar aquí...

—No. Tú no tienes ni idea de lo que he hecho yo para llegar aquí. —Dejó la copa vacía en la mesa, su boca formaba una línea delgada—. ¿Crees que la validación proviene de elecciones dolorosas, Rhodes? No es así. La gente hace cosas terribles cada día y lo único que causa es más dolor. —Alzó los ojos oscuros hasta los de Libby con algo que parecía condena—. ¿No te ha enseñado eso tu novia?

—¿No fuiste tú quien me dijo que tomara lo que quería? —preguntó Libby, que se había enfadado tanto ante la mención de Belen que a punto estuvo de chamuscar el mantel de la mesa—. ¿Por qué tus ambiciones son tan jodidamente morales?

—No lo son. —Parisa se quedó inmóvil un instante, como si de pronto funcionara mal—. Nunca lo han sido.

Por un momento, pareció agitada, pero entonces despertó.

—Yo solo soy la villana, Rhodes. Mi trabajo es perder. —Sonrió con tristeza y entonces descruzó las piernas y se levantó—. Crees que estás bien, pero no lo estás —dijo con tono tajante—. Y créeme cuando te digo que lamentarás lo que hagas a continuación.

¿Conque así quería jugar Parisa? A Libby ya le habían advertido sobre el fin del mundo, no iba a tomarse esas cosas en serio.

—Aléjate de mi camino —espetó y se aseguró de que Parissa entendía que lo decía en serio. Que lo que creyera que iba a obtener de ella, no lo tendría. Libby Rhodes no era una matona a sueldo. No era uno de los juguetes de Atlas Blakely y tampoco de Parisa Kamali.

—Ah, Rhodes. —Parisa sacudió la cabeza y se puso en pie—. No estoy interesada en tu camino. No quiero hacer nada con él.

Ya, claro, como si no la hubiera oído usar ese mismo tono de voz con Callum.

—¿De veras crees que eso va a funcionar? —se burló, y se preguntó cómo había sido tan sencillo manipularla en el pasado. Ahora le parecía muy obvio, muy descarado, como si por fin reconociera una señal bien oculta—. Aunque te apartes, lo estás haciendo sin nada. Me has pedido que venga porque me necesitas.

—Eso pensaba, sí, pero estaba equivocada, y tú también. —La miró con curiosidad y, por un instante, antes de que se pusiera las gafas de sol, Libby notó que estaba considerando algo, un voto a su favor. Una confesión, probablemente. El motivo real por el que quería mantener esta pequeña charla.

Sería una jugada ofensiva, por supuesto, porque con Parisa todo era una jugada ofensiva, pero daba igual. Libby la entendía ahora. Entendía que el objetivo en el mundo de Parisa era desestabilizar a la gente porque no podía encontrar su propio equilibrio. Porque no importaba adónde fuera, los camareros se pelearían por servirle, pero nadie le daría lo que quería de verdad. Nadie la vería tal y como era en realidad.

Pero Libby sí lo sabía. Parisa Kamali se había quedado sola para sobrevivir y no había nada que Libby entendiera mejor. Si las definieran a las dos únicamente por las injusticias que habían vivido, no habría nada más que decir al respecto, pero Parisa había colmado ya el vaso. Libby tan solo lo empezaba a llenar.

La diferencia entre ellas era obvia y tal vez era cruel mencionarla en voz alta, pero Libby acababa de aprender una o dos cosas sobre la crueldad.

—Puedo crear mundos nuevos —afirmó Libby—. Pero todo cuanto tienes tú es este.

Eso era todo. Todo cuanto había que decir. Libby alzó la mirada de la taza de café mientras Parisa se ponía las gafas de sol en la cara. Las dos supieron que este sería el final.

—Pase lo que pase, vive con ello —comentó Parisa con una mirada indescriptible.

Salió entonces del restaurante y desapareció.

⋆ ⋆ ⋆

En un mundo ideal, nada de lo que había dicho Parisa supondría ningún peso.

Sin embargo, Libby vivía en una mansión anticuada donde las acusaciones morales de examantes sarcásticas la perseguían como alucinaciones sombrías. Esa tarde, la cara de Belen se entremezcló con la de Parisa, las acusaciones salpicaban imágenes mentales de ojos sin vida y burlas de los archivos.

PETICIÓN DENEGADA.

Creyó que hacer algo productivo le haría sentirse mejor, leer algo nuevo y valioso. En cambio, parecía que la casa se uniera a las burlas, se mofara de ella como un corazón latiente bajo el suelo de madera.

—Si te consuela, yo apenas puedo sacar un libro sobre aeropuertos —comentó Gideon por encima de su hombro, sacándola de su ensoñación momentánea. El joven estaba metiendo libros en una caja.

Eso es porque no eres un iniciado, quiso decirle antes de que la respuesta obvia la golpeara como si la hubiera dicho con un vestido de seda y un vino dulce y meloso.

Ni tú tampoco.

Permaneció horas despierta en la cama, castigada con el insomnio. No era la única insomne, sin embargo. Tristan se movía a su lado en la oscuridad y la pantalla del móvil se iluminó en la oscuridad. Él lo alcanzó y el brillo reflejó sus rasgos cuando frunció el ceño y escribió una respuesta.

—¿Quién era?

Tristan la miró, sorprendido de verla despierta, y luego se inclinó para darle un beso en el hombro.

—Varona. Parece que nos hemos quedado sin hummus. —Dejó el teléfono de nuevo en la mesita de noche y se giró hacia ella—. Le he dicho que se lo comente a nuestro nuevo archivista, que seguro que no tiene un trabajo de verdad. Además, están en la misma habitación.

—Mmm. —Libby espiró despacio con la vista fija en el techo—. No me gusta que Gideon esté aquí —admitió un segundo después.

Notó que Tristan se colocaba de lado, lo que dibujó patrones de luz en su frente.

—Creía que era amigo tuyo.

—Lo era. Lo es. —Sacudió la cabeza—. Es… no lo sé, complicado. Tengo la sensación de que me está vigilando o algo así. Como si…

Como si lo supiera.

Ojos sin vida. La quietud de una mano abierta. «¿Era una asesina antes incluso de entrar en ese despacho?».

(«¿Qué más estás dispuesta a romper, señorita Rhodes?»).

Tristan permaneció callado unos segundos.

—Ya te lo he dicho, no fue culpa tuya.

—Sí fue culpa mía. Hice lo que hice. No puedes absolverme reescribiéndolo. —Lamentó casi de inmediato la elección de las palabras. El rostro de Parisa en su mente era desdeñoso y compasivo, o tal vez ella lo recordaba así. «Te ha reescrito».

—No estoy reescribiéndolo. Él iba a matarte, a matarnos a todos. No le estoy restando importancia, solo digo que no fue culpa tuya. Él tomó las decisiones que lo colocaron en esa habitación. No tú.

—Pero yo decidí. —Eso importaba. Los últimos días, era lo único que importaba—. No digo que me arrepienta, solo… —Se encogió de hombros—. Lo reconozco.

—Te has cargado con esa culpa —dijo Tristan.

—¿No es lo mismo?

—No lo sé, ¿tú crees?

Se quedaron ambos en silencio.

Tristan se puso bocarriba y suspiró.

—Yo también tomé una decisión.

Libby asintió, aunque sabía que él no lo entendía.

—Lo sé.

—Te escogí a ti.

—Lo sé. —Buscó a ciegas su mano y se la llevó a la boca. Enterró un beso en la palma y cerró los dedos alrededor con suavidad—. ¿Estará siempre entre nosotros? —murmuró en la oscuridad.

La casa estaba en silencio, no se oía nada excepto el tictac suave de un reloj cercano. Por las ventanas se colaba el susurro de las hojas, el sonido de los grillos. Los suspiros del verano, que se extendía como una mano sin vida hacia el otoño.

Tristan deslizó un brazo debajo de ella y tiró hasta tenerla pegada contra el pecho. Estaban cara a cara. Libby atisbó mil proyecciones de mañanas que se desarrollaban así.

—Sé lo que elegí —dijo él.

Libby sacudió la cabeza.

—No es eso lo que he preguntado.

—Solo digo que sé lo que elegí.

Ella apoyó la cabeza en su pecho y oyó el sonido de su corazón.

—¿Por qué quieres hacerlo? El experimento. —*El plan siniestro*. Daba igual lo que dijera, Nico estaba allí con sus hoyuelos insoportables.

Tristan le recorrió la columna con los dedos.

—¿Y tú?

Porque si he llegado tan lejos, ha de ser por una razón. Porque si elijo ahora acomodarme en lo ordinario, estoy escupiendo en la cara de cada vida que he intercambiado por la mía. Porque he pagado un precio imposible para estar aquí y ahora tengo que responder por mis actos.

Porque si he recibido tanto poder, tengo que hacer que arda.

Porque no se trataba solo del experimento. Era todo lo que sería ella después de decir por fin que sí. La vida era una decisión, una serie de decisiones, el destino era decir sí, sí, sí hasta que al final pasara algo. Algo tendría que pasar. Si no pasaba nada, entonces no tenía sentido, ni propósito. Si no pasaba nada, entonces la vida solo era una hermana muerta y un subidón barato; cinco segundos como la mejor estudiante. Era simplemente tirarte a tu novia y detonar una bomba inútil y verte a ti misma reflejada, en todo tu esplendor cobarde, en las gafas de sol espejadas de una mujer con la que nunca volverás a hablar.

—Porque puedo —contestó al fin.

—Porque puedo —respondió Tristan como el estribillo de una canción. Un coro. Y entonces la besó y Libby esperó a que su respiración se calmara en un sueño tranquilo para bajar a la planta inferior.

★ ★ ★

En retrospectiva, podría haber sido demasiado simple. Demasiado fácil. ¿Cuántas veces, durante su residencia allí, se había hincado Libby de rodillas ante los todopoderosos archivos, se había degradado con la súplica, solo para recibir la más hostil indiferencia?

Solo otra vez en su vida había deseado algo tan básico, tan carnal, que lograrlo le parecía que rozaba lo cruel. (No era de extrañar que hubiera comenzado a personificar a los archivos en su cabeza igual que Parisa Kamalli, tornándolos mentalmente sencillos, palpables y fríos).

No esperaba una respuesta y, sin embargo, allí estaba. Tenía la forma de una página de notas cuidadosas y parcialmente legibles, escritas con una letra que reconoció a primera vista; dos iniciales delgadas que había visto en unas pocas ocasiones. Como una respuesta de un fantasma o un viaje sin aliento en el tiempo, dos letras parecían saltar de la página para atrapar su mirada:

AB.

Ojalá pudiera decir que desconfiaba más de las circunstancias, en lugar de menos. Ojalá se hubiera instruido a sí misma para asociar a Atlas Blakely con el peligro en lugar de con el alivio. *Esto es culpa tuya*, pensó en una repetición practicada al tiempo que pasaba los dedos con suavidad por la página de su voz, tratando (o al menos así lo enmendaría hábilmente su narrativa interna) de recordarse que todo lo que había ahora en sus manos era suyo por derecho, por méritos propios.

«El ritual de iniciación» estaba subrayado con ceremonia a mitad de la página con los garabatos de Atlas. Debió de escribirlo años antes, tal vez cuando ostentaba el puesto de investigador que era en el pasado de Dalton y ahora de Tristan. Libby se estremeció al entender que Tristan sostendría esto en sus manos, lo consultaría.

No fue un estremecimiento de miedo. Fue uno de posesión. De envidia.

«Rhodes, o eres suficiente o nunca lo serás...», se burló Nico en su cabeza.

Leyó de forma descuidada la página, como si, cuanto más rápido lo hiciera, con más convicción pudiera negar haberla leído. Como si echara un vistazo a los fragmentos guarros de una novela erótica que hubiera colado en casa de la biblioteca, con la sensación de que iban a descubrirla en una posición comprometida, que alguien giraría el pomo de la puerta mientras ella leía sin aliento, nerviosa.

Malas noticias para los adolescentes cachondos: una lectura sin atención no bastaba para asegurar una refutación plausible. La cursiva aletargada de Atlas podía extenderse de forma rapsódica por la página, pero el contenido del ritual era remarcable e incluso inquietantemente sencillo. Como decirle a una rubia sin sujetador que corriera en una película de terror.

Igual de inútil también. Tras la primera lectura, cuando quedó claro que no se trataba de unas instrucciones, sino de una carta, Libby examinó, hambrienta, una segunda vez la página, y luego una tercera. Después, con un leve aleteo en el estómago, una cuarta. Miró la puerta de la sala de lectura, reflexionó, y entonces pensó: que me descubran si quieren.

Si había algo más al principio de la carta, no debía saberlo ella. Empezaba en medio de un pensamiento, tal vez incluso en mitad de una frase.

propósito del ritual no es conocido, pero sí adivinable por ciertos intelectuales (yo). No es el ritual original, no puede serlo, pues nadie lo menciona en ningún texto hasta el siglo XVIII. Me gustaría que esta información me sorprendiese, pero no es así; esta clase de transición filosófica de la artesanía a la producción solo puede ser industrial por naturaleza. No me gustaría mostrarme demasiado imaginativo, pero la lanzadera volante (¿así se llama eso que tejía de forma automática?) puede chuparme la polla de forma progresiva, fin de la cita.

LO QUE SE SABE: los archivos no tienen cuerpo, quieren nuestra sangre. En lo que concierne a los rituales, son curativos, elementales, ligeramente halagüeños (ja), carnívoros. También se sabe esto: los archivos no tienen alma, quieren la nuestra. ¿Por qué? Yo opino que para recrearnos. O para torturarnos. No son mutuamente excluyentes. ¿Es el ritual una cuestión para mostrar el pensamiento, o el dolor, o la capacidad mágica? Sí y sí, probablemente, y también sí. O puede que no importe lo que pensamos o sentimos, es muy posible que lo esté trasmitiendo yo, pero ¿por qué iban a deconstruirnos los archivos si no para ser testigos de nuestros materiales, de las vísceras de las que estamos hechos? El truco de todo esto, como tú y yo hemos averiguado, es muy sencillo: no hay ningún genio detrás de esto. No hay magia. Es la Sociedad, ¿no has prestado atención? Tan solo se trata de propiedad y control. Cierra los ojos y finge que no ves nada. Inclínate cuando te pidan que te inclines, rómpete cuando te pidan que te rompas. Ojalá yo pudiera continuar con mi tono conspirativo de grandilocuencia antisistema, pero incluso yo tengo que admitir que estar aquí sentado con una biblioteca consciente (un cerebro que representa casi la totalidad de la historia humana) no carece de recompensa.

Cállate, Ezra, puedo oír cómo te ríes desde aquí y no tiene gracia. En cualquier caso, toda la forma logística del ritual de iniciación... ¿estás sentado? PIDE A LOS ARCHIVOS QUE TE DEJEN ACCEDER Y ELLOS RESPONDERÁN. Les hemos dado un cerebro (no tú y yo, nosotros; nosotros en el sentido de los metafóricos miles que han derramado su sangre y han prestado juramento) (por lo que, técnicamente, nosotros no, y lo digo con admiración y mi garbo habitual) (sí, he estado fumando, ¿qué pasa?) y como parte de las especialidades ya saben, los archivos están siempre escuchando. En alguna parte está el libro encuadernado en piel (a lo grimorio de los Medici) que detalla una santidad excepcional etc., pero eso es lo esencial. Por cierto, ¿sabías que me enfrenté a ti en el ritual? Esta vez te maté porque no era real y, además, no podía dejar que los archivos supieran la verdad sobre tus puertas o ¿qué sentido tendría? Qué sentido tiene, de hecho. Posiblemente sea un pretendiente francamente maravilloso.

Eh... mejor no enviarlo, creo. Te contaré una versión de esto la próxima vez que te vea, ya que se resume muy fácilmente. Entonces ¿por qué sigo escribiendo? Buena pregunta, Ezra, tal vez porque es el día cincuenta y siete a solas en una casa espeluznante y, aparte de darle de comer a mi madre con una cuchara, me queda poco más que hacer. En lo que se ha convertido un loco ejercicio de aislamiento, me despido.

En la historia que contaría Libby más tarde si tuviera que hacerlo, sus piernas cedieron en estado de shock. ¡De shock! No había testigos que afirmaran que invocó un vaso de agua (no hay necesidad de ser estúpido) o que reorganizó las mesas de la sala de lectura para dejar un espacio abierto. Nadie podría atestiguar sus temores ocultos de que sería Callum a quien se enfrentaría, o con más probabilidad a Parisa. O tal vez, en un caso de justicia poética, al propio Atlas.

Nadie la oiría decirle a la casa:

—Quiero hacer el ritual. —Y al no recibir respuesta, nadie la oiría añadir—: Me has dado la carta. —Y también—: No puedes decir que no me lo he ganado. No puedes decir que no merezco el derecho a intentarlo.

Entonces, por fin, tras cinco tics más de silencio, nadie vería a Libby Rhodes decir a la casa señorial de la Sociedad alejandrina:

—Déjame entrar, maldita cabrona.

Las luces se apagaron. La sala de lectura estaba siempre menos iluminada que el resto de la casa debido al contenido de los archivos, pero, así y todo, había una diferencia entre luz tenue y oscuridad equivalente a resultar engullido.

Libby se puso en pie, atenta a cualquier sonido. Las zancadas de unas piernas largas o el clic de unos tacones delgados. Sus ojos se ajustaron poco a poco a la oscuridad, identificaron la silueta borrosa de un sofá, la repisa de una chimenea, una silla, y entonces recordó que no era idiota y encendió las luces.

No oyó a su oponente. Lo notó por puro instinto, como la presencia palpitante de una magulladura.

La sala pintada de noche. Sin mirar, supo que una figura solitaria le sonreía desde el vano de la puerta.

—Rhodes, no te hagas daño.

Ella se giró con un torbellino de fuerza y apuntó en su dirección con una onda de energía ciega (pero no infundada). Nico la deshizo como si fuera un muñeco, aplastándola con un gesto perezoso. ¿Qué información iba a quitarle entonces el ritual? ¿Que Nico había sido siempre mejor, más rápido, más natural?

¿O que ella seguía creyendo mucho en él?

—Me he ganado mi lugar aquí —le recordó antes de atacarle desde lejos.

Él la esquivó con una carcajada, como si simplemente estuviera entrenando con Reina. En la vida real, Nico estaba dormido, o puede que se hubiera ido de nuevo con Max, Libby no escuchaba nunca cuando le ofrecía explicaciones de sus ausencias. (Sí, sí lo hacía. Ahora le explicaba sus paraderos con minucioso detalle y gran amabilidad, como si ella hubiera estado perdida en el tiempo y el espacio y él no quisiera que se preocupara, no quisiera que se sintiera sola; le ofrecía la seguridad de que estaría siempre a su alcance, aunque ella no lo hubiera solicitado).

—Ya hay cinco miembros iniciados, Rhodes.

Sus ojos eran distintos. El habitual brillo travieso y aniñado parecía malicioso, o tal vez eran los archivos, que se burlaban de ella con cualidades que la propia Libby había atribuido en falso. (¿Era el ritual un juego, un sueño, un ejercicio de tormento?, ¿qué?). Se acercó rápido a Nico con el propósito de golpearle y él le agarró la mano antes de que la alzara, o puede que ella la hubiera colocado a posta a su alcance.

—Ya hay cinco iniciados —repitió—. Eso significa que tú eres una redundancia en su forma más aburrida, más inútil —añadió con un guiño lascivo.

Libby tiró de la mano.

—No te crees eso. —Ah, pero este era el cerebro de ella, no de él. Ella alimentaba la simulación, no él, ¿no lo había dicho Atlas?—. No me lo creo —se corrigió—. Me he ganado mi derecho a la iniciación. —Se giró con brusquedad hacia el esqueleto de la casa, el ápside junto a la ventana de la sala pintada, las cenizas en la chimenea—. Decidimos matar a Callum. La intención cuenta para algo. —Flechas letales, suerte y mala suerte—. Se hizo el sacrificio en el momento en el que lo escogimos.

Importancia mágica. La voz de Atlas en su cabeza, luego la de Ezra. «Tú eres su arma». (¿Quién es la flecha?, ¿quién es el arquero?). «¿Era una asesina antes incluso de entrar en ese despacho?».

(«¿Qué más estás dispuesta a romper, señorita Rhodes?»).

Entró en su cabeza, presionó para adentro, tierno e insoportable, estalló como entrañas. Desolada y pálida por la rabia, Libby rugió a los muros sin rostro de la pared.

—¡No me digáis que no he sangrado por vosotros!

—Ah, pero he ahí… una divergencia filosófica —la interrumpió la simulación de Nico y Libby se giró hacia él—. Tú no has hecho nada de eso por los archivos.

Libby tragó saliva ante la presencia de algo más amargo.

—Claro que sí…

Nico alzó un dedo para silenciarla. Puso los ojos en blanco.

—Los archivos no necesitaban que regresaras, Rhodes. ¿Por qué, si ya me tienen a mí? Solo has vuelto para demostrarte algo a ti misma. Algo que sigues tratando de demostrar.

Libby sintió que le estaban robando los secretos en ese momento. Un dolor simple, como un calambre en la garganta, y respondió con un golpe de energía en la cara de Nico, que él disipó con un parpadeo.

—¿En serio, Rhodes? Enhorabuena —dijo con una carcajada—. Al fin estás dispuesta a chamuscar este mundo, pero solo por demostrar que tú, personalmente, importas...

—No voy a chamuscarlo —siseó con los dientes apretados y se recordó que esto era un engaño de su mente. («El mundo puede acabar de dos formas. Fuego o hielo» susurró Ezra a la nada)—. Es obvio que no, pues eso es justo algo que no tengo intención de hacer...

—Y lo triste es que, aunque lo hicieras, seguirías sin creerlo, Rhodes.

—Nico se inspeccionó las uñas, el humo alrededor de sus cabezas era la única prueba de que ella había intentado desintegrarlo con un lanzallamas casero.

—¿Creer qué? —espetó. Se dio cuenta, con un sobresalto, de lo guapo que era y eso tan solo añadía sal a la herida. Algo que siempre había sabido y que le había molestado: lo agradable a la vista que era de forma natural y segura, un truco que ninguna máscara de pestañas ni encantamiento de ilusión había conseguido nunca.

Por un momento, pareció Callum.

Hasta que, con un resplandor tan brillante que la hizo girarse, lo fue de verdad.

—Ah, Rhodes. Sigues buscando una meta que nunca conseguirás ver.

—Callum tenía un aspecto atractivo, engreído, como en sus sueños. Como si Parisa le hubiera enseñado a mostrarse condescendiente mientras Libby estaba perdida, sola, lejos—. Pensabas que te habían reclutado, te sentías valiosa. Creías que cuando regresaras a casa, te sentirías poderosa. Pensabas que una vez que te iniciaras te sentirías al fin merecedora. Ahora estás segura de que si puedes abrir una puerta a un condenado mundo nuevo, entonces...

—No voy a hacerlo —siseó ella. (La cara de Belen apareció deformada en su mente: «Vas a hacerlo, ¿verdad?»)—. ¿Por qué iba a hacer algo que ya sé que tendrá resultados catastróficos?

Para su consternación, Callum sonrió.

(«Lo veo ahí, en tu estúpida cara de mierda»).

Y entonces, de repente, era de nuevo Nico.

—Porque Ezra es un mentiroso y un idiota, y no le crees —le informó con tono alegre, como si no hubiera nada que le gustara más que decir eso en voz alta—. Algo que te he dicho muchas veces, por cierto, y algo que tú siempre has creído en secreto, porque, por irónico que parezca —hizo una pausa breve para reírse, como si quisiera proponer un brindis en sociedad o eclipsarla a ella en su propia fiesta de cumpleaños—, si me hubiera gustado Ezra, o aunque solo lo hubiera respetado un poco, probablemente nunca hubieras salido con él, porque en tu vida todo ha girado siempre en torno a demostrarme algo a mí.

—Eso no se acerca ni remotamente a la verdad... es... no puedo creerme que... —Se dio cuenta de que había una posibilidad muy real y muy presente de que se produjera una discusión y de algún modo, parecía disiparse cuanto más se acercaba.

—Empeora, ¿verdad? —Nico se inclinó hacia ella y se acercó lo suficiente para tocarla. O besarla. Entonces mutó y era Callum. Volvió a cambiar y era Tristan.

Luego Parisa.

—Me quieres, muy bien, algo terrible, pero soportable.

Nico de nuevo. Notaba su aliento en el aire, entre los dos.

—En algún lugar de ese cerebro tuyo moralizante y catastrofista ya sabes que esto se deformó en alguna parte entre los dos a lo largo del camino, pero eso no es lo que te mata. No es la verdadera fatalidad aquí, porque una parte de ti sabe que podría amarte... podría. Pero no eres tan buena persona como yo creía, ¿verdad? —Sus estúpidos ojos estaban enmarcados por unas pestañas tan largas que casi le rozaban la mejilla.

»Porque la verdad real —bajó la voz hasta convertirla en un suspiro— es que si fueras una buena persona, te habrías quedado perdida.

El impacto le recorrió dolorosamente el pecho cuando los ojos de Nico descendieron a sus labios.

—¿Qué?

—Admítelo. —Retrocedió con una sonrisa y lanzó en su dirección una onda de fuerza de forma tan abrupta que Libby se tambaleó, como si se hubiera enganchado un dedo del pie en la alfombra—. Ya has hecho las cuentas, Rhodes. Ya sabes que el precio por venir aquí era indefendible. Era una vida por miles. Tal vez generaciones. O peor. Con lo mucho que sueles preocuparte, no es posible que no lo supieras.

—Eso es... —Libby estaba mareada—. Es pura teoría, y...

—Ah, claro, y ya sucedió —dijo Nico con un gesto desdeñoso—. El tiempo es un circuito cerrado, por lo que podría decirse que el daño ya estaba hecho. Pero esa no era la cuestión, ¿verdad? La cuestión era qué es lo correcto y tú elegiste... ¡din, din, din! —Era de nuevo Callum, tan brevemente que le ardieron los ojos, como si mirara directamente al sol—. La respuesta equivocada.

Regresó Nico. Libby sintió que se elevaba del suelo antes de desviar rápidamente la fuerza de la gravedad y sus pies chocaron contra el suelo de madera con un golpe repentino y doloroso.

—Y así es como sé que vas a hacer el experimento —añadió Nico y volvió a entrar en su radio de alcance para darle un beso en la mejilla y enviarla al suelo—. Porque ya has chamuscado el mundo una vez y saliste ilesa, y eres lo bastante necia para pensar que eso significa algo.

Libby se puso en pie, lo miró a los ojos y prendió fuego a la pernera de su pantalón. Él dejó que ardiera, como si no le doliera. Como si ella no pudiera lastimarlo de verdad.

—Porque el simple hecho de saber que el experimento existe ya significa que nada que desees lograr en tu vida será suficiente —indicó, esta vez con una mirada más suave. Una mirada que Libby conocía porque lo había visto dedicársela a Gideon. Porque era una mirada que le lanzaba a Gideon a todas horas—. Porque es otra línea de meta que tienes que cruzar o siempre serás un fracaso.

Las llamas se alzaron del suelo a su voluntad y le lamieron la camiseta. Nico se levantó el tejido de la piel y se miró el vientre enrojecido y con ronchas, que iba ennegreciéndose poco a poco.

El joven se acercó más para hablarle al oído; de sus mejillas goteaba sudor a los hombros de ella como si fueran lágrimas cuidadosamente contenidas.

—Porque completar con éxito ese experimento es lo único que te falta para demostrar que tú, ansiosa, molesta e imposible de amar, eres digna del precio que has obligado a que paguen los demás —susurró—. Todo para que pudieras creer por un maldito segundo que importas.

Terminó, se hizo a un lado y Libby pensó que tenía muchas pruebas que lo contradecían. Que si se le había quedado la boca abierta era solo un hecho circunstancial; porque costaba respirar con tanto humo y el Nico que su mente había creado para ella ardería si ella así lo quería.

Comprensiblemente, escogió un camino menos admirable.

—Cierra la puta boca —respondió y le dio un puñetazo en la cara.

Detener el impacto del golpe, si es que había tenido oportunidad de asestarlo, era algo tan intrínseco de sus talentos que apenas parpadeó. Entonces, de golpe, era Reina.

—Ah, Rhodes —dijo con una mirada psicótica de indiferencia que parecía reservada solo para Libby.

Emergió una voluta de algo, una sacudida de fuerza o de la naturaleza que lanzó a Libby hacia atrás. Se estrelló contra la estantería y cayó de espaldas. Siseó de dolor. Estaba exhausta, rota, agotada; una enredadera le alcanzó la garganta con ternura y le acarició la mandíbula.

Entonces una sombra le cruzó el rostro y bloqueó la luz como si se tratara de un eclipse repentino.

Mareada, Libby parpadeó.

De pie sobre ella estaba ella misma, las manos manchadas de sangre.

—¿Qué más estás dispuesta a romper, señorita Rhodes? —preguntó Libby en un susurro.

Hubo un destello de dolor, una luz cegadora. Entonces Libby se despertó bajo la luz tenue de la sala de lectura y comprendió dos cosas: que esto había sido el ritual y que había fracasado.

IV

NIHILISMO

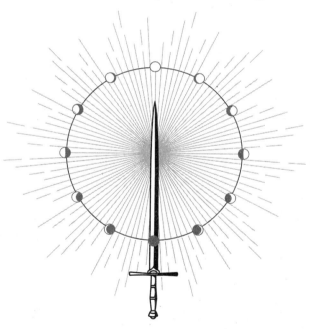

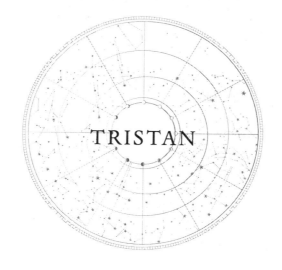

TRISTAN

CN
Domingo, 14 de agosto

Y bien, Tristan, ¿cómo piensas matarme?

Despacio.

Descartamos un cuchillo, eso es obvio. A menos que quieras volver a probar.

No tengo ningún interés en acercarme tanto a ti.

No tendrías que hacerlo, pero sé a qué te refieres, es muy íntimo. Una muerte muy sexy.

Y, por ello, inapropiada para ti.

Jajaja.

No te lo crees ni tú.

Jueves, 23 de agosto

¿Sabes? Ahora que lo conozco, veo que estaba equivocado con tu padre. Pensaba que era más sencillo, más fácil de definir. Todos esos pequeños traumas de tu pasado que tratas de bloquear con tanta desesperación. Al principio me parecía muy poco original, claro. Pero la situación entre vosotros es complicada, ¿eh? El amor puede ser muy retorcido.

Yo tenía razón, en teoría, de noventa y nueve modos diferentes, en particular en lo que respecta a tu naturaleza de víctima. Pero también estaba un poco equivocado, y esta es mi disculpa por ello, lo lamento.

Dudo de que hayas lamentado nunca de verdad.

No es cierto. Lamento haber matado a Parisa.

Te refieres a que lamentas haber dejado que te engañe para que la mataras.

Eso también, pero no. Lamento de verdad haberlo hecho. Bueno, no la maté, no es justo decir eso. Ella tomó esa decisión, yo no la influencié para que lo hiciera.

Semántica.

Sí, pero la semántica tiene importancia aquí, ¿verdad? Es relevante en esta conversación específica. Quiero que sepas que yo no la convencí para que lo hiciera. Yo solo... aparté las razones para no hacerlo.

Semántica. Y muy mala.

De acuerdo, sí, la cuestión es que lo lamento. No se lo digas a nadie, pero la echo un poco de menos.

...

¿Qué? Me gusta Parisa. Es divertida.

Es, literalmente, una sádica.

Tristan, por favor, no finjas que no es justamente eso lo que consideras divertido.

Jueves, 1 de septiembre

¿Has oído las noticias?

Parece que sigues vivo. Vaya mierda.

ENLACE: EDEN WESSEX ENCUENTRA EL AMOR EN LA REALEZA DANESA.

¿Se supone que tengo que estar... celoso?

Claro que no. Sé con certeza que ese tipo es demasiado bajo para ti.

¿Qué buscas al enviarme eso? Estaba claro que Eden no iba a quedarse sentada esperándome.

Un extraño salto, ¿no te parece? De ti a la realeza.

A menos que sea un asunto de solidaridad entre clases y todo eso. En ese caso, ¿hola? No estoy disponible.

Que te jodan y todo eso.

Sí, etcétera, etcétera.

El progresismo de Eden siempre ha sido un acto performativo. Ya que parece que ahora intenta matarme, no puedo incomodar al tío Louis en una cena, claro.

¿Intenta matarte? Ah, Eden, dónde está tu dignidad. La obsesión no es un rasgo bonito.

Dice el tipo que sigue escribiéndome.

¿Cómo sabes que intenta matarte? Yo lo sabía, claro, pero no era consciente de que tú también.

Pregunté a la Sociedad quién estaba detrás de todos los ataques. No me sorprende que haya dinero de Wessex involucrado.

¿Eso apunta a Eden?

Casi con seguridad.

¿Buscas de forma intencionada rasgos homicidas en tus parejas? ¿O solo es, digamos, un extra divertido?

Espera, no importa, sé que estás ahora con Rhodes. Aunque ella no se escapa de ser una asesina, así que... Creo que me has entendido.

Sábado, 10 de septiembre

No me digas que te ha molestado de verdad. Ya te dije que habría una bomba.

No puedes tenerlo todo, Tristan. O bien Rhodes es una santa que sigue atrapada en el tiempo o bien ha regresado porque está tan jodida como el resto de nosotros.

¿De veras estás diciendo que no hay ninguna diferencia entre Rhodes y tú?

Eh, ¡hola! Qué curioso verte por aquí. Ningún plan romántico para la noche del sábado por lo que veo.

Domingo, 11 de septiembre

¿Sabe ella que sigues pensando en mí?

Sí. Sabe que aún no he decidido el arma del crimen.

¿Te ha sugerido una bomba nuclear?

10:10 p. m.

AH, VENGA YA, HA TENIDO GRACIA.

Miércoles, 21 de septiembre

Varona tiene la teoría de que estás usando a Reina para ejercer influencia en la gente por medio de ondas aéreas.

Disculpa, ¿quién eres?

3: 45 p. m.

Tengo derecho a bromear, Caine. Y para que conste, no estoy usando a Reina. Ella me está usando a mí.

6:15 p. m.

Ja, lo dudo.

8:21 p. m.

¿Por qué iba a mentirte?

...

Vale, ¿por qué iba a mentirte en esto en particular? No tengo interés en la dominación mundial. Reina es la que tiene el complejo de dios.

¿De verdad aceptas lo que ella quiere?

Mis deseos son frustrantes y diminutos. Los suyos son alcanzables. La admiro, en cierto modo.

¿En cierto (1) modo?

Bueno, va a fracasar, pero eso va a suceder la ayude yo o no, y no tengo ningún otro asunto más apremiante que atender.

Está el asunto de tu muerte, sí, pero no tengo prisas con eso.

¿Hay alguien en quien creas de verdad?

Noto cierto toque de cinismo en esa pregunta, Tristan, pero soy muy sincero al decirte que te equivocas del todo. Creo en Reina. Creo en ti. Incluso creo en Rhodes, a mi manera, o no te habría dado la información que te di para traerla de vuelta. Pero creer en alguien no cambia quién es esa persona. No importa cuántas veces hagas la simulación, las probabilidades siguen siendo las mismas.

Dijiste que no había ninguna probabilidad de que Rhodes tomara todo su poder y te equivocaste.

No, la BIBLIOTECA lo dijo, Tristan. Pero, para ser justos, tiene la sensibilidad de una máquina.

¿Qué significa eso?

Significa que los archivos están «vivos» igual que la inteligencia artificial está viva. Nos sigue. Puede (es probable) que piense de algún modo rudimentario. Pero su información sobre el mundo no procede de su propia existencia intrínseca, procede de información que nosotros suministramos.

¿Y?

Y esa información es imperfecta, pero no es tan imperfecta como la humanidad. En la naturaleza, las cosas que no siguen un patrón, mueren. La evolución es un código, determina que el ciclo de vida de cualquier especie es una cuestión de reconocimiento de un patrón. Pero los humanos no dejan que otros humanos mueran, ni siquiera cuando deberían, ni siquiera cuando se necesitan recursos desproporcionados para mantenerlos con vida. O se matan los unos a los otros en directa oposición a los códigos de supervivencia, basándose únicamente en algo tan irrelevante como es el color de la piel o a quién le hablan en el cielo. Si una persona vive o muere es casi totalmente arbitrario.

La teoría me la sé.

¿Sí? Ilústrame.

Sueltas sinsentidos en el aire para distraer a la gente del hecho de que no tienes ni la más remota idea de lo que estás hablando.

Ah, Tristan, ninguno de nosotros tiene idea de lo que está hablando, todo esto es una tontería. En cualquier caso, lo que intento decir es que por supuesto que los archivos pueden equivocarse. Claro que existe una posibilidad entre un millón de que consigas matarme o de que Rhodes haga algo impresionante por sí misma. Hay al menos un universo ahí fuera en el que Atlas Blakely mató a alguien para salvar otras cuatro vidas y ese es el motivo por el que están buscándolo.

Pero ¿acaso importa?

¿Importa nada?

¿Ves? Ahora lo entiendes.

Estás hasta arriba de mierda.

2:37 a. m.

¿Crees que la biblioteca sueña?

¿Algo te quita el sueño, Caine?

4:13 a. m.

No lo sé.

Creo que es la primera vez que te oigo decir eso.

Tus recuerdos sobre mí están empañados con tonterías como que crees que soy un asesino o cualquiera que sea el problema que tienes conmigo. Claro que hay cosas que no sé.

Mi principal problema contigo es que eres demasiado arrogante.

Lo bastante arrogante, en realidad.

De vez en cuando me acuerdo de que eres el hijo menor y todo empieza a cobrar más sentido.

Ah, no me compares con Bella. Es muy grosero.

No bromeo al decirte que te alejes de mis hermanas.

No <3

7:44 a. m.

Dios, estoy de broma. ¿Qué crees que voy a hacer con ellas? Son unas NIÑAS, Tristan. Son CRÍAS.

Me alegro de que te hayas dado cuenta.

Me resulta muy interesante verte a través de sus ojos. ¿Eres consciente de que, en cierto modo, consideran que las has abandonado?

Viernes, 30 de septiembre

7:53 a. m.

Es normal que lo piensen. Me fui hace mucho tiempo. Eran unas niñas por entonces.

¿Sabías cómo era tu padre y, aun así, las abandonaste?

3:21 p. m.

Tristan, te estoy provocando, es nuestra lengua romántica. La verdad es: no has de sentirte culpable. Y venga, seamos sinceros, no te sientes culpable. ¿Por qué ibas a sentirte así? Sabías que estarían bien. Él es diferente con ellas a como es contigo. Y tienen a su madre. Las idioteces con las que te cargas, no creía que fueran tan creativas. Están bien, Tristan. Están más que bien. En realidad, están mejor que tú.

¿Por qué coño ibas a decir eso entonces?

Porque soy un sádico, Tristan, ¿qué esperas de mí? Y por si sirve de algo repetirlo, no tienes que sentirte mal por alejarte de una situación que te estaba matando.

No me estaba matando.

Tristan, he sentido lo que sientes. No tienes que mentirme.

Sábado, 1 de octubre

3:12 p. m.

Creo que he cometido un error.

Es probable. Muchos, seguramente. Pero ¿quién puede decir lo contrario?

¿Qué desharías tú si pudieras?

¿Qué hilo del multiverso seguiría, quieres decir?

Vale, si prefieres ese experimento mental.

No creo en el multiverso.

¿Ni aunque pudiera demostrar su existencia?

De acuerdo, creo en ello como una posibilidad teórica, pero no CREO en él. No podemos deshacer nuestros errores. Solo cometemos nuevos y tratamos que los demás sean más interesantes.

Respóndeme de todos modos: ¿qué momento cambiarías?

Sé cuál es la respuesta que quieres que te dé, pero sigo pensando que nada de esto tiene sentido.

¿Qué respuesta crees que quiero?

Ah, no lo sé. Ejercer influencia en ti con respecto a tu elección de bebida. Matar a Parisa. No importa ya.

Yo podría hacer que importe.

Ah, claro, porque Rhodes y tú estáis creando vuestros propios universos. Se me olvidaba.

¿De verdad te cuesta tanto creer que no la he elegido a ella en lugar de a ti? Simplemente NO te he elegido a TI, es muy diferente. Además de una cuestión de supervivencia.

¿En serio?

¿O has cometido un error?

Martes, 11 de octubre

1:15 a. m.

¿Y si llevara a cabo el experimento de Atlas?

Apunta a la luna. Aunque falles, aterrizarás entre las estrellas.

Te odio profundamente.

¡Lo sé! En mi arrogante opinión, lo mismo digo.

Respóndeme.

¿Desde cuándo te importa lo que pienso? Según tú, moriré pronto.

Creo que los dos sabemos que no puedes resistirte a la oportunidad de ponerte poético sobre por qué estoy equivocado y tienes razón, la humanidad es terrible, y este es solo el último episodio del universo en su próxima serie de destrucción.

La humanidad no es terrible, es solo que no vale la pena arreglarla o cambiarla. Es la segunda vez que tengo esta misma conversación hoy, pero esto no tiene sentido. ¿Cuál es la pregunta?

Sube la conversación, idiota.

De acuerdo, deberías hacerlo, no deberías... No me importa, Tristan. Este tema es agotador.

Vaya.

¡Vas a hacer el experimento! ¡Yo lo sé! ¡Tú lo sabes! ¡Atlas Blakely lo sabe! ¡Rhodes lo sabe! Y, lo que es más relevante, hasta Su Divinidad lo sabe, porque Varona ha dejado otro mensaje de voz tratando de convencerla para que se una a la fiesta. Así que creo que ya ves que este es un ejercicio inútil de hipótesis morales.

¿Por qué la moralidad te parece una tontería? Solo es la base para la sociedad, dar o tomar algo de dignidad humana innata o lo que sea que a todos parece importarnos y que tú no encuentras.

Ah, eres un gruñón. Qué mono.

Tienes razón. Soy un completo masoquista. ¿Qué me pasa? ¿Por qué estoy aquí?

¡¡¡Es un misterio!!! ¡Me encanta! Estoy deseando ver cómo decides matarme.

En cualquier caso, sé lo que te dices a ti mismo, que el experimento no es inherentemente malo, y tienes razón.

Entonces piensas que debería hacerlo.

Creo que vas a hacerlo, que ya está bien decidido, pero por supuesto que no creo que DEBAS. ¿Qué opina Parisa?

Claro, porque le he preguntado su opinión.

Si no lo has hecho, deberías. O ella piensa que deberías hacerlo, y en tal caso desde luego no deberías; o cree que es una idea horrible, ¡y tendrías razón!

Creo que es posible que hayas desvelado sin desearlo tu opinión al respecto, Sócrates.

Al 100000% mi respuesta es que no lo hagas. ¡Pero lo vas a hacer! Por lo que esto es una pérdida de mis minutos internacionales.

¿Cómo va tu plan para la dominación mundial?

Será inútil una vez que abras otro hilo del multiverso, pero intenta decirle eso a la Diosa. No quiere escucharlo, así que me piro a las Américas.

¿Por qué la política norteamericana?

¿Por qué café y no té? ¿Por qué es el cielo azul?

Estoy deseando matarte.

¿Has dado ya con el arma? ¿O simplemente te vas a transportar a un mundo donde nunca haya nacido? Imagino que hay unos cuantos por ahí, en alguna parte, bajo los cojines del sofá del multiverso.

¿Por qué crees que no debería hacerlo?

Deja que enumere los porqué.

...

Tenía una intención poética. No voy a enumerar los motivos literalmente. Me tiraría todo el día aquí.

¿Qué otra cosa tienes que hacer?

Tienes razón. De acuerdo. Mi motivo principal es que tú siempre eres el arma de otra persona. De Atlas Blakely. De tu padre. De Eden Wessex. De Parisa. La lista continúa. Creo que la razón principal por la que deseas tanto estar enamorado de Rhodes es porque piensas que ella nunca te usaría.

Según esa lógica, ¿puedes culparme por preferir a otro en lugar de a ti?

Tristan, estoy cansado de este argumento, ¿podemos dejarlo por ahora? Siempre puedes volver a sacarlo más adelante, cuando me estés estrangulando o lo que sea que planees hacerme. Empujarme por un acantilado parece fácil. Y sé de buena mano (la de Reina, así que puede que no sea TAN buena) que soy muy fácil de tentar.

Tienes magia. Demasiadas maneras de sobrevivir a la caída.

¡¡Me acaba de dar un escalofrío!! Háblame de asesinatos, descarado.

¿Sabes lo que es irónico de verdad?

DÍMELO. Estoy deseando oírlo. Besos.

No vas a matarme, Callum. No puedes. Un día yo te mataré y te sorprenderás porque, da igual lo poderoso que seas, no puedes HACER nada de verdad. Lo ha averiguado Varona, ¿sabes? Estás usando transmisores tecnománticos para ejercer influencia en la magia. Estás dirigiendo las elecciones de un país entero, y no solo a un candidato, sino a todos. Vas a anular un sistema entero de gobierno y, sin embargo, temes demasiado descubrir que el universo puede ser un poco más grande de lo que crees.

Estás demasiado asustado para sentir decepción. Te asusta quedar eclipsado, estar equivocado.

Y te aterra un mundo sin mí porque sabes que una vez que yo no esté, te quedarás solo.

Creo que has señalado muchos puntos, Caine. Algunos de ellos son bastante válidos.

Cómo no, eso es todo cuanto tienes que decir.

¿Qué quieres que te diga? Claro que el universo es más grande que yo. Yo no tomo decisiones sobre el universo.

De acuerdo, lo hace Reina.

Sí, lo hace Reina, y yo la acompaño porque entiendo que para cada acción hay un igual y un opuesto y blablablá, y volverá y le golpeará en la cara porque lo único que yo entiendo de verdad es el equilibrio y lo que un cambio cósmico genera.

Pero ¿qué quieres TÚ oír? No tengo ni idea, de veras.

¿Puedes ejercer influencia en mí por medio de mensajes de texto?

¿Por qué? ¿Te sientes influenciado? No, tienes razón, mejor no nos metamos en ese berenjenal. Desconozco la respuesta, pero no lo creo. Esta red es de Varona y, por extraño que resulte decirlo, me parece muy poco deportivo joderla. Además, no puedo hacer lo mismo por Internet que por la televisión, Reina y yo ya lo hemos intentado. Parece que la infraestructura mágica es más débil, o puede que más fuerte, no lo sé. Aunque ella lo descubra, no importa.

Ya, porque nada importa.

¡Correcto! ¡Ya lo tienes!

¿Y si me niego a creer que eso es verdad?

Bueno, ¿qué significa importar, Caine? ¿Qué aspecto tiene?

¿Importar?

Sí, importar. Propósito. Significado. ¿Y si el mundo te sugiere que esas cosas pueden encontrarse? No hay multimillonarios felices. Yo debería saberlo, teniendo en cuenta que mi padre es uno de ellos. La gente que afirma ser feliz cae en el olvido en una generación, tal vez dos. Por lo que ¿a qué aspiras, Tristan? Porque a mí no solo me parece inútil, también imposible.

¿No es eso ser humano? ¿Querer importar? ¿Tener un propósito?

Deja que te pregunte algo. Si tu propósito fuera abrir el multiverso, ¿qué sucedería después?

¿Qué significa eso?

Suponiendo que no te gane yo y te mate antes de que me mates tú a mí, vas a vivir otros... ¿qué? ¿Cincuenta años aproximadamente? Digamos que abres un portal hacia el multiverso mañana, o la semana que viene, o el día que tu pequeño grupo de físicos decida. Después ¿qué?

Después habré abierto un portal hacia el multiverso.

Sí, pero ¿te querrá tu padre? ¿Te echarán tus hermanas en falta? ¿Dejarán los archivos de intentar matarte? ¿Podrás dejar de pensar en mí? ¿Tendrás por fin la respuesta a las preguntas que has deseado preguntar siempre? ¿Entenderás por qué tuviste que pasar tanto dolor solo para estar aquí hoy, solo para existir? Si puedes demostrar que importas de algún modo concreto, no teórico, ¿creerás al fin que es verdad?

Jueves, 13 de octubre
12:32 a. m.

No.

Pero voy a hacerlo de todos modos.

* * *

Lo curioso de la sala de lectura era lo oscura que estaba; la importancia del tiempo parecía siempre disiparse, las horas pasaban como minutos o inspiraciones. Tristan miró la hora de su último mensaje y reparó en que llevaba años ahí sentado. A pesar de las idas y venidas de Nico y Gideon a lo largo de la tarde, ni Libby ni él se habían movido.

—¿A quién le estás escribiendo? —murmuró Libby con un bostezo. Levantó la cabeza de la hoja de notas y su aspecto era inexplicablemente familiar, como si fuera ella misma, pero de una o dos vidas antes. Como si este fuera un momento deformado en retrospectiva, en un tiempo y lugar que nunca existieron de verdad, o que aún no habían existido.

—Eh... Nadie. —Tristan apartó el teléfono a un lado y se frotó los ojos por debajo de los cristales de las gafas. Necesitaba una nueva receta. Todo hacía que le dolieran los ojos. Le parecía extraño y también, de algún modo, válido estar sucumbiendo al deterioro mientras planeaba en silencio algo de esta magnitud.

»¿Estás segura de que podemos hacer esto sin Reina? —preguntó con cautela. Libby lo miró y añadió—: Hipotéticamente hablando.

—Hipotéticamente hablando, sí, estoy segura. Además, no creo que podamos confiar en ella. En especial ahora, teniendo en consideración lo que ella planea. —Esbozó una sonrisa triste—. Si hubiera tenido que apostar mi dinero por quién de nosotros trataría de dominar el mundo, no habría elegido a Reina.

—Yo sí —dijo Nico, quien dejó de pronto una pila de libros en la mesa—. Y en cuanto a las hipótesis, estoy harto de eso. Digamos, realísticamente hablando, que sabemos lo que estamos haciendo...

—Breve interjección: no, no lo sabes —lo interrumpió Gideon, que devolvía libros a las estanterías de la sala pintada.

—De acuerdo, corrección: no lo sabemos. Pero por eso es un experimento —insistió Nico. Se sentó en la silla al lado de Libby—. Y si tienes razón sobre los archivos vengativos, llevamos casi cinco meses ya con seis posibles. Así pues, o matamos a alguien esta noche... Gideon queda excluido —añadió con tono cordial y Gideon hizo el gesto de inclinar un sombrero invisible—, o hacemos el experimento. Y si no funciona, que no funcione.

Libby se apartó enseguida.

—Si no funciona, tan solo liberaremos el poder del sol —murmuró—. Algo muy normal, Varona, tienes razón.

—Por favor, poseemos más control que ese. —Le hizo una señal a Gideon, que estaba justo detrás de la mesa, como si no supiera si debía de entrar en el espacio sagrado de sus eternas hipótesis—. Toma asiento, Sandman, estás poniéndolos nerviosos a todos.

La pantalla de Tristan se iluminó con un mensaje. Lo metió debajo de la mesa y bajó la mirada para ver la respuesta a la primera declaración real de sus intenciones. «Voy a hacerlo de todos modos», le había confesado a Callum, y se le aceleró el corazón en el pecho mientras leía en privado la respuesta de este.

Lo sé. Y te deseo omnipotencia.

Tristan levantó de nuevo la mirada y vio que Gideon lo había descubierto comprobando el teléfono, aunque el joven apartó la vista rápidamente. Tristan se metió el teléfono en el bolsillo; no sabía por qué el corazón le aporreaba el pecho. Como si lo hubieran descubierto.

(Ya sabía qué haría cuando llegara el momento. Un cuchillo no, ni una pistola, ni un arma. No necesitaba nada de eso. ¿No era esa la idea de todo? ¿Descubrir que podía romper algo por sí mismo, cambiarlo y transformarlo en otra cosa? Sencillamente desarmaría el órgano del pecho de Callum que bombeaba sangre a su cerebro y que Tristan no sabía si llamar corazón. Lo accionaría como un interruptor de luz, de encendido a apagado; fácil, simple, sin pausa para la duda, sin líos, sin culpa. Tenía la sensación de que Callum se reiría, o tal vez incluso le daría las gracias).

—Creo que estamos pensando de más —continuó Nico.

—Imposible —dijo Gideon, quien se había acercado más y estaba al lado de la silla de Tristan.

—Tiene razón —comentó Tristan, quien llevaba sin hablar un rato.

—De acuerdo. Rhodes está pensando de más. —Nico le dio una palmada en el pelo cuando ella fue a darle un empujón y falló por un centímetro—. Simplemente… no lo sé, dejémoslo.

—Grábalo en mi lápida —murmuró Libby—. Simplemente… no lo sé, dejémoslo.

—Voy a poner «vuelvo enseguida» en mi lápida —indicó Nico y chasqueó los dedos—. Gideon, tú eres el encargado de eso.

—Lo sé. —Gideon sonaba irónico, demasiado cerca. Tristan tenía la sensación de que Libby tenía razón, de que Gideon sabía algo, sabía muchas cosas. No parecía una amenaza, pero eso era todavía peor. La idea de que lo veía todo y no trataría de intervenir. Tristan se sintió desatado. Desestabilizado.

—Tendríamos que hacerlo pronto —observó Nico—. Mañana incluso.

—Aunque coincidiera contigo, necesitaríamos descansar —repuso Libby—. Comida.

—A Dalton —expuso Tristan.

—Lo importante es la intención —replicó Nico—. Si podemos convencer a Dalton con Parisa o, no sé, tal vez por medio de las artimañas seductoras de Tristan…

—Ya, muy posible —dijo Tristan y notó que Libby gruñía en su silla.

—… entonces mañana celebraremos un festín, dormiremos cuarenta y ocho horas y crearemos un condenado mundo nuevo. —Nico lanzó el puño al aire de un modo que Tristan consideró del todo inapropiado para la hora de la noche que era—. Lo importante es la flecha. Tenemos que decidir. —Se detuvo un momento, casi suplicante—. Necesitamos hacerlo.

Libby echó el libro a un lado y miró a Tristan a los ojos.

—Por favor, díselo otra vez porque yo no puedo.

Notó que Gideon se movía detrás de él. No sabía qué estaba viendo él o qué creía ver.

«¿Confías en mí?», le había preguntado Libby. Pero ¿cómo de lejos llegaba en realidad esa confianza?

(«Señor Caine, soy otra vez Ford, siento molestarle, pero ¿ha sabido algo del doctor Blakely? Aún no hemos recibido ningún informe sobre el nuevo archivista. La junta directiva se ha reservado el derecho a convocar por ahora una moción de censura, pero solo es una cuestión de...»).

Notó el teléfono pesado en el bolsillo. Pensó en escribir a Callum, solo para leer algo absurdo, algo que aflojara la aprehensión en su pecho que tan fuera de lugar estaba, que tan inútil era. Un vestigio de una vida anterior, plagada de miedo.

¿Y si fracaso?, cuya respuesta de Caine sería con toda seguridad: «Oh, querido, pero ¿y si vuelas?».

—Hipotéticamente —dijo—, puede que coincida con Varona.

O bien había más que este mundo o no había nada, en cuyo caso Libby dejaría de mirarlo así y el dolor terminaría pasando. Al final.

La mesa tembló cuando Nico estampó en ella la mano.

—¡Bum! —exclamó con tono eufórico, o profético—. Sí. Hecho.

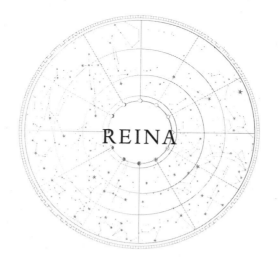

REINA

Reina ojeó la aplicación de noticias en su teléfono mientras la gente que los rodeaba se movía a un lado y a otro; el calor flotaba, malicioso, sobre el pavimento mientras caminaban. París era inesperadamente bochornosa y densa a finales de octubre, el verano se prolongaba cada vez más hasta que las sombras de color ocre oscuro y la podredumbre inminente se veían obligadas a amontonarse en su espacio tórrido. Las calles parecían siempre llenas de turistas que deambulaban junto a oriundos que vestían como Parisa. Callum parecía la maldad pura al lado de Reina con su impecable camisa blanca, demasiada brillante para arder, demasiado fresca para derretirse, y con sus escandalosas gafas de aviador cromáticas. Si no estuviera ocupado mensajeándose con su ex, Reina lo odiaría por su indiferencia intachable, pero estaba claro que Callum tenía problemas mayores (y más estúpidos).

Un mensaje flotaba en la pantalla de Reina.

> Tenemos prácticamente toda la investigación preliminar lista. ¡Te mantengo informada! Sombrero festivo. Tres botellas de champán burbujeante. Una sirena roja. Estoy de bajón porque no has aceptado mis miles de disculpas. Pero no abandono, te quiero besos.

—Por dios —exclamó Callum, que se inclinó sobre el hombro de Reina y se bajó las gafas de sol para mirar la pantalla—. ¿Cómo no has bloqueado su número? Deshazte del teléfono.

—Mira quién habla. —Lo fulminó con la mirada—. Supongo que Tristan ya te ha contado el progreso del plan siniestro.

—Qué mono que uses el nombre que le ha puesto Varona. —Las lentes reflectantes de Callum destellaban en su rostro y aturdieron a Reina con la visión de su ceño fruncido antes de que él le señalara la pantalla del teléfono con la barbilla. La notificación del mensaje de Nico había desaparecido y había dejado la ventana del buscador que estaba ojeando antes—. ¿Qué estás buscando?

—Candidatos nuevos. —Le mostró el artículo del periódico texano sobre la posible joven congresista cuyas cifras iban en aumento—. Podríamos comprobar esta. O pasar a su oposición, si es más fácil. —En este punto, si se basaba en la cantidad de poder que bombeaba a través de ella hacia Callum, Reina podía asegurar que requería menos energía hacer que la gente odiara alguien que para desviar a una multitud, o incluso solo moderarla.

Como respuesta, Callum hizo una mueca y rodeó con gracia a un grupo de turistas que se habían detenido para hacerse una foto.

—No, no me gusta Texas.

—¿Por qué no? No todos son fanáticos. —Su parada allí de la última semana había tenido como objetivo desmantelar un posible proyecto de ley presentado en el senado estatal que Reina había descubierto en un llamado por medio de una alerta de las redes sociales. El senador que autorizaba el proyecto de ley había cambiado de idea (gracias a Callum y a Reina, claro), pero eso no había servido mucho para bloquear el progreso. Uno de los otros congresistas estadounidenses captó a otro líder del partido en lugar del senador estatal y, en ese punto, ni siquiera la influencia de la opinión pública había cambiado tanto como esperaba Reina, por razones posiblemente relacionadas con su desconocimiento del panorama político estadounidense. Costaba creerlo, dado el predominio de políticas estadounidenses que la habían llevado hasta ahí, para empezar, pero Callum lo explicó como una cuestión de traducción. Los gobiernos eran como la gente y era necesario hablar la lengua precisa de cualquier corrupción sistemática. En Estados Unidos, la influencia era una combinación de dinero (esperado) y distritos geográficos (inesperados, molestos, irracionales).

La cuestión era que saber que el proyecto de ley era tremendamente impopular entre el público no parecía representar ningún tipo de amenaza para el político en cuestión. Al final, Callum y Reina se vieron obligados a quedarse más tiempo e hicieron cuatro o cinco visitas adicionales para arruinar la situación y acabar del todo con el proyecto de ley. Reina sabía, pues él lo había dejado meridianamente claro, que Callum no estaba feliz al respecto. Entendía que lo que Callum tomaba de ella (o lo que tomaba la naturaleza cuando ella lo permitía) podía reponerse más rápido y más fácilmente que cualquier cosa que Callum canalizara dentro de sí mismo a petición de ella.

—No tiene por qué ser como la última vez —comentó. Callum estuvo dolorido y enfermo durante un tiempo después y ocultó, o intentó hacerlo, con una serie de excentricidades, como contrariar a los Caine, padre e hijo, mediante la naturaleza perenne de su presencia. Casi parecía creíble como distracción, porque el afán singular de Callum por mostrarse ofensivo era irrefrenable y, francamente, un don sobrenatural. Sin embargo, Callum con una hemorragia nasal de diez horas no era una imagen que Reina estuviera preparada para olvidar.

Él le dirigió una mirada de desprecio, como si pudiera notar su preocupación. Era la misma cara que ponía cada vez que entraban en contacto con las alcantarillas parisinas.

—No me importan las hormigas de Texas —dijo al tiempo que se ajustaba el cuello de la camisa—. Son demasiado grandes y muerden.

Claro.

Se detuvieron en un semáforo y esperaron para cruzar la calle. En el breve instante de parada, Reina miró de nuevo el teléfono y se puso a deslizar las noticias. Siguió haciéndolo. Algo sobre las elecciones de Hong Kong; tendría que centrar la atención en eso en cuanto las campañas estadounidenses finalizaran, suponiendo que durara tanto tiempo. (El supuesto plazo de seis meses llegaba a su fin, aunque pareciese imposible, al menos para Reina, que los archivos no consideraran que el trabajo que estaba haciendo era una tarea en su nombre; si alguien moría primero por el crimen de no merecerlo, suponía que sería Parisa). Un ataque militar, joder, creía que ya había logrado forzar con éxito los gastos militares, pero la guerra era ilimitada, supuso. (Por ahora). Algo sobre privacidad de Internet, violación de los estatutos medellanos de seguimiento, hijos de puta. Y eso era lo que estaba en su lista. Una lista llamada «Formas de ayudar a las víctimas de incendios forestales del sur de California», seguida de un artículo titulado «¿Por qué nadie habla de las inundaciones de Bangladesh?».

—¿Qué es eso?

—¿Eh? —Reina levantó la mirada y vio a Callum con la vista fija en los titulares de su pantalla.

—Eso. —Señaló con la punta del meñique, el ceño fruncido—. Conozco esa cara.

Era una mujer de mediana edad, corriente. Del sudeste de Asia, tal vez Filipinas o Vietnam, pero se trataba de un titular norteamericano. «El laboratorio universitario cerrará una investigación pendiente sobre el mal uso de los fondos públicos».

—¿Esto?

La gente volvía a moverse. Callum alargó un brazo a ciegas en busca del teléfono y Reina se lo dio; los dos se detuvieron bajo el toldo de una brasería. Él leyó en silencio, no más de un párrafo o dos, y luego abrió una nueva página y anotó algo en el buscador.

—¿Algo interesante sobre el laboratorio? —preguntó Reina, que no sabía qué podía haber pasado ella por alto.

—No, el laboratorio no. Bueno, igual sí, pero... —Se quedó callado, al parecer perdido en sus pensamientos mientras ojeaba una lista de artículos académicos.

Reina estiró el cuello para leer las palabras que había escrito en el buscador: «Doctora J. Araña».

—No he oído hablar nunca de ella.

—La conocí el año pasado. Bueno, en realidad no. —Su habitual apariencia impecable no parecía más perturbada, pero a Reina le pareció atisbar una fina gota de sudor detrás de su oreja, que desapareció en el cuello de la camisa—. Estaba el año pasado en la gala. Atlas habló con ella. —Le dio a un enlace que lo redirigió a su página de Wikipedia. La examinó.

—¿Y? ¿Nos sirve de algo?

—Eh... Claro que no, Mori, la están investigando por fraude. Y traición, por lo que parece. —Le devolvió el teléfono, la página ya cerrada y la búsqueda original de Reina en el buscador—. Ups —añadió y continuó caminando, cruzó la calle y Reina se apresuró a alcanzarlo.

—¿Ups? —repitió ella, desconcertada—. ¿Qué significa ups?

Callum no desaceleró.

—Tenemos que hacer una tarea, Mori. ¿No dijiste tú que este era el único evento del mes del Foro que había en la agenda pública de Nothazai?

Solo unas setecientas veces, cuyas primeras seiscientes noventa y nueve habían sido como cantar un aria inútilmente. Llevarse a Callum de Londres era como arrancarse los dientes, como si cuanto más se alejara de Tristan más perdiera el sentido del propósito. Reina tan solo se había salido con la suya esta vez, tras asegurarle que sorprender a Nothazai con fines retributivos y/o extorsivos era muy conveniente para él y, con toda probabilidad, bastante divertido.

—¿Conque justo ahora te importa Nothazai?

—Claro que me importa. Siempre me ha importado. —Estaba nervioso, agitado. Interesante. Este era un lado de él que en raras ocasiones veía, pero supo de inmediato que valía la pena desentrañarlo.

—¿Qué le has hecho a esa mujer? —preguntó, intrigada—. Y no vayas a decir que nada.

Él gruñó como respuesta.

—¿Qué?

—He dicho: ¿cuánto más vas a tardar en ceder y responder a Varona? —preguntó en voz alta—. Sé que estás empezando a transigir.

Sí, como si eso fuera a funcionar.

—Suponiendo que Parisa le suelte la correa a Dalton, cosa que no hará, Varona hará su experimento, fracasará y comprenderá que necesita mi ayuda. Fin de la historia. Responde a la pregunta.

—Ah, entonces quieres que se humille. —Callum parecía complacido—. Siempre lo he sospechado.

—¿Quién es esa? —insistió Reina—. Si estuvo en la gala el año pasado, está claro que se trata de alguien importante. ¿Está en la Sociedad?

—No.

—¿El Foro?

Se quedó callado.

—Callum —gruñó Reina y él se detuvo de pronto.

—¿Recuerdas cuando te conté que mi magia no tiene reglas?

Reina se detuvo por una mezcla de pura sorpresa y estar a punto de chocarse con un peatón.

—¿Qué?

—Mi magia. —Parecía diferente de lo habitual, incluso con la característica efervescencia de la ilusión. Reina se devanó los sesos para buscar cuál era esa expresión en particular, pero no se le ocurrió nada—. No...

—Callum vaciló. Qué curioso, no era en absoluto propio de él—. No puedo controlar el resultado —dijo al fin—. O empujar algo, o tirar de algo, pero no siempre puedo determinar la dirección que tomará una vez que yo interfiera.

—Un momento. —Remordimiento, eso era. Fascinante—. ¿Me estás diciendo que le hiciste algo?

—Eso creo. —Puso una mueca y apartó la mirada hacia el edificio junto al cual se habían detenido. Tenía el mismo aspecto que los otros edificios de la calle—. Ya hemos llegado, por cierto.

Ah, pero en lo que respectaba a las emboscadas planeadas con sigilo, esta tarea podía esperar cinco minutos.

—¿A qué te refieres con que crees que le hiciste algo? ¿No deberías de saberlo?

—Yo estaba un poco comprometido —comentó, irritado.

—¿Borracho, quieres decir?

Callum bajó la barbilla para fulminarla con la mirada.

—De acuerdo, sí, estaba borracho. Ella apareció para matar a Atlas y decidió no hacerlo. Noté cómo abandonaba, pero yo ajusté el dial. —Apartó la mirada.

Reina se quedó mirándolo.

—¿Qué dial?

—¿Es que todo tiene que tener un nombre, Mori? Es magia, joder, no lo sé. Su intención, su... *joie de vivre* —dijo con tono sarcástico—. Se estaba debilitando, así que lo restauré.

Reina experimentó una punzada de disgusto por el resultado de su mala decisión.

—¿Es una de los que nos siguen ahora?

—Es obvio que no. —Callum señaló su teléfono con un movimiento irritado de la muñeca—. Está bajo investigación federal. Si no está ya en prisión, lo estará pronto.

—Por tu culpa —comprendió Reina—. Tú... ¿la obligaste a hacer cosas?

—No, hice que quisiera continuar haciendo cosas —la corrigió Callum—. ¿Cómo iba yo a saber qué eran esas cosas? Yo no le dije que saliera ahí fuera a cometer crímenes —murmuró con tono gruñón—. Eso fue decisión suya.

Reina enarcó una ceja.

—¿De veras te parece defendible? Básicamente la volviste loca.

—No la volví loca. Se volvió imprudente y dejó de tener cuidado. Es solo... no lo sé, un rasgo natural de su personalidad con independencia de mi intervención. Era una activista —añadió—. Tiene un registro público.

—En ese momento, no sabías nada de eso. —Reina no sabía qué le estaba pasando a ella. Sintió una agitación a la que no podía poner nombre. Una sensación en el pecho parecida a que le estuvieran creciendo malas hierbas, que emergieran de las grietas del suelo.

—¿Me estás regañando? Tú estás usando ahora esos mismos poderes. Llevas meses haciéndolo. Te advertí de que las cosas no saldrían siempre según lo planeado...

—Vamos adentro. —El corazón le martilleaba en el pecho por los nervios de algo. Consecuencias, tal vez.

Pero Callum estaba ebrio cuando hizo lo que fuera que hiciese a la profesora. Actuó solo y de forma impulsiva. Ella, sin embargo, tenía un plan. Tenía muchos planes. Ella no iba por ahí prendiendo fuego a la gente sin calcular el riesgo de lo que ardía en llamas.

El hombre del mostrador dijo algo en francés, probablemente les estaba pidiendo sus credenciales, pero calló con una mirada de Callum, quien no se había quitado siquiera las gafas de sol. Reina tenía todavía el pulso un poco acelerado, lo suficiente para dejarle la garganta seca. Carraspeó y miró a Callum, lo miró largo y tendido, buscando algo que no sabía si encontraría, hasta que entraron juntos al ascensor.

—Te lo dije —repitió, menos enfadado esta vez.

El ascensor subió con un chirrido suave y sonó un pitido cuando llegaron a la planta deseada.

Reina soltó un suspiro de mala gana.

—Sí —dijo al fin—. Lo sé.

Salieron del ascensor con una sincronía casi perfecta y accedieron a una planta abierta bajo una serie de paneles de vidrio y tragaluces. Las sombras caían sobre un mar de escritorios vacíos formando líneas nítidas, como grullas de papel.

—Hola. Bienvenidos a las oficinas francesas del Foro —los saludó la mujer de recepción en inglés, con un acento que suavizaba las consonantes—. Nothazai se encuentra en una reunión. Estará pronto con ustedes.

Se suponía que nadie debía de fijarse en ellos, mucho menos saber que tenían intención de hablar con Nothazai. Reina dudó y miró a Callum en busca de la confirmación de que había sido él quien había hecho esto. Él le devolvió la mirada y sacudió despacio la cabeza.

—Tomen asiento —dijo con voz cálida la recepcionista—. Les traeré café. A menos que prefieran té.

—No. —Reina habría sido más educada si creyera que la recepcionista estaba actuando por voluntad propia. Nadie debería de haber sabido que vendrían. Esto le recordaba a lo que hacía Callum, pero habían llegado lo bastante lejos como equipo para que lo creyera cuando le decía que él no había hecho nada.

—Muy bien, limonada entonces —indicó la recepcionista, que salió de detrás del escritorio y desapareció tras una puerta sin nombre.

Reina se volvió hacia Callum y vio la prueba de la confusión en su ceño fruncido.

—¿Es peligrosa?

—¿Ella? No. Está en piloto automático. —Justo como había supuesto Reina—. Hasta donde yo sé, ni siquiera es consciente de que está despierta.

—¿Y...?

—¿Nothazai? Si él es una amenaza, diría que estamos bien equipados para ocuparnos. —Callum miró a su alrededor y tomó asiento en uno de los sillones de piel—. Nos ha dicho que esperemos, así que vamos a esperar.

—¿Estás seguro de que no deberíamos...?

—¿Por qué arruinar la sorpresa, Mori? —Sonaba contrariado, tal vez porque era la segunda sorpresa del día—. Tú siéntate. Si tenemos que matar a alguien, pues matamos a alguien. Solo es otro maldito martes. —Su voz sonaba apagada, más indiferente que irónica.

—Es lunes. —Reina se sentó con cautela y él la miró de malas formas—. Vale, lo he entendido.

Callum se sacó el teléfono del bolsillo con la clara intención de ignorarla y molestar a Tristan, o tal vez solo pensaba buscar el mejor restaurante de sushi cercano, quién sabía. Reina hizo lo mismo y abrió una vez más el buscador de la aplicación de las noticias.

«La Corporación Wessex adquiere el último disruptor en el mercado de atención médica para el consumidor».

«El Foro obtiene una victoria aplastante en el caso internacional de los derechos humanos».

—Piensan de verdad que son los buenos —murmuró.

—Todo el mundo, Mori —musitó a su lado Callum—. Todo el mundo.

Molesta, Reina dejó las noticias y optó por abrir la aplicación de su red social favorita. No tenía seguidores y ella seguía solo una docena de cuentas, la mayoría de noticias, pero entonces vio una imagen que la tranquilizó. Un perro y un bebé acurrucados juntos, ambos con sombreros a juego. El texto era una cara dormida con un «zzzz».

—¿Bae otra vez? —preguntó Callum.

Reina levantó la mirada y lo descubrió observándola.

—¿Qué?

—Nada. —Esbozaba una sonrisa débil.

Reina suspiró para sus adentros. Con que facilidad podía él pasar del miedo y la desesperación a tener de pronto la delantera.

—Se llama Baek, no Bae.

—Sí, vale, perdóname por olvidarlo.

La cuenta pertenecía al congresista Charlie Baek-Maeda, un político estadounidense que se presentaba a la reelección. Era joven y querido, guapo y hablaba bien, y era hijo de padres inmigrantes de clase modesta en lugar del producto habitual de nepotismo, como el líder al que había derrocado para hacerse con el escaño al Congreso de su distrito. La hija de Baek-Maeda, Nora, de diez meses y su perro adoptado, Mochi, eran un elemento constante en su campaña electoral. Sus seguidores en las redes sociales, Reina incluida, ascendían en cientos de miles como resultado de ambos.

—Su cachorro y su bebé. —Callum echó un vistazo—. ¿Ese es él tocando la guitarra?

Debajo de las tres fotos superiores había un vídeo de la campaña en el que Baek-Maeda tocaba la guitarra mientras la bebé Nora, con unos cascos puestos, estaba mirando hacia afuera en la mochila de porteo que él llevaba en el pecho.

—¿Existe una mujer viva cuyos ovarios no hayan explotado ya? —musitó Callum—. Menos los tuyos, supongo.

—Por favor, no hables de mis ovarios —murmuró Reina, que siguió pasando fotos.

—¿Estás colada por él? Dime la verdad. —Sonaba contento.

—Le echo un ojo por motivos políticos. Está en la comisión económica.

—Comisión de asignaciones —la corrigió Callum—. Son todas comisiones económicas.

—Lo que sea. Es vocacional.

—Te gusta. —La voz de Callum había adquirido un desdichado elemento de extravagancia.

—Puedo usarlo.

—Ambas afirmaciones pueden ser verdad.

De acuerdo, pensó Reina. Callum no estaba equivocado. Los partidarios de Baek-Maeda eran lo bastante idealistas para sucumbir a ocasionales destellos de esperanza. A decir verdad, la mayoría de las personas que veían sus conferencias de prensa podían convencerse sin la ayuda de Callum y Reina. Ella, sin embargo, albergaba un sentimiento de benevolencia hacia el propio Baek-Maeda, posiblemente porque su bebé era muy mona, pero con más probabilidad porque sus valores se alineaban a la perfección con los de ella.

—Es tu elegido —observó Callum.

—Para.

—Todos los dioses tienen favoritos, ¿por qué no ibas a tenerlos tú?

Ella suspiró hondo.

—Otra vez te burlas de mí.

—Sí, Mori, siempre. Pero ¿me equivoco?

No. Callum tenía razón, sí tenía favoritos. Baek-Maeda había llegado muy lejos él solo, sin la ayuda de Reina ni de nadie. Y tampoco es que estuviera pidiéndole que sacrificara a su primogénita ni que construyera un arca.

—¿Tan malo es que quiera ayudarle?

—Claro que no.

Miró de nuevo a Callum en busca de una sonrisa.

—No es lo mismo que interferir en una criminal de guerra.

—No era una criminal de guerra hasta que yo interferí —replicó Callum.

Reina frunció el ceño.

—Sabrás que eso no es una defensa.

—Yo… suelo ser indefendible. Ya lo sabes.

En la oficina reinaba un silencio siniestro. No había plantas, reparó al mirar al suelo, junto a ella. Había un anillo de algo que en algún momento debió de ser un árbol en una maceta. Lo habían quitado recientemente, podía ver los rastros de tierra.

En medio del silencio atronador, Reina miró en derredor y vio más pruebas de plantas que habían sido retiradas. Una regadera de adorno en la mesa de la recepcionista. Espacios vacíos en mesas vacías donde el sol proporcionaría más luz.

—¿Estamos en peligro?

—No que yo pueda sentir. —Callum estiró una pierna y la cruzó sobre la otra.

—¿Es posible que alguien lo haya avisado?

—No has mantenido tus movimientos en secreto, Mori, pero dudo que Nothazai pudiera seguir los ojos con solo mirar. Relájate —le aconsejó—. No malgastes tu energía, puede que la necesites más tarde.

De acuerdo. Sí. Reina se retrepó con un suspiro.

—Tal vez debería de empezar a salir con una suculenta pequeña.

—¿No te molestan?

—Tú me molestas.

El teléfono de Callum vibró en su bolsillo. Lo sacó, lo miró y volvió a meterlo. Estaba claro de quién se trataba, Callum tenía solo un solo compañero de mensajes.

—¿Vas a contestar? —preguntó Reina.

—Después. —La miró—. ¿Y tú?

Posiblemente se refiriera a Nico, o tal vez a Parisa. Aunque Reina no había sabido de ella desde el último mensaje, que fue meses antes.

Pero seguía haciéndose la misma pregunta.

—¿Yo? Estoy ocupada.

—Eso no es una respuesta.

Estaba de acuerdo, no lo era.

—No te debo ninguna respuesta.

—Y yo que he sido muy generoso hoy con las respuestas, ¿no te parece? Reina se volvió para mirarlo.

—¿Por qué fue a matar a Atlas? —cambió de tema—. La doctora criminal de guerra.

—Es profesora. Y él es el líder de una sociedad secreta que protege una biblioteca mágica infame. —Le dirigió una mirada—. Es un poco evidente, Mori.

Ella frunció el ceño.

—¿Qué habría conseguido al matarlo?

—No te debo ninguna respuesta —replicó él. Reina lo fulminó con la mirada y Callum se echó a reír—. No lo sé —admitió—. Nada, supongo. Parecía algo personal.

—¿En qué sentido?

No respondió. Iba a insistir, a presionarlo como el tipo testarudo que era, cuando la puerta sin nombre se abrió de nuevo y Reina se sobresaltó.

—¿Señorita Mori? ¿Señor Nova? —los llamó la recepcionista, que sostenía un vaso de limonada burbujeante en cada mano. No debería de saber quiénes eran, pues llevaban los dos más hechizos de ilusión que de costumbre para la tarea de acceder a la guarida de la serpiente, pero era obvio que algo había interferido con sus mejores planes. Aún estaba por ver lo nefasta que resultaba ser esta interferencia, pues ninguno de sus anteriores asesinos les había ofrecido refrigerios—. Por aquí, por favor.

Reina miró de nuevo a Callum, sin saber si debería de preocuparse más de lo que estaba ya. Él se encogió de hombros, se levantó, aceptó un vaso de limonada y luego hizo un gesto a Reina para que fuera delante.

—No —siseó ella y rechazó el vaso que le ofrecían, pues en la práctica nadie consumía comida de sus enemigos, no del Inframundo.

—De acuerdo. —Callum se adelantó y siguió a la recepcionista, cuyos tacones repiqueteaban contra el suelo de mármol—. Si está lleno de trampas, gritaré «ahhhh». Esa puede ser la señal.

—Cállate.

La recepcionista no dio señales de escucharlos y los guio primero por el pasillo del extremo del recibidor luminoso y ventilado hacia la izquierda antes de detenerse delante de la puerta de un despacho que estaba medio abierta.

No entró, se limitó a hacerles un gesto para que lo hicieran ellos.

—Nothazai os recibirá ahora —indicó con una sonrisa. Dio media vuelta y desanduvo el camino que habían tomado con la limonada de Reina todavía en una mano.

Cuando había desaparecido por la esquina, Callum empujó la puerta para abrirla más y apareció otra sala bañada por la luz del sol. Un despacho, paneles de vidrio, elegantes muebles de cuero, un escritorio.

—Oh —dijo Callum y se detuvo de forma tan abrupta que Reina estuvo a punto de chocarse con su espalda.

—Sí, oh —se oyó una voz detrás del escritorio y Reina gruñó.

—Tú. —La figura que había detrás de la mesa no era el hombre que intentó reclutar a Reina para el Foro.

Era una mujer.

Una mujer muy concreta.

—Sorpresa —exclamó Parisa Kamali. Subió, uno a uno, los tacones dorados a la mesa y cruzó un tobillo delicado por encima del otro. Tenía el pelo oscuro recogido hacia atrás con unas gafas de sol muy similares a las que guardaba Callum en el bolsillo del pecho y su vestido, de un azul tan pálido que bien podría ser gris, estaba inmaculado, como siempre.

Estaba igual. A Reina no se le ocurrió ninguna razón para el golpeteo que sintió en el pecho aparte de un pulso tardío de miedo o uno nuevo de odio.

—¿Dónde está Nothazai? —preguntó con un gruñido.

Callum soltó el vaso y sacó una silla para sentarse. Reina no hizo lo mismo, no tenía planes de ponerse cómoda, no lo había hecho en meses y, desde luego, no lo iba a hacer ahora, aunque le costaba imaginar un lugar más seguro que donde estuviera Parisa Kamali. Le costaba, en realidad, imaginar a Parisa Kamali nerviosa o asustada, o incluso amenazada por alguien que no fuera la propia Reina, que ya la había apuñalado una vez en una proyección que parecía un sueño. No obstante, el pulso de Reina seguía acelerado.

—Ah, por dios, siéntate —dijo Parisa con la mirada fija en Reina.

No se había dado cuenta de que pudiera olvidar lo hermosa que era Parisa hasta que la sorpresa tras verla aterrizó como una bofetada.

—Que te jodan —exclamó Reina.

—Señoritas, por favor —terció Callum.

—Que te jodan —dijeron Reina y Parisa al unísono, para aparente deleite de Callum.

—Siempre funciona —se rio para sus adentros y se ganó una mirada de odio.

—Siéntate —repitió Parisa.

Reina, para su disgusto, se sentó.

—¿Dónde está?

—¿Nothazai? Se marchó hace unas horas, no mucho después de que intercambiáramos unas palabras. ¿Paté? —les ofreció y deslizó un plato por la mesa. Callum se incorporó para tomar un bocado, pero Reina hizo caso omiso.

—¿De verdad nos has hecho esperar en el recibidor sin ningún motivo? —protestó.

—No. Os he hecho esperar en el recibidor por un motivo muy importante, que es mi entretenimiento.

—No la hostigues, Parisa, solo servirá para que te cueste más persuadirla —advirtió Callum, que tomó un poco de hígado con el pulgar.

—Que te jodan —le repitió una vez más Parisa y empujó un plato de patatas en su dirección—. En cualquier caso, tendríais que aprender la lección. Sois muy fáciles de predecir y todavía más fáciles de seguir. —Miró a Reina—. ¿Cuál es exactamente el plan aquí?

—Intenta matarnos —respondió Reina sin más—. Mi plan es pedirle…

—Callum soltó una risita y Reina lo miró con desprecio— que pare.

—Ah, pues ya no tenéis que preocuparos más por Nothazai. —Parisa se encogió de hombros—. Tengo la impresión de que ha visto la luz.

Por absurdo que pareciese, que Parisa matara a uno de los posibles asesinos de Reina en nombre de Reina hizo que Reina quisiera haber matado primero al asesino de Parisa. O a la propia Parisa. El equilibrio de poder estaba de nuevo debocado. ¿Tenía que humillarse Reina ahora y deshacerse en agradecimientos? Pensó en lo que enfadaría más a Parisa y decidió que sería elegir no jugar. ¿Parisa se había tomado el tiempo de reunirse aquí con ellos? Eso solo podía significar que quería algo.

Fuera lo que fuese, no iba a conseguirlo.

—Muy bien, que disfrutes. Nosotros nos vamos. —Reina se puso en pie.

Callum, por desgracia, no entendió la indirecta. Levantó un pequeño puñado de patatas fritas para examinarlas.

—¿No tendrás…?

—Toma. —Parisa le pasó un pequeño cuenco con alioli—. Siéntate, Reina.

—Sea lo que sea lo que quieres, no estoy interesada —replicó ella.

—Eso es mentira. Estás tan interesada que apenas puedes pensar. Siéntate. —Los ojos oscuros de Parisa conectaron con los de Reina—. Tengo que hablar de Rhodes contigo.

—Me ofende que no me incluyas en esta conversación —comentó Callum, que estaba masticando.

—Solo porque ya sé tu postura al respecto. Tenemos que matarla —continuó sin modificar el tono de voz—. No me gusta, pero hay que hacerlo.

—Ah, vale —dijo Callum. Reina calló un momento, confundida.

—Disculpa, ¿qué? —Reina notó que se sentaba de nuevo—. Pensaba que esto era por otra cosa.

Cuando leyó los mensajes de Parisa, esos que no se había molestado en responder ni pensaba hacerlo, no pensó mucho en ello. Había supuesto que el juego de Parisa se centraba en el experimento que había estado investigando Dalton. El que Nico llamaba plan siniestro. Ese sobre la inflación cósmica, crear mundos nuevos, la chispa de la vida que Reina ya había demostrado que podía crear. Al principio, inocente de ella, se permitió creer que Atlas se acercaría a ella y admitiría por fin la naturaleza de sus ambiciones y el motivo por el que la había seleccionado, y estaba preparada para decir que no. O, en momentos de fantasía total, mostrarse halagada en un supuesto que, probablemente, acabaría con un no.

Pero ahora, al saber que era Parisa, incluso la fantasía estaba fuera de lugar. Crear mundos para alguien tan desinteresada en el contenido de este no parecía inteligente, ni particularmente responsable. Parisa no había aceptado la invitación de la Sociedad de salvar el mundo o, al menos, arreglarlo; igual que Callum, ella creía que no podía arreglarse. Al contrario que Callum, sin embargo, Parisa estaba motivada, enfadada y era competente.

No había posibilidad de que el desenlace de Parisa fuera algo menos que la tiranía personal.

—Dice la mujer que está manipulando de forma activa las elecciones públicas —observó Parisa.

—Tengo mis motivos —murmuró Reina.

—Y yo también. —Parisa la contempló unos segundos—. Mira, he cambiado de opinión —dijo con un tono que Reina podría haber considerado honesto si lo creyera dentro del reino de la posibilidad. La honestidad por parte de Parisa tan solo podía ser estratégica—. El experimento es una mala idea. Y, además, tenemos preocupaciones más apremiantes.

—¿Tenemos? —Increíble.

—¿Ha intentado ya Atlas ponerse en contacto contigo? —Parisa se enderezó en la silla y se llevó las manos bajo la barbilla.

Reina estaba segura de que Parisa ya sabía la respuesta y la odió con intensidad. Le molestaba que, al organizar esta reunión, los hubiera colocado así intencionadamente, en un orden jerárquico, como si solo su opinión importara. Como si solo su voz tuviera derecho a ser escuchada.

—¿Por qué iba a ponerse en contacto conmigo? Nuestro tiempo en los archivos ha concluido. Tengo otros planes y ninguno lo incluye a él. Y si estás intentando disuadirme de realizar el plan siniestro —(maldito Nico)—, no hay de qué preocuparse. Las piezas están incompletas, aunque Rhodes se muestre de pronto dispuesta a hacerlo. Aún me necesitan a mí y, desde luego, necesitan a Dalton. Altas no me convencerá nunca. Los otros nunca te convencerán a ti para que dejes que Dalton lo haga para nadie que no seas tú. Por lo que yo sé, estamos en un callejón sin salida, así que el experimento ya está muerto.

—Así que, resumiendo, tu respuesta es no, lo cual me resulta problemático —observó Parisa y se volvió hacia Callum—. ¿No crees?

Él se encogió de hombros para mostrar su acuerdo.

—Tenía mis sospechas de que, a estas alturas, estaríamos más sujetos a posturas filosóficas por parte de Atlas, pero a Reina le sigue yendo bien sola, o tal vez no.

Otra vez esto. Callum ya le había advertido de que Atlas trataría de persuadirla para que se uniera a él, para que fuera un arma usada a su voluntad, tal y como habían esperado todos de ella, que podía hacer más bien poco sola, sin las exigencias de otro (normalmente plantas que hablaban y chillaban). En ese momento había perdido la esperanza. Parisa le había hecho la misma oferta y, ahora que lo pensaba, también Nothazai.

Tal vez el error que todos habían cometido había sido dar por hecho que Reina acabaría fracasando, y no había sido así. No había fallado y, por supuesto, no fallaría. Había llegado al extremo de aliarse con Callum Nova tan solo para asegurarse de que ese destino aparente no llegara a suceder.

A Nico lo perdonaría cuando llegara el momento; un día, cuando pensar en el año sin él doliera menos. Al final, su decepción por la subestimación de él de su amistad ya no sería relevante y pasaría. Pero ya había cumplido todo lo que le había prometido Atlas el día que entró en la cafetería de Osaka, y si no la había considerado digna de confianza hasta ahora, entonces ella no pensaba desviar sus planes por él. Tal vez no siempre había considerado sus poderes suficientes para su uso, pero eran suyos para aliarse con otro si ella quería y cuando quisiera.

Ya había conseguido lo que necesitaba de Atlas. Ya no tenía valor ser su elegida.

—El mérito del éxito o del fracaso de Reina es un ejercicio teórico para otro día. Hoy tenemos todos un problema muy real. He hablado con Rhodes —continuó Parisa, quien volvió a centrar su atención en Reina—. Ha regresado.

—Lo sé —murmuró Reina.

—No es la misma —constató Parisa antes de reconsiderar sus palabras—. O puede que sea exactamente la misma y que eso antes no fuera un problema. La inflexibilidad moral puede asemejarse a la virtud bajo cierto tipo de luz. Pero ahora sí es un problema.

—¿Qué te ha hecho cambiar de idea? —preguntó Callum, encantado con el cambio de rumbo—. Tú fuiste quien se complicó la vida para asegurarse de que tu corderito no se metiera en problemas cuando el plan del asesinato estaba en marcha. Si no lo hubieras hecho, ya estaría muerta.

Podría decirse que eso era falso, incluso Reina lo sabía. Tal vez por eso Parisa seguía mirándola a ella cuando respondió a la pregunta de Callum.

—Puede que Rhodes me haya hecho cambiar de opinión. Tal vez que sigas vivo y seas de utilidad para la sociedad me haya hecho cambiar de opinión. ¿Importa acaso? Soy compleja, Callum, eso sucede. Soy capaz de cambiar de rumbo cuando las circunstancias ya no me benefician. Rhodes, sin embargo, no. —Parisa alcanzó una patata—. Ella sabe algo, algo malo, e incluso Varona sabe que alguien ha de morir —comentó con calma, como si Reina pudiera haberlo olvidado—. Es uno de ellos o uno de nosotros.

—No somos un nosotros —replicó Reina.

—Yo tenía el pensamiento de matar a Tristan —dijo al mismo tiempo Callum—. Ya sabes, por diversión.

—Por favor, no me hagas perder el tiempo —le contestó Parisa a Callum antes de volverse hacia Reina—. Somos un nosotros hasta la fecha, pues somos los que estamos más en riesgo. Los otros tres regresaron a la Sociedad por un motivo. Los archivos pueden usarlos aún; la casa puede drenarlos. Es posible que ellos tengan más tiempo antes de que nos afecte nuestro incumplimiento del contrato, pero cuanto más nos alejemos de los archivos, más peligro correremos. Eso sin mencionar las otras muchas amenazas que nos persiguen allí donde vamos.

—Creía que habías solventado el problema de Nothazai —indicó Reina con tono cortante; se mostraba difícil a propósito, y, por desgracia, Parisa lo sabía, porque ya no parecía afectarle.

—Ya sabemos que Atlas no completó su ritual y este mató al resto de su grupo —señaló Parisa—. Nosotros estamos los seis vivos. Debemos un cuerpo a los archivos.

—Puedo matarte ahora mismo —sugirió Reina—. Ahorrarnos un montón de problemas.

—Sí, podrías —coincidió Parisa—. Sería un desperdicio de este vestido, pero está bien.

Su enfrentamiento momentáneo se vio interrumpido por Callum, quien había devuelto la atención al plato de patatas fritas.

—¿Qué ha cambiado? ¿Por qué Rhodes?

—Siempre te he dicho que era peligrosa. —Parisa dio golpecitos en la mesa con los dedos—. Por supuesto, antes lo decía en el sentido de que ella debía de vivir y tú no, porque ella aún no había alcanzado todo su potencial y el tuyo tenía un límite que ya conocíamos. Ahora veo que me equivoqué al confiar en el alcance de ese potencial. Y, claro, si alguien debía morir por el crimen de ser peligroso, tú siempre fuiste la peor elección —confirmó con deliberación.

—Insulto captado —repuso Callum—. Y ya te digo que voy a matar a Tristan.

—¿Cuándo? —preguntó Parisa con exasperación.

Callum mojó una patata en alioli.

—Lo estoy valorando.

—Las amenazas de asesinato no son una seducción adecuada —observó Parisa con aspereza.

—¿Has probado? —inquirió él con la boca llena de comida.

—Sí, Nova, no soy una aficionada...

Había algo más que molestaba a Reina. Algo sutil, pero algo.

—¿Por qué me estás preguntando? —interrumpió la discusión entre Callum y Parisa.

Sintió a Parisa en sus pensamientos, probablemente moviendo cosas por su cerebro.

—Te he hecho una pregunta —insistió, irritada—. Respóndeme y a lo mejor yo responderé a la tuya.

La mirada de Parisa era impaciente.

—No comprendo la relevancia de tu pregunta.

—¿La relevancia? No hay relevancia, es solo una pregunta. Te has esforzado mucho por encontrarme, por ponerte en contacto conmigo, convencerme, cuando tú eres la única que ha visto a Rhodes y, por lo tanto, podrías haberla matado allí mismo. A menos que no lo hicieras porque no podías —comprendió—. En ese caso, hay alguien menos peligroso que Callum y eres tú.

—¡Hala! —protestó Callum con un suspiro.

—Cállate —exclamaron Reina y Parisa al unísono y Parisa se puso en pie.

Tenía la boca tensa, probablemente estaba molesta porque Reina había hecho un comentario destacado, algo que siempre hacía, por si alguien llevaba la cuenta.

—El ritual es arcano, no meramente contractual —dijo con voz tensa Parisa—. Hay un motivo por el que estudiamos la intención. El propósito de la eliminación es derivar un sacrificio digno del conocimiento que se nos proporciona. —Su adorable boca estaba inusitadamente apretada—. Escogimos todos a Callum. Esa decisión fue significativa. Deberíamos de haber elegido a Rhodes. La flecha es más mortífera solo cuando es más certera. Si ese sacrificio va a salvar al resto de nosotros a estas alturas del juego, entonces tenemos que hacerlo bien.

Interesante. Muy interesante. El análisis era sólido (Parisa no era idiota, ni tampoco era inepta como medellana ni como investigadora), pero esa no era la parte interesante.

—Estás mintiendo —dedujo Reina con una sensación de triunfo y al ver que Callum no la contradecía (tampoco estaba de acuerdo con ella, pero Reina pensaba aceptar sus victorias allí donde las conseguía), notó una sonrisa en el rostro—. No puedes hacerlo, ¿verdad? Porque temes a Rhodes.

El rostro de Parisa se quedó inmóvil.

—Es posible. Y tal vez tú deberías. —Reina comprendió, por experiencia, que Parisa se marcharía pronto. Se iría porque Reina se había acercado tanto a la verdad que no se sentía cómoda. Reina sabía algo que no debería y era que Parisa no era capaz de encargarse de esto ella sola. Porque se suponía que Reina era la que no tenía utilidad, la que no era importante, la que no poseía el control de su propia magia, pero había sido Parisa quien había salido de la casa de la Sociedad con menos poder que nunca.

Había entrado allí capaz de asesinar. Había salido llena de dulzura y remordimiento.

—Has venido a suplicarme. A hacerme una petición como a un dios de verdad. —Reina no pudo reprimir la risa de su voz—. Has intentado hacerme creer que estaba loca por intentar cambiar las cosas, pero no lo estaba. Puedo hacer este mundo diferente. He escogido cambiar este mundo, pero tú no puedes hacer eso. No eres capaz. Nunca lo has sido.

Ahora todo resultaba ridículo. La rivalidad de Reina con Parisa, o lo que fuera que le había hecho preocuparse tanto por lo que sentía Parisa, lo que pensaba Parisa. Se trataba de un juego al que Reina llevaba jugando más de dos años, pero ahora comprendía que siempre había ido ganando. Siempre había ganado.

Parisa estaba demacrada. Callum, en silencio.

—¿Eso es lo que piensas? —preguntó Parisa.

—Ya sabes lo que pienso —respondió Reina.

Hubo un momento en el que titubeó el pulso en su pecho. En el que habría de haberse pronunciado una respuesta irónica, un comentario cortante, y no fue así. Parisa se quedó un rato callada, demasiado tiempo, y al final Callum se levantó.

—Vamos, Mori. —Le chocó con el hombro.

No, pensó Reina, con la mirada fija en Parisa. *Di algo. Di la última palabra, sé que es lo que quieres. Intenta quitármela a mí.*

Pelea.

Parisa no contestó. Parecía cansada.

Parecía...

—Mori. —Callum le hizo un gesto con la barbilla—. Ya hemos acabado aquí. Vámonos.

Parisa no lo detuvo. No dijo nada. La victoria era de Reina, o eso parecía, pero no le resultó satisfactoria. Parecía más bien un abandono.

No, parecía un final, esa era la palabra. Todo había terminado ya, concluido, fin. No había amenazas latentes, ni promesas de peligro, ni advertencias para que vigilara sus espaldas, ni más juegos que jugar. No había un «témeme, Reina» que le hiciera compañía en la oscuridad. La última mirada que vio en el rostro de Parisa fue una que Reina solo había visto una vez, justo antes de saltar del tejado de la mansión.

Y Reina no tendría que volver a verla.

Caminó detrás de Callum con cautela. Estuvo a punto de detenerse dos veces, tres, para pronunciar un comentario final, para ganar aún más, para hacer la situación más dura, más intensa. Para desbloquear un nivel nuevo, otra cosa por la que luchar. No es que no tuviera suficiente. Hacía falta toda una vida para combatir la injusticia. Eran necesarios más de seis meses para arreglar este mundo. Reina tenía una lista de tareas pendientes cuya longitud podría abarcar todo el diámetro del planeta y no necesitaba que Parisa Kamali le diera un motivo para quedarse en esta habitación.

Pero aguardó uno, por si acaso.

No obstante, el despacho era un espacio finito. Tenía límites y al final Reina cruzó el vano de la puerta y dejó a Parisa inmóvil tras ella. Sus pasos resonaron junto a los de Callum cuando salieron del recibidor. Se alejaron de la recepcionista; la condensación resbalaba por el vaso de limonada olvidado de Reina.

—No me equivoco —dijo cuando entró en el ascensor. Por supuesto, estaba segura de que nada de lo que había dicho había sido inexacto, y no lo había sido. Parisa temía a Libby Rhodes. Había acudido a Reina solo porque no tenía otras opciones. Las críticas de las motivaciones de Parisa por parte de Reina eran táctiles, definibles, reales, y no se había equivocado.

Callum ya se había puesto las gafas de sol y se encogió de hombros de forma casi imperceptible a su lado.

—Errar es humano —comentó con tono ambiguo cuando las puertas del ascensor se cerraron, eclipsando la luminosidad de la oficina y engulléndolos.

INTERLUDIO

Una guía para el club de lectura sobre el ascenso

al poder de Atlas Blakely

1. Cuando Atlas descubre los términos de iniciación de la Sociedad Alejandrina (es decir, la cláusula de eliminación), Ezra y él deciden fingir la muerte de Ezra con el fin de evitar cometer asesinato. Atlas afirma que el objetivo de este engaño es derrocar y posteriormente revolucionar la Sociedad Alejandrina. ¿Crees que Atlas Blakely dice la verdad?

2. Como investigador, Atlas vive a solas en la casa señorial de la Sociedad durante un periodo de tiempo extenso. Durante este tiempo de aislamiento, el resentimiento de Atlas por la Sociedad aumenta y su depresión clínica empeora. ¿Crees que por ello permite que sus compañeros de grupo mueran en repetidas ocasiones en la ignorancia en lugar de confesarles la verdad? ¿Estás de acuerdo con Atlas en que, en esencia, es un asesino?

3. Cuando Atlas descubre que su decisión de no cumplir los términos de iniciación ha empezado a matar a los miembros de su grupo, su motivación personal sufre un cambio dramático. La posibilidad de un universo paralelo y sus respectivos resultados alternativos (su redención personal) comienza a anular su oposición filosófica a la Sociedad. ¿Es este un modo emocionalmente sano de procesar su sentimiento de pérdida?

4. Cuando Dalton Ellery determina que los archivos de la Sociedad no le van a proporcionar la información que necesita para producir las fluctuaciones de *quantum* que invocan universos alternativos, le pide a Atlas que pruebe una especie de cirugía telepática para ocultar sus verdaderas ambiciones al resto de su mente consciente. A pesar de la seguridad de Atlas de que eso 1) va a doler, 2) va a causar un daño irreparable en la consciencia de Dalton y 3) va a ser un peligro potencial para el mundo a la larga, acepta. ¿Debería alguien haber matado a Atlas cuando era un bebé?

5. Antes de producir un daño importante e irreversible en la consciencia de Dalton, Atlas decide probarlo en alguien que le importa menos. Elige a su padre. En lugar de aislar una parte de la consciencia de su padre, como más adelante hace con Dalton, crea, en cambio, un bucle dentro del proceso de pensamiento de su progenitor, como la rueda de un hámster, que invalida sus pensamientos naturales. Todos los meses, como un reloj, su padre tiene la repentina e inevitable compulsión de ir a visitar un edificio derruido de Londres con comida y un jarrón con flores frescas, y por ello se ve obligado a recordar, en un bucle irresoluble, que la destrucción de la mente de una mujer es culpa de él. ¿El hecho de que esto sea merecido y cierto justifica la decisión de Atlas de castigar a su padre con la telepatía? Sabe lo que esto hará en la mente de su padre, ya ha visto cómo sucede de forma natural en la de su madre. ¿Producir un daño permanente en el cerebro de su padre es un modo emocional sano para que Atlas procese su rabia?

6. Cuando Atlas genera la suficiente telepatía para secuestrar parte de la consciencia de Dalton, comprueba que produce un dolor físico a Dalton. Este chilla «para, para, tienes que parar» no menos de cinco veces durante el proceso. Incluso cuando la animación inquietantemente poderosa de la ambición de Dalton se burla de Atlas («tú, idiota, no entiendes que no existe la creación espontánea, tienes idea de lo que has hecho», él continúa. ¿En qué momento renunció Atlas Blakely a su alma a cambio de la omnipotencia cósmica?

7. Con el objetivo de convertirse en el siguiente cuidador, Atlas Blakely domina con la telepatía a su propio cuidador. Corrompe su proceso cognitivo y daña su cerebro para el resto de su vida. ¿La justificación de Atlas de que William Astor Huntington nació para una vida de ocio y que, justamente, se retiraría a una convalecencia de ocio significa de verdad algo para los miembros de la familia de William Astor Huntington? ¿Tiene importancia? ¿Acaso tiene algo importancia?

8. ¿Crees que Atlas Blakely es una mala persona?

9. ¿Crees que el hecho de que Atlas Blakely sea una mala persona significa que deba sufrir?

10. ¿Crees que el único final moralmente defendible para esta historia es la muerte de Atlas Blakely?

11. ¿Es una broma?

12. ¿Es eso una broma?

13. Cuando Atlas Blakely retira las protecciones de la casa para que pueda entrar Ezra Fowler, lo hace con el riesgo de que Ezra, quien se opone moralmente a matar y se ha aliado de forma poco sabia a gente con motivos más detestables que los de Atlas, pueda ser persuadido para regresar al lado de Atlas. ¿Es Atlas el idiota?

14. Aunque Atlas no tiene forma de saber que Libby Rhodes escuchará a Ezra admitir que lógicamente no tiene más remedio que matarla ahora, la provocación de Atlas en ese momento es consistente con el pequeño acoso de Ezra que ha empeorado durante el curso de veinte miserables años de secretos. Objetivamente hablando: Atlas creía que Libby regresaría; pudo haber predicho entonces que su regreso podría haber sucedido en cualquier comento, incluido ese. Aunque Atlas no puede haber sabido con seguridad que él originó las circunstancias que condujeron al asesinato de Ezra, no puede haberlo

descartado. ¿Significa esto que sus acciones mataron a Ezra, lo que elevaba sus asesinatos a cinco?

15. ¿Cuántas vidas ha destruido Atlas en su búsqueda del poder? Si es más de una (y es definitivamente más de una), ¿lo vuelve eso peor que su padre? ¿Lo hace peor que Ezra Fowler?

16. ¿Existe demasiado poder?

17. ¿O es el poder, sencillamente, un número de bajas?

V

RACIONALISMO

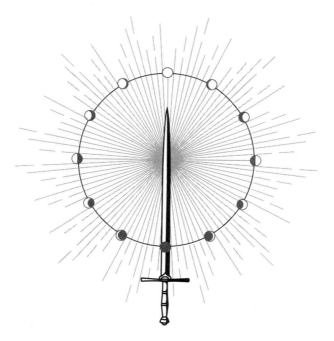

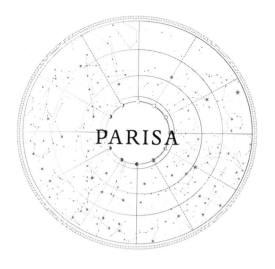

PARISA

—¿**D**ónde estabas?

La voz de Dalton la sobresaltó desde la esquina del apartamento que tenían alquilado y al que aún no se había acostumbrado. Una parte de ella había sido práctica, decidida a encontrar un lugar para sus cosas, para los restos de ella que seguía tirando al suelo. Lencería poco práctica, zapatos caros. Había retomado su vida tal y como era antes, con una excepción: la obligación hacia otro ser humano, quien, al parecer, elegía perseguirla como un fantasma y estaba sentado en la oscuridad junto a la ventana abierta.

—Ya dije que estaba encargándome de Nothazai. —Era un asunto sencillo, más incluso de lo que había planeado Reina, que era el equivalente a una entrada por la fuerza. Reina iba a abrirse paso para entrar, a derribar la puerta, plantearle a Nothazai su única opción como si lo apuntara con una pistola en la cabeza: vete a la mierda o muere en el intento. Parisa prefería una opción más suave—. Estoy cansada de saber que ahí fuera hay mucha gente que me quiere muerta —comentó y se agachó para quitarse un zapato—. Tenía el presentimiento de que sacar al Foro del tablero de juego resolvería una parte significativa de mis inconveniencias diarias, y estaba en lo cierto. Ahora solo tendré que solucionar las represalias de los archivos y Atlas Blakely, suponiendo que viva lo suficiente para poder intentarlo.

Dalton se levantó de la silla y se acercó a ella, con la camisa desabotonada, descalzo. Vivía últimamente como un poeta o un artista, siempre distraído, siempre en movimiento. Había tazas de café a medio beber en el balcón, pilas de libros junto a la chimenea.

Era todo muy francés entre ellos ahora. Pastas y sexo por la mañana, vino tinto y divagaciones maníacas por la noche.

—¿Algo más? —preguntó con tono neutro. El impulso de mentir de Parisa se quedó enganchado en su ambivalencia suprema, el lugar donde solía estar su pasión.

—Sí. —Bajó, un zapato menos—. He hablado con Reina y con Callum.

La expresión de Dalton era pétrea cuando ella se agachó al otro zapato.

—¿Y han sido de ayuda?

De nuevo, contempló la posibilidad de mentir. No tenía una mentira mejor.

—No. —Se puso derecha. Le dolía la cabeza, era un dolor constante ahora, y culpaba de ello a Dalton, o al menos de una parte. Parisa siempre había sido sujeto de los personamientos de otra gente y en su mayoría habían sido para ella ruido de fondo, molestias, como la música del ascensor, pero normalmente no era peor que el zumbido de una mosca en el oído. Los pensamientos de Dalton no eran así.

No se había dado cuenta de que lo que le gustaba antes tanto de él había sido el silencio, la quietud dentro de su cabeza allá donde estaba. Ahora era cada vez más variable, sonora y suave, gritos y estallidos de cosas, recuerdos o ideas, no sabía qué.

—No los necesitas —dijo Dalton.

«Ya sabes dónde encontrarme si me necesitas», le dijo Callum en la cabeza antes de que Reina y él salieran de las oficinas francesas del Foro.

«No te necesito», le respondió ella.

«Vale, haz lo que quieras».

Era una mala perdedora. Y no había duda de que estaba perdiendo, de que daba dos pasos atrás por cada paso adelante. En algún lugar, Atlas estaba muy *tweedamente* contento.

—Lo sé —dijo Parisa, pero Dalton sacudió la cabeza.

—No, me refiero para el ritual —explicó y ella se detuvo—. No los necesitas —repitió—. No es un trabajo en equipo... solo hay que elegir a alguien. Yo no consulté con el resto de mi grupo antes de tomar el cuchillo.

Parisa recordó la sensación del cuchillo en la palma de Dalton. El recuerdo al que la había sometido, el palacio que había construido para atraerla.

¿A ella específicamente? Puede que no. Pero si no a ella, a alguien. Posiblemente a cualquiera.

(No era un pensamiento más devastador esta noche de lo que lo habría sido si lo hubiera tenido esta mañana. O eso se dijo a sí misma, por ahora).

—No va a gustarte —comentó Dalton. Sus pensamientos eran confusos y punzantes por la decepción, algo que sospechaba que tenía que ver con ella. Verse a sí misma a través de los ojos de él no era peor que con otra persona, técnicamente. Para él seguía siendo hermosa, el objeto de un deseo formidable, pero también era algo que no obedecería, un problema que necesitaba arreglarse.

Un virus en el código, pensó con tristeza.

—No lo vas a disfrutar —continuó Dalton—, pero ha de hacerse y cuanto antes acabes con esto…

—Puedo matar a Rhodes. —Quizá lo necesitara, aunque la practicidad sugería que uno de los otros podría ser más fácil, estar menos protegido. Menos paranoico y, por lo tanto, más fácil de atacar—. Puedo matar a cualquiera de ellos. —Nico sería fácil, pensó con cierta perversidad de cariño. Abriría la puerta y él entraría corriendo, meneando la cola, diciendo «gracias, te quiero, adiós».

—¿Puedes? No pudiste matar al soñador —puntualizó Dalton, refiriéndose a Gideon, el enamorado de Nico—. Y por entonces lo considerabas un riesgo.

—Eso fue diferente. No necesitaba que muriese. —Se quitó por fin el otro zapato y se masajeó la marca de la tira que se le había clavado en el tobillo—. Esta vez sí.

«Tendrás que matarlos para continuar con vida». La habían advertido desde el principio y, así y todo, qué diferentes le parecían ahora las cosas. Cuánto había estado dispuesta a hacer antes que ahora le parecía agotador e indiferente, como una citología. Invasiva, pero en beneficio de su salud a largo plazo.

—No vas a abandonar, ¿verdad? —preguntó Dalton y Parisa alzó la mirada y vio otra pequeña mancha de sí misma en los ojos de él. Esta no era tan bonita.

—¿Abandonar?

—El émpata ya te ayudó a matarte en una ocasión —observó Dalton. Parisa se estremeció ante el desaire, la elección de palabras. Los demás siempre se habían referido al caso como asesinato, como si Callum hubiera empuñado el arma, pero Dalton estaba más acertado.

Por supuesto, Dalton solo estaba acertado porque Parisa se lo había contado y había usado ella misma esas palabras. Había depositado esa información en su mano, la había encendido como una cerilla. Si ahora la quemaba a ella, era por su culpa. Esa era la naturaleza de la intimidad. De la honestidad, algo que nunca antes le había preocupado.

—No quiero morir —le dijo con tono irritado—. Solo quiero que me dejen en paz.

Otro torbellino de cosas, una fracción de lucidez.

—Eso es también lo que él quería.

—Yo no... —Parisa sintió que se quebraba y entonces se forzó a parar, a calmar la sensación del pecho que ya sabía que era del todo imprudente—. No soy igual que Atlas Blakely —afirmó con los dientes apretados—. No necesito mi propio multiverso solo para sentirme virtuosa por crear una puerta de salida. No quiero abandonar. Yo solo quiero...

Vivir mi vida, pensó en decir, pero incluso ella notaba lo vacío que sonaba. Diez años, más de diez, y seguía diciendo lo mismo, como si hubiera una meta de felicidad que aún no podía tocar. Un final que seguía cambiando, fuera de su alcance.

Dalton parecía comprensivo. Se acercó a ella por detrás con una actitud más amable, como si prefiriera acariciarle el hombro y darle terrones de azúcar con la mano en lugar de discutir con ella. Parisa se apoyó en su pecho, se permitió un momento de complacencia, algo que previniera un episodio de cálculo.

Un plan. Ella siempre, siempre tenía un plan.

—No puedo hacerlo sin los físicos —le dijo Dalton al oído. Parisa suspiró y se volvió hacia él.

—¿Por qué este experimento? —preguntó con un gruñido. Sí, era una perdedora resentida, pero también era pragmática. Alguien, en alguna parte, tenía que recobrar el sentido, elegir un camino distinto cuando el que les quedaba estaba acabando con sus maridos.

»¿No habrá otros experimentos? ¿Planes mejores? El Foro está listo para la conquista. Podríamos hacerlo mañana. Podríamos hacerlo ahora mismo y te garantizo que Nothazai ni siquiera pestañeará...

—El experimento es mi derecho natural —repuso Dalton—. Es para lo que nací.

Parisa suspiró para sus adentros. Los hombres y su grandeza... sus vocaciones. ¿Por qué era nada de esto carga de ella? Era agotador.

—Puedes encontrar un nuevo propósito, Dalton. La gente lo hace todos los días...

—No —la corrigió con brusquedad—. Es por lo que nací.

Parisa se quedó callada, no sabía si debería de prestar atención. Si tal vez merecía la pena regresar a un viejo reflejo; palpó la mente de él, como si se derramara en las grietas que yacían en los cimientos, en las muchas debilidades de los límites.

—Mira —le dijo él.

Dalton se sentó en el suelo con las piernas cruzadas, como un niño pequeño en el cuerpo de un adulto, los músculos del pecho y el torso alumbrados por el titileo de una llama invisible. El apartamento seguía prácticamente a oscuras, iluminado solo por los destellos de las farolas icónicas que había debajo de la ventana. Solo por eso y por lo que estaba haciendo Dalton. Lo que fuese que podía hacer.

No había explicación para lo que Parisa veía, lo que podía ver. Era como la pixelación estropeada que vio una vez dentro del castillo que había construido Dalton en su cerebro, la jaula principesca en la que estaba atrapado. Pero, al contrario que entonces, Parisa sabía que esto era la vida real. Entendía que esto era real. La forma en la que hacía que la oscuridad cediera era como la magia de un niño, algo maravillo y vivo. Él la persuadía, jugaba con ella, la vida de la arcilla proverbial.

Le resultaba familiar cómo movía las manos, la forma que tenían. Las había visto así antes, así de sensuales, deslizándose sobre las curvas que de tanto tiempo conocía y despreciaba. Estaba moldeando la luz, le daba forma como un escultor en el horno.

Solo cuando las manos dejaron de moverse, retorciéndose por el esfuerzo o tal vez por calambres de dolor, Parisa comprendió que no era obra de su imaginación. No estaba solo recreando las formas de sus curvas. Estaba produciéndolas de la nada.

Se acercó a él con cuidado, de puntillas, para ver lo que había hecho. Su pelo. Su boca. Sus caderas.

—¿Cómo has...?

Entonces la versión de ella que estaba tumbada en el suelo abrió de repente los ojos y miró, con ojos vacíos, a Parisa, que retrocedió tambaleante, alarmada.

—¿Eso está...?

—Está viva —confirmó Dalton. Se puso en pie y le tendió una mano a la animación de Parisa, quien aceptó. Se impulsó y levantó, ladeó la cabeza para mirar a la Parisa real, quien de pronto necesitaba un trago. Cuatro tragos.

Reculó y la animación se adelantó. Caminó dando un pequeño círculo alrededor del piso y la animación siguió sus movimientos, girando con una paciencia reverencial para mantener la mirada fija donde se encontraba Parisa. Entendió ahora a qué se refería Dalton un año antes, lo seguro que estaba de que solo él podía haber creado la animación de la horripilante muerta que habían dejado en la habitación de Libby Rhodes. Parisa no había visto nunca nada como esto, excepto cuando lo vio entonces. La única diferencia era que la animación anterior fue un cadáver y esta...

Telepáticamente hablando, había una chispa de algo, tal vez curiosidad, probablemente algo más parecido a la conciencia. Las sinapsis activándose, si es que era posible hacer eso a partir del aire vacío.

—Dalton —dijo en voz baja—. No tiene pensamientos. —Reales no. No era como las voces en la cabeza de Reina, las plantas que la llamaban madre. Esta cosa no tenía una madre, no intentaba buscar una.

—Está viva —afirmó Dalton—. No tiene cerebro.

—Pero no puedes... —No encontraba las palabras para lo que sentía, para la repentina necesidad de vomitar—. No puedes producir vida de la nada. Nadie puede.

—No. —Se encogió de hombros—. Estoy produciéndola a partir de algo. Atlas lo sabía. Los archivos lo sabían. Esa era la idea de que me quedara allí.

—Pero creía que tu investigación era sobre el multiverso. Un portal. —La animación de Parisa había perdido el interés en ella. Estaba probando el uso de sus dedos y labios, practicando posturas sensuales—. Pensaba que querías crear un mundo nuevo.

—Esa era la utilidad de mi investigación —la corrigió—. Lo que planeábamos hacer con lo que ya sé que hay ahí fuera. —Parecía divertido al percibir la vacilación de ella—. No se enciende una cerilla solo para ver cómo arde, Parisa. —Una broma infantil, como si fuera un abusón del colegio.

—¿De dónde la obtienes entonces? La vida. —Parisa observó a su animación, que hacía un mohín y luego sonreía. Después abrió mucho los ojos con asombro y, con cuidado, probó los arcos de los pies, apoyándose sobre los dedos como una bailarina antes de dar un paso precavido.

—Esa es la idea de hacer el experimento.

—¿No lo sabes entonces? —La animación dio dos pasos, juntó las rodillas y sacó las caderas afuera. Un paso digno de pasarela, como las modelos de los años noventa.

—La saco de alguna parte. De algo. Está la probabilidad de que provenga de algo de fuera: materia oscura, el vacío, como quieras llamarlo. La energía que hay dentro de un vacío sigue siendo energía, sigue existiendo, y a lo mejor yo estoy haciendo algo con ella. La creación es entropía, si hay suficiente caos, puede que el sol implosione. Quién sabe.

Dalton volvió a encogerse de hombros y Parisa apartó por fin la vista de la animación, que realizaba un saludo al sol, moviendo el cuerpo desnudo alrededor de la ausencia del sol.

—¿Qué? —dijo. Su animación encontró su zapato izquierdo y lo levantó por una tira.

—Es posible que abrir un portal destruya otro —indicó Dalton—. No hay forma de saberlo. Tenemos que intentar averiguarlo. Pero la respuesta está ahí fuera y yo existo para encontrarla. Existo porque soy la llave. El puente entre lo que somos y algo que no podemos ver aún.

La miró hambriento, con ingenuidad, con asombro. Un niño pequeño con un juguete nuevo. Parisa había pensado muchas veces eso cuando la miraba, pero ahora le parecía desconcertante porque implicaba algo peor que la inocencia. Estaba sin desarrollar, vacío de toda la madurez que supuestamente tenía que poseer. Decepción, sí. Desilusión, sí, y dolor, pero también empatía. Compasión.

Autocontrol.

—Merezco una respuesta —dijo Dalton—. Dejé que me enjaulara durante diez años. Estuve encerrado, me comporté, fui bueno. —«Fui bueno». ¿No había dicho eso ella antes? Dalton estaba gruñendo y entonces la animación de Parisa paró de moverse de pronto. Se había puesto los dos zapatos y se había quedado totalmente quieta, observando. Escuchando.

»El experimento ha de hacerse bien. —Dalton empezó a numerar con sus manos de artista, con sus dedos diestros—: Los dos físicos. La naturalista. El vidente. Y yo.

—Atlas me necesita —comprendió de repente Parisa. Dalton ya lo había dicho antes, había usado esas mismas palabras, pero ahora entendía por qué.

Creía que lo había entendido cuando vio las cosas que había intentado ocultarle Libby, pero estaba equivocada, o equivocada en parte. Sí, Libby era el virus, pero ahora sabía por qué. Había visto retazos de la culpa de Libby, su necesidad de validación, y supuso que provenían de un lugar de autodefensa, de egoísmo incluso, pero era la propia tendencia de Parisa. Su dolor.

Ella conocía la constancia de la autodestrucción que procedía de las decisiones egoístas. Parisa, que se había escogido a sí misma por encima del amor de otro, de vivir según las reglas de hombres supuestamente morales, sabía que su egoísmo era feo. Que por muy acertadas que hubieran sido sus decisiones, estas la perseguirían durante el resto de su vida, porque habían venido acompañadas de dolor. Creía que el dolor de Libby era similar, que ella ocultaba las cosas que no quería que el mundo viera, porque Parisa sabía lo que se sentía cuando te consideraban una mujer egoísta. Libby le había preguntado por qué su ambición era más pura y Parisa sabía la verdad: no lo era. Pero también sabía lo que era que le dijeran que era demasiado corrupta, demasiado inmoral, demasiado impura, y había escogido serlo de todos modos, porque la vida no era algo que necesitara que le dijesen que merecía.

Pero no era dolor lo que había en la mente de Libby. Parisa percibió la sensación de algo irresoluto en Libby y supuso que se trataba de culpa, pero ahora entendía que era garantía, absolución. No era duda. Era seguridad también, mucha. La fulgurante convicción de su propia certeza, que ardía como el fanatismo para alumbrar el camino que tenía por delante.

Era demasiado, el brillo le daba dolor de cabeza. Se parecía demasiado a la certeza de que Parisa se sentía ahora separada de sí misma, arrancada de ella como escamas por el mínimo evento: la pérdida de un hombre al que había amado lo suficiente.

Pero ¿no había sido esa siempre la fuente de su peligro? Su magia no, ni su poder, sino su desarraigo. ¿Su disposición a encender una cerilla porque no había en este mundo nada que amara demasiado como para verlo arder? Certeza significaba seguridad de juicio. Certeza era polaridad, como un juez autonombrado. No distaba mucho de la delirante sensación de seguridad de Reina y, sin embargo, era diferente por completo. Libby quería ser una heroína; Reina quería soportar la carga de una heroína. Para Reina, ese propósito de crear un mundo se parecía a un faro de luz. Era inútil, claro, nunca funcionaría, pero sí conduciría a otros a seguirla, Callum ya la seguía. Por el contrario, ¿qué podría crecer en el terreno que Libby Rhodes arrasaría?

Como respuesta a su sufrimiento, Libby Rhodes se había confiado a sí misma el derecho al virtuosismo. A tener razón, sin lugar a dudas. Y eso era peligroso. Era digno de temor. La persona más peligrosa de la habitación no era solo quien podía ver adónde se dirigían, era la persona a la que no podían detener.

Y ahora entendía Parisa que eso era justo lo que creía Atlas de sí mismo. Por lo tanto, Atlas la necesitaba. Ahora lo sabía, comprendía lo simple que era en realidad. Atlas la necesitaba porque era lo bastante inteligente para reconocer su propia debilidad. Atlas lo deseaba mucho y confiaba en que ella hiciera lo correcto.

En concreto, confiaba en que ella se diera cuenta de que este experimento estaba condenado desde todos los ángulos posibles y, sin embargo, Parisa lo había pasado por alto, cada señal, porque por mucho que Atlas fuera consciente de los pecados que estaba cometiendo, también quería salirse con la suya. Quería hacer algo del todo irresponsable y, como acto de autosabotaje ineficaz, había elegido a Parisa, alguien que tenía el poder de detenerlo, pero que no lo haría. Alguien demasiado egoísta para decir que no.

Atlas había confiado en ella y ¿qué había hecho ella con esa confianza? Él tendría que haber sabido que la desaprovecharía. Con razón ni se había molestado en buscarla. No lo había creído necesario. Su fe en ella era imperfecta y defectuosa por una razón.

Debía de saber que ella los decepcionaría a ambos.

Parisa no se dio cuenta de que estaba mirando a su animación hasta que se vio convulsionada de pronto. Dalton había alcanzado el sacacorchos que había junto a una botella vacía de vino y pinchó como si nada a la animación en el ombligo, casi con un gesto cómico. Como alguien que pinchaba un globo con una aguja. Parisa vio cómo sangraba y se ponía azul, y se sintió de pronto helada. Libby se había dado cuenta de que Parisa no era nada. Reina lo había sabido todo este tiempo y ahora, al fin, era el turno de Parisa. Por fin, ella lo entendió.

Toda esta conversación sobre mundos. Libby podía intentar crear uno nuevo. Reina podía intentar arreglar este. Las dos se equivocarían y las dos llegarían a la misma conclusión que ella ahora mismo: que ella no era nada y tampoco lo eran ellas, y, sin embargo, Parisa podría sobrevivirlas a las dos hasta que todo el pelo de su cabeza se volviera gris, pero ¿para qué?

¿Para qué?

—No es real —comentó con tono neutro Dalton, con algo parecido a una risita, como si Parisa fuera lo bastante inocente para creer en Papá Noel;

como si la hubiera descubierto pidiéndole un deseo a una estrella. La animación de Parisa cayó de rodillas y hacia delante, sin siquiera protegerse del impacto con los brazos. El cabello le cayó por toda la cara, un charco de algo que no podía ser sangre se extendió por el suelo, fundido como el oro en la oscuridad, hasta que todo cuanto quedó de ella fueron los zapatos.

Con el corazón repiqueteando en el pecho, Parisa retrocedió un paso. Otro.

—No corras —le dijo Dalton.

Reculó un tercer paso y Dalton sacudió la cabeza.

—Para. —Una advertencia. Un cuarto paso—. Parisa, escúchame. Sea lo que sea lo que pienses, podría hacer...

No se trataba de lo que ella pensaba que él podía hacer. Era lo que veía con claridad que estaba dispuesto a hacer, lo cual era una gran incógnita delimitada solo por los extremos, que se deformaban y parpadeaban en su cabeza. Parisa supuso que la telepatía fallaba por primera vez en la vida, porque no podía asegurar cuál sería su siguiente movimiento. Sintió, por vez primera, una impotencia que no había conocido antes, notaba la presencia de una señal de peligro sin instrucciones específicas. ¿La mataría Dalton? No, probablemente no, parecía oponerse a la muerte, pero ¿quién, mejor que Parisa, podía proyectar los diferentes resultados creativos que podrían resultar peores? ¿Que serían peores?

Siempre supo que Dalton era peligroso. No se había equivocado con él, había acertado. Ella quería ser peligrosa, pero no lo era. Reina tenía razón. Se le daba bien tener la última palabra, pero eso era todo, y no era nada.

Estaba enfadada de verdad. No recordaba una época en la que no lo hubiera estado; cuando las cosas parecieran normales, cuando parecieran ir bien. Era como si hubiera nacido con una ventana al mundo que nadie más podía ver, que todo el mundo ignoraba, y era horrible que solo ella pudiera verla, como Casandra y la caída de Troya. Si Dalton había reconocido algo en ella, o ella en él, era esto, esta sensación de que había acabado aquí, de esta manera, por algo. Tenía que ser por algo porque, de otro modo, era solo una condenada maldición.

Su hermano Amin estaba bien. Era rico y le iba bien. Su hermana Mehr estaba casada, tenía tres hijos y no parecía pensar en absoluto en Parisa. La única persona que había sido amable de verdad con ella había sido Nasser y él siempre tenía la agenda ocupada. No era distinto solo porque él lo llamara amor. Parisa se sentía al principio agradecida con él, luego reprimida por él, y después culpable por lo que ella le había quitado, por el hecho de haber aceptado su amabilidad y haber huido después. Pero todo el tiempo supo que estaba enfadada con él.

Todo el mundo quería poseerla. Todos querían controlarla. Era hermosa por fuera, diseñada para que la mirasen, pero dentro había un embrollo ennegrecido de despecho y celos y rabia que solo ella sabía que estaba ahí. Tal vez Reina lo había visto. Parisa pensó en ocasiones que Reina podía, porque ella no buscaba belleza, no buscaba deseo. Pero que Reina pudiera verla no hacía que su verdad fuera menos espeluznante. Había personas a las que se las podía ver y luego estaba Parisa, a la que solo se la miraba. Creía que Dalton era diferente, que había encontrado en él a un compañero, pero él era aún una flecha dirigida por Atlas Blakely, y ella no había sido nunca la arquera. Solo el maldito arco.

Dalton se acercaba a ella y Parisa comprendió con mucha calma que la magia que usaba contra otras personas no funcionaría en esta ocasión. Había demasiadas piezas cortadas en la cabeza de Dalton, como si hubiera detonado una bomba casera dentro de su antiguo ser. ¿Siempre había sido así? Tal vez, Atlas lo había insinuado y era posible que Parisa hubiera estado siempre equivocada en que Atlas Blakely era un mentiroso. Quizá lo único que había hecho siempre Atlas Blakely había sido decir la despreciable verdad.

—Para —repitió Dalton, pero Parisa oyó «corre».

Se volvió hacia la única puerta del apartamento, con el sonido de la sangre de Dalton corriendo en sus propios oídos, cómo se preparaban sus sentidos para una persecución. Adrenalina, familiar como un pulso. Hizo como que salía a correr por la puerta, pero, en cambio, giró, cayó sobre una rodilla y le golpeó con toda la fuerza de su decepción en los mismísimos testículos. Esperó a que él cayera al suelo antes de dirigirse hacia la ventana abierta, sin pensar. Salió volando por ella, sin alas y descalza, la falda ondeó furiosa en la quietud del aire otoñal parisino.

La magia física no era su fuerte, pero sí la supervivencia. Parisa tiró de la fuerza de la noche como si fueran unas riendas y esta cedió como un corcel obediente y le permitió caer al suelo como si hubiera saltado desde unos pocos metros en lugar de tres plantas. Entonces echó a correr, con el pelo pegado al cuello por el sudor, al tiempo que decidía hacer unos cuantos cambios en su vida. Se acabaron los vestidos diseñados para ir sin sujetador. Su vida había sido una serie constante de huidas y tenía que madurar y aceptarlo, vivir con ello, como una persona fugada.

Porque esta era la verdad: se había suicidado una vez con la ayuda de Callum y lo que no le había contado a nadie de ese día era que todavía recordaba lo que sintió. Recordaba la caída, la sensación tambaleante de alivio inminente; pero no sucedió así de verdad. No fue felicidad, no fue éxtasis, no hubo un clímax. Solo fue una caída y al final de ese salto no había nada. Puede que no tuviera un propósito y estaba bien. Tal vez lo único que tenía Parisa era rabia y miedo, y esas cosas podían ser feas; tal vez cuando el resto del cabello se tornara gris, no sería nada más que una bola arrugada de decepción y dolor, pero eso no tenía por qué degradarla.

Igual su único propósito era sobrevivir, y era muy difícil, y tal vez eso era suficiente.

Se había ido sin el teléfono, sin monedero, sin los condenados zapatos. Trastabillaba y las ampollas de los pies estaban en carne viva, y el dolor la cegó momentáneamente. Se dio cuenta después de que estaba llorando, cuando descubrió que no tenía ningún lugar al que huir, ninguna parte donde ir. No creía que Dalton se molestara en seguirla, él solo quería una cosa y a Parisa le costaba encontrar la energía para detenerlo y salvar el mundo ahora mismo. ¿De verdad podía acabar? No. El mundo continuaría. La vida tal y como la conocían terminaba cada día, pequeños pedazos cada vez. Acababa la esperanza, robaban la paz, pero el mundo seguía girando. Podían todos caer muertos mañana mismo y la órbita del planeta seguiría igual. Girando por cualquiera de las plantas de Reina.

¿Dónde demonios estaba ahora Atlas Blakely? Parisa se detuvo, la llama en su pecho ardía cada vez más al sentir la presencia de una amenaza, la constancia de esta. Últimamente siempre había alguien que la seguía como una sombra. Este no era un agente de policía; un medellano, estaba segura, oyó el zumbido de las protecciones telepáticas. El aspirante a asesino se abrió una solapa de la chaqueta y Parisa vio algo que no había visto antes: el logo de algo que no sabía si llamar pistola. No era una mente normal y probablemente tampoco un arma normal. ¿Era la insignia una «W»?

Daba igual. Siempre había alguien, siempre había algo. Lo apartó de su dirección con la poca energía que le quedaba.

Se suponía que me ibas a dar más, se dirigió, enfadada, a Atlas en sus pensamientos. Se suponía que tendría que haber podido dejar de huir, de mentir: dos años con todo el conocimiento arcano del mundo y aún no sabía cómo vivir. *Me prometiste más que esto, y yo soy la idiota, te creí cuando me dijiste que había otra cosa esperándome. No me preguntaste si necesitaba un sentido porque ya lo sabías, deberías haber sabido que mi respuesta era sí.*

Se secó los ojos y rio al ver la mancha negra en la palma. A su alrededor, la gente pensaría que se habría vuelto loca, que tendrían que llamar a la policía, que necesitaba ayuda o que estaba demente, y con una chispa de histeria, comprendió que, a pesar de todo eso, a pesar de todo, al menos había cuatro personas mirándole los pechos. ¡Así era la humanidad! ¿Por qué debería importarle? ¿Por qué le había importado nunca? ¿Qué había hecho el mundo por ella? ¿Por qué tendría que importar que Dalton los engullera a todos y usara sus restos para reformar el universo según su retorcido sentido del propósito? ¿Por qué importaba que Reina creyera aún en doblegarlo todo a su voluntad? ¿Qué sentido tenía intentarlo siquiera? ¿Dónde debería de ir ella? ¿Qué debería de hacer? ¿En quién debería de convertirse durante el tiempo que le quedaba? El tiempo pasaba, hacía tictac, tictac, como el reloj en el corazón de Tristan, como la cuenta atrás hacia la destrucción que había atisbado en la mente de Libby Rhodes. Ahí iba, otro segundo, otro, sus pies en el asfalto, doloridos, pasos inestables, sigue adelante, sigue. Sigue. Sigue.

Sigue.

¿La escucharía alguien? No, sí, puede. Tal vez eso era lo diferente, porque no estaba sola de verdad. Al menos una persona le había lanzado un chaleco salvavidas, así que estaba bien. Bien. Dolería, sería vergonzoso, probablemente alguien se lo reprocharía mientras durara la oscuridad que le quedaba, pero tragarse el orgullo le dolería al principio y después, al final, el dolor se disiparía.

Esto era todo, la condición crónica, el único sentido que le quedaba a Parisa en la vida. No era una sociedad secreta, no era una biblioteca antigua, no era un experimento que habían tardado dos décadas en diseñar; era despertar cada maldita mañana y decidir seguir adelante. El diminuto, informal e incomparable milagro de sobrevivir otro maldito día. La seguridad de que la vida era mala y exigente. Era cruel y estaba maldita; era recalcitrante y preciada. Siempre estaba terminando. Pero no había que ganársela.

Parisa se estremeció y trató de recordar lo que había visto en la mente de Libby en medio del caos; esa cosa específica que Libby no quería que ella viera. Sangre en el suelo del despacho, sí, de acuerdo, Libby había matado a alguien, no era una sorpresa. Parisa también había matado a alguien, más de uno, pero había algo más, algo más concreto de Atlas Blakely dentro del reino de los pensamientos de Libby. Algo reciente, información que no había compartido.

Por supuesto: Atlas Blakely. Incluso el cuidador tenía una historia, un punto de origen, un lugar por el que empezar. Si él no la buscaba, entonces Parisa lo buscaría a él. Sí, un poco de velocidad. Un destino o al menos una dirección. Un paso siguiente que tomar, si es que decidía continuar.

De acuerdo, pensó, orientándose. De acuerdo.

Y entonces avanzó hacia la noche.

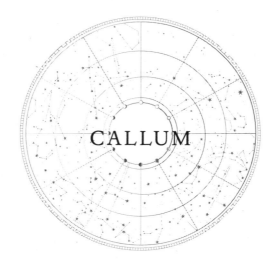

CALLUM

I
Sábado, 12 de noviembre
9:27 p. m.

Y bien, ¿cómo va la preparación del experimento?

EN EL PRINCIPIO, HABÍA SOLO OSCURIDAD.

Y LUEGO LLEGÓ TRISTAN CAINE.

No me digas que de repente te interesan los cimientos del universo.

Por supuesto que no. Pero a menos que esté equivocado en mis cuentas, estás ahora rodeado por tres idiotas al principio de la veintena.

En mitad de la veintena.

De acuerdo, una diferencia crítica. Ya son lo bastante mayores para saber lo estúpidos que son.

¿No es eso madurez? La aceptación gradual de la estupidez personal.

Estás muy caprichoso, por lo que veo. ¿Cuántas copas te has tomado?

Dos.

Interesante. ¿No te está obligando Rhodes a descansar para tu inminente milagro de la cosmología?

Necesitábamos salir. Ha habido tensiones últimamente.

¿Entre Rhodes y tú?

Estás deseando saber algo. Me pregunto qué puede ser.

Todo va al documento sobre el asesinato de Tristan Caine.

Claro. Dime la verdad, ¿quieres? Ya que estoy caprichoso. Ilumíname con tu espontaneidad. Quedaste con mi padre y le contaste que podías matarme por él, ¿no? ¿Por eso me mandas todas las fotos de mi familia?

Sí. No es mi mejor trabajo en cuanto a sutileza, pero a veces lo obvio es obvio.

¿Qué te dijo cuando llegaste? Dime que al menos te llamó pijo.

No soy un pijo.

Ya, eso es un sí. ¿Qué más te dijo?

¿Seguro que quieres hacer esto ahora? No sueles ser partidario de la sinceridad. Por lo que recuerdo, cuando se trata de reconocer tu aptitud de mierda, la honestidad duele.

Un capricho, Nova, un capricho. Deleita mi fantasía. Estoy en el mayor alcance de mi poder, concédeme un poco de trauma para combatir la arrogancia. No puede hacerme daño nada, me he tomado dos copas.

Categóricamente falso.

No finjas que no estás DISFRUTANDO de la oportunidad de

someterme a incalculables niveles de humillación y desesperación. Estás deseando hablar conmigo e incluso yo lo sé, así que vamos, Callum.

Habla.

¿Qué te dijo?

De acuerdo, me apuntó con una pistola en los huevos. No es un hombre de muchas palabras tu padre.

No, hablo en serio. ¿Qué te dijo?

Yo también hablo en serio. Aunque supongo que hice una entrada un poco forzada, así que no me extraña.

Callum, ¿puedes contestar la pregunta, por favor?

¿De verdad crees que pedirlo con amabilidad va a funcionar?

Sí.

De acuerdo.

...

Le dije que te encontraría y te llevaría ante él. Le dije que sabía dónde estabas y cómo llevarte conmigo.

Entonces le mentiste. Mala jugada. Eso no le importa.

No le mentí. Voy a llevarte ante él. Solo que no especifiqué cuándo.

¿De verdad crees que puedes chasquear los dedos y que acudiré corriendo? Me acabas de decir que estás aliado con mi padre homicida. Y, lo que es más importante, te odio.

Sí, he tenido todo eso en cuenta. Pero hay una cosa a la que no puedes resistirte.

¿El qué?

¿Lo has olvidado? Tienes que matarme, Tristan Caine. O yo tengo que matarte a ti. Estoy perdiendo la noción de qué es más apremiante ahora, pero la cuestión es que se avecina un factor de inevitabilidad. Llámalo elemento procesable. O, qué diablos, llámalo destino.

¿Estás romantizando el asesinato?

No le falta atractivo, Tristan. No es culpa mía que estemos haciendo que el juego de ratón que te pilla el gato resulte tan adorable.

¿Me has dicho cuál es tu trampa y sigues pensando que voy a caer en ella? Eres el peor supervillano del mundo.

Esa resolución está por determinar. Y tú eres el que sigue con el plan siniestro.

No creo que Atlas sea tan siniestro como piensas.

Espero que lo sea, la verdad, y lo sé. Es una de las mayores decepciones de mi vida.

[escribiendo]

Llevas una eternidad escribiendo, Caine. ¿Qué pasa por ahí? ¿Sientes curiosidad por lo que llevo puesto? Solo tienes que preguntar.

Iba a decir algo y luego he cambiado de opinión. No vale la pena.

¿Qué no vale qué? Prueba.

No vale el esfuerzo. Te pondrás a escupir tonterías y, la verdad, ¿quién tiene tiempo para eso?

Tú, Tristan. Yo soy el blanco fácil para una docena de asesinos y una biblioteca sedienta de sangre. Tú tienes mucho tiempo, literalmente.

¿Ves? Ese es exactamente el tipo de cumplido que puedo esperar, así que ¿para qué molestarme?

Ah, ya veo. ¿Ibas a preguntarme si estoy enamorado de ti?

Sí, Tristan, te quiero. Te NECESITO. Te DESEO. Besos.

Vaya, muy bien.

Iba a decir que me hubiera gustado que hubieras sido honesto conmigo, aunque solo fuera una vez. Tú me diste las piezas, me dejaste ver los contornos de todo, pero si me hubieras contado que tu vida era un condenado desastre y, francamente, ha afectado a tu capacidad para desenvolverte en sociedad... No sé. Si simplemente me hubieras dicho eso, tal vez podría haber comprendido. O si me hubieras hecho una maldita pregunta en lugar de tratar de decirme quién era yo y cómo me sentía. Si no me hubieras convertido en tu soliloquio personal. Si me hubieras dejado seguir libre en lugar de haberme vuelto finito y cognoscible, podría haber sido difícil, pero simple. Podríamos haber sido al menos amigos.

Sí, bueno. Sírvete una copa por nuestra amistad perdida, supongo.

Sí, eso. Buenas noches.

12:32 a. m.

Mi vida es un condenado desastre. Y, francamente, ha afectado a mi capacidad para desenvolverme en sociedad. O para hacer amigos.

Un poco tarde para eso, Nova.

¿Lo es? Tú estás aquí. Yo estoy aquí. Define «tarde».

Tengo que matarte. O tú tienes que matarme.

Es fácil perder la noción, ¿eh? Jaja.

La cuestión es que no podemos revertirlo. No podemos continuar donde lo dejamos. Ni empezar de nuevo.

No estoy haciendo nada de eso. Te estoy diciendo que mi vida es un condenado desastre. Háblame de la tuya.

Ya sabes cómo es la mía.

Sí, pero, como alguien me dijo hace poco, debería de haberte hecho la maldita pregunta en lugar de intentar decirte quién eres o cómo te sientes.

De acuerdo. Soy un niño adulto triste con problemas con mi padre.

No tienes que usar las palabras de Parisa.

Aunque no son desacertadas.

Echo un poco de menos a mis hermanas, o tal vez solo me gusta la idea de añorarlas. Espero que sean felices. Espero no haber jodido sus vidas al marcharme. Simplemente, no podía quedarme.

Mis hermanas me protegieron. Más o menos. A su manera. Yo no les gustaba, pero al menos se comportaron como si fuera su familia.

¿Cómo sabes que no les gustabas?

No le gusto a nadie, Caine. Es mi don.

Puede que mis hermanas piensen que no me gustan.

Todo el mundo tiene sus mierdas, sus problemas, sus lentes.

A lo mejor hasta los émpatas pueden equivocarse.

No estoy equivocado, pero gracias por intentarlo.

Te equivocaste conmigo.

¿En qué sentido? He predicho todo lo que has hecho.

No y eso es lo que tanto te duele, ¿verdad?

Equivocarte conmigo. Sorprenderte. Pero si me hubieras preguntado lo que quería beber...

Me pregunto si envejecerá revivir de forma mezquina el pasado.

Creo que la idea es que las personas te sorprendan, no conocerlas por completo. Es verlas siempre de una forma nueva, darles siempre la vuelta y encontrar algo diferente, algo nuevo fascinante. Sé que soy, mayormente, un cínico, pero cuando llevo tres copas y media de caprichos y la ventana está abierta y miro las estrellas, empiezo a recordar que las mejores sensaciones vienen cuando estás jodido.

No lo sé.

Sorprendido.

¿MAYORMENTE un cínico?

Por eso quiero hacer esto, en realidad. Estoy cansado de las preocupaciones. Estoy cansado de la ansiedad. Quiero estar asustado. Quiero sentir asombro, quiero sorprenderme profundamente. Quiero recordar lo que se siente al sentir algo parecido al asombro.

Encadenarte a Rhodes te está afectando de verdad.

Esto no tiene que ver con Rhodes, Callum, por eso te lo estoy diciendo a ti. Te estoy diciendo que esto no es por Atlas Blakely ni por el universo.

¿Y si me encuentro cara a cara con Dios, Callum?

Dios está dormida en la cama de al lado, Tristan. Lleva un antifaz y auriculares porque, al parecer, ronco.

Roncas y, lo que es más importante, sé que me estás escuchando. Sé que me escuchas. Sé qué aspecto tienes ahora y sé que no eres un psicópata porque, francamente, un psicópata tomaría decisiones más racionales.

¿Gracias?

No quiero vivir como tú, Callum. No quiero. No me quedé en esta casa para esconderme de algo, me quedé para ENCONTRAR algo. Para descubrir algo. No sé lo que es. No sé lo que será. Pero sé que está ahí fuera. Sé que quieres que yo sea la persona que te gusta a ti, una persona tan cerrada a las emociones como tú, porque ese afán y ese entusiasmo es vergonzoso y es infantil y sí, los idiotas de esta casa son idiotas, pero Varona tiene algo que ni tú ni yo tendremos nunca, y también su amigo el rarito, y también Rhodes lo tenía y eso importa. Y está bien que importe. Está bien que yo quiera más para mí, y si me hubieras dicho que tú querías más te habría ayudado a encontrarlo.

No creas que he pasado por alto a ese uso del tiempo pasado, Caine.

Dios, eres imposible. No importa. Vete a la cama. Dile a Dios de mi parte que le devuelva las llamadas a Varona, por favor, que estoy harto de su energía.

¿Quieres hablar?

Estamos hablando, idiota.

No, lo digo de verdad. ¿Quieres hablar?

Sí, completo imbécil. Sí. Quiero hablar.

★ ★ ★

Callum entró de puntillas en el baño del hotel. Pensó en encender las luces, pero decidió que no, que era innecesario. Se sentó en la tapa del váter y entonces abrió la pequeña ventana de la ducha y se estremeció de alegría al notar la brisa de finales de otoño. El invierno acechaba; su tiempo se acabaría pronto y lo que quedara se lo habría ganado con avidez. O con alegría. El misterio lo emocionaba, una euforia fugaz, barata.

—¿Dónde estás? —Pasó por el borde de la bañera cuando se iluminó la pantalla.

—¿Así respondes al teléfono? Retiro lo que he dicho sobre que no eres un psicópata.

Callum puso los ojos en blanco.

—¿Contestas la pregunta?

—Estoy arriba. En la cama.

—¿Solo?

—Sí. Rhodes y Varona están abajo, y Gideon se ha quedado dormido en los archivos. ¿Intentas que esto se vuelva algo obsceno? No me refería a eso cuando te he dicho que quería hablar.

De nuevo, los ojos en blanco.

—¿Gideon es el pequeño amigo soñador de Varona?

—No es de verdad tan pequeño, y sí. Lo han obligado a ser archivista, o algo así, pero no es un trabajo de verdad según veo. Parece que es la versión de la Sociedad del programa de protección de testigos.

—¿Cómo es?

—Sumamente inquietante. Muy callado. Me han dado por lo menos siete sobresaltos porque camina muy silencioso. Es como tener un gato que te sorprende cuando estás leyendo.

—Has dicho que querías estar sorprendido.

—Así no, ya lo sabes. ¿Es que vas a ponerte difícil? —Callum oyó el susurro de las sábanas, el movimiento que hizo Tristan al girarse en la cama—. Puedo colgar y dormir si es el caso.

—Probablemente vaya a ponerme difícil, sí. —Hizo una pausa, otra brisa fría pasó y decidió sentarse, acomodarse incluso. Todo lo que pudiera en la tapa del váter—. Quería decirte que tus hermanas no albergan malos sentimientos por ti.

Uno o dos pulsos de silencio.

—Ah.

—Están confundidas, un poco, pero no... No es nada de lo que tengas que preocuparte mucho. Saben que tu padre quiere que te odien, pero no pueden conciliarlo con los recuerdos que tienen de ti.

—¿Tanto te han contado?

—A Alys le gusto un poco más que a Bella, o al menos no me odia del todo, pero, en cualquier caso, no tienen que contármelo. Alys sabe que voy a asesinarte y sigue haciéndome preguntas sobre ti. Porque sabe que soy el único que puede darle respuestas, aunque sean malas.

Tristan no dijo nada durante un momento.

—¿Y qué has decidido contarles?

Callum también guardó silencio unos segundos.

—Les he contado que sigues siendo bastante gruñón.

—¿Ya está?

—Y que no te gusta la sopa y que tienes demasiados jerséis de cuello alto.

—Lo básico, entonces.

—Les he contado que puedes detener el tiempo. —Una pausa—. Que la razón principal por la que todo el mundo te quiere muerto es porque eres demasiado poderoso. Porque puedes crear un mundo entero y eso es peligroso.

Otra pausa.

—¿Te han creído?

—Sí.

—Aunque seguramente mi padre les haya contado algo totalmente distinto.

—Sí, casi seguro. Pero me creyeron igualmente.

—¿Porque eres muy convincente?

—Porque la idea de que seas especial es muy fácil de creer.

Prácticamente podía oír el sonido de Tristan al pensar.

—¿Forma esto parte de tu plan? —preguntó al fin—. ¿Ejercer influencia en mí por teléfono? ¿Encontrarme con la guardia baja? ¿Convencerme para que nos veamos en algún lugar y entregarme luego a mi padre?

—Claro que es mi plan. Pero no va a funcionar nunca, ¿verdad? Pues tú serás quien me mate primero.

—Es lo justo.

—¿Sí? Tú ya tuviste tu oportunidad. Técnicamente, creo que es mi turno.

—Tuviste todo un año para asesinarme y te lo pasaste enfadándote y haciendo matemáticas.

—Lo sé. —Callum se echó a reír—. Eso es lo que los niños llaman a fuego lento.

—No.

—No. —Callum notó la carcajada en la garganta—. Solo quería decírtelo, porque es parte de mi plan para ablandarte antes de mi asesinato.

—El peor supervillano del mundo —murmuró Tristan.

—Pero está claro que necesitas descansar, así que…

—No estoy seguro de si sería mejor o peor que pudiera sentir los sentimientos de mi padre —lo interrumpió Tristan.

Callum no dijo nada.

—Por una parte, ¿es posible que me esté perdiendo alguna complejidad? ¿O algún tipo de… razonamiento? Tal vez podría haber entendido los factores desencadenantes, las cosas que lo enfadaron tanto, podría haberlas evitado antes de que sucedieran. O eso habría sido agotador. Ver dónde me metía, hacerme responsable por él. Tal vez habría sentido que necesitaba quedarme tras, solo para asegurarme de que nada malo sucediera en mi ausencia.

Callum rascó distraído la pintura cada vez más deteriorada del tocador del baño.

—¿Eso es una metáfora?

—Es un intento de empatía, en realidad. Puedo comprender por qué podría resultarte tan difícil.

—Muy divertido —respondió Callum con tono seco—, y, para que conste, mi situación es diferente.

—¿Sí?

—Por supuesto. Yo no me quedé donde estaba solamente porque tenía que hacerlo.

—Ah, Callum. —Tristan exhaló un suspiro hondo—. Ves que eso es peor, ¿no? Querer quedarte con alguien que ya sabes que no te quiere.

—Au. —Lo notó en algún lugar, pequeño y afilado, como si apoyara su corazón o todo su valor en la punta de una aguja.

—Eso no es lo que estás haciendo ahora.

—No, ya lo sé. Estoy hablando con mi futura víctima de asesinato o con mi futuro asesino, depende de quién lo consiga primero.

—Es duro —dijo Tristan—. No hay nada más duro que querer a alguien que no te puede querer a ti. Es una mierda, Callum, y nadie te culpa por eso. —Una pausa—. Te culpan por todo lo demás, que, como bien sabes, te lo has ganado a pulso.

Callum soltó una carcajada.

—Estar con Rhodes te ha vuelto repugnantemente zen.

—No, es el *whisky*. Estar con Rhodes es, en realidad, muy asfixiante.

Callum parpadeó.

—Vaya, eso...

—No te alegres tanto. No es que no albergue sentimientos por ella, porque sí, y ese es el problema. Es... —Hizo una pausa—. Hay muchas cosas ahora, mucha mierda que no quiere compartir conmigo, pero tiene que hacerlo. Por eso al fin puedo decir con palabras lo molesto que fue que intentaras quitar toda la carga de mis hombros, pero no pudieras hacerme la maldita pregunta de qué quería yo de ti.

—Me doy cuenta de que hubo algunos defectos en mi forma de tratarte —dijo Callum un momento después—. Y eso debería facilitar la empresa de matarme, imagino.

—En realidad sí —afirmó Tristan—. Hace que sea muy fácil querer que mueras.

—De nada. —Callum se movió de la tapa del inodoro, donde estaba sentado, y dio la espalda al tocador para mirar la ducha. Se reclinó un poco—. Por si sirve de algo, espero que veas a Dios. O a quien sea que haya ahí fuera.

—Suponiendo que Rhodes admita por fin que quiere hacerlo, sí, y suponiendo que Parisa le afloje la correa a Dalton el tiempo suficiente para poder intentarlo. Pero que conste que espero que sea más un constructo que una deidad.

—Es lo mismo. Siempre será algo más grande de lo que podamos entender.

—Puede que más grande de lo que tú puedes entender —repuso Tristan.

Callum soltó una risita.

—Te has adaptado bien a la perspectiva de la omnipotencia. ¿Cuántos complejos de dios hacen falta para cambiar una bombilla?

—Seis. Cinco para que se pongan de acuerdo y uno para que muera —respondió Tristan.

—Hablando de Parisa, la he visto recientemente. —Tristan guardó silencio—. Quiere matar a Rhodes.

—Ah ¿sí? Menudo cambio de actitud.

—Parisa no cambia de actitud. —En realidad, su actitud era tan sólida como siempre. Callum ya había visto su dolor y lo reconoció por lo que era: constante. (Lo había mencionado ya muchas veces, pero nadie le creía)—. Aunque supongo que un cambio de idea no está del todo descartado.

—Supongo qué estás de acuerdo —musitó Tristan con evasivas.

—Es irrelevante. Vas a matarme, o yo te mataré a ti. A estas alturas lo he olvidado, siempre y cuando suceda antes de que los archivos se conmuevan demasiado.

—No creo que Rhodes esté en posición de morir —comentó Tristan—. De hecho, no lo recomiendo. Además, la necesito.

—¿Es tu afecto el que habla? Porque la Rhodes que conocemos era muy matable. Probablemente fuera su principal rasgo.

—Sabes que no es cierto.

—Sí. —Callum suspiró profundamente—. Vale, sé que no es cierto...

—¿Te ha dicho Parisa por qué? —La voz de Tristan había cambiado. Callum no podía identificar la textura, pero era diferente, estaba más alerta.

—Al parecer, cree que le pasa algo a Rhodes. Posiblemente, que algo está interfiriendo con esa moral que tanto admiras. —Callum aguardó una respuesta y entonces decidió tantear el terreno con—: Pero eso ya lo sabías.

Callum no oyó nada más que silencio al otro lado de la línea. Trató de imaginar la habitación donde estaba tumbado Tristan, los sonidos que solía haber en la casa por la noche. Los grillos y la quietud, como estar perdido en el tiempo y en el espacio.

—¿Sabías que esta casa tiene un personal contratado? —preguntó de pronto Tristan y Callum soltó una risotada.

—¿Quién creías que preparaba las ensañadas que tanto disfrutabas?

—¿Has hablado alguna vez con el chef?

—Claro que no, Tristan, pero la casa es sensible, no está viva. No sabe cortar una zanahoria en juliana.

—¿Hay jardineros? ¿Por qué nunca los hemos visto?

—A lo mejor hay unos elfos diminutos que hacen crecer la hierba por la noche.

—¿Crees que todo el mundo escoge esto? El poder y el prestigio, todo eso.

—Creo que sí. La cláusula del asesinato es bastante específica.

—Pero ahora es diferente. —Tristan se quedó callado—. No quiero matarte por los libros. Puede que nunca quisiera, pero en el momento... —Otra pausa—. Ahora quiero matarte porque me has encabronado mucho y parece que alguien tiene que hacerlo.

—Te lo advertí. Te dije que en el momento en el que regresara Rhodes seríamos todos objetivos.

—Yo sigo contribuyendo a los archivos —indicó Tristan—. Por lo que eres tú quien tiene que tener cuidado, o Reina. O Parisa. Vosotros seréis los primeros en morir. —En cualquier momento, tal vez.

—Pues adelántate a la biblioteca entonces —le sugirió Callum—. Sería una vergüenza morir de algo aburrido, como la fiebre tifoidea.

—La peste.

—Ahogado en la bañera.

—Paro cardíaco.

—Colesterol alto.

—Tienes razón, un cuchillo carnicero en la carótida suena mucho mejor —sugirió Tristan.

—¿En la carótida? Jesús. La femoral también valdría.

—Tomo nota. Para la próxima.

Callum asintió, pero no dijo nada.

—Bueno. —Tristan carraspeó—. No me acuerdo de por qué leches te he llamado, pero creo que ya he conseguido lo que sea que quisiera conseguir de esto.

—Fantasías homicidas —sugirió Callum.

—Sí, eso. Y aléjate de mis hermanas.

—No.

Tristan emitió un leve gruñido.

—Hijo de puta.

—Lo mismo digo. —Una pausa—. Buena suerte, entonces.

—Sé que no lo dices en serio, pero gracias.

—Si ves una luz blanca, deja de caminar.

—Por dios. ¿Has terminado?

—Si le pasa algo raro a Rhodes, entonces ignora tus impulsos teatrales, por el amor de dios. No tiene por qué ser una tontería, la femoral es muy fácil de alcanzar.

—Vaya, gracias de nuevo…

—Solo una pequeña incisión, en serio. Ni siquiera se dará cuenta. Será como un mordisquito amoroso, solo que con un abrecartas.

—Sé que te cuesta entenderlo, Callum, pero la quiero. No estoy interesado en matarla.

—¿Son esas cosas excluyentes entre sí? A mí me quieres —observó Callum—, y, sin embargo, el asesinato es un pensamiento casi incesante en tu mente.

Se oyó un clic cuando la línea se cortó. Callum se apartó el teléfono de la oreja y miró la mancha de sudor en la pantalla, en el punto que tenía presionado en la mejilla.

—¿Has terminado?

Callum se sobresaltó, levantó la mirada y vio a Reina esperando en la puerta. Otro ejemplo terrible de que había algo dominando sus sentidos. Algo espantoso, privado e interno, como la agonía o el estreñimiento.

—Lo siento. —Se puso en pie y le hizo un gesto para cederle el inodoro—. Todo tuyo.

Pasó por su lado de camino a las camas separadas de la habitación, la de Reina más apartada de la ventana que daba a la calle (había fuera una enredadera con lo que ella llamaba una tendencia al voyerismo). Reina se volvió para mirarlo, la silueta de su rostro brillaba a la luz del baño.

—También podrías decirle a Adrian Caine y a sus matones caraculos que no vas a cumplir tu parte del trato —comentó. Sonaba gruñona, casi como siempre, aunque había gamas en sus tonalidades que Callum había aprendido a distinguir. Las implicaciones de esta le daban igual.

—Si parezco —comenzó, y optó por terminar con—: apegado...

—¿Sí? —repitió ella, asqueada.

—Si sueno apegado —insistió—, no es necesariamente algo malo. —Callum se sentó en su cama deshecha y se encogió de hombros—. El sacrificio ha de significar algo, ¿no?

—Conque admites que Tristan significa algo para ti.

Callum tomó el teléfono y refrescó la página con los titulares recientes. «La Corporación Nova bajo investigación por violaciones antimonopolio». «¿Qué está pasando exactamente con la empresa de ilusiones favorita de todo el mundo?». «Las acciones Nova caen un tres por ciento en el comercio en horario extendido». «Todo lo que necesitas saber sobre las alegaciones en contra de Dimitris Nova».

—¿Vas a dejar de actuar como si me hubieras tendido una trampa? Claro que significa algo, nunca ha sido un secreto. Llevas más de un año burlándote de mí por ello.

—No —respondió Reina con un tono lo bastante compasivo para que Callum levantara la mirada—. No me he estado burlando de ti por tener sentimientos. Me he estado burlando de ti por idear el plan de venganza más estúpido que he oído nunca.

Callum exhaló un suspiro con irritación y soltó el teléfono.

—Si queremos que esto funcione de verdad y salvar el pellejo, no puede ser algo baladí. No puedo matar a Rhodes porque la desprecio, y tú tampoco porque no tienes ninguna opinión sobre ella. Parisa tiene razón, la flecha es más mortífera solo cuando es más certera, y eso significa...

—Estoy harta de escuchar a Parisa. —Reina cerró la puerta del baño, y apagó así lo que entraba de luz.

Callum era consciente de que Reina tenía aún que expresar con palabras el sentimiento con el que se había marchado cuando dejaron a Parisa en el despacho de Nothazai. El sabor en su boca, la mezcla de acritud y bilis, y, lo peor de todo, la dulzura. Como el azúcar que esconde la medicina, solo que al contrario.

Era fácil llamarlo odio, pero mucho, mucho más difícil nombrarlo por lo que era.

Callum conocía bien ese sentimiento. Se puso de lado y alcanzó de nuevo el teléfono como un adicto, pensando en otra cosa. Inestable al borde de ceder parte de su poder si eso suponía una o dos frases más con la inicial de Tristan arriba. Se oyó la cisterna y Callum cambió de idea y metió el teléfono debajo de la almohada.

—¿Seguro que no quieres ayudar a Varona? —preguntó, en su mayor parte para fastidiar, pero también porque se sentía vulnerable y era un asco.

—Seguro. —Reina se sentó en su cama y alcanzó los auriculares.

—¿Y si su experimento sale mal? —Suponiendo que ese fallo no resultara catastrófico, por supuesto, algo fácil de suponer, pues Callum no solía pensar que pudieran recaer sobre él apocalipsis. No se imaginaba de dónde sacaba el tiempo la gente para semejantes neurosis tan poco prácticas.

Al parecer, Reina coincidía, o bien había elegido discrepar en secreto, como una dama.

—Entonces podrá humillarse de nuevo cuando termine. La vida continúa.

Había un toque siniestro en la ligereza de su tono (impostado como era, e inadecuadamente pesado, como el pan humedecido), pero como la arrogancia era uno de los puntos fuertes de Callum, no lo investigó más.

—Fría como el hielo, Mori.

—Eso espero. —De mala gana, le mostró la pantalla del teléfono, donde aparecía una línea (y algo más después) de una conversación de Varona, seguida por una sola línea de respuesta.

> Si lo haces en la sala pintada, no te olvides de mover la maceta de la higuera. No le gusta la magia excesiva. Reina.

—Dios mío —exclamó Callum—. No tienes que firmar tus mensajes, Mori, no son correos electrónicos. ¿Es que tienes ocho años?

—No te oigo —replicó ella y se colocó los auriculares.

Callum puso los ojos en blanco, se colocó bocarriba y volvió a pensar en los titulares que acababa de leer.

«¿Quién es exactamente Callum Nova y qué tiene que ver con la investigación del Foro por fraude corporativo medellano?».

Por desgracia, tendría que hacer algo al respecto pronto.

—Madura —dijo Callum en la oscuridad.

—Cállate —respondió Reina, adormilada.

Con una carcajada, Callum cerró los ojos.

DALTON

Dalton ha decidido unirse. Sabe lo importante que es el experimento para Atlas:)

Esto es lo más escalofriante q me has dicho nunca

pero ok!!!!

t echo de menos, su dulzura real

* * *

Dalton ha decidido unirse. Sabe lo importante que es el experimento para Atlas:)

Por dios Parisa suenas trastornada

Como si fueras a echar los pedazos de mi cuerpo desmembrado a un estofado

Eso sin comentar que es un inesperado cambio de actitud, y hasta Callum sabe que no es propio de ti.

… ¿Nada? ¿No te molesta que siga hablando con Callum?

Sé que crees que la paranoia es mi rasgo más característico, pero o te estás muriendo o alguien te ha robado el teléfono.

* * *

Dalton ha decidido unirse. Sabe lo importante que es el experimento para Atlas:)

Creía que decías que me había equivocado.

¿Has cambiado de pronto de opinión?

NICO

Nico había olvidado cosas del mundo más allá de la Sociedad. La acritud de la ciudad de Nueva York durante el verano, algo que el follaje otoñal aliviaba por un tiempo antes de que comenzara la humedad admonitoria del invierno. Cada cuánto tenía que cortarse el pelo. Con qué frecuencia le preguntaba por sus perspectivas de futuro. «No me digas que vas a consumirte en la academia», cosas así, aunque Nico no estaba seguro de cuál era la alternativa a consumirse en la academia. ¿Consumirse en la burocracia? ¿En la heterosexualidad? ¿En sus pantalones de color caqui para el *brunch*?

—Lo que tienes que hacer es encontrar un rincón en la industria que esté preparado para la disrupción —fue el consejo no solicitado del padre de Max, el señor Maximilian Wolfe, en cuya conversación se había visto atrapado Nico en la segunda residencia de los Wolfe en los Berkshires—. Y recuerda, una valoración sólida lo es todo. Dedícale tiempo, con los inversores adecuados, y a partir de ahí podrás construir un portafolio.

—¿De verdad te ha dicho eso? —le preguntó Max más tarde en el automóvil. Pareció un poco asombrado cuando Nico le contó la historia (vagamente parafraseada) mientras deambulaban entre el tráfico de la ciudad con la capota quitada. (Hacía frío para eso, pero ¿qué era la vida si no una serie de decisiones irresponsables en busca de la felicidad chirriante?)—. ¿Y dónde piensa que vas a crear disrupción? ¿En la industria de las alfombrillas para ratón?

—Creo que se refiere más bien a la rama de la economía —convino Nico—, que, ciertamente, es producto de la imaginación de todo el mundo.

—Lamento que hayas tenido que pasar por eso. —Desde el asiento del conductor, Maxi hizo una mueca—. Pero ya conoces el trato.

—Sí.   .

Una vez al año, desde que se conocieron en la residencia de la UNYAM, y con excepción de los años de iniciación en la Sociedad de Nico, este acompañaba a Max a la casa de campo de su familia para ejecutar un espectacular doble acto que implicaba la simulación de algo empresarial y asegurar así otro año de ingresos para Max por parte del inescrutable Max Wolfe padre. Era un precio bajo que pagar (normalmente mucho golf, donde Nico hacía trampas de forma prodigiosa, con muchas carcajadas dignas de nominación al Oscar), pero le agotaba las fuerzas igualmente.

—Igual podrías considerar el año que viene la pobreza abyecta como alternativa —sugirió Nico.

Bajo las gafas de sol de Max había, casi con certeza una mirada admonitoria.

—Nicky, no se me da muy bien conseguir trabajo, como bien sabes…

—¿Lo sé? —preguntó él vacilante.

—Vale, apenas soy apto para trabajar, lo capto. Pero ¿cómo voy a echarle un ojo a Gideon? Esto es solo un periodo sabático de mi vocación como niñero a tiempo completo de nuestro adorado Sandman. —Max, disfrazado todavía de hijo pródigo y ambicioso, se bajó las gafas Wayfarer para dirigir una mueca a Nico—. ¿Cómo le va, por cierto?

—Esto ayudará —indicó Nico, refiriéndose al vial que le había procurado Max y que se había metido en el bolsillo de la americana azul marino, reservada específicamente para estas ocasiones (y enmarcaba ahora el más elegante de sus jerséis de punto con ochos)—. Y creo que está bien. Bueno, no, lo más seguro es que me esté mintiendo sobre su estado mental —se corrigió con tono alegre. Decidió no mencionar las pesadillas constantes de Gideon en las que aparecía un contable, o tal vez solo eran pesadillas de contabilidad; no estaba claro si Gideon tenía un portafolio floreciente, y Nico sabía demasiado como para subestimarlo—, pero no parece peor que de costumbre. Solo… más reservado. ¿Lo has visto últimamente? —Se pasó una mano por el pelo.

Max asintió.

—Me envió en sueños una nota con una paloma mensajera mientras dormía una siesta el otro día. Dice que está bien.

—Ah, sí. —Nico suspiró—. Creo que yo también me sé las palabras de ese estribillo. El exitoso sencillo de su álbum de platino *Todo está bien*...

—¿Sabes que lleva enamorado de ti seis años? —señaló Max—. Solo quiero comprobar si habéis compartido esa información en los últimos meses. —De nuevo, miró a Nico desde el asiento del conductor de su coche nuevo, que era inteligente y sabía cuándo cambiaría el semáforo y también una deducción de impuestos—. Y no lo digo para expresar la indignidad de un «Ya te lo dije».

—Has expresado esa indignidad particular muchas veces esta semana a pesar de no habérmelo dicho. A pesar de habérmelo ocultado deliberadamente, en realidad...

—...y que saco a colación solo para decir: no le quites esto. —Max agitó un dedo—. Es una mezcla, lo entiendo. No es lo ideal y tú eres un niñato, etcétera, etcétera. Pero es feliz a la manera que entiende él la felicidad a pesar de ser un rehén de los Illuminati, así que, ya sabes. No lo arruines —concluyó.

—No son los Illuminati —replicó Nico—. Solo unos tipos que conozco.

—Lo que tú digas. No lo arruines para mí tampoco. —Max le dio una palmada en el hombro cuando llegaron al fin al área de estacionamiento de la estación Grand Central—. Muy bien, saca el culo de aquí, e intenta no pensar en mí mientras Gideon y tú os enrolláis —le advirtió.

—Ni una vez he pensado en ti. —Nico se apeó del automóvil—. Y ahora me preocupa poder hacerlo.

—Sé sincero, Nicolás —le gritó Max—. ¿Ni una vez?

Nico le hizo una peineta por encima del hombro y se abrió camino por la estación, como de costumbre: evitando a los pasajeros somnolientos, despistando las protecciones de vigilancias que pretendían tenderle una emboscada, ejecutando la interpretación que había repetido lo que ahora le parecían mil veces más. Sintió una mezcla rutinaria de cosas en el proceso de dejar el mundo real y acceder de nuevo a la dimensión de los archivos alejandrinos. Era como atravesar un portal hacia un mundo de fantasía, excepto que al instante se le agrietaron los labios y le dolieron los músculos.

—He vuelto —gritó al entrar a la casa.

Cruzó el vestíbulo hacia la escalera. Oyó una respuesta, un saludo apagado que probablemente perteneciera a Tristan, y subió rápido las escaleras para dejar la mochila en su habitación. Era el mismo dormitorio que había ocupado los últimos dos años, excepto por algunos detalles aquí y allí: la camiseta de Gideon colgada en la puerta del baño, un par de calcetines de Nico doblados dentro del cajón porque «su lugar no era el suelo, desparejados y solitarios, Nicky, qué triste». Nico sonrió y bajó las escaleras. Se chocó con alguien a quien no esperaba en el rellano.

—Hola —saludó Dalton Ellery con rigidez cuando Nico parpadeó. El antiguo investigador estaba distinto, y no solo porque ya no vivía allí. Nico se sorprendió. Tal vez era por la ausencia de gafas, o por la chaqueta de cuero que sospechaba (a pesar de todas las pruebas que demostraban lo contrario) que podría ser demasiado moderna.

—¿Dalton? —Parisa le había avisado por mensaje de que Dalton venía, pero aún así le sorprendió—. Estás…

—Ya veo que mi antigua habitación está ocupada. Solo estaba trasladando mis cosas. —Se refería a una mochila que llevaba colgada en el hombro.

—¿Te…? —Nico frunció el ceño. Pensó primero en cómo preguntar si Dalton estaba solo y segundo en si esa respuesta podía destrozarlo (de tres a cinco minutos, posiblemente sí)—. ¿Te ha convencido Parisa de que vengas?

—Me contó que planeabais intentar llevar a cabo el experimento.

—Más o menos. —Suponiendo que pudieran incorporar a Libby en la realidad además de en la teoría, lo cual, hasta el momento, resultaba incierto, aunque si alguien podía lograrlo, posiblemente fuera Parisa. Se contuvo para no mirar alrededor de Dalton—. ¿Ha venido contigo?

—Al parecer, ha perdido el interés en mis actividades académicas. Propio de su naturaleza, ha buscado ocupación con otras cosas. —Algo parecido a la impaciencia destelló en los ojos de Dalton—. Así que supongo que me quedaré con su antigua habitación.

—Ah… vale, sí. —Nico trató de no dibujar en la mente un diagrama de quién había ocupado qué habitaciones en la casa—. De acuerdo, bien. Nos vemos, supongo.

Dalton asintió y pasó rápido junto a Nico con un nueva y extraña inclinación en su postura. ¿Era… contoneo? Se alarmó al reparar en que sí, podía serlo, aunque supuso que no se podía ser objeto de los afectos de Parisa Kamali sin adoptar una especie de pavoneo. (Ah, sí, ahí estaba, el tirón momentáneo que era en realidad más asincrónicamente nostálgico que devastador. Otras vidas, otros mundos).

Pensó que no le parecía propio de la Parisa que conocía perder de pronto el interés en algo, mucho menos en una actividad académica, pero era un poco arrogante por su parte fingir que de verdad podía haberla conocido bien. Se encogió de hombros y continuó bajando las escaleras. Vio luz en la sala de lectura.

Entró con cautela, sin saber a quién podría estar molestando, y sintió una punzada de alivio al ver quién era el ocupante. Un destello de cabello rubio apoyado en una mesa de caoba, una única lámpara que iluminaba un brazo extendido, el movimiento estable del sueño. Nico se detuvo en el vano y enmarcó el momento como si fuera una fotografía antes de avanzar con la intención de levantar a Gideon de la silla para llevarlo a la cama.

Cuando se acercó más, vio que había algo bajo la mejilla de Gideon. Un libro, comprobó con cariño. Con que podía convencerse incluso a los archivos de que dieran un capricho a Gideon. Nico tomó el ejemplar de *La tempestad* y tocó la mejilla del joven con suavidad. Gideon inclinó la cabeza y la apoyó en la palma de Nico, dormido.

—Ah, venía a despertarlo. —Nico se volvió y vio a Tristan en la puerta. Llevaba un vaso vacío en la mano y un libro bajo el brazo. Estaba con el teléfono y escribió algo rápido antes de levantar la mirada.

Una mezcla de culpa y preocupación le golpearon el pecho ante la implicación de que despertar a Gideon podía formar parte de la rutina nocturna de Tristan.

—¿Sucede a menudo?

Tristan le dirigió una mirada empática.

—Rhodes me ha contado lo de la narcolepsia.

Había algo en su voz que sugería que había usado esa palabra para evitar despertar algo más vulnerable en Nico.

—Gracias —dijo. Le pareció apropiado para el significado del ofrecimiento, si no para su conversación específica. Levantó a Gideon del suelo, inclinándolo ligeramente—. Eh, ¿sabías que está Dalton aquí? —cambió de tema.

Tristan asintió.

—Supongo que hemos de deducir que es el intento de Parisa de ser útil. Explicárselo a ella ya es ir demasiado, claro.

Nico deslizó un hombro con cuidado por debajo del brazo de Gideon y volvió a mirar a Tristan.

—Es buena persona, Caine. Pero no le digas que lo he dicho o me matarán. —Tristan se rio y Nico sintió una punzada de algo. Satisfacción, supuso—. ¿Vas arriba?

Tristan asintió y aguardó bajo el marco de la puerta hasta que Nico llegó hasta él.

—¿Le has notado algo raro? —preguntó Nico mientras acomodaba el peso de Gideon.

—¿A quién? ¿A Gideon? —inquirió Tristan con una mirada—. Ha pasado ahí toda la tarde. Se quedó dormido no hace mucho, una hora o así antes de que llegaras.

—No, a Dalton. —Tristan miró a Nico con el ceño fruncido, como si su mente estuviera distraída, en otra parte—. No importa. ¿Cómo….? —Vaciló—. ¿Cómo está Rhodes? —Al ver la ceja arqueada de Tristan, aclaró—: Yo, eh… creo que no está muy contenta conmigo ahora mismo. —No lo estaba la última vez que hablaron.

—¿Lo está alguna vez? —preguntó con tono cortante Tristan.

—Correcto. De poca ayuda, pero correcto. —Caminaron en silencio unos minutos, escaleras arriba.

—Sin cambios desde que te fuiste —señaló Tristan sin dar más detalles y Nico lo interpretó de varias formas: que aún no había cambiado de opinión respecto al plan siniestro y que seguía sin mirar a Tristan a los ojos desde que él se había puesto de lado de Nico y había admitido sus intenciones de hacerlo. No merecía la pena mencionar nada de eso.

Se separaron en el rellano, la mente de Tristan seguía en otro lugar. Nico llevó a Gideon a su habitación y jugueteó un poco con la gravedad para suavizar la caída.

—Eh, Mr Sandman —cantó entre dientes—. *Bring me a dream, make him the dumbest that I've ever seen...*

«Eh, señor Sandman, tráeme un sueño, que sea el más bobo que haya visto en mi vida».

Sin movimiento. Gideon estaba inconsciente del todo. Nico se rio en silencio y entonces se detuvo. Presionó la frente de Gideon suavemente con el pulgar y una palabra se le formó en la mente.

Precioso.

Él no estaba aún cansado por el cambio de huso horario, así que en lugar de meterse en la cama se volvió hacia la puerta con un suspiro; contempló sus alternativas. Supuso que tenía una conversación pendiente.

Cuando se encaminó hacia la sala pintada, Libby estaba acomodada en una esquina del sofá. Miraba las llamas de la chimenea con el ceño fruncido, aferrada a lo que Nico comprobó, sorprendido, que se trataba de una copa de vino.

—¿Estás bebiendo? —No es que nunca lo hubiera hecho, pero tan solo la había visto hacerlo en un contexto social. Beber a solas era algo que asociaba más bien con Callum.

La mirada gélida que le dirigió era tan familiar que casi gritó de alivio.

—Me han aconsejado hace poco que me relaje —dijo ella con tono cortante.

—Ah, cierto. —Había sido él justo antes de marcharse, más de una semana antes, aunque no estaba en la naturaleza de Libby olvidar. Era como un elefante, pero específicamente por todas las formas en las que Nico le había perjudicado.

Había intentado convencerla para que hicieran algo, un juego. Un recordatorio, una forma de combustión que pudiera, quién sabe, crear mundos nuevos y esas cosas. Le resultaba raro hacer magia con ella ahora. Su firma mágica era distinta, como si hubiera cambiado de manos o aprendido unas cuantas palabras nuevas en una lengua diferente. Era difícil de explicar. O como cuando te acostabas con alguien nuevo y los besos antiguos no eran los mismos. Libby seguía reculando, interrumpiéndolo demasiado rápido. Los estaba desequilibrando a los dos hasta que, al fin, Nico dejó que ella cargara con el peso del error, alejó el dolor en lugar de compartirlo entre ellos, solo lo suficiente para que ella lo sintiera; no era una cantidad peligrosa de dolor, por supuesto. Nada letal. Se parecía más a que se le hubiera quedado la pierna dormida, o a que él le hubiera dado una patada fuerte en el muslo.

La buscó más tarde y la encontró en la capilla, donde, al parecer, Nico siempre entregaba malas noticias.

—Lo siento —le dijo. Esperaba su habitual mirada fría («Varona, idiota, podrías haberme matado»), pero todo estaba mal entre ellos, raro. Creía que la magia era lo peor, pero tal vez no.

—Esto es una estupidez —murmuró ella. Tenía los ojos en otra parte, mirando los bancos desde donde se encontraba sentada, bajo el brillo del tríptico de la vidriera.

—Sí. —Nico trató de dar con las palabras para calmar el ambiente, pero no halló nada—. Sabes que podemos hacerlo. Yo sé que quieres hacerlo. Lo único que no entiendo es por qué sigues intentando retenernos.

—Ya te lo he dicho, Varona, las consecuencias...

—Deja de intentar empequeñecerte —le espetó y sintió que arremetía contra algo, contra nada—. No puedes quedarte en esta casa para siempre solo porque te da miedo tomar una decisión que pueda acabar con el mundo...

—¿Te crees que me preocupa ser demasiado pequeña? —Su expresión era de una inquietante calma, bañada por el brillo de la antorcha del conocimiento—. Querías que lo dejara arder, Varona, y eso hice. No puedes hablar conmigo sobre mis decisiones. —A partir de la teñida incandescencia de la iluminación o el incendio provocado, pudo ver la tensión en su mandíbula. La diminuta fisura entre sus cejas—. Si voy a volver a prenderme fuego, no lo haré solo para demostrarte algo a ti.

Había un insulto en su afirmación, algo peor de lo habitual. Una acusación con peso, como si esto fuera, de algún modo, culpa de él. Como si ella hubiera cambiado y él fuera a estar siempre estancado, siempre una pérdida de tiempo para ella, siempre un idiota. Como si ella lo hubiera dejado atrás cuando todo cuanto él había hecho era tratar de empequeñecerse por ella. Todos estos meses andando con cuidado, siendo amable, mostrándose considerado.

Al parecer, eso no significaba nada para ella. Bien, que así fuera, pensó. Había llegado el momento de probar una táctica diferente.

—Muy bien, de acuerdo. —Notó los dientes apretados, por rabia o por decepción, porque no entendía esto, ya no la entendía a ella—. Solo pienso que necesitas relajarte un poco, Rhodes…

—¿Relajarme? —Justo la palabra incorrecta, pero insistió de todos modos.

—Este experimento, esta… esta magia, ¡es lo que hemos venido a hacer aquí! —exclamó, demasiado enfadado. Demasiado—. Es por lo que hemos venido aquí. Para demostrar que somos los mejores, que somos los únicos que podemos hacer esto, y que tú ni siquiera seas capaz de verlo… —Se quedó callado por la frustración—. ¿Por qué te has molestado en regresar si vas a desperdiciar todo cuanto somos?

Supo que era lo más desacertado antes incluso de verle la cara. Después no hubo forma de disculparse adecuadamente, no hubo forma de elogiar a las personas que habían sido antes de que las palabras abandonaran su boca.

Esa noche, una semana antes, ella se marchó y él se fue a los Berkshires con Max. Y ahora aquí estaban de nuevo, y ella lo miraba con algo que, pensó, podía tratarse de una bandera blanca, o una versión de lo mismo, lo que no era en realidad conciliador. Más bien un «tenemos que hablar».

Cuando él cruzó la puerta, Libby se sirvió una segunda copa que dejó encima del posavasos. Nico se sentó en el suelo, delante de la chimenea, y ella vaciló. Se bajó entonces del sofá y se sentó a su lado. Le pasó la copa.

—No tengo ni idea de si es bueno —admitió Libby—. Lo ha elegido Tristan.

—Ah, entonces es excelente —le aseguró Nico—. ¿No sabías que es el abastecedor de la casa en calidad de vinos y comentarios sarcásticos?

—¿Y tú qué?

—Yo estoy aquí, sobre todo, para molestar a los demás. Salud —añadió y entrechocó la copa con la de ella antes de dar un trago.

Libby lo imitó con los ojos fijos en la copa alzada del chico.

—Mira, estaba pensando…

—Mira, lo siento —dijo él al mismo tiempo. Los dos se callaron y, al percibir Nico que él era el más equivocado, continuó—: Ya sé que no he de decirte que te relajes. Pero, siendo justo conmigo, no tengo ni idea de cuál es nuestro ritmo ya.

—Yo… —Se quedó callada, como si él le hubiera tapado el viento para sus velas—. No esperaba que te lo expresaras de manera tan poco odiosa, pero sí. Es… —Jugueteó con el tallo de la copa—. Es justo lo que yo pienso.

—Te has vuelto loca. Pero loca de verdad, no una falsa loca.

—Yo nunca he falseado la locura —murmuró con fastidio—. Tú eres un desastre constante.

—Gracias…

—Pero sé lo que quieres decir. He reaccionado mal. —Dio un sorbo y él frunció el ceño.

—Yo no diría mal. Solo… como si hubieras olvidado algo.

—¿Algo?

—Como si te hubieras olvidado de que yo no soy tu enemigo. —Ahí estaba—. Como si te hubieras olvidado de que soy tu aliado. De que estoy en tu equipo.

La copa se quedó separada de sus labios cuando Libby se detuvo.

—¿Sigues siéndolo?

—¿Qué? —Nico parpadeó, una punzada de algo le atravesó la mente por la imaginación distante de que pudiera ser otra cosa—. Por supuesto.

—¿Te sientes herido de verdad o solo estás actuando?

—Estoy… —Se calló—. Bueno, herido es una palabra teatrera, lo primero, pero sí, ahora que lo mencionas, me siento herido. Ya hemos pasado por esto —le recordó, pensando en el día en que ella lo salvó, casi dos años atrás, cuando él intentaba reforzar las protecciones de la casa él solo. El nivel de agotamiento que tenía, que nunca admitiría. La ayuda que nunca pidió a nadie, que ella le ofreció sin contemplaciones, solo porque lo conocía. Porque lo sabía.

Nico le hizo una promesa entonces, la promesa de que acudiría a ella en busca de ayuda, y ella le prometió lo mismo.

—Parece que has olvidado por completo que ya te di mi palabra.

—Ah, qué boba —murmuró ella—. Me pregunto si me habrá sucedido algo remotamente traumático de hace dos años a acá.

—A eso me refiero. —Nico hizo a un lado la copa—. Ahora me necesitas, más que nunca... —Se detuvo—. Necesitas a alguien —aclaró, porque la expresión de su rostro se había convertido en algo que no comprendía del todo y sospechaba que tal vez estaba suponiendo demasiado—. Es obvio que necesitas ayuda. Necesitas hablar con alguien y no tengo que ser yo, pero...

Apartó la mirada, la fijó en la copa de vino y decidió que no importaba, que la necesitaba, y entonces se la llevó a los labios y dio un trago largo.

—A la mierda. —Miró la copa cuando la hubo acabado—. Está delicioso.

—Yo no lo sé —dijo ella, aunque extendió el brazo hacia la mesa supletoria para alcanzar la botella y le sirvió más—. El único vino que he tomado durante el último año venía en una caja.

Aparte de los avisos catastróficos sobre el apocalipsis destinado a recaer sobre la tierra, esa era más información de que había revelado hasta ahora sobre el tiempo que había pasado lejos de él. Nico dudaba si estropear el ambiente. Se apoyó en el sofá y adoptó una posición más cómoda en el suelo. La invitó a que lo imitara.

—No es... —Libby se detuvo, vacilante—. No es que no quiera contártelo. Es que... —Se quedó mirando el fuego y también él, pues el contacto visual podía resultar demasiado vulnerable como para sugerírselo—. No sé siquiera por dónde empezar.

—¿Hubo algo bueno?

Vio que parpadeaba, sorprendida.

—Yo… sí. Sí, la verdad.

—¿Buenas comidas?

Libby se rio y pareció sorprenderse de su reacción.

—¿En serio?

—Completamente. Incluso cuando no hay nada por lo que vivir, siempre está la siguiente comida —bromeó y ella se rio de nuevo.

—Vaya, eso es…

—¿Hedonístico de mi parte?

—¿Supongo?

—También está la venganza —añadió—. Las dos cosas más importantes de la vida.

—¿La comida y la venganza?

—Así es. —Nico arriesgó una mirada en su dirección y la vio sonreír. Por supuesto, su instinto era estropearlo, y eso hizo—. Y también la oportunidad de regresar y decirme que todo este tiempo he tenido razón sobre Fowler —murmuró.

Esperaba que volviera a callar, que encerrara todo su dolor en una caja para que nadie lo viera, pero en lugar de ello apretó los labios formando algo que Nico habría jurado que era una sonrisita.

—Que no se te suba a la cabeza —respondió—, pero he tenido ese mismo pensamiento varias veces en el último año.

—¿Qué? ¿Que yo tenía razón?

—No, que de algún modo habías comprendido de forma telepática que tenías razón a treinta años de distancia y conseguías fastidiarme por ello. —Lo miró y el inesperado contacto visual le disparó el pulso hacia un lugar fuera de su alcance.

Nico se llevó la copa recién rellenada a los labios y dio otro sorbo largo.

—¿No te parece raro estar aquí sentados, bebiendo vino caro y hablando de tu exnovio?

Libby se rio de nuevo, sorprendida una segunda vez.

—Sí.

—Me siento en una película pretenciosa sobre genios torturados.

—Sí.

—Pero en realidad somos solo niños con unas copas caras.

—Creo que son de cristal de verdad. —Ladeó la cabeza y miró la copa a la luz. Atrapaba el calor titilante de las llamas de la chimenea que hacía que los colores danzaran. Nico observó un segundo, a tientas en el precipicio del momento. Se preparó para la caída y para todo aquello que no podía quedar ya sin pronunciar.

—He pensado en ti, ¿sabes? —Dio otro trago de lo que había escogido Tristan para ellos—. Creo que el verbo correcto es que te he echado de menos.

Libby no dijo nada.

—Cuando creí que estabas... —Se quedó callado, con un nudo en la garganta—. Por un segundo pensé que estabas muerta y me sentí... Fue como si hubiera perdido una parte de mí.

Libby se metió el pelo detrás de la oreja y enterró la nariz en la copa.

—Y no me refiero a... —Vaciló—. Sé que siempre hemos sido... nosotros —determinó a falta de una palabra mejor—. Pero no sé, hay algo en ti, en saber que existes. Es como si sin ti, solo me estuvieran empujando, ¿sabes? Empujándome sin tirar, pero entonces tú no estabas y me caí. —Dios, sonaba como un idiota—. Lo siento, no sé lo que estoy diciendo. Supongo que solo quería decirte que para mí sí que fue importante, ¿sabes? Ya sé que consigo que nada parezca importante para mí, pero no es así.

Era todo cada vez más incoherente.

—Solo quiero que sepas que importa. Tú, quiero decir. Nosotros. —Hizo un gesto que los abarcaba—. He probado la vida sin ti y... —Exhaló un suspiro y apoyó la cabeza en el sofá—. Solo quiero que sepas que, oficialmente, lo que me dijiste en la graduación sobre que habíamos acabado el uno para el otro... no es lo que yo quiero. Si alguna vez ha sido así, no lo es ahora. No quiero no volver a verte más.

El fuego crepitó y danzó, el reloj de la repisa avanzaba.

Entonces Nico resopló en la copa y dio otro trago.

—Vaya, buen discurso, Varona —dijo imitando la voz de Libby.

Para su alivio, Libby se echó a reír, con hipidos, y se volvió hacia él con las mejillas sonrosadas por el vino, una danza de diversión en sus ojos de color pizarras.

—No quiero no volver a verte más, como dice el poeta —se burló.

Nico puso los ojos en blanco.

—Sí, sí...

—Sin ti —dijo con solemnidad fingida—, simplemente... caería.

Ah, maldita sea.

—Vale, lo capto, Rhodes, estás histérica...

—Es mono. —Le atusó el pelo y él se apartó con cuidado de no derramar el vino en la alfombra que no sabía cómo limpiar.

—Vamos, Rhodes, ya sé que eres un monstruo sin corazón, pero, por favor, solo soy un hombre humano...

—Siempre he pensado... —Calló y él volvió a acomodarse, despacio. Arqueó una ceja cuando ella lo miró y dudó—. No, no importa.

—Ah, venga. —Le dio un golpe con el hombro—. Me he desnudado delante de ti. Ya sabes, metafóricamente.

Ella arqueó una ceja.

—¿Me estás pidiendo que me desnude?

—Metafóricamente —repitió con énfasis—. Sí, te lo estoy pidiendo. —Alcanzó la botella y se acercó para servir más vino en la copa de ella—. La tienes vacía, a lo mejor esto ayuda...

—Sí, me ayuda a relajarme. Si tú supieras —murmuró para sus adentros y le quitó la botella.

—¿Qué significa eso? No irás a decirme que te has pasado un año a la fuga instaurando un club de vino en caja sin mí.

—No, pero sí he pensado que el hecho de que tuvieras razón sobre Ezra era una especie de broma cósmica cruel. —Suspiró y abandonó la tiranía de una copa. Le dio un sorbo a la botella—. Prométeme que vas a dejar que lo haga sin interrumpir —exigió con la boca llena del vino envejecido del viejo mundo.

—Te lo prometo. Va a matarme por dentro, pero me quedaré callado. Lo juro. —Le acercó la copa y ella le ofreció la botella—. De acuerdo, allá donde fueres...

Dio un trago y ella aprovechó la distracción.

—No tenías razón sobre Ezra. Simplemente no estabas lo bastante equivocado, lo cual resulta igual de molesto.

—Demasiado bueno —dijo él con tono alegre.

—Has dicho que ibas a estar callado —gruñó ella y le quitó la botella de la mano. Con una mirada asesina, continuó—: No quiero hacer bromas al respecto. No quiero hablar de ello —aclaró—, pero supongo que... supongo... —Un suspiro—. Una parte de mí no deja de pensar que, si te hubiera tenido a ti, las cosas habrían ido mejor. O que sin ti estaba más perdida de lo que nunca lo he estado.

Dio otro sorbo, contemplativa esta vez, y Nico, a quien no le faltaban los matices, no dijo nada, aunque sí notó que algo había cambiado. Una forma de resistencia había comenzado a ceder.

En el silencio que había entre los dos, la mente de Nico se trasladó a la habitación de arriba, al aspecto que tenía Gideon cuando dormía; a la sensación de que Gideon aprobaría esta conversación y a lo que Nico había intentado decir, aunque otra parte de Gideon se hubiera sentido dolido por ello. No herido, exactamente, sino dolido. Creía entender la diferencia, lo que era entender también la complejidad de todo lo que existía entre él y el soñador que dormía arriba.

—¿Alguna vez...? —comenzó Libby con voz ronca, pero segura. Nico no se movió, no respiró—. Si estamos en lo cierto, si el experimento funciona... si la teoría de Atlas es correcta y hay de verdad otras versiones de nuestro mundo ahí fuera, y nos hemos conocido en ellas, ¿piensas...?

Se volvió hacia él, la botella olvidada.

Las llamas bailaban. El reloj hacía tictac.

Ella habló primero.

—¿Alguna vez has pensado si tal vez debíamos de ser nosotros?

Parecía inevitable ese momento. Esa pregunta. Como si cualquier camino alternativo los llevara hasta ahí. Como si en algún lugar innato, los dos supieran que habían pasado vidas enteras danzando alrededor del empuje gravitacional de lo obvio.

—Sí —respondió Nico—. Lo creo.

LOS SEIS DE EZRA

TRES

Eden

Su padre estaba meditando de nuevo. Así lo llamaba él, meditar, como si Eden no pudiera comprender el alcance de lo que era en realidad. Como si quedarse mirando la nada fuera importante cuando lo hacía él.

Se había pasado meditando la mayor parte de la vida de Eden, casi toda su infancia y la mayor parte que resultaba significativa de su edad adulta. Estaba meditando cuando le habló de Tristan Caine, con el presentimiento de que algo despertaría al fin al gran James Wessex de su sueño inútil y lo obligaría a ver lo que se estaba perdiendo. La incapacidad de Tristan (quien, al parecer, también se había pasado la mayor parte de su relación meditando) al elegir no ver lo que Eden hacía (o a quién) cuando estaba de espaldas. Al elegir no ver a Eden, lo que a menudo era un desafío divertido, como construir un espejismo cuidadoso. Fue divertido por un tiempo ser lo bastante buena para alguien con gustos tan exigentes que se pasaba la mayor parte del tiempo mirando de mal humor todo lo ofensivo que tenía a la altura de los ojos.

Pero entonces Eden comprendió que intentaba impresionar a alguien claramente inferior a ella, y no importaba. El sexo era bueno y excitante, y se llevaban estupendamente cuando querían, cuando los dos tenían ganas de reírse o de mantener una conversación animada, y si Eden tuviera que pasar doce horas encerrada en una habitación con alguien, elegiría a Tristan, solo Tristan.

Nada de eso pudo cambiar que todo cuanto él quiso de ella era su apellido.

Eden salió del estudio de su padre y regresó a la videollamada que había dejado en espera en el salón.

—Está ocupado —dijo con tono seco, aunque supo, por la expresión inmutable de Nothazai, que era la respuesta que esperaba; o peor, que esta respuesta era una tumba silenciosa. Otro recordatorio de que Eden Wessex no era sustituta para su padre. Selene Nova podía pasearse tranquilamente por las calles de Londres tranquilizando a los accionistas mientras la empresa de su padre era objeto de investigación global por fraude, pero Eden era solo la mensajera de James Wessex, no la heredera de su corona.

—Sigue sin haber rastro de Tristan Caine —dijo Nothazai, y no era la primera vez que Eden lo escuchaba—. Y hasta que no salga de las instalaciones de los archivos de la Sociedad, no es un buen objetivo. Mientras tanto, como dijimos, es mejor concentrarnos en el émpata.

—No puedes dejar de buscar a Tristan. Ya sabes cómo se siente mi padre. —Se esforzó mucho por mantener la voz carente de la histeria femenina—. ¿Y qué pasa con la telépata?

Parisa Kamali parecía la clase de mujer con la que podría estar acostándose Tristan. Igual que Selene Nova, elegante como ninguna mientras el mundo ardía a sus pies. Si Parisa Kamali no estaba empleando alguna forma diabólica de subterfugio en contra de todos ellos, Eden se comería sus propias palabras.

—Estamos haciendo todo lo que está en nuestras manos para detener a la señorita Kamali, igual que a los otros —respondió Nothazai con una paciencia insondable para tratar la sensibilidad de Eden como una maestra de infantil que trata de acompañar una rabieta—. Pero si tenemos en cuenta sus actos hasta el momento, no hay que considerarla nuestra principal preocupación.

—¿Es una broma? —Eden hizo todo lo que pudo para no mirarlo boquiabierta—. Ninguno de los tuyos ha podido ni una sola vez poner una mano sobre ella a pesar de que continúa con su vida con normalidad, y crees que es una coincidencia porque... ¿por qué? ¿Porque es una mujer? ¿Porque tiene un aspecto descaradamente follable cada vez que sale de casa?

Casi de inmediato, Eden tuvo la sensación de que Parisa había encontrado la forma de entrar y la observaba en ese mismo instante, riendo para sus adentros. Eden no sabía qué era lo que la enfurecía tanto de Parisa, pero parecía... familiar, como si todos los hombres que consideraban a Eden un adorno adorable sin ideas en la cabeza pudieran ser igual de incapaces de tratar a Parisa como una amenaza. (Además, habían fotografiado a Parisa con un vestido que la propia Eden tenía, y no podía dejar de ver a Tristan tirándosela con el vestido puesto).

—Señorita Wessex, por favor. —El tono de Nothazai se había vuelto condescendiente—. Dile a tu padre que, si desea alterar el curso de nuestra investigación, puede venir a hablar conmigo en cualquier momento. Por otra parte, no deseo que llegues tarde —añadió con una mirada penetrante a la indumentaria con corbata de Eden que incluía también un sombrero que le había parecido encantador en la peluquería, pero que ahora consideraba una completa humillación.

Siéntate, pequeña. Disfruta de las plumas y las joyas, acuéstate con el secretario de tu padre y a ver si él se da cuenta, si le importa acaso. Oh, ¿un hombre te ha roto tu estúpido corazón autosaboteado al carecer de la decencia de preocuparse por saber que le has engañado? Querida, eso es porque no te ha amado nunca, ¿de verdad eres tan estúpida? Él es muy importante y tú no, vete a jugar con tus ponis y las otras niñas bobas con sombreros ridículos. Vete, cariño, vamos.

—¿Has considerado que la agenda del émpata parece no guardar relación con los beneficios corporativos de los Nova? —preguntó enfadada—. ¿Que la política en la que parece ejercer influencia tiene que ver con la autonomía personal y los derechos humanos? —Cosas que él, por ser hombre, ya tiene—. ¿Y nada que ver, ni remotamente, con él o su familia? Tal vez a quien tenéis que vigilar es a la naturalista, a menos que penséis de veras que el émpata aspira a una especie de dominación mundial distópica que podría conseguir más fácilmente desde el interior de la sala de juntas de los Nova.

Lo había perdido, lo sabía. Nothazai sonreía sin dar señal alguna de seguir su tren de pensamiento.

—Seguiremos monitoreando a la naturalista, por supuesto. Las autoridades locales tienen expedientes de los seis posibles iniciados. Ah, por cierto, entiendo que es necesaria una enhorabuena.

Mierda.

—No estoy comprometida —replicó ella—. ¡Solo es un prensa sensacionalista! —Y, como tal, solo veía lo que ella quería que viera. Una heredera rica en la ciudad retozando con un hombre apuesto y fingiendo que eso era poder.

¿Qué era el poder en realidad si nadie la escuchaba? Si pagaban un precio para hacerle una foto, para convertirla en una fantasía que ella podría curar pero nunca poseer. ¿Importaba entonces lo afilados que tuviera los dientes o cómo podía rompérsele el corazón en silencio?

La telépata era la peligrosa, Eden lo sabía, podía leerlo en la pared, interpretarlo con la misma claridad perfecta con la que había manipulado los titulares desde que se le desarrollaron los pechos con doce años. Parisa Kamali y ella tenían, casi seguro, las mismas habilidades, que incluían olvidar a Callum Nova, olvidar a Atlas Blakely, olvidar la presencia de los hombres poderosos que compartían la misma debilidad. ¿Qué había hecho Parisa Kamali para comprometer a Nothazai?, se preguntó Eden, que sabía que había algo. Ella misma había tenido suficientes aventuras para comprender lo barato que podía comprarse a hombres como él.

Su propio padre tenía sus vicios. La vida eterna, como cualquier otro hombre rico. Una arrogancia muy poco original por la que él pagaría cualquier precio. ¿Cuál podría haber sido el equivalente para Nothazai, quien parecía no querer ni más ni menos que lo que tenía Atlas Blakely?

Aunque no importaba. El mundo no era tan injusto como parecía. No podía serlo. Una persona solo podía tener ciertas victorias. Tristan encontraría una rotura en alguna parte, notaría su corazón astillarse en el pecho igual que Eden había sentido tanto dolor en el suyo. Permitamos que los hombres alcancen sus fantasías condenadas al fracaso. Cuando acaben pidiendo demasiado, dejemos que descubran la cantidad de formas que tiene el mundo de decir no. Compromisos rotos. Ojos cerrados en meditación.

A la mierda.

Eden Wessex solucionaría esto ella sola.

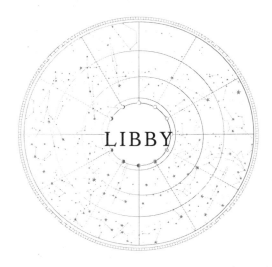

LIBBY

Una botella de vino tinto, dos copas en la mesita de la sala pintada, la cara de Tristan tan brutalmente impasible que pensó que podría odiarlo. «No sé si esto puede arreglarse.

¿Te refieres a nosotros? ¿O te refieres a mí?».

(No es una emboscada, dijo al principio. Solo un pensamiento).

«¿No hay algo… mal?».

★ ★ ★

El corazón le martilleaba a Libby en la garganta cuando Nico la miró.

¿No era siempre así? Salir y volver, siempre en la órbita del otro. Tal vez eso significaba algo. Puede que su instinto estuviera acertado la primera vez. Que ese «Varona, tenemos que hablar» había sido el movimiento correcto. Tal vez sospechaba esto e intentaba combatirlo; puede que pensara que era algo que podía dejar atrás. No era en absoluto original, el que estaba equivocado resultaba tener la razón. Tal vez estaba bien darse cuenta de ello ahora, justo ahora, cuando tenían las mejillas sonrosadas de esperanza y humillación. Llamas gemelas de tal vez sí, tal vez tú, tal vez yo. A lo mejor había estado buscando señales, pasando por alto lo obvio que tenía justo delante todo este tiempo.

Tragó saliva y pensó en cómo adelantarse. Cómo cubrir la distancia. Odiaba la boca de Nico, lo sensual que era. Esa tendencia a morder los bolígrafos que le tomaba prestados a ella, su sonrisa arrogante, los hoyuelos que odiaba con un ardor que podría haber confundido fácilmente con otra cosa. ¿Había sido así todo este tiempo? Tal vez ella lo había sabido. Él la había empujado siempre, estaba en el centro de cada uno de sus logros, al lado de todo lo que había alcanzado. Cada objetivo que había conseguido. Él estaba ahí, en su órbita, y tal vez eso significaba algo.

Tal vez era esto. Tal vez era ahora.

Tal vez...

—Creo que hay tres universos donde estamos juntos, Rhodes —dijo Nico; movió la boca justo cuando ella se inclinó hacia delante, tratando de conectar los puntos y unirlos entre sus labios y los de él—. Puede que en la mitad de todos los mundos paralelos, si soy optimista.

Nico se giró y alcanzó la botella de vino, y Libby parpadeó por la repentina disrupción del momento.

Volvió a parpadear; pensó si no habría escuchado mal.

—¿Y en la otra mitad?

—Ah, nos hemos matado el uno al otro. —Nico le sonrió, se encogió de hombros y la invitó a reírse, aunque ella no lo hizo. Quería, pero en ese momento le pareció que podría doler demasiado, que podría perforarle un órgano—. Pero estamos los dos en todos ellos —prosiguió con toda seguridad—. Cuesta imaginar que haya un mundo en el que exista uno de los dos solo.

Libby luchó contra el impulso de retroceder, de pellizcarse para despertar.

—¿Esa es tu hipótesis del multiverso? ¿Cincuenta, cincuenta? ¿Muerte o matrimonio?

Él rio en la botella, dio un sorbo y luego le brindó con ella.

—Puede que cuarenta y nueve, cuarenta y nueve, con cierto margen para los rivales académicos que de vez en cuando comparten una botella de vino.

Libby aguardó a que el pulso se le calmara; se preguntó si oiría él lo fuerte y rápido que le latía el corazón. Dudaba de que pudiera pasarlo por alto, sintonizado como estaba con todos sus movimientos, con todos sus defectos. Ya no podía determinar la atmósfera en la habitación, la que creía comprender con perfecta claridad cinco minutos antes, o puede que menos. Aliados, había dicho él. ¿Cómo tenía que sentirse con eso?

—Las posibilidades podrían ser peores.

—Sí. —Nico se encogió de hombros—. A veces creo que correría el riesgo.

—¿A veces?

Él bajó la botella. La miró largo y tendido. Libby notó una sacudida interior antes incluso de que abriera la boca.

—Quieres que yo sea tu respuesta, Rhodes —murmuró al fin—, pero no puedo serlo. Yo no soy una respuesta. Sí, soy muchas cosas —señaló con una sonrisa—, pero lo que tú quieres, la absolución o lo que sea, es más grande que yo.

Volvía a odiarlo. Así, de pronto, volvía a hacerlo.

—¿Es Gideon tu respuesta entonces?

Nico apartó la mirada y Libby se preguntó si lo negaría. Estaba segura de que si mentía, lo sabría. Había dicho muchas verdades en los últimos cinco minutos. Lo conocía lo suficiente para saber que, fuera lo que fuese lo que habían estado haciendo aquí, no podía estar tan equivocada.

El joven carraspeó.

—Mi madre hace esto —explicó—. Me toca la frente, justo aquí. —Señaló el punto sobre las cejas—. Me bendice. Y siempre me ha parecido molesto, yo no comparto sus creencias. Pero entonces...

Se quedó callado.

—Ahora comprendo el deseo de bendecir algo —continuó—. No sé. No sé cómo explicarlo. Entiendo el impulso, esa necesidad de reconocer algo preciado, de tratarlo con reverencia, de llamarlo con palabras como «querido» y «preciado» y «adorado». Y... —Se encogió de hombros y el momento colapsó de forma estrepitosa—. La cuestión es que no, Gideon no es la respuesta, Gideon es Gideon. Pero no soy yo quien hace una pregunta. —La miró a los ojos—. Eres tú, Rhodes, y ni Tristan ni yo podemos responderla por ti.

—Estás haciéndolo de nuevo. —Oía el corazón latirle en las orejas, en algún punto tras las sienes—. Me estás diciendo cómo he de sentirme.

—Cierto, perdona, no era mi intención. No pretendo... Está claro que no lo entiendo. —Se apartó de ella y, con un repentino arranque de pánico y rabia, Libby comprendió que tenía intención de marcharse—. Perdona, creo... Creo que esto es un poco incómodo, es culpa mía, no quería...

—¿Qué? ¿Darme esperanzas? ¿Engañarme? —Saboreó la bilis y pensó si sería un corazón roto o el vino tinto imbebible que a Nico le parecía tan delicioso. Como si hubieran estado existiendo en dos mundos muy diferentes todo el tiempo.

Nico la miró de frente.

—¿Sientes algo por mí, Rhodes?

—Yo... —Había viajado en el tiempo. Había desafiado los principios de la física. No tenía que recular ante una pregunta estúpida como «¿sientes algo por mí?» por parte de alguien que había estado fastidiándola desde el día uno—. Puede que sí, joder. ¿Me estás diciendo que tú no?

—Por supuesto que no estoy diciendo eso. Los dos sabemos que esto es... complicado, raro, no es lo mismo que nada que tengamos con nadie...

—¿Y no son sentimientos?

—Ahora mismo estoy diciendo que son sentimientos, claro que son sentimientos, pero yo... tengo muchos sentimientos, ¿vale? —Parecía irritado y a Libby le dieron ganas de estrangularlo con sus propias manos—. Estoy enamorado de Gideon, estoy enamorado de ti, probablemente esté un poco enamorado de Parisa y Tristan y, dios, puede que de Reina. Y, sinceramente —añadió con expresión tensa—, si Callum me sugiriera que tomase una copa con él, no puedo prometer que dijera que no...

Libby notó humo en la punta de la lengua.

—¿Qué estás diciendo ahora mismo?

—Estoy diciendo que tengo sentimientos y también tomo decisiones, y ahora mismo mi decisión es irme a la cama —murmuró. Se frotó el cuello al tiempo que se ponía en pie—. Estoy diciendo que... sí, ¿vale? Sí, claro que a veces me lo pregunto, porque tú me empujas y necesito eso, y te necesito a ti. Te quiero en mi vida de una forma que sangra importancia, joder, pero no es... —Hizo una mueca—. Es posible que no sea la clase de importancia que tú quieras que tenga.

—Yo no he dicho eso. —Ah, era potente el odio, sí, lo que sentía por él que estaba tan fuera de lo común—. Nunca he dicho que quiera nada de ti.

—Vale, bien, estupendo, fantástico. —Se sentó otra vez. Al parecer, reconoció la inestabilidad que había originado—. Pues nos queremos, Rhodes, ¿y qué?

—¿Y qué? —Se notaba histérica—. ¿De verdad me estás preguntando eso?

—Mira —exhaló un suspiro—, yo solo quiero irme a la cama, despertarme, hacer un condenado mundo nuevo contigo, puede que comer unos nachos cuando hayamos acabado. —Cuando la miró, Libby tan solo vio a un adolescente, a un niño. Como si le ofreciera ir a cazar monstruos bajo la cama—. Me encantaría que me dijeras qué es distinto, qué ha cambiado en ti. Qué te hace sentir tan mal que no quieres que yo lo sepa. Pero eso es todo... ¿no lo entiendes?

La miraba suplicante.

—Puede que haya una versión donde acabemos juntos, Rhodes, pero no es esta. A lo mejor eso solo significa que aún no, pero definitivamente significa que ahora no. ¿Cómo podría ser ahora? —preguntó, la voz carente de su habitual tono juguetón y su irritante arrogancia, aunque a Libby le resultaba igual de fácil de odiar—. ¡Si ni siquiera puedes contarme la verdad!

—¿Quieres la verdad? —Se puso en pie, agitada—. Confiaba en alguien que me traicionó, Varona, que me atrapó y me obligó a tomar una decisión insostenible. No es tan incomprensible que no quiera hablar de ello, ¿no te parece?

—¿Estás enfadada conmigo? ¿En serio? —Él también se levantó—. ¿Cómo puedes estar tan enfadada cuando no he hecho otra cosa que decirte lo mucho que me importas? —Entrecerró los ojos con desdén—. Y no actúes como si hubieras estado suspirando por mí cuando sabes que acudiste a Tristan en busca de ayuda. No a mí.

Libby estaba furiosa, una riada de rabia, amargura y culpa la arrastraba hasta el límite.

—¿Te das cuenta acaso de lo infantil que suenas...?

—Adelante, llámame crío. —Su voz se había tornado oscura—. Todo el mundo lo hace. ¿Entiendes eso? Todo el mundo, menos Gideon —dijo con tono de advertencia—. Puede que eso signifique algo para mí. Puede que signifique más para mí que este retorcido juego de espejos al que hemos estado jugando seis años —espetó—, persiguiéndonos una y otra vez tan solo para acabar entendiendo que lo único que hacíamos era huir...

—¿Cómo quieres que sea? ¿Quieres que sea el perfecto san Gideon para que puedas sentirte bien por quererme en lugar de sentirte atrapado? He matado, Varona. —Las palabras abandonaron su boca de forma espontánea—. No lo lamento, ni siquiera estoy triste... —Sentía que se arrancaba las palabras de dentro, que se quebraba cada vértebra para dejar salir la verdad—. No soy la misma persona que antes. ¿Podrías seguir queriéndome después de saber eso? ¿Después de saber toda la verdad de cómo soy?

—Sí. —Tenía las manos alzadas en un gesto combativo—. Sí, idiota del culo. ¿Crees que eso es por lo que te quiero? ¿Por tu moral? —La mirada de su rostro era de pura exasperación—. ¿De verdad pensabas que solo podría quererte si tus manos estaban limpias?

Libby parpadeó.

Parpadeó de nuevo.

El pecho se le hundió a Nico y se pasó una mano por el pelo, frustrado.

—Pasaré mi vida orbitando alrededor de la tuya —afirmó y el agotamiento en su voz lo conocía Libby. Lo comprendía—. Lo considero un privilegio. ¿Significa menos si no nos acostamos? ¿Si nunca tenemos bebés y nos tomamos de la mano? ¿Tiene que significar menos? Estás en cada mundo en el que yo existo, tu destino es mi destino, o me sigues tú o te sigo yo, no importa y no me preocupa. Si no es amor, entonces tal vez no entiendo el amor, y me parece bien, no me enfado por saber que soy un idiota de verdad. Y si para ti no es suficiente, de acuerdo, no es suficiente. Eso no cambia el hecho de que estoy dispuesto a darlo. Lo que tú estés dispuesta a aceptar no cambia lo que yo estoy dispuesto a dar.

Retrocedió un paso. Dos pasos. Caminó hacia la puerta y Libby no lo detuvo.

Entonces se paró en el vano y la miró; ella estaba de cara a las llamas de la chimenea, se empapaba de sus formas.

—Rhodes —se dirigió a ella. Una pregunta o una súplica.

Ella cerró los ojos y suspiró.

—De acuerdo. Tienes razón. Sé que tienes razón. Es solo... —Movió una mano—. El vino.

Nico vaciló.

—¿Estás segura de que...?

—¿... te gusta el vino tinto? —terminó por él—. No. Esto sabe a rayos. —Sacudió la cabeza.

Nico soltó una carcajada y ella estuvo a punto también. A punto.

—Esto —indicó él, la voz marcada por la sinceridad—. Tú y yo. No puedes escapar de esto. No hay salida.

—¿Es una amenaza?

—Sí. Es una promesa, pero amenazante. —Permaneció allí detenido un instante—. Lo digo en serio, Rhodes. No creo que yo sea la respuesta que estás buscando. Conmigo no te sentirías más satisfecha. Solo tendrías esto, justo lo que sientes ahora mismo, pero con alguien que sabe bailar mucho mejor que Tristan.

Nico se mostró presumido, cómo no, pero para beneficio de Libby, para su gran alivio, sabía que tenía razón. Se dio cuenta como si activara un reflejo que hubiera temido probar, como si al fin pusiera peso en un músculo que hubiera estado cuidando de forma rutinaria, crónica. Lo que le había dicho esta simulación, que todo en su vida giraba en torno a él, o acabaría guiándola a él, nunca había sido real. No más que el hecho de ofrecerse a sí misma otra meta invisible, otra solución débil e insustancial. Porque si eso era cierto, entonces admitir sus sentimientos por Nico podría haberle ofrecido un cierre, haber completado un ciclo de retroalimentación muy simple, muy salvable, pero no había sido así, porque no era ese el problema. No se trataba en absoluto de él.

Ahora entendía el motivo por el que había fracasado en el ritual. Al parecer, nunca se habría iniciado porque había reglas, pero la razón por la que había perdido de forma tan estrepitosa, la verdad real y mucho más dura oculta por el asunto romántico tan conveniente, era que todo en su vida giraba en torno a algo, pero eso había empezado mucho antes de que Nico de Varona entrara en ella. No lo conocía a él y ya se sentía hambrienta, insaciable y no deseada. Ya sentía todo eso cuando lo conoció, ya se lo creía todo, ya se había construido inestable sobre ello, y la presencia de Nico, como una encarnación viva de sus defectos, había avivado las llamas.

Soltó una risotada, aunque fue una ronca.

—Deja de decirme cómo sentirme, Varona. No puedes decirme lo que quiero.

—No, pero puedo preguntarte. —Se encogió de hombros—. ¿Qué quieres?

Libby miró de nuevo las llamas.

¿Qué quería?

Una respuesta. Mierda, Nico tenía razón. De eso iba todo esto, de eso había ido siempre.

Quería una respuesta, pero no a esto.

—Quiero hacer el experimento. Mañana.

Quería creer que era decisión de ella. Que era racional porque había salido de ella y no de media vida de soledad.

Aunque eso no importaba.

—De acuerdo —respondió Nico—. De acuerdo.

★ ★ ★

—Siempre tienes este sueño —dijo Gideon.

Ella no sabía cuándo había entrado ahí, ni cómo. Había humo que emergía de algún lado por encima de las colinas, fuera de la vista. Al principio pensó que era de los vecinos, que estaban haciendo barbacoa; el chisporroteo de hamburguesas, el estúpido delantal de su padre que había hecho ella en el colegio, en quinto curso. Katherine poniendo los ojos en blanco. Papá, estás ridículo. Cosas cotidianas. Vida normal.

Pero Gideon estaba aquí ahora y Libby entendió que, por algún motivo, estaba ahora conectada con él aquí, en la intersección del sueño y la pesadilla.

Vislumbró algo, una mancha en lo que había sido su idilio nostálgico suburbano. Unos zapatos conocidos asomando por debajo del sofá de su vecino. Unas piernas inmóviles. Un charco de sangre que se colaba en las grietas del suelo.

Unos ojos sin vida. Una mano abierta.

Se protegió los ojos del sol ardiente y no dijo nada.

—Puedo encontrarlo —indicó Gideon sin mirarla y Libby cerró los ojos.

«El mundo puede acabar de dos formas», le recordó Ezra con las piernas flexionadas y pegadas al pecho, al corazón que aseguraba que latía por ella. «Fuego o hielo. He visto las dos».

Ezra decía muchas cosas. «Te quiero. Puedo matarla».

Unos ojos sin vida. Una mano abierta.

Despierta, pensó. *Despierta*.

★ ★ ★

Había olvidado las particularidades de esta habitación. Como, durante un año, había entrado el sol demasiado temprano por la cara este de la casa a menos que echara las cortinas.

Se suponía que estaba durmiendo, descansando. Se puso de lado y la puerta se abrió detrás de ella. Luego se cerró suavemente.

Lo notó meterse en la cama con ella, curvándose a su alrededor con su habitual gracia.

—Puede que sea diferente —le dijo la voz de Tristan al oído—. Después de que hagamos esto. A lo mejor es algo de la casa, o de los archivos, o puede que tengamos que soltar algo. No lo sé. —Y luego, bajito—: No lo sé.

Libby movió la mano hacia atrás para agarrarle la suya y jugueteó con sus nudillos.

—Puede —coincidió y la palabra tenía el sabor de una disculpa. Las notas predominantes de un deseo.

* * *

Cuando bajaron a la sala pintada, Nico estaba haciendo levitar una maceta grande para sacarla por una de las ventanas que rodeaban el ábside. Tristan miró por la ventana, se fijó en el pequeño jardín que estaba construyendo Nico con macetas de la casa y luego miró a Gideon, quien se encogió de hombros.

—No sabemos cuál es la higuera —explicó.

Tristan y Libby intercambiaron una mirada de diversión, pero los interrumpió un sonido detrás de ellos antes de que pudieran responder.

—Sería más fácil si tuviéramos a la naturalista —declaró la voz de Dalton.

Tristan no se volvió, pero Libby sí y dirigió una mirada a Dalton. Se le veía menos equilibrado que de costumbre, o tal vez era que necesitaba un corte de pelo, o un afeitado. Tristan y ella no habían intercambiado más que unas pocas palabras con Dalton cuando lo saludaron al llegar el día anterior, aunque por razones obvias, a Libby le preocupaba que su presencia pudiera representar una variable desconocida de la agenda de Parisa. (No tan relacionada con el experimento, necesariamente, pero si con otra motivación más furtiva que Libby no comprendió hasta que se despertó con resaca, desprovista de escrúpulos y de ropa). Quizá cuando Parisa le advirtió que abandonara el experimento, lo que quería decir era que ella iba a mantenerse al margen. O igual solo quería que Dalton desapareciera. Nada de eso habría sorprendido a Libby, quien, en retrospectiva, empezaba a considerar a Parisa como una pieza insignificante de la ecuación.

—Créeme, lo he intentado —señaló Nico con voz entrecortada, vacío de cualquier daño emocional o tormento psicológico nacido de la conversación de la noche previa. Salió por la ventana y barrió sin esfuerzos a los ocupantes de la habitación, Libby incluida, como si no hubieran hecho o dicho recientemente nada de importancia. Probablemente era cierto. Probablemente razonable—. Reina no acepta, pero creo que está deseando que yo fracase y pueda así regodearse un poco y llamarme idiota. Sin daño no hay pena —añadió, y, como si se lo dirigiera a Libby, ella decidió aceptarlo sin más.

—Yo no espero fracasar. —Dalton miró a Gideon, quien lo miraba con el ceño fruncido y cierta incomodidad, posiblemente reconocimiento—. ¿Cuál es tu contribución al experimento?

Gideon abrió la boca y luego la cerró.

—Solo soy el público.

Dalton entrecerró los ojos.

—No necesitamos público.

—Apoyo emocional —intervino Nico con rapidez. Se manifestó de nuevo al lado del codo de Libby—. El portador de comida, maestro de la hidratación. No te importa, ¿verdad? —le murmuró a Libby cuando Tristan se volvió y fijó la atención en su taza de café—. Me parecía raro hacer a Gideon esperar fuera.

Dalton pareció descartar el tema como preocupación y señaló a Tristan. Libby vio a Tristan rodearse con los brazos, irritado porque lo llamara, pero este se rindió y se acercó mientras Dalton sacaba un cuaderno grueso lleno de notas garabateadas.

Libby y Nico se quedaron solos en el rincón. Gideon se puso a ordenar los libros en una estantería al otro lado de la habitación.

—Gideon puede hacer algo en los sueños, ¿verdad? —preguntó Libby y Nico la miró sorprendido.

—Por supuesto. ¿No te diste cuenta el año pasado? Fue él quien te encontró.

—Lo sé, pero no hemos hablando nunca de lo que significa. —Notó que su voz sonaba precavida. Nico frunció el ceño con aparente preocupación.

—No estás loca, ¿vale? Supongo que al principio resulta invasivo —reconoció con voz preocupada—, pero lo necesitábamos si queríamos dar contigo. Además, él no va interferir con el experimento, así que no te preocupes —añadió rápidamente—. En cualquier caso, estoy un poco…

Se quedó callado, la boca formando todavía las palabras.

—Dilo, Varona —murmuró Libby y él se volvió hacia ella con una mirada que no era del todo de disculpa. Este, se recordó Libby. Este era el Varona que ella conocía y no quería. Tenía razón, era el mismo, y puede que ella anhelara esa invariabilidad, o que la necesitara, o que se aferrara a ella. Antes de él había dolor y después de él llegó la culpa.

No era rechazo, se dijo a sí misma.

—¿No es extraño? —preguntó Nico—. Los mensajes que recibimos de Parisa. Que Dalton esté aquí sin ella.

—Es su investigación, no la de ella. —Libby no quería referirse a ello como alivio. Era una palabra demasiado fuerte. Sabía de lo que era capaz ella sola; sabía, también, lo que era capaz de hacer con Nico. ¿No era eso el problema? ¿Sabe lo que siempre había sabido? Le molestaba estar atado a él, pero el verdadero peso era el de la ironía, la importancia incuestionable, la facilidad para continuar desde donde lo dejó el otro.

El horror de saber lo que significaba ser un alma gemela. No era tan romántico como lo hacían creer las historias.

—Lo sé, lo sé, yo solo... Nunca lo he visto hacer magia de verdad. Y es... otra variable —comentó Nico. Tenía el pelo revuelto y parecía a punto de explicarle algo a Libby que ella ya sabía, la definición de variable, por ejemplo.

—Ya hemos conjurado todos antes —observó ella.

—Sin Reina no. Con Dalton no. —Nico hablaba rápido y en voz baja, como si le preocupara que Dalton lo oyera.

—¿No eres tú quien ha insistido en que debemos de hacer esto? —Libby le dirigió una mirada más amonestadora de lo que pretendía.

—Sí, de acuerdo, es que las circunstancias son... —Sacudió la cabeza—. Pero tienes razón, lo necesitamos. Está bien.

Ella no había dicho que estuviera bien, solo que Nico había tenido muchas prisas. Antes de que pudiera decirlo, sin embargo, él le aseguró:

—Confío en ti, Rhodes.

En ese preciso instante, Tristan la miró.

«¿Confías en mí?».

Libby sacudió el cuerpo, molesta; contó las señales y luego decidió descartarlas. Era un reflejo antiguo, buscar cosas que podían salir mal. Buscar pruebas del fracaso. Estaba cansada de ello, ya no era esa persona, quería esto. El significado cósmico podía irse a tomar por saco.

Los ojos de Gideon conectaron con los suyos desde el otro lado de la habitación y Libby sintió algo. Seguridad. Envidia. Si alguien no encajaba en la habitación, si alguien no había tomado decisiones humildes para existir entre estas paredes, ese era Gideon, y Libby trató de no llamar rabia a ese sentimiento. Callum no estaba aquí, así que no tenía que ponerle un nombre. Sabía qué era lo que no sentía, y era duda.

Había perdido el derecho a dudar mucho tiempo atrás. No es que no apareciera de vez en cuando. En sus sueños. En su mente. En su historial de búsqueda. La redundancia de escribir «Belen Jiménez» solo para encontrar justo lo que esperaba Libby y nada más que eso. Nada menos.

No tenía que sentarse a esperar un sentido. El significado era pesado, como el peso de las estrellas a su espalda. No había cantidad de preguntas al respecto que pudieran aligerar la carga. La pena nunca había traído a los muertos a la vida.

Lo que creía Belen de Libby no podía reducirla ahora. Lo que había visto Tristan de ella no podía comprometerla. Nico confiaba en ella y Nico tenía razón, siempre había tenido razón. O bien era suficiente o nunca lo sería. O su decisión era suya o no lo era nada, y ¿quién podía estar satisfecho con eso? ¿Con tener poder solo para malgastarlo? Belen Jiménez prácticamente había desaparecido en los anales del tiempo. Todo cuanto quedaba era claridad y esa voz, la que había elegido Libby, que nunca había sido de Belen.

«¿Qué más estas dispuesta a romper, señorita Rhodes…?».

—Asegúrate de estirarte —le dijo a Nico—. Es hora de hacer un condenado mundo nuevo.

«… ¿y a quién vas a traicionar para conseguirlo?».

INTERLUDIO

CUENTAS

Aquí hay una historia triste, por supuesto. En defensa de Atlas, no va a cargarte mucho tiempo más con el resto. Las preguntas fundamentales ya tienen respuesta; los detalles importantes ya se han compartido. ¿Qué más queda por preguntar? ¿Qué se puede hacer con la naturaleza o la educación? Solo hay una elección. Solo hay finales. Esto es lo que cree Atlas Blakely y estamos en su historia ahora, así que esto es lo que necesitas saber.

La serie de eventos que siguen a la llamada a la puerta de la casa de Atlas por parte de Alexis Lai no son de inmediato tristes. Tiene treinta años cuando lo hace, o treinta y uno, el tiempo ha opacado ese detalle en particular, pero Atlas sabe que se produjo unos meses después de su salida de la mansión de la Sociedad, no más de medio año. Atlas tenía veintiséis años entonces, era investigador, aprendía los pormenores del empleo de cuidador, estudiaba a la Sociedad como si fuera un examen que tendría que pasar pronto y planeaba, aunque aún no se reunían, con Ezra Fowler, su cómplice entonces.

Como posiblemente habrás descubierto ya, Atlas no es exactamente alguien a quien se pueda llamar buena persona. Hay mucho que decir sobre lo que produce el sistema, mucho que decir sobre los sistemas en general, por lo que, en cierto modo, Atlas es un producto de una ecuación matemática, cuyos parámetros son tan predecibles que forman la base de cualquier plataforma política de la izquierda. Están los pobres virtuosos, los inmigrantes buenos, los mártires y santos de una clase malnutrida, y Atlas no es uno de ellos. No le faltan herramientas ni decisiones. Una persona con la propensión de Atlas Blakely para la magia no es exactamente inútil e igualmente una persona con sus ambiciones y deseos no es una enviada del cielo. Si no hubiera crecido desempeñando trabajos como telépata a sueldo, puede que no lo hubiera visto todo de ese modo, como un desenlace con una solución inteligente. En otro mundo, Atlas Blakely hace algo con consecuencias mucho más pequeñas, como hacerse muy rico y vivir una vida de inversión en derivados financieros poco éticos que acaba en un derramamiento de sangre en lugar de un colapso social total.

(En cuanto a los primeros años de vida de Atlas, los pasa con su madre antes de que esta comience a experimentar un aumento de malos pensamientos, pensamientos que Atlas oye, pero no entiende y que desaparecen cuando ella bebe, una forma de automedicación que puede tragarse también los pensamientos buenos. Como construir un muro que la hace más y más pequeña hasta que ni siquiera Atlas puede entrar. Para reforzar la mente desmoronada de su madre han de estar los dos vivos y eso requiere dinero. También compasión, pero, en pocas palabras: el dinero es lo más sencillo de procurar de esas cosas, aunque los demás sean mucho más valiosos. Demasiado valiosos y preocupantemente escasos.

Así que en pocas palabras: hasta que la Sociedad recluta a Atlas, este acepta quedarse ahí, sostener la situación y no mirar con demasiada atención ninguno de los pensamientos cuando las personas le asignan directivos. Él solo convierte el dinero en comida y renta y no se preocupa por lo que viene después).

—Neel está muerto —le informa Alexis y le explica que Neel también cree que Atlas lo ha matado, ¿sabe Atlas algo de eso? Atlas, que es un negacionista plausible, dice que eso es ridículo, que tiene una coartada que es que se encontraba a varios países de distancia y no es un asesino, a lo que Alexis responde, con un ligero rubor en las mejillas que sugiere que no le gustan las confrontaciones de los vivos, que ella ya lo imaginaba, pero, bueno, aquí está Neel.

Se hace a un lado y está en la puerta. Neel Mishra, telescopio en mano, perfectamente bien. Más o menos. Atlas está en posición de saber que Neel no está tan bien como parece, que hay... cosas que faltan, o tal vez cosas nuevas donde antes había otras, el equivalente a la oxidación en el lugar donde deberían de estar sus instintos o el sentido de autonomía, o, si es optimista, su percepción profunda ha empeorado, o ha perdido unos centímetros aquí y allá; ya no puede ver el mundo desde la misma posición, ¿y lo veo solo un poco por debajo? Pero, como sabemos, Atlas no es ni ha sido nunca el parangón de la virtud que todos queremos que sea. Atlas le dice a Alexis que es descortés acusar a alguien de forma abierta de asesinato cuando ella es una necromante que puede preguntar a la víctima sobre dicho asesinato. Como respuesta, Alexis mueve una mano y se aleja, impaciente, mientras que Nee se muestra tímido, pero inflexible. Lo vio en las estrellas. Atlas Blakely los matará a todos.

Vaya, exclama Atlas, o algo así, y hace como si no supiera exactamente qué significa, aunque sí lo sabe, porque no es idiota y sabe, ya que a Neel no se le ha ocurrido preguntar al cosmos, que el hombre al que supuestamente ha asesinado Atlas Blakely para honrar los términos de iniciación de la Sociedad está bien vivo; en realidad, tienen una cita pendiente. En lugar de divulgar tales detalles, obviamente problemáticos, le pregunta a Neel cómo ha muerto. Alexis regresa con patatas fritas y responde que un aneurisma. Ahora parece que está bien, observa Atlas. Sí, apenas estaba muerto, básicamente dormido. Se ríen. Atlas los tranquiliza a ambos, desactiva la bomba en la cabeza de Neel, que es algo que puede hacerse con cerebros resucitados y en su mayor parte lúcidos, pero no con los asediados por voces y abandonados por sus amantes al cuidado de sus hilos ilegítimos. (Irónico, ¿eh? Los poderes que tenemos y los que no. La gente a la que podemos salvar y a la que no).

—Es probable que tengas razón, ah, bien, supongo que, aunque soy el adivino más poderoso del mundo, cabe la posibilidad de que las estrellas hayan mentido —dice Neel. Esta frase está levemente parafraseada por Atlas.

Neel regresa con su telescopio y la mujer que ama; las estrellas han determinado, por desgracia, que no vivirá lo suficiente para casarse con ella. Alexis, sin embargo, se queda con Atlas, o, más bien, simplemente se queda.

La parte de «con Atlas» es una idea posterior. Le dice que viene de una reunión con alguien en las oficinas de la Sociedad. Le han preguntado por sus aspiraciones académicas y ella ha dicho, bueno, más o menos lo que estaba haciendo antes, pero con más acceso gubernamental. Concedido. Así porque sí.

—¿Qué les has dicho tú? —pregunta a Atlas con desconfianza, y él ve algo en su mente que le parece muy molesto. Neel confiaba en él, pero Alexis no, y Atlas considera cambiar su opinión. Un pequeño ajuste, menudo pero estructural, algo que hace con todos los de la Sociedad, porque lo que piensan de él es crítico para el plan que Ezra y él han ideado de tener bajo control un día a la Sociedad y sus archivos. Sin embargo, siempre descubren a los criminales que dejan firmas, por lo que Atlas no llega tan lejos como para hacer que guste a la gente. Repara alguna duda que puedan tener, planta opiniones en una plataforma impecable de racionalidad. ¿Qué hay que temer de Atlas Blakely? Nada en absoluto, en especial entonces, con veintiséis años, cuando aún tiene que conocer el alcance total de lo que contienen los archivos, o la clase de necesidad moral que puede conducir a un hombre a traicionar a su único amigo.

Pero Atlas ha heredado algo de su madre. Enfermedad, sobre todo, pero también agotamiento. Un fallo en el cerebro que puede dominar otros pensamientos; una alteración en la mismísima mente que puede alterar a otros como Atlas desee, algo que no quiere hacer con Alexis ahora, porque se siente cansado y culpable, y tiene la sensación de que las cosas serían mejores para todos si él no hubiera nacido. Siente esto con mucha frecuencia. En los últimos años, se ha dado una respuesta a sí mismo, claro, que es la parte de la historia que ya conoces, porque puedes ver con claridad que tiene un objetivo en mente y un plan en acción. Va a encontrar una forma de salir de este mundo en el que la Sociedad atesora su propia mierda y solo reparte entre los ricos y poderosos por el precio de un ritual de asesinato. Incluso con veintiséis años, Atlas Blakely sabe que va a crear un mundo nuevo, aunque aún no lo percibe de forma literal.

En el momento en el que Alexis Lai le pregunta por su futuro, está enfadado y cansado, es incapaz de concentrarse, añora a la misma madre a la que desprecia mientras anhela algo de falsedad para acallar el ruido. (En momentos como estos, Atlas sigue oyéndolo todo igual que siempre, pero su interpretación de lo que oye cambia, como el tiempo. La magia no es lo mismo que la claridad. El conocimiento no es lo mismo que la sabiduría. Esa es la dualidad del hombre, en cierto modo. Una persona puede verlo todo y no ver nada al mismo tiempo).

—Les he dicho que solo quiero ser feliz.

—Ah —murmura Alexis—. ¿Y qué han dicho?

(«Considérelo un cambio de vocación, señor Blakely. Veamos qué tienen que decir los archivos al respecto». Por capricho, escribió «felicidad» en un trozo de pergamino y vio cómo los tubos neumáticos entregaban su respuesta. Todo había surgido desde el sarcasmo, por lo que no debería de haberle sorprendido la respuesta. Petición denegada).

—Dicen que volverán a hablar conmigo en un plazo de cuatro a seis días laborables —comenta Atlas.

Más tarde, Alexis regresa a la mansión de la Sociedad (donde Atlas vive ahora solo, pues su cuidador, Huntington, ha preferido quedarse en su casa de campo en Norfolk mientras no haya mentes nuevas que entrenar o corromper) con Folade, a quien han envenenado recientemente. Cuando Folade insiste en consultar los archivos y Alex, con una mirada dura fija en Atlas, no dice nada, Atlas piensa si no debería de haber sido un poco más proactivo. Las dudas que tiene Alexis por él han echado raíces ya, por lo que es una condición difícil de arrancar. No imposible, muy factible en realidad, pero no lo hace y en ese momento piensa que esto es un terrible error, el error que será su ruina. Folade es inteligente, una física, con una mente muy científica. Se pasa la tarde probando una gran variedad de peticiones distintas para los archivos mientras Alexis y Atlas se comen en silencio un plato de noodles en la cocina. Al final, Folade vuelve y le dice a Atlas que cree que es una maldición. No es la más científica de las conclusiones e incluso Folade parece decepcionada. Le pregunta a Alexis si ha sabido algo más de Neel, y Alexis lo llama, no hay respuesta. Limpia el aceite de sésamo del borde del cuenco y dice con un suspiro: «Mierda».

Cuando Alexis trae de vuelta a Neel una segunda vez, la duda florece ya.

—¿Sabe alguien algo de Ivy? —pregunta y cuando Atlas dice que no, Alexis exhala un suspiro y se va.

La tercera vez que Neel resucita de una neumonía letal, Alexis ya no tiene dudas. Ahora hay una tonelada de acusaciones.

—Al menos no te quedes ahí sentado negándolo. O me liberas de este pensamiento, que sé que puedes hacerlo, no me mientas, o me dices qué diablos está pasando.

¿Cuántas veces puede una mujer mirarte a los ojos y retarte a que cambies su opinión antes de que comprendas por fin que estás en cierto modo enamorado de ella? Resulta que tres. Pero esta no es la parte de la historia que te interesa, así que vamos a seguir.

¿En qué momento se convierte Atlas Blakely, un idiota con un pasado, en cuidador de la Sociedad Alejandrina y, por lo tanto, en un hombre capaz de destruir el mundo? Podría decirse que nació con ese poder porque si hay cianotipos para nuestras vidas, este fue siempre uno de los resultados. Esta fue siempre una posibilidad para Atlas, o tal vez es una posibilidad, punto, porque si un diminuto grano de arena en el océano de la historia humana puede ser capaz de semejante cosa, ¿no puede entonces cualquiera de ellos estar en peligro de causarlo? Si la vida es solo un sistema de piezas de dominó que caen y conduce al colapso del mundo tal y como lo conocemos, ¿quién sabe entonces dónde comienza de verdad? Puede ser culpa de su madre, o de su padre, o ir más atrás aún, o tal vez algo que entra en movimiento no puede parar. Quizá la única forma de detener algo es cancelar la realidad por completo; tirar de la alfombra de debajo para que la realidad no sea realidad.

Este es el problema con el conocimiento: el deseo por él es inagotable. La locura inherente de saber que solo hay más por saber. Es un problema de la mortalidad, de ver el final invariable desde el comienzo inamovible, de determinar que cuanto más intentes arreglarlo, más comienzos hay por descubrir, más formas de alcanzar el mismo final inevitable. ¿Qué versión de Atlas Blakely hace lo que le dicen y se limita a presionar el gatillo que le dan? Ejecuta los cálculos en la cabeza, las proyecciones en las que las cosas se suceden de forma distinta y, aun así, no pasa. Neel podía ver el futuro, le advirtió a Atlas de que esto ocurriría, pero ¿cambió eso algo? Casandra no puede salvar Troya y Atlas no puede salvar a Alexis.

Lo único que importa son los finales, y ¿dónde puede acabar nada de esto si no es en la muerte?

VI

DETERMINISMO

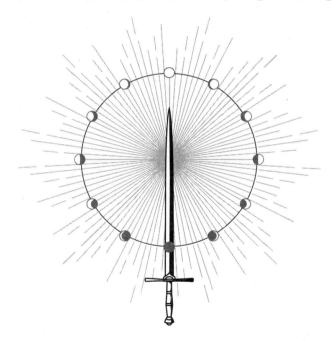

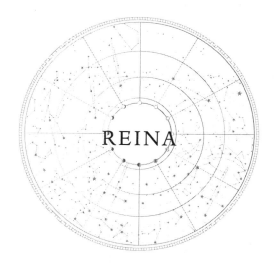

REINA

Fuegos artificiales. Tres corazones rojos. Más fuegos artificiales. Sombrero festivo. Sombrero festivo. Carita con beso. Sombrero festivo. Margarita. Choque de copas de champán. Inexplicablemente, una especie de cara de duende. Un estornudo. Tres caras llorando. Sombrero festivo. ¿Estaba sufriendo una apoplejía? Probablemente. Un pastel de cumpleaños.

Vale, he movido todas las plantas solo por ti, jaja.

Iba seguido de una prueba fotográfica. Al menos diez macetas en círculo en el jardín, al lado de las rosas.

¡ES PROBABLE QUE NADA SALGA MAL! Diez sombreros festivos más. Un pulgar arriba. Dos bailarines de salsa. Te quiero, de verdad.

Reina sacudió la cabeza.

Tendrían que arrestarte, Adiós.

Apartó el teléfono y suspiró. Bostezó un poco debajo de la copa fina de un roble adolescente. Era noviembre. Este calor era absurdo. Sí, acababa de pasar demasiado tiempo en una isla conocida por la niebla, pero el calor del extenso parque de Maryland era insoportable según los estándares de cualquier persona. El fin de semana anterior hizo un tiempo casi glacial con tormentas, y, sin embargo, el máximo pronosticado ahora superaba con creces los promedios estacionales más optimistas de la región hasta el punto en que la escasez de follaje restante no suponía gran diferencia. La hierba bajo los pies de Reina sufría una fuerte sed y le cosquilleaba los tobillos como lenguas que le lamieran con aspereza la piel.

—Tengo que hacer un recado para el imperio —le dijo esa mañana Callum. Al parecer, se refería al informe que poseía el Foro sobre las malas acciones de la Corporación Nova (muchas de las cuales había confesado alegremente Callum con una frecuencia sorprendente y no solicitada)—. ¿Puedes seguir con la divinidad en activo sin mí o tenemos que conservarte en hielo?

—Estaré bien. —Reina se preguntó si el joven estaba experimentando una sensación desmedida de responsabilidad a medida que avanzaba la investigación. Le alegró descubrir que se había acostumbrado a la presencia de Callum, pero recordó que no siempre había confiado en su magia (o en su sarcasmo) para superar el día—. ¿Tiene algo que ver tu regreso a Londres con tu familia? —le preguntó, de pronto preocupada porque pudiera sorprenderlos con la verdad—. ¿O se trata solo de tu proyecto de venganza?

—Oh, siempre —respondió él con tono distraído. Estaba comparando dos camisas blancas idénticas antes de echar una en una mochila.

¿Qué lo había conducido a esta versión de compasión filial?, pensó Reina. Tal vez era lo que la había impulsado a ella a lo contrario. Era mejor que no hablaran nunca de ello.

—Estupendo. —Reina permaneció cerca de la puerta con aire despreocupado, permitiendo que prolongara la mentira en lo que consideraba un comportamiento caritativo—. Tráete la oreja de Tristan para guardarla.

—Claro. —Alzó entonces la cabeza, tenía el ceño fruncido—. Mori, ¿esperas que lo desmiembre? —Al ver que ella se encogió de hombros en una muestra de ambivalencia, puso cara de repulsión—. Que conste que sus orejas no tienen nada digno de mención.

—Cierto —coincidió Reina—. Trae sus pectorales.

—No puedo creerme que esté diciendo esto, pero eres asquerosa —le informó Callum. Y luego se fue, y los dos sabían muy bien que Tristan seguiría vivito y coleando, totalmente ileso, y que Callum no admitiría nunca que este asunto en particular era su versión de filantropía. Una o dos veces en la última hora, Reina había considerado preguntarle si su viaje iba bien, pero entonces recordó en el último segundo que 1) daba igual y 2) no le importaba.

Era cierto que sin Callum había menos puntos que tachar de su lista, y no era lo ideal, pero todos los elementos de su plan lo requerían a él. Decidió hacer una visita a la celebración de reelección de Charlie Baek-Maeda en Maryland; supuso que no necesitaba ejercer influencia en la gente, sino observarla. Vigilar en silencio.

Miró la hora, que era para lo que se había sacado el teléfono del bolsillo (y no para volver a leer el mensaje de Nico, aunque le divirtió la fotografía. Por el amor de dios. Echaba de menos a esa condenada higuera). Aún faltaban unos minutos para que empezara el evento. Muchas personas rondaban por allí, buscando algo parecido a la sombra en medio de una vegetación cada vez más esquelética. Eran en su mayoría jóvenes, obviamente liberales. El eslogan de la campaña de Baek-Maeda estaba pintado en sus pechos con arcoíris brillantes y alegres. ¡Sé la revolución! en todo el espectro de Roy G. Biv.

Al lado de Reina había una muchacha estadounidense japonesa con su novio y tenía pegatinas de la cara de Baek Maeda en la camiseta.

—Ah, dios mío, mira, cariño —resolló y un escalofrío recorrió a la multitud en el instante en el que Charlie Baek-Maeda aparecía, con la correa de su perro en una mano y su hija Nora saltando en su cadera. Reina siguió su movimiento entre la gente y se dio cuenta de que estaba deseando verlo.

Oyó la voz de Callum en su cabeza. *Lo amaaaaaaaas.*

No. No de la forma que sugería Callum, algo que él entendía perfectamente o bien no se molestaría en sermonearla. En todo caso, la mujer de Charlie, Jenni Baek-Maeda, una cirujana pediátrica, porque Charlie Baek-Maeda no podía ser más perfecto, estaba considerablemente alineada con los intereses de Reina, pero era esto lo que le encantaba a Reina: la atmósfera que creaba Charlie Baek-Maeda. La gente a la que atraía su política. La chica con su novio. El bebé. El perro tan adorable. Aunque todo estuviera comisariado, aunque la naturaleza parasocial de un público que se alimentaba de las convicciones de un hombre y amaba a su progenie fuera problemática y alarmante, había algo en sus pequeños vistazos al mundo de Charlie Baek-Maeda que hacía que todo lo demás pareciera... menos inútil. Hacía que todo pareciera, al menos por el momento, correcto. O al menos un mundo que podía arreglarse, y Reina necesitaba eso, el recuerdo de que todo este esfuerzo era por algo. Que existía una generación en algún lugar que se aferraba de verdad a algo bueno, a la creación de algo significativo.

Todos los dioses tenían a sus elegidos. Reina era, sencillamente, según Callum y también *The Washington Post*, convencionalmente sexy.

Y, por cierto, el sol de finales de otoño, o lo que debería de haber sido otoño pero era un verano castigador, era insoportable, rozaba lo profano. Las ramas desnudas del roble se mecían en el aire, abanicándola con un quejido adolescente de *Madre calor caloooooor* y Reina reparó en que había atraído algunas miradas a causa de ello.

—Para —murmuró al árbol, que resopló, irritado. Reina se apartó unos pasos y se acercó un poco más al escenario.

Había una banda local tocando una mezcla de canciones originales y versiones, y Charlie Baek-Maeda, que le había dado su hija a su esposa, subió al escenario, aceptó la guitarra que le ofreció el cantante y se la colgó con una carcajada. Tocó unos cuantos acordes de una canción que todos los que rodeaban a Reina parecían conocer. Volvió a pensar en Callum: *A saber cuántas mujeres acaban de ovular de forma espontánea.* Puso los ojos en blanco. La canción era pegadiza, parecía una enfermedad. De pronto le apetecía una limonada. Pero, aparte de eso, estaba centrada, estaba bien.

Miró a Jenni Baek-Maeda, a la bebé regordeta en sus brazos con unos cascos pequeños en las diminutas orejas para bloquear el estruendo incesante de adoración por su padre. A Reina ni siquiera le gustaban los bebés. Jenni llevaba un vestido rojo y le recordó a alguien. Pelo largo y negro, un cuerpo irracionalmente perfecto; la sensación de que, si la desafiaban, lo más probable es que fuera la más astuta del lugar. Alguien le dio a la bebé Nora un pequeño ramo de flores y Reina se imaginó parada en el jardín junto a la mansión, mirando unos ojos fríos como el hielo, leyendo algo en ellos. Algo desesperado. Algo real.

Pero entonces terminó la canción, Charlie Baek-Maeda tomó el micrófono y Reina desterró todos los pensamientos de Parisa Kamali.

O lo intentó. ¿Qué había visto Callum en Parisa que se había negado a explicarle a ella porque, seguramente, había pensado que no lo iba a entender? Lo que no entendía él era que, si Parisa no era una rival, entonces Reina era solo una matona, un cambio de roles que no tenía sentido, por lo que tenía que contarle la verdad y ahorrarles a ambos el trauma de que Reina tuviera que preocuparse, o, peor, que tuviera que importarle.

A lo mejor eso era lo peor. Que si Reina no podía odiar a Parisa, tendría que reconocer otra cosa que sentía por ella, algo mucho más complicado, como que el hecho de que quisiera ganar no era tan confortante si significaba que Parisa tenía que perder. ¿Estaba haciéndole Callum un favor entonces?

Pero no parecía probable. Se trataba de Callum, a fin de cuentas.

Madre, deja que lo arreglemos. Unos dientes de león estaban inquietos. *Madre deja que crezcamos, deja que vayamooooos...*

El discurso de Charlie Baek-Maeda se vio interrumpido de vez en cuando por aplausos, vítores, asentimientos y gritos fervientes. La mente de Reina se dispersaba mientras escuchaba, se aletargaba bajo el sol de la mañana. Casi todo el mundo tenía manchas de sudor en las camisetas con la cara de Baek-Maeda y se llevaba las manos a la frente para protegerse del resplandor. Había movimiento entre la gente, como una brisa que agitaba la hierba y separaba un camino al que nadie se resistía. Estaban todos derritiéndose por igual, supuso Reina.

Pero era extraño. La velocidad. Era disruptiva. Reina no fue la única que apartó la mirada de Baek-Maeda y la fijó en la multitud, donde de pronto se produjo una onda de movimiento. Un gemido. Un grito.

MADREMADRE, gritó algo. *MADRE AYYYYYYY.*

Estalló un sonido explosivo que dejó un zumbido en los oídos de Reina cuando al fin lo registró. El quejido de advertencia provenía del ramo de flores cortadas que tenía Nora Baek-Maeda en sus manos regordetas. Reina se volvió para buscar refugio, tenía el pulso acelerado, pero antes de que pudiera decidir dónde dirigirse, se oyó otro disparo. Se vio separada del novio de la chica que tenía al lado, una descarga de su propio poder surgió de forma abrupta por el sonido tan repentino y una raíz brotó del asfalto y se extendió entre la gente, haciendo que el suelo que pisaban se agitara como unas placas tectónicas en las réplicas de un terremoto. Reina se cayó hacia atrás en el suelo ondulante, las rodillas cedieron cuando trataba de mantener el equilibrio, sin éxito.

Un gemido agudo de estática chirrió en los oídos de Reina cuando se esforzaba por ponerse de rodillas, el corazón le repiqueteaba ante el repentino recuerdo de una situación similar. Unas balaustradas conocidas, hombres armados que emergían como soldaditos de juguete de la oscuridad. La risa de Nico que resonaba en algún lugar, fuera de su vista. Reina parpadeó y la visión se le nubló cuando alzó la cabeza, notó el rugido fuerte de la sangre en los oídos. La multitud se había convertido en un mar borroso de colores y formas. Una mujer lloraba, un perro ladraba, alguien gritaba y empujaba a Reina justo cuando se puso de pie.

MADREMADREMADRE DESPIERTADESPIERTA…

Sí, despierta. Céntrate. Charlie Baek-Maeda no estaba a la vista, su cuerpo había caído hacia atrás y estaba ahora tendido en el escenario, sin vida. Los vaqueros normales, el pin de la revolución, la insignia del arcoíris estaban empapados ahora por un charco de color rojo oscuro, como una sombra. La gente se amontonaba alrededor de él, todo el mundo gritaba. Una ambulancia, pensó Reina. Alguien tiene que llamar a una ambulancia. Buscó a la bebé. ¿Dónde estaba la bebé? Que alguien le tape los ojos, no debería de haber visto esto, no debería de haber oído a su madre gritar.

Reina dio un paso, no sabía adónde, la sangre bombeaba en sus oídos, iba en la dirección errónea. Le pareció oír la voz de Callum. Callum, ¿estaba él bien? ¿Dónde estaba Callum? ¿Cuándo había empezado a importarle el bienestar de Callum? ¿Sabría Callum que esto iba a suceder y había visto al bebé? ¿Estaba a salvo? Se volvió. *Madre, estás escuchando, madre presta atención…*

MADRE HA LLEGADO EL MOMENTO DE ABRIR LOS OJOS.

Reina notó que un brazo le rodeaba la cintura, seguido de una mano que le tapaba la boca. Mordió y lanzó un codo a ciegas, con una explosión de algo salvaje. Oyó una voz masculina gritar de dolor y se giró con la intención de atacar de nuevo cuando comprobó que su atacante iba de uniforme. Tenía una expresión de furia por el golpe que le había asestado en la nariz y esta se tornó rápidamente en una sonrisa de suficiencia, una invitación a que lo intentara de nuevo y viera qué tal iba.

¿Qué le pasaría si atacaba a un agente de policía norteamericano a plena vista? Se le detuvo la respiración y dio un paso atrás. Chocó con otro miembro del público de Baek-Maeda que huía.

El agente se acercó a ella e hizo un gesto a alguien que estaba fuera del rango de visión de Reina mientras a ella le galopaba el corazón en el pecho. *Respira. Piensa.* El policía que la había agarrado tenía un compañero, al menos uno. Veía por el rabillo del ojo otra mancha en su periferia, otro ataque que se aproximaba. La hierba gritaba y estuvo a punto de tropezar con la raíz del roble, que había emergido de debajo del público en estampida, y se tambaleó el tiempo suficiente para recompensar a sus atacantes con una oportunidad. Venían a por ella, no había duda de ello, se había olvidado de prestar atención a su alrededor, o tal vez la magia inintencionada que había surgido de su parte había sido lo que los había alertado. En cualquier caso, alguien había posado una mano en su brazo y tiraba de ella mientras intentaba de nuevo zafarse. Nadie se fijaría si se la llevaban, claro que no, todo el mundo corría para salvar la vida. Qué mierda de país. Dos grupos de asesinos y ahora un bebé crecería sin padre, y en cuanto a Reina...

Mierda, ¿qué pérdida suponía Reina para nadie? Mierda, mierda, mierda. Al menos, si nadie estaba prestando atención, no podían evitar que se resistiera. Se zafó del agarre del segundo atacante y golpeó a ciegas en la cara del primero. Su elegido estaba todavía en el escenario muriendo desangrado; a ella se la iban a llevar, la iban a secuestrar, tal vez, o a matar, y ¿esto era todo? ¿Toda su vida? ¿Esto era por lo que había luchado, su voluntad, su derecho a existir independientemente de nadie o de nada, solo para poder caer en algún lugar de un país extranjero donde nadie la veía siquiera, un árbol caído en el bosque, como si no existiera en absoluto? Era madre. Era persona, hija. Amiga. El policía al que había golpeado retrocedía como un péndulo mientras el otro le rodeaba el cuello desde atrás en un estrangulamiento tosco. Reina buscó a ciegas la mano que le rodeaba el cuello, pateó al otro, pero se estaba cansando rápido, estaba exhausta y acalorada, se esforzaba tanto que le dolían los pulmones y apenas podía respirar. Oyó la risa de Parisa en el oído, la burla en su sonrisita. Parisa, que nunca se había sentido arrinconada. Parisa, que siempre había encontrado la forma de huir. *Oh, Reina. ¿Eres naturalista o no?*

Se le enturbió la visión y le faltaba el aire. Sintió el impacto de sus propias patadas colisionando, pero no con la fuerza necesaria. Todo menguaba, todo se desvanecía.

Ayuda, pensó con desesperación. *¡Ayuda!*

Por un momento, pensó que la había engullido la rabia. Pensó que desaparecería dentro de ella. La tierra temblaba y pensó: *Joder, Varona, lo siento, ha sido una estupidez, pero es que pensaba de verdad que tendría más tiempo. Pensaba que podría esperar, que ya hablaríamos más tarde de ello, cuando lo hubiera superado, cuando ya no sintiera nada, cuando no sintiera nada en absoluto. Pero aquí estamos, podría morir en cualquier momento y ese día aún no ha llegado. No sé por qué buscas intencionadamente este sentimiento, Nico, por qué te encanta ponerte en riesgo, no estás destinado a enfrentarte a esto y prosperar, es contradictorio, es malo para la especie. Siento no haberte dicho que, aunque eres un idiota, es mucho más fácil echarte de menos que odiarte. Siento haber desperdiciado un año entero tratando de vivir una estúpida mentira.*

Todo se tornó negro. Reina estaba preparada para el desastre, se retorcía cada vez con menos eficacia en los brazos de sus atacantes cuando un cambio repentino en la situación hizo que cayera desplomada en la hierba. El agente que la tenía agarrada por detrás la había soltado de forma abrupta y Reina se giró para prepararse para otro ataque, la visión todavía comprometida. Todo estaba oscuro a su alrededor, negro como una medianoche empapada y pesada. Un momento después, se dio cuenta de que no era solo agotamiento lo que le había enturbiado la visión. El color se había ido porque la hierba, el propio suelo, se había abierto.

El cambio que esperaba no llegó. Adormilada, como en un sueño, sus ojos se ajustaron a la oscuridad y vio unas enredaderas que se habían materializado de la nada y se estiraban y retorcían hasta enredarse en el suelo abierto, formando un conjunto de ataduras. El policía que la había retenido por el cuello gritaba ahora obscenidades; se agotaba y desaparecía despacio en la negrura fundida de la tierra salvaje mientras el otro, visiblemente amoratado por la patada de Reina en la cara, apuntaba con la pistola al roble adolescente, que buscaba a Reina con sus ramas.

Madre ¡ayuda! Lloriqueó el árbol, más joven ahora, carente ya del tedio juvenil. Asustado y perdido, con una nueva inocencia. Diminutos cascos, flores cortadas, la clase de mundo que ningún bebé merecía. La clase de violencia que ningún niño debería de haber visto. La frágil voz se volvió distante, más y más pequeña, se encogía y desvanecía, como si partiera a través de los anales del tiempo.

El arma se disparó, ensordecedora, y el zumbido permaneció en los oídos de Reina, donde debería de haber estado la voz de la naturaleza. Notó que perdía el equilibrio, que volvía a fallarle, y cayó vertiginosamente al suelo, incapaz de discernir qué era arriba, qué camino era adelante. Se arrodilló con dificultad, su imagen del parque seguía siendo una oscuridad manchada de sangre, resaltada solo por algún borrón ocasionado por el movimiento. La silueta del policía volvió a moverse delante de ella cuando la tierra se levantó del suelo y le ocultaba la imagen de la mano del hombre agarrada a la pistola. El olor a pólvora quemaba como humo en los pulmones de Reina. Vomitó bilis y escupió por un lado de la boca, y por primera vez que pudiera recordar, entendió que nada acudiría en su rescate. No oía nada más que el sonido de su propio pulso.

Una quietud momentánea le trajo claridad. La espesa nube de tierra, o ceniza, se aclaró de sus ojos por la brevedad de un instante y vio, a cámara lenta, la distancia que la separaba del policía. Unos pasos cortos pero dolorosos. Él tenía la cara girada y el brazo alzado en dirección al roble, los dedos posados sobre el gatillo para un segundo disparo más letal.

El mundo retomó su ritmo frenético y giró alrededor de ella.

—No —dijo. Se puso en pie y arañó el brazo del agente, buscando a ciegas e imprudente el arma—. No, ¡no puedes tocarlo…!

Él le estampó el codo en la nariz y se la rompió. Reina se mordió la lengua, notó el sabor de la sangre, y cayó, sin fuerzas, al suelo.

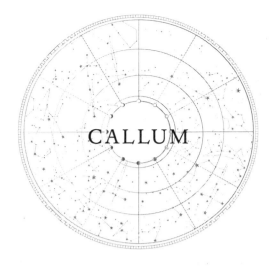

CALLUM

N o era una sala de audiencias. Ese fue su primer error. La mujer rubia bajo interrogatorio en el interior de las aulas de la universidad parecía más un busto sobre un pedestal que una criminal en un juicio. Obviamente, nadie le había preguntado a Callum su opinión, pero incluso él podría haberles advertido de que llegaría radiante, pulcra, ni demasiado presumida ni demasiado culpable. Seguro que esperaban a alguien diferente y ahora se daban cuenta de su error; cómo brillaba la mujer de forma angelical bajo la luz cálida y suave, evocaba una bondad innata, sacrosanta, que solo ella podía proyectar mientras una fila de hombres calvos la miraban muy serios. Parecía que la intimidaban y Callum ya lo sabía, que ningún pie de foto de la noticia de este juicio podría eliminar la impresión de que Selene Nova era víctima de una caza de brujas sin armas, autoindulgente. Sus pecados reales no importaban, ni tampoco los del padre.

O más bien del hijo.

Callum cruzó una pierna sobre la otra en su posición ventajosa entre la gente y reparó en que no había sido necesaria su presencia para hacer nada. Su hermana era muy capaz de ocuparse de esto y el momento en el que sus ojos recayeron sobre los de él, vacíos y con un marcado reconocimiento, Callum sintió la familiar oleada de agotamiento que siempre sentía ella por él. Propiedad, una responsabilidad de la que hacerse cargo, igual que la gente albergaba a animales enfermos. *Vaya, el pobrecito necesita un hogar*, y todo eso, pero eso no evitaba necesariamente la repulsión. No se equiparaba al amor.

El problema era que Selene no era una mala persona, o no lo bastante mala. Al parecer, el Foro pensaba que habían estado tratando con el padre de Callum, quien parecería culpable (racista, clasista, intolerante, un producto de una era privada) antes incluso de abrir la boca. Selene era distinta, ella era lo bastante cuidadosa como socia gerente para defender como necesarias las diferentes prácticas de negocio por las que habían llevado a la hoguera al conglomerado Nova. Nadie podría probar nada tan incuantificable como la influencia. Esa era su naturaleza, ¿no? Nadie podría demostrar que habían persuadido a los funcionarios de gobierno o que las auditorías habían sido alteradas o que ninguno de los Nova despreciaba de verdad a Callum más allá de una leve molestia en un rincón de la mente; la sensación de que seguramente ninguna lógica podría defender ningún resultado de esta naturaleza.

Algunas cosas había que tomarlas al pie de la letra, sin más. «No puedo hablar de la naturaleza de las actividades políticas de mi hermano, solo puedo decir que no guarda relación con ninguno de nuestros tratos corporativos». Los mejores argumentos eran los más simples, en especial cuando no eran mentiras siquiera.

«¿Dónde está ahora mi hermano?». Un reto increíble para Selene no pasear la mirada por el público, aunque esa era una de las habilidades en las que habían entrenado a Selene Nova desde el nacimiento. «Ojalá lo supiera. Pero en cuanto a la naturaleza de sus prácticas empresariales, les aseguro que siempre hemos mantenido los estándares más rigurosos».

Solo diez minutos dentro y Callum no podía ser más consciente de que su presencia era del todo innecesaria. Ahora que lo pensaba, Selene probablemente tuviera más que ver con los errores que había cometido el Foro que el propio Foro. ¿Quién había elegido este lugar? ¿Quién había determinado a los miembros del comité de adjudicación? ¿Quién había invitado a la prensa?

Al pensar de nuevo en ello, la influencia mágica era solo una forma de hacer las cosas. El dinero era más que suficiente. O, como dijo Selene: «Nuestro éxito habla por sí solo».

Lo que, a su manera, era cierto. Los Nova tenían más éxito que cualquier otro conglomerado de su índole. ¿La riqueza conllevaba siempre corrupción? Sí, obviamente. *Obviamente*, pensó Callum con un resoplido, las ganancias se obtenían a costa del trabajo de otra persona, esa era la parte considerada una genialidad y, por lo tanto, algunos espectadores se marcharían de esta farsa de juicio radicalizados por lo obvio; por la paradoja incomprensible de una multimillonaria ética, sin importar la dulzura con la que hablaba o las preciosas falsas promesas que había hecho.

Pero como Callum le había contado a Reina en varias ocasiones, este no era un mundo en el que saber que algo estaba mal hiciera nada para evitar la naturaleza de la maldad. Era un mundo en el que el conocimiento robado podía permanecer robado porque una gran parte del conocimiento que era libre permanecía sin escrutinio cada día.

Callum se levantó con su habitual elegancia felina y de forma invisible asintió a su hermana antes de salir de la habitación. Prefirió no reconocer que el peso del pecho podía ser un ajuste de cuentas. Probablemente, Selene tomaría ahora el puesto de directora ejecutiva. Los Nova dejarían que Callum cargara con la culpa, tal vez mencionando que lo habían expulsado de la empresa debido a, vaya, quién sabía, tal vez su historial de tardanzas rutinarias o su inexplicable desaparición de dos años.

Ya se encontraba alejado de la vista de nadie, por lo que lo mejor que podía hacer era quedarse allí. Cada oligarquía disfrazada de familia tenía una oveja negra. No hay más que fijarse en todas las realezas.

Callum salió de la biblioteca de la universidad y se encontró con un calor muy poco propio de esa época del año. Estaba sediento, un poco dolorido, molesto por la necesidad de redirigir los ojos de cada trampa del Foro colocada expresamente para él. Resultaba decepcionante que esto fuera lo mejor que podían hacer. Intentó convertirlo en un juego; remitían a este a por un pedazo de carne que les costaría encontrar mientras distraían al otro con la fantasía de unos pechos hinchados, pero todo empezaba a resultar monótono, absurdo. Callum ya se consideraba la amenaza a la que el Foro había atacado con más intensidad, un hecho que le había parecido histérico hasta esa mañana. Ahora solo era exasperante, porque al final, él no era de utilidad.

Su hermana no lo quería allí. Lo que había ayudado a construir Callum en las últimas dos décadas (desde que su padre había llegado a la crítica conclusión de que las niñeras de Callum compraban solo la comida que le gustaba a Callum o que la madre de Callum era más o menos una caricatura de felicidad dependiendo de si Callum estaba o no en la habitación) no era ya necesario. Las contribuciones de Callum podían mantenerse en pie solas ya, millones que generaban otros millones solo por intereses, solo por existir. El mundo era ya dependiente de los productos Nova, el mercado estaba ya afectado por las prácticas empresariales de los Nova, ¿ahora qué? Callum podía caerse muerto y eso haría que Selene pareciera más adorable. Refulgiría con un brillo etéreo de negro.

¿Y qué quedaba entonces? Podía ayudar a Reina con su estúpida campaña del congreso de Estados Unidos, su enamoramiento de colegiala por la encarnación física del optimismo. Dios, eso iba a acabar cayéndole encima, bien porque el apuesto congresista acabaría decepcionándola o porque la adorable bebé de mejillas rosadas crecería y se convertiría en una mujer que tomaba decisiones que no gustaban a su gobierno. Aun así, supuso que tendría que regresar con Reina en caso de que alguien hubiera descubierto por fin que ella era mucho más peligrosa que Callum solamente porque a ella seguía importándole lo que pasaría después.

¿Y después qué, en realidad? Solo se le venía a la mente una persona cuando se hacía esa pregunta. Retorció un momento la mano, como para buscar el teléfono, pero no, aún no. Ahora no. Había muchas posibilidades de que pudiera decir algo contraproducente como te echo de menos o perdóname. O dime que me quieres, aunque solo sea una vez.

No fue ausencia de inspiración, sin embargo. Tristan, y, por lo tanto, ¡el inminente asesinato de Tristan! Qué pensamiento tan reconfortante. Callum se ajustó las gafas de sol y pensó que Reina le preguntaría por su plan de venganza. ¿Por qué no anticiparse a la inevitabilidad de la conversación atendiéndola como el apoyo que era él? Además, el pub no estaba muy lejos.

El paseo le sentó bien. Fue tranquilo, refrescante incluso, aunque el establecimiento tan alborotado estaba inusualmente calmado cuando entró. Qué poco habitual. Durante el transcurso del paseo, había oído voces en otros pubs y tiendas cercanas, gruñidos y vítores que normalmente significaban que un deportista había arrasado a otro. Le pareció ver a los brujos de Adrian Caine en uno de los pubs durante el camino, aunque no se había molestado en memorizar sus caras. Por lo general, eran todos gigantes.

Ahora, sin embargo, la calma lo enervaba. El comedor del pub estaba vacío, ni siquiera había un camarero por allí. Callum se acercó a la puerta que separaba el establecimiento del despacho de Adrian y la abrió para llamar a alguien.

—¿Alys? —Esperó una respuesta.

Estaba seguro de que Reina tendría algo que decir sobre su insistencia en lo que ella llamaba provocar al oso, pero ¿tan mal estaba echar un vistazo, saludar? Por supuesto, Callum seguiría regresando al pub de Adrian Caine mientras todo esto resultara interesante. Propósito de venganza y eso, algo que no requería en realidad que fuera a ver a una adolescente a la que no conocía, pero le parecía que ignorarla sería mucho menos productivo. (No porque ella perteneciera de algún modo a Tristan, por supuesto. Aunque podría decirse que así era y si Callum no podía estar cerca de Tristan, de nuevo con un propósito de venganza, entonces Alys Caine era la siguiente mejor opción).

Paso uno del plan de venganza: infiltrarse en la familia. El paso dos estaba un poco en el aire, pero Callum pensaba que se resolvería por sí solo en algún momento, misión cumplida, o algo así.

En cualquier caso, el pub estaba inusualmente silencioso. Qué extraño. Buscó peligro a su alrededor, pero no lo sintió, aunque había otra cosa. Un pequeño destello: la sensación sulfurosa del sabotaje. Estaba en alguna parte, cerca, y Callum se volvió para buscar la sombra de un movimiento.

—Debes de querer morir de verdad —señaló la voz adolescente de la medio hermana de Tristan, y si Callum hubiera sido él mismo en ese momento, probablemente lo hubiera percibido, la chispa de advertencia en el rostro medio oculto de la chica.

Pero no sintió miedo. No notó el peligro. Al principio fue alivio: ella está bien, no hay de qué preocuparse. El alivio a menudo era insípido, como un vaso de agua fresca, así que al principio no reconoció la impotencia de este silencio. Para Callum, todo era insípido más allá de la presencia de cerveza derramada y madera vieja. Tranquilo.

Mejor para oír el sonido de una pistola apuntándole en la espalda.

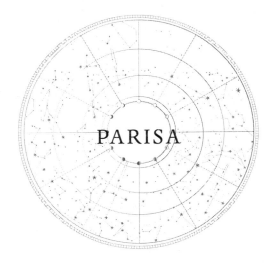

PARISA

El apartamento tenía un olor sobrecogedor a algo. Una mezcla de producto de limpieza y otra cosa, algo que parecía fisiológico. Vómito, tal vez, u orina. Algo animal, como si hubiera habido siempre una camada de gatos viviendo ahí.

No estaba vacío todavía, del todo no. Había dos pilas grandes de libros que parecían imposibles de leer y de vender; si hubiera algo valioso aquí, ya se lo habrían llevado. Alguien pagaba el apartamento, dijo el agente inmobiliario locuaz (y más locuaz todavía a instancias de Parisa, por supuesto), una fuente desconocida, en efectivo, cada mes sin falta.

Hasta ahora.

Parisa pasó al salón y vio las persianas rotas, el polvo de un intento de renovación de los alféizares. Las ventanas parecían cerradas. Daba la sensación de que alguien había intentado limpiar la mugre de las paredes y había abandonado y tomado la decisión de arrancar el papel pintado antes de dedicarse a otra tarea, la cocina, lo más probable. Parisa se movió entre las bolsas de basura llenas de algo desconocido. No era comida, pero cuando le dio un golpecito a una con el pie, oyó cristal. Botellas. Docenas de botellas.

—Un poco exuberante, el antiguo inquilino —comentó con voz preocupada el agente inmobiliario detrás de ella, que trató de dar un toque de humor al sonido de su pánico—. Pero la propiedad es agradable y el suelo es victoriano original, solo necesita un poco de brillo, eso es todo…

A nivel arquitectónico, el edificio apenas era destacable; unos pisos residenciales sobre una serie de pequeños mercados étnicos, una casa de empeños, una farmacia, un gastropub moderno. Había casas antiguas cerca, la zona no escapaba por completo del reino de lo deseable; no era muy concurrida, a un paseo no demasiado opresivo de las paradas de metro más cercanas. Si fue barata en la década de los setenta, probablemente no lo fuera ahora, o no lo sería mucho tiempo. El edificio lo había comprado en los últimos años una empresa de gestión inmobiliaria con varias propiedades más esparcidas por el norte del Támesis.

—¿Hace cuánto se fue el inquilino? —preguntó Parisa, usando la palabra que había elegido el agente. Este pareció ruborizado y agradecido cuando ella se dio la vuelta.

—Hace cosa de un mes, tal vez dos. Nos... —Su tez se volvió más rosada aún—. Nos costó un poco... saber que... ya sabe —Parecía nervioso.

—¿Un mes? —repitió Parisa. La última vez que Tristan habló con ella, le explicó la ausencia de Atlas Blakely con cierta banalidad sardónica; se refirió a las vacaciones de verano. Noviembre (u octubre, como estaban ahora) iba más allá de unas vacaciones de verano razonables, incluso si Atlas era de los que vivían sin prisas. Libby, sin embargo, no le había mencionado la ausencia de Atlas, aunque había sido error de Parisa por no preguntar. O no.

El agente confundió su tono de sorpresa con preocupación por lo poco que habían hecho.

—Teníamos que esperar a los familiares, ya sabe —se apresuró a asegurar—. Hemos hecho todo cuanto hemos podido, pero cuando ese tipo vino solo se llevó las cosas buenas, los libros antiguos y todo eso, un par de cosas valiosas. El resto está...

—¿Ese tipo?

—Sí, un hombre grande, calvo. —Los oídos le dijeron una cosa a Parisa, su magia le dijo otra. No era Atlas Blakely quien estaba en la cabeza del agente inmobiliario, sino alguien mucho mayor. Lo bastante mayor para ser el padre de Atlas, en realidad—. Rico, por lo que sugería su aspecto. Triste, si lo piensa. Solo vino a recoger sus cosas.

Parisa devolvió la atención a los armarios, abrió uno y casi esperaba que algo saliera de allí mientras el agente seguía hablando de lo que se había llevado el hombre: reliquias familiares, una foto. No había mencionado su nombre, pero en su maletín aparecía el logo de una universidad prestigiosa, calzaba zapatos bonitos, tenía un aire de gentileza y (un poco de trampa telepática por parte de Parisa) en la foto aparecía una versión más joven de él. La mente ágil de Parisa reconoció al padre no mágico de Atlas Blakely, lo que, aunque era intrigante, no parecía poder ayudarla a encontrarlo.

Al llegar a un callejón sin salida, decidió acelerar las cosas.

—Hábleme de la familia de la mujer —le pidió al agente inmobiliario y se apoyó en la orden con más fuerza de la necesaria, algo que esperaba no lamentar en su estado de exigencia cada vez más agotadora.

Por suerte, el agente le explicó que el anterior propietario del pub de abajo (antes de convertirse en un local moderno, cuando era viejo) salió tras escuchar las noticias y les informó de que la mujer tenía un hijo. Una especie de profesor pijo también, pero un buen muchacho, que dejaba propinas generosas y siempre pasaba por allí para tomarse una taza de té, como si fuera una especie de ritual personal. El propietario del pub quería presentar sus respetos, como dijo por teléfono, pero no había noticias de ningún funeral. El propietario pareció sorprenderse al descubrir que no se celebró ninguno. Un buen muchacho, insistió, un buen muchacho, había cometido algunos errores de joven, pero le había ido bien, lo había intentado, no podía dejarla así como así, sola, no era de esa clase de hombres, no debió de saberlo, ¿lo habían informado?

—Pero tampoco pudimos encontrarlo nosotros —concluyó el agente inmobiliario por su cuenta antes de fruncir el ceño, como si no supiera de qué estaba hablando—. Disculpe, ¿cuál era la pregunta? He perdido el hilo de mis pensamientos...

—Precio por metro cuadrado —contestó Parisa.

—¿En este vecindario? Abismal —le informó él con un tono demasiado alegre tras las alteraciones de Parisa en su capacidad para decir la verdad.

Ahí estaba la vida de Atlas Blakely, pensó Parisa en silencio mientras el agente divagaba sobre la naturaleza exorbitante de la renta en Londres. Una madre enferma que se consumía, un padre ausente e hipócrita. Si hubiera sabido todo eso mientras vivían los dos en la misma casa, se habría divertido mucho. Pensó en la exuberancia de Callum por saber qué había convertido a su cuidador en la persona que era, que debía de estar fundada en la monotonía de todo eso; el libro de texto de sus traumas psicológicos.

Libby Rhodes no se habría reído, por supuesto, o al menos no la Libby Rhodes que existía antes. Aunque tal vez el modelo nuevo de Libby Rhodes era la preocupación más relevante. Era, a fin de cuentas, una de las dos únicas personas que sabían de las idas y venidas de Atlas; la otra era Tristan, quien no parecía estar bien informado. Algo le pasaba a Libby y seguía siendo inquietante.

O, si Parisa dejaba de mirar a quien había sido Libby en el pasado y empezaba a entender en quién se había convertido, tal vez entonces era inquietantemente útil.

★ ★ ★

Una semana antes, Parisa estaba sentada en el despacho blanco cegador de París, mirando por la ventana, cuando la puerta se abrió al fin.

Notó pensamientos de sorpresa por su presencia, algo que esperaba, seguidos por el precipicio de una decisión que confiaba en que le revelara cómo transcurriría el resto de la reunión. O bien el propietario del despacho pediría ayuda para despachar a la medellana que había sentada en su silla o sopesaría sus opciones en busca de posibles ventajas. Si consideraba el valor de Parisa, esta podía aprovecharlo. A menos que existiera esa conveniencia, podría matarlo. Teniendo en cuenta que ya había evitado una amenaza para su vida esa mañana (como casi todas las mañanas desde que se marchó de la casa de la Sociedad, como si fuera un paso nuevo en su rutina de belleza), estaba de humor para negociar. Pero no para jugar.

—Parisa Kamali —dijo el hombre de la puerta.

—Nothazai —respondió ella—. ¿Es un nombre de pila? ¿Un apellido?

—Nada. —Cerró la puerta con cuidado tras él—. ¿A qué debo el placer?

Era un poco mayor que Atlas y mucho más fácil de leer.

—Vamos a ponerlo fácil —comentó Parisa y echó la cabeza hacia atrás para apoyarla en la silla y sus respectivos cojines para las lumbares—. Me estoy cansando de correr por mi vida. A decir verdad, me parece que tu parte en todo esto es toda una inconveniencia.

Él fijó la mirada en la distancia, entre los dos.

—No tengo la impresión de que tu supervivencia haya supuesto mucho esfuerzo —dijo. Se quedó cerca de la puerta, como diciendo «Te escucho, pero no de forma indefinida».

—Que parezca fácil no quiere decir que lo sea —repuso ella. Señaló el ordenador de mesa de Nothazai y vio una chispa de aprehensión iluminarle los ojos—. Parece que tu sistema informático ha sufrido una amenaza de seguridad. No vas a poder acceder al servidor de tu empresa por un tiempo.

Notó que la examinaba en busca de algo. Un defecto, con toda probabilidad. Algo de lo que pudiera aprovecharse, y Parisa lo entendía.

—Algunos de los mejores tecnomantes trabajan para nosotros —explicó él—. La red estará restaurada pronto.

—En una semana, probablemente —conformó Parisa—. Considéralo un intercambio justo.

Él sonrió de buen humor.

—¿Inconveniencia por inconveniencia?

—Me ha parecido apropiado, por decirlo de algún modo. —Parisa se enderezó en la silla y apoyó los codos en la mesa. Lo miró un momento.

—¿Te ha enviado Atlas Blakely? —preguntó Nothazai con cierta cautela.

Interesante. Parisa notó su inquietud antes de apartarla y decidió no negar la presencia de una suposición que era tan obviamente ventajosa para su causa.

—Y bien, ¿qué hace falta?

El hombre la miró un momento. Una cantidad de tiempo respetable antes de decir, como ella esperaba:

—Perteneces a una organización tirana. —Nothazai se cruzó de brazos—. Vuestros archivos contienen conocimiento que ha sido robado y continúa siéndolo. El Foro solo desea distribuir lo que pertenece a…

—He dicho que qué hace falta —repitió Parisa con un suspiro.

Él calló.

Y entonces:

—Empezaremos publicando la verdad sobre las prácticas de recluta-miento de la Sociedad. La sangre que sabemos que tú y los iniciados de tu grupo habéis derramado. Desvelaremos los nombres de todos esos miembros que se han beneficiado, económica o políticamente, de la base de datos de sistemas de seguimiento confidencias que la Sociedad no ha revelado. De no ser lo suficientemente persuasivo el desmantelamiento de la influencia de vuestros miembros, nosotros mismos difundiremos el contenido de los archivos de vuestra biblioteca, empezando por aquellas civilizaciones más gravemente contaminadas a lo largo de los anales del tiempo. Dile a Atlas Blakely —la invitó con una sonrisa tensa— que habrá que ver si eso no lleva al resto del mundo al amotinamiento, y si vuestra Sociedad está preparada para sobrevivir a esa clase de revolución.

Parisa no estaba escuchando. Había oído todo cuanto necesitaba y Nothazai no había tenido la dignidad de confesar nada de eso en voz alta.

Bien. Cuanto más confiado pareciera estar en su agenda, mejor funcio-naría esto para ella.

Se puso en pie.

—Contraoferta. Nada de eso va a suceder. —Esperó a que él replicara, pero fue al menos lo bastante inteligente para esperar a que enseñara la otra carta—. Cancelarás todos los ataques contra mí y mis asociados. A cambio, me aseguraré de que tomes el puesto de cuidador de los archivos de la So-ciedad Alejandrina.

—¿No me has oído? —preguntó él, pero solo farfulló—. El propósito del Foro y sus objetivos están perfectamente claros. Nosotros somos defensores del foro de la humanidad, el libre intercambio de ideas sin sumisión...

—Tú no es nosotros —lo corrigió Parisa. Tú —le informó— eres un hombre que esconde la envidia de toda una vida detrás de un escudo de moralidad performativa, pero, por suerte para ti, no cuento con el tiempo ni el interés de juzgar la calidad de tu ética personal. Has presentado tu ofer-ta, yo he presentado la mía, y creo que entiendes que no hemos de compar-tir este particular intercambio de ideas con nadie de fuera de esta habitación.

—Se retrepó y ajustó el cuerpo a los cojines de la silla. Se puso cómoda—.

Piensa en el dolor de cabeza cuando el resto de tu oficina descubra que el servidor ha caído.

Nothazai salió de la habitación y desalojó a la gente de la oficia siguiendo las instrucciones de Parisa. Estaba esperando a Reina y le gustaban las entradas dramáticas, le gustaba la idea de que Reina fuera burlada y tuviera que esperar. Parisa había observado dos cosas en la mente de Nothazai.

Una: la biomancia de Nothazai se extendía más allá del diagnóstico. Si la quisiera muerta, comatosa o degenerada de algún modo, podría haber hecho que sucediera en el momento mismo en que entró por la puerta, al contrario que la mayoría de los asesinos que había enviado para que se encargaran del trabajo sucio por él.

Dos: había visto el cuerpo de Parisa y le había parecido lo que era, solo un cuerpo. No de la misma manera que un cirujano miraba una herida abierta, más bien cómo miraba un cadáver un empleado de una funeraria. Lo ocultaba bien, de forma admirable, pero ella sabía, igual que lo sabía Atlas Blakely, que para Nothazai, Parisa no era un peligro ni tampoco una amenaza, ni siquiera una persona. Para él, ella era tan solo una muerte futura.

Por irónico que pareciera, era una filosofía con la que supo de inmediato que podría trabajar.

★ ★ ★

Si Atlas había desaparecido, fugado posiblemente, o tal vez perseguía a la persona que se había llevado a Rhodes (una persona a la que con toda probabilidad tenía intención de capturar, teniendo en consideración el complejo patológico de salvador que tanto sentido cobraba para Parisa ahora que sabía la verdad de sus orígenes), entonces esto iba a ser mucho más sencillo. No era muy difícil irritar a una mafia. Parisa estaba inmersa en sus reflexiones cuando se despidió del agente inmobiliario para repasar los pensamientos del hombre, a quien había persuadido a la fuerza para desvelar detalles que era mejor no decir. (No era la más sabia de sus decisiones, pues había usado más magia de la que necesitaba teniendo en cuenta que había personas que parecían grifos abiertos. Estaba todo preparado para que cediera con una llave inglesa inteligente, pero el control era una habilidad como cualquier otra, y estaba cansada. No dormía bien desde que se marchó de Paris, o puede que desde antes).

Salió a la calle y contempló sus opciones. ¿Por dónde seguir? Rhodes tal vez, para responder a unas cuantas preguntas, aunque probablemente no sirviera de nada. ¿Una llamada a Sharon? Sí, era una opción, comprendió en un momento de epifanía. Si había personas que eran como grifos abiertos, otras eran relojes que avanzaban. No se tardaba mucho en determinar lo lejos que estaba una persona dispuesta a llegar.

Por desgracia, Dalton tenía su teléfono y todo lo que había dejado en su piso de París, y ahora ninguna de sus comunicaciones sería segura. Ella no tenía la energía de Nico (ni su hiperactividad) para diseñar ella sola una nueva red de tecnomancia. Estaba a punto de entrar en el pub de debajo del aparamento de la madre de Atlas tras decidir que la forma más segura de hacer una llamada telefónica era encontrar a un idiota con un teléfono cuando algo la dejó helada. No era el tiempo, porque hacía un calor infernal, incluso peor aquí que en París. Era otra cosa, algo oculto, y se detuvo a escuchar.

Fue entonces cuando se dio cuenta de que no oía nada.

Notó algo en la parte baja de su espalda. Un olor le llegó a la nariz. Conocía ese perfume.

Se lo ponía ella.

—Parisa Kamali —dijo una voz femenina—. Esperaba que vinieras pronto a Londres.

Con una mirada por encima del hombro, atisbó una melena larga y rubia y un vestido de diseño. Una familiaridad distante.

—Eden Wessex —comprendió.

La heredera calzada con Laoubutins le rodeó la cintura a Parisa con la mano, la pistola ascendió por la columna de Parisa hasta debajo de su pelo y ejerció presión en la base de su cuero cabelludo. Para cualquier persona que pasara por allí, parecerían amigas, o tal vez amantes. Un bonito par de elementos decorativos sin importancia para cualquiera que pasara.

Allí donde miraba Parisa había vacío. Muerte. No oía ningún pensamiento excepto el suyo.

—Qué curioso, te creía más alta —señaló Eden.

Parisa no había tenido que buscar nunca poder. La telepatía aparecía de forma natural, opresiva, como un castigo que no podía evitar. Eden debía de haber bloqueado los pensamientos, pero esto era distinto, había una ausencia, un hueco. Vacío. No había nada donde debería de estar su magia.

Intentó reunir ira, pero no sintió nada más allá de lo usual. En realidad, estaba siempre ahí. El borde afilado de un precipicio por el que caminaba siempre. Uno que era al mismo tiempo abismo y pregunta. El que se parecía al borde del tejado de una casa.

Se acordó del pelo gris, de su inminente invisibilidad. ¿De cuánta mortalidad era capaz exactamente? ¿Cuántas veces y con cuánto silencio podía morir una mujer? La niñez fue derribada pronto, seguida por la credibilidad y la relevancia y el deseo. Siempre creyó que la belleza sería lo último, pero a lo mejor era el poder. O tal vez, el único miedo de verdad de Parisa, la belleza y el poder eran sinónimos para ella. O peor, simbióticos.

Pero entonces recordó los archivos, su promesa colectiva rota. «Estamos en deuda con los archivos igual que ellos con nosotros». Hacía exactamente seis meses del día que se marchó de la casa.

Bien, pensó con gravedad. Entonces mi tiempo ha llegado.

Mierda.

—¿Damos un paseo? —preguntó a su captora con calma. El cañón del arma de Eden se pegó al cuello grácil de Parisa, una ubicación sensual y prometedora.

—¿Te crees que soy estúpida? No —respondió Eden Wessex con una risita femenina que Parisa no pudo evitar admirar, o al menos respetar—. Créeme, vamos a acabar con esto aquí y ahora.

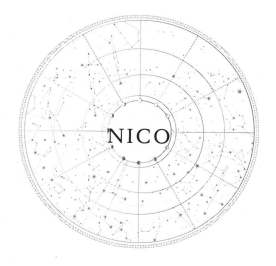

NICO

La sala pintada parecía vacía, más de lo habitual sin los muebles (que habían movido al pasillo de fuera, el problema de otra persona) ni las plantas. Le recordó al ritual de iniciación, a la persona que era un año antes, que no creía que hubiera una pérdida que no pudiera digerir ni un problema que no pudiera arreglar. ¿No era una lección que no había aprendido lo suficientemente rápido? ¿Algo que debería de haber evitado sus imprudencias previas? ¿Que hubiera rehecho su personalidad en algo más moderado, un poco más inteligente? La distancia entre entonces y ahora cubría una mezcla de melancolía y satisfacción, un tira y afloja de pérdida y amor. Ahora era más consciente de sus límites, incluso mientras se preparaba para tensarlos más que nunca. Se sentía diferente, notaba una valentía teñida de maravilla, como un explorador que se internaba en las profundidades salvajes. Se enfrentaba al señuelo del horizonte, en busca del perenne desconocido.

Se mostraba optimista en cuanto a que su exuberancia en la materia había afectado de forma apropiada al estado mental de Libby, que parecía el mismo por fuera pero no demostró ser el obstáculo de última hora que Nico temía que pudiera ser. Parecía… moderada, con una entereza un poco más férrea que complaciente, pero aunque hubiera dudado, no sería la primera vez. Nico la había arrastrado a algo que al final se había demostrado que valía la pena. Si él tenía algún significado real en la vida de ella, es que era el impulso constante, lo que la forzaba a seguir adelante. Ella era lo mismo para él, quisiera Libby reconocerlo o no. Si para otros parecían inseparables, un solo objeto a simple vista, no tenía sentido lamentarlo ahora.

Nico eligió no lamentar nada en realidad. Ni cuando Parisa decidió ausentarse de sus vidas (decepcionante, pero no le sorprendía que no tuviera más que decirle), ni cuando Dalton usurpó la capitanía del experimento. Ni cuando Reina acababa sus respuestas con un geriátrico «adiós».

Nico se había despertado esa mañana con Gideon criticando de forma juguetona las estrellas de sus ojos y ahora estaba completando un viaje que había empezado dos años antes, tal vez más. Sí, definitivamente más. En algún rincón de su cabeza, Nico había estado construyendo este barco desde el momento en que vio lo que Libby Rhodes podía hacer, desde el momento en el que reconoció la presencia de un adversario digno que se convertiría en un aliado inestimable, y ahora, por fin, era hora de salir a navegar.

—¿Preparados? —Dalton parecía más vivo que de costumbre. Estaba tembloroso por los nervios, o tal vez era la energía de Nico que infectaba a todo el mundo—. Si puedo hacer esto —y «esto» se refería a la animación del vacío al ritmo adecuado de inflación cósmica no tan espontánea—, necesito que contengáis una buena cantidad de calor.

Aproximadamente diez mil millones de grados, así que sí, una buena cantidad.

—Solo tenemos que lidiar con una supernova, lo sabemos. No te preocupes, Dalton, nosotros nos encargamos. —Nico caminó hasta el centro de la habitación y se paró frente a Libby. Le tendió las dos manos—. Otro martes más, ¿verdad, Rhodes?

—Es miércoles. —Pero suspiró y le tomó las manos con cautela. No más cautela de la normal, claro, pero Nico supuso que podría haberse mostrado un poco más optimista dado que era ella quien había sacado a relucir lo obvio. Por fin estaban realizando lo insondable, sucumbiendo a su atracción magnética, que había sido siempre indescriptible. Había sido siempre tan brillante, tan cegadora, la imposibilidad del horizonte. El potencial que siempre habían sabido que tenían.

¿Para qué habían nacido si no para esto?

¿Alrededor de qué habían estado orbitando tanto tiempo si no de la inevitabilidad de lo que podían llegar a ser?

—Ten un poco de perspectiva, ¿quieres? Sé que no mencionamos el viaje en el tiempo por su nombre, pero este es un logro que al menos puedes usar en mi contra. —A Nico le pareció captar la presencia de una diminuta sonrisa—. ¿Qué es un poco de energía estelar entre enemigos de toda la vida, eh, Rhodes?

—Varona… —Ella vaciló un segundo, como si estuviera a punto de decir algo, y el corazón de Nico dio un vuelco en su pecho por la posibilidad de que lo infectara.

—Vamos, Rhodes, he pasado un año entrenando a Tristan para esto. —Tristan (que estaba al lado de Dalton, junto al ápside, con un aspecto melancólico en la sumisión a la contemplación en lugar de su habitual aspecto melancólico en reposo) no lo oyó o decidió no hacerlo, lo que resultó gratificante, pues Nico tenía la sensación de que estaba suplicando un poco, cambiando dignidad por ardor. Pero no se había levantado esa mañana preparada para crear mundo solo para conformarse con preparar la cena. O tener una charla. O comentarios sarcásticos, aunque costaba evitarlos—. Vamos, ¿qué te he dicho siempre? O eres suficiente o…

—Para, hay demasiados aforismos de Varona para que me acuerde. —Nico notaba sus palmas pequeñas y ligeras en las manos.

—Rhodes. —Bajó la voz y se inclinó hacia ella—. Si estás preocupada por si podemos hacer esto, créeme, podemos. Lo entiendes, ¿no? —Buscó en sus ojos de color pizarra comprensión, o reconocimiento, o solo la indicación de que estaba escuchando—. No hemos llegado aquí por accidente.

Tan pronto las palabras abandonaron su boca, entendió que esto estaba sucediendo. Nico y Libby estaban uno frente al otro, Dalton aguardaba preparado a la izquierda de Nico, como un atleta que fuera el siguiente en recibir el testigo en una fila. A la derecha de Nico, Tristan se encontraba en el punto opuesto del diamante que formaban para el conjuro y tenía un aspecto sombrío. Nico no había visto nunca a Tristan derrotado y ya sabía que esto no acabaría en derrota.

—Nosotros —dijo y miró a Gideon, que estaba sentado fuera del perímetro de su experimento, con la cabeza inclinada, bajo el sol que entraba en el ápside—. Nosotros no somos un accidente.

Esto estaba pasando, le quedaran a Libby dudas para expresarlo o no. Si la arrastraba, pataleando y gritando, que así fuera. La arrastraba.

Basta de hablar.

Hora de comenzar.

El poder era fácil de encontrar. En esta casa estaba siempre justo por debajo de la superficie, siempre al alcance, sus pies planeaban constantemente sobre el pedal de arranque. Desde que Libby se había ido, desde que había regresado, todo cuanto había hecho Nico era deslizarse. Su ausencia fue una parálisis, la sensación constante de un engaño. Pero ya había vuelto, estaba aquí, con sus manos en las de él, y era fuerte, más de lo que había sido nunca, y él tenía intención de ofrecerle eso. Eran las revoluciones de un motor, el ondeo de una bandera, el castañeo de un dispositivo de iluminación, las lámparas eduardianas que temblaban encima de las mesas victorianas.

La señal de Nico, a la espera de la respuesta de Libby.

El poder de ella se apoderó del de él al momento, de forma reflexiva. Nico sintió un tirón de medio segundo y luego un latigazo, una liberación como un disparo. La explosión fue ensordecedora al principio, un zumbido en los oídos y, por un momento, Nico vaciló. Tristan y Dalton desaparecieron de cada lado de su periferia; Gideon fue engullido por una luz que no supo nombrar. El impacto del estallido estaba en todas partes, dentro y fuera de su pecho, dentro de su pulso, dentro de sus venas, explotaba detrás de sus ojos como si estos se le salieran. El motor fallaba… impotencia. Un latido. Un pulso.

Por un momento, Nico se sintió ligero e insustancial, suspendido en la nada. Notó que el movimiento de su pecho cesaba, el aire de los pulmones se contraía, perdió la sensibilidad de brazos y piernas, pies, manos. Todo excepto el conocimiento, el pensamiento que contrarrestaba la desaparición de la presencia de Libby. El poder lo sobrecogió como un éxtasis, ahogo. Aneurisma, embolia y convulsiones al mismo tiempo. Un golpe seco en el corazón y luego nada.

Nada.

Y luego.

Y luego…

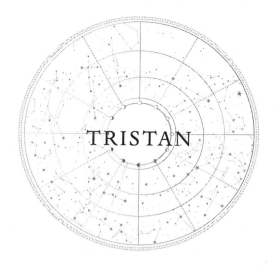

TRISTAN

La eternidad se extendía ante él desde el recodo de la realidad que anta-
ño fue la chimenea de la sala pintada y se parecía a un montón de cosas. Al espacio. Al cielo nocturno desde la ventana de su dormitorio. A un
brillo recordado a medias en los ojos de su madre. Al fulgor de un diamante,
la forma vacilante en que había hecho y roto una promesa. A los puntos de
un mensaje que aún se estaba escribiendo, una respuesta aún por llegar.

Lo que fuera que Dalton estaba sacando del vacío del espacio se parecía
también al diagrama de Nico, y eso molestó a Tristan, lo encendió y lo puso
furioso. El tipo de furia que se asemejaba a la euforia. El tipo de furia que de
repente le daba un hambre voraz. Como si hubiera esperado toda su vida
para tragársela entera.

Vio estrellas y vio planetas. Vio el vacío y estaba lleno de espacio. Vio las
infinitas puertas de su imaginación, sintió un miedo que sabía a amanecer,
comprendió para qué había nacido.

Esto. Estaba exultante por ello. Había nacido para esto.

Alargó la mano y quedó ingrávido, demasiado pesado para caer, demasiado hermoso para quemarse. Por primera vez en su vida, Tristan Caine no
sintió odio ni arrepentimiento. Entendió algo importante, que era que él no
importaba, y fue liberador porque, en ese momento, era libre. ¡Él no importaba! ¡No tenía por qué importar! Nico tenía razón, el mundo entero era un
acordeón de secretos, nadie importaba. Ni Tristan, ni su dolor, ni su placer.
Sentiría este momento de euforia y acabaría pasando. Viviría y moriría y,
mientras tanto, él lo presenciaría.

Lo vio todo, fue testigo, existía, ¡estaba ahí!

★ ★ ★

Solo un momento vaciló. Un error, algo en cortocircuito, una chispa en una ráfaga de estática mientras Tristan extendía el brazo para abrir la cortina de la realidad, para ver detrás del velo cósmico al fin.

En medio de toda esta gloria, de todo este triunfo, una fracción de segundo de debilidad. Un pelo de vergüenza.

«¿Qué más estás dispuesta a romper, señorita Rhodes, y a quién vas a traicionar para conseguirlo?».

El corazón le aporreaba el pecho a Tristan. Golpes sordos de consagración.

La voz de Libby. Igual y diferente.

«No lo sé —dijo—, y no me importa».

★ ★ ★

Mientras los dedos de Tristan Caine rozaron el tejido de la imposibilidad, el pasado y el presente se perseguían entre sí y lo alcanzaron al fin.

Lo vio todo porque fue testigo.

Lo vio todo porque estaba ahí.

DALTON

Esto fue lo que vio en una ocasión Parisa en la mente de Dalton Ellery:

—Mamá, mira. —Siete u ocho años, con las manos llenas de tierra abiertas. Una plantita dentro de ellas. La energía fluyendo todavía por él. El poder que aún no sabía cómo llamar—. Mamá, mira, la he salvado.

—Mi niño dulce, mi niño listo.

Una deformación, una pérdida, un marchitamiento. Su rostro afligido cuando murió de todos modos, porque las cosas siempre mueren. Es el punto crucial de todo, comienzos y finales. Hay cosas que, sencillamente, no se pueden salvar.

★ ★ ★

Eso fue lo que Parisa vio en la mente de Dalton porque era así como Dalton lo recordaba. Algunos recuerdos construían muros más fuertes, cimientos más impenetrables en la mente, y allí se quedaban.

Incluso cuando eran mentiras.

★ ★ ★

—Mamá, mira. —En su mente, siempre le giraba la cabeza, la obligaba a verlo—. Mamá, mira, la he salvado.

Pero ella no estaba mirando ahora. Estaba demasiado ocupada llorando y él estaba frustrado, celoso. Molesto.

—Mamá —repitió Dalton, pero ella seguía sin escuchar.

—Mi niño dulce, mi niño listo…

Dalton había devuelto a la planta a la vida el mismo día que su hermano había muerto.

¿Coincidencia?

Probablemente.

Puede.

Estadísticamente hablando, era posible. Un evento no necesitaba al otro.

O bien Dalton se olvidó porque pensarlo era demasiado doloroso.

O se olvidó porque era lo bastante listo y decidió enterrarlo vivo.

GIDEON

E
sa mañana abrió los ojos y se encontró con el leve sangrado del sol de madrugada, las ondas de Nico extendidas en la almohada, las rodillas pegadas a su pecho desnudo, una mano debajo de la mejilla. Estaba de cara a Gideon con los ojos cerrados, respiración estable. Gideon no se movió, no respiró. Nunca había tenido muy buen manejo de la línea que separaba el sueño de la realidad, pero era especialmente delgada en momentos como este, teñidos de una dulzura inesperada. Notó pesadez en el pecho, anhelo por algo. Nostalgia por un momento que aún no había sucedido.

Para Gideon, el tiempo era especialmente teórico, algo que siempre perseguiría y nunca tendría de verdad. Deseaba poder decir que el sentimiento era presagio, que era información de importancia, pero era algo terrible, algo peor. Miedo. Esperanza. Dos lados de la misma desesperación. Creer que si un momento era perfecto, lo más seguro es que no fuera merecido, no estaba destinado a durar. El sentido cósmico dictaba que esa luz se desvanecería, que algo dorado no podía aguantar.

—Deja de mirarme, Sandman, es raro —dijo Nico sin abrir los ojos.

Gideon se rio y en ese momento, la posibilidad de que podía haberlo intuido correctamente y hecho algo de forma diferente (encadenar a Nico en la cama o retarlo a que hiciera algo impredecible, como quedarse allí y leer un libro) se evaporó. El tiempo seguía adelante. Era lo que era.

—Me has robado otra vez la almohada.

—Tú lo llamas robar, yo lo llamo tomar prestado con amabilidad. —Nico estaba ya completamente despierto y lo miraba—. Pareces preocupado.

—Estoy atrapado en una casa encantada, Nicky. No hay muchas formas de ocupar un día.

—No está encantada. No hay fantasmas.

A Nico se le había aclarado el pelo tras la semana de vacaciones con Max. Se adaptaba a la perfección al lujo y lo vestía como un bronceado de verano. Con razón se había esforzado tanto Libby por odiarlo. Y con razón había fracasado.

—¿Qué pasa? *Dites-moi.* —Nico lo miraba ahora, quizá porque Gideon había tardado mucho en responder. Estaba demasiado distraído con el hombre consentido que tenía en su cama. Bueno, era la cama de Nico, aunque Gideon la ocupaba con más frecuencia. Como un extraño cautivo de la idea que tenía Nico de campamento.

Si Nico no lo hubiera mirado tan... explícitamente. Tan abiertamente. Si Nico no lo hubiera mirado así, como si las próximas palabras de Gideon tuvieran la habilidad de arruinarle el día, podría haberle contado la verdad. Si todo no fuera tan reciente y dolorosa y terroríficamente agradable, Gideon le habría dicho a la mierda, las cosas están mal, Nicolás, te dije que todo esto era un lío, te dije que esto era un desastre.

Pero ¿sabes qué es lo que no le gustaba a Nico de Varona? Un «te lo dije». Y, además, todo era hermoso y Gideon no sabía qué hacer con esta habilidad, esta nueva herramienta que parecía haber tomado de alguna parte sin darse cuenta, donde el estado de ánimo de Nico parecía depender del grado de felicidad que Gideon expresaba abiertamente. Nico siempre lo había dicho, que Gideon era problema suyo, que Gideon era suyo, pero eso era antes de que Gideon comprendiera que él era un posible resultado para Nico, no solo una posesión. Siempre se habían erigido sobre una plataforma de omisión compartida, pero ahora era diferente, la altura era más alta, el potencial para la bajada era más angustioso.

Era seguridad y vulnerabilidad al mismo tiempo, esta nueva forma que había adoptado su relación. Había mucha felicidad. Había también mucho miedo.

—Solo quiero que sepas —comenzó Nico al mismo tiempo que Gideon decía:

—Nico, creo...

Los dos callaron.

—¿Sí? —preguntó Gideon, porque los dos sabían que Nico querría hablar primero.

Nico le tomó la cara con las manos.

—Creo que tienes que saber que puedo ser mucho mejor en mi devoción de lo que crees. Tengo falta de práctica —reconoció, encogiéndose de hombros—, pero siento, a un nivel profundamente espiritual, que acabaré siendo imbatible en ello y, cuando llegue el día en el que vuelva a superar todas las expectativas, espero que consideres una gran cantidad de elogios.

Hubo un momento de silencio para que los dos procesaran lo que acababa de decir.

Varios segundos, como si tuvieran capas y fuera una locura.

—Dios mío —suspiró Gideon al fin con verdadero asombro—. El ego...

Y Nico le besó y se rio, y lo que Gideon no dijo fue esto:

—Nos volvemos a encontrar, señor Drake». La extraña voz masculina procedente de alguna parte, fuera de la celda de las protecciones telepáticas de la Sociedad. Gideon soñaba con la misma frecuencia de siempre, pero no con la misma libertad. Con excepciones muy raras y críticas (por ejemplo, el esfuerzo insoportable que realizó un momento después de aquella particular visita al subconsciente de Libby Rhodes), los paseos de Gideon estaban limitados a lo que podía lograr desde el espacio que tenía dentro de la celda telepática—. Has de saber que no esperaba a alguien tan joven.

Gideon, que sabía muy bien lo que costaba acceder a las protecciones de la Sociedad, no se tomó este saludo como algo menos que la amenaza que era.

—¿Vas a decirme esta vez quién eres de verdad?

El Contable, había dicho Nico, o a lo mejor lo había dicho primero Gideon, en sueños. No estaba claro y tampoco era importante ahora.

La voz seguía fuera de su vista.

—Sobre el asunto de nuestro amigo en común. Puede que lo hayas oído.

A Gideon se le cayó el alma a los pies.

—Imagino que mi madre no ha podido pagar su deuda.

Dinero, rezó. Por favor, que sea dinero.

—Eilif no ha mencionado nunca que fueras su hijo. —La voz adoptó una nota de diversión—. Supongo que sí que tenía alma al final.

«Tenía». El tiempo pasado le aceleró el corazón a Gideon.

—Sabes que no ha sido difícil encontrarte —continuó la voz—. No han faltado retos, claro, pero entiendes que tu cara y tu nombre son conocidos. Eres conocido, Gideon Drake.

Conocido no era lo mismo que atrapado, pero Gideon entendía que la línea se estaba haciendo más delgada.

Gideon no preguntó de qué iba esa visita porque ya lo sabía. Había estado escondido dos años y ahora no había opciones significativas, nada que se le ocurriera aparte de la única cosa que había hecho recientemente. O que no había hecho, más bien. El trabajo para el que lo había reclutado Eilif. Sacar a alguien de su propia mente consciente. La importancia de esa persona en particular nunca fue un problema para Gideon, que había aprendido, tiempo atrás, a no hacer demasiadas preguntas sobre con quién o qué se encontraba Eilif. Pero según Parisa Kamali, Gideon no había conseguido liberar al Príncipe de su cautiverio y, aparecer, Eilif había pagado el precio por ello.

O más bien el precio aún no se había pagado, el trabajo no se había concluido. Quedaba una tarea por hacer.

—Déjame verla —probó Gideon y el silencio de respuesta fue ensordecedor.

—No.

Gideon sintió una extraña tristeza, una que estaba teñida de alivio. Había perdido una parte importante de su vida. Una mala, pero importante de todos modos, y supuso que, en su mente, Eilif había sido siempre imposible de matar, invencible. Tal vez uno siempre consideraba así a sus padres y, en el caso de Gideon, esta pena era en parte decepcionante. Si Eilif podía perder esta apuesta, entonces el mundo era vulnerable, estaba en riesgo de que le robaran su magia. Cuanto más real se volvía la ausencia de Eilif, más humana se volvía; con tono despectivo, como diría Nico.

—No me puedes alcanzar aquí —señaló Gideon—. De verdad no. Ya lo sabes, o no habrías venido aquí solo para hablar.

—Puede que no —respondió la voz—. Pero un día ya no estarás tras la seguridad de esas protecciones, señor Drake, y créeme, tengo tiempo para esperar.

Estupendo. Genial. Así que estaba escrito en la pared, o en algún tipo de libro invisible. La deuda de la madre de Gideon había pasado a él y ahora no había escapatoria. Podía pasar su vida sirviendo o podía pasarla huyendo, y en ese caso, ¿qué vida?

Gideon no necesitaba saber quién era o qué quería.

—Bien, ¿qué quieres que haga? —fue lo que preguntó sin saber que la respuesta se presentaría de forma tan casual. Sin que Gideon saliera de la casa siquiera.

Porque Gideon lo reconoció de inmediato. El pelo, el rostro abofeteable. El Príncipe.

Estaba allí en persona, y seguramente él también había reconocido a Gideon, imposible que no lo hubiera hecho. Él no era un físico genio, no era un cínico y apenas era un archivista, pero sí era una persona que reconocía un problema cuando lo veía. No había nacido de una madre como Eilif para no reparar en el problema cuando llamaba a la puerta.

La telépata le había mentido entonces sobre su éxito al liberar la consciencia atrapada del Príncipe. No era una sorpresa, supuso, pero ¿qué podía hacer con esa información? Aquí estaba el Príncipe, completo, con la consciencia reparada, o al menos reunida. ¿Era eso normal? ¿Era seguro?

Pensaba que Dalton Ellery sería el problema.

Estaba muy, muy equivocado.

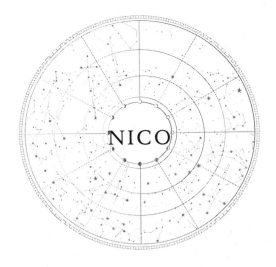

NICO

Esto. Esto era lo que había estado esperando, este sentimiento, este momento de armonía, eso por lo que había estado luchando y que también había estado buscando. Esto que había entre ellos y que estaba cobrando vida, que brillaba con una certeza imposible, carente del habitual riesgo de que ardiera. Lo atravesó rápido, energía y magia, poder y calor, ondas, como un horno que emergía de él en forma de rayos, en ondas cegadoras. Se preguntó qué vería Tristan, si mirarlos a ellos juntos era como mirar el sol; si era obvio ahora que esto era lo que siempre habían sido. Varona y Rhodes, dualidad y sincronicidad.

Comienzos y finales, nebulosa y estrellas.

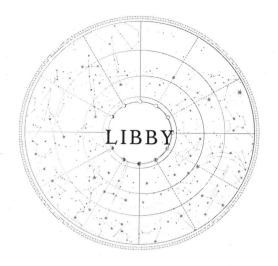

LIBBY

El experimento de Atlas no era inherentemente malo. Sí, la ética de algo así era cuestionable, pero ¿qué no lo era en la existencia? Libby lo entendía ahora, que estar viva y tener un poder como este en su sangre significaba ser responsable de hacer o deshacer mundos, sin importar lo que ella decidiese hacer. Si actuaba o fallaba, siempre causaría una ruptura. ¿Qué estaba bien y qué mal? ¿Quién era bueno y quién malo? Eran preguntas que no podía responderse sobre conceptos inefables. Lo que había visto o lo que sabía Ezra Fowler era menos importante que cómo había actuado, y si ella lo creía. No lo creía.

Y aunque lo hubiera hecho en el pasado, los materiales estaban ya a su disposición.

Tenía las herramientas para eludir la amenaza y eso hizo. Ya lo había hecho.

★ ★ ★

Lo qué pasó entre Libby Rhodes y Atlas Blakely en su despacho no fue algo personal. Ni siquiera fue un asunto personal (como lo había sido la muerte de Ezra), un lanzamiento de moneda para elegir entre venganza o defensa personal. Era una pregunta sencilla, más sencilla al menos, que la que le había formulado la Sociedad. Era directa: ¿puedes salvar el mundo? Y su respuesta había sido sí. Sí, puedo.

Hacía seis meses ahora. Seis meses, justamente. Había derribado a Ezra con la fuerza de su rabia, había usado su pecho como diana. Una explosión salvaje, incontrolable en el corazón que una vez prometió que era de ella, antes de que Libby se diera cuenta de que estaba apuntando.

«Puedo matarla», había dicho Ezra con los mismos labios con los que la había besado. Al final, aquello le supuso más un sollozo que un ataque.

Aún no había recuperado la sensibilidad en las manos por completo cuando Atlas comenzó a hablar; a hablar de forma incesante, más y más, sin parar, eternamente, sin fin. Se acordaba de la mayor parte como si fuera un sueño que había tenido, sin cronología ni sentido. Nada parecía importante ni relevante en ese momento.

—¿Qué más estás dispuesta a romper, señorita Rhodes, y a quién vas a traicionar para conseguirlo?

Le zumbaban los oídos desde que el cuerpo de Ezra había caído al suelo. El zumbido era cada vez más fuerte, constante, insoportable, hasta que de pronto cesó. Desapareció sin más. Cedió y en su lugar: claridad. Una forma de seguir. Un paso siguiente.

No era personal, solo un trabajo que había que hacer. Él va a destruir el mundo, había dicho Ezra, y ¿estaba ella dispuesta a arriesgarse? De pronto la respuesta era obvia.

No solo obvia. Era lo único que había. No había nada más.

—No lo sé —respondió—, y no me importa.

★ ★ ★

La combustión, la explosión de pura fusión, fue difícil de sostener desde el principio. Casi inmediatamente, sintió que la distancia entre Nico y ella se difuminaba. Siempre habían sido como estrellas en órbita que se perseguían, cada vez más rápido hasta que, a veces, se atrapaban, se convertían en una con su propia órbita. La línea donde él acababa y ella comenzaba se volvía irrelevante. Su magia respondía a la de él como si hubiera nacido en el cuerpo de Nico. La de él se unía a la de ella como si al fin hubiera encontrado el camino a casa.

Era hermoso. Lo era de verdad. El momento de pura sincronicidad era como encontrarse con el destino. Como el beso al final de la película, dos almas que se vuelven una. Podía sentirlo, esta vez era distinto porque los dos lo aceptaban. Ya no había resistencia. No tenía sentido mentir al respecto. Las limitaciones de sus respectivos poderes se evaporaron en el momento en el que se resignaron a lo inevitable; a lo inexplicable e indiscutible. El momento en el que los dos dijeron sí al fin fue el que abrió la puerta.

Difícil de sostener no era lo mismo que difícil de ver. Libby vio la felicidad en el rostro de Tristan, la orientación de su destino. Las puntas de sus dedos estiradas como Adán buscando a Dios con ternura. Vio el sudor en la frente de Nico, el atisbo de una sonrisa en su cara, el triunfo de algo, paz y aceptación. De ahora en adelante, podría sentirse satisfecho, feliz incluso. Había visto su propósito cumplido. Estaba justificado y completo, y Libby se dijo a sí misma que no sentía amargura alguna. No sentía envidia.

Vio a Dalton. Destellos de su cuerpo. El reflejo de algo en sus ojos. Vio a Gideon. Pero los ojos de Dalton... había algo en ellos. Le recordaban a algo sin vida, anormalmente inmóvil. Vio a Gideon. La mano de Tristan extendida, la expresión de manía en el rostro de Dalton... ¿le había preguntado por Atlas?

Vio a Gideon. *No lo encuentro.*

La reconfirmación de Nico. «Confío en ti, Rhodes».

Tristan y el vino, ¿se ha acabado? ¿Se ha roto?

Vio a Gideon. *No lo encuentro.*

Él lo sabe, comprendió. Lo ha sabido todo este tiempo.

Vio a Gideon con claridad ahora. Él no era la pesadilla. La pesadilla era ella. Pasaba algo malo con Dalton y algo tiraba de ella, la desenrollaba como si fuera un hilo. *Su plan ya está en movimiento.* Pero Atlas no era el arma. Era ella. Todos en esta habitación eran flechas, lo que siempre había incluido también a Dalton.

Vio a Gideon, vio la mirada de serenidad de Nico, vio la mirada de asombro de Tristan, comprendió que nada en el universo era puramente feo sin algo hermoso; nada era del todo bueno sin la sombra de algo malo.

¿De dónde ha sacado su energía Dalton? Vio a Gideon. Vio eso que debería de haberse cuestionado, la inconsistencia con la que debería de haber luchado desde el principio. «Señorita Rhodes, nada en el universo viene de la nada». Ni siquiera la vida. En especial la vida. Vio a Gideon. Vio a Nico. O era suficiente o nunca lo sería.

Pero ¿qué significaba ser suficiente?

Pasaba algo con Dalton. Pasaba algo con todos ellos, nunca tendrían suficiente. Esta Sociedad era una enfermedad, un veneno. Siempre lo supo. Siempre estuvo en lo cierto. Siempre estuvo equivocada. Vio a Nico, vio que podría volver a convencerla, podría convencerla de cualquier cosa, ella lo escuchaba, siempre lo había hecho. Vio a Gideon. Algo se retorció dentro de ella, algo únicamente de ella, algo que solo ella podía soportar. Una carga que tan solo ella podía llevar.

«Confío en ti, Rhodes». Una decisión que solo ella podía tomar.

Vio a Gideon, las cosas que no había hecho, las cosas que no había visto, el precio que no había pagado. Las consecuencias que nunca podría entender. Vio a Tristan. Vio a Nico. Vio que solo ella podía hacerlo. «Escúchame Libby, tú eres un arma, lo he visto». No, la tensión en el pecho, los pedazos de su quebrantamiento como metralla. No, Ezra, yo no soy un arma. La cara de Belen reapareció en su mente, retorcida, acusatoria. «Dijo que nadie moría, esas fueron sus palabras específicas».

Nadie más podría haber tomado esa decisión. Eso sería igual. No podía venir de la nada. Nadie podría haber entendido la complejidad, el porqué que podía parecer nada pero que lo significaba todo. Sacrificio. Flechas letales. La salvación solo podía proceder de la costilla de Adán. El sacrificio de arrancar una pieza de su propio corazón.

«Yo no soy un arma».

Vio a Gideon justo cuando la mano de Tristan encontró algo. Una nueva realidad. Un mundo alternativo.

«Mira tu camino, señorita Rhodes, y cámbialo».

Nadie era el héroe, así que ella tendría que ser la villana.

Vio a Gideon.

«¿Qué más estás dispuesta a romper, señorita Rhodes, y a quién vas a traicionar para conseguirlo?».

«No lo sé. No me importa».

Pero esa era solo la mitad de la respuesta. El resto era la verdad.

«No importa porque ahora soy mi propia arma».

No podían continuar. Ahora lo entendía. El otro lado de la puerta no era el problema. La existencia de la puerta no era el problema. El problema era lo que hacía falta para girar el pestillo, lo cual significaba que lo que estaba en juego no solo era mucho, era justo como había dicho Ezra que era: aniquilador, apocalíptico. Solo ella lo sabía. Por lo tanto, solo ella podía salvarlos a todos.

Se encontraba ahora desensibilizada, anestesiada. Lo correcto, lo necesario conllevaba un dolor que solo ella podía soportar. Si esto iba a terminar, si podía salvarse, entonces solo ella podía hacerlo. Solo ella amaba con la intensidad suficiente. Solo ella había sido lo bastante fuerte para tomar esta decisión.

Vio a Gideon. Lo vio formar una palabra con los labios.

«NO».

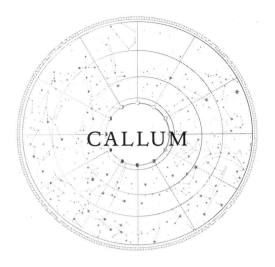

CALLUM

—¿Te crees que esto es un juego, Nova? —La voz del matón preferido de Adrian Caine en el oído de Callum era un hilillo marcado por el disgusto—. ¿Te crees que puedes ir y venir a tu antojo? He conocido a hombres como tú —siseó Wyn—, y te aseguro que, por mucho que esté dispuesto a dejar pasar el jefe, yo no seré tan generoso. No me gusta que jueguen conmigo.

Callum se volvió despacio y se enfrentó al arma con el que lo apuntaba Wyn Cockburn. Alguien había avisado a Wyn de la presencia de Callum. Puede que incluso Alys hubiera tomado parte en la trampa que le habían tendido a juzgar por la mirada aparentemente vacía de su cara. Uno de estos días, pensó Callum, tendrá que dejar de asumir que toda la progenie de Caine es igual de inepta para el sabotaje.

—¿Dónde está Tristan Caine? —bramó Wyn—. Porque si sigues sin poder responder esa pregunta, niño bonito, no eres en absoluto necesario.

Callum era muy guapo, eso era todo. ¿Y qué clase de hombre se enfadaba tanto porque su hijo no estuviera muerto aún? Era una pregunta con trampa, una mala pregunta, lo cual no era exactamente una novedad, pero Callum siempre supo que la vida o la muerte de Tristan no era la cuestión de este grado de violencia. No necesitaba magia para comprender las intenciones de Adrian, ni tampoco la necesitaba para socavar las de Wyn.

Sin embargo, notó de pronto la presencia de algo crujiente y ácido, como el mordisco a una manzana recién arrancada. Lo usó de todos modos.

Solo por diversión.

—Baja la pistola —dijo primero—, porque es grosero, y siéntate porque solo era una cuestión de tiempo que mantuviéramos esta conversación. —No necesitaba que le advirtieran de que no se metiera con Adrian Caine o sus subordinados, que era precisamente el objetivo de esto. Algunos hombres necesitaban quebrarse antes de que sus verdaderos colores se volvieran vibrantes.

Hubo resistencia por parte del brujo, era de esperar. Wyn no estaba dispuesto a escuchar a Callum, tal vez incluso con más vehemencia que el resto de gente normal. Supuso que se debía a alguna estupidez como el odio por la cara bonita de Callum, o envidia por su posición en el oído de Adrian. Pero, aunque Callum era normalmente muy hospitalario, estaba de un humor de perros y cualquier error de juicio que hubiera causado este innecesario roce con el peligro, la ventana de parálisis de su magia (o de otro aspecto de sus emociones que no quería reconocer, como la posibilidad de decepción de una persona a quien había visto ilusamente con una luz optimista) parecía haber pasado, por suerte.

Después de un suspiro de contradicción obligatoria, Wyn tomó asiento.

—Este es el trato —indicó Callum. Levantó la mirada con un movimiento suave para comprobar que Alys Caine seguía en la puerta de la cocina, observándolos—. Dile a tu jefe que ordenar que asesinen a su hijo es una forma horrible de recuperarlo.

Callum notó cierta tensión en su control, así que aflojó un poco, lo suficiente para poder mantener una conversación despreocupada. La sonrisa de Wyn mostraba los dientes, como de costumbre.

—James Wessex no va a matar a ese imbécil que no sirve para nada —murmuró—. Y tampoco a un pijo presumido como tú.

Callum no era un pijo, como bien había corregido ya Tristan. Callum era un idiota y un subnormal y muy rico, pero pijo parecía exagerado. Decidió no mencionar los detalles más elegantes de esa afirmación en favor de lo obvio, que era el anhelo inconfundible de Wyn Cockburn de matar él mismo a Tristan.

—¿Entonces se trata de eso? ¿Celos? Y yo que pensaba que era un asesinato misericordioso por el bien de la reputación de tu pequeña secta.

El sentido del derecho era absurdo aquí, escapaba a lo razonable. No es que Callum no lo supiera ya, esperaba que en algún momento apareciera una traición por parte de Adrian Caine y sus hombres, pero escucharlo así, desprovisto de su complejidad, era casi vergonzoso para ambos. *Un hombre rico no va a matar al hijo idiota de Adrian Caine. Lo haré yo por él, le va a encantar, será grandioso.*

Fácil de adivinar.

—Escúchame. Tristan no es una extensión de Adrian Caine. No es cosa tuya, ni de tu jefe, establecer su destino. —Se acercó más, solo para asegurarse de que Wyn Cockburn estaba prestando atención—. No lo ha sido nunca —murmuró, con los labios apenas separados—. Nunca lo será.

Wyn quería decir algo de respuesta, por supuesto. Era comprensible que disintieran en el asunto de la autonomía de Tristan así como de la de Wyn. Pero en ese momento no podía hablar, así que Callum continuó.

—No vas a matarlo. De hecho —determinó tras encontrar las reservas de útiles que pudo y sacudirse lo que le quedaba dentro—, si te encuentras con él, no tendrás más remedio que contarle la verdad: que él es mejor hombre. El hombre que Adrian ansiaba ser si hubiera podido.

La boca de Wyn estaba húmeda por el rencor y puede que un poco de saliva. Oh, ¿no le gustaba Callum? ¡Oh, no! ¿Qué podía hacer Callum al respecto? Tal vez dejarle algo en lo que pensar, como que era de muy mala educación acosar al hijo adulto de alguien basándose en una pseudorrivalidad entre hermanos.

—Esto es lo que vas a hacer —constató Callum sin mirar el cuerpo inmóvil de Alys—. Vas a decir a tus compañeros matones que a Tristan no se le hace daño. Ni siquiera a un pelo de su cabeza. Ni una arruga en la camisa. De hecho, si lo molestáis, aunque solo sea un poco, tendréis que pagarlo. He decidido que tiene que matarlo alguien con mejor juicio —añadió con picardía—, como, por ejemplo, digamos, yo. Y si otra persona lo intenta, tú serás el primero en avisarme. Considéralo una indemnización por fastidiarme mi día de mierda.

»Bien —terminó—. ¿Ha quedado claro?

Hacía tiempo que Callum no hacía esto sin Reina. Había algo chirriante, como un cable inadecuado, pero Wyn estaba sudando por las ondas de influencia de Callum, le castañeaban los dientes de luchar por el esfuerzo de resistirse a la contención.

—En un momento se pasará —le dijo Callum y se enderezó—. En unos minutos verás que todo ha sido idea tuya, en realidad. Considéralo un cambio de opinión.

Se dirigió a la puerta y se detuvo justo antes de cruzarla para mirar a los ojos a Alys Caine, quien parecía un mínimo arrepentida. Pero así era la vida en esta casa, ¿no? Arrepentirse de cosas y hacerlas igualmente. Una forma de vida terrible.

Callum estaba a punto de enviar algún mensaje de despedida en su dirección, un consejo para los cunnilingus tal vez, pues parecía deseosa de aprender, pero el teléfono le vibró en el bolsillo entonces. ¿No sería una bonita coincidencia, una reunión con toda la familia, si es que era quien él pensaba que era? Sin embargo, Alys Caine parecía ser mucho más hija de su padre, lo que volvía a Tristan más singular todavía. No menos asesinable.

Ya basta de despertares sexuales. Alys se lo perdía. Callum cruzó la puerta del pub y se sintió… bueno, saciado.

Aunque un poco asesino ahora.

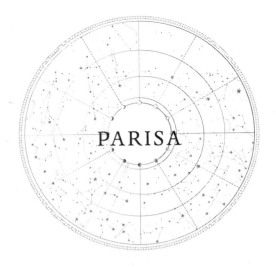

PARISA

Piensa, pensó Parisa. Las emociones eran para los perdedores.

—¿Es eso una pistola? —preguntó con tranquilidad al tiempo que se giraba todo lo que podía sin que disparara una bala por desobediencia—. Parece barata para ti, Eden.

—Es suficiente —le respondió ella al oído—. Un modelo Wessex de primera categoría, en realidad.

Como un bláster entonces, pum, pum. Qué muerte más poco civilizada. De pronto le parecía inaceptable la posibilidad de que le disparara una mujer que llevaba unos zapatos que ni siquiera le gustaban a Parisa. En ella surgió una idea como si de una epifanía se tratara. Una chispa de pensamiento.

Piensa.

No, espera. No pienses. Flexionó los dedos, la magia le recorría las venas. Entonces no había llegado su hora. Aún no. Si aún debían un cuerpo a los archivos, no se habían decidido todavía por el de ella. No tenía sentido insistir en cómo ni por qué.

No pienses, Parisa.

Actúa.

Voltea la pistola. La muñeca de Eden crujió tan fuerte por la intensidad de la orden de Parisa que esta no supo si se le habría roto. Igual se estaba pasando un poco, o igual no. Parisa se giró para agarrarle la garganta a Eden y la hizo retroceder hasta el muro del gastropub, hundiéndole los dedos con manicura perfecta.

Dámela.

El esfuerzo de alzar el brazo parecía doloroso. Parisa sintió un poco de remordimiento por Eden Wessex, aunque no lo suficiente.

—Gracias —le dijo y tomó el arma. Tenía forma de pistola, aunque no era una pistola de verdad. La metió en el bolso—. ¿Tiene esto bloqueo de seguridad? No importa, ya lo averiguaré. —Apretó con más fuerza a Eden, que parecía contrariada ahora. No era bueno subestimar a alguien cuya magia no conocía. Buscó en sus pensamientos, sin saber dónde se habrían marchado, dónde guardaban el resto de mujeres las reservas de su fuerza. Nada—. ¿Quién más nos persigue?

—Que te jodan —soltó Eden.

Muy bien. Eden hizo una mueca cuando Parisa preguntó, con mucha educación. *¿Quién más nos persigue?*

Eden era tenaz, pero no tenía defensas telepáticas. Parisa captó finales de nombres y caras, algunas de las cuales reconoció y otras muchas no. Nothazai era solo el capitán de facto de un grupo mucho más grande cuyos miembros habían sido reclutados por el mismo hombre que Parisa ya sabía que era el problema de metro ochenta de Atlas Blakely.

—Un cuerpo especial.

—Estás muerta. —Eden no bramaba ya. Lo más probable es que se hubiera dado cuenta de que era un desperdicio de su energía y ahora hacía un esfuerzo por tranquilizarse, por calmar la respiración. Una táctica mucho mejor. Muy a su pesar, Parisa la aprobaba—. Todos vosotros, estáis muertos. Mátame y otra persona irá a por ti. Alguien te encontrará. Irán a por vosotros —dijo con tono neutro—, y no se detendrán.

Por desgracia, parecía verdad. Parisa no sentía que la situación se hubiera vuelto desesperanzadora, pero no era idea. Además, Eden era más alta y a Parisa empezaba a dolerle el brazo de sujetarla así.

Bien. La soltó y dio un paso atrás. Los ojos de Eden se tornaron precavidos, pasaron de la cara de Parisa a su bolso, calculaban lo difícil que podía resultar quitarle el arma. Idiota. No era la clase de pensamiento que podías transmitir a una telépata.

A menos que no tuvieras elección.

—No eres medellana —comprendió Parisa en voz alta y casi se echó a reír cuando Eden se encogió y sus mejillas se ruborizaron con humillación—. No tienes magia. —Vergonzoso, por no decir peligroso—. ¿Cómo has ocultado algo así? Con el dinero de papá, supongo.

La respuesta de Eden daba igual porque el interés de Eden Wessex para Parisa Kamali se había visto ya eclipsado por otra cosa, algo más inquietante. Parisa tenía que estar en otro lugar, así que dio media vuelta y echó a andar.

Eden Wessex la llamó, el repiqueteo de unos zapatos caros resonó tras Parisa.

—¿Adónde te crees que vas? No puedes escapar de esto...

No, no podía. Ese era precisamente el problema, que Parisa siempre lo había sabido. La huida no terminaría nunca.

Nasser se lo dijo en una ocasión. «Si huyes, te pasarás huyendo el resto de tu vida, Parisa».

Se volvió y miró a Eden a los ojos.

—Te diría que te jodan, pero me preocupa que pases un buen rato.

Eden entrecerró los ojos. Si venían refuerzos, habían sido muy lentos. Dios, la soberbia. ¿Había pensado que Parisa era solo otra chica guapa con zapatos caros? Parisa podía mirarla y reordenar su cerebro, revolver sus pensamientos antes de servirle a Eden Wessex su propia cordura en bandeja.

Quédate aquí, le dijo a Eden, quien se quedó fija en el sitio. Le supondría un gran esfuerzo deshacer la orden, pero no era problema de Parisa.

Se retiró y regresó a la cuestión de dónde encontrar un teléfono. Tenía una pregunta importante y, después de eso, tenía que hacer un recado.

Aún debían un cuerpo a los archivos.

Si nadie estaba dispuesto a encargarse de ello, lo haría ella.

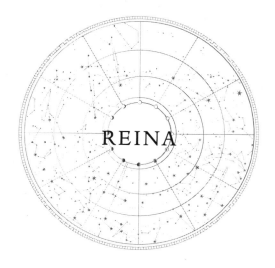

REINA

Se dio cuenta de que sangraba profusamente en el punto por donde el policía la había arrojado al suelo ondulante, la profundidad del abismo de la tierra que su imperiosa necesidad había abierto demasiado lejos del roble como para siquiera darle un uso a su cuerpo destrozado. La cabeza le palpitaba, tenía la visión comprometida, mil problemas se amontonaban para formar uno. No tenía la habilidad de sanación. No tenía ninguna habilidad. Solo había tenido una cosa en toda su vida y le molestaba, no le importaba nada. No le había importado nada.

A la mierda esto. A la mierda todo. Notaba aún un zumbido de vacío en las extremidades, las manos vacías, pero decidió ignorarlo. *Toma lo que necesites*, pensó y dirigió las palabras al joven roble, que había tratado de salvarla sin motivo alguno. *Tómalo, tú lo necesitas más que yo. Si queda algo en mí, ¡tómalo todo!*

El silencio que siguió cayó como una guillotina. Fin del juego.

Otra vida desperdiciada.

Y entonces, brotó de ella como una primavera.

Como música. Un crescendo hacia el aturdimiento, hacia la canción. Como lo había sido la oscuridad, la repentina floración eflorescente era igual de cegadora. Algo aterrizó con un golpe seco al lado de sus pies y, aunque aún no se le había aclarado la visión, sintió la presencia del petricor, el aire estaba de pronto empapado de él; de una muerte antigua, una vida nueva. Cerró los dedos alrededor del objeto que había caído a su lado: el arma del policía. Al ver lo que era, Reina la tiró tan lejos como pudo y alzó la barbilla. Vio con los ojos entornados un borrón de cielo sanguinario.

Parpadeó. Parpadeó otra vez.

Se movía delante de ella, se aclaraba poco a poco. *Madre, abre los ojos.*

Sobre su cabeza había un dosel de copas de árboles, no era el cielo. La protegía del sol ardiente. Un grupo de árboles se alzaban formando un círculo sobre el suelo recién fertilizado, los pétalos del color de la sangre derramada.

Los policías habían desaparecido. El parque estaba vacío. El calor se había ido y corría una brisa fresca. De las ramas de los árboles recién nacidos brotaban frutas pesadas y Reina se puso en pie con dificultad, dolorida y amoratada, para tirar de una. Rozó con la punta de los dedos la piel brillante y suave.

Granadas.

Tambaleándose por el agotamiento, Reina cayó de rodillas y gritó.

GIDEON

No. No.
No, no, no.
—NO.

SHARON

El teléfono vibró en el cajón, donde solía dejarlo. Lo sacó, pensando que sería Maggie, que a lo mejor el médico necesitaba algo, o su marido, que no era capaz de recordar qué comidas le gustaban a Maggie. Un número desconocido. La respuesta interna siempre era la misma. Probablemente un comercial. Pero también podía ser una clínica nueva. Un ensayo clínico nuevo. Puede que malas noticias, aunque puede que buenas.

Sharon se llevó el teléfono a la oreja.

—¿Sí?

—Sharon, soy Parisa Kamali. Necesito que busque a alguien en la base de datos de seguimiento de la Sociedad.

—Señorita Kamali. —Sharon se frotó los ojos y suspiró. No le había disgustado exactamente la telépata, pero, aun así, había límites. Había reglas—. Como le he dicho ya, la Sociedad no…

—Puedo salvar a su hija, Sharon.

Sharon se quedó callada un momento.

—No tiene gracia.

—No bromeo. Solo necesito una respuesta. Puedo salvarla sin ella —añadió con tono neutro. Se oía el sonido de un autobús, el escándalo de un pub donde seguramente hubiera entrado—. Pero será más fácil si lo hacemos así.

Sharon sopesó sus opciones.

No. A la mierda.

—¿A quién buscas? —preguntó.

Parisa, al parecer muy poco sorprendida, no dudó tampoco.

—Atlas Blakely.

Esa información estaba protegida por miles de protocolos, formularios sobre formularios de aprobación que, como agente de logística, Sharon tendría que buscar de forma responsable. Ford había amenazado con hacerlo en varias ocasiones, pero Ford estaba hasta el cuello de indignación alejandrina y peticiones de la junta de la Sociedad. La burocracia podía ser una pesadilla, como bien sabía Sharon.

Pero podía ser también un arma. O un don. Puede que Sharon Ward no tuviera las llaves del reino, pero sí tenía la contraseña administrativa. Para la puerta correcta, estaba bastante cerca.

—Muy bien, señorita Kamali. Por favor, aguarde.

INTERLUDIO

FINALES

Sucede despacio a lo largo del transcurso de la década. Alexis intenta salvar a los demás hasta que no puede. Cáncer. También afecta a los medellanos, una mutación que no se puede predecir, que probablemente podría detenerse o ralentizarse, pero no lo descubren lo bastante rápido. Piensa que el cansancio tiene que ver con la necromancia, o con la casa, que también está drenando a Atlas, aunque no tan rápido. No tanto. La magia de Alexis es lo primero que se va y cuando ya es solo un alma dentro de un cuerpo enfermo, Atlas le prepara baños y le lee libros e intenta una y otra vez amar a alguien a quien no puede salvar.

Ella siempre estuvo harta de la vida. Pero tampoco es fan de la muerte.

—No la desaproveches—dice.

Atlas sabe que se refiere a su vida, que tendría que hacer algo hermoso con ella. Lo sabe, puede leerle la maldita mente, pero malinterpreta sus últimas palabras, la traiciona de la forma más cruel justo ahí, en el final. Porque cuando ella dice «No la desaproveches», lo que él oye es «Arréglalo». Se dice que puede salvarla, le promete que lo hará, que creará un mundo nuevo, un mundo mejor. (Tal vez uno donde él nunca existiese, que es lo peor porque es egoísta. Su deseo cumplido, la fantasía de una mente rota). Es técnicamente el mismo plan que le prometió a Ezra, pero ya no es una búsqueda optimista de una sociedad mejor. Ahora la carga es diferente, porque es solo de Atlas.

Por entonces, Atlas ha descubierto a Dalton Ellery, elegido por la Sociedad, y como Atlas comprende algunas cosas sobre el mundo, sabe que lo que Dalton puede hacer es algo profunda y agresivamente perturbador. Pero también por entonces, Atlas ha conseguido suficiente éxito (es lo bastante arrogante) para creer que ciertas mentes y futuros pueden alterarse. Hay un ciclo de vida para el poder, el ascenso que viene antes de la caída, y cuando Atlas está en su punto más bajo, piensa, por error, que ve un pico. Ve una oportunidad y la toma.

Ezra Fowler, que se ha perdido todos los baños, y fideos, y acusaciones, descarta el peligro por las señales obvias: cómo se reinventa Atlas, que cambia toda su ropa, su voz, su percepción. Ezra no capta que Atlas lo culpa en silencio, no por lo que ha hecho Atlas, sino por lo que Ezra, sin saberlo, no ha hecho al no matar él mismo a Atlas. Ezra pasa por alto que Atlas cree ahora que el resultado correcto es el que todos los demás no lograron llevar a cabo: que Atlas Blakely es quien debería de haber muerto. (Muchas amistades terminan en desaires invisibles, por lo que nada de esto es una exageración. Además, por desgracia para los amigos telepáticos de los viajeros en el tiempo, el ciclo está ya cerrado. Aunque Ezra recobrara el sentido mucho antes, ya es demasiado para detener algunos futuros).

No es difícil plantar ideas. Manipular una mente requiere trabajo, pero no es difícil de verdad, no es difícil como la pena, ni imposible como vivir despacio. Lo más complicado de hacer en el mundo es despertar por la mañana y seguir adelante, y la única forma que tiene Atlas de lograrlo es dedicando su vida a un único resultado, una única meta determinante.

Seamos dioses. Sabes lo que significa, ¿verdad? No es una búsqueda infantil de la gloria o riqueza, porque ¿no conlleva la omnisciencia conocerlo todo?, ¿conocer cada tipo de tristeza, cada clase de dolor?

Atlas Blakley no imparte bendiciones, no le importan las consagraciones. Lo que él quiere es control. La capacidad de reescribir el final, y seguro que tú, de entre todas las personas, entiendes esa compulsión. Tú debes entenderlo.

¿No eran todos dioses de algún modo por ser sobrenaturales, por ser preternaturales? ¿Y no confería eso una responsabilidad a Atlas Blakely, un propósito, una razón para continuar? Le perdonarás su blasfemia, son las palabras de un hombre que nació en un mundo moribundo, un hombre que pensaba que poseer conocimiento era lo mismo que tener respuestas. Pero has llegado hasta aquí, has escuchado todo esto, así que ya sabes, por supuesto, que Atlas Blakely no tiene nada de especial en realidad.

Tienes tu propio dolor, tus propias lamentaciones, muchas de las cuales son imposibles y fútiles, la mayoría de las cuales te envuelven cuando te sientes más vulnerable... resiliente solo para que otra oportunidad te derribe. Puedes cerrar ahora mismo los ojos y destruirte con ellas si quieres, y como puedes hacer eso, tú y todo aquel ser que haya nacido, nada de esto es la moraleja de la historia, ni siquiera la propia historia. Vive gente y muere gente, y el porqué de esto nunca es suficiente para marcar la diferencia.

Ya sabes que tu pérdida es un océano, Atlas Blakely es una mota en la arena.

VII

RELATIVISMO

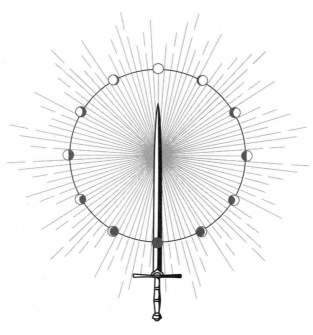

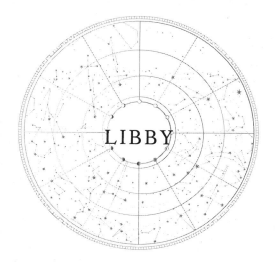

LIBBY

Hace seis meses, sucedió así.

—¿Qué más estás dispuesta a romper, señorita Rhodes, y a quién vas a traicionar para conseguirlo?

En ese momento, cuando la estática en sus oídos llegó a un clímax, o a un final, Libby solo supo una cosa. Tenía su propio dolor. Sus propios remordimientos, muchos de los cuales eran imposibles y fútiles, la mayoría de los cuales la envolvían cuando más vulnerable se sentía, cuando aguardaba a que cada oportunidad la derribara. Podía cerrar los ojos en cualquier momento y destruirse con ellos si así lo quería, y como podía hacerlo, sabía que nada de lo que tuviera que decirle Atlas Blakely podía ser la moraleja de la historia, ni siquiera la propia historia. Vivía gente y moría gente, y el porqué de esto no era suficiente para marcar la diferencia.

Su pérdida era un océano, Atlas Blakely era una mota en la arena.

Y por eso había sido tan fácil acabar ahí, dejar que fuera justo lo que él decía que era. Solo un hombre. Vivían y morían. Él era el problema, de acuerdo, pues que lo fuera.

Se preguntó si sabría lo que decidió ella en el momento en que lo vio claro. Estaba segura de que sí, no porque dijera o hiciera nada, sino porque era un condenado telépata. Ese era el punto de inflexión, en realidad. No habría ningún momento de estimación, ninguna epifanía repentina. Ni temblores bajo sus pies, ni realineación del destino o coagulación del futuro, porque Atlas Blakely no era un dios. No era un villano, pero desde luego tampoco era un héroe. Ni ella tampoco. Él era un telépata, ella era una física, y estaban haciendo su trabajo lo mejor que sabían. Libby le había explicado todo esto a Tristan y él había coincidido en el momento, o eso pareció, aunque la grieta entre ellos se había profundizado conforme pasaban las semanas, tal vez porque, al contrario que Libby, Tristan era incapaz de actuar según las decisiones tomadas.

No mató a Callum. Y ahora, por culpa de él, ya no contaban con el lujo del tiempo.

Después de que Atlas Blakely le contara los horrores que había desatado durante el curso de una vida maldita con la telepatía, Libby Rhodes comprendió lo único que no tenía su historia. Un final.

Lo miró a los ojos y entendió que no tenía por qué ser desagradable. No tenía que ser violento. No requería pasión. El sacrificio que había hecho para poder estar en esa habitación suponía que cada decisión que tomara después sería difícil, pero al menos esta podía ser racional.

Esta decisión sería al menos de ella.

Atlas estaba de pie detrás de la mesa. Cuidador. Dos años antes, le tendió la mano y le ofreció un futuro solo si era lo bastante intrépida para aceptarlo. Si era lo bastante valiente para intentarlo. No le mencionó las otras cosas: el precio, que el poder no era algo que esperaba a que lo llamasen como si se tratara de un amante, sino algo que se robaba como si fuera un derecho. El poder llegaba con la pérdida de otra persona, y sabía esto de Atlas Blakely: tenía que perder.

Tenía que perder porque, si no lo hacía, Libby volvería a dejar que le ofreciera poder, y esta vez, si ella le permitía un «esta vez», sabía que sería distinto. Sería distinto porque no le importaría la sangre.

Entró en esta casa sin estar dispuesta a matar a una persona. Salió de ella con una masacre manchándole las manos. ¿Qué suponía otro cuerpo más?

Se vio a sí misma extender el brazo, el movimiento entre su mano y el aliento de él un cálculo perfecto, sin vacilaciones. Fue lo bastante repentino para que no pudiera detenerla, o no se molestó en intentarlo. Libby extendió el brazo, le tocó el pecho y sintió cómo le fallaba el pulso bajo su palma. Los cuerpos estaban ya muy defectuosos, a un instante del colapso total. Las formas que adoptamos (las cosas que albergan nuestras almas, que nos molestan y que maltratamos, y aun así, en las que confiamos de forma tan implícita) no eran más que objetos de fuerza sobre los que actuamos constantemente. Libby no estaba paralizada por la incredulidad, no estaba helada por la conmoción. Sabía lo que estaba haciendo. Entendía la vida que estaba quitando.

Después miró sus ojos sin vida, su mano abierta y entendió, por fin, lo que costaba de verdad el poder.

—¿Por qué? —le preguntó más tarde Tristan y Libby le dio la respuesta obvia.

El mundo era capaz de terminar. Si lo hacía, sería culpa de Atlas Blakely. El propio Tristan la había sometido al dilema del tranvía, una cuestión de ética, matar a uno para salvar cinco vidas, y ella se lo devolvió: mata a uno para salvarlo todo. ¿De verdad era tan sencillo? No, pero ¿era en realidad tan duro? Había llegado muy lejos y se había manchado mucho las manos de sangre, y ahora nada podría restaurarla nunca. Nada podría devolver las cosas a como eran antes. Ezra le contó que Atlas era el problema, pero ahora, gracias a ella, eso era imposible.

Atlas Blakely no era el problema. Él era un hombre.

Uno muerto ahora.

* * *

Pero había calculado mal. Que hubiera matado al hombre no significaba que hubiera desarmado sus armas.

Libby ya no se preocupaba por cuestiones de arrepentimiento, aunque si tuviera, sería este: su desesperación silenciosa por llevar a cabo el experimento de Atlas. Dejar que su propia búsqueda de significado se entrelazara con la influencia de Atlas, con sus planes. Atlas le advirtió de ello tiempo atrás y de nuevo cuando entró en su despacho. «El problema con el conocimiento, señorita Rhodes, es su incansable anhelo. El problema es tu necesidad de saber algo porque, después de todo lo que has visto, el dolor de no saber te volvería loca». La locura empezó años atrás, antes incluso de que pusiera un pie en esta habitación, cuando determinó su valor por su poder, por la inmensidad de lo que podía hacer. Atlas Blakley la había preparado para usarlo por su propia compulsión de ser la mejor, de ser la más lista, la persona más hábil de la habitación. Los peligros de una existencia insignificante eran preguntarse qué podría haber hecho, quién podría haber sido, pero eso ya lo hacía y lo sufría cada día. Había intentado, sin éxito, explicárselo a Belen, no había logrado explicárselo a Tristan. Que su hermana Katherine no hubiera vivido lo suficiente para saber quién podría haber sido ella; si hubiera sido una heroína o una villana, si hubiera vivido mucho tiempo feliz o se hubiera consumido en la oscuridad, ni ella ni Libby lo sabrían nunca.

Si Libby gozaba de la longevidad y decidía hacer caso omiso, entonces su maldición sería mejor que la ceguera. Sería el crimen imperdonable de vivir su vida con los ojos cerrados.

Por eso las señales se amontonaban y ella las ignoraba. Tristan y el vino, Nico y su objeción, Gideon y su presencia en sus sueños. Parisa y sus advertencias. La aparición de Dalton Ellery. Habían pasado dos años y no había pensado en quién era él o qué estudiaba. ¿Cómo no se lo había preguntado nunca Libby? Había confiado en él y ese era su problema. Cuando confiaba en personas, las cosas solían torcerse.

Miró el alcance de la magia en la habitación y entendió que Atlas Blakely seguía viva en ella, en todos los de esta habitación, y supo que él nunca podía morir de verdad. No hasta que destruyera el marco de su gran diseño.

En el momento en el que los ojos de Dalton se tornaron salvajes por la expectación y la cara de Tristan eufórica de alegría, Libby los lanzó en dirección opuesta. Desde donde estaba ella, en el precipicio de la creación, presionó los frenos y se lo llevó todo con ella; extinguió la presión, revirtió el orden, permitió que el caos que habían abierto colapsara de forma catastrófica.

Esa cantidad de energía, ese grado de entropía tenía que ir a algún lugar. Igual que no podía venir de la nada, tampoco podía desaparecer sin más. Este era el cálculo que había hecho, que Tristan y Nico ignoraban porque no habían anticipado una razón para ir hacia atrás; para dejar que un momento de grandeza, de monstruosidad, fracasara.

A diferencia de ella, ellos seguían creyendo en lo que podía hacer la magia sin saber lo que podía costar. ¿Cuántas vidas había destruido ella solo para llegar aquí, para estar en esta habitación y jugar a ser dios? Su error era permitir que algo de esto sucediera, o tal vez su error era regresar, pero Atlas tenía razón, estaba en lo cierto, no era demasiado tarde para cambiar de rumbo. Para cambiar todos sus rumbos. Solo había una forma de reescribir el final de Ezra y no era salvaguardar la muerte de Atlas. Cualquiera que fuese el mundo que pudieran haber encontrado, quien fuera que controlase el experimento, cualesquiera que fueran las éticas personales que dirigieran el timón, seguirían habiéndole costado esto y Libby entendía, al fin, que el precio del conocimiento era demasiado alto.

Existía el exceso de poder. El exceso de conocimiento. Atlas Blakely era una mota en el universo, un solo grano de arena, pero su error había originado una marea de consecuencias. Los bordes de su control se extendían hacia el precipicio de este momento. Solo Libby podía verlo. No eran dioses, solo motas en el universo. No eran ellos quienes debían de abrir esta puerta.

Solo ella podía cambiar su destino.

Sabía cuál sería el coste de parar. Si Reina hubiera estado aquí… Parisa tenía razón y Libby no la había escuchado. No había batería de repuesto, no había un generador externo que ayudara a absorber la carga inversa. (Si Parisa hubiera esto allí, susurró una vocecita en la cabeza de Libby, tal vez hubiera detenido todo esto antes. Incluso Callum podría haber sabido que estarían todos comprometidos, y que algunas cosas no podían hacerse).

Demasiado tarde para los «y si», para los «habría» y los «podría». Todo cuanto importaba ahora eran los finales. El resto de la historia era simple: no podían avanzar. Todo lo que habían conjurado hasta ahora tendría que detenerse. Pero la física tenía reglas y también la magia: algo que entra en movimiento no puede pararse. Si retrocedía ahora, todo este poder tendría que ir a alguna parte. Como las estrellas en el cielo, tendrían que encontrar un lugar donde morir.

Solo había dos opciones para quién o qué podía hacer de vasija para semejante poder: las dos personas que lo habían conjurado. Solo una de ellas sabía lo suficiente sobre lo que iba a pasar para estar convenientemente preparada.

De nuevo, Libby Rhodes se enfrentó a lo impensable. Miró lo insoportable. Si esto resultaba inaguantable, que así fuera.

Había vivido lo invivible ya.

Ahí estaba de nuevo. El mismo problema. La misma supuesta solución. Matar a uno para salvarlo todo. La vida no era nada excepto repartir partes de uno mismo, pequeñas migas de alegría para anestesiar la constancia del dolor. ¿Sería siempre así? ¿Amar cosas solo para perderlas? Sintió dos corazones en su pecho, dos pulsos gemelos. Dos almas en una órbita.

Un comienzo. Un final.

«Es una alianza, Rhodes, te lo prometo…

Estoy contigo, Rhodes, te lo juro…

Confío en ti, Rhodes…

Confío en ti».

El grito de Gideon fue ensordecedor.

Y entonces, al fin, el polvo se asentó y, por un momento, todo se quedó inmóvil.

Libby cerró los ojos.

Inspiró.

Espiró.

Le temblaban las manos. Le castañeaban los dientes. Sin previa advertencia, sus rodillas cedieron.

—¿Qué has hecho? —le bramaba la voz de Dalton al oído, mostrando al fin sus verdaderos colores—. Te das cuenta de que eres inútil sin él, lo necesitamos, lo necesito…

Tenía la mejilla pegada al suelo, la visión borrosa cuando por fin abrió los ojos. Tuvo que parpadear varias veces. Las contó. Una. Dos. Gideon agachado. Tristan forcejeando con Dalton para apartarlo de la extraña quietud en el suelo.

Nunca lo había visto sin moverse.

Tres. Cuatro.

«Confío en ti, Rhodes».

Cerró otra vez los ojos. El mundo se abrió y sucumbió encantada a él, deseaba que la oscuridad la engullera hasta que al fin la tierra se quedó quieta.

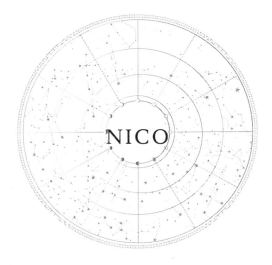

NICO

¿Qué significaba ser un alma gemela? ¿Conocer a alguien en cada mundo, en cada universo? ¿Deslizarte sin esfuerzo entre donde terminaba la otra persona y empezabas tú?

Pensaba de verdad lo que dijo, que creía que Libby Rhodes estaba presente en cada universo teórico de su existencia; que era una persona de gran importancia en cada uno de ellos. Era demasiado familiar, demasiado fácil de encontrar. Demasiados lugares donde sus vidas habrían colisionado, una red de consecuencias inevitables donde la coincidencia se disfrazaba de destino. Nico creía de verdad que todos sus otros resultados rebotaban, pero al final, regresaban. Otras vidas, otras existencias, no importaba. Eran polaridades y, allí donde iban, su mitad siempre encontraría la de ella.

Pero este mundo, esta vida no era teórica. Este era su universo y su universo tenía leyes, donde, además de la constancia de las polaridades, había variables ilimitadas también. Asombro. Amor. Había un mundo donde el cielo era morado, uno donde la Tierra se caía de su eje, uno donde Gideon nacía con pezuñas, todos aquellos en los que algo salía mal en la mierda de pasado de Gideon. Mundos donde él y Nico no se conocían.

Una variable podía significar una rareza: una estrella fugaz, un evento singular. La posibilidad del nacimiento del propio universo. Tal vez no fueron entonces todas las eventualidades. Tal vez solo fue una rendija de un resultado porque solo requería una oportunidad para hacerlo bien.

No sería para siempre. ¿Lo volvía entonces menos preciado, menos hermoso?

No. En cualquier caso, lo contrario.

Esperaba que Gideon lo entendiera.

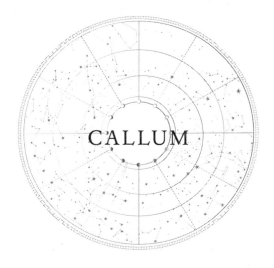

CALLUM

El zumbido del teléfono cuando salió de Gallows Hill no había sido, como él esperaba, un comentario sarcástico o una amenaza seductora de Tristan. En lugar de ello, por motivos desconocidos y sin que él se diera cuenta, Callum se había convertido en esa clase de persona a la que otros acudían en busca de ayuda. ¿Era esto una señal de mejora del estado del mundo? Seguramente no. Pero estaba dispuesto a cualquier cosa en realidad, así que tal vez eso era todo cuanto necesitaba saber otra persona. Y ya estaba en Londres.

Unas horas después de dejar a un ligeramente traumatizado Wyn Cockburn en el vientre del pub de Adrian Caine, Callum llegó a otro establecimiento más anodino de un estilo casi idéntico. Esta vez, sin embargo, junto a la barra lo esperaba alguien familiar con unos vaqueros negros y una camiseta de seda que asomaba bajo las líneas rectas de una americana gris oscuro.

—Esto es casi digno de una marimacho tratándose de ti, Parisa —dijo Callum cuando se acercó a su taburete.

Apoyó un codo en la barra y ella lo miró con un vaso en la mano.

—Sí, bueno, he tenido que ir de compras.

—Eso parece. —No parecía tener prisas por moverse y no lo invitó a tomar asiento—. ¿Vas a explicarme esto?

Había recibido el mensaje de un número desconocido y le alertaba sobre la hora y el lugar sin mencionar el motivo. Cuando marcó el número para comprobar de quién era, una voz masculina entregó el mensaje de que

Pierre no estaba disponible o algo similar. El francés de Callum no era tan bueno.

Parisa se encogió de hombros y se terminó el contenido claro del vaso, que captó la luz. Callum enarcó una ceja y ella puso los ojos en blanco. *Agua, idiota.*

Callum sonrió y Parisa hizo un gesto a la camarera, una mujer joven con un top corto que lanzó una mirada a Callum.

—¿Este tipo te está molestando?

—Sí —respondió Parisa. (Callum le devolvió la sonrisa)—, pero, por desgracia, yo se lo he pedido. —Dejó dinero en la barra junto a la cuenta y se levantó. Le hizo un gesto a Callum para que la siguiera—. ¿Y bien? Sorpréndeme, émpata. ¿Cómo me va?

Ja. Bueno, dejando a un lado las pistas del contexto:

—Mal —juzgó Callum—. Muy mal, en realidad.

—Mmm. —Pareció reírse entre dientes—. ¿Y a ti? Qué oportuno que estés en Londres.

—¿Sí?

Parisa se encogió de hombros.

—Espero que la cruzada de Reina por la divinidad no se haya visto importunada por mi llamada.

Emergieron al sol poniente de Londres del interior de los intestinos fríos del pub; el sol se ponía cada vez más temprano y erradicaba la luz del día en favor de unas guirnaldas festivas y luces parpadeantes. Sin embargo, Callum echó mano de las gafas de sol mientras Parisa se ponía las suyas.

—Ya sabes —señaló—, me molesta un poco que me traten como un complemento.

—¿Por qué? Yo cuido muy bien de mis complementos. —Cierto, sus gafas estaban impecables.

—Pareces muy decidida —observó—, pero no vayas a pensar que eso oculta el resto de cosas que flotan por ahí dentro.

—¿Comparamos notas? —Parisa se detuvo de repente y giró la cabeza hacia él cuando dos peatones los esquivaron en la acera—. Nadie está escuchando. Podemos ser quienes somos.

—De acuerdo. —Callum la contempló tan de cerca como solía fingir que no lo hacía—. No me necesitas.

Una ceja arqueada.

—Quieres mi ayuda —dijo Callum—. Aunque no estás tan enfadada por ello como deberías. No se me ocurre por qué.

—Claro que no. Estás muy ocupado pensando en Tristan. —Ahora sonreía. Callum se preguntó si ese era el aspecto que tenía siempre y dedujo que sí. Con razón la gente no soportaba su presencia.

Pero había algo más. Algo otoñal, enraizado. Terroso.

—Estás afligida —comprendió.

Bajo las lentes de las gafas de sol, los ojos oscuros de Parisa se apartaron de los de él y flotaron un momento hacia algo que tenía encima del hombro antes de regresar. La pista de un mentiroso.

—Lo malinterpretas —comentó con voz entrecortada—. No es aflicción.

—¿No? —Algunas veces malinterpretaba sensaciones. Las emociones tenían sus imprecisiones, sus huellas dactilares engañosas. No estaba equivocado en esto, pero no tenía ningún sentido discutirlo.

Ella sacudió la cabeza, tal vez al reparar en su escepticismo.

—No importa —dijo—. Pero te he escrito porque Atlas está muerto.

Tardó un momento en procesar la noticia. Callum sospechaba de la muerte, claro, pero estos no eran sentimientos que asociara con Atlas Blakely. No había espacios huecos de desconfianza, ni sentimientos pegajosos de abuso. Esto se acercaba más al anhelo y no al lamento, no al remordimiento. Se parecía a inhalar lo desconocido, la sensación de estar lejos de casa.

Callum se puso derecho y decidió no permitirse sus propios pensamientos al respecto, fueran cuales fuesen.

—¿Qué vamos a hacer? No me digas que vas a hacerte cargo de la Sociedad.

—Claro que voy a hacerme cargo de la Sociedad. —Se echó el pelo por encima de un hombro—. En cierto sentido. —Le hizo un gesto con la barbilla para que la siguiera—. Vamos, tenemos una cita.

—¿Tan segura estabas de que vendría? —Se adelantó entre la multitud, detrás de ella, y la alcanzó en dos largas zancadas—. Y ten cuidado —añadió con una mirada a su alrededor, a las personas que aguardaban en las puertas—. Hay mucha gente que nos quiere muertos y no estoy incluyendo a los otros cuatro miembros de nuestro grupo.

—Ya no. Bueno, si hacemos esto bien no —aclaró.

—¿El qué?

Parisa se detuvo delante de un edificio colonial; de estilo barroco holandés, si tenía que adivinarlo. Sobrio y limitado, con ventanas palladianas soportadas por columnas clásicas, un arco triunfal. No había etiquetas en las puertas de cristal ni números en el edificio. El suelo de mármol les guiñaba en el interior reluciente.

Reconoció de inmediato el alma del edificio, como seguramente sabía Parisa que haría.

—Tú y yo vamos a asistir a una reunión de la junta de gobierno de la Sociedad Alejandrina —explicó.

Callum estiró el cuello para mirar arriba y arrugó el ceño. Sí, este era el mismo edificio en el que ya habían estado antes. Una mezcla de lo antiguo y lo nuevo, con la adición contemporánea más alta enmascarada de recreaciones del diseño original de influencia veneciana en el frente.

—¿Cuál es nuestro objetivo? ¿Sentarte a la cabeza? ¿Coronarte como Su Emperatriz o algo así?

—Has pasado demasiado tiempo con Reina. No tengo interés alguno en gobernar nada. —Parisa movió una insignia delante de un sensor y la puerta se abrió para ella.

—Tienes razón, es más complejo que eso. —Callum notaba la gravedad, la organización. Una secuencia de piezas de dominó cayendo, una cosa que llevaba a la otra.

—Por supuesto que lo es —replicó ella y se adelantó por el vestíbulo.

Ninguna cabeza se volvió en su dirección.

—Por supuesto que lo es —repitió Callum entre dientes.

Parisa caminaba como si ya hubiera estado aquí antes y el territorio le resultara familiar. Callum no sentía aprehensión, aunque había mucha duda. Notó la marca del tic en un libro, sus pasos como repiqueteo de un ábaco. No era una victoria del todo. Su pérdida era calculada, pero insustancial.

—Esto es un compromiso.

—Sí. —Parisa entró en el ascensor y presionó el botón de la planta superior—. ¿Alguna otra observación?

Callum flexionó una mano y comprendió que esto una actividad recreativa. Como niños en un patio de juegos. Era por diversión.

—¿Has hecho un trato con alguien?

—Obviamente. —Lo miró con desaprobación.

Era justo. Callum se había rodeado de principiantes demasiado tiempo.

—No es personal —añadió con interés.

Como respuesta, ella resopló burlona.

—Claro que es personal. ¿No te has enterado? Yo no soy capaz de abnegación.

—Ah, veo que Reina ha tocado una fibra sensible. —Parisa se quitó las gafas de sol y lo miró con furia. Él hizo lo mismo y se rio—. Vale, a lo mejor te beneficia, pero no es por ti —se corrigió—. Conozco tu aspecto cuando ganas.

—No veo una victoria. Pero se parece. —El ascensor llegó a la planta y sonó. Parisa salió y Callum le agarró el brazo.

—Lo dices en serio. —La sinceridad era desconcertante. No distaba de lo que sintió por parte de la profesora con la que se acostó en un acto impulsivo en la gala de la Sociedad el pasado invierno. Una pesadez que era también vacío. Parisa no solo no veía una victoria... ya no buscaba una.

—Claro que lo digo en serio —respondió con tono irritado—. ¿Qué sentido tendría decirlo si no? Vamos a hacer esto y mañana haré otra cosa. Y al final envejeceré y nada habrá cambiado y moriré, y también tú, y se habrá acabado. —Callum tenía un sabor ácido en la boca. Vinagre balsámico y un corte producido por un papel—. No veo una victoria —repitió—. Puede que me haya hartado de ganar.

—Pero entonces... —Callum se dio cuenta de que fruncía el ceño cuando la mirada de Parisa se desvió a su frente.

—Cuidado —le advirtió—. Es hora de vigilar esas arruguitas.

—No utilices mi vanidad como arma solo para hablar de la tuya. —Buscó algo más en ella, algo que estuviera normalmente ahí o algo que hubiera cambiado. Existe solo para existir, había dicho con anterioridad de ella. Sobrevive solo para sobrevivir, por puro instinto. Seguía ahí, todo lo que había visto antes en ella. ¿Era la ausencia de cambio lo que resultaba tan desconcertante?

Parisa se rio fuerte.

—Pasas por alto lo obvio. Soy la misma de siempre. Solo que todo este tiempo te has equivocado conmigo.

—No. —No estaba equivocado. Alguna vez había malinterpretado, pero siempre supo que Parisa era peligrosa, que poseía la constancia de una amenaza.

—Esto es lo que pasas por alto, tonto idiota. Yo no he cambiado —le informó—. Tú sí.

Si estaba mirándola embobado, era solo porque intentaba concentrarse. Parisa parecía divertida.

—Atlas Blakely está muerto —le recordó—, ¿y cuál ha sido tu primer pensamiento?

—¿Bien? —adivinó.

Su expresión de respuesta le resultó familiar.

—Vaya. —Parisa se volvió y siguió caminando—. Vamos, que llegamos tarde.

—Espera. —La alcanzó con otra zancada larga—. ¿Cuál ha sido mi primer pensamiento?

Lo ignoró. Abrió la puerta de un salón de actos y la cruzó sin aguardar.

—Parisa —siseó Callum—. Estoy…

Se detuvo al reparar en que la sala estaba ya ocupada por el hedor a aburrimiento y almuerzo servido de forma uniforme. Sándwiches sin gluten. Al menos dos banqueros. Beicon. Dos mujeres aparte de Parisa. Ah, un momento, una era Sharon, la mujer que trabajaba en los servicios administrativos. La otra era mayor, un poco mayor. No le importaba las dimensiones del escote de Parisa. Callum notó ensalada de huevo y envidia, berro y aversión.

Una mujer que no era Sharon. Cinco hombres... no, seis. Varios eran europeos o norteamericanos, uno tenía la piel marrón, del sur de Asia o de Oriente Medio... y vagamente familiar, pensó Callum, que apartó recuerdos confusos. Había otro más de piel olivácea, italiano o griego. Dos hombres discutían en holandés (solo uno de ellos era nativo) hasta que Parisa carraspeó y le hizo un gesto a Callum para que se acercara a ella. Había apartado dos sillas de la mesa.

—No parecen preguntarse qué hacemos aquí —observó Callum. Se sentó en la silla que le ofrecía.

—No deberían, ¿no? —respondió Parisa y fue suficiente como respuesta, supuso.

—¿Empezamos? —preguntó la mujer con remilgo. Francesa, tal vez suiza.

—Todavía estamos esperando a...

La puerta se abrió de nuevo, una mujer asiática mucho más joven entró. Inclinó la cabeza en señal de disculpa, se fijó en Callum y Parisa y los ignoró.

—Ah —dijo uno de los hombres que hablaban holandés—. Señorita Sato.

Parisa se removió en la silla. Sin que se dirigieran a ella, Sharon (Callum se sobresaltó, se había olvidado por un momento de Sharon) se inclinó hacia delante para responderle al oído a Parisa la pregunta no formulada.

—Aiya Sato. Ha sido seleccionada como nominada para la junta de gobierno.

Parisa asintió, pensativa. Callum podía oír de nuevo la consecuencia.

—Joven —observó Parisa—. ¿Japonesa?

—Sí. —Callum se fijó en que Sharon se mostraba como un recurso muy útil, aunque no se podía imaginar por qué hacía de asistente personal de Parisa.

—¿Ha muerto alguien? —le preguntó Parisa a Sharon.

—Sí, y otro ha dejado el cargo. Hay dos vacantes que hace falta llenar. Nueve gobernadores en total.

—Solo una vacante, entonces —comentó Callum con el ceño frunci-do—. Hay ocho personas presentes.

Parisa lo miró por el rabillo del ojo.

—Cuando te necesite, te lo haré saber.

Los otros miembros habían comenzado a tomar asiento a la mesa. Ca-llum vio que uno, el caballero sudasiático, se sentó frente al resto, quienes se acomodaron en una fila. No habían ofrecido asiento a Aiya Sato, pero no parecía sorprendida. Sacó una silla del extremo y lanzó una mirada breve a Callum.

Hierro. La mujer estaba acostumbrada a esto.

—Bien —dijo la mujer francesa o suiza antes de que el hombre italiano comenzara a hablar, interrumpiéndola.

—¿Podemos tratar esto rápido? Algunos tenemos asuntos que atender.

Se produjo un coro de asentimiento con uno o dos apuntes de fastidio. Alguien era portugués, adivinó Callum, que se fijó en cosas como diseñado-res, detalles de importancia, lealtades. Tres británicos en total.

—Bien, ¿tiene todo el mundo las actas? —Uno de los hombres ingleses se levantó—. Es temprano aún, pero deberíamos de echar un ojo a los últi-mos perfiles de reclutamiento.

—Eso podía tratarse por correo electrónico fácilmente. —Ah, Callum se había equivocado, uno de los británicos era en realidad canadiense—. Pensé que se había convocado esta reunión para votar.

—Cierto, el voto de censura a Atlas Blakely, lo que debería de resultar muy simple —dijo la mujer suiza (Callum notó neutralidad)—, visto que no se ha molestado en aparecer.

Callum miró a Parisa, quien le dirigió una mirada de advertencia. *¿Creen que un hombre muerto se ha fugado sin más de su puesto de trabajo?*

¿Sabes qué es lo que te olvidas de preguntar?, respondió ella y devolvió la atención a los miembros de la mesa. *Quién lo ha matado.*

—¿Todos a favor? —preguntó el italiano.

—A favor —respondió el resto de la habitación.

El caballero sudasiático no había hablado aún, pero Callum notó la petulancia que brotaba de él, una sensación de satisfacción. Lavanda y bergamota con leche condensada, como una taza de flores con té London Fog. Le resultaba terriblemente familiar, como si Reina se lo hubiera señalado antes. (Algo que, naturalmente, no había guardado en la memoria... ¿para qué?).

—Hecho —señaló la mujer suiza. Aiya Sato, que estaba en periodo de prueba, aguardaba en silencio en la esquina, con el ceño fruncido.

Parisa se inclinó hacia Callum.

—Minimiza su desconfianza.

Callum frunció el ceño, interrogante, pero se encogió de hombros. Fue fácil de encontrar, más fácil aún de trastear. Aiya relajó los hombros. Dejó de jugar con la cutícula de un dedo. Qué extraño que solo una persona desconfiara, pensó Callum, pero al menos así no tenía que esforzarse mucho.

¿Vas a decirme por qué?

No, respondió Parisa.

¿No podías haberte encargado tú sola de esto?

Sí. Levantó la comisura de los labios. *Pero hace calor y estoy cansada.*

El sentimiento de privilegio del hombre sudasiático estaba asfixiando a Callum, quien se hundió más en su silla y se apoyó en el hombro de Parisa. *¿Este es el hombre que has elegido para reemplazar a Atlas Blakely? No parece tu tipo.*

¿Cuál crees que es mi tipo?

Cierto, no tengo ni idea de qué viste en Dalton, respondió Callum y se encogió de hombros. *Ni en Tristan, supongo.*

Ah, sí, no tienes ni idea de qué puede tener Tristan de atractivo.

El sarcasmo por medio de la telepatía era más insoportable todavía.

Esas no han sido mis palabras.

Estaba hablando uno de los holandeses.

En este caso en particular, me gustan los hombres obedientes, le informó Parisa como introducción, *y útiles.*

¿Debería de sentirme insultado?, dijo él y ella se llevó un dedo a los labios para acallarlo.

—Esto es, cuando menos, muy poco ortodoxo —le comentó la mujer suiza al italiano—. Como si nunca hubiéramos reclutado del Foro...

Callum lanzó una mirada a Parisa, quien negó con la cabeza para silenciarlo de nuevo.

—… pero ¿puedes decir de verdad que esto habla de alguna integridad en particular? O…

—Si se me permite —interrumpió con cuidado el hombre sudasiático—, entiendo vuestras reservas. Mi misión como parte del Foro ha sido siempre priorizar el acceso. Pero creo que tiene cierto valor tender puentes entre filosofías altruistas, y mi puesto en la Sociedad Alejandrina ha sido siempre de máximo respeto.

Callum lo entendió demasiado tarde. Era Nothazai, el jefe de facto del Foro.

¿Respeto? Este hombre ha intentado matarnos muchas veces. Callum estaba familiarizado con los delirios, en especial con los delirios no compartidos entre hombres poderosos, pero esto era del todo erróneo.

Adorable, ¿eh?, respondió Parisa. *Espera a ver cuántas personas asienten.*

Callum contó. Tres. Cuatro. *¿Es cosa tuya?*

Parisa se encogió de hombros. *He plantado la idea en ese.* Asintió en dirección al canadiense. *Él ha hecho el resto.*

¿Por qué él?

No importa en realidad quién. No tienen muchas opciones adecuadas. Los otros candidatos que les ha presentado Sharon eran todos… Parisa apretó los labios con una risita burlona, condenatoria y en absoluto divertida. *No aptos.*

Callum se preguntó qué armas habría elegido usar. ¿Antecedentes desagradables? ¿Orientación sexual? ¿Lugar de estudios? ¿Calidad de nacimiento? ¿Presencia de vagina? Los miembros de la junta de gobierno de la Sociedad no se oponían a las mujeres, estaba claro, pues había presencia de dos. La percepción sugería que sus voces podían ser ignoradas, pero incluso los intolerantes tenían a sus favoritos.

Sí, confirmó Parisa.

Curioso, ¿debería de presentarme como nominado a esta junta?, comentó Callum.

Solo si quieres suscribirte a su lista de correos electrónicos semanales.

Tomo nota, respondió Callum y se estremeció. Parisa se rio bajito.

¿Debo suponer entonces que quieres que los persuada para que voten a favor de Nothazai?, insistió Callum.

Parisa emitió un sonido evasivo y Callum notó la decepción cuando su acompañante habló.

Si quieres. No creo que haga falta, pero así la reunión acabaría antes.

Callum creía que entendía por qué lo había traído cuando entraron en la habitación, pero después de considerarlo con más detenimiento, no tenía ni la más remota idea. *¿Todo esto para no ponerte a sudar?*

No hubo respuesta.

Volvió a insistir. *¿Qué ha hecho Nothazai para convencerte?*

Parisa lo miró. *¿Qué te hace pensar que él ha tenido algo que ver con esto?*

Callum examinó de nuevo la habitación, buscando la pieza que debía de haber pasado por alto. No la vio. No estaba claro qué arma pretendía usar Parisa, ni para qué podría haber necesitado un arma. *Podrías haberte elegido a ti fácilmente. Podrías haber tomado el control si lo quisieras.*

Callum, ¿cuál fue tu primer pensamiento cuando te enteraste de que Atlas Blakely estaba muerto?, lo miró con cansancio.

Él abrió la boca para responder, pero lo interrumpió el sonido de un aplauso.

—… los votos a favor ganan —confirmó el hombre canadiense, que se puso en pie para tender una mano a Nothazai por encima de la mesa—. Enhorabuena, Edwin.

¿Edwin? Callum hizo una mueca, pero Parisa no estaba escuchando.

—Gracias —le dijo Parisa por encima del hombro a Sharon, a quien Callum había vuelto a olvidar. Se levantó y le hizo un gesto a él para que la siguiera.

Un momento, ¿dónde vamos?

Cuando Parisa abrió la puerta del salón de actos, ninguna cabeza se giró. Se movió más rápido de lo que esperaba Callum, como si tuviera que ir a algún otro lugar de forma urgente.

—Espera, Parisa. —Callum corrió de nuevo tras ella—. ¿Qué estoy haciendo aquí? No me necesitabas para esa reunión. —En esa sala nadie había necesitado su ayuda para hacer una estupidez, aunque nadie le había preguntado su opinión.

Parisa empujó otra puerta sin etiqueta y Callum la siguió, sorprendido. Sintió el pulso de sus zancadas en los oídos, fuerte y resonante.

No, espera, no eran sus zancadas lo que sentía, era...

—Parisa, ¿adónde vamos?

No eran sus pasos. Era su corazón. El sonido que percibía era el flujo de la sangre de Parisa.

La mujer presionó un botón para llamar al ascensor.

—Volvemos.

—¿Volvemos? —Solo había un lugar al que volver, aunque no podía imaginar el motivo. Ella quería salir de allí y también él—. ¿Por qué?

Le puso algo en la mano y Callum parpadeó y cerró los dedos alrededor.

—Parisa, ¿qué...?

—Te lo contaré cuando lleguemos —confirmó ella cuando la puerta del ascensor se abrió y Callum tuvo que soportar el peso de la pistola en sus manos.

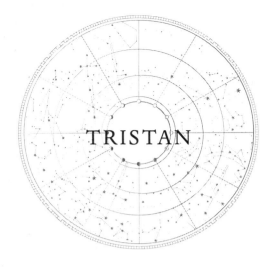

TRISTAN

Se parecía un poco a ahogarse. A que lo tragaran unas arenas movedizas. El reconocimiento había sido un relámpago, la comprensión, una epifanía o un trueno de miedo, pero los efectos no habían pasado rápido, ni de forma instantánea. Parecía más bien el agua de la bañera que se iba por el desagüe despacio.

Lo que significaba que había tenido muchos segundos para comprender lo que estaba pasando. Algo había fallado en el experimento, eso era obvio. Los había visto, los otros mundos, y no parecían puertas. Ni partículas. Parecía como si el tiempo se extendiera sobre una curvatura de inmensidad, un espejo que deformara su propio reflejo. Como si pudiera bostezar fuera de sí y regresar despacio con una forma diferente, derretido de un mundo al siguiente, como mantequilla.

Espera, pensó cuando lo notó. Sintió que la bañera comenzaba a vaciarse. Como un estornudo que no llega o los segundos antes de un orgasmo. *Espera, casi lo tengo, ¡casi está!*

¡Era verdad! ¡Lo habían demostrado! Había otros mundos viviendo a espaldas de este, en las muestras de su columna vertebral. Puede que en uno de ellos estuviera casado con Eden, puede que su madre estuviese viva, que su madre lo hubiera matado de verdad aquella vez en el Támesis, aunque, vaya, al menos en ese nadie tendría que preocuparse por sus problemas con su padre.

Tal vez en uno de los mundos Tristan era feliz.

Quizá había un motivo por el que los archivos no querían que lo descubriera.

La primera persona que apareció en su cabeza no fue Libby. Ya sabía, en cierto modo, que las cosas entre ellos nunca podrían ser igual, que incluso aunque la amara, también la odiaba un poco por darle otro motivo para odiarse a sí mismo. Porque se había pasado toda una vida preguntándose qué soy, quién soy, importo, soy útil, solo para verse paralizado en el pasillo, apartado de la vista, mientras ella extendía el brazo y paraba el corazón de un hombre. Tristan no se había ofrecido a ayudarla ni tampoco la había detenido.

La decisión de si alguien vivía o moría no era de su incumbencia... sí, este era Tristan Caine, un hombre de moral tan repugnante que el asesinato en sí no era el problema, sino su reacción ante él, que lo seguía atormentando. El impulso de quedarse inmóvil, de no hacer nada. Inserta algo aquí sobre una reserva en el círculo más popular del infierno (estaba familiarizado con el resultado proverbial), pero no era un buen hombre y ya lo sabía. Lo sabía. Si fuera un buen hombre, no seguiría hablando con Callum Nova. No estaría tan desesperado, destrozado por la pérdida de la posible omnipotencia, porque le importarían otras cosas. No sabía qué exactamente, pero igual había otro Tristan en otro mundo que sí. Puede que hubiera un Tristan con aficiones y que practicara meditación todos los días, pero ahora nunca lo sabría, y eso era lo que le molestaba. Que seis meses antes, Libby Rhodes le había demostrado que era la clase de hombre que se quedaba parado y no hacía nada. Y ahora, por fin, había estado a punto de hacer algo. Y ella se lo había quitado también.

Pero no pensó en Libby. Primero pensó en Atlas Blakely, el hombre que estaba de pie en el despacho de Tristan, dos años antes, y le dijo que había nacido para algo más. En ese momento, Tristan se lo tomó como una estrategia barata, una herramienta de retórica. Un hombre que le había dicho que era especial y él no buscaba signos, no buscaba armas, no comprendía que el arma era él. Pero este sentimiento tampoco era resentimiento. Tristan había visto la posibilidad de otros mundos y estaba lo bastante maravillado para sentir una especie de asombro. Para sentir la presencia del sentido importante, ¡eureka! Se encontró con la emoción y una testarudez abyecta. No era derecho de nadie vaciar la bañera.

Porque Atlas Blakely tenía razón, eran parecidos, eran iguales. ¡Eran soñadores! No de los productivos, de los que tenían metas, sino soñadores tristes, vacíos. Hombres medio rotos que hacían planes porque no podían generar terror, del deslumbrante, como atisbar un ángel con antorchas encendidas por ojos. Eran hombres que tomaban decisiones terribles porque era la única forma de sentir. *¡Ahora lo entiendo!*, quería gritar. *Entiendo por qué querías ser dios, ¡porque era el único modo de honrar tu tristeza!* La soledad era tan frágil, tan humana, tan lastimera que resultaba casi adorable, casi perdonable. Una creencia como esa, un propósito como ese, no se podía sacudir. No se podía silenciar. Podías construir castillos en una certeza como esa. Podías usarla para construir mundos nuevos.

La Sociedad había cometido un error al elegir a un hombre como Atlas, que, a su vez, había elegido a un hombre como Tristan. Los alejandrinos deberían de haberse limitado a lo que se les daba bien: criar aristócratas que no discutieran, que no tuvieran problemas con la discreción, que mataran y mataran y mataran y nunca cuestionaran lo que supondría esa sangre derramada. Cruzadas, la Era de los Descubrimientos, el mundo estaba construido sobre hombres que sabían guardar un secreto, restaurar el orden, sentenciar a otros a la ignorancia solo para seguir ellos en lo alto. La Sociedad Alejandrina, menudo chiste. Un día alguien la haría arder, la destruiría, porque con el tiempo la sangre adecuada ya no existiría, el nacimiento adecuado ya no importaría; en algún lugar, un día, y no en un mundo paralelo sino en este, se produciría una revolución. El castigo que este mundo merecía vendría y entonces todo lo que quedaría serían Tristanes y Atlases que habían nacido sabiendo ya que este mundo estaba roto. Que sabían que esta biblioteca y todo su contenido nunca había pertenecido a los que habían estado dispuestos a matar para conservar ellos la vida.

En ese momento, Tristan lo supo: un día, este mundo terminaría y en su lugar se erigiría uno nuevo. Un día, en un mundo en el que sus habitantes no tuvieran tanta hambre, alguien usaría esta biblioteca para leer un libro y echarse una maldita siesta.

Tristan sabía todo esto, lo descifraba mientras contemplaba partículas de magia, movimientos y ráfagas que danzaban, rebotaban y buscaban un objetivo, y sabía que llegaba, como un libro que estaba leyendo, un giro en los acontecimientos que estaba esperando, un recurso narrativo que había visto ya diez veces. Se abrazó el cuerpo y esperó a ver dónde aterrizaba todo ese poder. En él no. Él era menudo y vergonzoso, él no era nada, una mota en la arena, y sabía que nunca sería capaz de sostenerlo. Moralmente hablando, éticamente hablando, tal vez incluso en términos de intangibles metafísicos como la sustancia o el alma, Tristan era irrisorio, transparente, vacío. Aunque saltara sobre una granada, esta destrozaría todo a su paso. Había entonces solo dos opciones.

No, solo una.

Le sorprendió lo mucho que dolía entenderlo, aunque no debería. Si alguien le hubiera pedido antes de entrar en esa sala que eligiera a una persona para que soportara el peso del mundo, habría dicho Nico de Varona. Lo habría dicho sin vacilar. Habría sido con tono irónico, pero no podía evitarlo, esa era su voz. Habría dicho que Nico de Varona era el único que podía salvar a alguien. Ya lo había visto hacerlo. El propio Tristan era prueba de ello.

Como un desagüe, se acercaba rápido al final. Implosión, esa era la palabra. Lo contrario a la inflación. Tristan sintió que la gravedad regresaba a su pecho como un disparo. Observó y observó, y solo fue una décima de segundo, el baile de las cosas, la aurora de vida que quedó suspendida un momento antes de apagarse.

No, pensó. No, esto no está bien.

Alguien gritaba y Tristan no sabía si era él. Si se había quedado ahí parado de nuevo, inútil como siempre, o si nunca se había movido porque él no fue nunca el arquero, él fue siempre la flecha. Era de nuevo el arma de otra persona.

Todos cayeron hacia atrás por el impacto. Dalton fue el primero en levantarse, el primero en ver más allá de los efectos del estallido, que había golpeado con tanta fuerza a Tristan que notaba en la visión puntos brillantes, de color fluorescente, donde Nico estaba antes.

—... ¿idea de lo que has hecho?

La voz de Dalton iba y venía, alternada con un grito agudo en los oídos de Tristan.

—... que arreglarlo, fuera de aquí, que alguien lo mueva...

Tristan se sentó. La habitación daba vueltas. Giró la cabeza y vomitó, se le aclaró la visión lo suficiente para ver que la cara de Libby, presionada contra las vigas de madera del suelo, estaba cenicienta. Un pequeño corte en su frente, lágrimas en las mejillas. No emitía sonido alguno, parecía que no tuviera ni idea de que estaba llorando.

La quería. Tristan se puso a cuatro patas y se acercó a ella, pero se tropezó con un cuerpo en el suelo.

—... que hacerlo rápido, y luego podemos repetirlo. Fuera de aquí, ¡fuera!

Tristan no había oído nunca a Dalton así. Era más que ira, parecía la frustración de un niño. Una rabieta.

—Tú, niña estúpida, ¿tienes idea de lo que has hecho? ¿De lo que hará falta para recuperarlo? Eso si le queda algo de magia en el cuerpo que tú no hayas matado.

Tristan apartó a Dalton, tiró de él hacia atrás hasta estar seguro de que no iba a comprometer el cuerpo. Después, despacio, concluyó con el esfuerzo de llegar al lado de Libby.

El tiempo y las circunstancias volvieron a contorsionarse cuando Libby se apartó de él y sacudió la cabeza.

—No —se decía a sí misma, demasiado tranquila, como si no entendiera que no acababa de despertar de un sueño—. No, no, esto es... No es... Gideon —suplicó. Se alejó de Tristan para buscarlo. Gideon, joder, Tristan ni siquiera había pensado en él, se había olvidado de él por completo—. Gideon, lo siento, puedo... En algún lugar de los archivos debe de haber algo, un libro o algo, podemos arreglarlo...

—¿Podemos? —le bramó Gideon. Tristan tampoco había oído nunca ese tono de voz en Gideon—. ¡No podemos arreglar esto, Libby!

—Atlas puede hacerlo —decía Dalton con voz estudiosa. Estaba adentrándose en la ira y saliendo de ella, regresando a la seguridad académica—. Puedo traer de vuelta al físico el tiempo suficiente para conservar lo que no está roto, y después Atlas puede ponerlo en una caja, como ya ha hecho antes. O los archivos puede...

—¿Vas a cerrar el pico? —La voz de Gideon otra vez. Tristan estaba distraído por la sensación de su propia boca, gomosa y espesa—. No vas a ponerlo en una caja. No puedes ponerlo en una caja, él no es un experimento científico para que lo recompongas a lo Frankenstein...

—Gideon. —De nuevo Libby. Su voz se oía fría, un poco entumecida—. No lo entiendes, no podíamos dejar que sucediera. El experimento era...

—Deja de hablar en primera persona del plural. —Las palabras eran heladas como el hielo. Incluso Tristan sufrió los efectos en la forma de una repentina migraña—. No me digas que lo sientes, Libby. Has tomado una decisión. Acéptalo.

—He tenido que hacerlo. —Buscaba la mano inmóvil de Nico y a Nico se le revolvió de nuevo el estómago, la bilis le empapaba la lengua—. Sé lo que he hecho y te aseguro que no ha sido fácil para mí, Gideon...

—¡No me importa lo duro que ha sido! —Hubo una expulsión par parte de Gideon, una expresión de calor que amenazó con achicharrar las puntas de los dedos de Libby. Esta retrocedió como una niña, herida—. ¿Lo entiendes? ¿Entiendes que existe un mundo donde pueda perdonarte por esto?

—Estábamos llegando demasiado lejos —repitió ella—. Hemos llegado demasiado lejos, todo esto ha sido demasiado, no tienes ni idea de lo que he visto ya, Gideon, de lo que he hecho solo para...

Se detuvo cuando le vio la cara. Tristan se limpió la boca y alzó la mirada.

Conocía esa cara. No era rabia. Ni ira.

Era angustia. Algo más profundo que el dolor, más silenciador que la furia.

Era aflicción.

—No vas a justificar su muerte y dártelas de heroína —dijo Gideon. Tenía los ojos apagados, sin vida—. Vete. —Y entonces, con más firmeza—: Ya.

Libby tensó los labios.

—No eras el único que lo quería. No eres el único que lo ha perdido. No seas egoísta, Gideon, por favor. —El aludido se encogió al escuchar la palabra «egoísta» e incluso Tristan pensó si no había sido un golpe bajo—. Escúchame, tú no entiendes lo que hay en esos archivos. La clase de conocimiento que hay entre estas paredes. —Desvió la mirada a la puerta de la sala pintada, a lo que Tristan comprendió tarde que era la ausencia de Dalton. La sala de lectura, entendió. Dalton habría ido a los archivos—. Gideon, esto no ha terminado. Si Dalton puede encontrar una forma de...

—No va a hacer esto. No va a tocarlo. —Gideon se había acurrucado al lado de Gideon, con la cabeza apoyada en su pecho inmóvil—. No voy a dejar que traigas al mutante en el que queréis convertirlo. Tendrás que vivir con lo que has hecho.

Las palabras eran un murmullo, calmadas como una oración. Devastadoras como una maldición. Tristan sintió la consecuencia y supo que había acabado. Había acabado.

—Gideon. —Había que reconocer que Libby estaba demasiado convencida como para vacilar. Bien, pensó Tristan. A Nico no le habría gustado morir por nada menos que una certeza absoluta. Prácticamente podía oír la voz de Nico: *Rhodes, si vas a asesinarme, al menos que estés segura de ello, dudar es de niños, también podrías dejarte crecer de nuevo el flequillo.*

—¿Sabes lo que tiene gracia? —murmuró Gideon.

Libby no contestó. Tristan no se movió.

—Yo nunca he querido las respuestas que él estaba buscando. Quién era yo. Qué era. —Gideon se sentó, aturdido—. Nunca he necesitado saber porque me satisfacía ser solo su problema. Por mucho tiempo que tuviera, me bastaba con solo ser su compañero, su amigo. Con ser su sombra, joder, su zapato izquierdo. —Tragó saliva—. Siempre ha sido suficiente para mí.

Libby se humedeció los labios y se miró las manos.

—Gideon, si pudiera hacerlo de nuevo...

—Sí, sí, responde a esa pregunta. —Giró la cabeza hacia ella con un fervor repentino—. ¿Lo harías de nuevo?

Libby se detuvo. Dudó. Abrió la boca.

—Tienes que entender que esto era...

—Bien. Reconócelo. —Gideon la despachó con una sacudida de la cabeza—. Busca la redención en otra parte. Vive con ello.

Se acurrucó de nuevo al lado de Nico y cerró los ojos, y Tristan, que no era un hombre religioso y tampoco sentimental, entendió que había ritos que había que realizar y este era uno de ellos. Se levantó y tomó a Libby por el codo para sacarla, despacio, de la habitación.

—Él no era el único que lo quería. —Le castañeaban los dientes, le temblaban las piernas. Tristan supuso que estaba muy deshidratada y probablemente necesitaba dormir—. No puede tomar esta decisión. Podemos arreglarlo.

Unas horas antes, habría sido un golpe. Ahora solo era un insulto.

—¿Podemos?

—Tenemos que asegurarnos de que Dalton no intenta llevar a cabo el experimento de nuevo. Pero puede traer de vuelta a Nico —explicó Libby—. Estoy casi segura de que puede, o los archivos, y una vez que haya hecho eso…

Tristan no se dio cuenta de que había dejado de caminar hasta que ella se volvió para mirarlo.

—¿Qué? —le dijo, aunque con tono plano. Seguramente supiera qué precisamente.

—¿Por qué lo hiciste?

—¿Qué?

—Atlas. —Tristan respiraba con dificultad—. ¿Por qué?

—Tristan, sabes por qué. —Sonaba cansada, exasperada, como si le estuviera haciendo perder el tiempo—. Todo lo que he hecho ha sido solo para salvar…

—¿Por qué es solo decisión tuya?

Libby parpadeó. Tensa.

—No me digas que me culpas por esto también.

—¿Cómo no iba a culparte? Lo has hecho tú. No recuerdo que me hayas pedido mi opinión. —Notaba que se le aceleraba el pulso cerca de los oídos, sintió nauseas.

—Tristan. —Libby lo miró—. ¿Vas a ayudarme o no?

No estaba seguro de qué problema tenía, solo que se aproximaba rápidamente a él. Sintió un zumbido en la cabeza, una mosca o algo similar, o la voz de Callum, o la de Parisa, o Atlas diciéndole: «Tristan, eres más que inusual».

Tal vez era que no conseguía encontrar su propia voz en medio de todo ese ruido infernal.

—¿Ayudarte? —repitió.

«Tristan, ayúdame...».

Ya había visto lo que era la muerte, en qué podía convertirse un cadáver. Partículas, gránulos. Componentes sin sentido que combinados podían ser un milagro. La coexistencia del sentido y la imperfección. El universo era un accidente, una serie de accidentes, una variable desconocida que se replicaba una y otra vez a una velocidad astronómica. Este mundo era un condenado milagro y ella lo trataba como si fuera una ecuación matemática, como un problema que había que resolver. Su problema. Su solución.

Y Tristan, claro. Para limpiar el desastre.

—¿De verdad creías que eras tan diferente? —le preguntó con incredulidad. De pronto tenía ganas de reír.

—¿Diferente de qué? —Achicó los ojos y, dios, nunca le había parecido tan joven.

—De Atlas. De Ezra. De cualquiera. ¿De verdad pensabas que ibas a hacer algo diferente, a tomar una decisión distinta?

Ella retrocedió, se alejó de él como si la hubiera golpeado.

—¿Estás de broma?

—La ironía es que no creo que Atlas pudiera verlo. Que después de todo lo que intentó hacer, nunca iba a crear un mundo nuevo. Solo se estaba recreando a sí mismo. —¡Demasiado para jugar a ser dios! Imagina a un dios que no hacía nada más que crear dioses más pequeños, dioses peores. Eso era la mitología, supuso. Tal vez Atlas pensó que era Yahveh, o Alá, cuando en realidad solo era Cronos devorando rocas que pasaba por alto la prueba de que su progenie era su maldición inevitable—. Si sigues así, solo vas a hundirte más, Rhodes. Vas a mutar en el camino. —Eso es de lo que hablaba Gideon. Nada regresa igual. Libby Rhodes no era la misma, nunca podría ser la misma y ya habían perdido a Nico de Varona tal y como era. Lo habían perdido.

Nico estaba muerto. Le cayó en el pecho como una piedra.

Oh, dios, el dolor. La depresión era vacía, también la tristeza. Ninguna era así.

—Dime solo una cosa —consiguió decir, como si una respuesta correcta pudiera aún salvarlo todo—. ¿Podías ser tú en lugar de él?

Comprendió la traición cometida al preguntar, pero Libby tenía que saberlo. Sabía que tenía que preguntar.

Pareció impactada por un momento. Solo uno.

—¿Debería de haber sido yo? —bramó en lugar de confesar lo obvio. Tristan le pidió la última vez que se eligiera a sí misma y ¿cómo podía culparla ahora por hacerlo de nuevo? No podía, claro. No era justo.

Pero ¿qué era justo de todo esto?

Libby tensó la mandíbula, determinada. Incluso enfadado, incluso frustrado, Tristan no aminoraba el dolor de la joven; sabía que lo sentía, que tendría que vivir con ello y que esa era su maldición, se la impusiera o no Gideon, y Tristan no tenía que desearle sufrimiento para saber que este se avecinaba. Le importaba lo suficiente para entender que el resultado de su decisión la había dañado de forma irreparable. La quería lo suficiente para saber que estaba sufriendo lo inimaginable.

Sencillamente, no quería ayudarla más.

—Desde el primer día sabemos que tendría que haber un sacrificio —dijo Libby con la barbilla alzada—. Este era el único que nos habría salvado a todos.

Ah, ¿se creía que ella quería a Nico más de lo que Tristan quería a nadie? Interesante. Sal en la herida. Demasiada sal, podía llenar todo un océano.

—Todos queríamos ser el mejor —comentó—. Enhorabuena, Rhodes, ahora lo eres tú.

Siguió caminando hasta que la adelantó. Ella lo siguió con pasos rápidos para alcanzarlo.

—Tristan. —Al principio, su voz tenía un tono de preocupación—. ¿Adónde vas?

—Arriba.

—Tristan, tenemos que…

—Nosotros no tenemos que hacer nada. Nosotros hemos acabado ya, Rhodes. Llevamos muertos mucho tiempo. —Siguió subiendo las escaleras, más rápido, y la ira de Libby aumentaba a medida que él avanzaba.

—¿Qué ha sido todo esto entonces? ¿Estás diciendo que no importa?

Tristan la ignoró. Oyó el pánico en su voz y quiso decir algo, cualquier cosa, pero no creía que lo entendiera. No creía que ninguno de ellos estuviera en posición de entender lo que Libby había hecho mal, que era todo o nada.

—Te escuché —le recuerda ella y se detiene en la puerta cuando llega a su habitación. Tristan mira a su alrededor, buscando una mochila, una camisa limpia. Esta tenía vómito y polvo de estrellas. Eligió una mientras la escuchaba a medias—. Tú eres quien me dijo cómo volver. ¿Qué creías que iba a pasar?

Estaba todavía allí de pie cuando él se volvió tras cambiarse una camisa por otra nueva y decidir que iba a quedarse con esos pantalones. ¿Qué más necesitaba?

¿Para qué?

—¿Adónde vas?

Fuera, a cualquier lugar que no sea este, dijo su cerebro.

Bajó las escaleras rápido, pero no con prisas. No estaba huyendo. Estaba yéndose.

Había una diferencia.

—No te preocupes, Rhodes. No se lo voy a contar a nadie.

—Yo… —Sonaba perturbada—. Dijiste que sí a esto, Tristan. Sabías que el precio era la sangre. Lo sabías tanto como yo, y si piensas…

Tristan se volvió. Le tomó la cara con las dos manos y la besó.

—Importaba —dijo—. Todo.

Por su cara afligida, supo que había oído el adiós que no había expresado.

—Tristan —balbució. No estaba claro si era un «quédate» o un «vete».

Fuera lo que fuese, no importaba.

Cuando Tristan dio media vuelta para marcharse, oyó un grito proveniente del pasillo. La sala de lectura. Los archivos. La luz en la esquina era roja, indicaba que había un problema en las protecciones, y Libby y él la miraron, inmóviles. Los dos comprendieron la amenaza.

Pero Tristan no era el cuidador de los archivos. Él era un investigador cuyo papeleo ni siquiera había rellenado, que no había hecho nada aparte de cubrir la muerte de otro hombre y, francamente, era suficiente. Había dicho que sí a todo esto, sí, pero ese sí ya no era aplicable. ¿Qué bien había hecho nada de lo que hubiera dentro de esta condenada casa?

Se volvió y siguió caminando. Libby desapareció de la vista, una imagen que se encogía en su mente. Salió por fin de las protecciones de la casa y se encontró con el sol poniente.

Inspiró profundamente. Espiró.

Pensaba que se sentiría… diferente.

—Eh, ahora, ¡ahora! —oyó una voz detrás de él, seguida por la negrura repentina de la ausencia absoluta de pensamientos.

INTERLUDIO

EQUIDAD

En el pueblo de Aiya Sato, unos años antes de su reclutamiento por parte de la Sociedad Alejandrina y poco después de que Dalton Ellery resucitara una planta, pero antes de que Atlas Blakely descubriera su futuro entre la basura del contenedor de su madre, había una gata que creían que daba buena suerte. No era de Aiya ni de su familia. Era de una niña vecina, que la había encontrado después de salir entre los escombros de un terremoto y una tormenta, y más tarde, esa vecina tuvo la gran fortuna de casarse bien y tener varios hijos sanos. Por supuesto, la vecina era también la hija próspera del médico del pueblo. ¿Quién podía saber si la gata la había elegido a ella o si se había ido a la casa donde ya estaba la calefacción puesta?

A Aiya Sato no le gustaban los gatos, pensó, desviando la vista a sus tobillos, donde uno frotaba la cabeza con un maullido, deseoso e impertinente. Reprimió las ganas de poner una mueca y levantó en cambio la mirada con la sonrisa de la tokiota elegante en la que se había convertido concienzudamente.

—¿Es tuyo? —preguntó.

—Dios, no. De mi hija. —Selene Nova se sentó en el sofá al lado de Aiya, cruzó los tobillos y se apartó un mechón inexistente de pelo rubio—. Suplicó y suplicó. Al final fue más sencillo así, mantuvo a todo el mundo más tranquilo, y al menos no fue un perro. ¿Café? —le preguntó con un gesto para llamar a alguien.

Aiya no tenía sirvientes. Todos le recordaban a su madre. Podría haber contratado a un hombre, por supuesto, pero tener a hombres en la casa era como albergar a gatos abandonados, por mucha suerte que parecieran dar.

—No, gracias.

Selene musitó algo a la mujer, quien asintió antes de desaparecer y regresó con un vaso de agua con gas.

—Gracias —dijo Selene con la mirada de adoración que se le dirigía a alguien mal pagada sin la cual no podría vivir—. Como iba diciendo —continuó tras darle un sorbo al agua—. En cuanto a este pequeño… —Un movimiento de la muñeca—. Asunto con el Foro. Por supuesto, va a acabar.

—Por supuesto —coincidió Aiya. El hecho de que el Foro estuviera al timón de la investigación de la Corporación Nova era como llevarla ante las Naciones Unidas. La condena pública estaba bien, pero entonces ¿quién conduciría la auditoría impositiva? Esa era la cuestión. No habría tiempo en prisión por muy moralista que decidiera mostrarse el Foro.

Esto era lo único importante que había que saber sobre el mundo. Si no podías demoler adecuadamente la billetera de un Nova, entonces no podías lastimar a un Nova, lo cual era una ley que excedía las limitaciones de cualquier gobierno o culto filantrópico bien intencionado.

—No obstante —continuó Selene—, pensaba que tal vez tú tendrías algunas ideas. Ya sabes, de mujer a mujer. —Una sonrisa débil—. O al menos de directora ejecutiva a directora ejecutiva.

—Ah, ¿de veras? Enhorabuena —la felicitó Aiya con verdadero placer. Selene tenía sus momentos de falsedad, pero no era idiota, no era un monstruo. Podía no ayudar a la fortuna con la que había nacido. No era ni mejor ni peor que la propietaria de la gata de la suerte y, además, Selene había sido socia gerente durante casi una década. No había posibilidad de que Dimitri Nova hubiera hecho ningún trabajo de importancia desde que su hija tomó el timón—. ¿Cuándo ha dimitido oficialmente tu padre?

Selene movió una mano.

—Hace poco. Muy poco, una semana o así, aún no se ha anunciado. Pensaba que la junta tendría que arrebatárselo de sus manos frías y muertas —añadió e intercambió una mirada con Aiya—, pero al final, ha sabido que era lo mejor.

Aiya sabía poco de lo que Selene tenía que haber pasado para heredar el reino de su padre. No importaba que fuera de su sangre, que fuera competente, que hubiera crecido con más riqueza de la que pudiera ganar en siete vidas cualquier miembro de su junta. Un hombre que no quería escuchar la voz de la razón (de una mujer) era un hombre condenado a la sordera, a la ceguera, aunque, por desgracia, nunca al silencio. Solo la amenaza de perder dinero, o la oportunidad favorable de pasar el manto del fracaso a una mujer, fue suficiente para callarlo.

—Es un buen negocio. —Aiya quería una taza de té, pero fuera de casa nunca estaba bueno. Había comprado hacía poco una tetera muy cara por capricho para su nuevo piso de Londres, una roja que iba a juego con su ropa y que no hacía el té igual que su madre.

Porque hacía el té mucho mejor, claro. La tecnología era verdaderamente extraordinaria y Aiya tenía un gusto exquisito.

—Creo que será necesario algo de filantropía. Una distracción de la mala prensa, ya sabes. —Selene tonó otro sorbo de agua, con expresión taciturna—. Tendría que haberle pedido a Mimi algo de comer. ¿Tienes hambre?

—Un poco —admitió Aiya—. Algo ligero, como la última vez. —Le gustaba el omurice de su madre y le encantaba el caviar de Selene.

—Buena idea. —Selene hizo otro movimiento y Mimi regresó—. Un poco de osetra, ¿con crema? Y... ¿prefieres blinís? —preguntó a Aiya, quien asintió—. Blinís, por favor —continuó—, y por supuesto un poco de Pouilly-Fuissé. A menos que prefieras vodka. —Esto, de nuevo, se lo preguntó a Aiya, que hizo un pequeño movimiento con la cabeza para indicar que eligiera ella. (No habría una mala elección).

»Bien, maravilloso. ¡Gracias! —canturreó a su sirvienta y el gato volvió a maullar en los tobillos de Aiya—. Disculpa, puedo decir que se lo lleven al cuarto...

—No, no pasa nada. —Aiya, que no golpeaba a los animales ni se la tenía jurada, le hizo coquillas al gato en el morro con un dedo—. Y sí, tal vez haya que apelar a uno de los proyectos preferidos del Foro —añadió, volviendo al tema principal—. Les preocupa mucho la pobreza. Si la haces desaparecer los dejarás exaltados.

Selene se rio como ella solía hacer, de una forma que le arrugaba los ojos de una manera adorable, sin perturbar sus ilusiones. Tenía muy buen gusto, tan solo una mejora por aquí y por aquí, nunca demasiado perfecta. Parecía estar en la treintena, muy respetable para una mujer que rozaba la mediana edad.

—Oh, mi padre enfurecería. Enfurecería. —Sacudió la cabeza—. Tal vez algo más pequeño, como, oh, no lo sé. ¿La Global Children's Fund?

Aiya hizo un pequeño gesto con la barbilla, una contradicción.

—Tu grupo demográfico es cada vez más joven, ¿no es así? A los jóvenes les gusta la promesa ocasional de que no vamos a mandar el mundo a la mierda. Considéralo un pequeño logro para una victoria mayor. —Como matar a uno para salvar a cinco, por ejemplo. Imposible en ese momento. Inimaginable.

Fácil de olvidar en retrospectiva.

—La junta sufrirá un ataque al corazón. Dirán que es un mal negocio, que no hay retorno de capital. Pero la junta es un grupo de idiotas —murmuró para sus adentros Selene, todavía sonriente, por lo que Aiya supo que lo estaba considerando—. Me gusta —confirmó—. Es atrevido.

También era muy probable que Selene Nova ganara una gran cantidad de dólares de intereses al año, sencillamente por estar viva, por haber nacido. Por respirar. Suficiente para que picara o solo quemara. Un poco de dolor por una gran cantidad de placer, y Selene no tenía los gustos excéntricos de su padre. Ella no tenía interés en yates y era demasiado hermosa como para tener que pagar por sexo. Su junta no vería eso como un beneficio, por supuesto, pues solo eran duplicados del patriarca Nova con menos éxito, pero si Selene actuaba con decisión, no podrían parar lo que ya estaba en movimiento. Si lo anunciaba, incluso si solo insinuaba públicamente para que una palabra suya se volviera viral de inmediato, la malhumorada junta no tendría más remedio que ceder.

El poder de una mujer era diferente al de un hombre. Tenía que tener el pelo adecuado, el rostro adecuado, pero Selene Nova tenía todo eso y más. Coronada de oro como estaba, tenía algo que ni siquiera Aiya tenía.

—Supongo que tendré que hacer algo yo también, mostrar mi apoyo —sugirió Aiya cuando llegó el caviar en platos pequeños sobre hielo picado; las cucharas de nácar despedían un brillo delicado e iridiscente. Llegó otra persona, además de Mimi, con una copa en la mano, perfectamente frío. Aiya se deshizo en gratitud y miró a Selene—. ¿Qué opinas? ¿Organizo algo? ¿Un evento benéfico? ¿Una subasta privada para celebrar el nacimiento de nuestro nuevo mundo?

Selene volvió a reírse y colocó una pequeña cantidad de caviar en el espacio de piel entre el dedo índice y el pulgar.

—¿Te imaginas? Creo que puede que me ayude a disfrutar más del mundo. Nueva York sin vagabundos podría hacerlo apetecible.

Selene se llevó el caviar a la boca y lo saboreó con verdadero placer antes de tomar la copa de vino. Aiya hizo lo mismo y disfrutó de la textura del caviar en la lengua. Le gustaba con las pequeñas tortitas y la crema, pero este método de consumo era ligeramente erótico, como lamer la sal marina de la piel desnuda.

—Tal vez deberíamos de arreglar Estados Unidos —sugirió Aiya de broma—. El tráfico es terrible allí. Podríamos poner uno o dos trenes para nuestra conveniencia, ¿de Nueva York a Los Ángeles? Sería un beneficio para la Fashion Week, sospecho.

Selene soltó una risita en la copa de vino.

—Menuda exageración, ¿no crees? ¿De una costa a la otra?

Aiya se dispuso a colocar una porción de caviar y crema sobre una tortita bliní.

—¿No son vecinos? Nunca me acuerdo.

—De todos modos, sería una tontería. No hay ganancia de capital —dijo Selene y las dos se rieron al unísono—. Pero sí, ¡vamos a celebrar! —añadió, con un brindis—. Si vamos a rehacer el mundo, podemos hacerlo con estilo.

—Está decidido entonces. ¿Vas a venir a Tokio en primavera? ¿Para la floración de los cerezos? A tu junta le encantaría. Y la mía se horrorizará con todo lo que hagan ellos. —Ahora lo veía. Salsa de soja vertida con cuidado sobre arroz. Palillos erguidos con aspecto fúnebre. Confusión entre lo que era chino, japonés, o incluso coreano—. Nos beneficiará a las dos.

—Me encanta cómo funciona tu mente —señaló Selene con admiración.

El vino se calentó en la boca de Aiya. Era todo muy sensual, la seda de la blusa de Selene, la acidez, los pequeños suspiros de placer. El caviar caro siempre le recordaba a hacer bien el amor. Los muebles bonitos eran siempre más suaves, la cristalería elegante era más brillante, la lencería hermosa contenía una clase de magia que ni siquiera las ilusiones Nova podían proveer. Era una pena que gran parte del poder fuera teatro, una obra representada para mil asientos vacíos. Era una pena que Aiya no pudiera inclinarse un poco y sugerir a Selene que la siguiera a la habitación, donde todo podría ser incluso más simple. Solo un poco de suavidad para el paladar. Una pequeña fricción para relajarlas a ambas.

Por desgracia, no había gatos de la suerte para Aiya. Solo la suerte que había creado ella misma, que tenía sus límites. De todos modos, tenía un vibrador para cada humor, e incluso el más pequeño (una concha rosa perlada de un tamaño compacto que llevaba ahora en el bolso) era más efectivo que los labios o los dedos de cualquier persona. ¿Y había algo más delicioso que un buen champán? Todo lo demás (felicidad, propósito, bondad por el bien de la bondad, la habilidad de amar o incluso de hacer el amor sin juicio, la habilidad de que no se dirigiera a ti una habitación llena de hombres blancos) era tan solo un brillo insustancial. Solo ruido.

Si Aiya no podía tener suerte, al menos tenía la paciencia, la fortuna de saber que el poder real era muy simple. No podía comprometerse. Era la habilidad de olvidar una casa vacía, una vida vacía, porque significaba no enterrarse en una tumba sin nombre tras una vida de servidumbre. Era la libertad de tomar decisiones que no acababan con la destitución o la muerte.

Cualquiera que pensara de otro modo no había probado el hambre, o el caviar de Selene Nova.

—Por nuestro mundo nuevo —exclamó Selene y alzó la copa hacia la de Aiya.

Aiya sonrió como respuesta. (De haber decidido Atlas Blakely confiar en Aiya Sato en lugar de Dalton Ellery, le habría dicho esto: Cuando un

ecosistema falla, la naturaleza no deja de llorarlo. ¿Por qué aceptar los términos de la Sociedad por cualquier motivo que no sea el de vivir?).

—Por nuestro mundo nuevo —afirmó y brindó con Selene con la ternura de un beso.

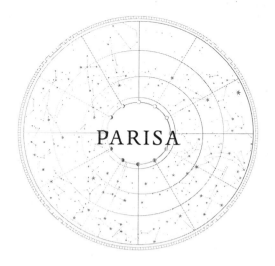

PARISA

—Tenemos negocios inconclusos —dijo tras darle a Callum la pistola con el logo brillante de la «W» que le había quitado a Eden Wessex. Lo llevó al medio de transporte, cuyas puertas se abrieron—. Vas a ayudarme a encargarme de ello.

Callum la siguió con cautela. Miró por encima del hombro, parecía seguro de que estaban observándolos.

—¿Quieres mi ayuda para matar a Rhodes? Dudo que sea la persona idónea para hacerlo —siseó y se preparó para meterse el arma en la cinturilla, como un cowboy estúpido.

—Cuidado con eso, que ya veo que no sabes usarla. Y correcto. —Sí, correcto, Callum no era la persona idónea para matar a Libby Rhodes. También correcto a la variedad de dudas que flotaban en su cabeza sobre si Parisa necesitaba su ayuda después de haber orquestado ella sola un golpe maestro.

Si Parisa quería a alguien muerto, no era cuestión de dificultad lograrlo sola. Probablemente podría plantar la idea en cualquiera, incluso en él. En especial en él, quisiera o no reconocerlo Callum. En cuanto al asunto del sacrificio, cualquiera podría hacer que esa muerte en particular resultara más valiosa, a Callum no le costaría nada ver desaparecer a Libby Rhodes.

Parisa se volvió a colocar las gafas de sol y escuchó sus pensamientos mientras Callum miraba la pistola con el ceño fruncido. Eran pensamientos normales de Callum en su mayor parte, en especial sobre él y su naturaleza cuestionable. Se colocó junto a Parisa en el ascensor con un suspiro, preguntándose cuándo había empezado a diferenciar los latidos del corazón de ella.

—¿Esto es mágico? —murmuró tras abandonar en la tarea de guardarse la pistola. Le abrió el bolso que tenía Parisa bajo el brazo y la volvió a meter.

—Sí. Es prototipo de los Wessex. Y no es para matar a Rhodes. —Y añadió sin mucho entusiasmo—: Lo siento.

—Espero que no sea para Tristan. —Callum se cruzó de brazos y la miró—. Eso es cosa mía y lo haré de forma muy desagradable.

—No, a Tristan no. —Aunque ni siquiera se acercaba a hacer lo que decía.

—Varona, ¿en serio? —Callum frunció el ceño—. No me lo esperaba.

—Varona no. —Callum la miró y ella se encogió de hombros—. Es demasiado adorable.

—Es una proporción normal de adorable. Y si no es él... —Callum frunció el ceño tras repasar el proceso de eliminación y quedarse sin más opciones—. ¿Entonces quién?

Trató de pensar en cómo explicarle la respuesta, pero lo descartó enseguida. Podía ofrecer entretenimiento a su narcisismo al menos, así que dejó que sonara en la bóveda de los recuerdos de Callum. El motivo real por el que lo había llamado.

Solo tienes una opción real en esta vida. lo único que nadie más te puede quitar.

—Nos guste o no, debemos un cuerpo a los archivos —le recordó cuando las puertas del ascensor se cerraron y dejó que oyera lo que no había pronunciado.

Puede ser el mío.

Si de verdad quisiera que le quitaran la vida, debería de haber elegido a otra persona.

—Es lo más estúpido que he oído nunca —fue la afirmación inmediata de Callum, que anunció con un resoplido incluso antes de que el medio de transporte los dejara justo en el exterior de las protecciones de la mansión de la Sociedad—. Y sí, soy consciente de la ironía de que yo diga eso. —La siguió fuera del ascensor y le agarró el brazo. Tiró de ella y miró con el ceño fruncido la fachada ostentosa de la casa. El sol se había ocultado unos minutos antes y había dejado una mezcla de tonos rosados en los muros de la casa—. ¿Podremos entrar? Imagino que alguien habrá cambiado las protecciones.

—Tal vez si el cuidador no estuviera ya muerto —confirmó Parisa—. O si no me las hubiera arreglado ya para asegurarme de que no.

—¿Sharon otra vez? —adivinó Callum. Al menos estaba prestando atención—. ¿Qué le has hecho? Parecía inusualmente agradecida. Y no, ya sabes. —Se encogió de hombros—. Una muerta viviente en términos telepáticos.

—A diferencia de ti, yo no tengo que depender de convertir en zombi a todo el mundo. He curado el cáncer de su hija. —Técnicamente, lo había hecho Nothazai, como estipulación para que Parisa ayudara a sentarlo en la dirección de la mismísima Sociedad que tanto afirmaba odiar.

Era interesante lo dispuesta que estaba la gente a aliarse cuando conseguían lo que querían. O no lo era, en realidad, porque se trataba de una confirmación letal de todo lo que ya pensaba Parisa de la humanidad.

—Y lo hiciste por... ¿amabilidad? —preguntó Callum con visible confusión.

—Con fines obvios de influencia —lo corrigió Parisa con una mueca—. Creo que los dos sabemos que no soy amable. Es muy fácil en realidad hacer feliz a una persona —señaló—. Al menos hasta que su hija llegue a la adolescencia y la odie, y entonces se dé cuenta de que sus otros dos hijos están resentidos con ella, y todos malgasten y den por sentado el tiempo que pasan juntos y que deberían de haber atesorado. Y perdido.

Su intención no era sonar tan resentida, pero no había nada que hacer. El mundo era el que era.

—Parisa. —De vuelta al tema original. Vio que la mente de Callum daba vueltas, luchaba con algo que sabía que no era útil para la causa—. No puedes estar pensando en matarte.

—¿Por qué no? Alguien tiene que morir. —Se encogió de hombros—. Tú fuiste quien se dio cuenta de lo que pasó en la clase de Atlas. Si voy a morir de todos modos porque el resto de vosotros habéis decidido que ser cuidadosos con una condición que conocemos desde hace más de un año...

—Voy a matar a Tristan —anunció tontamente.

—Ah, sí, claro. ¿Y cuándo vas a hacerlo?

—Ahora, si tú quieres. —La miró a los ojos—. Tenía en mente otra ropa, pero te aseguro que no estoy apegado a esos pantalones.

—No seas idiota. —Parisa se volvió para seguir caminando. Callum la siguió de cerca.

—Esa es mi frase, Parisa. —Esta vez la agarró de los dedos—. Mírame. Escúchame con atención. No voy a ayudarte con esto.

—¿Por qué no? Ya me has matado una vez. —Recordaba bien la sensación. Al parecer, también él, pues supuso el principio de su desastre personal.

—Eso fue diferente. Fue... —Se quedó callado, parecía frustrado—. Intentaba demostrar que era mejor que tú.

—¿Y bien? Hazlo lo de nuevo.

—No, esto... ¿es acaso un sacrificio? —repuso con el ceño fruncido—. No puedes renunciar sin más a la vida y darlo por terminado.

—Callum, créeme cuando te digo esto. Me quiero —le informó.

—Vale, pero...

—No es la vida con la que tengo un problema. No escojo morir porque la muerte me parezca mejor. Es solo que... —Suspiró. Dudaba que él lo entendiera—. Es que huir es agotador, se me está poniendo gris el pelo y el resto de vosotros tenéis algo por lo que vivir, pero yo no. Lo único que tengo soy yo, y no me importa. Nunca me ha importado. Pero si alguien va a perder algo, entonces quiero que sea con mis condiciones.

No sabía si Callum estaría jugueteando con algo, trasteando los diales del interior de su pecho. Reina tenía razón al menos en una cosa: Parisa había olvidado lo que se sentía al ser honesta. Ella era un compuesto de mentiras, de cosas terribles y motivos egoístas y, en serio, no estaba resentida por ello. Era una superviviente y sobrevivir era al final algo de lo que estaba muy orgullosa. Lo habría hecho siempre si pensara de verdad que valía la pena, pero no era idiota. Reina haría el bien por este mundo hasta que el mundo la matara. Nico se enrollaría o lo que fuera con su compañero de piso, algo que merecía. Callum no iba a matar a Tristan y Tristan no iba a matar a Callum, y en cuanto a Libby Rhodes...

Que Libby soportara la carga de la supervivencia, para variar.

—No estoy triste —señaló—. Si tuviera más tiempo, sí, probablemente tomaría el control del Foro. Pero luego ¿qué? ¿Unos zapatos nuevos? He visto los Manolos de esta temporada. —Pretendía sonar graciosa, pero le salió un poco mal. Tono tembloroso no, desde luego, solo un poco más amargo—. ¿Para qué, Callum? El mundo está lleno de hijos de puta y de monstruos. —Reina podría arreglarlos. Parisa podría degollarlos y abandonarlos a su muerte. ¿Importaba? No. El mundo era lo que era.

—Parisa. —Callum la miró—. Antes de que hagas esto. De verdad, de verdad...

—¿Sí?

Callum exhaló un suspiro.

—... creo que deberías reconsiderar matar a Rhodes.

Parisa puso los ojos en blanco y se giró hacia la casa.

—Vamos.

—Espera... —La detuvo con el brazo—. Las protecciones parecen distintas.

Ella también se dio cuenta, en un momento similar, solo un pelín demasiado tarde.

—Apenas.

—Apenas no es lo mismo que no.

—Cállate. —Presionó una mano en las protecciones y notó que la saludaban de esa forma asombrosa, analizando su tacto. No era como un ordenador, parecía más bien un cachorrito que le olisqueaba la mano—. Tienes razón. Algo está mal.

Los dos intercambiaron una mirada.

—Hay algo mal en la huella dactilar —comentó Callum. No era un término preciso para la sensibilidad de la casa, pero Parisa coincidía en que no había otra forma mejor de describirlo. Había una inyección masiva de algo, parecía una sustancia extraña, o drogas. La sensación era la misma que dos años antes... cuando los seis seguían conjurando fenómenos cósmicos solo para demostrar su derecho a pertenecer a ese lugar. Pero este grado de producción era… menos estable. Más peligrosa y ligeramente abrasiva—. ¿La reconoces? La magia de las protecciones.

Sí, así era. La conocía bien. De forma íntima, de hecho.

Inquietante.

—La siento —dijo Callum cuando a Parisa se le erizó el vello de los brazos. Desvió la mirada a la de ella—. ¿Algo que tenga que saber?

No. Bueno, no era justo. Cuando ella muriera, se llevaría esa información con ella, y parecía… problemático, por decir algo.

—Si puedes ejercer influencia en Dalton, deberías intentarlo —le dijo—. Esta vez será diferente de la última. Más difícil, sospecho.

—¿Una mala ruptura? —preguntó Callum con una sonrisita—. Qué pena.

No tenía sentido explicárselo. Parisa acarició las protecciones hasta que ronronearon bajo su mano.

—Sí. —Y entró.

Casi de inmediato quedó claro que algo estaba mal. La casa temblaba debajo de ella, pero también faltaba algo siniestro. La sensación que había sentido durante un año de que los muros la estaban drenando, de que el cerebro de los archivos la estaba vigilando… no estaba. Se había evaporado. En su lugar había un murmullo bajo, como si se avecinara un trueno. Nubes de tormenta arremolinadas. Castañeo de dientes, algo al borde del colapso.

Posó una mano en el vano del vestíbulo.

—Algo está mal —repitió, más segura esta vez. Sentía la presencia de algo fracturado, algo conocido. Debería de haber sabido que tendría que responder por esto—. En la sala de lectura.

Callum se detuvo.

—¿Estás segura de que es la sala de lectura? Hay muchas personas en la casa. —Arrugó el ceño, parecía preocupado. Así era, pero la multiplicidad de amenazas no las hacía igual de peligrosas. Parisa sabía dónde estaba exactamente el problema.

Y sabía que era culpa de ella.

—No lo hagas. —Se dirigió rápida a la sala de lectura y Callum la siguió de cerca.

—¿No me has oído? Hay al menos una persona en la... Oh —dijo Callum, pues debió de notar la misma inestabilidad desgarradora que había sentido ella que procedía de los archivos—. Vale, esto es más urgente. Bien.

Parisa vio la familiar luz parpadeante de la animación antes de que entraran en la habitación. Incluso desde el pasillo, la sala de lectura, que tendría que estar a oscuras como siempre, parecía fluorescente, llena de actividad. El tubo neumático que llevaba las solicitudes de manuscritos a los archivos y desde ellos estaba arrancado de la pared. Las mesas estaban volcadas, saltaban chispas de los enchufes rotos que había debajo de ellas.

—¿Por ejercer influencia te refieres a que le diga que se calme? —murmuró Callum.

Parisa abrió la puerta y vio la silueta familiar.

—Dalton —exhaló.

Dalton se giró frenético en su dirección y algo crujió cuando se movió.

—Parisa. —Se acercó a ella, como si llegara tarde a un compromiso del que ya hubieran hablado antes—. Necesito algo de los archivos.

Tenía algo en su cabeza, algo inseguro.

—¿El qué?

—Él lo sabe. —Dalton señaló con la barbilla a Callum—. Pregúntale. Sé que está ahí —gritó en dirección a los archivos—. ¡Se que lo tenéis!

—Dalton. —Le parecía una pérdida de tiempo analizar la energía que había en la habitación—. ¿Qué necesitas de los archivos?

—Lo ha matado. Lo ha matado, joder. No puedo hacer esto sin él, no se puede hacer...

Los pensamientos de Dalton eran la misma masa de fracturas que de costumbre y Parisa notó que Callum se tensaba a su lado, con la vista fija en todo el desastre. Miraba, notaba, sentía lo mismo que Callum, seguramente fuera igual de difícil de interpretar. Parisa lo habría hecho ella misma, algo que arreglar por el bien de la posteridad, pero, como de costumbre, no encontraba sentido a la mente de Dalton. Era demasiado ilógica, las semillas de la lucidez, la humanidad que se tardaba toda una vida en crear, eran muy difícil de plantar en alguien tan gravemente cercenado. Parisa necesitaba algo menos preciso que la neurocirugía, menos tangible, menos parecido a una máquina.

Parisa entendía que no era ciencia lo que podía ver Callum, lo que le hizo a ella en una ocasión. Bondad, mérito, moralidad, bien y mal, esas cosas eran fluidas y dinámicas, echaban raíces en suelo pobre. ¿Podía existir el puro mal? Puede, pero entonces ¿qué era Parisa en un mundo de polaridades? El sentido de la vida carecía de importancia o era incognoscible, el porqué de todo era una cuestión de cambio constante de un día para otro. La propia vida sería siempre mutable, entrópica. Sería siempre imperfecta. Pero no era absoluta.

Lo que significaba que arreglar a Dalton no requería de un cirujano. Hacía falta un artista. Incluso si eso significaba preguntar a un artista al que no le gustaba el lienzo, el medio o el arte.

¿Qué quiere?, le preguntó Parisa a Callum, pero Dalton volvió a girarse hacia ella.

—Ya sabes para qué nos rastrea la biblioteca, ¿no? Nos modela, nos predice, para que nos puedan recrear. Para eso son los rituales. Atlas lo sabe, él puede explicarlo... ¡He guardado tus secretos! —volvió a gritar Dalton, enfurecido con la impasible sensibilidad de la casa—. Los he guardado, ¡y ahora me lo debes! Te lo he dado todo, ¡me debes que vuelva el físico!

—Dalton...

Callum apartó a Parisa y le habló en voz baja.

—Lo que quiere ya lo he conseguido antes. Sé qué está buscando, lo que es.

—¿Y? —Parisa buscó un sentido a la vacilación de Callum. No podía analizarla. Los pensamientos de Callum no se acercaban ni por asomo a la incomprensión de los de Dalton, pero estaba repasando una carpeta en su cabeza. Estadísticas o algo así, probabilidades de juego.

—Y yo no soy de los que suelen comentar los «debería» en una situación determinada, pero esto parece preocupante —señaló con una mirada de lo que Parisa podría haber denominado desdén ni no fuera ya consciente de que su rango de expresiones faciales era limitado.

—Ah, así que ahora te ha crecido una conciencia —murmuró ella mientras Dalton se acercaba furioso a ella y la tomaba de la mano.

—Necesito su magia —dijo Dalton—. No necesito su cuerpo.

—¿El cuerpo de quién? —preguntó Callum y Parisa lo vio en la mente de Dalton.

Lo vio tumbado, inmóvil.

—No. —Reculó, aturdida por un momento—. No, no... —Se le revolvió el estómago—. Dime que no lo has hecho, Dalton...

—Por supuesto que no lo he hecho. ¡Lo necesito! —Le estaba gritando ahora y, muy a su pesar, Parisa se encogió. Había conocido a muchos hombres así y siempre le resultaba feo este lugar de no retorno. Esa furia, una que Parisa no se permitía poseer, y mucho menos mostrar—. Lo necesito —bramó Dalton y la agarró con fuerza por los hombros—, y o bien lo revivo o lo rehago, y el viajero tendrá que...

Se produjo una repentina explosión de luz roja proveniente del rincón que captó la atención de Parisa, detrás de la cabeza de Dalton. Parecía un recuerdo de otra crisis, a muchos mundos y vidas de distancia. Por segunda vez que Parisa hubiera presenciado, algo desconocido fisuró las protecciones de la casa.

—¿Y ahora qué? —le siseó Callum al oído cuando Dalton se volvió sin soltarla y reparó en la presencia de la amenaza medio latido más tarde que ella.

Parisa, dividida entre el desastre que había ayudado a originar en Dalton y la inminente necesidad de violencia, se llenó de una repentina impaciencia.

—Por el amor de dios, ya sabes lo que significa esa luz, Callum...

—Hay alguien en la casa —constató una voz quebrada detrás de ellos, sobresaltándolos a los tres y sumiéndolos en un silencio repentino.

Las puertas se habían abierto, unos pasos se dirigían a ellos desde el vestíbulo. En ese mismo momento, Dalton soltó un grito y clavó las uñas en la piel de Parisa por una sacudida de algo.

Dolor. Ella también lo sintió y apretó los dientes por el trueno repentino en su mente.

Sí, había alguien, muchas personas, en la casa, pero no a través del terreno físico. Eran las protecciones telepáticas que habían violado. Sus protecciones.

Y a menos que estuviera muy equivocada, habían irrumpido en sus secretos de la misma forma que hizo ella en una ocasión: por medio del subconsciente de Dalton Ellery.

—¿Qué es eso? —Callum se había vuelto hacia la puerta de la sala de lectura, como si la amenaza fuera corpórea. Como si el problema fueran los jóvenes que entraban tambaleándose, medio muertos, a la sala de lectura, detrás de ellos.

Parisa lo reconoció enseguida, incluso con la visión borrosa y la abstracción del dolor telepático. Era como si alguien desollara despacio sus pensamientos, como si pelara su lucidez como si fuera una capa de piel, y atravesara poco a poco lo cerebral hasta llegar a lo animal, lo primordial; hasta la chispa de su mente que le decía que viviera. Que sí, la poseía, gracias a Callum. Estaba allí, en el núcleo de su ser, el reflejo de continuar sin saber cómo ni por qué. Porque eso era la supervivencia, un pie delante del otro; abandona el edificio en llamas, sube a la superficie, toma ese aliento tan complicado. Era difícil, pero valía la pena. En el núcleo de su ser lo sabía, lo sabía más que cualquier otra cosa. Su dolor no era un síntoma de la existencia, no era una condición, sino una partícula fundamental, un componente inevitable del diseño. Sin él, no podría haber amor, algo que Parisa evitaba no porque careciera de sentido, sino porque el precio a pagar era demasiado alto. Ella lo entendía de una manera, y solo de una: amar era sentir el dolor de otra persona como si fuera tuyo propio.

Dalton se desplomó contra ella con un rugido y los dientes apretados, la saliva salió disparada mientras caía. Ella se tambaleó a ciegas, casi abatida por él, cuando alguien llego a su lado y la alzó por el brazo. Callum seguía ahí, todavía evaluando la amenaza errónea, y Parisa se inclinó sobre él con una mano y se llevó la otra a la sien. El dolor era abrasador, como si mirara demasiado tiempo el sol.

—¿Qué pasa? —La voz de Callum se tornó débil, cada vez más débil. Cuanto más fuerte era el dolor de cabeza de Parisa, más distante sonaba

Callum, como si la estuviera llamando desde las profundidades del océano. Cerró los ojos. La presión de la mano de él bajo su codo disminuyó poco a poco, el eco de su voz se tornó cada vez más distante.

Cuando abrió los ojos, la sala de lectura había desaparecido. En su lugar estaban las ruinas de un castillo, pilas de piedra rota más allá de kilómetros de cipreses quemados. Se giró rápidamente, buscando a Callum o a Dalton.

—Tus protecciones telepáticas han sido violadas —dijo una voz detrás de ella.

Se volvió y se encontró allí a Gideon Drake. Esperando. ¿Tendría que sorprenderla? Él le dio algo, algo pesado. Parisa cerró los dedos alrededor del peso que tan familiar le resultaba.

—Telépata —se dirigió a ella con voz monótona.

Parisa alzó la espada con la que estuvo a punto de matarlo.

Pues bien, al final ella no moriría hoy. Así no.

—Soñador —respondió.

GIDEON

Lo que en el pasado fue un castillo de cuento de hadas parecía ahora unas ruinas prebélicas. Los árboles estaban demasiado crecidos y, juntos, tapaban lo que podría haber sido un cielo. El laberinto de espinas echaba humo y estaba cubierto de maleza a sus pies. El aire era denso, con una niebla asfixiante, una penumbra nociva que se pegaba a ellos como el sudor.

Al lado de Gideon, Parisa Kamali parecía más muerta que nunca. Su expresión era espantosa y bella, exquisita como siempre, los ojos planos y sin emoción mientras contemplaba el paisaje en silencio.

—Has dejado que entren —dijo sin mirarlo.

No llevaba su habitual armadura. Y, técnicamente, esta no era la misma espada que una vez conjuró. Sus poderes no eran idénticos, no podrían haberlo sido. Su magia era teórica, la de Gideon era imaginaria. Qué curioso, pues, que los extremos fueran, funcionalmente, iguales.

Curioso, sí. Muy curioso. Lo único que podía hacer Gideon ahora era reír y reír.

—Sí —confirmó y exhaló un suspiro. Le ajustó la mano en torno a la espada—. Y tú me mentiste sobre el Príncipe.

El humo que salía del castillo era un atrayente que los guiaba hacia allí. Solo dos cosas se podían hacer con el fuego: huir de él o apagarlo. Gideon se preguntó cuál escogería Parisa. Estas eran sus protecciones, a fin de cuentas, y esta conciencia particular (este reino o plano astral, fuera lo que fuese) era de ella en cierto modo, si es que el contacto previo de Gideon con ella era indicativo de algo.

Lo miró de soslayo.

—¿De qué lado estás tú?

—No te he tendido una trampa, si eso es lo que preguntas. —Estaba muy cansado para esto, no sabía ni suponía que ella vendría. No había acabado el mundo, pero sí había desaparecido buena parte de lo que importaba.

¿Dónde iría ahora? ¿Quién sería sin la evidencia de Nico de Varona? ¿De qué podría huir si su madre ya no estaba? Gideon se sentía suspendido, no había nada que lo empujara hacia delante, mucho menos que lo retuviera.

No obstante, tal vez había un elemento de responsabilidad personal.

—En realidad no quería que entraran —aclaró ante el silencio de Parisa. (No odiaba a Dalton Ellery, no odiaba a la Sociedad, no odiaba nada. No era capaz de odiar algo que Nico de Varona había amado)—. No quiero destruir los archivos, pero iban a obligarme a que los dejara entrar de todos modos, y yo solo quería…

Parar. Descansar. Sufrir.

—Sí —dijo Parisa, como si lo entendiera, y la espada refulgió de pronto en su mano—. Bueno, vamos entonces. Venga.

Se adelantó como si supiera que él la seguiría, y posiblemente fuera obvio. A fin de cuentas, él solo estaba allí. Le había dado el arma, lo que era, básicamente, como decir que había venido a ayudarla a atrapar eso que él les había metido en las cabezas.

El Contable que volvió a visitar a Gideon la noche anterior había estado acechando cerca del subconsciente de este, tal y como le había amenazado que haría durante el resto de la vida sobrenatural de Gideon. Aguardando expectante, tal y como le había prometido el Contable, hasta que la deuda de la madre de Gideon fuera pagada, el Príncipe renunció y, como Gideon no era idiota, los archivos y su contenido fueron finalmente robados. Gideon, que era endeble por naturaleza, siempre con un pie fuera de este reino, sabía que siempre le había costado más trabajo mantenerse despierto que dormirse. Se había esforzado al máximo por una persona, que ya no respiraba, que ya no reía. Ya no era capaz de soñar.

Así pues, tras la pérdida de Nico, sin nada más que rabia y un vacío dentro de él, Gideon tomó una decisión muy simple: *A la mierda esta casa. Que arda.*

Al primer atisbo de confusión entre la conciencia y el sueño (en el habitual pulso entre estar dormido y despierto), Gideon solo pensó: *El Príncipe al que has estado buscando está aquí.* Y entonces algo se materializó para él. La protección telepática, de la que una vez pulsó como la cuerda de una guitarra para Nico, para enseñarle la clase de prisión que había elegido, la opulencia de la seguridad en la que vivía Nico.

Gideon lo encontró entonces, otra vez, y, cansado, pensó vale, unas malditas tijeras gigantes, y entonces lo cortó, como un alcalde de dibujos animados en un evento benéfico político. No vio siquiera al Contable materializarse. No oyó el sonido de la voz del Contable tomar forma. Era más bien un serpenteo, un veneno que goteaba despacio por los conductos. La puerta a su celda telepática se abrió y Gideon podría haberla cruzado. Podría haberlo dejado todo atrás. Vio su ventana de oportunidad marcharse y, con un suspiro: Nico estará muy decepcionado.

Después, una vez que se fisuraron las protecciones de la casa, oyó el grito distante que provenía de los archivos y se obligó a despertar.

Pero ahora Gideon estaba de vuelta en los reinos, caminando en silencio detrás de Parisa, deambulando tras sus talones mientras ella contemplaba el paisaje irregular de los terrenos del antiguo castillo del Príncipe, con la boca cada vez más tensa por la inquietud a medida que andaba. Las espinas no dieron señales de ceder, los árboles se mostraban en gran medida apáticos a su presencia. Parisa se detuvo un segundo y dejó escapar lo que parecía un suspiro hondo de fastidio.

—¿Por qué estoy haciendo esto? —preguntó al aire vacío, o posiblemente a Gideon.

—No sé —respondió él. Entonces, porque él también quería una respuesta para sí—: ¿Qué es? El Príncipe. Dalton. ¿Es un necromante?

—Un animador. —Se oyó otro grito—. No conozco la diferencia.

Gideon sí. Después de todo, había estudiado magia teórica, ya que no había oportunidad de especializarse en Estudios Probablemente No Humanos o lo que fuera con lo que Nico había bromeado. Gideon no era tan rápido como Nico, ni tan divertido, ni tan nada, excepto, posiblemente, sí más informado en esta área específica.

—Un necromante es un naturalista para las cosas muertas. Un animador es más bien un productor de cosas vivas.

Sintió que Parisa lo miraba, pero no le devolvió la mirada.

—¿Qué significa?

—Los naturalistas toman de la naturaleza. Los animadores no toman nada, lo crean. —Algo así como la diferencia entre un fantasma y un zombi, o la definición de pornografía. Era fácil de señalar cuando estaba sucediendo, pero costaba definirlo bien.

Hubo una explosión en la distancia. Otro grito. Se estaba produciendo una batalla en alguna parte, eso estaba claro, y Gideon reparó en que ellos eran meros espectadores, no tomaban parte. Como si Parisa tuviera aún que decidir.

Tras leerle la mente (muy probable), Parisa se protegió los ojos con la mano.

—Cuando liberaste al Príncipe de su jaula, lo cambiaste.

—¿De qué a qué?

—De caja de seguridad a bomba.

—Suena peligroso.

Ella asintió, pero no se movió.

—Imagino que Rhodes lo habrá pensado.

La cabeza empezó a darle vueltas a Gideon con una maldad residual ante la mención de Libby. No era odio. Nico no la odiaba y Gideon tampoco lo haría. Sin embargo, había una sensación de amargura.

—Estás de acuerdo con ella —observó al notar que Parisa no tenía prisas por salvar a Dalton, ni por rescatar a la Sociedad. Sencillamente, estaban contemplando la caída de Roma. ¿Tendría que prepararse palomitas? A Nico le gustaban las que hacía él, igual que le gustaban sus mazorcas de país, pero esto no era información relevante y tampoco era ya una información útil.

—El mundo está lleno de gente peligrosa —comentó Parisa—. Me esfuerzo por quitarle a Dalton su derecho a ser destructivo cuando buena parte de lo que hay ahí fuera merece ser destruido.

—Aun así —apuntó Gideon—. Seguro que es mala idea dejar que se convierta en el arma de otra persona.

Parisa hizo una mueca y Gideon supo lo que estaba pensando. O planeando, más bien.

—Podríamos intentar llevarlo de nuevo al castillo —dijo ella en voz alta para probar su teoría. Gideon comprendió que se trataba de un planteamiento de ideas, algo curioso. En el cielo, la tormenta era cada vez más real y, por lo poco que podían ver entre las copas de los árboles, había relámpagos y los truenos rugían en la distancia.

—¿Quieres devolver el contenido a la caja de Pandora? —preguntó Gideon, vacilante.

—Que sea una empresa inútil no quiere decir que no merezca la pena intentarlo. La vida es inútil. Por definición, su único resultado es el fracaso. Termina, invariablemente. —Lo miró—. ¿Hace eso que merezca menos vivirla?

—Qué sombrío.

—Y en cuanto a los archivos... —Forcejeaba ahora consigo misma—. No sé si la Sociedad los merece.

—Una conclusión bastante segura —confirmó Gideon. Le costaba olvidar lo que ya había visto de la realidad de la Sociedad, tal vez porque nunca le habían ofrecido a él lo que le habían ofrecido a Nico. Grandeza, gloria; eso jamás estuvo en la mesa para él. Solo la microgestión de una beca no remunerada por parte de un grupo de personas encapuchadas sin rostro.

—Pero quien haya aquí, probablemente sea peor. —Parisa suspiró.

—Un punto válido también.

Parisa lo miró con una mueca de resignación.

—¿Sabes quién es? A quién has dejado entrar.

—Se me ocurre que sean asociados de la persona a quien mi madre llamaba el Contable —explicó—. Él compró las deudas de juego de mi madre y les puso un precio imposible.

—Ah, qué bien. Una metáfora para la pobreza.

—Sí.

—Así que no es buena idea dejar que sus amigos entren en la casa.

—No. —Gideon hizo una pausa antes de añadir—: Lo lamento.

—Pero esto se te da bien, ¿no? —Parisa lo inspeccionó un segundo, la mano aferrada a la espada—. Mejor de lo que Nico me hizo creer.

La mención de Nico dolía, pero Gideon ya había experimentado antes el dolor.

—Soy... proficiente a un cierto nivel. Con limitaciones significativas.

—¿Qué significa?

—Significa... —Se encogió de hombros—. Esto, mi magia, no es real.

La diminuta arruga en la frente era como un coro de acusaciones desdeñosas.

—¿Funciona?

—Hasta cierto punto.

—Entonces ¿qué es lo que no es real?

Gideon abrió la boca para decir «todo», pero entonces consideró alterar su respuesta por «nada», pero se quedó allí parado.

Si hubiera sabido la respuesta a esa pregunta, ¿se habría unido Nico a la Sociedad?

¿Estarían ellos, cualquiera de ellos, aquí ahora?

—Bueno. —Parisa leyó con acierto la insignificancia del conocimiento de Gideon al respecto y volvió a suspirar. Continuó adelante con una sensación de consentimiento renuente—. No puedo decir que yo sea apta para el heroísmo, pero me duele la cabeza, así que vamos a intentarlo.

Alzó la espada hacia las espinas y las escindió, o trató de hacerlo. No funcionaba muy bien, lo más seguro porque las espadas no estaban hechas para cortar espinas. Estaban hechas para cortar a humanos y, al parecer, las espinas eran más fuertes. Esto era culpa de Gideon, técnicamente. Parisa sacó en un principio una espada porque era una telépata con magia con los pensamientos, pero los pensamientos solo estaban hechos de cosas que la gente había visto antes. Había otras clases de pensamientos, claro, como las ideas y la creación, y Parisa podría crear algo diferente si lo intentara de verdad, pero esto era dominio de Gideon.

¿Qué estaba diseñado para atravesar las espinas? Probablemente una motosierra específica para espinas.

Se materializó en la mano de Gideon. Este la miró y la dejó en el suelo. Accionó el gatillo para arrancar el motor. La motosierra cobró vida con un rugido y mordisqueó con ansias el lecho de espinas que había ante ellos. Gideon miró a Parisa.

—No es estéticamente muy apropiada, pero nos servirá —dijo ella con tono amable y le hizo un gesto para que siguiera adelante.

Bien. Caminar se les haría lento. A Gideon se le ocurrió un descapotable, como el que Nico le había contado que se acababa de comprar el padre de Max. (Max, pensó con una repentina calidez. El mundo aún contaba con Max, así que no se había acabado. No era el final. Aún no estaba destruido). Parisa subió al asiento del conductor y Gideon, todavía con la motosierra arrancada en las manos, entró en el asiento del copiloto cuando ella arrancó el motor y le tendió una mano.

—¿Qué? —preguntó Gideon, haciéndose oír por encima del rugido de la motosierra. Pensó en un modelo más silencioso.

—Las gafas de sol, por favor —le pidió—. Si vamos a hacer esto, démosle un aspecto atractivo.

Gideon se encogió de hombros y le pasó un par. Pensó en otras para él. Las de ella eran de aviador, las de él eran un modelo inspirado en la década de los cincuenta que a Nico le encantaban y, por consiguiente, había perdido. Pensaba que le daban un aspecto sofisticado y tenía razón.

Parisa puso el automóvil en movimiento y Gideon se asomó por la ventanilla para cortar las espinas y las ramas crecidas que colgaban de los árboles. Una motosierra más grande, pensó. Dos motosierras. Manos de motosierra.

—Parece peligroso —comentó Parisa con una mirada de reojo—. Mejor que lo cambies antes de que tengas fantasías extrañas.

—Tú conduce. —Gideon suspiró. Seguramente a Nico le gustara un montón Parisa, por lo que decidió que a él también, aunque hubiera estado a punto de matarlo en una ocasión. En especial por eso, de hecho.

Era muy buena conductora, o Gideon había soñado un coche muy bueno. Una suspensión excelente. El control de la mujer sobre él era magnífico, y Gideon vio que estaba usando una palanca de cambios. ¿Había pensado en un coche manual?

—No —respondió ella a sus pensamientos. Y un momento después—: Me enseñaron así.

—¿Quién?

Esquivó una maraña de árboles.

—Mi marido. Está muerto.

Gideon golpeó con insistencia un matorral especialmente denso y cortó sin querer un árbol que cayó en medio de su camino. (Tal vez un descapotable era mala idea. Un bulldozer con el motor de coche de carreras). Ascendieron y la escena imaginaria se reorganizó. Gideon cambió entonces las manos de motosierra por las suyas normales y se subió las gafas por la nariz.

—¿Lo querías? A tu marido.

—Sí —respondió Parisa—, pero la vida continúa.

En ese momento, Gideon recordó de pronto sus sospechas de que la telépata que había diseñado las protecciones de la Sociedad era una sádica, y pensó en la posibilidad de que las personas que sufrían el peor dolor probablemente lo conocían mejor. Notó que una parte de su antiguo yo volvía a él, una parte que no estaba rota incluso sin Nico. Era la parte que sabía que lo más duro de la existencia era tener talento para causar sufrimiento y descartar usarlo porque estaba mal. La parte que comprendía que el éxito no se cuantificaba por ninguna forma de capital. Que era más admirable pasearse por el mundo y decidir no romper cosas solo porque podías hacerlo.

—Sí —dijo Gideon, porque si sabía una cosa de la vida, era eso—. La vida continúa.

Avanzaron por el bosque de los terrenos del castillo y llegaron a los escombros de la base del propio castillo. Este era un bulldozer soñado y, por ello, muy efectivo, pero había ahora otras cosas con las que lidiar; atisbos de cosas espectrales, medio humanas.

—Ahí está Dalton —indicó Parisa. Se apeó del asiento del conductor y señaló. Refulgió cuando cayó un rayo; de nuevo estaba vestida con una armadura y llevaba la espalda en la mano. Gideon no se había dado cuenta de que la había llevado todo ese rato. Bajó él también del asiento del copiloto, rodeó la cuchilla del bulldozer y se acercó a ella por el lado izquierdo del armazón de empuje. Entonces, por diversión, conjuró un arco y una flecha que Parisa miró con la nariz arrugada.

—Sé práctico, Drake —le dijo y él suspiró. Era muy competente con un arco, pero tenía razón.

—Vale, pero no me gusta esto. —Pensó en una ballesta automática con un rango mejorado. Casi autónoma, en el caso improbable de que tuviera que enfrentarse a un telépata con la habilidad de Parisa.

—Mejor —aprobó ella. Levantó la espada y avanzó.

Dalton, el Príncipe, aguardaba en lo que debía de ser un patio central. Los restos de su castillo se extendían a cada lado, como el cementerio de su jaula personal. Había otros tres (no, cuatro) hombres presentes y todos se reunían de forma uniforme en torno a Dalton. Si eran telépatas, su tiempo aquí era limitado antes de que sus límites corporales fallaran y se quedaran sin magia. Sin embargo, con estos números, el combate telepático sería fácil.

Pero un acertijo no.

—Retenlos en el interior del patio —le dijo a Parisa, quien lo miró interrogante un momento, pero asintió—. A todos —aclaró Gideon, incluyendo a Dalton en su afirmación de quiénes eran sus enemigos. Ella volvió a asentir, más segura esta vez, como si comprendiera su plan. Y probablemente fuera así, aunque Gideon no estaba seguro de si le gustaría aceptar órdenes de él, ni de nadie. No importaba. Él sabía cómo hacer ciertas cosas, entre ellas resolver un problema sin ocasionar más daño del necesario. Gideon había vivido una especie de existencia de cazador-recolector, una que a otros les parecía que era pasar hambre, pero que a él lo había mantenido con vida todo este tiempo. Le había dado a Nico, así que lo que pensara nadie de su supervivencia era irrelevante. Era una vida de abundancia. Había tenido más de lo estrictamente necesario, tanto que podría regalar ahora y aún le sobraría mucho.

Lo cual no quería decir que la magia fuera del todo ilimitada. Estaba bien que ya no fuera objeto de la ira de Parisa Kamali, porque no había perdido talento en el transcurso de su breve relación. Llegó al centro del patio, resplandeciente con su armadura negra, y Gideon comprendió lo suficiente para saber que lo que estaba haciendo, el juego al que estaba jugando, tenía unas reglas ligeramente distintas. Para ella, tan solo estar allí era un esfuerzo. El sueño lúcido, la proyección astral, eran diametralmente diferentes, aunque parecieran lo mismo. Gideon podría quedar aquí atrapado para siempre mientras que Parisa podría desaparecer, desintegrarse en cualquier momento.

Era una cuestión de tiempo, como todo. Una cuestión de mortalidad. Eso que los hacía falibles, la única separación real de lo divino. Para ellos, siempre habría un final.

Gideon no estaba aquí para ser un héroe. Estaba aquí para ser un capataz, para supervisar la construcción de algo simple, pero impenetrable, que era realista e imposible al mismo tiempo. Por suerte, los otros, los intrusos, quienesquiera que fueran, no estaban en mejor situación que Parisa; peor incluso, pues no tenían las habilidades naturales de ella. Gideon se preguntó cómo era posible que estuvieran haciendo esto, cómo podían romper una fortaleza telepática que ni siquiera él había podido penetrar con éxito. Pero entonces se fijó en algo de los atacantes. Llevaban todos gafas.

No eran solo gafas, claro. Algo destellaba en sus sienes, donde debía de estar el logo de la marca. Una pequeña «W». El equivalente a llevar al patrocinador de su equipo en el pecho.

Bien, pensó con una mezcla de resignación y disgusto, que era lo que sentía, en su mayor parte, con respecto a las epifanías de la humanidad. Esto era lo que James Wessex, el Contable, había hecho con mil millones de dólares. ¿Alimentar al hambriento? ¿Preservar los recursos de la tierra? No, ¿por qué iba nadie a hacer eso? ¿A quién ayudaría más que, eh, a todo el mundo? Desarrollar armas telepáticas imposibles, por otra parte (algo que con toda seguridad costaba tanto como financiar un programa espacial), era claramente una elección mejor. ¿De qué otra manera iba a clavar la bandera en algo y llamarlo propio?

Concentración. ¿Qué podría ayudar a la situación? Nico, probablemente. Nico siempre sabía qué hacer. Nico era la clase de persona que miraba algo y lo veía distinto al resto de la gente. Veía lo que podían ser las cosas. Era su problema con las cosas con las que tenía problemas, lo que le encantaba de las cosas que le encantaban. ¿Qué había visto Nico en Gideon? ¿Su potencial? ¿Algo que arreglar? No tenía sentido pensar ahora en eso, pero la lente era significativa, porque Nico miraría y no vería un patio destrozado o un telépata de moral cuestionable luchando junto a un animador con el poder de destruir el mundo. Él vería un acertijo con solución. Un juego capaz de ganarse. Vería las piezas rotas de la simulación y las juntaría. Miraría el problema y lo arreglaría. Lo haría con un parpadeo, pero Gideon no era físico, así que él tendría que verlo de forma diferente.

Parisa se había puesto de lado de Dalton y había reconocido que la forma más sencilla de conservarlo dentro del alcance del plan de Gideon era enfrentarse a todos los intrusos de la biblioteca a la vez. Los cuatro atacantes usaban armas parecidas a blásteres de ciencia ficción, sin duda también financiados y diseñados por la Corporación Wessex. ¿Cómo medir el nivel de peligro de un arma cuyos parámetros no conocía Gideon? Al parecer, podían usarse con casi cualquier cosa, los muros de un castillo en ruinas incluidos. ¿Qué clase de fortaleza podía ser lo bastante fuerte para resistir cualquier cantidad de destreza telepática, previamente imaginable o no? Casi todo en la naturaleza acababa por descomponerse. No había forma completamente impenetrable. Las cajas se abrían... para eso se usaban.

Pero ¿por qué hacer una caja cuando podías hacer un sueño?

Esto era su especialidad, los tipos de sueños. Buscar algo imposible de encontrar. En ese sentido, Libby era su inspiración; la constancia de su búsqueda, el doloroso laberinto que era su mente subconsciente. Al recordar a Libby y sus pesadillas, Gideon comprendió dos cosas.

Una: que la perdonaría. Tardaría mucho tiempo y sería complicado, pero sucedería.

Dos: que todo el mundo tenía algo de lo que huir.

Gideon suspiró. Era hora de crear un monstruo.

La criatura de las peores imaginaciones de Gideon no tenía garras. Ni dientes afilados. Tenía carisma, la calidez del sol, pero también la sensación de que todo su sentido se borraría si ese afecto se veía alguna vez atenuado o retirado. El monstruo de Gideon era en parte compromiso. Era una lealtad inmerecida e impotente a alguien con aletas y defectos. El monstruo de Gideon tenía hambre, tenía miedo, las necesidades básicas de la supervivencia, y dolor, pero también tenía un sentido de corrección. Tenía el miedo a hacer algo mal, a lastimar, miedo a una fatalidad interna, una corrupción interna. Contenía la sensación de Gideon de que él no estaba, y nunca estaría, completo.

El monstruo de Gideon no carecía de bondad. Tenía suficiente tristeza para sufrir, pero no la suficiente para abandonar. Tenía una ternura desperdiciada, un amor egoísta, un amor del todo diferente al suyo, porque era racionado y condicional, transaccional, ojo por ojo. El monstruo de Gideon no tenía hogar, ni razón para existir. Era solitario, pero incansable, maldecido por conocer la forma exacta de su vacío, en perenne búsqueda de su otra mitad. Solo tenía una cualidad impulsora, que era una necesidad imperiosa de una validación que no llegaba nunca.

El monstruo de Gideon no tenía forma, era variable, identificable cuando estaba en las sombras de su periferia, pero sin poder mirarlo de frente. El monstruo de Gideon era pequeño e inevitable, como una picadura de abeja o una embolia, una burbuja atrapada dentro de una vena. El monstruo de Gideon era enorme e infatigable, como un prejuicio o el cambio climático. El monstruo de Gideon parecía la esterilidad de los reinos que él nunca podría cartografiar y el horizonte del final que nunca podría alcanzar. Creó a su monstruo a partir de aspectos familiares, fragmentos que pudo encontrar, un globo ocular hecho de sus virtudes inútiles, los tendones de su vicio actual. Gideon tomó la pena de la que jamás escaparía y la ató al monstruo como una sombra, para que lo siguiera. Estaba lleno de la sensación del aire otoñal fresco, el primero mordisco a una manzana, un beso inesperado sobre un puente parisino. Llevaba las cadenas irrompibles de la felicidad fugaz que Gideon había ganado y perdido.

Cuando abrió los ojos, su monstruo ya se estaba moviendo. Deambulaba por el patio, engulléndolo todo como un eclipse. El cielo gris que expulsaba lluvia y estaba ahora oscuro, lo bastante oscuro para que se vieran destellos de nebulosa inalcanzable; una comedia con un final trágico, una paz que no duraría. Vio a Parisa detenerse, el sudor en el cuero cabelludo, los ojos suaves por la comprensión que era también miedo. Ella lo vio desde lejos, ojos salvajes, casi engullidos, y Gideon le cambió el arma. En lugar de una espada en su mano, la mujer vio ahora un objeto de la imaginación de Gideon: una bola 8 mágica, que, al agitarla, le daría la respuesta que necesitaba para la cuestión que habitaba incansable en el interior de su alma. Un pensamiento que la mantuviese con vida, armada y luchando. Cualesquiera que necesitara que fuera ese pensamiento.

Fue suficiente para despejarle el camino, una carrera loca por el lateral de los muros rotos del castillo. Parisa sangraba, la armadura se oxidaba, el castillo desaparecía. El sueño se estaba devorando a sí mismo, una trampa infinita, de la que no era posible escapar. Parisa se esforzaba por salir, aferraba con la mano apretada la bola 8 mágica, y Gideon le tendió la mano a la suya libre justo cuando oyó el grito agudo de rabia que perforó la noche.

Algo había agarrado a Parisa por el tobillo, una mano. Una mano que pasó a ser un brazo. Del castillo que desaparecía llegó algo, alguien…

Parisa dio una patada a la mano de Dalton Ellery y su agarre de la mano de Gideon se debilitó. Gideon apretó los dientes y se pensó como un ancla para mantenerse estable, pero Parisa Kamali no era un objeto de sus sueños, lo que ella hizo a continuación no lo pudo controlar él. Emergió la cabeza de Dalton, resollando, maldiciendo, algo espectral y horripilante surgió de la naturaleza en disolución del sueño de Gideon como un noble corcel, con mandíbulas abiertas. La mano de Parisa volvió a resbalársele, la determinación de esta flojeaba, o tal vez era su forma corpórea, que se desvanecía. Los intrusos Wessex ya habían desaparecido, absorbidos y sin poder en este reino y el siguiente. Parisa y Dalton, y la influencia que tenían el uno sobre el otro, eran todo cuanto quedaba. Si Gideon tiraba de ella, también tiraba de Dalton. Y entonces todo esto sería en vano.

Golpeó a Gideon con una fuerza bruta: no podría salvarla. Al pensarlo, le sorprendió que aún le quedara más tristeza por sentir, incluso después de usarla para crear su monstruo. Incluso después de perder a Nico. Las reservas de su dolor eran un océano que se elevaba más y más, en el que vertía los casquetes polares derretidos de lamento, frustración y vergüenza. El dolor de Gideon era eterno, un bucle temporal de ida y de vuelta entre conocer a Nico y conocer el destino de Nico, y quería salvar a Parisa, quería salvar a alguien; quería, por una vez en su condenada vida, ser de utilidad, no para alguien, sino para ella; ser lo que no había podido ser para Nico.

Pero querer las cosas no era suficiente. Querer a alguien no era suficiente. Dabas y dabas y dabas y a veces, cómo eran las cosas, ese amor no regresaba, o si lo hacía, moría joven. A veces no podías salvar las cosas y el hecho de saberlo, la fatalidad (la extraña y aterradora satisfacción de la conclusión de que Gideon no tenía nada bajo control excepto él mismo) era como una espada de certeza al caer. Otro corazón roto. Otra despedida.

Los dedos de Parisa se desprendían poco a poco de los de él, uno a uno. Dalton tenía una mano en los nudos de su cabello y tiraba de ella hacia atrás para impulsarse él hacia delante, y Gideon supo que soltar sería el sacrificio; lo que necesitaba para poner fin al apocalipsis que Libby Rhodes había tratado de evitar. Irónicamente, era ahora responsabilidad de Gideon evitar aquello por lo que había muerto Nico.

Lo comprendió. Miró a Parisa a los ojos y ella asintió. *Sí, hazlo. Suéltame.* Le lanzó la bola 8 mágica, soltó la otra mano y...

Gideon la aferró y tiró de ella con las dos manos.

También de Dalton.

—¿Qué haces? —protestó Parisa. Dalton escupió triunfante en el reino de su conciencia. Gideon abrió la boca para contestar cuando Dalton se lanzó hacia delante, con el brazo extendido, y...

Entonces Gideon despertó en el suelo de una habitación desconocida.

Parpadeó.

Parpadeó.

Encima de él, el humo espesaba el aire.

Un círculo de oro flotaba sobre su cabeza y el cañón de una pistola humeaba. Una forma apenas humana ladeó la cabeza y miró a Gideon antes de bajar despacio la mano hacia la pistola y apoyarla en el centro de la frente de Gideon.

Gideon cerró los ojos, exhausto. Una voz habló en su mente, como algo que recordara a medias de un sueño.

Es decididamente así.

VIII

NATURALISMO

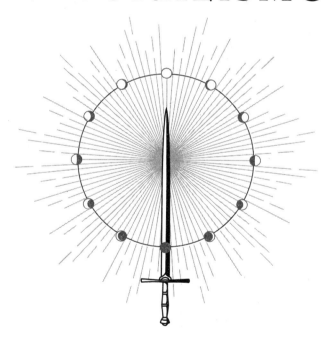

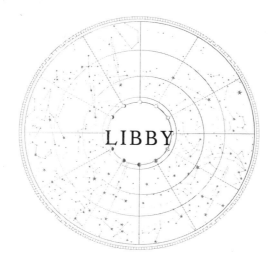

LIBBY

El grito que desvió, por un momento, su atención de la marcha de Tristan fue suficiente para despertarla de nuevo.

Tristan quería irse, ¿y qué? Desde el principio sabía que él no era capaz de la marca de lealtad de Libby, de su clase de convicción moral. Por un momento lo odió más que a nadie, con la excepción de ella misma. Fue un momento lo bastante extenso y serio para dejar que se fuera, en especial tras verle la cara. El vacío en ella, la mirada de alivio por pasarle la carga a otra persona. Su compromiso con ella acababa, y tal vez fuera algo alentador, pensó Libby, porque hasta entonces, todo lo que había habido entre ellos había sido consecuencia de la culpa. Si él se lavaba las manos con ella, bien, ya no le debía la pretensión de una disculpa.

No lamentaba haber matado a Ezra. No lamentaba haber matado a Atlas. Tampoco lamentaba haber matado a Nico, porque todo lo demás que sentía al respecto distaba tanto del remordimiento que no podía calibrarse. No podía medirse.

Había matado otra parte de su corazón, la parte que contenía todo lo que había significado para ella Nico de Varona, cada momento de incapacidad, cada atisbo de admiración imposible, inevitable, cada gramo de lo que todo universo contenía que había de ser así; solo podía haber sido amor, y la complejidad, la imposibilidad, eclipsaba cualquier anhelo que sintiera ahora por Tristan. Era una persona más pequeña cuando lo eligió a él, alguien capaz de sentimientos menudos, por lo que cuando él se alejó de ella por última vez, lo dejó marchar sin decir una palabra. Siguió el sonido del grito, porque así era ella. Era la clase de persona que había hecho todo lo que estaba en su poder para proteger la vida que había escogido y, a diferencia de Tristan Caine, eso incluía el contenido de esta casa. Cualquier cosa que hubiera hecho para ponerla en peligro.

Se giró y continuó hacia la sala de lectura; siguió el sonido de forcejeos. La presencia indiscutible de una amenaza que provenía de los archivos. Imaginó a medias que podría tratarse de Nico. *Era broma, Rhodes. ¡Como si fuera a dejar que algo tan inconsecuente como mi muerte fuera a evitar que empeorara tu vida de forma inmedible!* Pero supo quién era cuando lo atisbó por detrás. El juicio que estaba esperando y temiendo al mismo tiempo.

—Callum —dijo con voz tensa. Entró en la habitación y vio a Dalton en el suelo, le salía espuma de la boca, y Parisa se convulsionaba, inconsciente, a su lado. Gideon había extendido un brazo hacia el hombro de Parisa antes de caer en el golfo entre ella y la mesa volcada, tenía una mirada plácida en la cara, como si solo estuviera dormido.

—Ah, estupendo, joder —exclamó Callum cuando reparó en la presencia de Libby en la puerta, una expresión de disgusto le contorsionaba los rasgos—. Justo lo que necesitábamos. ¿No lo has jodido ya suficiente, Rhodes?

Sí, pensó ella. Lo he jodido todo. Siempre has tenido razón conmigo, Callum. No soy capaz de tener poder. Soy demasiado débil para soportarlo con gracia. Existo en este mundo solo para romper todo lo bueno que he tocado nunca.

En cambio, dio un paso. Otro. Otro, más y más rápido, y observó, con un placer enfermizo, cómo se transformaba la mirada de su rostro, que palidecía al reconocer un misil que se aproximaba, una amenaza inminente. Cuando llegó hasta él, estaba demasiado sorprendido para moverse, y el impacto de su puño en el hueso de la mejilla fue deliciosamente devastador. Como acertar en el centro de una diana con la flecha en su primer intento.

Callum cayó con fuerza, casi sin resistencia. Libby no sabía si había sido un puñetazo normal en la cara o si había usado magia. Algo cayó de las manos de Callum; era algo metálico que repiqueteó en el suelo y aterrizó a sus pies.

Bajó la mirada y le dieron ganas de llorar y reír, de temblar, sollozante, sin lágrimas. Una pistola. Una jodida pistola. Como si Chéjov descendiera del techo. ¡Qué ridículo que Atlas se hubiera sentado entre estas paredes para leer *La tempestad* cuando todo el tiempo fue *Hamlet*! Tan solo la venganza la perseguirá, mañana y mañana y mañana. Un relato contado por un idiota, sin razón para detenerse ahora que había llegado tan lejos.

Libby se agachó y tomó el arma, la pequeña pistola. La sopesó en las manos. «Ten cuidado con las emociones fuertes», le advirtió en una ocasión Nico, pero ya no le preocupaba la habilidad de Callum para controlarla. Ya no le preocupaba Callum en absoluto.

El arma era fría en sus manos. Sin vida. Callum se estaba incorporando con una mano en la cara y unas gafas de sol cromáticas cayeron del hueco de su camisa ahora ensangrentada. Le había roto la nariz y probablemente el cráneo. La cara se le inflamaba más a cada minuto, deformando los hechizos de ilusión para que Libby pudiera verlo, al menos algunas partes de él. Casi esperaba encontrar telarañas bajo unos pómulos postizos, unos ojos llorosos encerrados en armazones inyectados en sangre. Libby pensó en el hecho de que le estaba asignando, mentalmente, el color de pelo que tenía ella, sus ojos marrones, su ausencia de rasgos destacables, y comprobó que todo este tiempo le habían pegado. Como si hubiera sabido que sus mismas ineptitudes vivían también en él.

Consideró de nuevo lo mismo que ya había considerado en el pasado dentro de estas mismas paredes, que era que algunas especialidades no deberían existir. Algunas personas no deberían existir. Ya había alzado el arma en la mano antes de darse cuenta de lo que estaba haciendo, antes de haber decidido del todo qué quería hacer a continuación. Oía el pulso en los oídos. Parisa se convulsionaba en el suelo. Las pestañas de Dalton aleteaban. Gideon tenía aspecto de que no iba a volver a despertar.

Libby empezó esto dos años antes y lo acabaría.

—Adelante —gruñó Callum con una sonrisa y Libby sintió un momento de vacilación en el pecho.

—Me estás influenciando.

—¿Por qué? Tú solita me quieres muerto. No necesitas mi ayuda para eso. —Ahora le sonreía abiertamente. Su rostro nunca le había parecido hermoso, pero ahora poseía una fealdad casi compasiva, como si mirara su propio reflejo y reparara en las imperfecciones que seguramente vieran todos los demás—. Rhodes, en serio, ahora mismo te respeto tanto como te odio, y es un hecho.

—No necesito tu respeto. —Nunca lo había necesitado, nunca lo había querido. Callum era la encarnación física de todo lo que había malo en el mundo. Apatía, falsedad, privilegio... por el amor de dios, era el producto literal del colonialismo y el genocidio. El equivalente a una bomba.

Esperaba que discutiera con ella o la engañara, que la persuadiera, que hiciera eso que hacía Callum y que siempre había hecho, pero solo se rio de nuevo y echó la cabeza hacia atrás. Buscó las gafas de sol. Cerró los ojos.

—Rhodes, sabes que siempre he conocido tus emociones, ¿no? Siempre has sido peligrosa.

—No vayas a mentirme ahora —replicó, probando con el dedo el peso del gatillo—. Siempre has pensado que era inútil...

—Por supuesto. Porque el peligro y el poder no son lo mismo. —Abrió un ojo para mirarla. Su cara se inflaba por el impacto de su puño y lo desfiguraba por completo—. Siempre has sido capaz de la destrucción. Siempre has sido capaz de cosas horribles. Perdóname por no considerarlo impresionante. —Cerró de nuevo los ojos y se llevó las manos al pecho como si fuera un jodido conde Drácula con unas gafas de aviador—. Matarme será lo de menos, siempre que te des cuenta de que tampoco servirá de ayuda.

Libby quiso discrepar. Tenía la sensación de que la ausencia de Callum Nova sería de gran ayuda. Por una parte, supondría no ver más su cara demasiado perfecta en todos los momentos de insignificancia de Libby. No imaginar más su sonrisita en la periferia de su inutilidad. Podría vivir sabiendo que él había construido su relación en la falsedad de su creencia de que era superior a ella, de que era más fuerte, cuando en realidad se derrumbaría en la palma de su mano como si no fuera nada. Como la inmaterialidad de una ilusión. La inconsecuencia de un solo grano de arena.

Pero ahora no tenía un aspecto hermoso. Esta casa, esta habitación, ya no eran sagrados. Se acordó de la luz roja en la esquina, la violación de todo lo que había luchado por proteger. Las cosas que había permitido que le dieran un sentido. La persona que había permitido que tantas veces la hiciera sentir pequeña.

Con qué facilidad dio paso a la fatalidad un pinchazo. En el momento en el que lo vio, ya no pudo olvidarlo. La muerte de Callum no cambiaría nada. La muerte de Atlas, posiblemente más grande, más importante en el esquema del diseño de Libby, tampoco había cambiado nada. Nico...

La sobrecogió una oleada de su propia trivialidad. La desesperación infantil que se alojó en su pecho desde que la siguió a casa desde la habitación de hospital de su hermana, hacía una media vida. Bajó el arma, la soltó y cayó en el suelo con un golpe sordo.

El rostro de Callum era irreconocible. La sangre manchaba las grietas de los labios y empezaba a secarse formando parches bajo la nariz. Si intentaba sonreírle ahora, le dolería, y Libby se quedó con eso. Un pequeño placer egoísta que se llevó con ella cuando dio media vuelta y huyó.

Las hojas de los árboles ya casi habían desaparecido. Hacía tiempo que las flores habían perdido los pétalos y se habían volado. Se aproximaba una estación de descomposición y, con ella, la inevitable sensación de que la vida seguiría. El mundo no acabaría y no cambiaría. Para Libby no. Ella podía alimentar las estrellas, deshacer universos, dejar un rastro de destrucción a su paso. Y, así y todo, no sería más que una mota en el universo. Un solo grano de arena.

No supo adónde iba hasta que llegó allí tras montar aturdida en los ascensores de los medios de transportes, alejarse del bar de ostras, cruzar el torniquete hacia la calle, continuar por el vestíbulo y unas cuantas puertas sin marcar. Una mentira más, esta vez a un celador, para finalmente decidirse a decir la verdad.

La mujer que había en la cama del hospital giró la cabeza cuando entró Libby. Parpadeó. La miró aturdida un momento. Y luego volvió a girarla.

—Has tardado demasiado —dijo la mujer en la que se había convertido Belen Jiménez.

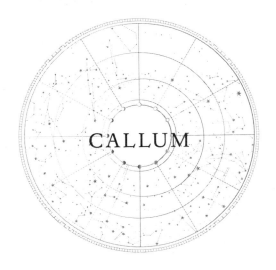

CALLUM

Cuando Libby salió de la habitación, Callum se llevó con delicadeza una mano a la cara, que sabía que se había hinchado más allá de sus limitaciones habituales. Desde algún lugar detrás de la hinchazón del ojo izquierdo, echó un vistazo al paisaje de cuerpos en la habitación, la luz roja en la esquina. Un enredo de emociones, todo desesperanza y desesperación. Por supuesto, algunas eran de Libby y una parte de Callum estaba decepcionada porque la joven hubiera elegido de nuevo el camino correcto. Habría sido divertido intentar detener una bala. Pero tenía otros asuntos que tratar aquí.

Se inclinó sobre el cuerpo de un hombre, el que parecía plácidamente dormido. No parecía amenazador. No estaba seguro, claro, pero la atmósfera era, en su mayor parte, de rollos de canela y colas de cachorritos junto a un poder inusual y abstracto. Algo invaluable y desconocido a la vez. (Esta, recordó vagamente. Esta había sido la impresión precisa que ya había sentido una vez antes, en el centro del corazón de otra sirena condenada, y parecía haber nacido dentro de su pecho. Interesante). Se movió entonces hacia Parisa, que estaba claramente peor. Sufrimiento, ya lo había sentido una vez en ella, exquisito, y de nuevo era meloso ahora. El goteo de una puesta de sol tropical, posos dorados de un Chardonnay mantecoso.

Dalton. Qué desastre. Callum se metió las gafas de sol en el bolsillo de la camisa y se agachó junto al cuerpo de Dalton para contemplar cómo se retorcía en una guerra interna; tensión que Callum podía ver, pero no leer. Desesperación. Puso una mano en el hombro tembloroso de Dalton y pensó en pensamientos tranquilos: serenidad, asuntos académicos aburridos que Callum había asociado con la persona que siempre creyó que era Dalton. El singular deleite de leer por placer, sin tener en mente la dominación mundial. Un baño caliente. Una vela aromática. Una agradable taza de té.

No. No hubo suerte. Cualesquiera que fuesen las emociones que batallaban en Dalton, eran irreconocibles e incompletas. Sería como tratar de formar un mosaico a partir de granos de arena. Tal vez no imposible, pero a juzgar por la palidez cada vez más acentuada de Parisa, Callum no tenía todo el día.

Se enderezó con un suspiro, o más bien lo que pretendía que fuera un suspiro y que se pareció más a un gemido de dolor, porque Libby Rhodes le había golpeado de verdad. Bien por ella. Ella tenía otros planes y también él. ¿Podría unirse al circo astral, hacer una visita a los reinos telepáticos de Parisa? Podría, pero dudaba que mereciera la pena. Las protecciones parecían estar resolviéndose solas, el estridente brillo de la luz roja de la esquina se hacía cada vez más tenue. Palpitaba suavemente, como cuando veías algo desaparecer por el espejo retrovisor.

El otro hombre, el que dormía, se quejó un poco. Callum se inclinó sobre él y se irguió después, cuando vio algo desde lejos. La pistola resplandecía donde la había dejado Libby. Se agachó para alcanzarla y regresó junto al cuerpo del hombre dormido para mirarlo. Escuchó el sonido de su resolución, como un violín recién afinado. La tonalidad de un acorde menor, una respuesta pregunta para una pregunta incontestable. La oscuridad oculta tras la belleza, la discordancia que vivía dentro de un suspiro.

Por la periferia, atisbó a Dalton, que se despertaba. Este se sentó de forma abrupta, con los ojos desorbitados cuando miró a Callum. Al instante, Callum notó algo en la lengua. (Humo en el horizonte, un río de sangre, las primeras notas del apocalipsis. Si la rabia aniquiladora pudiera tener un sabor).

Alzó la pistola en la mano y apretó rápido el gatillo.

El sonido fue ensordecedor, pero breve.

Entonces el hombre dormido abrió los ojos y Callum, precavido, lo apuntó de nuevo con el barril de la pistola. El hombre lo miró a los ojos, sin decir nada.

—Callum, idiota lisonjero. No.

Giró la cabeza hacia el sonido de la voz de Parisa. La mujer había levantado la cabeza, todavía aturdida, para contemplar la escena, lo que le pareció inquietante a Callum. A fin de cuentas, un idiota lisonjero (Callum) se alzaba sobre un completo desconocido con un dedo en el gatillo en medio del destrozo que había provocado Dalton en la sala de lectura. Al lado de Parisa, el propio Dalton yacía bocarriba sobre el suelo, con los ojos abiertos. Totalmente quieto.

Con una herida abierta donde debería de estar su corazón.

—Callum —comenzó Parisa, que miró el pecho empapado de Dalton y apartó enseguida la mirada—. Menudo aspecto de mierda. ¿Y qué diablos has hecho?

Callum miró al hombre dormido, que seguía sin decir nada. No era una amenaza, ya lo sabía. Tiró la pistola al suelo y se volvió hacia Parisa.

—Yo... —probó, pero no sabía cómo decirlo. No le vino a la mente nada impresionante—. Lo siento —fue lo que murmuró sin sentirlo—. Pero no vas a morir hoy.

Parisa se quedó mirándolo un largo rato.

Y entonces, de pronto, se echó a reír.

Fue una risa histérica, y se rio hasta atragantarse. Y entonces ya no era una risa.

Callum se arrodilló con cautela a su lado. No hizo ademán de sostenerla. Ella no lo apartó. Detrás de él, oyó movimiento, pero no se giró. Solo vio que Parisa miraba al hombre que estaba dormido a los ojos por encima del hombro de Callum, sin decir nada. Entonces el sonido suave de unos pasos retirándose y el hombre se había ido.

Parisa alzó la barbilla para mirar a Callum.

—No va a volver —dijo, más para sí misma, pero Callum no sabía quién era y no le importaba, así que no dijo nada. Parisa le recorrió la cara con la mirada y la invadió una expresión de repulsión.

—¿Lo ha hecho Rhodes?

—Deberías de haber visto el trauma que le he dejado yo —respondió con tono cortante.

—Callum. Lo hemos visto todos. —Parisa se puso en pie e ignoró la mano de Callum cuando se la ofreció. Le vibró el teléfono en el bolsillo y Parisa lo miró con los labios apretados—. ¿Cuánto tiempo hemos pasado fuera?

—¿Unos minutos?

—Me han parecido horas. —Dio la sensación de que se obligaba a mirar de nuevo a Dalton antes de apartar la mirada—. No quería que esto acabara así.

—Lo sé. —Lo sabía.

Parisa suspiró y, a regañadientes, miró a Callum.

—Por si sirve de algo, yo habría hecho lo mismo.

—¿Qué? ¿Matar a mi novio? —preguntó Callum, dubitativo.

—Ah, ¿ahora vamos a llamarlo por lo que es? No. Me refiero a que te habría salvado. —Se sacudió el polvo de encima y se llevó una mano al cuero cabelludo empapado. Puso una mueca—. Qué asco.

—¿Me habrías elegido a mí antes que a Dalton? ¿En serio? Si me odias —murmuró Callum mientras ella buscaba la superficie reflectiva más cercana. Optó por recogerse el pelo en un moño en lo alto de la cabeza mirándose en un tubo neumático.

—Lo primero, todos estamos trabajando con hipótesis, así que nada de esto tiene sentido. —Parisa se aclaró loas vestigios de un nudo de la garganta—. Pero tendrías que haberme dejado morir. Para eso te traje aquí. —No sonaba como si lo creyera de verdad. Callum decidió no decir nada al respecto, un acto muy admirable en su opinión.

—Por favor. No gano nada con una pérdida. —Volvió a vibrarle el teléfono. Parisa bajó la mirada antes de volver a alzarla.

—Por dios. —Sacudió la cabeza—. Tienes un aspecto monstruoso.

No era pena. Se trataba más bien de una observación. No era disgusto, que es como solía mirarlo antes. Solo un simple hecho.

—Voy a elegir aceptar el cumplido —respondió él.

—¿Qué cumplido?

Callum enarcó una ceja y ella puso los ojos en blanco.

—De acuerdo. Puede que al final hasta me gustes.

—No te preocupes, pasará —le aseguró.

El teléfono vibró por tercera vez y Parisa emitió un sonido de agitación.

—Contesta, ¿no? Sal de aquí. Necesito...

—Lavarte el pelo —le aconsejó y le tomó un mechón suelto. Ella le apartó la mano de un manotazo.

—Dormir una siesta. Deshacerme de algunos cuerpos. —Un breve escalofrío, que Callum sintió, pero no comentó.

—¿Crees que va a venir alguien a por nosotros por esto? —Él no lo creía. El investigador muerto. El cuidador muerto. La amenaza telepática que suponía que Parisa había invalidado con éxito, ya fuera con daño cerebral o su equivalente funcional. El durmiente fugitivo que, ahora que lo pensaba, podía tratarse del archivista fugitivo.

Varona.

De pronto se preguntó si verían pronto a Libby Rhodes encarcelada por su parte en todo esto, fuera lo que fuese. La idea le pareció divertida, pero no tanto como le hubiera gustado.

—¿Crees que va a venir alguien a por nosotros a una casa donde muere una persona cada diez años? Imagino que no —contestó Parisa.

Callum se encogió de hombros e intentó sacarse el móvil a escondidas del bolsillo. Parisa, con fastidio evidente, tiró de él y se lo puso en la mano.

—Vete —le indicó y salió por la puerta de la sala de lectura. O eso intentó, hasta que Callum la llamó y se detuvo en el vano.

—¿Qué fue? —preguntó—. Lo primero que pensé cuando me dijiste que Atlas está muerto.

Permaneció perfectamente inmóvil un momento y Callum entendió que su respuesta sería una mentira para ahorrarle la verdad.

—No importa. No era verdad.

Entonces se marchó y lo dejó allí.

Con un cadáver, pensó Callum, estremeciéndose, y se fue veloz como un rayo en cuanto se acordó. Parisa se había ido al jardín y miraba un pequeño círculo de macetas. Su retiro fue, probablemente, por el bien de ambos, así que Callum le concedió la soledad. Miró el teléfono. Tenía una llamada perdida de Reina, pero no había mensaje en el buzón de voz. Dos mensajes de un número desconocido.

Tenemos a Caine.

Se le aceleró el pulso y lo abordaron las náuseas.

P.D.: ¡ódete y muere.

Muy bien. Tan solo había ejercido influencia en Wyn para advertirle, no para gustarle. Útil, aunque un poco preocupante. No sabía lo que iba a hacer Adrian con exactitud. Si quería de verdad a su hijo muerto era un asunto emocional, no lógico, y por lo tanto fluido. Cualquier cosa que pensara Wyn que iba a pasar, cualquier cosa que los otros brujos hubieran dicho de las intenciones de Adrian, Callum era más listo. Casi con seguridad, la misericordia o condena de Adrian equivaldría a una decisión de una fracción de segundo basada más en lo que dijera o hiciera Tristan que en cualquier cosa preconcebida.

—No deberías llamar.

—Alys. —Adolescentes. Por qué un hombre podía querer algo de una niña de su edad escapaba de su comprensión—. Sé que los matones de Adrian tienen a Tristan. Solo dime si lo han llevado al pub de tu padre.

—¿Por qué? ¿Para que puedas matarlo tú?

—Alys —notó que gruñía de frustración—. Creo que los dos sabemos que nunca dañaría un maldito pelo de su condenada cabeza.

La línea se quedó en silencio y las puertas del medio de transporte se cerraron. Las protecciones quedaron sin reparar detrás de él. Supuso que las arreglaría Parisa, u otra persona. Él no.

—Está aquí —confirmó Alys y la línea se cortó.

Callum salió por las puertas a King's Cross. Se abrió paso entre la multitud de viajeros y se lanzó a un taxi.

—Voy a...

—Amigo —dijo el conductor, que parecía inquieto—. ¿No necesitas ir al hospital?

Ah, sí. Su cara partida. Buscó las gafas de sol y se las puso como podía.

—Parece peor de lo que es. Tú conduce. E incumple las normas de tráfico si es necesario. —Con un poco de persuasión, el taxi se puso en movimiento y corrió por la intersección más cercana, a punto de pillar a un peatón.

Esto sería muy sencillo siempre y cuando se hiciera en el momento adecuado, pensó.

Se dio cuenta de que le iba a costarle salvar las apariencias después, dado al estado de su cara literal y a sus intentos obvios de heroísmo, que serían difíciles de defender como cualquier forma concebible de venganza. Hasta aquí el plan de venganza. Sabía que no iba a engañar a nadie, y que nunca lo había hecho. Adrian Caine y sus matones tenían razón: Callum no iba a entregarles a Tristan e incluso fingirlo a estas alturas era estúpidamente transparente. Callum tan solo habría tenido que mirar a Tristan a los ojos y decir, de la forma menos patética posible, no tienes que elegirme a mí. Tan solo has de saber que eso no evitará que yo te elija a ti.

Oh, era brillante, pensó, y se preguntó si debería de escribirlo mientras el taxi rugía por una calle estrecha y obligaba a un hombre con un maletín a desviarse, gritando, a la acera, ¡que era donde tenía que estar! Callum notó calor en la cara y bajó la ventanilla para que el viento de la noche le refrescara las heridas abiertas. Estaba deseando contarle a Tristan que Libby Rhodes le había asestado un puñetazo. Dios, menuda historia de mierda iba a ser. Y que él había disparado a su antiguo investigador. Joder, ¿por dónde iba a empezar? Todo aquello, la historia completa, la vida y la muerte y todo, lo sacudía por dentro como un Martini malo; todas estas cosas, estos sentimientos y sensaciones. Quería una copa, pero no como la había querido el año pasado, para ahogarlo todo y encontrar algo de silencio. Quería una copa como solía querer una copa. Para tomársela a la luz del fuego con Tristan al lado.

Sintió que los latidos de su corazón contaban los kilómetros de proximidad y hacían tictac en su pecho como un reloj. No mataría a Tristan con un cuchillo, lo mataría con mucho cariño. Se ofrecería a llevarlo al cine, le daría uvas, le cepillaría el pelo. Prepararía la comida para él, la clase de comida que le gustaba a su madre cuando estaba de buen humor, la comida que debía comerse con tranquilidad. Le pelaría una naranja, compartiría los gajos de una mandarina, lo rociaría con miel. Sería vergonzoso y no moriría de humillación. Sencillamente, viviría con esa providencia: el sangrado servicio de la vergüenza.

Sí, pensó Callum, ahora lo entiendo, Tristan, el significado de la vida, todo cobra sentido. Contamos con todo el tiempo que necesitamos para ser tan humanos como somos, y eso es todo. Esa es la totalidad de la magia. No somos dioses, o tal vez tú lo seas, o Reina lo es, pero yo no soy un dios, Tristan, ¡solo estoy muy triste y soy estúpido! He estado buscando inspiración y resulta que no estoy inspirado. ¡Soy perezoso! ¡Solo quiero tomar tu mano! No quiero gobernar el mundo, no quiero controlarlo, ni siquiera quiero ejercer en él influencia. Quiero sentarme a tu lado en un jardín, quiero anteponer tus necesidades a las mías, quiero llevarte un vaso de agua cuando tengas sed. Quiero reírme con tus bromas, incluso con las malas, y enterrar la cabeza en arena proverbial.

El taxi se detuvo en el pub y Callum salió disparado por la puerta tras arrojar por encima del hombro todo su monedero, su licencia para ser un hombre descuidadamente rico. Se movió entre la gente y cruzó la cocina hacia el despacho trasero hasta que llegó a la puerta cerrada que albergaba a Adrian Caine. Asestó un golpe alegre y entró. Y justo allí, en la silla donde se había sentado antes el propio Callum, había unos hombres que le resultaban familiares. Una cabeza atractiva imposible de olvidar.

Tristan giró el asiento y Callum notó que el corazón se le subía a la garganta, una misión de absoluta fatalidad. Aquí, pensó, y se retiró las gafas de sol del rostro deformado. Mírame. Mira quien soy de verdad. Eres el único que lo ha hecho.

La expresión de Tristan no fue de horror, lo cual era bueno, de verdad. Lo mejor. Lo último que vio Callum fue el techo cuando su cabeza cayó hacia atrás, lo que no tenía ningún sentido para él hasta que fue demasiado tarde para buscarle el sentido.

Pero, más importante, antes que eso, fue Tristan.

Fue perfecto y fue honesto.

Y también había terminado ya.

En su momento final, Callum Nova comprendió esta última parte de todo: que así era como se sentía la inspiración. Si el sino era una respuesta, si el destino tenía un sabor, si Tristan lo amaba, si la paz era posible incluso aunque (en especial aunque) no fuera del todo merecida... estos eran detalles que ya no importaban más.

Podía sentirlo de todos modos, y eso significaba que todo era real.

LOS SEIS DE EZRA

CUATRO

Sef

S ef Hassan no siempre ganó dinero con honestidad; puede que alguna vez se haya desviado del camino que pretendía tomar; puede que haya amado con demasiado ahínco o que haya castigado con demasiada dureza; puede que no haya sido el académico que fue su padre sino más bien un revolucionario disfrazado de académico; pero no era un mentiroso. Así no.

—Confía en mí —dijo Nothazai en voz baja tras apartar a Sef del resto de la habitación, donde los miembros cada vez más reducidos del grupo de Ezra Fowler conspiraban—. El lugar al que voy será mejor para todos nosotros. Para todo aquel que comparta nuestros valores, nuestras metas. A diferencia de otros —añadió con tono desdeñoso—, que vinieron aquí en busca de un poder que no se han ganado.

Nothazai posó una mano en el hombro de Sef con una intención conspiratoria, alejando a Sed de la medellana del servicio secreto chino, la hija de Wessex y el director de la CIA norteamericano, ninguno de los cuales gustaba a Sef. Su desdén no era un secreto. Sef ya sabía que Pérez había tenido algo que ver con la muerte de Nasser Aslani, quien estudió de joven con Sef en la universidad. No fueron exactamente íntimos, pero se conocían y congeniaban. Aslani era amigo de otros estudiantes medellanos que conocía Sef, el homólogo silencioso de un grupo ideológico progresista de primogénitos de familias ricas, algo que no era Sef. Rico. Ideológicamente, Sef era un superviviente.

Por ello comprendió de pronto que, aunque nunca pudo determinar el origen del acento de Nothazai, ahora no pudo desoír las vocales de Oxbridge.

Sef asintió con educación a Nothazai, como diciendo «No te preocupes, confío en ti», porque era lo que pedía el momento. Sef no había rendido a esta coalición con falsos pretextos, y estaba celosamente dispuesto a confiar en cualquiera que afirmara compartir las virtudes de su tarea de toda la vida.

A Set no le gustaba Ezra Fowler y no lloraba su pérdida. Tampoco le gustaba Atlas Blakely y, por ese motivo, lo que le había sucedido al antiguo cuidador de la Sociedad probablemente le estuviera bien merecido. En cuanto a Nothazai, los fines habrían justificado los medios si los recursos del Foro hubieran tenido éxito, pero Sef no era tonto como para seguirlo a ciegas cuando sus motivaciones habían cambiado.

Que fueran los otros las serpientes que se comían su propia cola, la Hidra destinada a caer. La Sociedad prometió poder y a otros se lo entregó, pero el poder todavía estaba en el ojo de quien lo contemplaba.

El poder no hacía nada para suavizar una tumba. Tampoco hacía nada para mantener una promesa.

—Por supuesto —dijo Sef, y sabía muy bien que no volvería a oír a Nothazai.

El conocimiento era algo curioso. Podía compartirse. Podía darse. Pero no podía robarse. Los archivos sabían a quién pertenecían. Si un hombre mejor que Sef Hassan se convertía en quien los distribuyera adecuadamente, que así fuera. Ya sabía que no sería un hombre peor que él.

Nothazai sonrío y así lo hizo Sef. Una despedida muy cordial.

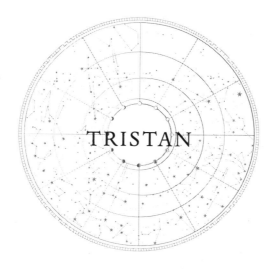

TRISTAN

Durante un año entero, Tristan había puesto a prueba sus reflejos tan a menudo que entendía, implícitamente, cómo reconocer una amenaza cuando entraba por la puerta. En cuanto la puerta del despacho de su madre se abrió, su vista comenzó su proceso de examinar la habitación, enfrentándose al habitual mínimo de defensa personal ante el sonido de su padre al desactivar el seguro de su pistola. Tristan estuvo a punto de desarmar la pistola, fuera lo que fuese y cómo funcionase (la había fabricado un brujo, por lo que un medellano podría deshacerla fácilmente), cuando algo desmanteló su propio reflejo de acción. Un destello de algo: la patilla metálica de un par de gafas de sol que lo deslumbraron un instante demasiado largo.

Sabía que era Callum igual que sabía que reconocería a Callum en un sueño, sin importar el aspecto que tuviera su rostro. La energía en la habitación era de Callum, la efervescencia floreciente, eso que el propio Callum habría llamado atmósfera. Eran los hombros de Callum, la postura típicamente pausada de Callum, la preferencia de Callum por los mocasines, siempre vestido como un multimillonario de vacaciones. Supuso que eso era Callum, siempre, porque nunca tendría nada, nunca tendría que intentarlo, no tendría siquiera que trabajar y eso había afectado a la forma en la que había entrado en la habitación. Hacía que siempre llevara la barbilla alzada, bien alta, incluso cuando tenía la cara tan hinchada que no se le reconocía. Incluso cuando los encantamientos de ilusión fallaban y ahora cualquiera podía ver lo que Tristan había podido ver siempre: que el azul encerrado en riachuelos de sangre se parecía más al hielo que al mar. Que su pelo era de un tono más ceniza que dorado.

Para Tristan, Callum no era guapo por su apariencia. Para él, de hecho, Callum nunca fue guapo. Era atractivo, incluso sin la falsedad de sus mejoras, la elevación de sus rasgos naturales, que no estaban mal, para empezar; pero la belleza era algo que Parisa portaba como un arma, algo que Tristan atribuía a la batalla de estar cerca de Libby. Había una tensión inherente en la idea de Tristan de la belleza y Callum no lo fue nunca. Para Tristan, Callum no era guapo. Era esbelto y refinado. Despreocupado e interesante. También estaba torturado de un modo que hacía que el engaño de Tristan resultara aceptable. Mirar a Callum era como mirar una versión de sí mismo a la que podía castigar. Que estaba siendo castigada de forma activa y, al parecer, por elección propia.

Callum no era natural. Ese era el punto de inflexión. Callum se esforzaba mucho y muy duro que Tristan pudo mirarlo y relejarse medio segundo, como si al reconocer su reflejo pudiera hallar un modo de ser menos cruel con lo que veía. No empezó así, claro. Al principio, solo era atracción normal, como verse arrastrado a la órbita de algo de una ferocidad inimaginable y sobrecogedoramente vasto, pero Callum había cometido el error de dejar que Tristan lo conociera. De dejar que lo viera. Tristan siempre lo comprendió, el crimen que había cometido, la severidad de su traición, lo cual era ridículo porque Callum no era ni de lejos una buena persona y, por lo tanto, la moralidad de Tristan debería de haber permanecido intacta. Pero sabía, en alguna parte innegable del alma que aún quedara ahí, que lo que le había hecho a Callum era lo peor que podría haberle hecho a nadie. Puede que Callum lo mereciera, pero era indefendible por parte de Tristan.

Y, sin embargo, aquí estaba Callum de nuevo.

Como el tiempo se ralentizó en ese momento para Tristan, pudo ver cosas en la cara de Callum que Callum no podía haber visto en la suya. Bueno, más acertado era decir que, como Tristan era Tristan, pudo ver cosas que nadie más podía ver, menos que nadie su condenado padre, que lo había recogido como a un perro callejero en la cuneta y lo había arrastrado de vuelta a casa. No exactamente pataleando y gritando, porque si Tristan fuera honesto, admitiría que no había intentado escapar con tanto ahínco. Quería que su padre lo viera. Deseaba que su padre lo probara, que lo hiciera, para que pudieran los dos dejar de lado la pretensión de paternalismo y asumir el hecho de que uno de ellos era ahora un hombre y el otro nunca lo había sido. Pero entonces Callum entró en el despacho y Tristan, que pudo ver los componentes, lo vio todo en secuencia, aunque lo intuiría todo a la vez.

Callum no lo mataría nunca. A Callum lo acababan de lastimar y no había opuesto resistencia. Callum estaba aquí porque pensaba que Tristan estaba en problemas, porque esto era un juego para él, como todo, excepto cuando se trataba de la realidad de la vida de Tristan. Callum estaba sangrando. La camisa de Callum estaba manchada y venía de un lugar donde estaba Parisa porque olía como ella, a perfume de jazmín y libros antiguos, y debían de haberse extrañado. Callum estaba aquí porque temía que Tristan hubiera muerto.

La mirada de Callum encontró la suya enseguida, una bandera blanca de alivio erigida en la pequeña parte blanca de sus ojos que podía ver Tristan. Francamente, Callum parecía como si lo acabaran de atropellar y a Callum, el hombre más vanidoso que había conocido nunca Tristan, parecía no importarle. Tenía la parte delantera de la camisa salpicada de sudor y manchas bajo los brazos. Callum miraba a Tristan como si hubiera presenciado un milagro en el espacio de tiempo transcurrido entre abrir la puerta y mirar a Tristan a los ojos.

En el momento en el que Tristan debería de haber desarmado la pistola de su padre, estaba en cambio comprendiendo algo que había visto antes pero nunca había entendido de verdad. Costaba decir qué era, pues este era el talento particularmente inexplicable de Tristan, pero observó por primera vez que los ojos de Callum se dirigían a todos los lugares que la mente de Tristan no le permitía ver. La quemadura en el nudillo. La cicatriz en el pecho. Otra en la frente. Los componentes de Tristan. El amor que le habían negado. La expresión que había adoptado, que siempre había sido de su padre. El destino que había ignorado como si fuera la propia genética.

El músculo que se le había definido de correr, escapar, huir tanto como podía, dejar atrás el mínimo hogar que pudo haber tenido solo para encontrarse de nuevo aquí, arrastrado por una marea ineludible.

¿Qué había querido Tristan? ¿Qué había necesitado? ¿Qué había escogido? Lo vio todo cuando su padre apretó el gatillo, vio cada error que había cometido. Se suponía que lo había visto todo. Se suponía que lo había visto, pero él fue el único que no vio nada en absoluto. Quiso la concepción de bondad de Libby porque le parecía justa, su rigidez moral era un don. Quiso el desdén de Parisa porque le parecía irreductible, intelectual; su depresión era más tolerable que la de él. En Eden no merecía la pena pensar, porque eso fue una locura de supervivencia, la elección de un hombre con la espalda contra la pared, algo que Atlas ya sabía. La elección de la que Atlas lo salvó. La elección que se convirtió en muchas elecciones, una de ellas, Callum Nova.

Eso no quería decir que semejante grado de ironía cósmica fuese romántico. El hecho de que pareciera maldecido por las estrellas no significaba que hubiera estrellas en los ojos de Tristan. Él no quería la apatía de Callum, su egoísmo, porque era en su totalidad de Tristan, estaba dentro de su ser putrefacto: esa cantidad de condescendencia, ese cinismo, la base de un trauma compartido que se deleitaba en su propio sufrimiento era incapaz de hallar la felicidad. Lo sabía. Siempre lo supo. Pero no vio, hasta el final, que de ellos dos, solo Callum había sido tan valiente, o estúpido, para intentarlo. Si Tristan hubiera querido que lo viera, bien, Callum lo había visto y Tristan había visto a Callum, y por definición, eso era amor. Un amor malo. Un amor corrompible. Los poetas no escribirían sobre él. Pero eso no deshacía lo que ya estaba hecho.

Fue contundente y en absoluto elegante, el chasquido del cuello, la cabeza hacia atrás antes de golpear el suelo con un ruido sordo; las gafas cayeron de la mano y aterrizaron debajo de sus dedos inmóviles. La bilis ascendió por la garganta de Tristan por segunda vez ese día cuando el tiempo deceleró hasta adoptar su ritmo habitual, un ataque de vértigo. Sintió que la pérdida se desprendía de él como una vida pasada o un futuro distante. Como si el mismo tiempo hubiera desaparecido.

—Ahí está —dijo su padre y soltó la pistola sin mucho más que un pestañeo por la vida que había sesgado—. Wyn me dijo que era posible que viniera. Trabajo hecho. Ya me lo agradecerás después.

—¿Agradecértelo? —exclamó Tristan con repulsión. Logró reprimir un gesto ceñudo infantil ante la mirada impasible en la cara de su padre—. ¿Qué te hace pensar que te debo mi gratitud?

—Acudió a mí, ¿no? Para intentar matarte. Resuelto, ya no habrá más tipos buscando tu sangre. —La pistola humeaba en la mesa con un residuo mágico que Tristan interpretó como vapores que cubrían los dedos de las manos sucias de su padre—. Como he dicho, nadie amenaza a un Caine. Y un Caine no negocia con nadie. —Dirigió una mirada de disgusto a los pies de Callum—. Bien, en cuanto a esa Sociedad tuya. —Se retrepó en la silla y escrutó a Tristan.

Él no dijo nada.

—Ya te dije que no eran buenos tus amiguitos pijos. James Wessex. —Puso una mueca y escupió una burla a un lado del escritorio—. Ese condenado idiota. Y ahora busca tu sangre, ¿para qué? Esos soplagaitas creen que gobiernan el mundo, Tris, pues que lo crean. Dale la cuerda que necesita para colgarse. Hay mucho para todos aquí abajo.

Adrian se apoyó en la mesa y entrelazó las manos. Tristan trató de evitar mirar el arma que había colocado entre los dos.

—No tienes perspectiva aquí, hijo —continuó—. Esos cerdos te tienen en una lista de seguimiento. Si intentas dejar el país te atraparán en las fronteras. Trata de desaparecer y te rastrearán. Puedo ayudarte, ¿no? —dijo con un brillo de triunfo en los ojos—, pero te costará algo. Ese tipo de servicio de seguridad no es gratis, ni siquiera para mi hijo.

—Entonces este es mi castigo, lo acepto. —Tristan intentó recordar la complejidad de su relación y se quedó ridículamente corta, solo halló la simplicidad clara del odio—. ¿Mis opciones son trabajar para ti o recibir una bala de camino a la puerta?

—Tris, ¿cuántas oportunidades crees que da la vida? —preguntó Adrian con un aire de sabiduría que, por supuesto, era algo diferente. Un vapor de arrogancia que intoxicó la habitación—. Puede que no creas en el destino, hijo, pero el destino ha mostrado su mano y es la misma que el día que naciste. Tienes mi sangre. Mi apellido. Yo escribí tu vida en esta tierra con mis propias manos. ¿Piensas que al mundo le importa una mierda lo que mereces? Siempre te verá igual que te ve James Wessex. Una cucaracha que se arrastra entre los pies. Que pide a súplicas migajas.

Adrian lo miró a los ojos.

—Ese idiota engreído —comentó con una mirada a Callum— era solo uno de los muchos exterminadores.

—Nunca me habría matado. Podría haber cuidado de mí mismo. —Mentira.

—Embustero. —La expresión de Adrian se tornó engreída—. Soy tu padre, Tris. Te conozco como la palma de mi mano. Ese —hizo un gesto para señalar a Callum— es justo tu debilidad. No puedes resistirte, la caricia de una mano dorada. Siempre listo para someterte, para rendirte a la sumisión. Siempre la mascota de otro. —Una pausa—. Pero ya no.

Se puso a dar golpecitos con los dedos en la mesa.

—Digamos una división al cincuenta por ciento —señaló—. Si lo que dicen los chicos de ti es verdad.

—Lo que dicen los chicos de mí —repitió Tristan con voz apagada. Le costaba concentrarse. La magia abandonaba el cuerpo de Callum, se alzaba como un vapor de suspiros. Dios, esas gafas de sol eran de mal gusto. Eran del gusto exclusivo de Callum y a Tristan le entraron ganas de llorar.

—Ya has esquivado suficiente a mis chicos. Creo que tengo una idea. Te queda por explotar esa biblioteca tuya, ¿no?

—¿Sabes lo que puedo hacer y te parece justo ofrecerme la mitad? —Esta vez, la voz de Tristan estaba teñida de incredulidad.

Adrian se rio.

—Puedes quedártelo todo cuando yo esté muerto y enterrado, Tris. La mitad para el hijo pródigo es más que justo.

Justo. ¿Qué era justo en todo esto? Tristan siempre fue un cínico, pero ya no creía en lo que era justo. Ya no creía que el mundo fuera una especie de péndulo, una rueda de la fortuna aún por girar. Lo cual no quería decir que él supiera más. No sabía una mierda y esa era la cuestión. El destino nunca prometía finales felices. No todas las historias tenían que ser buenas o largas incluso. Tal vez la balanza se estaba inclinando, tal vez el universo tardaba más que la vida de un simple mortal en equilibrar las cosas, en arreglarlas. Sin embargo, Tristan no tenía ese tiempo.

Adrian dirigió una mirada cautelosa a la pistola en la mesa en el mismo momento que lo hizo Tristan. Los dos se abalanzaron sobre ella en el espacio de solo un instante. Tristan estaba más lejos, Adrian fue era rápido, pero Tristan había pasado un año en los archivos de la Sociedad Alejandrina y, para bien o para mal, la situación ahora jugaba a su favor.

Cerró la mano alrededor de la empuñadura y apuntó entre los ojos de su padre.

—De acuerdo. —La carcajada de Adrian era alegre, en absoluto impresionada—. Sesenta, cuarenta.

—¿Y hacer qué? ¿Sangrar por tu margen de beneficio? No, gracias. —El pecho de Tristan subió y bajó y sintió un reloj haciendo tictac ahí dentro. *Tictac. Tictac.*

—¿Margen de beneficio? Has pasado demasiado tiempo en tu jaula pija, hijo —le espetó. *Tictac. Tictac.*

—No voy a trabajar para ti. *Tictac.*

—Si no es para mí, será para otro, Tris. Así es este mundo. —*Tic.* Esa falsa sabiduría otra vez. *Tac*—. ¿Tienes los cojones para hacer lo que hice yo? ¿Para venir aquí? Si los tuvieras ya habrías apretado ese gatillo.

Tic. La frente de Adrian, tan parecida a la de Tristan. Como mirar un espejo en el futuro. Viajar en el tiempo con una sola mirada.

Tac.

—Matarte no va a hacerme un hombre. Matar a Callum tampoco lo habría hecho. No soy tu jodida pistola, papá. —*Tic*—. No soy un arma para tu diversión.

—De acuerdo, has dejado clara tu postura. —Se lamió los labios secos. *Tac*—. ¿Qué quieres entonces?

—Quiero… —Quiero tus disculpas. *Tic.* Quiero que me respetes. *Tac.* Quiero que me quieras. *Tic.* Y quiero que lo hubieras hecho desde el momento en que nací. *Tac.*

Tic.

Tac.

Tic. Tac. Tictac.

TictacTictacTictac...

FIN DEL ESCENARIO 1. COMIENZO DEL ESCENARIO 2

Callum no lo mataría nunca. A Callum lo acababan de lastimar y no había opuesto resistencia. Callum estaba aquí porque pensaba que Tristan estaba en problemas, porque esto era un juego para él, como todo, excepto cuando se trataba de la realidad de la vida de Tristan. Callum estaba sangrando. La camisa de Callum estaba manchada y venía de un lugar donde estaba Parisa porque olía como ella, a perfume de jazmín y libros antiguos, y debían de haberse extrañado. Callum estaba aquí porque temía que Tristan hubiera muerto.

La mirada de Callum encontró la suya enseguida, una bandera blanca de alivio erigida en la pequeña parte blanca de sus ojos que podía ver Tristan.

Callum miraba a Tristan como si hubiera presenciado un milagro en el espacio de tiempo transcurrido entre abrir la puerta y mirar a Tristan a los ojos.

En ese momento, Tristan desensambló la explosión que salió de la pistola de su padre, la metralla flotó ligera, como el polvo. Callum estornudó y maldijo, se llevó una mano a la cara destrozada. El padre de Tristan se levantó para un segundo intento y Tristan detuvo el tiempo, existió en la fatalidad de Callum que había evitado por poco junto con todos los momentos venideros y trató de decidir qué quería de verdad, qué necesitaba de verdad.

«No es una pistola», oyó que le decía Nico al oído. «No es un arma a menos que tú digas que es un arma».

No es un arma, es una bomba casera, pensó Tristan. Agarró a Callum por el hombro y se alejó del calor de la explosión. Se protegió con la certeza de que nada de esto era definitivo, nada de esto era real.

Nada había acabado a menos que él lo dijera.

ESCENARIO 5

En la casa estaba reinaba una oscuridad familiar cuando Tristan regresó, casi, como si hubiera viajado en el tiempo para estar ahí. Cruzó el magnífico vestíbulo y estaba a punto de subir las escaleras e ir a recoger sus cosas para marcharse (con qué fin, no lo sabía aún) cuando de pronto se detuvo al oír algo en la sala pintada.

Entró y vio allí a Libby, sentada en el suelo, delante del sofá. Esta miraba el fuego y bebía una copa de vino blanco. Libby alzó la mirada y un destello de algo le pasó por el rostro. No era sorpresa. Tampoco decepción.

—No estoy bebiendo vino tinto —dijo—. Lo siento, pero sabe a Jesús.

Tristan se rio para sus adentros y se encogió de hombros. Se sentó luego a su lado y tendió la mano en dirección a su copa. Ella se la pasó mientras él se acomodaba con la cabeza apoyada en los cojines del sofá y la vista fija en el fuego.

—Solo me quedo aquí esta noche —comentó ella.

—Yo solo he venido a recoger mis cosas —respondió él.

Asintieron sin mirarse. El silencio era mejor compañía que en ocasiones anteriores, lo cual era irónico dado el estado de la situación cuando se despidieron. Tal vez los dos habían visto suficiente para comprender que incluso los pecados que habían cometido con y contra el otro palidecían ahora en comparación.

—Solo quiero decir…

—Rhodes, yo…

Callaron. Se miraron.

Ella parecía más saludable. Como si hubiera comido y dormido más; tenía un aspecto descansado, las mejillas menos hundidas. Se había cortado el pelo de nuevo y el viejo flequillo le había crecido y le caía por los pómulos, moderno sin cambiarle la cara. Aún le parecía mágica, una imposibilidad que flotaba bajo sus dedos, aunque ahora comprendía que la magia no significaba bondad. No significaba que el momento fuera, o hubiera sido, el adecuado.

Quizá algún día —dijo él en el silencio que se extendía entre ellos.

Libby le quitó la copa de vino y la apartó. Tristan se dio cuenta de que no le había dado siquiera un sorbo, solo la sostenía, se fijaba en cómo captaba la luz.

—Quizá algún día —respondió ella.

Los dos se inclinaron hacia delante para ponerse en pie. Él se levantó primero y le tendió una mano. Ella la aceptó y dejó que tirara de ella.

—He oído que…

—Asegúrate de…

Callaron.

El reloj hacía tictac en la repisa de la chimenea.

—Odio esa cosa —protestó Tristan cuando Libby dijo:

—A la mierda.

Entonces los dos colisionaron en el mismo momento, como si fueran uno.

En cierto nivel, Tristan sabía que esto era una cuestión de necesidad, una picazón que tenía que rascar, similar al resto de veces. No tenía por qué ser diferente, no tenía que significar nada, y tal vez por eso era diferente en realidad. Un tropiezo escaleras arriba, las piernas de ella alrededor de la cintura de él, el pulso acelerado que compartían como un secreto. No era un para siempre y así era más dulce, maduro al borde de la podredumbre. La pérdida pasaba de un lado a otro entre ellos, iluminada como una antorcha. Capitulación, consentimiento, descanso. Ya no ardía solo por arder.

Tristan dejó que se quedara la cama. El sino no era ya tan crítico, el destino era inimaginable, pero irrelevante, un asunto que planear por otro. Cerró la puerta con cuidado al salir y la dejó dormir.

Quizá algún día. No era una promesa. Más bien un ofrecimiento, o un sueño.

Quizá algún día, o quizá no. A veces la inseguridad era una bendición, el conocimiento una carga, el presagio una condenada maldición.

Quizá algún día.

ESCENARIO 16

Tristan se detuvo sobre el cuerpo de su padre y se inclinó para examinar el hilo de sangre en su cuero cabelludo, que cruzaba el mapa de su ceño fruncido y risas sardónicas en el paisaje de la frente que sin dudar se habría convertido en la de Tristan. Sintió una profunda irritación por conocer la expresión de su padre, lo torpe y poco refinada que parecía. Como si lo hubiera descubierto por sorpresa, algo que no debería haber sido así. Por atormentar la vida de Tristan, tendría que haberlo sabido. Tendría que haberlo visto venir o, al menos, haber tenido la dignidad de no parecer tan asustado ante la perspectiva de su destino.

—¿En serio? —preguntó Tristan. Se levantó y miró el arma en la mano de Callum—. ¿Ese es el logo de Wessex?

—Puede que un poco —respondió Callum.

—Tienes un aspecto de mierda —añadió Tristan. Callum no tenía buen aspecto, ni siquiera un poco. Estaba un poco verde y parecía a punto de vomitar; de nuevo, interesante. Tristan supuso que la experiencia de Callum con la muerte había sido siempre de forma pasiva, sin intervenir, por lo que esto le habría resultado desagradable.

—Sí.

En ese momento, Tristan se levantó del cuerpo de su padre y del charco de sangre, se puso delante de Callum, a un suspiro de distancia, y dijo:

—Esto no significa que haya descartado matarte.

Vio cómo se abultaba la garganta de Callum al tragar saliva.

—Ahórrate la cháchara —dijo—. Tengo que ducharme primero.

ESCENARIO 17

Tristan se detuvo sobre el cuerpo de su padre y se inclinó para examinar el hilo de sangre en su cuero cabelludo.

—Noto cómo late tu corazón —señaló Callum.

Tristan se levantó y ocultó con cuidado el abrecartas que había tomado del arsenal de armas escondidas de su padre. El arma que necesitaba Adrian Caine, pero no había sido lo bastante rápido para alcanzarla.

—¿Cómo es? —preguntó Tristan.

Callum posó una mano sobre el pulso de Tristan y estiró los dedos como las alas de una paloma.

—Como la locura. —Se pasó la lengua por los labios.

Tristan rozó con los dedos la trabilla de los pantalones de Callum. Bajó al muslo.

Los dos sintieron al mismo tiempo la presencia de la hoja, que buscaba la inevitabilidad como un clímax.

Arteria femoral.

—Con un corte bastaría, ¿no? —dijo Tristan con voz grave por el esfuerzo.

La boca risueña de Callum atrapó la de Tristan justo antes de caer al suelo.

ESCENARIO 25

—Lárgate de mi despacho —dijo Tristan—. A la mierda tus ofertas. A la mierda mi potencial. Dile a mi padre que se vaya también él a la mierda. No creas que va a interesarle verte, así que cuidado con el escritorio, es donde guarda los cuchillos.

Atlas Blakely parecía decepcionado, pero no sorprendido.

—A lo mejor cambias de opinión.

—A lo mejor te vas a la mierda y te mueres —replicó Tristan.

El teléfono vibró en su mesa con un mensaje de Eden. En una semana, James Wessex lo ascendería por segunda vez. La boda sería encantadora. De buen gusto. Grandiosa. Su futuro panegírico, leído por una Eden llorosa, describiría su muerte escandalosa al saltar desde un balcón como acto desesperado de un esposo e hijo amado. Rupesh, el mejor amigo de Tristan, se convertiría en el segundo marido de Eden tras un periodo generoso de luto de cinco años más o menos, algunos ciclos lunares. Su padre arrojaría el obituario a las llamas. Atlas Blakely encontraría a otra persona. Siempre habría otra persona. Libby Rhodes apuñalaría a Callum Nova veintitrés veces en el suelo de la sala pintada.

Fin de la simulación. Comienza de nuevo.

ESCENARIO 71

—¿Qué más estás dispuesta a romper y a quién vas a traicionar para conseguirlo, señorita Rhodes?

Lo vio en su cara. Una expresión nueva, una que debió de vivir siempre ahí, en secreto, escondida, o puede que solo fuera un secreto para él, que no hubiera conseguido ver la verdad después de tanto tiempo. Su angustia, nunca fue su bondad. Su dolor, el brillo que siempre confundía con virtud, siempre fue tan convincente porque contrastaba con su ira, con lo que siempre había estado ensombrecido por la furia. Iluminado por la presencia de una llama.

—No lo sé —respondió Libby—, y no...

—Rhodes. —Tristan emergió de su escondite, al otro lado de la puerta, demasiado tarde para salvar a Ezra, demasiado sabio en el momento transcurrido entre entonces y quedarse de brazos cruzados—. Rhodes, no voy a ayudarte. No voy a salvarte. El camino en el que estás solo termina cuando tú lo terminas. Rhodes. —Lo único que hizo fue tocarla entonces, calmar su dolor con un abrazo torpe, forzado—. Rhodes, deja que pare ahora. Que acabe contigo.

ESCENARIO 76

Libby lo mató, claro. No juegues con cerillas. No alarmes a físicos que han viajado hasta aquí en una condenada bomba nuclear.

ESCENARIO 87

Con diecisiete años, Tristan Caine se ahogó con una sopa caliente y murió.

ESCENARIO 141

—¡Prepara la nave espacial, capitán Blakely! —exclamó Tristan desde el casco de la nave.

   —Aquí estás, teniente Caine —respondió jovial Atlas.

ESCENARIO 196

—Quizá algún día —dijo Libby en el silencio que se extendía entre ellos.

Le quitó la copa de vino y la apartó. Tristan se dio cuenta de que no le había dado siquiera un sorbo, solo la sostenía, se fijaba en cómo captaba la luz.

—Elige entonces un día —contestó Tristan.

ESCENARIO 201

Hay una pequeña fractura, una chispa de silencio que vive en el movimiento de un gatillo. Tristan lo oyó como un rugido, un eco de consecuencia en la caverna del tiempo y el espacio, y el silencio que se debilitaba parecía una oración. Padre, perdóname; concédeme la serenidad para vivir con lo que he hecho.

La quietud que siguió gritó llena de sentido, de condena. Tristan notó una mano en el hombro, el peso cuidadoso y calculado de una palma. No se movió y sintió que la pistola desaparecía de sus manos, se escapaba de sus nudillos paralizados. Por la visión periférica, captó el brillo de unas gafas de sol.

—¿Quién se supone que debo ser ahora? —preguntó a la habitación, al despacho que alguna vez contuvo el latido del corazón de su padre. Lo que quería decir era: ¿Cómo voy a seguir adelante sin un motivo para continuar, sin algo de lo que huir, sin el sino que sé que estoy predestinado a perseguir?

—Quienquiera que seas, no te daré la espalda —le respondió Callum al oído.

En algún lugar, un reloj hacía tictac.

ESCENARIO 203

—Quiero… —Quiero tus disculpas. *Tic.* Quiero que me respetes. *Tac.* Quiero que me quieras. *Tic.* Y quiero que lo hubieras hecho desde el momento en que nací. *Tac.*

Tic.

Tac.

Tic. Tac. Tictac.

TictacTictacTictac…

—Es hora de dejar de soñar, hijo —dijo Adrian Caine. El abrecartas brillaba en su mano antes de abalanzarse hacia delante.

ESCENARIO 211-243

Nada de eso importaba porque Callum murió.

ESCENARIO 244-269

Nada de eso importaba porque Callum vivió.

ESCENARIO 312

—Os declaro ahora marido y mujer —anunció Nico con tono alegre y lanzó al aire un puñado de arroz cuando Tristan apartó el velo de los ojos a Parisa y esbozó una sonrisa de perpetuo regocijo.

—Me alegro de que seas tú —dijo y ella le dirigió una mirada despreocupada pero divertida.

—¿Quién iba a ser si no? —Se encogió de hombros y alzó la barbilla para darle un beso.

ESCENARIO 413

No es una pistola, es un cuchillo, pensó Tristan, y lo clavó con un movimiento sensual en el esternón de Callum.

ESCENARIO 444

—¿Esta era tu gran idea? —resolló Tristan. Reprimió las ganas de vomitar al doblarse sobre sí mismo en la calle—. ¿Robar a mi padre a plena vista? ¿Y para qué? Está maldito. Y, más importante aún, ¿qué se supone que vamos a hacer con el dinero?

—Por encima de todo, tener sexo —respondió Callum, también sin aliento. Las gafas de aviador tapaban la falsedad de sus ojos azules que Tristan nunca había visto. Le dirigió una sonrisa a Tristan, que estaba mirándolo. Fue una sonrisa hueca, no contenía tanto odio como debería. Sabía que estaba en otra parte, grandes reservas de odio, una inmensidad, pero parecía distante. Menos sexy.

—Ah. —Tristan lo consideró un momento antes de tirar del brazo de Callum para animarlo a seguir corriendo—. Sí —soltó y lo llevó hasta la próxima esquina—. Sí, de acuerdo. Muy bien.

ESCENARIO 457

—Pero los malditos libros...

—Mátame —dijo con urgencia Atlas—. Puedes quedarte los libros. Todos los condenados libros. Ni siquiera quiero estar aquí. No quiero nada de esto, confía en mí, créeme. —*He llegado hasta aquí solo para decírtelo, solo para entregar el mensaje*—. Soy yo quien necesita morir.

Ezra lo miró perplejo. O lo que a Atlas le pareció perplejo hasta que se dio cuenta de que Ezra no parecía confundido, no parecía enfadado, no parecía triste. No parecía en absoluto el hombre que estuvo una vez en su despacho y murió por la causa de ser joven, temerario y honrado.

Parecía el hombre que era Atlas Blakely unos segundos antes. Un hombre que había abierto una puerta.

—Ya he intentado esto, Atlas —señaló Ezra un momento después—. No funciona. No es de ayuda.

Silencio.

—¿Sabes lo que significa pasar hambre? —preguntó Ezra.

ESCENARIO 499

—Atlas —dijo Tristan al asomar la cabeza en el despacho—. Sharon, de la oficina, pregunta si has tenido problemas con el nuevo equipo de cocina.

—¿Eh? No, ninguno. —Atlas se rascaba la sien. Llevaba unas gafas que se aseguraba de que los demás no vieran, como si fuera fundamental para su mitología personal que su visión no sufriera ningún deterioro—. ¿Has visto esto?

—¿Las notas de Varona? Solo mil veces. —Tristan entró en el despacho y alcanzó el diagrama que tenía Atlas en la mano—. Me parece correcto, aunque no voy a decírselo a él.

—Aún necesitamos al señor Ellery. Y a la señorita Mori. —La voz de Atlas era el habitual murmullo exhausto—. ¿Has hablado con la señorita Rhodes?

Tristan sacudió la cabeza.

—No ha regresado al círculo de piedras de Callandish. O viene de camino ahora, o no... —Algo se alojó en su garganta con las palabras «no volverá» y Atlas lo miró por encima de la montura de las gafas con algo similar a la empatía.

—¿Y el señor Drake? —preguntó—. ¿Cómo os va a vosotros dos?

La casa no necesitaba un archivista. En especial, no uno con el que Tristan tenía la sensación extraña de que había soñado. Al mismo tiempo, sin embargo, era agradable tener a otra persona en la casa y la presencia de Gideon suponía que Nico fuera un visitante frecuente. Lo cual no era de especial interés para Tristan, por supuesto. El último año que había pasado con los cuchillos de Nico en la garganta y las manos de Nico en el pecho había sido...

No de especial interés para Tristan, quien tosió en el puño.

—Bien.

Atlas torció la boca en un gesto divertido.

—Ya veo. —Volvió al diagrama que tenía en las manos.

ESCENARIO 556

—¿Te das cuenta de que nunca hemos hablado de verdad? —dijo Tristan. Se alejó de la puerta de la habitación de Nico en dirección a la de Reina—. Me parece raro. A lo mejor tenemos una o dos cosas en común, pero nunca lo sabríamos. —El champán de la gala de la Sociedad de esa noche parecía afectarle. Tenía la sensación extraña y paranoica de que debía de mantener esta conversación ahora. De que debía de mantenerla ahora mismo, antes de que fuera demasiado tarde.

Reina no parecía estar de acuerdo. Tal vez porque no tenía interés en los hilos convergentes del multiverso o en la probabilidad de existir en multiplicidad.

—No sé quién es mi padre, así que lo dudo —dijo.

—Qué suerte —comentó Tristan—. ¿Y tu madre?

—Muerta.

—La mía también.

—¿Hermanos?

—Medio hermanas. ¿Y tú?

—Lo mismo. —Un silencio incómodo—. Creo que es posible que sea un dios —comentó Reina con tono forzado y blindado, como alguien que va a probar el agua y espera encontrarse una piscina de sangre.

—¿Por eso estás enfadada con Varona? ¿Porque eres un dios y él es demasiado hiperactivo para venerarte bien?

Reina abrió la boca. La cerró.

—Más o menos, supongo —murmuró un momento después. Tenía la mirada de una revelación estimulante.

—Perdónalo, no sabe lo que hace.

Detrás de ellos, la puerta de Nico se abrió, el suelo vibró con la energía de un niño pequeño que experimentaba un subidón por el azúcar.

—Vale, estoy preparado...

—¿Ves? —dijo Tristan. Señaló a Nico, que alternaba una mirada de alegre desconcierto entre Reina y Tristan.

Como respuesta, Reina parecía asqueada y al mismo tiempo contemplativa.

—Prueba a hacer terapia —le sugirió a Tristan, una aparente transacción por su sabio consejo—. Nos ahorrará mucho tiempo.

—Bueno, no hay problema, tenemos un montón de eso —respondió Tristan cuando Nico la saludó y se dejó conducir hacia las escaleras.

ESCENARIO 615

—Alexis. —Atlas la agarró del codo y ella se sobresaltó, un poco molesta. Estaba ocupada con otras cosas, con otros pensamientos—. Tenemos que matar a alguien.

Lo miró con el ceño fruncido.

—¿Qué?

—A mí —aclaró—. Tienes que matarme a mí. Uno de vosotros tiene que matarme o iréis muriendo poco a poco. Tiene que ser a mí, Alexis, por favor. —Le puso la pistola en la mano, le curvó los dedos en torno a ella, y Alexis lo miró.

—¿Por qué me lo pides a mí?

Por... Por todo lo que nos queda por compartir, por todos los secretos que tengo que contarte aún, los que nunca llegaré a confiarte. Los que te di una vez y que ahora, por suerte, no tendrás que saber.

—Por favor —repitió.

Ella miró la pistola. Lo miró a la cara. *No la desaproveches.*

Volvió a mirarlo a él, le dirigió una mirada pausada. Una pirada compasiva.

—De acuerdo —dijo Atlas histérico y le quitó la pistola—. De acuerdo, entonces lo haré yo mismo.

ESCENARIO 616

—Quiero el divorcio —gimió Tristan en la boca de Eden.

—Claro que lo quieres —respondió ella y le dio una palmada coqueta en el trasero.

ESCENARIO 733

—Ah, mierda —murmuró Callum, quien, por lo que podía ver Tristan, parecía estar examinando sus bajos.

—¿Otra vez te has despertado sin pene? —preguntó Tristan. (No debería de haber bromeado con esas cosas, no era tan divertido para los involucrados).

—Por suerte para ti, no —respondió Callum con suficiencia, sin levantar la mirada—. Es solo, ah. —Una pausa—. Nada.

Tristan se incorporó en la cama y observó la parte de la cara de Callum que podía ver desde el espejo del baño. El ceño fruncido que enmarcaba unos ojos azules claros. La tensión en la boca, que era más delgada ahora, menos burlona por la edad. El pelo, que estaba más gris que antes, menos dorado y más plateado. Lo cual, comprendió Tristan, era un asunto de pigmentación que probablemente se convirtiera en un problema también en otros hemisferios del cuerpo.

Ah, la mortalidad. Qué triste saber que las regiones inferiores también envejecían.

—Ya sabes que no me importa verte envejecer —comentó Tristan con tono despreocupado.

Vio el movimiento en los hombros de Callum, firmes en su lugar, debatiéndose entre prepararse y correr.

—¿No?

—No. Personalmente, siento que yo envejezco en mi personalidad. —Tristan se acomodó contra las almohadas con una repentina chispa de afecto, una sensación insoportable de que su satisfacción de ese momento era absurda e inmerecida. En la mesita de noche que tenía al lado estaban las gafas de sol de Callum, sus llaves—. No me importaría hacerlo un poco más.

—¿El qué? ¿Envejecer?

—Envejecer contigo. —Cerró los ojos para no tener que ver la sonrisa de Callum, algo que se diría a sí mismo que era una sonrisa de satisfacción y, por lo tanto, algo de lo que podría alejarse. Si quisiera. Cuando quisiera.

Y no era hoy.

ESCENARIO 734-890

Atlas Blakely abrió los ojos a una cabeza palpitante, la forma borrosa de un rostro familiar, unas manos de necromante. Oyó su propia voz, las voces de su padre, la voz con la que nació, la voz incansable que le hablaba dentro de su cabeza. *No puedes dejar de elegir la muerte, Atlas Blakely, y, por ello, la muerte no te recompensará.*

—Si no me matas, terminará el mundo —dijo.

Ezra se acercó a la línea de visión de Atlas con una media sonrisa en la cara.

—El mundo acaba todos los días, Atlas Blakely —indicó Ezra Fowler—. Eso no significa que puedas escapar de tu destino.

ESCENARIO 891

Tristan estaba de pie junto a la lápida del terreno de la familia Nova y se preguntó cómo diablos resultaba razonable gastar tanto dinero solo para acabar en el suelo dentro de una caja. Seguro que había una forma mejor de volverse útil para el mundo. Fertilizar el suelo, alimentar a los árboles. Cualquier cosa menos esto.

—¿Rosas? ¿En serio? —preguntó Parisa con un suspiro, como si las rosas no fueran la elección obvia según todos los estándares concebibles. Tristan miró a Reina por encima del hombro, quien se encogió de hombros, como diciendo «No puedo controlarla, nunca he podido».

Tristan dejó las flores en el jarrón y se puso derecho, le vibró el teléfono en el bolsillo. Tres vibraciones rápidas. Otra vez Libby. Había estado escribiéndole más estos días, a intervalos aleatorios. Al principio eran memes divertidos. Luego los ocasionales cómo estás. Después las divagaciones inevitables a medianoche de qué se sentía cuando tocaba la eternidad, ¿creía que había visto a Dios?, y, en ese caso, ¿era guapa?

A juzgar por la hora, lo más probable era que le hubiera enviado una foto de su almuerzo. Pero no descartaba la posibilidad de que fuera otra cosa. Algo maravillosamente inimaginable.

Tristan sonrió para sus adentros. Sintió que el mundo continuaba, que se deslizaba debajo de él, una libertad dichosa que se extendía hacia lo salvaje y desconocido.

—Por el amor de dios, Caine, no tenemos todo el día —protestó Parisa—. ¿Vas a ayudarnos o no?

—¿No estáis ya cansadas de la filantropía? —replicó Tristan al tiempo que ajustaba las flores en el jarrón de Callum.

—Ya sabes lo que siempre decimos —intervino Reina con un toque que Tristan comenzaba a reconocer como el tono de su voz que más se parecía al humor—. El mejor día para plantar un árbol es ayer. El segundo mejor día es hoy.

Tristan contuvo un resoplido.

—Eso no se acerca siquiera a lo que decís. —No lo sabía con seguridad, pero tenía la sensación de que su suposición era inexacta. Su lema actual probablemente estaba más alineado con su mensaje inicial hacia él, enviado varias semanas atrás desde el número nuevo de Parisa.

¿Quieres sentirte poderoso hoy?

¿Cómo de poderoso?

Depende de lo erótico que te parezca ver suplicar a un hombre blanco.

—Eh, casi —dijo Parisa. Se bajó las gafas de sol para deleitarse con el calor del sol de la tarde en el rostro.

ESCENARIO 1A-426.02

Tic.

Tac.

Tic. Tac. Tictac.

TictacTictacTictac...

—No quiero nada de lo que tú puedas darme. —Tristan lo entendió despacio y luego de golpe. Como tragarse una tina de veneno, dejar que inundara los vasos sanguíneos de su cerebro. Bajó el arma y Adrian espiró, con la lengua entre los labios.

—Así que es un gran hombre. Noble —soltó—. ¿Eso es lo que has aprendido de tus amiguitos de sangre azul? ¿Tu príncipe pijo te ha enseñado eso? Disfrútalo, Tris —se burló—. Sé un santo. Veamos si eso pone comida en tu mesa u hombres en tus filas.

Tristan cerró una mano. El tictac de su pecho había desaparecido. Lo único que latía ahí era su corazón, que no se vio afectado por el resurgir de la burla de su padre. Si a su padre le quedaba algo por darle, ya no era de ninguna utilidad.

—Nunca lo has tenido dentro de ti, Tristan. Siempre has sido un inútil, siempre has sido débil. ¿Te crees que no lo vi desde el principio?

Tristan se agachó y deslizó un dedo por la frente de Callum. Le arregló el pelo. Reconfiguró una ilusión. Le devolvió a Callum su nariz preferida, que era menos patricia que la de verdad. Ocultó las manchas de la camisa, planchó la tela hasta que quedó perfecta. Tomó las gafas de sol con dos dedos, mirándose en las monturas.

—Espero que te guste el sabor de la compasión, Tris. Se pudrirá en tu boca el día que alguien te haga pagar por tu debilidad. Quédate con mis palabras...

Su padre siguió despotricando mientras el mundo de Tristan se presentaba como un caleidoscopio de posibilidades, la inflación cósmica de su pulso cauto, renuente. Proyectaba los escenarios. Intentaba mostrar una versión del futuro que surgiera de alguna otra versión de esta habitación. Lo intentó, pero no pudo hallar el final feliz dentro de los límites de su aburrida imaginación. No pudo crearlo. No pudo verlo.

Pero eso no hizo que no fuera real, así que Tristan apuntó y apretó el gatillo.

Fin.

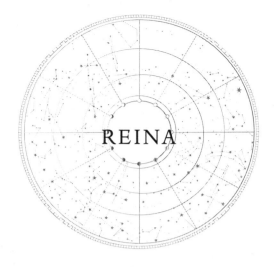

REINA

Reina estaba sentada en la oscuridad cuando las luces se encendieron a su alrededor. Oyó la señal inequívoca de la sorpresa, seguida por un silencio apresurado.

—Reina, ¿no? —La familiar voz conocida era tranquila—. Nadie me ha dicho que estabas aquí.

Reina se levantó de un sofá blanco impecable y se volvió hacia Aiya Sato, que se encontraba en la puerta con el bolso en la mano. Su ropa parecía cara. Sin duda, lo era. El ático también era caro. Los bienes raíces en Tokio no eran nada de lo que burlarse. El sistema de seguridad mágico también era muy bueno, pero Aiya tenía unos interiores excelentes y afición por la vegetación; su apartamento estaba lleno de plantas atentas.

De todos modos, no era seguro para Reina avisar con antelación, por muy educado que fuese. Con tantas personas intentando matarla, la amenaza del decoro era un riesgo menor.

Aiya la miró con cautela y leyó su silencio. Para ser justos, Reina no trataba de resultar amenazadora. Tan solo no había hablado con nadie en muchos días, desde la manifestación en Maryland, y no sabía por dónde comenzar la conversación.

—¿Es esto… una visita social? —Una pregunta razonable por parte de Aiya.

Reina sacudió la cabeza y carraspeó.

—Solo necesitaba hablar contigo.

—Ah, ya veo. He oído que te has metido en algunos problemas. —Le hizo un gesto para que volviera a sentarse en el sofá—. ¿Puedo ofrecerte té? ¿Vino?

Reina volvió a negar con la cabeza.

—No tardaré mucho. —Se sentó y Aiya se movió con cuidado por la habitación. Se quitó los zapatos y los colocó con evidente santidad junto a la puerta. Se apartó el pelo largo de la cara y encendió con meticulosidad unas luces concretas y no otras, tal vez para resaltar la belleza de sus muebles de estilo escandinavo o las vistas incomparables de la ciudad. Se sirvió entonces una copa de vino de una botella ya abierta y se unió a Reina en el sofá con un aire de temor hospitalariamente contenido.

—Yo nací aquí, en Tokio —comentó Reina—. No lejos de aquí, en realidad. Había un incendio el día que nací. Murió gente. Mi madre siempre pensó que tenía algún significado que yo... —Se quedó callada—. Fuera lo que era.

—La gente a menudo busca un significado donde no lo hay —contestó Aiya con tono pausado. Tal vez un tono de empatía, aunque Reina ya no sabía qué pensar—. Que puedas ver dos puntos no significa que exista nada entre ellos.

—En otras palabras, ¿el destino es una mentira que nos hacemos creer? —preguntó con tono bromista.

Aiya se encogió de hombros. A pesar de la cuidadosa selección de iluminación, se la veía cansada.

—Nos convencemos de muchas historias. Pero no creo que hayas venido solo para contarme la tuya.

No. Reina no sabía por qué estaba aquí en realidad. Solo quería ir a casa y, cuando se dio cuenta de que casa era una mansión inglesa, se rebeló tanto contra la idea que acabó aquí, en el lugar del que tanto se había esforzado por escapar en el pasado.

—Quiero hacer el bien —comenzó, despacio—. No porque me encante el mundo, sino porque lo odio. Y no porque pueda —añadió—, sino porque los demás no pueden.

Aiya suspiró, tal vez divertida.

—La Sociedad no promete un mundo mejor, Reina. No lo hace porque no puede.

—¿Por qué no? Me prometieron todo con lo que podía haber soñado. Me ofrecieron poder y, sin embargo, nunca me he sentido tan impotente.

—Las palabras la dejaron como si le hubieran dado una patada en el pecho, un fuerte pisotón. No se había dado cuenta de que ese era el problema hasta ahora, sentada con una mujer que vivía sola. Que lo tenía todo y, sin embargo, al mismo tiempo, Reina no veía nada en el museo de una vida de Aiya Soto que quisiera para sí misma.

Aiya dio un sorbo con calma, de un modo que le confirmó que solo la veía como una niña, un corderito perdido. Era demasiado educada para pedirle que se marchase, por supuesto. Así no se hacían las cosas y Reina debería de saberlo. Por el momento, Aiya retendría el pensamiento en la cabeza.

—Bien —dijo la mujer con una paciencia académica—. Estás decepcionada con el mundo. ¿Por qué iba a ser mejor la Sociedad? Forma parte del mismo mundo.

—Pero yo debería de poder arreglar las cosas. Cambiar las cosas.

—¿Por qué?

—Porque debería. —Reina estaba inquieta—. Porque si no puedo arreglar el mundo, ¿cómo va a arreglarse entonces?

—Parecen preguntas formuladas por el Foro. —Aiya se encogió de hombros—. Si quieres pasarte la vida derribando puertas que nunca se abrirán, prueba sus tácticas y a ver cómo te va. A ver si la mafia puede aprender a quererte sin consumirte o destruirte antes, Reina Mori. —Otro sorbo reflexivo—. La Sociedad no es democracia. De hecho, te eligió porque eres egoísta. —La miró con recato—. Te prometió gloria, no salvación. Nunca dijeron que pudieras salvar a otros. Solo a ti misma.

—¿Y eso es poder para ti?

La sonrisa de Aiya era tan correcta que Reina la sintió como el filo de un arma.

—¿No te gusta sentirte impotente? Entonces cambia tu definición de poder. No soluciones problemas irreparables. No te entregues a cosas que no puedes controlar. No puedes hacer que este mundo te respete. No puedes hacer que te dignifique. Nunca se postrará ante ti. Este mundo no te pertenece, Reina Mori, tú le perteneces a él y, tal vez, cuando esté preparado para una revolución busque en ti liderazgo. Hasta entonces, bebe licor caro, compra zapatos bonitos y deja a un hombre callado sentándote cómodamente en su cara.

Aiya se levantó entonces, inclinó la cabeza en dirección a Reina en una especie de gesto de despedida.

—Si me disculpas, necesito un baño —dijo—. La Sociedad no me ha dicho nunca que puedo hacer que alguien me escuche, pero al menos tengo el sistema de seguridad apropiado para que te echen de aquí si así lo pido.

Reina se levantó y aguardó un poco más.

—Pero un día me prometiste que valdría la pena.

—Sí, y vale la pena. Vale la pena no morir en la pobreza. Vale la pena estar en una habitación llena de hombres y ser para ellos una amenaza en lugar de al contrario. Vale la pena no perderse en la oscuridad. Llevar ropa interior de seda. No aligera la carga de ser humana, Reina, pero la vida es siempre mejor con opciones. Ahora tienes el lujo de contar con opciones.

Se dispuso a marcharse por un pasillo largo y moderno y Reina la llamó.

—¿Cuál es tu especialidad? —Cuando Aiya se giró, añadió—: No volveré a molestarte, te lo prometo. Pero quiero saberlo para poder… intentar comprender.

Aiya exhaló un suspiro y se quitó los pendientes. Los dejó ambos en el suelo y se quitó el collar, un anillo. Lo dejó todo ahí, abandonado como pétalos de rosas en el suelo.

—Ese incendio que has mencionado. El que había el día que naciste. Yo podría haberlo apagado. O podría tragarme el país entero con una sola ola. —Bajó la cremallera del vestido y salió de él. Miró a Reina y se encogió de hombros—. No temo ponernos bajo agua. La cuestión, Reina, es ¿por qué te ahogarías en esta vida?

Aiya se quitó el negligé, la piel desnuda en el aire fresco de su piso, antes de desaparecer de la vista. Se oyó el sonido del agua. Reina aguardó unos segundos más.

Después abrió la puerta y salió. Las macetas de orquídeas gimotearon suavemente a su paso.

Caminó en silencio un buen rato. No había aquí nada para ella, eso lo entendía, pero ¿dónde podía ir? Pensó en el Foro, en la oferta de Nothazai, la implicación de lo que Aiya Sato podía hacer, lo que había hecho ya. ¿Esa era la elección entonces? ¿Dedicarse a una vida similar a la de Aiya? ¿Enfrentarse a ideologías que no podía cambiar por un precio que no estaba dispuesta a pagar? Seis meses haciendo el trabajo de un dios y ya estaba cansada, demasiado cansada para seguir, demasiado enferma de odio para continuar.

Salva a los habitantes de este mundo, ¿y para qué? ¿Para que continuaran felizmente desinhibidos destrozando cosas solo porque podían hacerlo?

Acabó transitando el cementerio de Aoyama y el bullicio de las calles de la ciudad mutó poco a poco a suspiros de cerezos sakura sin flor. Tan cerca del invierno, eran una mezcla de rojo y dorado, con solo el indicio de las flores libertinas que acabarían floreciendo. Tal vez como entendían su costumbre sombría, no buscaron la atención de Reina, ni siquiera intentaron perforar la inquietud de sus pensamientos. Recitaron cánticos que parecían oraciones y susurraron bajo la brisa inusual y tranquila.

Caía la noche y Reina se detuvo para sentir los vestigios del sol que se escondía para anunciar las estrellas que sabía que no veía. Aquí siempre había muy poca gente en comparación. Shibuya estaba cerca, Roppongi cobraría vida pronto y, aun así, hay una tranquilidad aquí más allá de la presencia de los muertos.

¿Dónde se encontraba ahora Atlas Blakely? ¿Dónde estaba para ofrecer a Reina el nuevo mundo que sentía que le habían prometido? ¿Para recordarle su incomparable valor? Lo único que había en Tokio era el padrastro de Reina, un hombre que solo podía verla por su valor, no por su valía. Un hombre que usaba toda la magia que podía ofrecer el mundo solo para destruir cosas; para ver si James Wessex o él podían ser más rápidos a la hora de crear máquinas para matar.

¿Dónde estaba Atlas Blakely para poner en sus manos un manuscrito imposible? ¿Para mostrar a Reina que podía amar algo? ¿Para contarle de nuevo todos esos secretos que solo ella merecía conocer? Sin él, era solo una camarera en una cafetería. No en una vida pasada. No en una versión diferente. Eso era todo lo que era ella, con libros o sin ellos. Él la había escogido y, sin él, no veía el camino por delante.

Madre, la llamó un sakura con tono amable, con el peso de los pétalos que caían o la nieve que se agitaba suave. *MadreMadre, alguieeeeeen veeeee.*

Reina notó pequeños pinchazos de agujas en el mismo instante y supo, sin mirar, de esa forma tan atávica e inquietante, que alguien la miraba de cerca. Se quedó muy quieta y giró la cabeza para mirar por la periferia.

Un hombre, tal vez. Alguien con un traje negro y el cabello largo recogido con elegancia. Hombros masculinos, rasgos femeninos. Unas pestañas largas enmarcaban unos ojos atormentados. El traje tenía un corte impecable, lo bastante fino para un tokiota, aunque esta persona no lo era. Reina y los sakuras sabían que el intruso no era de aquí.

Por un momento, su corazón latió más rápido, más y más rápido, no exactamente por el miedo, pero tampoco por la ausencia de él. No temía morir o que la capturaran, ya no. Se asimilaba más al miedo de la maternidad, de saber que el miedo nunca te abandonaría de verdad y que no tenías otras opciones, ni otras elecciones, porque amar algo es preocuparte por ello, mirar todo lo que un día perderás y seguir adelante como si esa pérdida no fuera a destruirte. Porque, para bien o para mal, y más a menudo para mal, ese amor era tanto una carga como una bendición. Era un ancla a toda la gracia y la crueldad de esta vida.

Encima de Reina, los sakuras se movían inquietos, perturbados por la presencia del extraño. Reina levantó la mirada y pensó, por primera vez sin remordimiento y sin resentimiento, *Yo os protegeré, no os voy a abandonar.*

Con gratitud, los árboles florecieron como la primavera. Una pequeña revolución, una ráfaga gradual de rosa que floreció en sincronicidad, al unísono.

Si el asombro fuera una imagen, pensó Reina. Si fuera una acción.

Por todo el terreno del cementerio, Reina oyó sonidos de gemidos, algunos de delite, otros de asombro, muchos de sorpresa. Era como un sueño, esta primavera que parecía conjurada. Esta vida que venía de la muerte. Sería, quizá, su único momento real como diosa. Reina levantó una mano a la rama más cercana y sintió cómo se calmaba bajo su caricia. Como una canción familiar esta vez. *Madre*. Como si nada hubiera cambiado, excepto la propia Reina.

Para su asombro, el potencial asaltante de Reina no se movió. Se miraron a los ojos y el intruso inclinó la cabeza, como si reconociera que era terreno sagrado. A Reina le pareció leer la verdad en el movimiento, la humildad. Su verdad compartida.

Al final, todos volvemos a la tierra.

El intruso sacudió la cabeza una vez, un gesto de deferencia o de advertencia, o las dos. Alguien regresaría a por ella, leyó Reina en el ángulo de su gesto conciliador. Alguien regresaría a por ella, pero aquí no, hoy no. Bien, lo entendía. Inclinó la cabeza como respuesta y el extraño se volvió hacia el camino opuesto del sendero. Desapareció entre la gente que había empezado a llegar, residentes ocupados que habían levantado la mirada de sus teléfonos, de sus dolores personales y sus vidas ajetreadas, todo por un vistazo fugaz de la primavera de Reina.

★ ★ ★

La mansión estaba en silencio cuando entró Reina; sus pasos resonaban con deferencia entre los muros de la cara. La higuera estaba cerca, de luto. La última de las rosas estaría a punto de salir.

Caminó por la casa en dirección a la sala pintada. Esperaba que apareciese alguien, pero nadie salió. El despacho de Atlas estaba igual, vacío. Sacó un libro de la estantería de la sala pintada, una colección de citas, y estaba pasando un dedo por el lomo de un volumen de sonetos encuadernado en piel cuando vio una figura solitaria fuera.

Reina salió por la puerta lateral, la que podría haberla conducido a la sala de lectura y los archivos si hubiera querido ir allí, pero aspiró en cambio el embriagador aroma de la hierba. Alguien la esperaba, inmóvil. Tan reconocible como un eco. Inevitable como un pulso.

E incluso desde lejos, estaba preciosa.

IX

VIDA

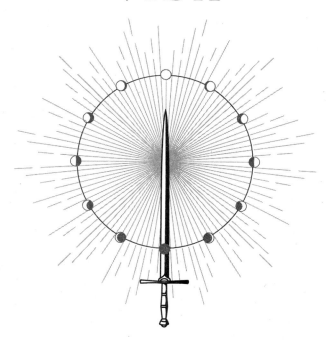

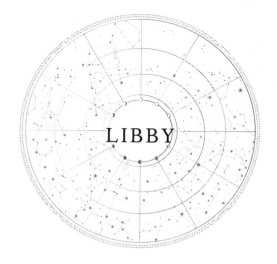

LIBBY

Belen no era tan mayor según los cálculos de Libby. Solo estaba en la mitad de la cincuentena. Tenía el pelo salpicado de gris y los ojos rodeados de las arruguitas de las risas que no había presenciado Libby, pero, incluso así, en los seis meses desde que la vio por última vez (que eran años, décadas incluso para ella), algo intangible en Belen Jiménez se había descompuesto más allá de las consecuencias normales de la edad.

Libby entró en la habitación de hospital y se sentó en la silla que había junto a la cama. Un reloj hacía tictac. Los médicos hablaban en el pasillo. Enfermeros. En algún lugar del edificio había gente que empezaba a vivir.

—Habría venido antes —dijo Libby tras aclararse la garganta—. Pero he tardado en encontrarte.

Belen se volvió hacia ella con una sonrisa.

—Mentirosa.

Cierto.

—Bueno, he tardado un poco más de lo que pensaba. —Hizo una pausa—. Te has cambiado de nombre.

—Mm, ya no me pegaba. —Los ojos de Belen eran exactamente los mismos, todavía oscuros y perceptivos. Libby se sentía inquietantemente joven y horrorosamente vieja al mismo tiempo.

—Y bien, eh… ¿qué…? —Tosió para aclararse de nuevo la garganta—. ¿Qué ha pasado?

Belen la miró confundida por un segundo.

—Ah, ¿te refieres a esto? —dijo un momento después.

Levantó una mano y Libby se dio cuenta de que estaba esposada a la cama de hospital.

—Estoy bajo investigación por crímenes de guerra —explicó.

—Ah. —Libby conocía esa parte, pues aparecía en cada artículo que escribían últimamente sobre la mujer en la que se había convertido Belen—. Yo... bien. Bueno...

—Tengo demencia frontotemporal —indicó Belen—. Primer estadio. Por ahora.

—Ah. —Libby sintió algo en el pecho pisoteado, como un suelo chirriante.

—He oído que mi caso es anormalmente agresivo —prosiguió—. Parece que las cosas se han reordenado en mi cerebro. Un favor de un amigo, podría decirse, para ayudar a acelerar las cosas. —Su sonrisa se tornó oscura, como cuando miraba a sus profesores. Cuando miraba a Mort y Fare, que parecían tan lejanos en el pasado de Libby como el futuro distante que tanto se esforzaba por proteger—. Si por casualidad te encuentras con Nothazai, asegúrate de decirle por dónde puede meterse sus pensamientos y oraciones.

—¿Nothazai? —repitió Libby.

—El payaso del Foro. He oído que va a dimitir, lo que solo puede significar que ha encontrado algo más filantrópico a lo que consagrar sus habilidades tan particulares. —Otro arrebato sombrío de humor, como solo Belen podía conseguir.

—Está... ¿qué? ¿Asesinándote? —preguntó Libby, horrorizada—. Seguro que...

—Supongo que siempre pudo ser el resultado que me esperaba. ¿Quién sabe? Dudo que sea tan creativo para elegir esto como final. —Belen se encogió de hombros—. Estoy segura de que lo considera piadoso, como administrarme un tranquilizante para calmar mi dramatismo. El equivalente biomántico a prescribirme que pase una convalecencia junto al mar, con papel pintado amarillo. —Belen se sentó, o lo intentó. La esposa tintineó en la muñeca cuando se movió en la cama y señaló el papel pintado amarillo y abstracto de la pared. La cara de Libby debió expresar su confusión, por lo que Belen añadió—: Se ofreció a arreglarme. Mi maldición de histeria feme-nina. Tuve elección en cuanto a su forma de reparación.

—¿Y elegiste la demencia? —preguntó Libby, vacilante.

—Elegí algunas variaciones de «jodeos tú y tus aires de grandeza», así que sí, algo así —respondió—. La investigación federal fue la guinda del pastel.

—Oh. —*Oh*. Como si esa palabra pudiera abarcarlo todo, o nada en realidad—. Y eh... ¿Los crímenes de guerra?

—Una cuestión de perspectiva, en realidad. —Se quedó en silencio otra vez, como si no pensara decir más, pero entonces habló—: El poder no es algo que esté disponible. Tienes que quitárselo a alguien. Vives con el precio que eso supone.

Miró entonces a Libby a los ojos. Libby carraspeó.

—Bien.

Las dos se quedaron de nuevo en silencio. Se oyeron unos pasos en el pasillo que se alejaron.

—A lo mejor yo puedo arreglarlo —sugirió Libby un momento des-pués—. Al menos te debo eso.

—¿Arreglar qué? ¿Mi vida? ¿Mi muerte? Qué amable. —Era impresio-nante que la voz de Belen hubiera envejecido tanto y aún siguiera siendo tan rencorosa y mezquina. Como si estuviera pensando lo mismo, Belen soltó una risotada grave—. Lo siento. Soy vieja, Libby, no sabia.

—No eres vieja. Solo... —Se encogió de hombros—. Mayor.

—Lo bastante mayor para dejar de lado viejos rencores, o eso dicen. Pero ¿sabes qué? A mí me gustan. Me hacen compañía. Me dan calor.

Libby pensó que posiblemente Belen no la quería allí, y que venir había sido otro acto más de egoísmo. Podía hacer muy poco al respecto ya que había llegado. O tal vez no. Se levantó con la idea de marcharse, pero se detuvo.

—¿Has venido en busca de absolución? —preguntó Belen con tono sua-ve—. ¿O de perdón?

En realidad, Belen nunca fue cruel de verdad, o al menos no lo suficien-te para que Libby se sintiera en la necesidad de mentir.

—Bueno, lo aceptaría si tuvieras de sobra —admitió. Intercambiaron una mueca que se parecía bastante a una risotada—. Pero no. —Libby exhaló un suspiro—. Creo que solo necesitaba verte. Para cerrar esto, supongo.

—Ah, sí, cerrarlo. Me encantan los finales.

Libby buscó amargura. Una amargura inusual, al menos. No estaba segura de si considerar el tono de Belen un signo de enemistad personal con Libby o alguna otra decepción sardónica por lo que le restaba de vida.

—¿Estás segura de que no puedo...?

—He elegido ver esto como una clase de gilgul. —Belen se encogió de hombros.

Libby frunció el ceño.

—¿Gilgul?

—Una especie de reencarnación esotérica. El alma tiene tres oportunidades para perfeccionarse. —Hizo una pausa—. Yo he decidido creer que este es solo mi primer intento.

Libby se rio. Siempre fue muy fácil reír con Belen, quien sonreía ahora, siempre divertida consigo misma.

—Belen, eres católica.

—¿Y? Tú me abandonaste y detonaste una bomba. Ahora los jóvenes llaman a eso un caso extremo de *ghosting*, ¿lo sabías? Este es un caso real de la sartén diciéndole al cazo, apártate que me engordas.

—Tiznas.

—He dicho lo que he dicho. Además, la cuestión es que tengo otras dos oportunidades más para hacerlo bien, así que no estoy enfadada. Bueno —corrigió—, tan enfadada.

Libby se sentó en la silla otra vez. La conversación parecía... no del todo desagradable. Y, como siempre, la presencia de Belen era una mejora con respecto a su ausencia. Por poco práctica que resultara esa conclusión ahora que no había vuelta atrás. No había manera de arreglar las cosas.

—Pareces muy actualizada —observó Libby—. Incluso sana.

—Eh, sí, ya me conoces —afirmó Belen—. Actualizada hasta el extremo.

—¿Cómo sería hacerlo bien? —No pudo evitar preguntar—. ¿Qué harías diferente en el segundo intento de tu alma?

—Entiendo por eso que me estás preguntando a que si seguiría eligiéndote si pudiera empezar de nuevo —reformuló Belen.

—Algo así. Supongo que sí. —No tenía sentido negarlo ahora. Naturalmente, Libby había hecho cosas peores que buscar una expiación narcisista.

—Ojalá pudiera decir que diría a mi yo de antes que te evitara, pero conozco mis tendencias anarquistas lo suficiente para saber que no me habría escuchado a mí misma. —La miró en silencio un largo rato—. Y en cuanto al resto... Seguiría intentando mejorar las cosas. Y algunos de esos presuntos crímenes de guerra tuvieron efectos muy expeditos —añadió—. En cuanto a arrepentimientos, no lo tengo claro ahora, y, como imaginarás, eso no entusiasma demasiado a mi defensor público. No hay Lexapro suficiente en el mundo para esa clase de mierda.

—Entonces... ¿no harías nada diferente? —resumió Libby.

—En esencia, no. Supongo que no. Creo que solo... —Un aleteo breve de la mano—. Disfrutaría más.

—¿Los crímenes de guerra? —preguntó con ironía Libby.

—Y el sexo. —La sonrisa de Belen era plácida, pero no antagónica.

—Bien.

Hubo un sonido detrás de ellas, un golpe en la puerta, y Libby se volvió.

—Hora de la medicación de la tarde, doctora Araña. —La enfermera miró con recelo a Libby y luego a Belen—. ¿Vuelvo en cinco minutos?

—Sí, por favor.

La enfermera asintió y se marchó cuando Libby se volvió de nuevo hacia Belen.

—¿Doctora Araña?

—Sí, a diferencia de ti, yo soy una profesora de verdad y hago que el personal de aquí use el término porque también soy una cretina. —La sonrisa de Belen era más cálida ahora—. Si sigues buscando redención, te quedan cinco minutos. Aprovéchalos.

—Muy bien. —Libby se tiró de las cutículas—. Supongo que puedo continuar por ti los crímenes de guerra, si quieres. Ayudarte a cumplir tu legado.

—Te lo agradecería. —Pareció entender el chiste.

Libby sonrió.

—Pero, en serio, si quieres que intente arreglar esto —continuó—, o si quieres que regrese y...

—No. —Belen sacudió la cabeza—. Solo... haz a alguien tremendamente feliz por mí y estaremos empatadas. Haz que una queer joven llegue a su primer orgasmo, por mí. —Una pausa—. Lo digo como una especie de brindis, por cierto. Un «salud».

—Entiendo. —Libby no pudo contener una risotada—. Muy generoso por tu parte.

—En verdad no. Te odio a rabiar, pero he decidido hacerlo con gracia. Bien.

—Obvio. —Libby se puso de pie—. Bueno, no es redención.

—Y te sobran tres minutos —respondió Belen e imitó el choque de una copa de champán.

Libby notó un dolor inesperado en el corazón por decir adiós esta vez. También se dio cuenta de que no había conseguido lo que venía buscando, aunque había logrado otra cosa.

—Belen, yo...

—Eres joven aún —dijo ella sin esperar al resto de la frase—. Te quedan muchos años para sentir dolor y remordimiento. Intenta no crear todos tus traumas en el primer cuarto de vida.

—Pero yo... —comenzó y vaciló, porque no sabía cómo expresar con palabras lo que había venido a decir—. He hecho daño a alguien —admitió—. Y ahora...

Se quedó callada.

—¿Al británico sexy? —preguntó Belen y Libby contuvo una risotada triste.

—No. Me ha dejado, o algo así. Pero por lo que sé, está bien. —Inspiró de forma entrecortada—. Ha sido... otra persona. Alguien que, posiblemente era mi otra mitad. Si eso existe.

—¿Podrías haberlo evitado? —preguntó Belen—. Hacerle daño.

Libby no contestó. En su cabeza, sin embargo, le dio vueltas a la conversación y se crucificó en el dolor de las hipótesis no verbalizadas. *Podría haberme quedado y haber vivido una vida contigo. Podría haberme sacrificado por él y dejar que viviera una vida con otra persona.*

¿Por qué no lo hiciste?, preguntó una versión imaginaria de Belén.

Porque quería saber lo que se sentía al ganar, respondió una Libby imaginaria. *Porque elegí la grandeza frente a la bondad. Porque hacer lo contrario habría sido prueba de todo lo que he pensado siempre sobre mí misma.*

La Belen imaginaria era paciente, perspicaz, periodística. *¿Qué has pensado?*

Que no soy suficiente.

—Ah —dijo la verdadera Belen y se movió en la cama todo lo que le fue posible—. Bueno, no tienes una mitad —le informó con tono tenso y aspecto de querer abstenerse de criticar, no porque fuera indebido, sino porque era inútil—. Te entregas a muchas personas con el tiempo. Tienes muchas fracturas que sufres y de las que te separas conforme continúa la vida. No lo digo para apaciguar tu culpa —añadió—, porque, en lo que a mí respecta, tienes potencial para herir a muchas personas a lo largo de lo que podría ser una vida egoísta y dañina.

Una pausa larga.

—Pero si te preocupa no volver a sentir algo, es una bobada. —Otro movimiento de la mano, despectivo.

Se oyó otro golpe en la puerta, detrás de Libby.

La enfermera de nuevo.

—¿Señorita? —se dirigió a Libby, que echó una última mirada por encima del hombro a Belen.

—Gracias. —Le pareció que era mejor y menos insultante que un «lo siento».

—De nada —respondió Belen, que fue como un «te perdono», pero también un «fuera de aquí».

★ ★ ★

Libby pasó por la ERAMLA cuando iba a dejar la ciudad. El edificio principal seguía igual, aunque el campus se había extendido por el paisaje del centro de Los Ángeles, como una erupción gentrificada. La residencia donde vivió era ahora un albergue estudiantil de lujo. La vieja cafetería que solía frecuentar era ahora un moderno establecimiento vegano de limonada.

Entró y se mezcló enseguida entre los estudiantes. Se movían con el mismo ritmo, los mismos sonidos; los ascensores seguían subiendo y bajando de forma incesante, como antes. Se chocó con alguien y se disculpó, y entonces reparó en que se trataba del profesor Maxwell T. Mortimer, el antiguo chico conocido como Mort.

Los pantalones que tan incómodos y ajustados parecían en los noventa seguían siendo iguales. Todavía poco ajustados alrededor de su cintura, aunque de un tono menos salmón. Miró a Libby un segundo para ubicarla. Perdió el interés entonces, apartó la mirada y salió apresurado hacia el aparcamiento de la facultad. Hacia su coche caro y desafortunada esposa, pensó Libby.

Se quedó mirando los ascensores unas cuantas horas, el sol californiano se movía alegre por las claraboyas de un lado del edificio al otro como una ola.

Y luego, por fin, se puso de pie y lo dejó todo atrás.

* * *

La calle residencial estaba oscura y tranquila cuando Libby paró el coche de alquiler. Apagó los faros y aparcó al fondo de la entrada de la casa, pues no quería molestar a los ocupantes. Se acercó a la puerta, que estaba recién pintada, y vio el habitual escondite de llaves junto a un lecho de rosas marchitas.

Había entrado con esa llave en muchas ocasiones tras sacarla de la bota de la extraña ranita cada tarde, cuando sus padres estaban en el hospital con Katherine. Todos los días la misma rutina. Volver a casa andando. La boca de la rana. Comer lo que le había dejado su madre y hacer los deberes rápido, pero en silencio, tomar notas extra que guardaba para Katherine y luego esperar fuera a que el vecino la recogiera. Tres horas al día junto a la cama de Katherine, donde a veces Katherine estaba despierta, pero más a menudo dormía. Algunos días, Libby hacía más deberes o leía un libro y luego salía con sus padres por la noche sin intercambiar una palabra con Katherine. Al final, los días eran todos así.

Libby abrió la puerta principal de la casa de su infancia y entró. Se quitó los zapatos y subió de puntillas las escaleras enmoquetadas. El salón estaba igual que la última vez que lo vio, que no fue hacía mucho más de dos años. Y parecía ahora otra vida. Esquivó el peldaño que crujía en medio del rellano y subió de un salto el resto de escaleras, igual que había hecho siempre Katherine. Katherine era de pies ligeros, una bailarina. También mucho más diestra que Libby al escabullirse de la casa y entrar a hurtadillas.

La habitación de Libby era la más cercana a las escaleras. La de Katherine estaba al fondo del pasillo y sus dormitorios estaban conectados por un baño. Se detuvo al lado de la puerta de su habitación, que estaba abierta, pero se dirigió, en cambio, hacia la de Katherine, que estaba cerrada. Giró despacio el pomo y entró. No le extrañó no encontrar ni rastro de polvo. Su madre había seguido limpiando esta habitación desde que Libby recordara. Pero sí le sorprendió ver una pila de objetos en la mesa, como si hubieran desenterrado algo nuevo hacía poco.

Ah, sí, ahora se acordaba. Algo relacionado con las tuberías de arriba. Su madre se lo contó hacía más de un año, mientras Libby estaba enfrascada en resolver agujeros de gusano con Nico, por lo que no había prestado atención. Había una capa nueva de pintura en la pared de Katherine, alrededor de un respiradero que seguramente Katherine usara para guardar cosas en secreto.

En la mesa había un pequeño diario con la tapa deformada con manchas de agua. Dos botes de esmalte de uñas negro seco que a su madre no les había importado hasta que dejó de molestarse en sermonear a Katherine sobre el color de sus años. Un aro de la nariz falso. Dios, por supuesto. Libby se lo puso y se miró en el espejo. No tenía ni de lejos el mismo aspecto moderno de Reina, pero es que un aro en la nariz no hacía que una chica pareciera moderna.

Se quitó el aro de la nariz y tomó el diario. Lo abrió por una página al azar. No tenía fecha (solo los frikis hacían eso, imagino a Katherine diciendo), pero según los eventos que describía su hermana, debía de tener quince años, por lo que Libby tendría once o doce. Katherine estaría ya enferma, no tanto como más tarde.

... menuda chismosa, lo juro por dios aaahhhh lo odio, en serio. Estoy deseando salir de esta casa...

Libby paró y cerró el cuaderno. Espiró.

Inspiró.

Volvió a abrirlo y continuó leyendo.

... echo de menos ir a clase. ¿Te lo puedes creer? A CLASE.

Libby pasó las páginas, se saltó algunas cosas aquí y allí sobre las amigas de Katherine, que iban a fiestas sin ella, sobre un chico que Libby solo recordaba a medias. Josh. ¿Conocía a un Josh? Se preguntó si Josh estaría casado ahora, quienquiera que fuese. Si tendría bebés con alguien que no era Katherine. Se preguntó si Josh habría podido seguir adelante.

Se detuvo en otra página al leer su propio nombre. Se tragó una bocanada de vergüenza al reparar en que fue la última vez que Katherine y ella discutieron. Libby se había encontrado a Katherine en el porche trasero con un botellín de cerveza y un chico que debía de ser Josh que tenía la mano en la camiseta de su hermana. Libby se acordó ahora, como un relámpago de claridad, que tenía un pendiente y que lo que creyó que era un tatuaje, pero que solo era un dibujo que se había pintado en el brazo con un rotulador. Libby se lo contó a su madre y Katherine gritó hasta perder las fuerzas y Libby pensó solo intento protegerte. ¿Ves? Solo intento asegurarme de que estés sana, de que estés bien.

... pero en plan, ¿qué sentido tiene estar viva si no puedo beberme UNA cerveza y besar tan fuerte que apenas pueda ver? Dios, es una pesada...

Libby levantó la mirada y carraspeó, con los dedos preparados para pasar la página, para saltarse el dolor.

Debía de haberse contagiado del masoquismo de Tristan, porque siguió leyendo.

... pero la quiero. Lo intenta de verdad. Es adorable y aburrida, y me parece triste. Ojalá se tranquilizara y se diera cuenta de que prefiero morir haciendo algo

emocionante que pasar los próximos meses tumbada en la estúpida cama de hospital. Mamá no quiere que hable de la muerte porque teme que Libby se asuste o algo así, pero ¿hola? Es horrible y está BIEN. Aunque, al parecer, no es un buen argumento para hacerme un piercing en la lengua a pesar de que le he contado que es idea mía y no de Josh.

A Nico le habría encantado Katherine. Oh, dios, pensó Libby con repulsión. Nico habría intentado acostarse con Katherine. Tragó un nudo de algo terrorífico e hizo una mueca. Siguió leyendo, pasando un dedo por la página, lamentando sus pérdidas. Trazó la forma de las cartas de Katherine cuando llegó a la última página del diario.

Me siento mal por escribir cosas crueles de Libby porque es solo una niña y no sabe nada. Y mamá está demasiado ocupada preocupándose de mí, por lo que nadie presta suficiente atención a si Libby se va a convertir en una narcotraficante o no. Dios mío, ¿te imaginas?

Solo quedaban unas líneas de Katherine antes de que el cuaderno terminara. Libby inspiró, temblorosa. Quería salvarlo, saborearlo de algún modo. Dejar que fuera un adiós, como doblar una esquina en un sueño y... detenerse. Dejar que Katherine desapareciera. Dejarla ir.

Tú no tienes una mitad, se dijo a sí misma con la intención de que le diera paz. Espiró, preparada para el mensaje de despedida de su hermana.

Vale, pero, de verdad, la quiero, ella solo quiere que todo esté bien, aunque eso es imposible. Un día lo entenderá. Y mientras tanto seré amable. Más amable, al menos. Tan amable como pueda, aunque me dé dolor de cabeza. Ah, y esto es LO ÚLTIMO CRUEL QUE DIGO, LO PROMETO, pero, de verdad

Su flequillo es horrible.

En el silencio de la habitación de su hermana, Libby Rhodes se rio hasta acabar llorando.

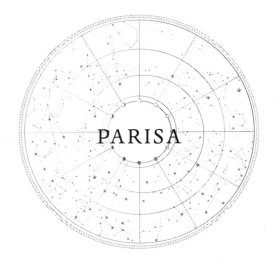

PARISA

Una vez que todo terminó, se quedó en la casa. Esperando algo. No estaba segura de qué. Un empujón, supuso. El deseo de estar en otro lugar, o, si no, la necesidad compulsiva de huir. No había conocido una vida sin uno o lo otro, pero ahora su instinto habitual de migración le había fallado. Siempre había sido la versión de ella que venía a continuación, siempre en constante movimiento hacia su siguiente evolución, lo cual, supuso, era siempre más de lo mismo. ¿Qué iba a hacer ahora? Sus propias respuestas volvieron a ella: gastar dinero, tener sexo, acabar muriendo. Deprimente, y ya tenía suficiente de eso para sentirse satisfecha. Supuso que era una suerte que no hubiera alguna cita para la tristeza humana, como un cubo que solo pudiera contener una cantidad limitada. Si el amor no era finito, entonces tampoco lo era el dolor, ni la pena. Siempre podría invocar más, y resentimiento también, pues la vida no había hecho otra cosa que enseñarle a sufrir y seguir adelante.

Empezó a fijarse en cosas de la casa. La cocina, que había que reabastecer. La biblioteca, que había que limpiar. Las habitaciones, que había que vaciar y ventilar, las cosas que habían quedado allí y que había que retirar para los que vinieran después. Sabía, en parte, que Nothazai llegaría cualquier día, que las habitaciones que habían ocupado ellos seis serían reemplazadas. Que todo continuaba, que la vida seguía, que las personas siempre seguían sangrando por la avaricia de otro, que sufrirían en nombre del dios de alguien. Siempre codiciarían el conocimiento, siempre tomarían el poder y robarían los derechos. La casa continuaría su trabajo de drenar a sus habitantes para su propia simbiosis, para reforzar su propia sensibilidad, convirtiéndose en respuestas que vivían y respiraban porque sus ocupantes tenían preguntas que habían formulado con toda su alma.

Variaciones del primer pensamiento de Callum cuando se enteró de que Atlas Blakely se había muerto: *¿Es todo?*

Como: *¿el hombre a quien atribuía tanto poder ha podido morir sin que me entere, como si nunca hubiera existido?*

Como: *el cuidador de la Sociedad, un hombre con la llave de secretos ilimitados sobre el mundo, ¿es solo un hombre con limitaciones normales?*

Como: *¿ha terminado ya el juego?*

Como: *después de todo, ¿esto es todo?*

Como: *si Atlas Blakely puede desaparecer sin dejar rastro, ¿qué esperanza hay para mí?*

Unas preguntas muy buenas. Sin respuesta, como todas las preguntas buenas. Parisa había dejado de intentar reunir la energía para contestar. Se acordó de la bola 8 mágica que Gideon soñó para ella, el arma que le dio cuando la necesitaba, y recordó la mezcla de sensaciones en su interior al sostener en las manos ese objeto preciado. Esa semilla de valor incalculable.

Mejor no te lo digo ahora.

Encontró a su hermana Mehr en las redes sociales, vio las fotos de sus sobrinas, su nuevo sobrino. Pensó en mandarle un mensaje y luego pensó sí, pero ¿para qué? *Mejor no te lo digo ahora.* Buscó a su hermano, a quien estaban investigando por asalto. Se preguntó cómo acabaría eso. *Mejor no te lo digo ahora.* Leyó el obituario de Nasser. Hijo amado, esposo querido. No era del todo falso, aunque no era del todo verdad. *Mejor no te lo digo ahora.* Buscó a la madre de Atlas Blakely, a su padre. Vio a las medio hermanas de Atlas Blakely, sacó los archivos del resto de miembros del grupo de Atlas de la Sociedad. Eran tan adorables, tan vibrantes, tan jóvenes. ¿Qué podrían haber conseguido? ¿En qué podrían haberse convertido? *Mejor no te lo digo ahora.*

Leyó las notas de Dalton con su caligrafía meticulosa antes de que se volviera maniática; las cartas cuidadosas de un completo sociópata que amaba su oficio con indiscreción. Encontró en el escritorio de Atlas un frasco de pastillas; solo quedaban dos o tres tabletas. ¿Con cuánto dolor había vivido su cuidador? En la habitación de Callum halló una botella vacía metida detrás del cabecero de la cama. En la de Nico, unos calcetines desparejados enrollados. En la de Reina, un cuento de hadas infantil. *Mejor no te lo digo ahora.*

Parisa no se preguntó qué estaba esperando. Leía libros, reordenaba habitaciones, caminaba por el jardín, tomaba té ella sola. Muchas de las cosas de Tristan seguían allí, y también de Libby, aunque no escribió a ninguno para preguntar si iban a volver, porque ella ya no vivía en un mundo donde importaran las respuestas.

Sharon le mandó un correo electrónico con una foto con su hija en un viaje a Disneyland París. Parisa pensó en hacer croché, o punto.

Al final se arrancó el pelo gris, por capricho.

Dos días pasaron. Tres. Una semana.

Por la noche, Parisa soñaba. Se despertaba sin acordarse de dónde había estado. La mayoría de las veces no tenía recuerdos que revivir, pesadillas que la atormentaran, aunque sabía que siempre sostenía algo, que había un pequeño peso en su mano derecha. Una vez se despertó con música en los oídos, segura de que estaba oyendo la característica risa de Nico de Varona. En otra ocasión se despertó con un mensaje. *Creo que puedo enseñarte a usar esto si quieres.*

Quiero, pensó. Quiero. Aunque no necesariamente para el bien.

Yo tampoco la uso siempre para el bien, respondió el soñador en su cabeza.

Pasó otro día antes de que la casa le avisara de que había alguien más dentro. Estaba en el jardín cuando la sintió suspirar de alivio, combarse bajo la presencia de alguien más. Ah, pensó Parisa con irritación momentánea, una epifanía que parecía más bien una picazón. Conque se había quedado allí por un «qué».

Vio a Reina salir de la casa y pensó vale, ¿este es el final que estaba esperando?

Y en su mente, un mensaje fluorescente resplandeció con suficiencia.

Mejor no te lo digo ahora.

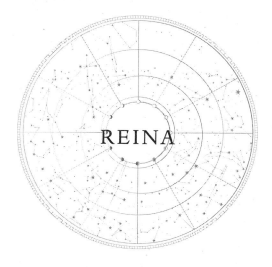

REINA

Atlas Blakely no le daría un sentido al final, y Nico de Varona no le daría redención. Dalton Ellery había muerto y con él toda esperanza de creación espontánea.

Una a una, Reina se vio desprovista de oportunidades conforme Parisa hablaba. Cada atisbo de posibilidad se evaporaba, cortada de sus dedos como hilos de significado. Reina los dejó caer todos de sus manos sin siquiera conocer el peligro. Sin intentar sostenerlos.

No podría decir exactamente cuándo paró de hablar Parisa. Las palabras perdieron su significado antes de que la voz de Parisa se debilitara, antes de que se desvaneciera con el sonido de gritos en algún lugar cercano. Los cornejos susurraban sus condolencias, las briznas de hierba se marchitaron bajo los pies de Reina. De pronto estaba cansada, muy cansada, y notaba un zumbido en los oídos.

¿Es un don o un talento?, preguntó Atlas en su cabeza.

Una maldición. Igual que amar y perder. Vivir era ver algo morir.

Reina reparó en el sonido de su cabeza, el grito, era suyo. Ira o angustia, tristeza o lamento, todo lo anterior. Sintió la suavidad de la tierra bajo las manos y comprobó que estaba arrodillada, que canalizaba su dolor hacía la empatía del suelo mojado. Sintió que algo le palpaba con suavidad los antebrazos, que se deslizaba desde las palmas. Como enredaderas, como hilos de consecuencia.

¿Qué sentido tenía? ¿Cuál era el propósito de luchar contra aquello para lo que había nacido? El mundo siempre tomaría y tomaría y tomaría de ella.

Lo poco que devolviera también acabaría tomándolo. Puede que no hubiera un sentido. Puede que su sentido personal no revistiera más importancia que cualquier otra brizna de hierba. ¿Fue arrogante pensar que se le había asignado un destino y no la misma inevitabilidad que a los demás, que a todo lo demás? Capituló ante la insignificancia con un arranque de energía, un estallido de sumisión. *Tómalo entonces, no lo necesito. No lo merezco.*

No sé cómo arreglarlo. Llévatelo todo.

El suelo tembló debajo de ella. El sol quedó engullido, eclipsado, muerto, desaparecido. La tierra fresca era más oscura, más negra, como heridas abiertas. Sintió el crujido de las raíces debajo de las rótulas, enredaderas que se partían bajo la palma de sus manos. Espinas y flores, el suelo partiéndose bajo ella como unos labios que se separaran para reír. Sangró por ello, jadeó por ello. Un hilillo de agua brotó bajo sus rodillas.

«Reina Mori, ¿por qué te ahogarías en esta vida?».

Estaba oscuro ya, un silencio vespertino, el mediodía devorado por su noche personal cuando la grieta que tenía debajo se convirtió en un hilo de agua, luego en un arroyo. Encima de ella se había formado un dosel de copas de árboles lleno de ramas. Era imposible ver el cielo u oír el repiqueteo de la lluvia. El suelo estaba cubierto de musgo bajo el círculo de robles que caían en cascada, las raíces protegían a los hongos. Por los lados opuestos del riachuelo recién nacido había unas hayas inestables cuyas cortezas pálidas estaban iluminadas por líquenes. Los últimos brotes (*Arilbred Iris*) formaron ondas de campanillas, lirios de los valles que crecían formando anillos de hadas. Los helechos se curvaban en las puntas de las lenguas como pequeñas señales del destino. Reina estaba atada a ellos, a todos. Todos regresarían un día a la tierra. Las hojas caían como copos de nieve, cubrían de amarillo el suelo. Dar era fácil, muy fácil ahora, una vez que había empezado no podía parar. *Tómalo.* Mermaba un poco el dolor, lo aligeraba. *Tómalo todo.*

Algo la levantó por el brazo y ella resbaló, tropezó con piedras dentadas y marañas de raíces de los árboles en la orilla del río, que ahora separaba los terrenos de la casa. Se golpeó la barbilla con una piedra cuando salió del agua y se derrumbó en los brazos del bosque que ella había hecho crecer como una jaula a su alrededor, que la envolvía como si nada volviera a importar fuera. Otra vez la agarraron del brazo, tenía dos brazos alrededor de la cintura que tiraban de ella hacia atrás y arriba. Reina se tambaleó hacia un lado y tras ella brotó un árbol joven. Un infante, un niño.

Reina, la voz de Parisa en su cabeza. *Reina, tienes que parar antes de que lo sueltes todo.*

—No lo quiero —habló Reina con un dolor en el pecho que la destrozaba, como si exprimieran una gota de sangre de un pinchazo—. No lo quiero. Alguien debería quedárselo, alguien debería tenerlo, yo no puedo...

Se detuvo, el olor del jazmín la envolvía, la ahogaba.

No, no la ahogaba. La abrazaba.

Un par de brazos cruzados.

La verdad emergió de ella como un gemido.

—He desperdiciado gran parte de mi vida. —Su voz era débil, como el sonido de la estúpida higuera, esa a la que solo le gustaba el brillo del sol, los cotilleos y Reina, inexplicablemente Reina—. He desperdiciado mucho. —Se le formó una ampolla en el pecho que se abrió, como un tumor, en las costillas—. Tengo que soltarlo todo, tengo que...

—No tienes que soltarlo todo hoy. —La voz de Parisa era baja y firme en su oreja—. Aún te queda mañana. Tiene que contar para algo. —Parisa calló un momento, la mejilla presionada contra la de Reina, una calma fresca manaba de su piel. El olor a jazmín y sal, Reina no era la única que estaba llorando—. Tiene que significar algo.

—¿No te has enterado? Nos persiguen todavía. —Reina soltó una risotada y pensó en el extraño en el cementerio. Algunos asesinos eran respetables, pero, aun así, ella no tenía un para siempre. Apenas tenía un ahora—. Podría morir mañana.

—Bien, tus apuestas son las mismas que las de todos —señaló Parisa y en un murmullo añadió—: Demasiado para ser un dios.

Reina soltó un resoplido que pareció más bien un hipido.

—Además —continuó Parisa—, puede que no mueras mañana. Nosotras podríamos convertir ese problema en el de todos los demás.

Al principio, Reina pensó en discutir.

—¿Nosotras? —dijo en cambio.

Parisa se apartó, se separó de ella despacio. Reina se tambaleó un poco, pero se mantuvo sola en pie. En la oscuridad del bosque recién construido por Reina, costaba ver la cara de Parisa, pero Reina sabía que era hermosa. Siempre había sido hermosa, pero nunca más que hoy.

—Sí —afirmó Parisa—. Nosotras.

No le tocó la mejilla a Reina. Reina no la besó. Una brisa susurró en el bosque, como el roce de dos dedos sobre la piel desnuda, pero más suave. Menos fugaz.

—De acuerdo —concluyó Reina.

Madres, susurró el joven árbol.

Y así, la vida devolvió un poco.

LOS SEIS DE EZRA

CINCO

James

El director ejecutivo de la Corporación Wessex observaba la escena que se avecinaba desde su monitor de seguridad con una sensación de pura ambivalencia. No podía decirse lo mismo del recién ascendido vicepresidente de operaciones, que aguardaba impotente e inmóvil, sentado a la mesa donde, hasta dos minutos antes, estaban manteniendo su revisión financiera trimestral. Pero Rupesh Abkari no había sido seleccionado por sus huevos.

El hombre del monitor de seguridad llevaba unas extravagantes gafas de sol de aviador, llamativas, cromáticas y caras, una declaración de vestimenta que parecía empezar y acabar con un «que te jodan». Siguió con las gafas puestas mientras desactivaba las alarmas de seguridad del vestíbulo de la torre, al tiempo que se movía por el puesto de seguridad y burlaba al guardia de su progreso. Hizo que la multitud que esperaba en el ascensor le dejara paso con un carraspeo (silenciado, pero evidente) antes de cruzar la puerta, presionar el botón de la planta superior y ponerse a silbar mientras el ascensor subía por la sede londinense de la Corporación Wessex. Pareció notar los diferentes hechizos que impedían su entrada y los organizó a su gusto. Como si fueran globos de animales en una feria.

«Puedes quedarte con mi deuda —dijo la voz de la sirena con una sonrisa silbante. Sus palabras de despedida volvieron a James Wessex mientras el ascensor de la imagen de seguridad subía las plantas de la oficina—. Disfrútala, tiene un precio. Ahora tienes tu propia deuda. Un día sabrás tu final y no contarás con el beneficio de la ignorancia. Lo verás venir y no podrás detenerlo.

Además —añadió con un beso—, ahora tu pene está maldito».

Los ángulos del monitor cambiaron para seguir el progreso del hombre cuando salió del ascensor en la planta superior. Detuvo los corazones de los guardias que estaban allí esperando, los dejó congelados como una botella de champán a la que regresaría más tarde. Sin palabras, le dijo al escáner de retina que se ocupara de sus asuntos y empujó las puertas de cristal del despacho donde estaba esperando James. Hizo caso omiso del grito de sorpresa de Rupesh.

Cambió entonces de idea y retrocedió hacia donde se había abalanzado Rupesh, al lado de la puerta, y le dio las gafas de aviador para que se las sostuviera.

—James —lo saludó Tristan Caine, el hombre que fue su empleado en el pasado y que, coincidencias de la vida, habría sido también su yerno—. Veo que has redecorado.

James Wessex estaba sentado detrás de su mesa con la mano en un botón de emergencia que llamaría a una variedad de guardias mortales y medellanos. Ya lo había pulsado, claro, pero después de ver el contenido de las imágenes de seguridad, no había funcionado porque Tristan no quería que funcionara.

—Toma —dijo Tristan y lanzó algo en dirección de James, que este recibió, aunque a punto estuvo de caer al suelo—. Creo que esto es tuyo.

James miró la pistola con la pequeña «W» inscrita, con la esperanza de que el pequeño salto de sus ojos del gatillo hasta la cabeza de Tristan hubiera sido tan evidente como pensaba.

—Ya no está cargada —le informó Tristan, así que no tendría tanta suerte—. Últimamente hay que ser precavido, como me han aconsejado. Sin embargo, puedes dispararme y ver qué pasa —añadió con una sonrisa que nunca había esbozado durante su periodo de trabajo allí.

Qué pena que las cosas entre su hija y Tristan no hubieran funcionado. Una pena, de verdad, el hombre en el que podría haber convertido a Tristan

Caine. James siempre tuvo ojo para el talento, un sexto sentido para la ambición. Eden pensaba que se estaba rebelando de alguna forma en su contra al elegir a Tristan, pero James estaba encantado de verdad. Tristan Caine era un diamante en bruto que solo había que pulir, y James lo sabía. No le extrañaba que también lo supiera Atlas.

—Tristan. —La voz de James albergaba su habitual tono de autoridad. El hombre más poderoso de la habitación no estaba hecho para gritar—. Imagino que eres consciente de que tu cabeza tiene un precio.

—Curiosamente, sí, soy consciente de ello —confirmó Tristan y se acomodó en la silla que un momento antes ocupaba Rupesh—. He pensado que tal vez podrías considerar retirar esa pequeña marca estúpida.

James tuvo la sensación de que esto iba a suceder. Pero si Tristan Caine no iba a trabajar para él, entonces era mejor que Tristan Caine no trabajara en su contra. James no tenía por qué entender los detalles de la magia de Tristan para saber que no quería que la usara contra el imperio que con tanto cuidado y esmero había erigido.

—Me temo que carezco del poder para parar lo que ya está en movimiento —contestó James y se retrepó en su silla—. Hay ahora muchas piezas en juego, Tristan. El gobierno estadounidense, el servicio secreto chino...

—Bien, James, te escucho —indicó Tristan con tono calmado. Apoyó los codos encima de los reposabrazos y desvió la atención de la planta treinta y tres del edificio hacia el Támesis que tenían abajo—. Veo que estás en una posición muy delicada, aunque, sinceramente, no me importa. —Se volvió de nuevo hacia James y, sin cambiar de tono de voz, añadió—: Y bien, ¿tu respuesta final es no?

James reconocía un problema cuando lo veía.

—Si has venido para amenazarme, puedes hacerlo, Tristan.

Tristan suspiró y giró de nuevo la cabeza hacia la ventana.

—Esto no tenía por qué volverse bárbaro. Podría haber sido muy sencillo. —Dirigió una sonrisa a Rupesh antes de volverse hacia James—. Pero parece que algunos hombres no quieren entrar en razón, una pena.

En un instante, la habitación escapó del control de James Wessex y pasó al de Tristan. No podría haber explicado cómo, solo lo sabía. Lo sentía. Algo había cambiado, algo que era real, pero ya no lo era, como si todo esto fuera una imaginación privada. El contenido del sueño de otra persona.

Las manos de James estaban vacías. En el único plano de la realidad que permanecía allí, la pistola estaba en la palma de Tristan, con el dedo de Tristan en el gatillo. James sintió la repentina sensación intangible de que no era más que un grano de arena, una mota de polvo. Un hombre cuyos hijos eran una decepción, cuyo legado se descompondría en el momento en que él muriera. Un hombre maldecido sin medida, un hecho que había pasado toda su carrera tratando de ocultar, que era poco más que una colección compacta de materia que seguía unida ahora por deseo de Tristan Caine.

—Suspéndelo —le advirtió Tristan con el dedo en el gatillo de la pistola que había diseñado James— o no serás nada. ¿Qué crees que es tu fortuna aparte de un número imaginario en una pantalla? Si esto es lo que puedo hacer en tu despacho, piensa en lo que puedo hacer con tu dinero. Piensa en lo que puedo hacer a la vida que tan cómodamente has llevado.

James no podía hablar, por supuesto, era apenas un espectro en la existencia. Lo que Tristan le había hecho a la habitación, congelar el tiempo o depositarlo con delicadeza en el vacío de la inexistencia, no contenía espacio suficiente para la réplica. Con un parpadeo de Tristan, comprendió, todo se desmoronaría y entonces ¿qué importaría para qué había nacido James Wessex o qué había construido? Este era el secreto, pensó James, y la razón por la que la vida no era una línea de meta, por la que no era una carrera. Era una delicada conflagración de átomos y estadísticas, y en cualquier momento, el experimento podía finalizar.

Con otro parpadeo, Tristan devolvió el despacho a su configuración habitual. James seguía en su silla, Rupesh estaba a punto de orinarse encima al lado de la puerta. La única diferencia entre estas y sus posiciones anteriores en la habitación era que Tristan se había quedado con el arma.

—Me preocupa que sigas creyéndote poderoso sin ninguna evidencia de lo contrario —señaló Tristan en respuesta a la mirada recelosa de James hacia el cañón de la pistola—. Es muy posible que estés confundido sobre nuestras posiciones respectivas de autoridad y por lo tanto asumas de forma incorrecta que mi presencia en esta habitación sin un arma sería lo mismo que enfrentarme a ti desarmado.

Tristan quitó el seguro y levantó el cañón. Apoyó un dedo en el gatillo.

—Pensaba que habías dicho que no estaba cargada —observó James.

—Yo digo muchas cosas. Soy el hijo de un delincuente y siempre he sido un mentiroso.

Sí, eso era verdad. Y James casi lo había ignorado, a pesar de saber que Tristan era y siempre sería un farsante, un camaleón con ropa barata y los adornos de la burguesía. Incluso con el pulido que James había estado dispuesto a darle a Tristan con el tiempo, no había cantidad de herencia que hubiera hecho que el trabajo de toda una vida de James hubiera pertenecido de forma legítima a Tristan. Decepcionante.

La maldición continuaba. Por ahora.

—Bien. —No todas las posturas valían la pena, aunque otras personas vieran su conformidad como una debilidad. Los negocios eran una aventura de apuestas, la contabilidad un asunto de pérdidas ocasionales. Una marca roja en su libro de cuentas no sería el final.

«Lo que quieres del lugar con protecciones de sangre —habló de nuevo la voz de la sirena—, no lo conseguirás nunca. Pero eso no forma parte de la maldición. Es solo un hecho —concluyó con una sonrisa».

James alcanzó el teléfono y marcó. Un tono, dos, antes de que respondiera Pérez.

—Soy James. Elimina las marcas alejandrinas, es un malgasto de mi dinero y de mi tiempo. —Observó la cara inexpresiva de Tristan y añadió—: Cuanto más se prolongue, más obvio resulta que su acceso no vale la pena.

Hubo una pausa y luego una respuesta rápida. Tristan se inclinó para poner el teléfono en manos libres, presionó el botó con la punta de la pistola que tenía en la mano.

—... zai está clandestino. Hassan se queda fuera —estaba diciendo Pérez—. China ha perdido el interés. Dice que una telépata derribó a la mitad de sus operativos en sueños. Ni siquiera se encontraban en el mismo país. —Por lo que parecía, la visita de Tristan no había logrado mucho que no hubiera sucedido por sí solo. James experimentó un poco de triunfo por ello.

«Disfrútala. Tiene un precio», dijo la sirena en su cabeza.

—Si tú te retiras, no nos quedarán recursos —concluyó Pérez.

—Que así sea entonces —dijo James con la vista fija en Tristan—. ¿Hemos acabado?

Sintió la migraña burocrática en la voz del estadounidense.

—Sí, sí. Limpiaré los archivos. Por tu parte, no digas nada. —Una pausa—. ¿Y los archivos?

James miró a Tristan, quien se encogió de hombros.

«Lo que quieres del lugar con protecciones de sangre, no lo conseguirás nunca».

—Encontraremos otra forma de acceder —respondió James.

—De acuerdo. —Pérez colgó sin más despedida y James se retrepó en la silla y miró a Tristan. La pregunta implícita era obvia.

¿Comprendes ahora lo pequeño que eres en realidad?

Esperó a que Tristan expresara rabia, que pronunciara un discurso arrogante cuando era muy evidente que su visita aquí había sido inútil. En lugar de ello, Tristan se volvió para dirigirse a la puerta.

—¿Ya está? —preguntó James, divertido a su pesar—. ¿No vas a tomar el control de la compañía? No finjas que no lo disfrutarías. Sentarte en mi lugar. Hacer llamadas telefónicas que pueden salvar una vida o acabar con ella.

Tristan se detuvo, como bien sabía James que haría.

—Sé de lo que estás hecho, Tristan. Lo admiro, de verdad. Esa hambre. Ese arrojo. Pero nunca habrías llegado a esta oficina sin mi ayuda. Eres demasiado imprudente. Demasiado corto de miras. Lo quieres todo inmediatamente, ahora. No tienes en ti la paciencia para pasar hambre hasta que llegue el momento correcto. —James lo supo cuando Tristan se alejó de Eden. Cuando aceptó la oferta de Atlas Blakely y destrozó todo lo que había conseguido con astucia, pero aún no había construido.

El dedo de Tristan tocó el gatillo, todavía de cara a la puerta, mientras James continuaba.

—Ese es el poder real. Construir a lo largo del tiempo. Así se crea un imperio, Tristan, y no un reino despiadado como el que tiene tu padre. Ah, sí —confirmó cuando Tristan hizo el más mínimo movimiento por encima del hombro—. Sé quién eres. Lo que eres. Lo sabía cuando Eden te trajo para conocerte. Lo sabía cuando te ascendí, cuando te dejé que le pusieras un anillo a mi hija. Me gustaba tu arrojo. Pensaba que significaba que tenías potencial. Que tenías visión.

«Un día sabrás tu final y no contarás con el beneficio de la ignorancia». James podía sentir la amargura aumentar dentro de él, sus cálculos usuales que daban paso a otra cosa, la sombría idea de que, si Tristan salía ahora, sería el final. «Lo verás venir y no podrás detenerlo».

«Lo que quieres del lugar con protecciones de sangre, no lo conseguirás nunca».

Se habría acabado y James no tendría nada, porque ni todo el dinero del mundo era poder frente al secreto de James Wessex. Su corazón cansado.

—Nunca serás poderoso de verdad, Tristan Caine —dijo la voz calmada de James Wessex, cuyos cuatro hijos no tenían una molécula de magia. No una célula. Ni siquiera una chispa que los mantuviera calientes—. Sé que lo sabes, y yo también —añadió James, quien había hecho todo lo posible para ocultar las deficiencias de sus hijos y los había cubierto con cualquier magia que pudiera comprar, pero con la seguridad de que no podría comprar la justicia. Un final no se podía evaporar.

James había pasado años buscando algo, cualquier cosa (un animador que mantuviera viva su alma, un viajero que lo encerrara dentro de un plano astral en algún lugar, una biblioteca que mantuviera su poder en este plano de existencia, a salvo de los horrores de la mortalidad y el tiempo), pero el dinero no podía comprar eso y, por lo tanto, no podía comprar nada. James Wessex podría convertirse en una multipotencia, una red más que un hombre. El Contable, con su libro todopoderoso; el titiritero, sus hilos de consecuencia tan expansivos para rivalizar con el propio destino. Pero no podía deshacer una maldición.

Comprar el estatus de medellana de su hija Eden no le había granjeado el cariño de ella. tampoco la había hecho lo bastante fuerte para soportar la carga del imperio Wessex.

—Alguien será más inteligente que tú —le arrojó a Tristan como el veneno que era, porque eso, al menos, era verdad—. Alguien será siempre más fuerte, alguien será siempre mejor, y un día, Tristan, cuando te des cuenta de que no eres capaz de nada más que de los trucos de un charlatán, los mismos juegos de mano...

James lo notó en ese momento. Cómo le quitaba Tristan su magia. Se interrumpió como si se hubiera tragado algo, un nudo en la garganta, o, como si sufriera la embestida de un repentino dolor de cabeza.

(Y era así, en teoría. Un pequeño bloqueo en el cerebro, como cambiar el cableado de una bomba. La mínima presión en el nervio equivocado. Un neurocirujano podría arreglarlo, pero ¿a qué coste? A saber si podría ver algo tan pequeño. Un cambio en el *quantum* para reescribir el código de un hombre).

(¿Qué era el poder? Se parecía mucho a Tristan Caine).

—No, no, sigue —dijo Tristan ante el silencio de James—. Rupesh parece fascinado.

Tristan empujó la pistola contra el pecho de Rupesh para dar énfasis a su afirmación, sacó las gafas de sol y se las puso de nuevo mientras Rupesh se revolvía contra la pistola, como si le escociera el golpe.

Un destello de luz, como la llama de un mechero, causó una distracción. En los monitores donde James había visto a Tristan Caine atravesar las protecciones del edificio, un atisbo de un rubio platino parpadeó.

Luego, uno a uno, todos los monitores de seguridad de Wessex fallaron, las imágenes fueron cortándose en orden secuencial como una cuenta regresiva hasta que todo cuanto quedaba era la huella de una barbilla alzada, un dedo corazón extendido.

—Bien —dijo Tristan con el rastro débil de una sonrisa—. Supongo que está hecho.

Fue justo como siempre imaginó James que sería. Volverse ordinario. Volverse normal. Como morir, pero peor. Como morir, pero más vacío. Tal vez fuera mejor así, morir mientras seguía con vida. Ver los frutos de su imperio sin el terror de las cenizas que llegarían.

—*Vene, vidi, vici* —susurró James con voz ronca—. Llegué, vi, vencí.

Tristan soltó una risotada.

—Mucho bien le hizo a César.

Salió entonces con calma del despacho, silbando.

GIDEON

Sin más viales que lo mantuvieran despierto, a Gideon se le presentaron de nuevo las opciones de narcolepsia (familiares, molestas) o cocaína (veneno, torpeza). Se había marchado de la casa de la Sociedad sin cumplir la totalidad de su contrato, había completado solo seis meses del año previsto. Decidió *bueno, supongo que a la mierda* y eligió los reinos antes que la realidad. Eligió los sueños antes que la vida por primera vez.

Visitaba a Parisa cuando le apetecía meter el dedo en la llaga de la nostalgia, una forma generosa y por lo tanto defendible de hacerse daño a sí mismo. En algunas ocasiones, Max lo acompañaba, como de costumbre. Pero Max tenía ahora una vida. Como Nico y luego Gideon no habían estado disponibles para él durante más de dos años, Max se había visto forzado a buscar aficiones nuevas, que incluían una novia que era muy simpática. Preparó una noche la cena en su apartamento de Manhattan y Gideon asistió, adormilado, solo el tiempo suficiente para asistir a la prueba de que Max, al menos, era feliz. Estaba triste, claro, pero estaba bien, y en otro acto de generosidad masoquista, Gideon entendió que Max tenía cosas mejores que hacer con su vida que deambular sin rumbo con su amigo triste. Un día, quizá Max decidiera organizar una revolución o crear una banda, y entonces podría despertar a Gideon si quería.

Hasta entonces, Gideon estaba bien dormido.

Sabía que Nico no aprobaría su comportamiento. ¿O sí? Nico siempre quiso que Gideon estuviera, comillas, a salvo, y puede que esto se le acercara lo suficiente. La identidad de Gideon parecía lo bastante segura. Ya no veía al denominado Contable, ni tampoco lo oía. Su madre ya no era una amenaza. La Sociedad no parecía interesada en perseguirlo. Nada venía a por él, nada lo estaba buscando, nadie lo esperaba. Si parecía deprimido por ello, bueno, ¿qué más daba? Había mucha gente deprimida. El dolor no hacía especial a Gideon. Nunca lo había hecho.

Deambulaba por los reinos como de costumbre, paseando por la orilla de la playa de otra persona, contemplando el bostezo de la marea. Posiblemente fuera una mancha en el sueño de alguien. Un producto de su imaginación, improvisado por la racionalidad de su mente y olvidado cuando despertara. Era un sueño agradable, tranquilizador. Nunca había estado en la playa en la vida real, así no. Era, en su mayor parte, el pueblo rural donde se crio y las ilusiones de la conciencia de otras personas. No sabía en realidad lo que se sentía cuando las olas le lamían los tobillos, pero imaginaba que sería agradable. Amigable. Como el hoyuelo en una sonrisa valiente.

Parpadeó entonces al darse cuenta de que llevaba tanto tiempo con la vista fija en algo que debía de haber conjurado un espejismo. Una sombra se acercaba a él en la arena, el borde emplumado del ala de un halcón. Gideon alzó la mirada y sintió que el corazón le palpitaba al principio con incredulidad, luego con una capitulación gradual.

Nico aterrizó a su lado con un suspiro y pateó la arena.

—Esto es muy raro, Sandman —dijo Nico con un bostezo y la mirada en el horizonte—. ¿Dónde estamos? Parece la casa de mi abuela.

No había forma de que Gideon supiera eso. Nunca había estado en Cuba, ni en la vida real ni en sus sueños. El corazón se le bombeaba rápido, demasiado rápido. Le costaba encontrar la voz.

—Nicolás. ¿Cómo estás? —preguntó en español.

—Ah, bien, más o menos —respondió él en la misma lengua—. *Ça va?*

—*Oui, ça va.*

La boca se le había quedado seca y Nico alzó las comisuras de los labios, expectante, como si esperara el remate, la broma. Gideon intentó adivinar qué versión de Nico podía ser esta, qué clase de sueño estaría teniendo. ¿Era un Nico más joven, el de cuando se conocieron? Tenía el pelo más largo, como la última vez que lo vio Gideon en vida, por lo que posiblemente se tratara del Nico de los últimos meses. ¿Era la versión de Nico que ya conocía el interior del estúpido corazón de Gideon?

—*Tu me manques* —susurró Gideon sin saber con seguridad con quién estaba hablando o si Nico reaccionaría siquiera. Si esto era un recuerdo, entonces Nico respondería como siempre, con una indiferencia que lastimaría a Gideon tanto como lo sanaría. Te echo de menos, yo también te echo de menos, tan simple como eso. No era una cuestión de devoción. Solo un hecho simple, sin complicaciones.

La sonrisa de Nico se hizo más amplia.

—Eso espero, joder —respondió, y no fue lo esperado, pero tampoco del todo molesto, y entonces Nico se levantó y le tendió una mano a Gideon—. ¿Tú qué crees? ¿Nos bañamos?

Nunca antes habían estado juntos en el mar. En ningún sueño que Gideon recordara. Ni en ninguna vida que hubiera vivido.

—Nicky. —Tragó saliva—. ¿Esto es…?

—¿Real? —Nico se encogió de hombros—. No sé. Nunca busqué un talismán, ¿y tú?

—No. —*Tú fuiste siempre mi talismán*—. Pero ¿podría ser verdad? Dalton dijo…

Gideon se quedó callado, pensativo ahora. Alguien había matado a Dalton, Gideon había visto el cuerpo, así que no podía haberlo hecho Dalton, no podía haber traído de vuelta a la vida a Nico. A menos…

La propia Sociedad había dicho abiertamente que rastreaban la magia de sus miembros. Dalton dijo que la biblioteca podía recrearlos, fabricar alguna cualidad regenerativa de sus almas. Pero ¿era cierto? ¿Era posible o…?

¿Era esto solo un sueño?

—No hay forma de saberlo —dijo Nico con esa chispa que poseía. La hiperactividad que Gideon envidiaba y adoraba. Esa necesidad imprudente de pasar a lo siguiente tan rápido como pudiera, como si Nico hubiera sabido siempre que se quedaba sin tiempo.

—¿Es posible? —preguntó Gideon.

Nico puso una cara que significaba «puede, no lo sé, estoy aburrido».

—¿Importa?

Una pregunta válida. O bien sí, importaba mucho, o no, no importaba nada, y nada importaba de verdad, y ¿quién decía qué era real aparta del latido de su corazón en su pecho?

¿Qué era la realidad para un hombre que hacía lo imposible, que era en sí mismo la imposibilidad?

—Piensa a lo grande, Gideon, piensa infinito —le aconsejó con un guiño y aspecto engreído. Como si hubiera dicho una genialidad, y en su mente probablemente fuera así.

Pero no, no. Tener y perder. Dolería mucho más así. Sería mucho más preciado, sí, pero el dolor sería el precio por haber amado.

—El infinito no existe —replicó con voz ronca Gideon. Nico lo dijo en una ocasión. «El infinito es falso, es una concepción falsa». ¿Qué es la realidad comparada con nosotros, Sandman?—. Podríamos contar los granos de arena si de verdad quisiéramos.

—Vale, vamos a hacerlo. A menos que estés ocupado haciendo otra cosa.

Nico arqueó la ceja en un gesto sugerente, y Gideon, desdichado e indefenso (Gideon, el pequeño hijo de puta que era, un verdadero príncipe idiota) no quería nada más que arrodillarse y besar los pies de Nico. Quería comprar la comida a Nico, escribirle poesía a Nico, cantarle a Nico las canciones de su gente en un terrible español y un francés pasable. Quería noches en Brooklyn, la hora dorada en una cocina, café con nata. Quería esperar para siempre y también quería hacerlo todo ahora, justo ahora, porque a saber cuándo acabaría el sueño, o si esto era en realidad la muerte de Gideon, o si todo había sido siempre un sueño de Gideon, o si nada era real. La realidad no era nada. Quería construir a Nico una estatua en la arena, tallar su estúpido nombre en los árboles.

Pero se contuvo, porque Nico nunca le dejaría humillarse, jamás. Ni en este mundo ni en el siguiente.

—Tengo hambre —dijo en cambio.

—Yo cocino —respondió Nico.

Y así, sin más, todo era perfecto, o tal vez fuera falso, pero ¿quién notaba la diferencia? No tenían pruebas y era demasiado tarde para buscarlas ahora. Esto era resultado de la procrastinación crónica, pensó Gideon. Un final absurdo para el chico más absurdo de la clase.

Pero para entonces la carne ya estaba en la brasa, el ladrido distante de un chihuahua flotaba fuera de sus cuatro paredes y, somnoliento, Gideon pensó que la arena se podía contar. Pero eso no significaba que hubiera que hacerlo.

Pero tampoco significaba que no pudieras.

LOS SEIS DE EZRA

SEIS

Nothazai

Edwin Sanjrani fue un milagro antes incluso de nacer. Sus padres (un diplomático y una antigua cantante de ópera convertida en esposa de sociedad) estaban envejeciendo, y su madre había tenido ya varios abortos y pérdidas gestacionales, por lo que tuvieron que someterse a muchos procedimientos incómodos. Al final, diagnosticaron a Katya Kosarek-Sanjrani un cáncer de tiroides, por lo que les aconsejaron que pararan. Que dejaran de intentar procrearse. Que dejaran de viajar tanto. Que dejaran de vivir con tanta libertad y se quedaran mejor en casa, o al menos cerca de un hospital. Que dejara de saborear la comida, que dejara de tener el pelo largo, que dejara de verse hábil incluso moderadamente capaz.

Pero entónces, por supuesto, como sucedía a veces en la vida, la semilla que se convertiría en Edwin Sanjrani ya estaba plantada, y era demasiado tarde para que Katya o su esposo Edwin Senior detuviera el irreversible revés del destino.

El embarazo era algo extraño. El nacimiento de un niño en general. El proceso de que un cuerpo se convierta en el recipiente de una criatura parasitaria (¡una bendición!) suponía que todas las funciones de dicho cuerpo cesarían de funcionar como siempre. El cuerpo gestante se convertía en un mártir o, si no, en un apartamento con todo incluido. Las hormonas cambiaban. Las prioridades cambiaban. La producción de células cerebrales se ralentizaba en la madre para adaptarse al nuevo amor del cuerpo: el creciente grupo de células que acabarían convirtiéndose en un bebé. A veces, por supuesto, el cuerpo gestante decidía que el código estaba incompleto, que el grupo de células no era viable, y detenía la producción para que la fábrica pudiera comenzar de nuevo, para que lo intentara otra vez, pero mejor. En otros casos, el cuerpo gestante veía el cuerpo maligno que empezaba a manchar las paredes de la fábrica y decía eh, ¿sabes qué? Deberíamos controlar esto, es malo para el grupo de células.

Aparte del trabajo de la máquina materna, las células cancerígenas de Katya dejaron de multiplicarse. Extirparon el tumor y, curiosamente, solo quedaron las células buenas. Cuando las células que se convertirían en Edwin Sanjrani y las diferentes partes de la posible ecuación de Edwin Sanjrani (diestro, gusto por lo picante, desagrado por el color naranja, un sentido del humor un tanto morboso y tendencia a explicar de más) ya eran consideradas por su madre y su padre como un motivo para dejar de lado la directriz de que pararan, sencillamente siguieron adelante. El cáncer de Katya estaba curado y no regresó, por lo que la familia Sanjrani continuó con sus roles diplomáticos hasta que nació Edwin en Nueva Zelanda, como un ciudadano ya querido del Reino Unido. Destinado ya a fracasar.

No era así como lo veía Edwin, por supuesto. Su apellido no era Astley o Courtenay, y su paso por diferentes internados no estuvo exento de incomodidades. También era duro ser un milagro, porque no era solo el milagro de Katya. Nació sabiendo cómo mirar un cuerpo y ver sus pequeños fallos, los diversos problemas en las paredes de la fábrica. Conocer el problema no era lo mismo que conocer la solución, pero a veces las dos cosas iban de la mano. A veces Edwin podía ver un tumor, diagnosticar un dolor de cabeza como algo peor justo a tiempo para desactivar una bomba. A veces podía ver un coágulo que podía convertirse en una implosión o en un fragmento de metralla celular que, de otro modo, sería necesario extirpar. Podía ver una infección y la posibilidad de que algo pudiera empeorar muy pronto.

Tener la respuesta a menudo implicaba una responsabilidad por la pregunta, y esto era una carga, como lo eran todas las llamadas. Cuando Edwin tenía dieciséis años, su trabajo consistió en hacer que su padre se sintiera más cómodo. Cuando tenía veinticuatro, fue el turno de su madre. A pesar de sus muertes relativamente tempranas, a ninguno de los Sanjrani les costó pensar que habían cumplido su misión en la tierra, porque ¿cómo podía alguien sentir decepción consigo mismo cuando había creado un milagro? Edwin los sobreviviría y Edwin haría el bien. Este era el sentido de un legado. Así vivía un cuerpo.

Edwin era un medellano y eligió ir al alma mater de su padre, la Escuela de Magia de Londres, que se había convertido en una universidad líder a medida que el mundo daba paso al auge de las tecnologías mágicas, a un mundo en el que la magia podía ser la solución a todos sus problemas, incluso a los que la propia magia causaba. En sus primeros días en la universidad, Edwin se formó como biomante de diagnóstico con la esperanza de ser practicante, que era bastante menos admirable que cualquiera de las otras cosas que podía haber sido. Era un poco como querer ser abogado cuando eras un duque, ¿qué sentido tenía? Pero Edwin se tomaba muy en serio la cuestión de ayudar a la humanidad, de la bondad que había en ella. Se sentaba junto a camas y tomaba a la gente de las manos. Como el milagro que fue desde que nació, Edwin se entregó al trabajo.

Y fue así como Edwin conoció una enfermedad que sabía que no podría detener. No sabía cómo llamarla. ¿Desinformación? ¿Odio tóxico? Las enfermedades sin un nombre eran difíciles de diagnosticar; era más bien una cuestión de reconocerlas cuando las veía. Con el tiempo, se manifestaría de formas muy distintas. Movimientos anti vacunas. Fanatismos religiosos que defendían de forma incondicional que no se trataran a algunas personas. Prejuicios en contra de que él en concreto no tratara a las personas. Edwin estaba ya muy inmerso en sus estudios cuando se enteró de las técnicas avanzadas de biomancia que implicaban alterar el código genético de un paciente, lo cual era muy similar a lo que podía hacer Edwin, excepto que desactivaba la bomba antes incluso de que Edwin pudiera verla. Desactivaba incluso la posibilidad de una bomba. Por supuesto, había usos inapropiados, o usos menos apropiados; que un medellano con medios suficientes pudiera eliminar una sensibilidad al polen o pedir que su descendencia no fuera tan delicada con las texturas de las comidas o pudiera concentrarse a todas horas.

Era más bien una conjetura, proyectar estadísticamente la posibilidad de que algo pudiera salir mal y, por lo tanto, sí, tal vez hubiera abusos en el horizonte: el trabajo de Edwin era caro, sus pacientes eran muy privilegiados y también los que tenían más derechos, así que ese era uno de los factores que contribuían a la cuestión de la ética, que por sí sola es bastante justa. Pero la conversación empezó a inclinarse en contra de Edwin y a favor de algún estado de naturaleza absurdo; la creencia en lo que era «natural» que comenzó con los ricos hipócritas y llegó hasta los fácilmente manipulables, que casualmente eran los más necesitados. Una paradoja existencial, aferrarse a la creencia de que los humanos eran buenos cuando la humanidad como colectivo era una basura. Cuanto más avanzaba la biomancia, más gente parecía considerar a Edwin Sanjrani un demonio o un terrorista. (No estaba claro qué relación tenía esto con su identidad o con su oficio. De todos modos, era inseparable)

Todo esto era extracurricular, por supuesto. En el ámbito curricular, Edwin era una estrella en ascenso, y cocurricularmente era popular entre sus compañeros de clase porque era (a pesar de otras pequeñas excentricidades como su nombre o su rostro) rico y optimista, y había viajado lo suficiente como para ser aceptablemente elegante. (Era elegante, en realidad, pero decirlo frustraba el propósito). Estuvo entre los pocos invitados a una de las sociedades secretas de la Escuela de Londres, los Bishop, que fue donde se enteró de la existencia de un secreto más apremiante: los alejandrinos. Esa particular Sociedad era poco más que un rumor, por supuesto, pero Edwin había vivido una vida lo bastante cómoda como para saber que los rumores para algunos solían ser ciertos y para otros, accesibles.

No lo reclutaron. Pasó los treinta y la ventana de posibilidades iba y venía. ¿Era de nuevo por su cara, por su apellido? Era posible. Para entonces, su visión de la humanidad se había empañado de forma irreversible. Cada vez veía menos qué salvar.

Pero la ira justa podía motivar incluso a los tipos más frustrados, y cuando el Foro buscó a un biomante de diagnóstico como testigo experto en una de sus Causas (el hombre llamado Nothazai usaría, irónicamente esa palabra más adelante en su vida, pero en ese momento, Edwin solo podía pensar en ello poniendo los ojos en blanco), empezó a vislumbrar las posibilidades de desmantelar el sistema que le había construido su techo personal; la estructura invisible que solo la Sociedad Alejandrina y un puñado de compañeros de clase aristócratas podían ver con claridad. Edwin nació en un hogar cómodo, pero no en la nobleza. Llegó con una educación clásica y un gran ojo para la observación, pero no sabía qué era tosco y qué no. Había visto demasiado mundo antes de los cinco años como para pensar realmente que era tan pequeño (no empezaba ni terminaba en una pequeña isla frente a la costa de Europa continental, por ejemplo), pero algo tan conquistable no debería haber sido tan desconcertante. Para Edwin, el problema del mundo seguía siendo completamente esquivo y sus síntomas eran demasiado frustrantes e indescifrables para diagnosticarlos.

Finalmente, Edwin dejó de llamarse Edwin. Era un nombre demasiado común, le hacía sentir que estaba fingiendo y no aspiraba a ser común. Se decantó por Nothazai como si fuera una capa que le asegurara un aura de misterio, la sensación de que tal vez era algo más que un hombre humano normal y, por lo tanto, que lo acercara más al milagro que fue al nacer. Aprendió de un hombre llamado Atlas Blakely, obviamente destetado con cuchara de plata, y cuanto más retorcido era el dolor de Nothazai (más casos de inequidad que no podía resolver, más mojigatería aristocrática que no podía desentrañar, más gente que hablaba de «su» país como si nunca hubiera sido de él, como si no hubiera nacido al servicio del mismo país por el que «ellos» habían hecho poco o nada, mientras tosían flema de los pulmones comprometidos que durante tanto tiempo se había encargado él de salvar), más se enterraba Nothazai en la justicia; en la justicia propia. Con la certeza de que donde otros habían fracasado, él no lo haría. Cuando otros fallaban, eran simplemente fracasos de otros. Él, Nothazai, tenía ojo para la corrupción, y como hizo una vez por el cuerpo en el que se había reunido su grupo de grandeza potencial, él, Nothazai, sería quien succionara el veneno para sacarlo.

En términos prácticos, por supuesto, el día a día carecía profundamente de interés. Se presentaban escritos legales. También páginas y páginas de prensa. Su apodo aparecía a diario en cientos de declaraciones oficiales del

Foro y en reestructuraciones críticas de páginas web. Se impartían simposios sobre diversidad en los centros de trabajo. Mantenerse a la vanguardia de la evolución de la tecnomancia suponía leer muchos artículos aburridos mientras se quedaba dormido en su escritorio. Algoritmos, gobierno libre y transparente, organizaciones laborales, pruebas para presentar ante los tribunales. Señor, ¿dónde le pongo este montón de papeles que esperan su firma? Señor, Carla está de baja por maternidad, está dando a luz a otro milagro futuro que seguramente lo adelantará a usted a este ritmo glacial e ingrato.

Nothazai se alegró mucho cuando Ezra Fowler reveló lo que había hecho para formar parte de los Bishop, la pequeña novatada que había salido terriblemente mal. (Él sabía que Spencer tenía un corazón débil, pero ¿cómo iba a saber qué cantidad de heroína podía soportar? Lo habían sacado de su maldita mente). Todos cometíamos errores y el mundo no había perdido mucho, solo a otro hijo de tal y cual que era primo de la Gracia o Alteza de alguien o de algún otro susodicho, y de todos modos, Nothazai ya había hecho las paces con eso para entonces. Había salvado innumerables vidas, obtenido innumerables avances en la tecnología biomántica y, además, no fue culpa suya; después de todo, las decisiones de Spencer no eran de Nothazai.

Pero la biblioteca era real y eso era lo importante. Los alejandrinos estaban ahí fuera y Ezra Fowler le había entregado la llave de su cámara personal. En cuanto a la certeza que siempre tuvo Nothazai, que podía rehacer el mundo y que lo reharía. No el mundo que Ezra estaba tan decidido a salvar, porque a saber lo que les deparaba el futuro lejano, sino el mundo en el que el propio Nothazai había vivido, que había estado muriendo lentamente desde el principio.

¿Cómo saber dónde empezaron realmente los problemas? ¿Religión institucional? ¿Imperialismo? ¿La invención de la imprenta o de la máquina de vapor, o fue la de la irrigación? ¿Por qué molestarse en retroceder tanto? La cuestión era la biblioteca, los recursos que había dentro de ella, a los que Nothazai estaba destinado a acceder y aprovechar. Nació para esto, para salvar a la humanidad, y si conseguía acceso a los archivos, sería el salvador que finalmente devolvería ese conocimiento.

O.

(—Él no —dijo una voz femenina—. ¿No hay otra persona?)

O.

(—¡Tenemos que recuperar nuestro país!)

O tal vez no valía la pena poner ese tipo de información en manos de capitalistas como James Wessex, quien había utilizado su confirmación de los archivos de la biblioteca para seguir adelante y construir unas armas que hacían explotar la conciencia. Desde luego no pertenecía al gobierno de Estados Unidos ni al servicio secreto chino, como si cualquiera de los dos países necesitara el visto bueno para seguir mancillando aún más los océanos y acabar destruyendo el sol. Pertenecía a los académicos, una de ellas, su vieja amiga la doctora Araña, pero ella se había vuelto completamente desquiciada en los últimos meses y, aunque Nothazai no podía argumentar que su metodología era efectiva, había ciertas reglas sobre qué líderes despóticos se podían o no deponer. (De nuevo, fíjate en Estados Unidos. El hecho de que algunas cosas fueran objetivamente una pesadilla no significaba que se pudiera interferir).

Nothazai comprendió que algunas personas no podían salvarse. Algunas personas podían presenciar un milagro de primera mano y, aun así, quejarse de que tenían la piel demasiado marrón. Así era el mundo, así había sido siempre, y cuando recibió la oferta para tomar el mando de la Sociedad, él ya había reconocido la presencia de una oportunidad. Mientras estaba en la ostentosa casa señorial, supo la verdad de lo que podía hacerse. Escrito en el pulso de su pecho, estaba la seguridad de que al fin podría hacerlo: podría acabar con el secretismo, la tiranía de los pocos elegidos, la oligarquía de la academia y la riqueza que podía cambiar la trayectoria del mundo, reescribirlo. Podría obligar a los alejandrinos a salir a la luz, a revelar sus feos secretos, sus defectos institucionales. Los heredados. Tanto sus barbillas reales como las pequeñas y proverbiales.

Pero el deseo lo abandonó lentamente, lo drenó poco a poco, como los vestigios de luz que entraban por las ventanas con forma de serpiente, las altas rendijas a lo largo de los pasillos sacros de la casa sagrada. Nothazai caminó entre los retratos, los bustos victorianos, las columnas neoclásicas y todo ello se desvaneció en las grietas de un corazón cansado, las sombras del cansancio de Nothazai. Lo sabía, como el cáncer que sabía que había heredado. El final que lo encontraría un día. El futuro que ya podía predecir. La humanidad no quería cambiar. No lo merecía. Se lo tragó, sabía que era una puerta de la que no podía dar marcha atrás. Una verdad que nunca podría dejar de ver.

En el momento en que Nothazai le dio la espalda al milagro, abrió las puertas de la sala de lectura y la encontró ya ocupada. Allí había una mujer joven, de unos veintitantos años, con el pelo castaño recogido en una cola de caballo y una falda sencilla combinada con zapatos corrientes. Tenía pies planos, una especie de problema de alineación de la columna. Nothazai no vio la fatalidad escrita sobre ella en ningún lugar específico, pero eso no significaba que no estuviera allí. La postura era muy importante.

—Oh —dijo, un poco sorprendida—. Hola. ¿Eres...?

—El nuevo cuidador —contestó Nothazai y extendió una mano en un gesto cortés.

Acento estadounidense. Ah, sí, era Elizabeth Rhodes, una de las físicas favoritas de Atlas Blakely. Había leído su expediente. Muy impresionante, aunque ella era exactamente el problema, desde el punto de vista de Nothazai. Todo ese poder. Toda la gente a la que pudo salvar. Y, en lugar de ello, había creado un arma, una reacción de fusión perfecta sin precedentes, solo para hacer estallar una condenada bomba. Podría juzgarla por traición si todavía estuviera al frente del Foro, aunque solo sería un juicio internacional simbólico por violaciones de los derechos humanos y, por lo tanto, la condena sería más bien una desaprobación. Un movimiento de dedo. *Eso no está bien.*

En cualquier caso, él ya no era el Foro. Bien. Estaba harto de la gente, de su falta de gratitud. Harto de que la gente criticara cualquier bien que intentara hacer. Tal vez Elizabeth Rhodes había hecho bien al prender fuego a todo y su único error había sido dejarlo todo prácticamente intacto.

Elizabeth le estrechó la mano con cautela.

—¿Eres la nueva investigadora? —le preguntó Nothazai, porque le habían dicho que recibiría uno, lo cual era bueno. No tenía pensado desempañar su mandato atendiendo a más tedio, y menos cuando tenía unos archivos antiguos y omniscientes que explorar.

—Yo... —Se mordió el labio, un tic irritante. Esperaba que no lo hiciera a menudo. No oyó la totalidad de su respuesta, y no había venido hasta aquí para tener una charla o escuchar las fanfarronadas de una chica que tenía la mitad de su edad. Dijo algo sobre que estaba esperando un libro, maravilloso. Ya establecería parámetros más estrictos sobre quién podía utilizar los archivos más tarde.

Nothazai se colocó frente a los tubos neumáticos con un sentimiento de emoción. Había preparado una lista, una larga, que había resumido con mucho dolor a solo unos cuantos títulos selectos, algunos de los cuales se habían perdido en la antigüedad y otros eran curiosidades suyas: textos árabes de medicina que complementarían sus teorías. Hipócrates. Galeno. Bogar. Shennong. Avicena. Al-Zahrawi. Nothazai no practicaba mucho la biomancia últimamente; había decidido no hacerlo un hábito, pues los resultados eran siempre irritantes. Demandas, en muchas ocasiones. Una serie casi inevitable de quejas, críticas porque, aunque había salvado vidas y curado heridas, no lo había hecho a la perfección. Nada había ensombrecido la opinión de Nothazai sobre la humanidad como sanar a los enfermos y si bien había tenido que hacerlo recientemente (como parte del trato que lo trajo aquí con la telépata que seguramente necesitara una mastectomía antes de su cuarenta cumpleaños, lo cual sería, sin duda, una herida para su vanidad, pero le salvaría la vida, una decisión en la que Nothazai no tenía interés de tomar parte), sabía que las buenas acciones nunca quedaban sin castigo. La niña a la que había salvado la vida, el cáncer que le había quitado, volvería algún día a por más. Las enfermedades eran infinitas. La vida era dura. Un día, querría de nuevo su ayuda y él diría que no, y ella lo llamaría egoísta, pero ¿qué era la vida sin un poco de egoísmo? El único diagnóstico para la vida era la muerte, a menos que esta biblioteca sugiriese otra cosa, claro. En ese caso, Nothazai no iba a desperdiciar el poco tiempo que tenía.

El sistema de tubos era sencillo. Elizabeth Rhodes y él estaban allí, uno al lado del otro, sumidos en un silencio incómodo, pero tranquilo. Había algo más allí, comprendió. Otra enfermedad genética, un componente degenerativo, desconocido hasta el momento si le afectaría a ella o solo a su descendencia con el tiempo. No tenía sentido compartir ese tipo de información. ¿Qué le dices a alguien que lleva consigo una pequeña muerte? Las personas eran todas vehículos para la mortalidad, algunas más imprudentes que otras. Por una cuestión de supervivencia, no era en absoluto práctico intentarlo.

En cuanto a Nothazai, había obtenido justo lo que quería. La Sociedad Alejandrina estaba ahora a su cuidado. Quizá filtraba algunos de sus hallazgos, los menos fundamentales, los consumibles que pudieran gustar a la humanidad. Fotografías de los jardines colgantes de Babilonia que alguien afirmara más tarde que eran falsos. Los secretos de belleza de Cleopatra, que inmediatamente condenarían por crímenes en contra del feminismo. Ajá, pensó Nothazai con tristeza. Este era el verdadero problema del mundo. La gente veía un milagro y pensaba guau, ojalá fuera otra cosa.

El hombre llamado Nothazai tenía razón con esto, claro.

De forma crítica, sin embargo, estaba también muy equivocado.

★ ★ ★

Lo que Nothazai no podía saber en el momento en el que Libby Rhodes y él recibieron sus respectivas respuestas por parte de los archivos era que ella sabía quién era él y ahora se estaba martirizando por ello. Últimamente, ella se había preocupado por arreglar las enfermedades del mundo y justo ahí tenía otro problema. Otras manos sucias.

Libby Rhodes no sabía, por supuesto, que cuando Nothazai se separó de Parisa Kamali, la telépata entendía ya algo importante sobre los archivos que no compartió con nadie más, y menos con él. (Parisa Kamali no era una persona honesta. Por lo general, no le correspondía a ella decir la verdad).

Libby no pudo evitar mirar de reojo a Nothazai, a su lado. En concreto, lo que habían entregado los archivos a petición suya. Cuando Libby pensaba que lo estaba haciendo a escondidas, Nothazai detectó lo que le pareció un destello de risa sardónica en los ojos de la joven, aunque tal vez solo se trataba de la luz tenue. En lugar de continuar con la conversación, él salió con paso rápido de la sala de lectura, sin detenerse hasta llegar al pasillo. Desenrolló el papel en la mano con la suavidad de un pétalo y Edwin Sanjrani, un milagro desde su nacimiento, se lo tomó como una puñalada irónica, el golpe condenatorio de un mazo cósmico.

Libby Rhodes conocía bien el sentimiento, porque ella había recibido el mismo mensaje con anterioridad. Muchas veces, en realidad. Petición denegada. Vio el papelito en sus manos y reconoció la prisión que se había construido Nothazai para sí mismo, la misma en la que había entrado Libby por propia voluntad, y la que había sido el final ineludible de Atlas Blakely. La biblioteca tenía sentido del humor, Libby lo sabía con certeza, por desgracia, era un hecho absoluto.

Porque esta vez, a diferencia de las otras, los archivos le concedieron su deseo.

¿Podría haber salvado a mi hermana?

(¿A cuántas personas había traicionado en busca de una respuesta?).

Toma, le ofrecieron los archivos en una especie de susurro sibilante, la tentación es más fuerte.

Abre el libro y descúbrelo.

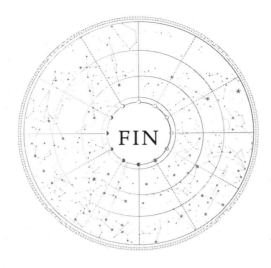

FIN

Por supuesto, comprendes que todo lo que salió de la boca de Atlas Blakely en el momento de su fallecimiento es el testimonio de un hombre moribundo. El ensalzamiento de la persona que podría haber sido. Perdón por el narcisismo, pero si un hombre no se puede entusiasmar en un momento de cierto fatalismo, ¿cuándo entonces? Plantea la cuestión de la traición porque él ya sabe que es un traidor. Postula que solo tú puedes comprender su historia porque, francamente, ya sabe que puedes. Cuando tú naciste, el mundo estaba ya terminando. De hecho, ya ha terminado.

Solo estáis Atlas y tú ahora.

★ ★ ★

En el instante final de Atlas Blakely, no ve su vida pasar ante sus ojos. No ve todas las versiones de vidas no vividas, los muchos caminos que dejó sin recorrer. Los mundos que se propuso crear y que nunca verá; los resultados que se planteó buscar y que nunca comprenderá de verdad. No importa. Si la mente humana es buena en algo (y Atlas conoce la mente humana), es en la proyección de realidades alternativas, lo que algunas personas llaman arrepentimiento y otras llaman asombro. Lo que cualquiera que haya mirado las estrellas ha llegado a observar. La de Atlas es una psique muy humana y por ello está fragmentada sin posibilidad de reparación en algunos aspectos y regenerada de la forma más perfecta en otros. Si la gente es buena o si es mala, Atlas Blakely no lo sabe. Él es y siempre ha sido ambas cosas.

Cuesta saber si Atlas sigue inmerso en una jugada desesperada en busca de la redención. Hay mucho en juego, con la naturaleza incognoscible de la conciencia y la cuestión de cómo sería apagarla, como si él nunca hubiera existido. Tiene una serie de neuronas que fallan y puede oír tu opinión de él con la misma claridad que si la clavaras en la puerta, por lo que las circunstancias para su confesión no son las ideales. No puedes elegir a tu público. No puedes elegir cómo hacer la reverencia final.

¿Podría haber hecho algo de forma distinta? Sí, es probable. No está claro si importan las rutas alternativas. A lo mejor no se toman por una razón. A lo mejor estamos todos nadando alrededor de la mente de un gigante o en una simulación informática. Quizá lo que nosotros consideramos humanidad sean solo estadísticas en acción, un reconocimiento de patrones en un bucle temporal que ninguno de nosotros podemos controlar. Puede que los archivos te hayan soñado para su propio divertimento. Tal vez no son estas las preguntas que deberías de estar cuestionándote. Igual deberías dejar de lado las bolas de fuego y calmarte.

⋆ ⋆ ⋆

Antes de morir, Alexis Lai le dice a Atlas Blakely «no la desaproveches». Pero antes de eso, dice otra cosa. En voz alta no, porque las cosas que decimos en voz alta atraviesan muchos filtros para llegar ahí (normalmente). Pero en su cabeza, Alexis planta una semilla que da una fruta que solo Atlas puede ver. Él no logra entenderlo, claro, en una especie de terquedad deliberada que es su talón de Aquiles o solo un problema de todos los días, en absoluto profético, pero lo lleva consigo el tiempo suficiente para poder retenerlo en su cabeza: una gota dulce que se derrite en su lengua. Es parecido a lo que piensa Ezra Fowler en el momento previo a su muerte. En cierto momento, tienes que renunciar a la cuestión de la existencia. Todo comienza a canalizarse hacia dentro, cada vez más tenso, hasta que lo único que puedes hacer es preguntarte ¿dolerá?

Pero justo antes de eso, hay una pequeña burbuja de claridad que, para Alexis, es un repentino antojo de dumplings. Son un tipo de comida callejera que le gusta porque le recuerda a un día perfecto tomando decisiones perfectas, como unos dumplings y unos zapatos cómodos y recordar echar un chubasquero, solo por si acaso. Para Ezra, es una nota de una canción que le gustaba cantar a su madre, algo que tarareaba para sus adentros mientras preparaba la comida. Pop pegadizo, porque la vida es demasiado corta para ser moderno para la música disco. Demasiado impredecible para no cantar las serenatas de un grupo de música masculino.

Para Atlas, la cuestión es la ligera melaza pegajosa de algo extraviado entre los monumentos desmoronados del genio fracturado de su madre. Acaba de llegar de una conferencia universitaria. Bueno, es más acertado decir que acaba de llegar del trabajo, pero antes de eso hubo una conferencia, justo después de romper con la novia cuyo nuevo novio la engañará más adelante, y que suspirará por lo que tuvo con Atlas, algo que, por supuesto, Atlas no sabrá nunca. En la conferencia, Atlas se sentó y escuchó. Con la telepatía escuchaba las cosas que las personas decidían no decir y las consideraba más importantes, aunque decidir es el quid de cuestión. Lo que abandona tu lengua es lo que controlas de verdad. Observa pues el pensamiento en la mente del profesor, que es: menuda mierda, ese chico de la última fila se parece a mí, qué extraño, se me ha olvidado su nombre, antes de disolverse en la frivolidad de un hombre que rememora una sesión de sexo de mal gusto en el escritorio con una estudiante sin rostro después de clase. Pasarán los años, la posibilidad de mundos nuevos florecerá sin que se dé cuenta y el profesor Blakely no sabrá nunca que lo único que aprenderá su hijo al conocerlo es que la vida no tiene sentido y que la gente es una absoluta basura.

Hasta que Atlas llega a casa y se encuentra desmayada a su madre, claro.

En concreto, hasta que encuentra la tarjeta de la Sociedad Alejandrina al lado del cubo de la basura.

★ ★ ★

Aquí termina. Melaza pegajosa de la ginebra y esperanza.

Te gustaría creer que es más romántico, ¿verdad? La vida y la muerte, el sentido y la existencia, el propósito y el poder, el peso del mundo. Somos polvo de estrellas en la tierra, somos seres imposibles; la moraleja de la historia no habría de girar de forma absurda alrededor de los comportamientos de un condón o de la decisión que toma un hombre de comprar una pistola y descargar su odio. Y, sin embargo, así es, porque ¿qué otra cosa importa?

El mundo, tal y como crees que existe, no es una cosa. El mundo no es una idea, algo que hacer o exaltar o salvar. Es un ecosistema de dolor de otras personas, un coro de comida callejera de otras personas, la distinta magia que pueden hacer otras personas con el mismo conjunto de acordes. El mundo es muy simple al final. La gente es mala. La gente es buena. Ineludiblemente, habrá personas, algunas te decepcionarán, algunas te definirán, te desentrañarán, te inspirarán. Son hechos. En todas las culturas hay pan, y es bueno.

Hay poder que puedes tomar si deseas buscarlo. Conocimiento que puedes obtener si de verdad quieres saber. Pero debes de tener cuidado, independientemente de lo que extraigas de esto, ese conocimiento es siempre muerte. El poder es un canto de sirena, manchado de sangre y guardado con codicia. El perdón no se da. La redención no es un derecho. Te devora, devora las cosas que sabes. El precio que pagas, que será costoso, es solo tuyo. Por todo lo que dejas en busca de la gloria, ¿qué precio podría bastar?

Lo cual no quiere decir dejar de buscar. No quiere decir dejar de aprender. Haz mejor el próximo mundo. Da bien el siguiente paso.

Sin embargo, como cortesía profesional, una última murmuración de parte de un hombre moribundo: el poder que tienes nunca será suficiente comparado con el poder que siempre te faltará.

¿Lo entiendes? ¿Estás prestando atención?

★ ★ ★

Aparta el libro, señorita Rhodes. No vas a encontrar lo que buscas aquí.

AGRADECIMIENTOS

La verdad es que escribí esta trilogía desde la rabia. Cuando empecé a trabajar en *Los seis de Atlas*, el cuadragésimo quinto presidente estaba todavía en su despacho y cualquier forma de estado de derecho (o decencia humana) parecía haberse evaporado por completo. La causa más común de muerte de niños en Estados Unidos era entonces y sigue siendo ahora la violencia armada. Un informe sobre carbono publicado recientemente sugería que teníamos una década o menos para evitar escenarios climáticos que podrían describirse como «nefastos». Mientras seguía escribiendo la serie, anularon el Caso Roe contra Wade y, por primera vez, nos vimos con menos derechos que las mujeres de generaciones anteriores. En lugar de solucionar el hambre en el mundo, el hombre más rico del mundo compró una red social y la llevó a la ruina. En lugar de luchar por el planeta, en lugar de evitar los nefastos escenarios climáticos ya mencionados, un sorprendente número de políticos de mi país movilizó toda la fuerza de su capital político contra un grupo demográfico tan vulnerable que representa menos del uno por ciento de la población mundial.

Quería un bebé por razones relacionadas con mi profundo amor por mi pareja y una revolución hormonal de mi cruel jaula corporal, pero ¿cómo voy a poder justificarlo? ¿Cómo puedo traer una vida a un mundo donde no puedo prometer autonomía sobre su cuerpo, una seguridad básica o incluso la esperanza de vida que a mí misma me gustaría alcanzar?

¿Qué importa siquiera que el mundo esté acabando?, me preguntaba exasperada. ¿Y por qué molestarnos en seguir adelante?

La respuesta, por supuesto (esa respuesta que tardé tres libros en escribir), es que el mundo no se está acabando. El mundo seguirá viviendo. Nos mitificamos a nosotros mismos, eso es lo que hacemos los humanos, pero, al final, somos prescindibles. Nosotros y nuestro confort personal no somos la razón por la que este planeta fabrica comida y agua. No somos la única especie importante; como mucho, somos solo los cuidadores. Lo que importa, entonces, es cómo nos tratamos los unos a los otros. Lo que importa es quiénes somos los unos para los otros y qué decisiones tomamos con los recursos que tenemos.

Así que pensé: de acuerdo, voy a escribir un libro donde toda la historia sea solo... seis personas. Las relaciones serán la trama porque las relaciones son todo cuanto importa. Es lo único que podremos llevarnos con nosotros. Es lo único real que dejamos atrás. Yo ya sabía que requeriría una ejecución poco convencional escribir lo que era, básicamente, una historia de la vida en un contexto fantástico, cuyo alcance planeaba expandir con cada libro. Sabía que sería difícil de explicar, pues no era un romance y, sin embargo, era profunda y completamente romántica. Cómo cada personaje sería su propio narrador confiable, porque, igual que en la vida, las mentiras que nos decimos a nosotros mismos son tan importantes como la verdad. Sabía que necesitaría un público particular, uno que estuviera dispuesto a seguir con una historia que era en parte thriller, en parte una reflexión filosófica prolongada. En la experiencia lectora, buscaba simpatías fluidas y cambiantes y una sumisión total a una red de baja calidad de ruinosos éticos disfrazados de frikis mágicos.

Imposible, pensé, una feliz autoedición.

Pero entonces... ¡un giro inesperado! Tú lo leíste. En realidad, tantos lo leísteis que ahora, sorprendentemente, este libro está en tus manos con elogios con los que nunca habría soñado, contando una historia sobre la rabia y la desesperanza de la forma más honesta y resiliente que supe.

(Es decir, por medio de las bocas de seis mentirosos, porque yo no estoy por encima de un poco de *camp*).

De nuevo he de dar las gracias a mi agente, Amelia Appel, y a mi editora, Lindsey Hall, por todo lo que han hecho para ayudarme a dar vida a esta historia. Gracias a las dos. Tengo la increíble y tremendamente improbable oportunidad de contar más historias, lo cual, incluso en los mejores días, es todo cuanto sé hacer de verdad. Gracias a Molly McGhee por ayudarme a creer que esta, en particular, era una historia que valía la pena contar. Y gracias a Aislyn Fredsall y/o lo siento por ser la asignada no tan voluntaria para el glorioso canal de reflexiones por llegar.

Muchísimas gracias a los traductores y editores que han llevado este libro al resto del mundo en muchas, muchas lenguas que yo no sé hablar: gracias infinito por vivir en mis palabras y por contar mi historia por mí.

Gracias al doctor Uwe Stender y al resto del equipo de Triada. Gracias a Katie Graves y a Jen Schuster de Amazon Studios y a Tanya Seghatchian y a John Woodward de Brightstars por ser mis compañeros creativos.

Gracias a mi familia: a mi madre, que tanto apoyo me brinda; a mis hermanas, que han sido siempre muy fans; a mi madrina, que no lee mis libros porque sabe que no es lo suyo (tiene razón, y lo mejor es que no lo haga). Gracias a Andi y Eve por unirse al culto, y a todos los chicos a los que tanto quiero: Theo, Eli, Miles, Ollie, Clayton, Harry y sus padres (a quienes también quiero). Gracias una vez más a Zac por prestarle tu nombre a Gideon. Gracias a David, mi mejor amigo. A Nacho, quien hizo que todo esto sucediera o simplemente sabía que sucedería, y a Ana. A Stacie. A Angela. A los amigos que he hecho a lo largo del circuito, a los autores con tanto talento que me han considerado una igual incluso cuando yo les habría besado encantada los pies. A Julia: tú sabes por qué.

Gracias a los buenos ciudadanos de las redes sociales y las comunidades de libros que he tenido el placer de conocer por Internet y en la vida real: soy el señor Knightley en el suelo. Muchos de vosotros os habéis tomado el tiempo y la molestia de decirle a alguien, a todo el mundo, que lea este libro, y solo estamos hoy aquí porque vosotros hicisteis eso. Me faltan las palabras para afirmar lo agradecida que me siento, humilde, extraña e incómodamente agradecida (emoji de ojos suplicantes) gracias a cada uno de vosotros. De verdad, espero que las más de 170.000 palabras previas a esto sean suficientes, porque he dejado gran parte de mi alma ahí. Haz con ellas lo que gustes, ahora son tuyas.

Gracias a Garrett, mi amor, y a Henry, mi pequeño. Vosotros sois lo que importa. Sois mis respuestas. Doy gracias por saberlo sin atisbo de duda.

Para terminar, gracias a ti, Lector, por estar aquí, por seguirme hasta tan lejos y escucharme tanto tiempo. Entiendo que escribir un libro arraigado en la rabia política no ha resuelto ninguno de los problemas que he mencionado antes. Sin embargo, hay que decir algo para inspirarnos y para tratar de poner palabras a la conciencia colectiva cuando tenemos oportunidad. Espero que al leer este libro hayas pensado en algo, en la naturaleza de la ética y la culpabilidad, en la mejor forma de honrar tus relaciones o simplemente en cómo sería el siguiente paso para estar preparado cuando llegue. Espero que hayas sentido algo, ya sea algo nuevo o solo hayas dado un nombre a eso que late en tu corazón, a por qué late. Pero si no has sentido nada de esto, espero entonces que hayas pasado unas horas entretenidas, porque vivir de la forma más deliciosa posible es uno de los mejores lujos con los que contamos.

Con amor y admiración, y también traición y venganza,

Olivie.

LECTURAS RELACIONADAS

Una lista incompleta por si estás interesado en los libros que he leído mientras contemplaba los temas para la serie *Atlas*. Incompleta porque no pensaba que hubiera alguien más interesado cuando autopubliqué mi primer libro y, por lo tanto, no tomé notas detalladas.

Helgoland, de Carlo Rovelli

El orden del tiempo, de Carlo Rovelli

El tao de la física, de Fritjof Capra

Génesis: el gran relato de la creación del universo, de Guido Tonelli

«Death Comes (and Comes and Comes) to the Quantum Physicist», de Rivka Ricky Galchen en *The Believer* (disponible online en thebeliever.net)

Bajo un cielo blanco, de Elizabeth Kolbert

El hombre y sus símbolos, de Carl G. Jung

El relojero ciego, de Richard Dawkins

The Book of Immortality: The Science, Belief, and Magic Behind Living Forever, de Adam Leith Gollner

Sobre la libertad, de John Stuart Mill

La República, de Platón

Zeno's Paradox: Unraveling the Ancient Mystery Behind the Science of Space and Time, de Joseph Mazur

El amanecer de todo: Una nueva historia de la humanidad, de David Graeber y David Wengrow

En el café de los existencialistas: Sexo, café y cigarrillos o cuando filosofar era provocador, de Sarah Bakewell

Mitología de Mesopotamia: creación, diluvio universal, Gilgamesh y otros

¿Qué significa todo esto? Una brevísima introducción a la filosofía, de Thomas Nagel

Greek Thought, Arabic Culture: The Graeco-Arabic Translation Movement in Baghdad and Early 'Abbāsid Society (2nd–4th/8th–10th Centuries), de Dimitri Gutas